U0939316

湖南省作家协会重点作品扶持项目

长生碑

李晓敏 著

CNS PUBLISHING & MEDIA 中南出版传媒
湖南文艺出版社
HUNAN LITERATURE AND ART PUBLISHING HOUSE

图书在版编目（CIP）数据

长生碑 / 李晓敏著. -- 长沙 : 湖南文艺出版社, 2024.4

ISBN 978-7-5726-1178-0

Ⅰ.①长… Ⅱ.①李… Ⅲ.①幻想小说－中国－当代 Ⅳ.①I247.5

中国国家版本馆CIP数据核字(2023)第086461号

长生碑

CHANGSHENG BEI

李晓敏　著

出 版 人：陈新文
出版统筹：谭菁菁
责任编辑：陈小真
责任校对：胡伟英　徐　晶
装帧设计：弘毅麦田
湖南文艺出版社出版、发行
（湖南省长沙市东二环一段508号　　邮编：410014）
网址：www.hnwy.net
湖南省新华书店经销
长沙新湘诚印刷有限公司印刷

版次：2024年4月第1版
印次：2024年4月第1次印刷
开本：880 mm×1230 mm　　1/32
印张：17.75
字数：443 千字
书号：ISBN 978-7-5726-1178-0
定价：62.00元

本社邮购电话：0731-85983015
若有质量问题，请直接与本社出版科联系调换

三种文明

一、人类世界

1. 天空社

人类邪恶组织，成员遍布全球精英阶层。该组织勾结虫星文明，以“长生不老”为诱惑将人类意志瓦解，并策划了灭绝人性的“清洁工计划”。他们希望借助“们达”之手消灭陵族与现有世界，改造出一个全新的属于野心家的人类文明。

最高权力机构：理事会。

该组织领袖：牧晨雪。

2. 二十一区

人类安全区和抵抗组织，他们联合包括陵族和虫星反叛军在内的所有抵抗力量，英勇地对抗一切试图灭绝人类的行径。

领导人：牧戈

3. 墨山

原本由天空社控制的人类安全区，一个得天独厚的小岛城，是天空社与虫星文明勾结的前哨基地。曾数次遭到陵族和二十一区打击。

负责人：厄文。

4. “我是人类”组织

一个极端的人类幸存者组织，他们的宗旨和口号是清除一切非人类文明，地球只属于人类。他们无差别攻击包括人类盟友在内的陵族和虫星反叛军。

基地所在地：奎港。

领导人：何承志。

5. 新城

天空社控制的最大人类安全区，这是一座横跨欧亚大陆的超级城市，由4890栋450米以上的摩天大楼组成，地面50米不住人，是一座真正的云端之城，由空中交通网将所有的大楼连接在一起。也是人类建筑史上最大的烂尾工程，因为直到战争爆发，整座城市只完工了三分之一。多次遭到战火侵袭。

6. 北美安全区

天空社控制的人类安全区，野心家的乐园，不法之徒的天堂。

负责人：金宇哲。实际控制人：弗纳尔博士。

7. P型社

为了不危及主人公牧戈的生命，虫星人在“清洁工计划”前，们达要求他的科学家对“科罗拉多病毒”进行了修改，让P型血的人群对病毒集体免疫，全球十余万P型血的人因为和牧戈同一血型而逃过一劫，活了下来。为了纪念让他们活下来的男主人公，他们成立了P型社，支持男主的所有主张和行动。奇怪的是，P型社的社长克里西却是个O型血的充满野心的少女。

8. 其他小型安全区

散落各地的人火龙幸存者自主组建的各小型安全区。

二、陵族

1. 云鼐

陵族是另一支隐藏于海洋深处的地球文明。云鼐是陵族的最大城市，这是一座隐藏在海底数千米的可移动的水下城市。人口：1000万。

领导人：执政官迪多，战术官流商。

2. 仓溪

陵族第二大城市，却是首次遭到虫星军队打击的陵族城市。陵族“黑暗日”当天，仓溪共损失了20万陵族。仓溪总人口：700万。

3. 乌部

陵族创造的一种超人工智能群体，他们代表着陵族科技的最高水平。他们有的以人类的形象出现，长期活跃在人类世界，处理各种陵族以及人类面临的危机。并逐渐渗透到人类的各个行业，甚至控制了许多国家的最高权力。另外一部分则加入陵族的军队。

4. 泉眼

一处可以移动的人造岛，女主人公海心的父亲、大科学家基滲的实验室所在地。基滲是已知文明中最强大的科学鬼才，他性格乖张，行事荒诞，是陵族中的异类。他曾经担任过陵族的领导人，通过“意识保存和备份”技术实现了真正意义上的长生不老。他像中国神话里的妖怪一样，渴望成为人类。所以当他实现了长生不死以后，为自己创造出了各种不同的人类躯壳和七个美艳的人类妻子。甚至一度疯狂到想创造一种全新的“完美”的人类文明，取代现有“不完美”的人类。

三、虫星文明

1. 们

们，和人类的人的意思差不多。他们是被掳到虫星的人类及人类后代，人口在8000万左右。

2. 们达

虫星的独裁者。他是虫星人眼中的暴君，男主的生身父亲。他是两百年前被掳到虫星的人类受害者。当时的虫星文明为了突破生命极限，获得永生的能力，数千年间从地球掳了一大批人类至虫星充当实验品和奴隶。为了求生，“们达”带领着其他的“们”进行了长达百年的艰难反抗。终于推翻了虫星人的统治，并反客为主成为虫星新的最高统治者，“们达”继承了虫星人包括长生在内的所有科技。而土著虫星人则沦为了“们达”和们的奴隶。

3. 虫星人

“鼠科”进化而来的高等文明。因为受限于寿命，虫星文明从诞生之日起就一直在研究如何突破生命极限和改变生存环境。数百万个地球年之后，他们终于获得了长生的技术“重喻”，可以将自身寿命提高至原来的三倍左右。他们曾两次试图占领地球，均被陵族文明击退。由于虫星人对“们”的残暴压迫，被它们掳来的人类奴隶开始起义反抗，最终被取代，沦为了“们达”和“们”的奴隶及鹰犬。

总人口：100 亿左右

4. 虫星“上等人”

们达“以虫制虫”执政思想的产物，他们是在虫星负责帮助“们”管理和镇压同类的公职人员，以及加入军队的虫星人，这两个群体已经摆脱了“奴隶”的身份，享有与“们”一样的权利。

5. 虫星反抗组织

一些不甘成为“们达”奴隶的虫星人叛军武装，它们与们达的军队以及同类的“上等人”作战。宗旨是清除掉虫星上的所有“们”，推翻“们达”的统治，恢复虫星人祖先在自己母球创立的荣光。

6. 虫星傀儡军

“们达”和“们”控制的虫星傀儡政府军，虫星“伪军”，充当“们达”侵略地球的打手和打击同类的帮凶。

7. 成于

虫星“们”的将领，顽固的仇人类分子。其父因为暗杀主人公的母亲和叛乱被“们达”处死。成于靠“举报”父亲得以存活下来。为了报灭门之仇，他找准时机在地球发动兵变，软禁了们达，后被主人公消灭。

主要人物

牧戈

年轻的海军上尉，“们达”唯一的儿子，也是虫星文明权力的唯一继承人。因为小时候的特殊经历，他给人一种胆小怯懦的印象。但他的骨子里却有着强烈的是非观和正义感，对弱小者满怀悲悯和同情。他具有职业军人敏锐的分析和执行力，充满着人类原始智慧，观察敏锐、顽强自信。为了让幸存的人们活下去，他站在了自己亲人的对立面，带领着人们在逆境中艰难求存，与一切伤害人类的行为抗争。

海心

她是陵族前领导人、大科学家基懋的女儿，母亲是人类船员。而陵族却并不知道她的真实身份，以至于将她当成了具有强烈自主意识和情感的“乌部”群体的代表。因为他父亲是个完美主义者，所以她结合了人类和陵族的共同优点，是这个世界最“完美”的女性。在与人类合作过程中，她竟然爱上了身为人类的主人公牧戈，并不惜冒着生命危险数次拯救牧戈和人类。

林航

普通警察，一个很平凡的人，却在乱世中表现出超乎常人的才能和勇敢。

宁先生

作为虫星领袖“们达”的侍卫长，他不苟言笑却精明强干，才能卓越。当年他抛家舍业率领23名虫星侍卫来到地球，保护年幼的王子牧戈。在二十年的朝夕相处中，他们和主人公牧戈建立起了亦师亦友，超越亲情的深厚感情。他为牧戈处理种种危机，运筹帷幄，鞠躬尽瘁。

坦克

一个有着近乎变态的是非观和法律信仰的监狱警察，他执着敬业，在无政府状态下的人类世界里，没有了约束却依然敬畏法律，眼睛里容不下犯罪。

马里奥神父

他是人类文明的一面旗帜，代表着人性最耀眼最美好的品质。古老坚定的信仰和强烈的使命感驱使着他经常做出一些让人匪夷所思的事情。

牧晨雪

男主的姐姐，生物学与数学双博士的天才，“清洁工计划”的总策划。极端的反人类分子。作为“天空社”的领袖，她野心勃勃、崇拜权力。联手虫星文明，用长生不老作为筹码，吸引大批追随者，并以此摧毁人类文明。她的理想是改造和建立一个完全属于自己的人类新纪元。

目 录

第一章　杀手来了

我从十岁那年开始就发现有人一直在跟踪、监视我。

那是深秋的一个周末，我一个人沿着我家修车店前面那条马路去冰激凌店，我爸和雨叔那会正在店里修车，根本没留意到我偷跑出去。我爸是个窝囊的男人，窝囊到对我都不敢发脾气。每次被我折腾得没脾气的时候，他就会说：你再这样今后就自己走路去上学。可第二天他照样会开着那辆旧皮卡送我去育英小学。

那天快到冰激凌店的时候，我突然发现了两个问题：一、我忘了带钱，也不具备刷脸付款的资格。二、隔壁班的张树立和他的几个小喽啰也在冰激凌店门口。张树立在学校的时候揍过我好几回了，他讨厌我的原因其实很简单，育英小学是一所贵族学校，我这种修车佬的后代不配和他们一起“天天向上”，于是他想用恐惧感逼迫我转学。

我承认有点怕他，所以打算规避风险，当我转身要走的时候，他们已经发现了我。

“修车佬，给我过来。”

我当然不敢过去，我说：“我忘了带钱，下次请你们吃冰激凌。”说完撒腿就跑。

他们有脚长的，很快追上了我："我们稀罕你的冰激凌吗？我感觉你在羞辱我们。"张树立和他的狗腿子们摩拳擦掌，将我围了起来。

我有点害怕了，张树立长得威武雄壮，他以前打我的时候，每一拳都像成年人拍打篮球，呼呼生风。

"那你想怎么样？"

"我上次警告过你，不准再出现在育英小学，否则见一次打一次……大家都知道我是个说话算数的人。"就在张树立准备说话算数的时候，他被一只大手给拎了起来，两条腿在空中无助地挣扎。他的狗腿子们也有点慌，因为他们看到自己老大在别人的手里就像是只被老鹰把玩的小鸡崽。那个男人看起来比我爸和雨叔要大一些，四十岁左右，我以前没见过他。

"你是谁？赶紧放我下来。"张树立气急败坏地挣扎着，"你知道我爸是谁吗？再不放我下来要你好看。"

他不说这话还好，说完以后他的裤子被男人给生生扒了，露出两片肥嘟嘟的屁股肉，那个男人在他的屁股上狠狠地拍了几下，他的屁股就和猴子屁股一样红肿了。张树立再也没有了老大的气势，哇哇地哭了，然后和他的狗腿子们四下溃逃。

西装男子拍了拍手问我："是不是想吃冰激凌？"

"我没带钱。"

"等着。"说完他转身进了冰激凌店，拿着两杯我最爱的草莓味递给我，却没离开，而是一直远远地跟在我的身后。我当时心里也有点慌，担心遇到了人贩子，所以快到家门口的时候我跑得飞快，一口气跑到修车店上面的我家二楼。

后来我又见过他好多次，有时在学校门口，有时在超市，还有一次是第二年的暑假在机场看到了他。那次我爸带着我去看望寄住在首都姑姑家的姐姐牧晨雪，自从多年前我妈去世后，牧晨雪就被我姑姑接走了。

他当时坐在候机大厅的一根巨大的柱子后面，还刻意经过了伪装，换了一件黑色的夹克，戴上了墨镜，我还是认出了他的背影。我年纪不大却并不傻，我知道在这个接近三百亿人类的世界里，陌生人偶遇两次以上的可能性要比飞机失事的概率都低，所以我不相信这是巧合。

我参考了自己看过的小说和动漫里的情节，仔细分析了一遍后，得出一个可怕的结论：他是奔着我身上的“恐龙血”来的。以前体检的时候医生说过我是P型血，是比“熊猫血”还要珍贵的稀有血型，姑且称之为“恐龙血”吧。我分析他应该是某个富豪派来的杀手，这个富豪或者家里人需要我的血救命，他们在找机会把我抓走，带到一个恐怖的手术室里，抽干我身上的血。

想到这里我真害怕了，我看了看坐在旁边的亲爹，他已经换上了一身干净的西服，系着红领带，皮鞋擦得油光锃亮，单从外表很难判断出他是一个修车的，不过以我对他的了解，他没有足够的力量来保护我。

好在这是机场，不远处有两名机器警察往我这边走了过来，为了自己的小命，我突然做出了一个大胆的决定。我径直走到那名杀手的前面，大声质问道：“你为什么要一直跟踪我？”

那个杀手愣住了，很显然他没想到平素那个懦弱的小男孩会在众目睽睽下拆穿他，或者说主动挑衅。他故作镇定地左右扫视了一下：“小家伙，你是在和我说话吗？我们认识吗？”

“你为什么经常跟踪我？”这次我的声音更大了，几乎是歇斯底里地喊出来的，周围的人纷纷朝这边看，两名机器警察也成功被我吸引过来。他们抬起装着武器的机械手臂，将那名男子围住。老师说过，机器人的程序设定里，儿童和妇女是优先保护目标，所以机器警察在感受到我表现出的恐惧和愤怒后，本能的反应是这个小屁孩受到了某种威胁。

“牧戈小朋友，有什么需要我们帮助的吗？”机器警察的声音尽可能地模拟出带有人类温度的亲切感。

“这个人经常跟踪我，我害怕他会杀了我。”我指着那个杀手说道，我感觉自己的声音在发抖。

“警官，你们误会了，我不认识这个小朋友。”杀手语气平静，他越冷静越能说明是一个惯犯。

“先生，请取下您的墨镜。”机器警察礼貌而冰冷地说道，他们在应对成年的犯罪嫌疑人时，语气可不像哄小孩那样和风细雨，当然也没那么容易被忽悠，毕竟人类犯罪史上那些阴谋诡计和案例早就安装在他们的程序里。

杀手无奈地取下了墨镜。

“宁先生，请跟我们走一趟。您的航班还有一小时二十三分才能起飞，如果证实是一场误会的话，我们不会耽误您的航班。”机器警察通过面部扫描迅速识别出杀手的身份信息。

杀手一动没动，机器警察胸前的红色警告灯就闪烁起来：“警告，机器警察拥有与人类警察同样的执法权，当您在接受机器警察的合法询问时，请配合他的工作，否则，机器警察将依照联合国 2068 年颁布的《机器人行为准则条例》第 241 条以及……所赋予的权力，将对您采取强制措施。”

那个姓宁的杀手只好无奈地站了起来，在两名机器警察的“护送”下被带走了。我全身还在颤抖。这时身后一双大手将我抱了起来，原来我爸早就站在了我的背后，这个窝囊的男人一声不吭地将我抱到原来的座位上，然后拍了拍我的后背，啥也没说。

那个“宁先生”很快又出现了，而且和他一伙的还有好几个人。

我这人虽然有时候挺混蛋，也遗传了我爸的一些窝囊基因，不过就观察和分析能力这一块却称得上天赋异禀。我能从班主任脖子上的两道一深一浅的抓痕和他身上的香水味，准确分析出他有了外遇，外遇的对象是比他大七岁的女校长。因为校长是个矮胖的女人，右手受过伤，有一根手指的指甲只剩半截，她站在班主任前面的时候正好够着那个位置。而且全校我闻过的香水味里面，只有校长在使用那种不知名的香水，张扬而辛辣的香味，撩动人心。后来班上有同学亲眼看见了他们在办公室幽会，间接证实了我的判断。

我发现自己陷入了一个巨大的阴谋，尽管后来跟踪监视我的人变得越来越隐秘，甚至会刻意化装，但不管他们怎么变，一个人的身形、身高以及细节性的习惯动作是永远无法改变的。

见得多了以后，我能准确地将这些跟踪者辨认出来，并找出了他们的个人特征和活动规律。比如第二个跟踪我的年轻人左手的手腕上有一道两寸长的刀疤，所以他平时会戴一只手表试图遮挡伤疤。他一共有三只表，最贵的是一只收藏级别的百达翡丽，我在网上查过这款手表的报价，是我爸倾家荡产都买不起的存在。当然，就算他最便宜的那只我爸倾家荡产也照样买不起。我给这个人取了个绰号叫“刀疤”，他一般在周一或周三出现。

第三个跟踪我的人是“冷美人”，她是个三十岁左右的年轻女子，中等身高，皮肤偏黑，不过身高和肤色并不影响她的性感漂亮。她一般在周四和周末出现。她经常伪装成不同的形象，比如小太妹、小白领、家庭主妇，甚至有一次还扮成了我的老师。那次正在上体育课，我在单杠上转圈圈的时候，冷不丁看到她穿着一身白色的教师职业裙，站在操场旁边的一棵树下。

第四个跟踪我的人是三十来岁的“老鹰”。他是这些跟踪者里面识别度最高的人，一米八几的瘦长身高，就算是站在人群里，我也能快速找到他……当然除了这四个人外，还有一些不常见的，他们只有这四个人不在的时候才会偶尔出现。

…………

我心里越来越慌，感觉自己随时有可能被某只突如其来的魔爪拖进一辆车里，然后眼睁睁地看着他们抽干我体内宝贵的恐龙血。认清这可怕的事实后，我终于向我爸求助，但我爸却不以为然，每次在听完我乱七八糟的表述后，他只是说几句不痛不痒的话。比如：“我没权没势又没仇人，怎么会有人想伤害你呢？”

“他们那么多人跟踪你有什么意义？”

“可能只是巧合呢！上次警察局说那个人并没有伤害你的意图和相关证据。”

后来他终于不胜其烦了：“你一个小孩子，不要成天有被迫害幻想症行吗？”他说完这句话后我彻底放弃了向他求助，转而求助于警察，但是地方警察局在接到我几次报警后也崩溃了，警察找到了学校和我爸，要求对我乱报警的行为进行约束，甚至是“适当的治疗”。

无奈之下，我只好盯上了雨叔。

我不怕我爸却怕雨叔，他是我家的工人，可对我是一点都不客气，尤其是我不听话的时候，他总是像鬼一样及时出现。明明是一个英俊的男人，却经常用一种阴森的目光盯着我，盯到我心里发毛进而妥协。有一次我硬着头皮无视了这个套路，他居然扬起了手掌。

他很强壮，强壮到我以为只要他扇我一巴掌，就能送我去见我妈。嗯，我妈在我一岁多的时候就死了，我爸说她死于一场交通事故。那天一辆无人驾驶汽车感染了病毒，突然失控撞向了人群。我妈当时正从超市出来，那辆该死的汽车不偏不倚将她顶在了墙上……除了在照片上看到她挺漂亮外，我对我妈没什么印象。哦，她还留给我一枚看起来十分普通的白戒指，上面刻着一种奇怪的花和用三种文字刻着的我的名字，花长得很奇怪，是四片不规则的方形的红色叶子，我的名字有两种是用中英文刻的，但另一种文字我上网查遍了人类语言库都没有找到。那是我十四岁生日的那天我爸很郑重地给我戴上的，并且要我发誓一辈子不取下来，当然这是后话。

所以那次雨叔要抽我的时候我慌了，不但我慌了，我爸也有点慌了，他猛地站起来看着雨叔。雨叔的手却并没有放下来，他继续瞪着我："照你爸说的做，要不我就揍你。"我只好照做了。

我虽然有点怕雨叔，但和小命比起来，我还是愿意厚着脸皮去求他。很快他在我的软磨硬泡下答应了给我当"保镖"，只要我外出他都得跟着。我爸默认了这个事实，为此他还不得不买了一套修车机器人填补人力的空缺。

雨叔只坚持了两个月，就痛苦地结束了自己短暂的保镖生涯。

因为我很快就找到了他的弱点，那就是雨叔外表看起来很凶，却不敢真的揍我，就算他抓狂到想去撞墙，都不会碰我一根汗毛。有了这个重大发现后，我开始经常捉弄他，以报复他多年来对我的欺压。比如在安静拥挤的电梯里，我用嘴模拟出放屁的声音让他背锅；再比如他对辣椒严重过敏，我就偷偷在他的汉堡里夹上一堆辣椒酱；或者我会拦住某个强壮男人身边的姑娘，说我叔叔想泡她……

他给我当保镖的那两个月，跟踪者都消失了。但是两个月后，他死活都不愿意再当我的保镖了。他对我爸说，压根儿就没人跟踪我，但他没说我捉弄他的那些事。

我的整个少年时代都活在跟踪者的阴影里，后来我索性看淡了，安慰自己说既然没人保护我，既然他们想要我的恐龙血，那就让他们拿去好了。好在同时我也看清了另一个事实，那就是在他们没到需要我的血之前，我绝对是安全的，他们非但不敢伤害我，还得好好地保护着我，因为我出意外的话，我这个移动血库便没有价值了。

这个怀疑慢慢得到了印证。

自从被杀手团盯上以后，再也没人欺负过我了，就连张树立在学校看到我都躲得远远的，有时候实在躲不过去了，也只能低着头站在我的面前，像个做错了事情的小马仔。有一次我问他："你为什么不揍我了？"他说："牧戈对不起，我今后不敢揍你了，我爸说了，如果我再动你一根汗毛，他会活剥了我的皮。"

不但小孩不敢欺负我，就连以前经常奚落我的邻居刘叔也不敢和我开玩笑了，每次看到我就赶紧转身开溜。更离谱的是，我附近的便利店老板有一次骂了我，我第二天经过那里的时候，他的店已经关门大吉了……这些发现让我有些得意，我非但不再惧怕那些跟踪我的杀手，读中学后，我还决定给他们一点颜色看看，和他们彻底摊牌了。

首先被我挑中的目标当然是"冷美人"，她是个女人，女人在我的眼里比较容易对付一些。

小学毕业后，我爸将我送到了市里的保罗国际中学，同样是一家收费昂贵的私立学校，我也不知道他的钱是哪来的，一直能供我读那么贵的学校。平时我都住在学校的公寓宿舍里，只有周末才会坐地铁回家。

每次周末我都能看到冷美人那张熟悉的脸，经过了几年的明争暗斗大家都心知肚明，不再遮遮掩掩，跟踪和监视都是明目张胆地进行了，我对此早就习以为常。

那天我大摇大摆地挤到她的前面，和她冷眼相对。她旁边站着三名肌肉男，清一色的小光头、金链子，其中两个还有文身，倒不是什么左青龙右白虎，而是Q版的米老鼠和一个夸张的大拇指，一看就是小半个社会人儿。

也许是感觉与我对视有些无趣，冷美人转过身去，我瞅准机会用力在她的屁股上捏了一把，然后假装出一副惊讶无辜的表情。冷美人果然愤怒了，她转过身来看了看我，又看了看旁边那几个还在窃窃私语的壮汉。我连忙冲那只“米老鼠”努了努嘴，果不其然，“米老鼠”的脸上重重地挨了一记响亮的大嘴巴子。

“米老鼠”一脸蒙地站在原处，捂着脸问道：“为什么打我？你有病啊？”

“哼！你再碰我一下，我就废了你的狗爪子。”

“谁碰你了？”“米老鼠”跳了起来，要不是地铁一共修了三层，估计他能蹦到地面去。

我火上浇油：“就是你摸的，我都看到了。”

“米老鼠”怒了：“小王八蛋，你不要血口喷人。”

“我就看到了，你被女人揍了不敢吭声，来欺负我一个小孩子算什么本事。”我有恃无恐地壮着胆子说道。我穿着校服，是个人都看得出来我还是个学生娃，我赌他们不敢打我，或者说我希望他们来打我，因为他们打我的话，冷美人不可能视而不见。她要是放任我被打不管，她的老板出于风险和血液新鲜度的考虑也不会饶了她。

果然，社会人集体被激怒了，“米老鼠”伸出手，准备教训一下我这个熊孩子。不等他的大耳光碰到我，冷美人先动手了，紧接着她和三名社会人打成一团，没一会儿那三个社会人就被打得满地找牙了。

地铁门打开了，我趁着他们还在混战的时候挤出地铁，一溜烟跑了。我边跑边得意忘形地放声大笑，笑得眼泪都要飙出来了。在我的计划里，冷美人不管输赢都别想好过，打赢赔钱，打输住院，我们务实“大聪明”的先贤对此早有定论。

我打算买瓶饮料来庆祝一下，冷美人幽灵一样地出现在我的身后，她恼怒地问道：“在车上是不是你摸我的屁股？”

我愣了几秒钟后，明确地告诉她：“是又怎么样？”

刚说完这句话，她的手扬了起来，却没有真的打我。这让我更加肆无忌惮，我挑衅地望着她那张气得红扑扑的脸，说：“有本事就打死我，没本事就老实跟在我的屁股后面。”说完我大摇大摆地往家里走，她屁都没敢放一个，只能乖乖地跟着。

知道他们不敢拿我怎么样以后，我变得更加嚣张起来，将混蛋加无赖的气质发挥到极致，比如我买东西的时候会指着跟踪我的人说“那个谁你过来一下”，然后他们就真的过来了。我说“付账”，他们就真的把我的账给付了。有一次宁先生不乐意了，他问我：“凭什么你每次买东西都要我们付钱？”

我理直气壮地说道：“我一身恐龙血今后都是要给你们的，让你们掏点钱有什么问题吗？”

宁先生半天吐出四个字：“莫名其妙。”

很快他们学聪明了，看到我准备进店买东西的时候就赶紧开溜，这样搞得我很不开心。有一次蹭单失败后，我气急败坏地跑到二十多米高的天桥上，鬼喊鬼叫起来：“我好压抑，我受不了啦！我要自杀！”

我其实怕死得很，当然不会真的跳下去，单纯地想吓唬一下这群吝啬的跟屁虫。果然，很快有一双强壮的手将我抱了下来，我身边站着好几个人，每个人都紧张得要死。为首的老鹰像一只被打败的老母鸡，他冷冷地盯着我：“祖宗，你到底想干吗？”

我想了想说：“从现在开始，到我被抽干血之前，我想干吗就干吗。”

“行！”老鹰思索片刻后，居然答应了。

从那以后我的人生就彻底开了挂，我买的东西越来越多，也越来越贵，提的条件也越来越苛刻。更离谱的是，有一次我试着让他们给电视新闻里一个患了重病却无钱医治的小朋友捐五百万，没想到那家人真的收到了五百万捐款，他们一家子在电视里感动得痛哭流涕。为了找到我这个神秘的捐款人，电视台还跟踪报道了一个多星期，只差挖地三尺了。不过对于我这种事了拂衣去，深藏身与名的人来说，当然是不可能让他们找到的。

等到我上大学的时候，我就成功地花掉了这群王八蛋一大堆钱。我爸和雨叔也因为我一人得道那什么跟着上天了。我将他们的破汽车修理店变成了全市最大的汽车维修中心。不过让我失落的是，我给我爸和雨叔挣回了一片江山，他们却一点表示都没有，甚至连一丝喜悦我都看不到。或许他们终于相信了我是一根蜡烛，燃烧自己照亮他们？花着我用命换的这些钱，他们脆弱的内心也许在饱受摧残，所以高兴不起来吧。

不过我没有丝毫愧疚，相反花的钱越多我心里越舒服，我告诉自己，这是你小子用命换的钱，享受一天是一天。

第二章　神秘“保姆团”

上大学后，我就不再回家了。不回家是因为我知道自己的生命随时会终结，我想成年人之间保持一定的距离感有利于减轻悲伤。说不定某一天我就悄无声息地消失了，我爸他们也不至于太难过，所以我尽量表现出一副没心没肺、薄情寡义的样子。

另一边，我和那些跟踪、监视我的杀手们关系也有些微妙起来。十年朝夕相处，这些人与其说是杀手，还不如说是我的保姆团来得更贴切一些。从小到大他们没打骂过我，更多的时候是听我发号施令折腾他们。随着我长大成人，他们对我就更加恭敬了，对我几乎有求必应，这反倒让我有些不好意思了。

不过后面发生的一些事情让我彻底爆发。

上大学不久我再次恋爱了，因为高中的时候我曾经很认真地喜欢过两个姑娘，她们家境都不错，长得也好看，无论哪方面都比我这个修车崽强，可每次快要谈出点风吹草动的时候，恋情总是无疾而终。我最喜欢的那个女孩子甚至转学走了，从此再也没见过。到大学后，因为我一掷千金的豪迈和臭名昭著的败家子光环，身边的漂亮女孩围了不少。

这个世界就是如此，最好的资源永远是留给有钱人的。

我很认真地准备好了谈一次恋爱，于是我看到了柳小夜。她出身于书香世家，爸妈都是知识分子，长得虽然算不上惊艳，但是那种清雅脱俗的气质绝对无与伦比。为了得到这个不太正眼看我的小美人，我雇了两个私家侦探，对她的一切展开了调查，就在我知己知彼，成功征服了这个美人的一周后，小夜却和我分手了，而且态度无比坚决，理由无比充分。

她是跟着她爸来找我谈的分手，她爸是我们学校哲学系的主任，挺儒雅的一个老教授，中年得女，尤为珍爱。那天晚上应该是十五，月亮又大又圆还贼亮。

我刚喊了一声“柳老师”，还没来得及客套，这个可耻的老夫子就打断了我，他首先向我抛出了一个哲学问题。他问我：“什么才是最好的爱情？”

我一脸蒙。

“最适合的爱情才是最好的爱情。”他说，“你和小夜显然不适合。”

我无助地望着小夜，她的脸侧向了一边，冷漠无情，似乎我们一周的热恋都是我自己臆想出来的。我说：“我觉得我和小夜挺适合的，再说我喜欢她，愿意为她做任何事情。”

“愿意为她做任何事情？那你现在从那个桥上跳下来，跳下来如果没死我就相信你能为她做任何事。”

我顺着他的手指看了一眼，那座新修的立交桥至少有几十米高，从那上面跳下来肯定会死得不能再死，我又不是傻子，当然不会跳。我心想知识分子恶毒起来，果然比普通人更没有下线。

“亏你还是个大学生，这么简单的道理都不明白？爱是相互的，你觉得合适，那你有没有问过小夜觉得合不合适？”

我又看了看小夜，她依然冷冷地站着，目光从我肩膀处穿过，望向不知道的什么地方。“当然不合适。”她说，“牧戈，今后你不要找我了，你在我身上用的那些伎俩让我恶心坏了。”说完这句话她率先转身离去，留下一个长长的影子，影子越拉越细，最后细得像一支箭，将我射得七零八落。

傻子都看出了我的感伤。

柳主任从口袋里掏出一个信封递给我，他指着远处一高一矮的两栋大楼：“小牧，你看那两栋房子会平视吗？不，永远都不会，它们注定一个要仰望，一个要俯视，它们都会很累，就像你和小夜，所以你们不合适……今后你不要再找她，否则我会想办法把你开除喽。”说完老头也跟着他女儿的影子走了。我正儿八经的一场恋爱就这样戛然而止，刚刚开始就结束了。

拆开信封后我才看到，里面是我的一堆黑材料，包括泡妞的，花天酒地的，甚至连请私人侦探的费用清单和买安全套的小票都有。很快我就明白了：我被我的保姆团给棒打鸳鸯了。

我找到宁先生，他大大方方地承认了，理由和老学究一样：“你们不适合。”

我说：“适不适合关你们屁事，那是我自己的事。”

“不，你的终身大事不是你一个人的事。”

“我找女朋友你们也要干涉？”

没有回话。

“我以前谈的恋爱也是你们搅黄的？”

“是！”

我气到语塞，但是我打不过他们，我只好不太礼貌地慰问了几句他家的长辈，转身扬长而去。后面有两个多月我都不理睬他们，他们再跟着我的时候我就当是陌生人。

一天傍晚，我从学校图书馆出来，看到宁先生站在楼下的人工湖边，另外一个杀手“稻草人”是尾随我出来的，很显然他看着我在图书馆里睡了一下午。我难得来一次图书馆，来这里一是因为我没别的地方可以去了，二是这里真安静，睡觉真舒服。

我看了眼宁先生，又看了看暮色中四下逃散的风，突然觉得无比压抑和沮丧，我向他挥了挥手，他走了过来。我对他们说："把所有跟过我的人都集合一下。"

"干什么？"

我说："我想请你们吃顿饭。"

"吃饭？"

"是的，吃饭。"

他们面面相觑，似乎在想我这个"小祖宗"又会出什么新的幺蛾子来折腾他们。

我看了看手表，哦对了，这块手表是刀疤三块手表中最贵的那块，是三年前他跟踪我的时候被我敲诈来的。我说："现在是 5:20，我 7 点钟在兴盛大厦对面的那家餐厅等你们吧？"

宁先生想了想说："可以啊！不过今天晚上人恐怕不能到齐，明天晚上可以吗？"

我想了想："行！"然后我又说："现在你们就不要跟着我，我要回去睡觉了。"

"那不行，只要你在外面我们就必须跟着你。"

我就懒得理他们了，自顾自地朝宿舍走去。

四人一间的宿舍更像是我的行宫，因为整个学期我只在这里住过几次，同宿舍的室友都有点陌生，更多的时候我住在宁先生他们给我租的一处公寓里。尽管如此，他们依然给我保留着床位。

三个室友像看熊猫一样地看着我，他们客气地和我打招呼："牧戈你来了啊！"

我礼貌性地嗯了一声，自从知道自己随时会死以后，我就再也没有了朋友。我不想和这个世界有太多的联系，那样我死的时候也就和这世界没有什么关系。

我躺在自己的床上，床上的东西都是干净的，我甚至能闻到被套上那刚清洗过的好闻的茉莉花香洗衣液的味道。我看到三个室友还安静地站在那里，我就说："哥几个，给你们准备了一点礼物。"

他们也只是嗯哼了一下声，似乎并不意外。

我说："外面那谁进来吧！"

外面一直跟着我的"稻草人"就进来了，他的手里拖着一个行李箱，将箱子递给我最前面的一个室友后，又悄无声息地走了。

兴盛大厦对面的那家餐厅在学校附近，来这里吃饭的大部分是学生，环境还不错，收费也合理。我之所以选在这里，是打算用自己的钱请他们吃一顿饭。"保姆团"为了不给我这个全校有名的败家子造成"扰民"的不良形象，他们只是包了一个不大的宴会厅，平时学生们会在这里举办一些生日派对和读书会之类的活动。

菜全是我最喜欢的，还在冒着热气。他们跟了我十年，早对我了如指掌。除了跟着我进餐厅的"飞鱼"外，其他人老早就站在里面等我了，对了，里面没有一个服务员。

我的"保姆团"一共有十五个人，其中有两个女的，但是他们和我小时看到的几乎没有太大变化，还是原来的样子。宁先生、刀疤哥、冷美人、朝天炮、大白鲨、小猫、石头、飞鱼、稻草人、老鹰……这十五个人的绰号都是我取的，他们也知道自己的绰号。除了刚刚跟我进门的飞鱼是在我高二那年新加入的外，其他人基本都是看着我长大的。这里面飞鱼的年龄最小，和我不相上下，至少看起来是这样。

这些人我太熟悉了，比我爸我姐都熟悉。望着这些熟悉的面孔，我突然间有些倍感荣幸，因为我知道这里面的每一个人都不简单，他们除了有钱，个人能力也是强到爆的那种，这一点从他们几乎无所不能地达成我的任何要求就不难看出。

我大摇大摆地坐到了主位上，其他人围在桌子两侧，站着一动不动。

我说："都别装了，坐吧！"还是没人动。我就拿起筷子在碗上敲了两下，瞪着宁先生喊道："坐啊！"我知道宁先生是他们的头儿。

宁先生点点头，其他人才坐了下来。

"我这一腔血已经准备好被你们抽干了，但是在被抽干之前，我想见见你们的老板。"

没人理我。

"我虽然花了他不少钱，但这钱是我用自己的命换来的，在要我的命之前，我总得见见当事人不是？"我继续问道，"你们老板是中东王室成员还是某个亿万富豪？"说完我继续盯着旁边的宁先生。

宁先生一脸茫然地看着我。

我有些动情地说道："你们中间大多数人都是看着我长大的，你们也知道我从小到大几乎没有朋友，在我看来你们也算是我的朋友了，虽然你们坑过我，但我已经不怪你们了……我现在只是单纯地活腻了，想死了，所以在临死之前，你们必须安排我和那个要我命的人见上一面。"

还是没人理我。

我说："我都要死了，想见你们老板一面这个要求不算过分吧？"

"我们老板就坐在这里。"宁先生终于说话了。

"谁是你们老板？"我环顾四周，试图从这些熟悉的面孔中找出那张要我命的脸。

"我们的老板就是你。"

"我？"我差点跳了起来。

宁先生肯定地点点头："对，你就是我们老板。"为了让我相信他的话，他还努力装出一副诚恳无比的样子，表情到位，眼神坚定。不给他颁个小金人我都觉得委屈了他。

“你们别再耍我了。我都要死了，你们就不能让我死个明白吗？如果连这点要求都不能答应我，那我就会让你们白忙一场。”

“你不会又想着自杀吧？”老鹰插嘴道。我之前已经用自杀威胁过他们无数次了。

“你们看我像开玩笑的样子吗？老子早就受够了，也活腻了，老子现在一心求死。”我很严肃地看着他们。

“我没有骗你，你就是我们的老板。”宁先生很肯定地重复着刚才的话，然后又补充说，“以后你会明白的。”

“那你们当了我十年的跟屁虫想干什么？”

“保护你。保护你是我们的职责……老板，如果你死了，我们也活不成，非但我们活不成，我们的家人朋友也都活不成，所以你绝对不能死。”

我越听越觉得自己像个傻子：“拜托，我已经成年了，用这种低级的玩笑来忽悠我不合适了……我是真的做好了准备，不用担心我接受不了。”

“我没有骗你，也不敢骗你。你一生下来就是我们的老板。”宁先生斩钉截铁地回答道。

我已经没力气和他们继续玩这种没有意义的把戏了，我将计就计地反问他：“我真是你们老板？”

“是的！”

“那好，你们都听老板的对不对？”

“对！这么多年来，我们什么时候违背过您的意愿？”他开始使用尊称了。

“好，既然我是老板，那你告诉我，我这个老板是怎么来的？”

“对不起，这个暂时还不能告诉您，不过以后您会知道的。现在您只需要知道是我们的老板就行了。”

要不是我从小就经历了这荒唐的人生，我差点就成神经病了。我长吁一口气：“你们确定听我的？”

“当然。”

“那好，既然你们现在不打算要我的命，既然你们说我是老板，那我让你们从明天开始不要再跟着我，让我像个正常人一样活几年行不？”

“这恐怕不行，我们要对你的安全负责……”

“那我如果坚持要这么做呢？”

“老板，你就这么讨厌我们吗？您刚刚还说我们是您的朋友。”

“朋友和被讨厌跟踪之间有什么联系吗？你们被人盯个十多年试试？这十年我连一点自由和个人隐私都没有，就连上厕所你们都能随时给我递纸，泡个妞你们都能随时给我递安全套，我是真受不了啦！别废话，你就说行不行吧？”

“让我想想办法。”

“好，我给你们半个月时间，半个月后如果没想出一个不跟踪我的办法我就自杀去了。”说完我挥挥手，“你们可以走了。”

“老板，您不是要请我们吃饭吗？”冷美人站起身后补充了一句。

我这才想起今天是要请人家吃饭的。我不好意思地笑了笑，说：“对对对，先吃饭，吃完饭你们再走。”

我就这样莫名其妙地成了一群牛人的“老板”。如果他们说的是真的，那就只剩一个解释了：我爸很有可能是个隐形的大富豪，因为害怕我骄傲也怕我遭人绑架所以才出此下策。这样一想很多事情似乎就想明白了，我经历了这么多，我爸却始终是一副波澜不惊的样子，在修车和赚钱之间，他也更热衷于前者。再就是我从小到大一直读的是昂贵的贵族学校，按道理以他的收入是不具备这个能力的，但他好像很轻松就做到了……

我爸应该就是这种人。这是我经过了艰难的思考后得出的唯一合理的答案。但不管怎么说，我不喜欢再被人监视和跟踪了，哪怕这些人我并不讨厌。

一周后，宁先生找到我，他说："还有一个办法可以保护您，还不需要我们再跟着。"

"只要你们不再跟着我，什么办法都可以。"

"当兵。"

"当兵？"

"嗯！"

"军队安全。"

我并不喜欢当兵，我说："我考虑一下吧！"

"这个您不能考虑了，我已经在网上帮您报了名，学校这边保留学籍的相关手续也在帮您办了，而且我们进行了评估，以您的条件通过审查是没有问题的。所以老板，您得准备去军营了！"

"什么？你已经帮我报名了？"

宁先生没理会我的抗议，继续说道："您运气不错，这次海军正好招人，我就帮您报了，海军可以让您待得舒服很多……"

没经过我同意就把生米煮成了熟饭，我算哪门子的破老板？但事已至此，去军营好像真是我唯一的选择了。我用眼神杀了宁先生一次，他假装没看见。

去部队的前一夜，我特意拉着冷美人和飞鱼绕到了上次和小夜分手的地方，我指了指两栋一高一矮的大厦："你们告诉我，我和柳小夜谁是那栋高楼？谁又是那栋矮楼？"

"您当然是那栋高楼。"他们几乎异口同声，且不假思索。

第三章　特殊任务

新兵训练结束后我被分到一艘护卫舰待了半年，半年后，海军的大学临时扩招学员，我莫名其妙被选中。在军校刚学习了两年，战争爆发了，于是我这批学员提前毕业，大部分被派往了前线，我被派到了舰队基地负责训练新兵。老实说我不算个好兵，当然更算不上是一个好的教官，无论是成绩或表现都十分平庸，最主要的是我还没有军人的骨气，比较贪生怕死。

因为从小特殊的经历，我依然没有真正的朋友，这让我经常怀念我的保姆团。自从我到了部队后，他们就彻底不见了，再也没有人跟踪我，这让我多少有些不习惯。人有时就这么贱，扣肉摆在碗里的时候没有珍惜，掉在地上被狗叼走了才知道懊悔。

可恨的是，保姆团没一个人联系过我，他们在我的生活中彻底消失了。经常联系我的是雨叔，他每个月都会固定给我打一个电话，他比我爸还像我爸，我那个亲爹只会偶尔在旁边说几句家长里短。我打听过几次保姆团的事，他们都说不知道，事实上我敢断定他们都知道。问了几次后我放弃了。哦对了，我到军校的第一年姑姑和我姐牧晨雪来看过我两回。

可能与我们常年不在一起生活有很大关系，牧晨雪在我的心里是一个奇怪的存在，她是唯一让我觉得亲切却又感到陌生的人。她比我大好几岁，已经结婚了，和我姐夫在首都一家厉害的研究所工作。他们结婚那次正赶上战争爆发，我没有参加他们的婚礼，当然也就没有看到我姐夫。不过看过照片，中规中矩的一个半老学究，结婚前还是我姐的老师，比我姐大了足足二十岁。

她第三次来看我的时候我已经在基地带了半年的新兵，长时间的海风洗礼和机械训练让我看起来更像一个男人了。基地在一座海滨城市的山里，有一面是靠着大海的。她是太阳落山的时候来的，那时我刚到宿舍门口，三个人就从营房的另一边走了过来，前面的正是牧晨雪，她旁边是基地的池参谋长。还有一个穿西服的年轻人不紧不慢跟在后面，手里拎着一只大箱子。

“牧老师您看，牧戈在我们这里锻炼得不错吧？”池参谋长打着哈哈。

牧晨雪露出两颗白牙：“还是池参谋长领导有方啊！”

池参谋长打着哈哈：“牧戈，你姐来看你了。你们姐弟俩好好聊聊，一会儿到食堂吃饭，我在那里等你们。”

“池参谋长，晚饭就不麻烦你了。”

“也好！那你们聊，我先不打扰你们了。”

池参谋长转身走后，牧晨雪放下了她科研工作者的呆板和矜持，一下就冲了上来，给了我一个大大的拥抱：“老弟，想你姐不？”

我说：“不怎么想，两年了，我都快忘记你长什么样了……我姐夫没来？”

“你姐夫哪有时间，一堆课题在等着他。”

“不来就不来，还找借口。”说完我开了门。

牧晨雪使了个眼色，她身后的年轻人麻利地将箱子拎进了我的宿舍，然后一声不吭地退到外面去了。

“这人是谁？保镖？”

“我一个做学问的小知识分子哪来的什么保镖？单位派的助理，我这次是来开会，离得近，所以顺道来看看你。”

“你是怎么进来的？我这里可不许家属探视的。”我说的是真的，现在是战时，我所在的基地也算是敌方重点关照的目标，远处的军港三天两头拉防空警报，这里一大片划为了军事禁区，普通人是绝对进不来的。

牧晨雪打开箱子，从里面搬出一堆吃的和生活用品放在我桌上。很多都是她以前经常给我寄的，她知道我喜欢吃。这些东西都贼贵。我也不知道她们研究所的工资到底有多高，能经常给我寄这些好东西。

“这有什么奇怪的，我们研究所和军方也有不少合作，你姐夫跟基地的几个领导也都是朋友，这点面子他们还是会给的。过来吃东西吧！你们食堂也没什么好吃的。”

我随手拆开一盒巧克力，拿了一块放自己嘴里，又递了一块给她，她掰了一小块放到嘴里，其他的又塞回我嘴里，她的目光在我的单人宿舍里扫了一圈：“习惯吗？”

“还好！”

“你以前没吃过这种苦，也是难为你了。”

“你怎么知道我没吃过苦？我吃的苦多了。”我的嘴巴吧唧吧唧。

牧晨雪看着我猛地在往嘴里塞吃的，沉默了好一阵子才说话：“也对，没妈的孩子就算天天吃糖嘴巴也是苦的，好在你现在长大了……说吧臭小子，你还想留在这里不？不想留在这我就想办法帮你再换个地方。”

我愣住了，似乎明白了些什么：“不用，我在这挺好的，另外我要告诉你啊！我的事你不要插手。”我虽然有些混蛋也贪生怕死，但男人起码的尊严我还是有的。

“好好好，我就问一下，你别生气。”牧晨雪笑眯眯的，将刘海往旁边拨弄了一下。她其实并不算好看，脸上长了黄褐斑，皮肤有点黄，还有一副知识分子那种不为人欣赏的清高，只有在我面前她才是一个姐姐的样子。我吃东西的时候她就一直静静地盯着我看，眼睛亮晶晶的，也不说话。

外面有人敲门，她的助理站在门口：“牧老师，您的电话。”

两分钟后她回来了，重新坐回到椅子上继续看我吃东西。我终于吃饱了，拍拍手，抹了抹嘴巴：“我吃饱了，带你去我的地盘参观一下吧！然后我送你去基地招待所，当然你愿意的话住在我这也行，我去和新兵们挤挤。”

“对不起啊老弟，姐一会就得走。本来是打算明天再走的，临时有急事。”她歉意地看着我。

我当然不乐意，我说：“你可真是我亲姐，两年没看我，来了就坐半小时。”

“姐是真有急事，姐答应你下次一定多陪你几天。”

我说归说，但也站起来送她。

“来，再抱一下姐。”

我就抱着她，她个子不高，趴在我一米八的大个子怀里，就像是一个大号的洋娃娃。松开手的时候，她抹了一下眼睛说：“你不要怪姐姐，姐这么忙可都是为了你。”

“为了我？”

可能意识到自己有点失言了，她笑了笑解释说：“你是姐姐最重要的人，我不得帮你赚点钱啊，姐现在帮你多攒点钱。”

“姐，你可真伟大。你还是赶紧帮我生个小外甥，帮他存点钱倒是真的。”

她就笑了。

我把她送到基地的大门外，三辆黑色的大奔停在那里，池参谋长居然也等在旁边，牧晨雪只是冲他点了点头，招呼都没打就上了车。

车队很快就消失在暮色中。这时，远处的军港再次响起了急促的防空警报。

池参谋长目送车队消失后，才回过头来："小牧，我和你姐姐姐夫都是朋友，以后有什么事可以直接来找我。"

"是！谢谢参谋长。"

池参谋长点点头，紧了紧身上的衣服走了。

外面确实有点冷了，这会还没立秋呢。我记得小时候的这个点正是"秋老虎"横行，可近几年气温骤降，南方沿海地区都开始下雪了。前几年就有科学家不断发出警告，说是极端的拉尼娜现象即将大面积爆发，但没有引起人们足够的重视，直到前年非洲和一些从不下雪的赤道国家突然下起了暴雪，人类才意识到灾难真的降临。紧跟着，地球上有百分之三十的耕地面积被大雪终年覆盖，紧随而来的是全世界范围出现大面积饥荒和骚乱，还有战争。

我心中的一堆问号再次蹦了出来：池参谋长和我姐站在一起的时候，我察觉到他有一种难以掩饰的恭敬，这显然不是朋友间应有的姿态，倒更像是上下级的关系。他堂堂一个高级军官犯不着对一个普通朋友如此恭敬的。另外，我姐只是一个普通的科研工作者，无论是级别还是资历都不足以配助理和那么昂贵的汽车，而且她那个年轻的助理一看就不是什么文职人员，举手投足间妥妥的一个保镖。

我姐到底是什么人？她在干什么？她是不是也像我以前那样，身后跟着一个"保姆团"？……这一连串的问号我是没有答案的，但我懒得问也懒得再想了，反正我从小就生活在一堆问号里，再多几个也无所谓。

两个月后，我被调到基地警卫连担任连长兼勤务营的副营长，接下来的一年多里，警卫连配合安全部门抓捕了两次敌国间谍，其中一次还进行了枪战，我因此也算是上了回前线。而这一年多里，天气变得越来越恶劣，战争却没有停下来的意思，基地所在的城市经常有敌机光顾，小规模的空战时有发生。

10 月 7 日那天早上，我突然接到紧急命令，让我亲自带几个人赶往市中心的地方法院执行任务。我挑选了八名队友赶到市法院，那里已经围了不少人，有警察也有军人，舰队的张少峰副司令也在，就是他直接给我下的命令。而这个任务不过是押送两名犯人前往监狱。

登机前，张少峰把我叫到了跟前，他的脸色和这个漫长的冬天一样严峻，他一直沉默着，我只能站在原地等候最后指示。这时一名戴着墨镜的年轻军官小跑过来，在将军的耳边低语了几声后，张少峰的眼神闪过一丝紧张和不安。我敏锐地捕捉到了这个反常的信息："将军，您还有什么要交代的吗？"

张少峰看着那名军官跑远以后，从口袋里掏出一样东西，假装与我握手的时候塞给了我："这个东西非常重要，不管发生了什么事，它都不能出现任何意外……"

我接过他掌心里的东西瞟了一眼就塞进了口袋里，那只是一枚看起来十分普通的军徽。

"这个东西你先保管一段时间，任务完成后带着你的人不要回基地了，直接去二十一区报到，并将这东西亲手交给他们基地的负责人俞卫树上校。除此之外你不能交给任何人。"

"是！"

"不管发生了什么事，你都要完成这个任务，这是死命令。"

"是！"

随后张少峰告诉了我一个"二十一区"的经纬度坐标，让我马上记下来。我的内心有些激荡，我当然知道“死命令”是什么意思，通俗地理解就是只要我没死，这任务就得完成。

半个小时前，数名军事法官在这个地方法院进行一场短暂的审判。这场秘密进行的审判从开庭到宣判只进行了十分钟，中间没有询问和陈述，也没有双方律师剑拔弩张的诡辩，两名犯人很快就以间谍罪宣判并押上了一架停在法院外面的直升机。

望着远去的直升机，张少峰的神情由坚硬慢慢变得松弛，不知道过了多久，几名穿着西装的男子站到他的身后，张少峰看都没看他们一眼。

“张副司令，我们是 TSD 的，有些事情需要您配合调查。”

张少峰什么也没说，大步走向了路边的一排汽车，他看到自己的秘书被粗暴地推进了后面的一辆黑色轿车里。

上车后，坐在他左边的年轻人给他戴上了手铐，从右边上来的一个人将一张纸在他眼前晃了一下：

“将军，你被捕了。”

第四章　里岛监狱

这时下午三点刚过，直升机从地方法院前面起飞。超低空掠过中央大街的时候，惊动了楼顶一群慌乱的鸽子。透过机窗，能清晰地看到远处的圣心大教堂，那座古老的中世纪建筑在钢铁森林中显得那么突兀和孤独。

“呜嗡嗡……呜嗡嗡……呜嗡嗡……”城市上空响起了急促、刺耳的防空警报，鸣六秒停六秒，重复十五次，标准的空袭警报。

“连长，这仗啥时能打完啊？”说话的是我的二排长宏森俊，他以前是日本人，而现在是我国国籍。过去的几十年里，剧烈的地壳运动和冰川融化，导致包括日本在内的一些沿海国家和地区的很多陆地永久沉入海洋，日本政府不得不启动了人类史上最为庞大、悲壮的移民计划。巴西、加拿大以及澳大利亚还有我国出于国际人道主义，在十几年前便接收日本难民，数千万日本人自愿放弃原国籍，成了各收容国的正式公民。宏森俊就是十年前作为难民跟着父母移民到我国的。

我转身瞪了他一眼：“你安静一点！”

宏森俊一张脸躲在战术头盔里，队友们一个个抱着手中的步枪正襟危坐，没人搭理他。只有那其中一名犯人听到了防空警报声，一条腿本能地缩了回去。

“连长，给你说个好消息呗！”

“说！”

“我媳妇给我生了个儿子，前两天地方上的朋友转告我的。”宏森俊小声说道。

“那的确是个好消息。恭喜啊！出完这趟任务我想想办法，看能不能给你弄几天假回去看看。”这样的时刻，傻子才会打击手下。

“感谢领导关心，我代表小宏森俊感谢你这个当叔叔的，不过份子钱也得准备好。”宏森俊咧着嘴。

队友们小声窃笑了起来。

“都别笑，谁都跑不了。”

飞机里重新安静下来，只剩下发动机细微的嘶鸣声。

在海上飞行几个小时后，天已经黑了。直升机突然抖动起来，而且越抖越烈。

“上尉你过来一下，有情况！”前排的驾驶员喊道。

我快步跑到驾驶舱，没等机长开口我已经惊呆——原来前方的海面出现了一大片恐怖的大雾，雾下面的海水闪烁着幽蓝且诡异的光。

“绕道脱离，快。”我感觉我们不小心闯到了地狱的入口。机组按照我的指令转向飞行，但为时已晚，飞机的各种电子系统瞬间失去了控制，直升机好像被一双强大却又无形的大手拉扯着，不一会儿失去了控制，像风筝一样被拉向了那片发光的海域。

飞机终于飞进了那片光里，海面的雾里透着数不清的幽蓝和暗白色的光，像传说中海妖的眼睛。伴随着这一切的还有从大海深处传来的一种奇怪声音，像是万吨巨轮发出的汽笛声，又像是深夜的两根不同极的电线在交头接耳地嗞嗞作响，紧接着，海面上冲出无数道细小的水柱……

刚取下武器，我就看到了一道光。光美美的，外围的光晕璀璨壮丽、千变万化，它以一种极快的速度在我眼前扩散，扩散的速度比我的想象力更快，而且锋利无比，先是切开了我头盔上的眼镜，然后像是直接切开了我的大脑……

我醒过来的时候，东方已经发白，眼睛依然在火辣辣地刺痛着，好半天才睁开双眼，四周是真的一望无际的海洋啊！好在身下有遇水能自动充气打开的智能救生背包，上面的橙黄两种警示灯也在大海中不停交替闪烁着。我身边没有一个队友，犯人也不见了，就连坠机现场应有的油渍或碎片都没看到。摸了摸口袋，好在军徽还在。不过几分钟后，我发现有一个更重要的东西不见了，那就是我妈留给我的那枚戒指，它平时静静地套在我的食指上，暗白柔和、平淡无奇。

忍受了一夜的饥寒交迫后，一架舰载直升机飞过来，将我带到一个小岛上。

这个小岛应该不到三平方公里，还有一部分面积被原始状态的石山占据着，石山周围建有几栋二三层高的旧房子，外面是围墙以及铁丝网。

来不及观察一下周围的环境，两名同行就把我带到了一间破房子里。

"上尉，从现在起你不得离开这间房子，就在这里等着，上面有话要问你。"一名戴着眼镜的海军中尉冷冷地撂下这句话，转身出了门。他军衔比我低，但傲慢得却像是一名将军。

屋子里都是历史的气息，古老的木制办公桌和单人床，伤痕累累、满是斑驳的长椅，墙上甚至还贴着几张发黄的旧报纸。我刚刚脱下泡湿的衣服，一名士兵很有礼貌地敲门进来，放下一身干净的军装。

"向后转！"我说，"我要换衣服。"

两名士兵收走了我换下来的所有衣服和装备。看到他们离开后，我从嘴里吐出那枚军徽。

也不知过了多久，门再次开了，两名军人走了进来，高个子是出发前在法院门前有过一面之缘的少校，他那时远远地站在张少峰的身后，像是躲在将军的影子深处，我一眼就认出了他，另一个是刚才的海军中尉。

“你是牧戈？”

我嗯了一声。

“我是受政治部委托，想问问你到底发生了什么事。”少校语气很冷。

我对这种审问式的谈话很反感，但还是老实地将事情讲述了一遍。

“一派胡言。”少校厉声站了起来，“我们的卫星和飞机搜索了事发地点直径 80 海里的所有区域，根本没有发现任何舰船活动的迹象，犯人和你的队员一个都没有，哪怕是一具尸体都没有发现，还有你的战场记录仪为什么也被清空了？”

“我不知道，知道的我刚刚都说了。”

“……尤超，通知军医给他做一个检查，我怀疑这哥们疯了。”

我没有任何抗拒的意思，因为我也不相信自己说的话。我被带进了院子，意识到事态蹊跷，在医务室接受检查的时候，我找准机会将军徽塞进了一台仪器桌面下的缝隙里，并确定它不会脱落。一个小时后，我再次回到原来的房子里，重复了一次刚才的问话。

少校有些恼火，他沉默了好半天点上一根烟：“兄弟，这件事情很严重你知道吧？如果你不说实话没人能帮你，你可能要对此次事故负全责，会被送上军事法庭的。”

我点点头：“我对自己说过的话负责，我知道你们不相信我的话，因为这些话我自己都不相信，除非……”

“除非什么？”

“除非海上发生的一切都是幻觉，或者是我做了一场梦，但显然它不是。”

少校终于忍无可忍，他拍案而起，沉默许久以后，他把烟头扔在地上狠狠地踩了几脚，冷不丁地问道：“你和张副司令是什么关系？”

“上下级关系。”

“仅此而已？”

“仅此而已，我一个小连长能和将军有什么关系？”

“把他给你的东西交给我，我现在代表军队收回去。”

“东西？什么东西？”我马上意识到这个家伙在套路我，只是他不知道说瞎话也算我的强项之一。虽然我不知道张少峰给我的是什么东西，但一个小小的少校想拿走将军交给我的任务是不可能的。

少校眼睛直勾勾地盯着我，想从我的眼神发现点什么，他失望了：“再想想，他到底给没给过你什么东西？或者说你是要看到基地政治部或者更上一级单位的书面命令才肯把东西交出来？”

“对不起，就算你拿出国防部的命令我也没办法执行，因为他什么都没有给过我，而且我身上所有的东西都被你们拿走了。”

“事情没调查清楚之前，你还得暂时待在这里。”见问不出什么名堂，少校站起身来，将口袋里的半包烟扔在桌上，“我叫何承志，以前是‘子牙’号的舰长，刚刚调到这里来当军代表兼监狱长，你想起什么可以随时找我。”

“子牙”号的舰长是名少校？这艘传奇战舰的指挥官怎么也得是个上校吧？身为海军的一员，我对这艘久负盛名的明星舰艇可是一点不陌生，排水量达到惊人的五万吨，世界上排名第二的水下巨无霸，曾创造过击沉十三艘各型舰船的辉煌战绩。可惜几个月前在军港被间谍破坏，虽然没有沉没，但全舰有四十多名官兵阵亡，船体严重受损。我很快明白了，何承志肯定是受此影响，被降衔降职发配到这个鬼地方来当监狱长。

他的背影消失了，在门合上的那一刻，我看到了对面院墙上有一行残缺不全的老标语，字迹已经模糊得很难辨认了，后面依稀是两个字：万岁。

这个世界充满着荒唐与讽刺——作为押运犯人的军官，犯人没进监狱，我自己却身陷囹圄了。最初的半个月里，岛外来了一支调查小组，折腾了好几天后，同样一无所获地离开了。但是他们明确告诉我，事情调查清楚之前，我仍然要继续留在这个监狱。我被转移到了工作人员生活区域的一栋旧房子里，和后面的监区隔着两道高墙，基本像个犯人一样被限制了自由。

好在我从小被保姆团折腾得心态还不错，我安慰自己说既来之则安之。很快我就认识了每天来送饭的狱警“坦克”。人如其名，像钢铁一样冰冷和魁梧，小平头，眯眯眼。或许觉得我是一个与众不同的人，给我送饭的时候，他会主动陪我说几句话。

慢慢地我也知道了一些事，比如这座孤岛就是我此次任务的目的地——传说中的“里岛监狱”。这个小岛是租借他国的，租期是99年，已经是第二次续约。这里以前是个麻风病院，后来被改造成了特殊监狱。岛上的犯人不多，但都大有来头，连监狱都不知道他们的真实身份……我还知道了上次的押送任务本来是由这里的狱警来完成的，不知道什么原因临时换成了我。这么说来，我和我的小队替狱警们挡了枪，无意中成了他们的救命恩人。基于这个原因，岛上的狱警对我还算不错，他们经常托坦克给我带点香烟和美食，有时还有酒和咖啡。

基地再也没来过人，很快十四个月的时间就过去了。其间我去找那个何承志闹过几次，可这家伙每次都一脸的爱莫能助，说基地严令，不准任何人打听你牧戈的事。最后把他逼急了，他直接从办公桌后面跳了起来：“兄弟，我实话跟你说，你的事情我是一点忙都帮不上，就算想帮你，我都不知道给谁打电话呢！”

我说：“我想给我姐打个电话。”

他说：“那更不能，你现在不能与外界有任何接触。”

事情就这样拖了下来。

岛上的伙食越来越差。没多久，整个小岛全面停电，一日三餐也被压缩成每天仅提供一碗咸鱼粥。没有了电，监狱的智能系统彻底瘫痪了，犯人们也因伙食不好而躁动不安，渐渐有了骚乱。考虑了几天后，我决定找个机会脱身，都说公平正义不会缺席只会迟到，可它万一迟到几十年呢？我岂不是要烂在这个破岛上？何况我有重要的任务在身，张少峰至今也没派人联系过我，我就像断了线的风筝一样慌乱且毫无头绪。

有天坦克突然告诉我，外面的补给船有大半年没来了，而且岛上也无法联系上外面，网络通信全部失灵了。

简直是天方夜谭。我将坦克断断续续传输给我的信息梳理了一下，得出一个结论：里岛是所等级极高的监狱，关押在这里的犯人皆非泛泛之辈，如此重要的地方居然能与外界失联大半年，只能说明外面发生了大事。

“更奇怪的是，岛上也先后派出了三拨人，可没有一个人回来的，你说是不是见鬼了？”

“如果外界一直不来送补给的话，我们还能撑多久啊？总不能天天喝粥吧？”

“现在能有口粥喝就不错了，这还多亏我们之前捞了一些鱼风干，否则现在怕是连鱼粥都喝不上了。”

我试图从坦克激烈的情绪里捕捉到点什么，他显然没有说谎。于是我叹息一声：“我想再见见何承志，你带我过去和他聊聊。”

“牧戈，实话跟你说吧！何承志是第二拨离开岛的，带着他的兵都走了快三个月了。再说你见过他几次了，有用吗？”

“坦克，我还不算犯人对吧？”

坦克想了半天没有回答。

“不管算不算，你给我说句实话，外面到底发生了什么事？”

坦克欲言又止，最后什么都没说。

“我要离开这里。”我坚定地告诉坦克，他摇摇头：“你走不了的，你的事情没解决之前肯定得留在这里……何况岛上只剩一条破船了，还没有油。”

一周后的某天凌晨，小岛上突然响起了枪声和爆炸声，这种声音我比较熟悉，带新兵的时候，这种声音就成天激荡着我的耳膜。但这时候的枪声让我紧张，甚至是有些害怕。枪声持续足足有十多分钟，然后陷入了漫长的寂静。

我决定不再等死，费了九牛二虎之力撬开窗户，从里面爬了出来。岛上一片漆黑，死一般沉寂，空气里弥漫着刺鼻的火药和血腥味。我悄悄地摸到了医务室，将那枚军徽取了出来，别在自己的衬衣领内侧。

我在警卫宿舍门口看到一把还在亮光的手电筒，我捡起来看是把战术冲锋枪，手电筒加装在上面，旁边躺着一名中枪的警察。我捡起枪躲到一间没人的房子里，直到天快亮了才出来。

这是我第一次看到这么血腥的场面，也是第一次看到这么多死人。监区躺着好几具尸体，在通往后山的环岛小路和码头上也发现了好几具尸体，其中大部分是警察，很显然，这里也发生过激烈的枪战。

监区里所有牢房的门都是打开的，地上七零八落地也有十来具尸体。我在一楼终于发现了一个还活着的警察，他腹部的鲜血染红了大衣，看到我，他努力举起一把手枪。

“不要紧张，自己人。”

警察确认我是那位被莫名其妙关押在这里的海军军官后，放下了枪。

“发生了什么事？坦克呢？”

警察吃力地指了指楼上。坦克果然被锁在最左边的一间警卫值班室里，和他一起的还有两名年长的犯人。

按照他的指引我找到了钥匙，打开了铁门。扶着两名有气无力的老人准备出来时，坦克一把抢走了我的枪，将我们堵在里面：“你们三个人还不能离开这里。”

“你疯了吗？这岛上的人全死光了，你留我们三个人在这里等死？”我气得想打死他。

“这里是监狱，你们是犯人而我是警察。”坦克说着锁上了门。

“你没病吧？刚才要不是我放你们出来，你们都得烂在里边。加上这一次，我已经救过你两次了。”

“我知道，我也感谢你，可这是两码事。”

“坦克，你真是一个神经病。”

他脸色很难看：“牧戈你不要骂人，我也是职责所在。”

我本来饥寒交迫还有些紧张，被这个死脑筋一气差点就吐血了。两名老头倒比我淡定多了，靠在墙边一声不吭。

第五章 科罗拉多病毒

也不知道过了多久，坦克端着三碗粥从铁门的缝隙塞了进来。闻到了食物的味道，两名老人顿时有了活力，没一会儿将三碗粥全部喝完，一口都没给我留。

“到底发生了什么事？”

“劫狱！还能是什么事？”坦克走路一瘸一瘸，估计是受了伤。

凌晨的时候，大约有三十名装备精良、训练有素的武装分子乘船秘密登岛，据说在寻找几个重要的人物。他们暗杀了数名看守后，将牢房里几乎所有活着的犯人都带走了。由于行动被察觉，双方进行激战，无奈实力悬殊，岛上的狱警要么被打死，要么被俘，连同犯人们一起被带走了。

“劫匪为什么没宰了你？还留下了两个人？”

“不知道，别问老子！”坦克不愿意再说，刚历经了一场浩劫，同事们死伤惨重，心情自然不好。坦克下楼后，我转身看着两名坐在昏暗的光后面的老人问道：“他们为什么把你们留在这儿？”

良久，秃顶老人不紧不慢地开口了：“我们两个老家伙没有什么利用价值，带着还是个累赘，谁愿意带呢？这么简单的事有什么难以理解的？”他个子不高，但可能是因为刚才吃饱喝足了，声音洪亮，中气十足。

另外那位老人则冷冷地打量着我。他七十岁左右的年纪，满头白发，除了和他的同伴一样瘦削外，皮肤还显现出一种不健康的苍白。岛上断粮已久，他们和年轻人一样扛着饥饿，营养不良早就写在了脸上。我虽然有时也挺混，还不至于和两个老头怄气，更何况还得省点力气扛饿。

天色大亮，阴冷的空气中，血腥味慢慢淡了。

两名穿着单薄的老头面对这样的天气明显有些招架不住，这是一间警卫值班室，里面没有床和被子。他们只能背靠背地缩成一团。我想了想，将自己身上的大衣脱下来扔给他们。

“白头翁”看着我：“你自己不冷吗？”

“当然冷，不过我好歹比你们扛冻一些，也不能眼睁睁看着你们冻死对不对？就当我是在尊老爱幼吧！”

“白头翁”笑了：“小子还挺有几分侠气。自我介绍一下，我叫阮文同，这位是闻元亭教授……我们有些年没提过自己的名字了，哦，小子你叫什么？以前怎么没见过你？”

听到这两个名字我心中一惊，因为刚才坦克在讲述劫狱事件的时候，说劫匪后来在监狱不停喊着这两个名字。阮文同是越南人，他和闻元亭一样，应该是武装劫匪重点要找的犯人之一，可为什么却偏偏把他们留下了？

阮文同看着我满脸疑惑的样子，说道：“实话告诉你吧！我和闻教授就是他们想找的人，只是我们暂时还不想离岛。”

“闻元亭？教授？”

阮文同哼了一声，他瞪着我：“有什么奇怪的吗？我们看起来难道不像文化人？”

我感觉如果再质疑他们的身份，这老头会马上跳起来咬死我，于是我连忙点头："像，你们这气质一看就是特别有学问的人。"

"哈哈，老阮说得没错，其实这个岛上的犯人都没有名字，只有编号，我编号 065，老阮的编号是 031，这里也没有人知道我们的真实姓名。何况我们不想走，他们也没办法。"

"你们因为什么事进来的？"

两老头交换了一个眼神，诡异地笑了笑。

"我们是杀人越货的江洋大盗呗！"阮文同似乎还在为我刚才的质疑耿耿于怀。我没有再继续问下去，就算情商再低，我也知道这是个很不礼貌的问题。

从小到大我见了不少奇怪的人，比如我保姆团的每一个人就都很奇怪，我不知道他们住在哪里，住什么样的房子，有没有成家。为了释疑我还曾经反跟踪过他们几次，但没有一次是成功的，总是跟着跟着他们便幽灵般地消失了。再比如雨叔，明明一表人才却偏偏不成家，成天跟着我爸修着破车，我甚至一度怀疑他们是同性恋……先贤曾说生命诚可贵，爱情价更高，若为自由故，两者皆可弃，可是这两个老头连自由都放弃了，这不是脑子坏了就是坐牢坐上瘾了。

"对了年轻人，你是谁？你是怎么关进来的？"

我将这趟押送犯人的经历说了一遍。我这样的经历在正常人看来是不可思议的，然而阮文同和闻元亭听完我说的这些以后，他们脸上的笑容慢慢凝固了，脸色变得越来越难看。

"你们没事吧？"

两位老人对视了一眼，似乎都想从对方的脸上得到些什么，但显然对方和自己一样惊诧。

"看来是动手了，否则这些家伙不会轻易现身。"闻元亭像是在自言自语，这时候他好像不再恐惧寒冷和饥饿，在冰冷的房间里来回走动着，双手不停地紧搓在一起。

阮文同也站了起来，任由我的那件外套滑落在地上。

“老闻啊，这样看来，外面的世界和我们的判断差不多了，还远远不如这个破岛安全咧。”

闻元亭的眼神由惊悲慢慢转换成悲凉，眼睛里泛起一波泪光，半晌他颤巍巍地说：“恐怕是这样了。”

“对了老阮，他们开始是不是还叫了一个名字？”

“是的，他们喊了几声老板，坐牢的人里面还有老板？什么人才够资格当他们的老板？”

“老板？”一听到这两个字，我的脑子嗡地一下，难道劫狱的是我的保姆团？如果是的话，他们是怎么找到这里的？武装分子和这个监狱的犯人又是什么关系？两个老头听了我的故事为什么会有这么激烈的反应？外面到底发生了什么？……不过我可以肯定这两个老头知道些什么。

两个老头瞪着我：“你认识这个‘老板’？”

我做贼心虚地解释说：“不不，我可不认识什么老板。”

许久，阮文同说：“小牧，你想出去吗？”说着他用手指了指窗户。

“当然！”我不假思索地表明了态度。

“安静地活在这个荒岛上不好吗？我几乎可以断言，现在外面的世界要比这个破岛危险得多。”

“再危险我也要出去。”

我当然怕死，但我不愿意稀里糊涂地老死在这个破岛上。何况我有家人，还有重要的任务在身呢！

中午的时候，坦克把我们放了出来，可能他意识到这个时候多三个伙伴要远比三个累赘强。我很想揍他一顿，但是他有枪，我却饿得只剩下半条命了。

腹部受伤的警察叫林航，伤势有点麻烦。

整个下午，两个老头都帮着坦克在清理遇难者的遗体，而我到处翻箱倒柜找吃的，填饱了肚子后，躺在床上美美地睡了一觉。后来两老头告诉我，坦克将他同事的遗体拉到岛北侧的一处小悬崖扔下去海葬了。坦克说那里是鲨鱼湾，就让所有人的灵魂顺着大海回到自己的故乡吧。

睡醒来以后，一个残酷的问题摆在了我的面前：岛上只有一条没有燃料的渔船，我怎么才能离开这个鬼地方？

第三天的时候，我在北侧那处悬崖附近的石山里发现了一处隐秘的山洞，连上面的铁门都涂上了伪装色，不留意很难发现这里。大家同样对我的这个新发现深感意外，就连坦克也不知道有这个洞的存在。因为石山那一片区域是军方划出来的，只有军方授权的人才可进入。

“不管里面是什么，我都要弄开它，万一里面有个仓库呢？找些吃的也好啊！”我的态度明确，我知道监狱的器械库有一些雷管和TNT炸药。

坦克不同意，他坚决反对我破坏岛上的军用设施。我终于忍无可忍和他干了一架，动了手我才知道，自己在部队的那几年算是白待了，所学的格斗术关键时候全忘记了，只能和他抡了一通王八拳。坦克的块头和力量都比我大，用王八拳打架显然是我吃亏，没多大工夫我就被揍得鼻青脸肿，他甚至还拿出手铐将我铐了起来。后来在阮文同、闻元亭和林航三人的一致谴责下，他才知道犯了众怒，很不情愿地解开了我的手铐。

两老头见事态平息，松了一口气。

“那下一步怎么办？”坦克问道。

“下一步我们必须搞清楚外面到底发生了什么事。你们和外界有联系，应该知道些什么吧？”阮文同问道。

“半年前的确发生了一些事情，当时担心在岛上引起骚乱，所以我们封锁了消息。”坦克说，“七个月前暴发了科罗拉多病毒，哦，这个病毒最先是在美国的科罗拉多暴发的，所以联合国就给这病毒命名为科罗拉多病毒。新闻上说这个病毒刚暴发了一周时间，全世界就死了九千万人，战争也因此停止了……病毒出来不久，上面命令我们严守在这里，不准任何人登岛和离岛，刚开始他们用直升机空投了两次补给，后面就再没来过了，我们和外界也彻底失去了联系。”

饥荒、战争、恶劣气候、科罗拉多病毒……难道真是末日来临？想到了家人和我的保姆团，我的心里充满着担忧。闻元亭和阮文同脸色更难看，一句话也没说，但他们似乎并不感到意外。

作为一名陆战队的军官，炸开一道铁门自然还难不倒我。一声巨大的爆炸声后，电子铁门被炸开了，露出了一米多宽的洞口，往下十余米后，我们才知道这是一个石洞改造的地下避难所。总面积有三百多平方米，被钢板分隔成了上下两层。

避难所有着十分完善的生活设施：自动恒温空调和发电机组、淡水处理和空气转换系统。除了客厅和餐厅外，上下两层各有八个独立房间，卧室、仓库、书房、健身房、机房一应俱全，内部也极其奢华，真皮沙发和全套的豪华家具，实木地板上还铺着暗红色的地毯，每一件物品都是精心布置的，就连书柜上的饰物如象牙、陶器等都价值不菲。不过这个地下避难所显然尚未启用，因为仓库里的两个冰库是空的。

“他们居然在我们眼皮底下挖出了这么一个地方。”坦克有点惊讶。

两名老头似乎对这些没有兴趣，他们在机房里窃窃私语了十几分钟后回到了客厅，坐在沙发上一言不发。

我在这里面发现了不少好东西，很多是收藏品，比如几十块名表、好几箱子的邮票钱币，还有堆了半屋子的字画、黄金、珠宝……我对这些没有兴趣，让我惊喜的是仓库里有十几桶燃料，应该是这里的主人备下的燃料。我不是个讲客气的人，拿起一个挂在墙上的战术背包，往里面塞了一箱古巴雪茄、两把瑞士军刀和一把美制的开山刀。

“我们可以离开这个鬼地方了。”我回到客厅，点上一根雪茄美美地吸了一口。

坦克站在入口的楼梯处，一动没动，只是冷冷地盯着我。对他而言，这里的东西都不属于自己，他没有权力去支配。

“老伙计，看来他们有些人的嗅觉还是很灵敏的，知道这一天迟早会到来。”闻元亭幽幽地说道，脸上表情复杂。

“是啊！你看看这一切，不过这个避难所的主人只怕永远也不会来了，再有权势和地位又有什么用呢？堆着这一屋子的金山又有什么用？”

“这么强大的病毒是怎么来的？难道是外星人制造出来消灭人类的？”

听到我这话，两个老头齐刷刷地用一种不可思议的眼神看着我。

“我是胡说八道的，哪有什么外星人，外星人只在科幻电影和小说里出现过。”

阮文同说：“也许你说对了呢？外星文明对于平民而言可能像神话一样，但在科学界早就不算什么秘密。人类对于外星文明的探索已经进行近两百年了，众所周知的美国五十一区是最早从事这类研究的机构，后来很多大国也加入了进来……”

“031，你是说真的有外星人？”坦克习惯性地叫着阮文同的编号，神情和我一样惊讶。

阮文同没有直接回答我们的问题，他继续说道：“像美国的五十一区、英国军情八处下属的洪山医院、日本气象组织下的二队、你们国家的307研究所都是专门研究外星文明的机构，这些机构随便公布一项内容，都能成为轰动世界的大新闻。但各国之所以一直否认这些，主要是担心引起世界范围的恐慌罢了。”

我想再多问几句，但两位老人却草草结束了这个话题。然后我们在桌子底下发现了几张旧报纸。在这个早已无纸化的时代，传统的纸质报刊和书籍更像是某种层面上的精神象征或者说是姿态。报纸有两个日期的，一张是八个月前的，另外两张是六个月前的。一份报纸的头版头条是像血一样耀眼的标题：《核战加科罗拉多病毒，人类文明就此终结？》

死一样的沉默。没人再惊呼，也没有人咒骂，大家突然安静了。我们预想到了各种不幸，但这种结局超出了我们的所有预想。潘多拉魔盒一旦打开，世界就像是一部真实上演的末日灾难电影，所有的人只能抬头仰望着，等待着电影的结束。这部电影没有续集，结束的时候绝大多数的观众，不，是所有的观众都得死，编剧和导演也无法幸免。

第六章 天外来客

下午时分，整座城市却看不到一个人。

这座热带城市曾经生机勃勃、炎热无比，而现在却像是一个定格的灾难片镜头，到处断壁残垣，被厚厚的冰雪所覆盖，街面到处是被疯狂人类摧毁的机器警察和汽车，显然这里和世界大部分地方一样，发生过严重的骚乱。这二十年来，随着人工智能的快速发展，越来越多的工种和职业被机器人替换掉了，警察也不例外。

返程计划和路线是两位大教授制订的，这是他们查证大量资料后认为最安全的一条路线：我们先在邻国的一个海边小镇登陆上岸，补充药品和补给后再沿着海岸线回到一个叫故土的地方，寻找彼此的亲友。当然在此之前，我还有一个重要的事情，因为我答应过张少峰，不管发生什么事情都会把任务送到一个叫二十一区的神秘基地，这是死命令，也是一个男人的承诺。我之所以一定要完成这个任务，一是基于职业操守和男人尊严，更主要的是我担心因为自己的失职而被秋后算账，我受够了像坦克这样的人在我面前表示出的优越感，也受够了被限制自由的痛苦。

我们走在异国城市空无一人的街道上，不用担心被当地的警察和军人当成偷渡客或是间谍抓起来，用两个老学霸的话说地球已无国界。

我们居然找到了一辆可以开动的无人公交车，下一步，我们需要找到医院和药物，当然最好能找到一个活着的大夫。林航的伤口随时有恶化的可能，岛上卫生室里那点可怜的药物早消耗光了，再不接受专业的治疗他随时都有可能死去。相比起始终拿我们当犯人，保持着警惕和一丝敌意的坦克，我们更愿意和林航做朋友。虽然受了伤，但他遇事冷静，说话条理清晰，更主要的是他讲道理。比如离岛的时候，就是他说服了两个固执的老头跟我们一起返回大陆的。他话不多，总结起来就是合则两利，分则两害，我们相互需要。的确，两个文弱书生脑子里全是知识却没有实践，不会种田、打鱼甚至连饭都不会做，靠自己在岛上一定活不长，至少是活不好。反之，我们重返荒凉且危机四伏的大陆也需要他们的专业知识作指导。

公共汽车是无人驾驶的，设定的路线上正好有一家医院。还剩两站路程的时候，前面的道路被彻底堵死了，马路上堆满了路障和烧毁的汽车。公交车停下来后，我和坦克做了一个简易的担架，背着枪抬着林航往前步行。

冷、荒凉、死寂，我们能听到自己的呼吸声，两老头慢悠悠地跟在后面，一声不吭。

突然，我身后传来一声惊叫，我连忙转过身来，三条野狗不知道什么时候从转角处窜了出来，将两个老头围在中间，其中一条咬着闻元亭的棉裤疯狂撕扯，另外两条试图将他们扑倒。我和坦克立即放下担架，从背上取下了枪。但是人和狗纠缠在了一起，我也不敢贸然开枪，愣在原地。

坦克抓住狗腿就扔了出去，开枪将一条野狗打死，另外两条见同伴被打杀，非但没有逃走反而扑向了坦克。前面站着两个呆若木鸡的老头，坦克也不敢再开枪，只能挥起枪身将一条狗砸出数米，他自己一个踉跄摔倒在雪地上，另外一条已经扑到了他的身上，龇牙咧嘴咬向他的喉咙，一人一狗在雪地里翻滚起来。

我抽出那把开山刀冲了上去，将那条野狗按在地上给了它一刀，白的雪，红的血，刀很锋利，几乎将那只狗头生生切了下来，然后我手中的枪也响了，那条被砸飞试图卷土重来的傻狗也倒在雪地里。

“反应迟钝！”坦克捂着被抓伤的脸站了起来，嘴里还不忘挖苦我一声。

我懒得理他，背起枪转身看着两老头。

“嘿嘿，百无一用是书生啊！”闻元亭自嘲道，“两条德牧一条拉布拉多，几个月之前它们还都是人类豢养的宠物，温驯可爱，但现在它们都变成了会吃人的野兽，动物都这样了，如果有人的话会变成什么样？”

闻元亭的话像一声惊雷，让我意识到目前的处境。我面无表情地用雪擦干净刀上的血，让自己看起来更像个男人，我告诉自己再也没有保姆团了，想活下去就得狠一些。

医院很大，自从人口膨胀以后，人类开始向天空要土地，医院和所有的房子一样，修得越来越大，也越来越高，比如我们现在所处的这个小城，灾难发生前就已经达到了八百万人口。急诊大厅的院子里盖了厚厚的一层雪，上面连一个脚印都没有，四周的墙上贴着一些简单的防疫知识和标语，此时此景，这些标语多少显得有些讽刺和悲壮。药房早已被人搬空，一地狼藉。好在最后终于在住院部的抽屉里找到了一盒快过期的阿莫西林。

我再次看到了一所教堂，这处承载着人类信仰的所在也没落了，人类都去了地狱，而上帝孤独地生活在天堂。教堂保持得比较好，没有被毁的痕迹，那个尖尖的圆顶直入天空，像人类绝望的眼神。

天空灰蒙蒙的，像要下雪了。

“林航需要休息，我们找个地方先安顿一下，再找点吃的。”坦克看了看天空说。在他心里，林航才是他的伙伴，而我们永远是他的犯人。所以他在这个团队俨然扮演着一个旗手的角色。不过这样也好，我只需要装傻充愣地跟着一起走，天塌下来也有他顶着。

我们在一个工业区的服装厂车间停留下来。大家将几块裁衣台拼在一起，在上面铺一层厚厚的棉布，这样一张简单的通铺就成了。坦克给林航清理伤口换药，我则找到了车间的备用发电机房，接通了电。有了电，车间的空调开始工作了，没一会儿房子里暖和起来。半个小时后，我又在空荡荡的工业区里找到了一家小便利店，里面有饼干、方便面和饮料。这些东西以前根本不算什么，但在此时绝对是珍馐美馔。

这是我半年多来吃过的最好的一顿饭，要不是嘴巴被食物堵住了，我非得将耶稣、释迦牟尼、太上老君都感谢一遍。我亲自动手煮了满满一大锅方便面，然后倒进去十几根火腿肠，还开了一瓶白酒庆祝。这顿饭吃得很好，就连躺着的林航也高兴地吃了一大碗面条，喝了一盒牛奶。

可能是纠结于吃我的嘴软，吃完饭后，坦克抹了抹嘴巴也背着枪出去“寻宝”了。外面天已经黑了，还有几丝风，我乐见其成。

凌晨了，坦克还没回来。几个人不禁有些担心，他们望向我。

“牧戈，你能不能去找找他，毕竟咱们是一起的，得相互依靠。”林航又强调了一句，“多个人多一个帮手。”两个教授也同意他的意见。

我递给林航一支手枪，然后撕下一大块白布当披风裹着出了门。

这座城市以前从来没下过雪，而现在一年大部分时间都有雪。因为有雪，夜晚的可视条件也很好，坦克笨重的身体压出的两行脚印还能清晰可见。我跟随着他的脚印一步步来到一个山坡上。这里是郊区，半山腰上有一处尚未完成的建筑工地，几座巨大的金属塔吊寂寞地伸向空中，一副壮志未酬的模样。

一个人孤寂地行走在漫无边际的雪夜是种什么样的感觉？周围没有星火没有灯火没有任何同类活动，只能听到自己的皮靴踩在雪地上咯吱咯吱的声响。脚印在树林旁边的几个集装箱活动房前面消失了，几分钟后我看到了坦克，他被绳子绑在一台冰冷的发电机上，看起来相当狼狈。

“发生了什么事？”我不紧不慢地点了一支烟，在他对面坐了下来。

“先解开我。”他一副命令的口吻。

“发生了什么事？”我重复了一遍。

“你没长眼睛吗？没看到我被绑着吗？”他没好气地骂道。

“哦！我眼神不好，解不开绳子，等天亮了我再来吧！”说罢我起身往外走。

“我被人暗算了，两把枪也被抢了。”坦克妥协了。

我有些幸灾乐祸地问道：“他们有多少人？”

“三个……快解开我，现在追还来得及。”

“对方有三个人，我们才俩人，追上去送菜吗？”说归说，还是帮他解开了绳子。他恢复自由后迅速变了脸，抢过我的步枪就往门外追，我想了想也只好掏出手枪跟上他。

一排脚印是往山上去的。上面的山路是古老的青石板铺成，应该有些年头了。快到山顶的时候，前方突然开阔了起来，有一个类似于观景台的地方建在悬崖边上，虽然是夜晚，但在雪光的帮助下依然可以看到山脚的县城和村庄的轮廓。

我看到坦克在前面跑得越来越快，索性就在这个观景台停住了脚步，坦克跑了一段见我停住了，也一屁股坐在了雪地上。突然，远处飞速划过一团“雾”，雾由远而近，在山下不远处的一个村庄上空悬停住了。

尽管外面包裹着一层浓雾，我还是能隐约辨认出那其实是一架飞行器。人类的空军早在大半年前就成了历史，联想到闻元亭他们之前告诉我的那些信息，我紧张得心脏差点都要跳出来了。我拼命往身后挥手，坦克也跑了过来，趴在了我的旁边，没一会儿他也紧张得睁大了眼睛，因为不用望远镜，他也看出了那是什么。

“这不是人类飞行器吧？”

我连忙示意他闭嘴，我不是傻子，这时候说废话的风险太大。

飞行器似乎没有什么收获，它在村庄上空停留了一会后转身朝山上飞来。我正想起身逃跑，坦克一把将我按雪地里，他自己也躲在雪堆里，我们就像两只傻狍子。

那架飞行器没有停留，径直往山上飞去。当它划过观景台的时候，我倒吸了一口冷气。作为一名军官，我对人类世界的飞行器不能说如数家珍，但基本有所了解。这架飞行器的外形与地球上的个别机种相似但又完全不一样。这是一个巨大的三角形，没有明显的机翼，外层缭绕的那层雾就像是它的动力或者说是伪装。更恐怖的是它是无声的，经过我们前方悬崖的时候，也只像一阵风拂过。

看到它飞到数百米外的一片树林上空再次悬停了下来，坦克站起来说：“走，过去看看。”

“你不要命了，忘记教授他们是怎么说的了？”我哆哆嗦嗦地小声说道，生怕惊动了天外来客。

“我猜他们可能是发现了那些绑我的人了，我要过去看看。你要是怕死就在这躲着吧！”说完他轻蔑地看了我一眼，“万一我真出了什么事，你不用管我，带着大家去找新的避难所。”

他这份高高在上的英雄豪情深深刺痛了我的自尊心，我想我好歹也是个军官，被一个小警察从人格上俯视实在有损军人的形象。我狠狠地瞪了他的后背一眼，跟上前去。

飞行器悬停的下方竟然是一座破败的深山古刹，周围荒草丛生，断壁残垣，香炉倾覆，早没有了暮鼓晨钟。而现在，古老的文明和来自地球之外的高等文明在这里重合了，又似乎宣布决裂。

坦克趴在寺院旁边的一棵树下，架起了枪，我也悄悄地凑到他旁边。

寺院前面的空地上，那架神秘的飞行器缓慢下降，一股强大的气流将地面上的积雪掀起，没一会儿，在离地面数尺之遥的地方停住了。飞行器的下方跳出一个黑色的光影来，它就像是从一团大雾里走出来的黑光，环顾了一下四周后，站在原地不动了。没一会儿，从寺院的大雄宝殿跑出来了几个人，一个穿着黑袍的洋老头拉着一名十岁左右的孩子、两名成年男子加三名年轻的女人，奇怪的是，三名女子手里拿着枪，而男人们却只拿着木棍和铁锹，洋老头似乎并不害怕，他牵着孩子站在人群的最前面，在胸前画了个十字，嘴里说着什么。

双方对峙了片刻后，飞行器突然轻轻地抖动了一下，发出一种极其刺耳的声音，就像是一堆尖利的砂石在相互摩擦，滋滋作响。我在百米开外听到这声音都头疼欲裂，神志恍惚。隐约间，我听见人们的惨叫，他们扔下手中的武器，捂着耳朵倒在地上翻滚。

我不得不承认坦克比我勇敢，意志也更坚定。他在我呕吐之前就开了一枪，可惜子弹打偏了。听到枪声，那团黑影掉头钻进了飞行器里，飞行器也迅速上升了数十米，然后向我和坦克这边发出了更刺耳的声音……

老实说我现在一点也不想死，我只想跑得远远的活下去，可是我的脚已经不听使唤了，我在心里慰问着坦克的先人，等待着死神降临。

突然一道燃烧的红光从后面飞了过来，直接击中了那架飞行器，一声巨响后，那架飞行器在空中像球一样被弹出了数十米，直往山顶后面的树林坠去……

天空中又是一道红光紧追而去，这两道红光一前一后，像流星一样在我的眼前划过，紧接着远处又传来一声巨响，震得树上的积雪散落一地。然后，我感觉到头顶一阵疾风刮过，刚抬起头来，那阵风已经过去了。

“我的妈啊！这是什么情况？”我有点语无伦次了，坦克也面如土色地看着我。

我说：“你傻啊！？你的破枪能打飞机？”

坦克想了想，说：“我是警察，我不能见死不救。”

我被这个理由气到爆炸，却又无法反驳。

“下次再有这种事先通知我一声，我好离你远点。”

坦克已经走了，他跑向了寺庙。

我这才缓过神来：刚刚好像有人救了我们。是什么人救了我们呢？来不及多想，我也向后山上那个爆炸点跑了过去，可那下面是一片悬崖，除了一片上半截还在燃烧的树林，什么都没有发现。

寺庙前突然多了十几个人，大家安安静静地抬着两具尸体进了旁边的那片树林，他们在那里挖了一个坑，用棉被将一个孩子和一个老人包裹在一起放进了坑里。那架飞行器发出音波的时候，年轻人挺过来了，但这个孩子和年纪最大的老人却没坚持住，他们先是痛苦不堪地倒在地上，血从他们的五官里渗了出来，十几分钟后他们死了。

人们似乎已经忘记了悲伤，将一老一少埋葬后，回到了寺院。

穿着黑袍的洋老头是马里奥神父，领头的拿枪的女孩叫卢水捷，就是她们三个女的绑了坦克，抢了他的武器，她们都是马里奥神父的追随者。卢水捷以前是名户籍警察，“科罗拉多病毒”暴发之初，她用刀刺死了两个在马路边上施暴的流氓，救下了两名幸存的女孩，而后她们三个女孩一起开始用暴力应对所有的暴力，并组织起这支主要由老弱病残构成的幸存者队伍，一路向南逃亡。

这已经是他们第二次看到这种神秘的飞行器，上一次是在两个月前，他们也看到了这种飞行器，但是在空中和他们对峙了一会儿后，那架飞行器却掉头飞走了。

我们围坐在大雄宝殿后面一堆烧得正旺的篝火旁边，马里奥神父抱着剩下的那个孩子睡觉了。其他人却无心睡眠。坦克坚持索要被抢的两支枪，他的理由堂皇却有点可笑：卢水捷以前是警察可以拥有枪支，但她的同伙都是平民，不能拥有枪支。卢水捷当然不同意，双方吵了起来。我从头到尾都没怎么说话，如果不是因为出手救了他们，我猜这会儿肯定要打起来了。

他们在争执的时候，我掏出了烟分给旁边的几个年轻人，随便和他们聊了一会儿，算是交了朋友。在广结善缘这一块，我做得要比坦克好多了。年纪大一点的男子叫老柴，四十多岁，以前是一家知名海洋运输公司的集装箱船大副。另外三个年轻一点的是前游戏公司程序员张伟、食品公司的会计刘心军，以及还没毕业的大三学生小丘。

我想他们一会儿真打起来的话肯定也不会打我了，所以就迷迷糊糊睡着了。

我做了一个梦，梦见自己站在一片宽广的雪丘之上，没有山没有水，脚下就像是一片无边无际的沙漠，只是这片沙漠被厚厚的大雪覆盖着，头顶是漫天的繁星，星星很大，比我任何时候见到的都要大。这里就像动画片里的世界。

我的前面有一道白色的人形光影，它就和我面对面地站着。

“上尉，好久不见。”那道光影发出一种老年人的男声，声音有些苍凉和单薄，就像是古老的留声机播放出来的声音。

“你是谁？你认识我？”我的目光从空中移动到了这道光身上。

“我们见过面，所以认识你。”那道光影说道。

“对不起，我不记得在什么地方见过你。”我看了看四周，突然有点害怕，意识到自己是在做一个梦，我小心翼翼地问道：“我是在做梦吗？”

光影发出了几声机械的干笑，笑声中一点情绪都没有，听不出它是欢乐还是嘲讽，或是别的什么。

“与其说这是一个梦，还不如说我来到了你的梦里更准确一些。”

我感觉到头皮阵阵发麻，如果这是梦的话，那这个梦真实到让我觉得有些可怕，而且我在梦中能将两个老教授以前说的和今天发生的事情联想在一起。如果这真是一个梦，那我无疑是被这些自己一无所知的高等文明操控了，他们到底想干什么？

“上尉，我知道你此刻在想什么，你不用紧张，如果我们想伤害你的话不用弄得这么复杂。”那道光影说，“也许我可以换一个形象来和你交流，这样可能有利于我们下面的交谈。”说完这番话，那道光影慢慢地开始变形，光消失了，变成了宁先生。

“宁先生？”我差点惊叫出来。

第七章　陵族觉醒

“宁先生”又干笑了两声，他和宁先生长得一模一样，但声音实在是不像宁先生。他说：“我不是什么宁先生，只不过是借用了你大脑中对这个形象的记忆……我借用这个形象和你说话是不是让你舒服一些？”

我当然知道他不是宁先生。如果对面是真的宁先生，我就马上要求他带我离开这个鬼地方。我问道：“你是谁？找我干什么？”

“还记得那次在海上吗？如果不是我们，你早就淹死了。你落水的时候，救生衣错误地弹反了方向，你的脸是朝着海水的……你们人类总是在错误中继续错误。好在我们及时调整了你的救生衣，所以你现在还活着。”

“是你们击落了我的飞机？”我的脑海里像幻灯片一样闪过了那场莫名其妙的坠机事件，“我的犯人和我的士兵呢？”

“这些都不重要，也不是我今天找你的原因。我今天想和你说的这些，用你们人类的话叫说来话长，我们从哪里开始呢？……”

“好，那你说吧！”我站在这个鬼魅一样的“宁先生”的对面，静静地听他“说来话长”。

“那就从很久很久以前说起吧！很久很久以前，地球上诞生了两支最初的文明，一支是留在了陆地的人类，另一支是去了海洋深处的陵族。一开始，陵族无论是人口数量还是进化的速度都远远落后于你们人类。人类在进化过程中变得越来越聪明，也越来越令人畏惧。相反生活在海洋之中的陵族，却像海洋中那些天性善良的鱼类一样，性格温和纯真，从陵族进化出自主思想的那天起，他们就一直对这个已知或未知世界保持敬畏。为了不与人类冲突，他们生活在远离人类的海洋深处，甚至还长年待在南北极那样的苦寒之地。为了这支文明继续下去，陵族的祖先们一直在苦苦地探索着一条生存之路，然而由于生存环境和资源的限制，陵族的文明一直落后于人类，也一度使陵族面临着灭亡的境遇。”

“宁先生”说着抬起了头，望着那满天星空，冰冷、机械的声音里似乎多了一丝悲怆。

“就在几千年前，陵族和人类相比起来仍弱小无比。但是一次偶然的机会，一艘来自宇宙深处的外星飞船无意中坠落于南极，这艘飞船带来的东西震荡了整个陵族，那真是陵族的机会，也是陵族的时代啊！”“宁先生”发出了一声感叹，“从那一天起，陵族只用了几百年时间便脱胎换骨，其科技水平远远超过了人类。”

我终于听明白了，原来在地球上一直并存着两支文明，而人类对此却浑然不知。我惊讶地看着眼前的这位“宁先生”，尽量让自己用一种平和的声调问道：“你是说陵族和人类已经共同生活在这个地球上几十万年了？而且科技远远领先于我们人类？”

“是的，可能你一时无法接受这个真相，但这的确是事实。虽然陵族的科技远远领先于人类，但是他们并没有想着如何向人类开战，或者毁灭掉人类。相反，在漫长的岁月里，陵族继续隐藏着自己，他们把最好的科技都应用于伪装领域，以此避免与人类发生冲突。当然你们人类在这几千年里也会偶尔发现他们的存在，但大多没有引起人类世界过多的关注。在人类的眼里，偶尔的这些发现更像是神话或者不负责的人类作家编撰出来的故事……”

不得不说，我从小就经历着种种离谱的事情，但这一次无疑是最离谱的一次，我知道这只是在做一个梦，但这个梦真实到我能感觉到自己背后的寒意。

“不过陵族文明还是陷进了一个很深的误区，或者说是犯下一个很大的错误。”“宁先生”继续说道，“因为陵族曾经一度认为，只要帮助人类建立起更先进的文明，就能相应地提高你们的道德水平和文明标准。于是陵族开启了一项伟大的工程，那就是帮助和启发人类文明，让人类有了道德礼仪和文字，创造出艺术和宗教，也慢慢建立起来一套相对公平的社会制度……在人类史每一个重要的节点，都有陵族在背后默默地支持和保护。可惜事实证明陵族史上最光彩夺目的伟大工程失败了，因为陵族发现，你们人类越强大就越具有攻击性和毁灭力。贪念和永无止境的欲望让你们肆意破坏环境，任意践踏同类的基本权利，发动战争自我毁灭，同时也在毁灭这座星球，陵族终于对人类失去了信心……”

“你就是陵族对吗？”

“宁先生”沉默了很久，承认了：“对。”

“于是你们就决定摧毁掉人类，将人类文明从这个星球上抹去，然后由你们独享？”我想起了因此而极有可能已经丧命的亲人，悲愤使我变得勇敢起来，咄咄逼人地质问他。

“宁先生”摇了摇头：“我们内部的确出现过这种声音，对是否让人类继续存在有过激烈的讨论。二十多年前，我们发现了一项由多达十七个人类国家秘密制订的丑陋的‘清洁工计划’，虽然这个计划最后因为遭到了一大批有良知的人类科学家的坚决反对而搁置了，但我们对人类彻底失去了信心，于是我们决定让你们人类自己决定自己的命运，我们不再过多干预。可惜的是，也正是这种放任，使得人类世界遭遇了灭顶之灾。如果道歉能够平息你的悲伤和愤怒，我愿意代表陵族向你和所有人类道歉。”

“我们不需要这些虚伪的歉意，因为人类文明已经走到了尽头。你们也许是比我们更强大，可以在道德上审判我们，甚至是武力打击我们，但现在看来，那也只不过是一种更高级一些的伪善罢了。因为你们总是高高在上地俯视着我们，轻而易举地主宰着我们的命运，却又不愿意承认。”我突然流泪了，我流泪是因为想到我最重要的人都极有可能不在这个世界上了，也或者是因为我真正感受到了恐惧。

“并不是我们摧毁了人类。”“宁先生”没有任何情绪地继续说道，“上尉，你还不明白吗？这不是一场人类和人类的战争，也不是陵族和人类的战争，而是一场地球文明和外星文明的战争，可惜我们对这个局势产生了误判，或者说对这场人类文明灾难没有引起足够的警惕，以至于悲剧发生了，我们也为此深深自责。其实早在一千多年前，我们就曾为了保护人类和外星文明发生过一场规模浩大的战争，那场战争以后，地球平静了一千多年，同时也让我们放松了警惕……”

他沉默片刻后继续说道：“那时候，东方的文明刚刚兴起，而欧洲大陆还远落后于东方，很多人类亲眼看见了我们为了保护地球进行的那场伟大的战争，在当时的人类眼里，那无疑是一场神的战争，双方两败俱伤。陵族用四百多万条生命换来了地球一千多年的和平，迫使虫星人不得不离开了地球。这也就不难理解，你们人类的神话史从那一刻开始突然变得清晰起来，将我们描述成了各种各样为了保护你们的神。那一次，人类是那场惊天动地的地球保卫战的观众，不过更令我们遗憾的是，这场新的星际战争中本可和我们并肩战斗的人类却黯然退场了……”

“你是说，这场人类灾难是所谓的虫星人造成的？”

“是的。”

“我们今天碰到的也是他们？然后是你们救了我们？”

“没错，我们一直在保护人类。因为和人类一样，陵族也害怕独自面对这广袤而未知的宇宙，面对更高文明的威胁，当然我们也惧怕一个科技更发达也更野蛮的人类文明，这也许是一个无解的悖论罢。你知道吗？我们陵族在很长的一段时间里没有建立武装，甚至连人类世界里所谓的警察都没有，直到有一天我们突然意识到这些才建立起军队。除了监视来自宇宙的威胁外，我们也加强了对人类的防范。我们通过各种信息了解人类的动向，甚至共享着你们的卫星和网络。在人类没有对我们造成致命威胁的情况下，加上有着共同的敌人，我们愿意选择将人类视为盟友而非敌人。”

我努力让自己平静下来：“你所说的虫星文明到底有多强大，人类对他们了解吗？”

“其实外星文明对于人类而言并不陌生，早在很久以前，人类的祖先就有过关于他们的记载，比如你们的先人所编撰的《山海经》《拾遗记》《搜神记》和《梦溪笔谈》，这些著作里都有关于外星文明的记载，只不过当时的人类无法用科学的思维和能力来解释这一切，所以他们将这些内容列入野史或者神话的范畴。”

“我们对于外星文明的研究远远早于人类，两百多年前，在我们的指引和启发下，人类开始研究外星文明。外星文明有很多，但大多数的高级文明并没有将地球上的人类当成一种威胁，因为就算再过一万年，人类甚至是我们，依然不足以对他们构成威胁。更多的时候他们是像人类科学家达尔文《物种起源》里提到的那样，想通过研究人类找寻到自身这一物种在进化过程中的神奇奥妙或相类似的规律……但虫星人是个例外，他们来自丛座星系的一颗与地球相似的行星，因为长相与地球的鼠类相似，加上有着和人类一样贪婪好战的本性，所以我们直接将他们的星球命名为虫星。虫星人和人类一样面临着很多问题，人口严重膨胀和个体寿命的限制，使他们比人类更迫切想要改变，所以宇宙中一切适合生存的星球都将成为他们的目标……其实早在三千多年前，他们一艘迷航的星际飞船意外来到地球，并投放了一种你们人类称之为天花的病毒。这种致命病毒虽然造成了数亿人类的死亡，同样也对陵族造成了巨大伤害，但好在我们最终都活下来了。这是他们第三次到达地球，这一次人类没有幸免……”

我静静地听着，从最开始的怀疑到渐入佳境，一幅幅波涛汹涌的画面在我的脑海徐徐展开。

“上尉你知道吗？三千年前的那一次大战，虽然我们都遭受了巨大损失，但庆幸的是当时那艘虫星飞船彻底失去了动力和通信，否则今天主宰这颗星球的恐怕早就是虫星人了。后来他们又用了两千年的时间重新找到了我们，同样庆幸的是，那时的陵族已经有了与他们一战的能力。”

我有太多的疑问，但我害怕这个“宁先生”随时会离开，所以我问了一个最关键的问题：“陵族为什么找到我？你们想让我干什么？”

“我前面说过了，陵族需要人类盟友，而你就是我们很早就选定的盟友人选之一。”

“我？”我突然被气笑了，我从小吊儿郎当，胆小怕死，做事要魄力没魄力，要能力没能力，找我当盟友简直是在打我的脸，当然也有可能是陵族的脑子有毛病。

“是的！我没有开玩笑，我们需要人类的帮助，特别是需要你的帮助。”

“这样说起来，宁先生他们也是你们派来保护我的？”我脑子不算笨，马上意识到这一层关系。谁料这个陵族却摇头否认了：“不，这个真的不是我们安排的，至于……”

他停顿了一下，似乎接收了某种讯息，他终止了这次谈话：“上尉，我知道你有很多疑问，但是我现在要走了，不过我答应你，等我们再见的时候，一定帮你解开这些疑问。”

“等等，我的队友现在哪里？他们还活着吗？”

“宁先生”点点头：“他们都活着，你们很快也会见面的……哦上尉，上次我们不小心捡到了你一件东西，现在把它还给你。”说完他递给我一个小物件儿，我接过来一看，正是我妈留给我的那枚戒指，它和从前一样，散发着温暖的光。

陵族挥了挥手，转身走向星空世界的尽头。

我抑制住了内心的惊诧，看着璀璨的星空世界慢慢褪色、扭曲，最后变成了一片漆黑的焦土。我大汗淋漓地从梦里惊醒过来，发现周围全是人，每个人都瞪着眼睛，像看怪物一样地看着我，旁边的火堆还在燃烧。

“你刚刚在和谁说话？什么陵族？什么虫星人？你为什么流泪了？”他们问了我一连串问题，连那个之前已经睡着了的马里奥神父也不可思议地注视着我，他用英语问我：“孩子，你梦到了什么？你梦见了上帝吗？”

“你们能听到我说的话？”我努力让自己平静下来，想通过什么来验证一下刚才那是不是一场梦。

几个人将我刚刚说过的话复述了一遍。

天哪！那不是一场梦，但如果那不是梦又是什么呢？

所有人目瞪口呆地听我把梦中的情节复述了一遍，讲到最后的时候我不自觉地看了看手指，不可思议的事情发生了，那枚丢失已久的戒指不知道什么时候重新戴在了我的无名指上。坦克看到那枚戒指，也差点跳了起来，因为他知道我来之前都没有这个东西，我睡了短短的一觉，醒来它却赫然出现在我的手指上。

“孩子，也许是上帝派人来指引你了。”

他们几乎没有人怀疑我是在编造故事，因为他们都见证了今天发生的神奇一幕。信服了我说的一切后，他们看我的眼神都变了，多了一种异样的东西。

天快亮的时候，我和坦克起身回服装厂去，我们阴差阳错地找到了这幸存的同类，而这群人里面的马里奥神父正好是一名优秀的外科医生，林航有救了。

可是当我们推开服装厂车间的门，我们再一次被惊吓到了，因为里面已经空无一人，两个教授和受伤的林航都不翼而飞了。除了房子里还留着我们的行李、枪支和短暂生活过的痕迹外，门外连脚印都没有一个。

我们重新回到寺庙寻求帮助，马里奥神父让所有人来到服装厂，大家搜遍了整个县城都没有找到他们三个人的一丁点影子。

三个大活人居然凭空消失了。

第八章　雪域孤影

我就像一条猎犬似的在三人失踪的现场转悠了半天：我们出去前留下的武器和物资都在，没有任何损失，屋里没有任何挣扎、打斗的痕迹，且门窗没有破损，门外面的雪地也干干净净的连个脚印都没有，显然三人是在睡梦中被人带走的，联想到昨晚发生的那些事，我判断很大可能是外星文明的杰作。

听到我一本正经的分析后，坦克十分愤怒，他将造成这一切的主要责任全部推给了卢水捷等人，要不是神父劝阻，双方还能打起来。哦，提到马里奥神父，这洋老头是真不简单，连我都对他佩服得五体投地。

六十多岁的马里奥神父似乎真的受到了上帝的眷顾，疫情暴发时，像长了眼睛一样的病毒让人类世界的大部分医护人员在第一波打击中率先损失殆尽，就连还在上学的医学生都没能幸免。没有了医生的世界何等恐怖？医术精湛的神父于是换上了白大褂，走上街头无偿帮助那些素不相识的人们。病毒好像对他敬而远之，竟然让他奇迹般地躲过了这场灭顶之灾。他又带着几十名信徒和上百台环卫机器人四处清理死难者们的遗体，后来机器人因无人维修纷纷倒下，他们继续用人力将数万具暴露在外的遇难者遗体用卡车一车一车地拉到城市外面的山里掩埋。老柴他们在讲述这些给我听的时候，这个洋老头的信仰和执着让我自惭形秽。

我们在小城滞留的第三天中午，卢水捷和老柴打开了汽车上的收音机。原来寂静无声的电波里突然传来了声音，紧接着一个温柔、煽情的女声响起："亲爱的朋友，首先我要祝贺你能够听到我的声音，因为这证明你在这个世界上不是孤独的，人类还在，只要我们团结起来人类就一定不会灭亡……请收听到这段广播的听众前往墨山，这是亚洲目前最安全的避难所，没有污染，没有战争，我们提供水和食物，同时也提供安全保障，只要是人类，不论肤色不论人种和职业，我们一律欢迎……"

对于人类而言，孤独是一个无比可怕的东西，而这个消息无疑是孤独和绝望者的一剂强心针。

很快，我就通过广播提供的经纬度在地图上找到了这个叫墨山的海边小城，离我们只有四百多公里。但离神父他们一个多月前出发的地方却有一千多公里，他们一路走走停停，出发的时候有三十多人，一路上的意外、饥饿、疾病加上野兽袭击死了一大半。尽管如此，人们依然义无反顾地奔向墨山。

第四天的清晨，大伙儿分道扬镳了。

神父和卢水捷一行继续前往墨山，而我则要在坦克的"监视"下前往那个叫"二十一区"的基地。坦克愿意跟着去我当然求之不得，地标上显示离这还有好几百公里，谁知道路上会遇到什么？多个帮手也好。

天地一片凄凉，远山近水到处都是灰白的冰雪，这个没有了人类活动的世界了无生机，显得诡异无比。尽管汽车轮胎装了防滑条，但是依然开得很慢，而且智能无人驾驶系统不停罢工，动不动就自动停车鬼叫：“前方道路危险且堵塞严重，建议绕行或启动人工驾驶”“请两位珍惜生命，远离危险区域”……

坦克只好关闭了这辆从路边找到的越野车的无人驾驶系统，手动开车。

接下来的两天里，天气变得越来越恶劣，连续下了两天的雪，道路完全被厚厚的积雪覆盖了。第三天我们再出发的时候，开始险象环生。第一次因为看不清道路，汽车开到了路边的一个鱼塘里，好在水不深，我们狼狈地从车里爬了出来，汽车已经彻底陷在水里了。好不容易在附近找到一辆能开动的丰田皮卡，可上坡的时候突然熄火，失去了动力的汽车开始慢慢向后滑，后方一侧是十多米高的悬崖，掉下去的话，大概率会死透。吓得我连忙开窗，打算弃车而逃，坦克脸也白了，嗷嗷地胡言乱语起来。就在这时，汽车突然被什么东西给顶住了……

于是我们认识了“丞相”——一台破旧的第五代邮差机器人，这是个一米五左右的小可爱，瘦长的身体，细胳膊细腿，方形脑袋，背后却背着一口铁锅似的金属货柜，外壳的油漆已经脱落得差不多了，露出了里面的斑驳的铁锈。

“快……下……车！”它看到我从窗口探出脑袋，也歪着脑袋看了看我，两只细长的机械手臂顶在车尾，仿佛举着一座山。

我和坦克连忙跳下车。危机解除后，丞相往路边一倒。

“伙计，谢啦！”

“没……电……了……”丞相除了眼睛两个摄像头还在眨巴着，其他部位已经不能动了。

不用说我们都知道它没电了，我们从车里接来电后，它才慢慢地坐了起来。它是那种以前在大街小巷随处可见的机器人快递员，应该是四年前就被淘汰的上一代产品。这些家伙，以前我都没认真地看过它们几眼，感觉它们除了送货啥也不会。

“你怎么会出现在这里？”

丞相说：“我在找地方充电。”

“这世界到处都是汽车，你不会充电吗？”

丞相摇摇头：“我会充电，但是我的程序阻止我打开人类的汽车，这是不允许的，所以我只能在程序允许的地方充电。”

“人类死光了，你还守着这些破规矩干吗？”

丞相显然被我的这个问题问住了，它迟疑了一会：“你们难道不是人类吗？”

我有点语塞：“充完电你准备去干吗？”

“我要先完成一个指令，再前往销毁地点接受销毁。”它说了一个地名，是一家著名的机器人生产工厂所在地。

“什么指令？”

丞相机械地摇了摇头，显然不想回答我的问题。

“那里都没人了，你去干吗？”

“我的终极指令就是这样的，我会去那里……不过我的导航系统好像出了点问题，你们能帮我检查一下吗？”

我当然不会帮它检查，机器人都是“死脑筋”，所有的行为准则一定在程序限制的范围之内，绝对不会越雷池半步。我现在需要帮手，所以我决定让它加入我的这趟冒险之旅。我说：“不用去销毁了，你跟我们走吧！”

“这违反了我的指令，我不能跟你们走。”它的态度很坚决。

我只好动用了人类的欺骗行为：“我们遇到了麻烦，作为机器人，你必须帮助我们解决这些麻烦才能离开。”

丞相又卡顿了一下：“但是我的‘人类紧急’程序已经被激活过一次了。”

“谁激活的？”我连忙拿起了枪。我知道所有的机器人都安装了这种“人类紧急”程序，这个程序在人类面对危险时会被动或主动激活，它们面对陷入危险中的人类，必须放下手上的工作，直到人类安全或者指令解除。它已经被激活过一次，就说明周围还有其他人类存在。

丞相果然不够“聪明”，它看到我和坦克都掏出了武器，连忙朝坡下望了两眼，一个瘦弱的小男孩从一棵树后闪了出来，蓬头垢面，紧握着一根削得只剩半截的标枪，穿着灰色的破棉衣，背着一只成年人的户外背包，活脱脱一个小乞丐。

我们把枪放下来。“小家伙，你一个人吗？”

孩子警惕地看着我们，也不说话。

“如果你是一个人的话可以跟我们一起走，我是警察。”坦克说着将自己的外套解开，露出了里面的警服。男孩还是没有说话，他一直看着我，就好像我长得真是个犯人似的。

“我是个军人，这个机器人是你激活的吗？”

男孩点点头，他看起来也就十二三岁的样子，而且很是虚弱，虚弱得好像一阵风都能把他刮跑。

“你是一个人吗？”

他点了点头，接着又摇了摇头。我慢慢走到他面前，试图将他的标枪拿过来，但是他后退了一步，举起了手中的标枪。

“我没有恶意，你也看到了，我们都有枪，力气也比你大得多，如果想伤害你的话，你觉得我们还需要缴你的械吗？”

他把标枪递给了我。我接过看了看，枪头上还隐隐有暗黑色的血迹。

“你杀过人？”

他摇了摇头，终于说话了：“打猎。”

我拍了拍他的肩膀，从背包里翻出一包饼干递给他：“你到底还有没有同伴？想去什么地方？”

孩子快速接过饼干，看得出他是真饿了。他说：“以前有，但是上个月死了，我们本来想去墨山的。”

“怎么死的？”

“野猪咬死的。”他冷冷地说。

“这机器人是你激活的？”

“嗯，不过它的导航坏了，也没办法送我去墨山了。”

“我们带你去吧？不过去墨山之前我们还有点别的事，忙完就一起去墨山。对了，你叫什么名字？”

“我叫阿布，机器人叫丞相，我昨天才遇到它，帮它取的名字。”

“我叫牧戈，你叫我牧哥也可以。”

就这样，十三岁的小男孩阿布和他的机器人队友丞相加入我们的队列。这一路上，唯一的同类坦克基本不与我有太多的交流，或许是知道自己的亲友都不在这个世界而心情沉重？也或者在他的眼里我始终只是一个犯人，他居高临下的优越感注定我们无法正常交流，更不可能成为朋友。所以为了不被闷死，我要把阿布和丞相留下来，哪怕他们只是一个孩子和一台机器。坦克的脸色不太好看，因为他明显感觉到这个孩子不信任自己。

天色越来越暗，雪却越来越大，我们在公路旁边的一个村庄停留了下来。同样死气沉沉的暮色田园，没有人迹没有炊烟。

在路边一个废弃的加油站安顿下来后，我把打到的一只野兔扔到坦克脚下：“想吃就得自己动手。”坦克连腰都没弯一下，似乎在极力维护着自己执法者那点可怜的权威。我只好拔出了刀自己动手，半个小时后，兔肉被火烤得滋滋作响，肉香四溢。

“阿布你过来，大哥送你一份礼物。”

一直目不转睛盯着兔肉的阿布这才赶了过来。

“坐下吃肉。”说着我从背包里翻出一把崭新的瑞士军刀递给他，“这把刀漂亮吧？送给你了，你今后用它来吃肉。”说完我小心翼翼地打开一包方便面调料，用开山刀切下一小块兔肉蘸了点调料放到嘴里，牙齿都要被香化了。

我摇头晃脑地看了看坐在一旁咽着饼干的坦克，又看了看傻乎乎站在门口的丞相，我说：“丞相，过来吃肉。”丞相听到我的话就过来了，它疑惑地望着我，再看看烤着的兔肉，憨憨地回答说：“我是机器人，我不吃肉。”

“那你就站在旁边看着我们吃肉……丞相，你能闻到味道吗？”

丞相思索了一下：“我能检测到空气中有芳香剂的成分，这种食物的分子……”

“别啰唆，就说香不香？”

“香！”

“阿布，兔肉香不香？”

“香！”阿布的嘴巴被大块的肉占据着，说话含糊。看得出来他很久没有吃过一顿饱饭了。

坦克受不了这满屋子肉香和我故意发出的声响出去了。

“牧哥，你和那个警察不是一伙的吗？”阿布边吃边好奇地问道。

“凑巧同路而已，我才不想和他是一伙的呢！今后我跟你一伙。”

阿布笑了，因为我的礼物和兔肉，他果断地站在了我的阵营。后来我才知道，这小子原来跟踪我们有好一阵子了。道路崎岖难行，汽车走走停停，他居然能一直远远地跟着。要不是丞相的出现暴露了他，他还不打算和我们相见。他原本是北方一个小镇的孩子，灾难发生后，他埋葬了所有亲人后，向南一路逃亡，刚刚出发的时候还有一男一女两个成年人同行，半路上，那女人偷了他们为数不多的干粮一个人跑了，一个月前，同行的那个男人为了打猎，被一只野猪反杀，于是他只好一个人孤身千里赶往墨山。

聊到了悲惨的故事，我也有些伤感了，我被关在岛上逃过了一劫，没有亲眼看见那场人间悲剧，但是我的亲友，包括我以前喜欢过的姑娘们应该都不在了。

我起身看了看窗外，天已经黑了，但是在雪光的照映下能见度依然很好，我拍了拍阿布："我带你出去转转，看能不能再弄点吃的。"

孩子就是这么容易满足，几口吃的加点小恩小惠马上就信任你了，他跳了起来："好啊！"

我说："再送你一份好东西。"

"你不会想送我一把枪吧？"他满脸的期待。

"你猜对了。"离岛的时候，我和坦克带了几把枪，现在长途"旅行"，枪的重量成了一种负担，就算是为了减负，我也要送把枪给这个孩子。

我将折叠起来的一支警用冲锋枪给了他，这孩子聪明，几分钟后就学会了打枪。不过我的举动再次引起了坦克的抗议："他还没有成年，给他枪干吗？"

"这个世界哪还有什么未成年人和成年人的说法？只有死人和活着的人，他有枪总会安全一点。"说完我懒得再理他，带着阿布出了门，丞相的人类紧急程序是阿布激活的，它自然也要跟着。

坦克看到我们出了门，追了出来，不过他的脚步在后面犹疑片刻又退回去了。他吃定我在这样的冰天雪地不会逃跑，因为我连背包也没拿。

昏黄的夜空，除了雪就是风。

"冷吗？"

"不冷。"阿布紧了紧身上的棉衣，"我来的地方比这冷得多，听说这里以前是不下雪的？"

我“嗯”了一声。

“那现在为啥又下雪了呢？”

“这个问题你要自己找答案，我以后帮你找个好老师，他会告诉你为什么会下雪。”

“真的吗？”

我想起了我的保姆团和认识的两个大教授，很肯定地点了点头。

第九章　清洁工计划

接下来的几天风雪停了，大家继续开车前行，这次我们找到了一辆工程车，虽然车上没有自动驾驶系统，但车辆巨大的轮胎带来的巨大咬合力让驾驶更安全，视野也更开阔。快到张少峰给我的那个任务地标的时候，已经找不到燃油了，我们只好放弃了汽车，继续步行。

离任务地点“二十一区”还有三十公里的时候，天已经黑了，我们到达了离坐标最近的一个小镇。下岛的时候，我仔细研究过二十一区的情况，那个神秘的坐标肯定是一处重要的军区基地，因为它方圆十公里没有任何地名，甚至用卫星地图也看不到一处建筑，显然是禁区。可是离二十一区越近，我的心里却越显忐忑，为什么会这样我也说不上来。就像两个教授之前嘲笑我的那样，我是去完成一趟没有任何意义的旅途，他们说我千里迢迢只是赶去向死人交差。但是我自己知道，哪怕就是向死人交差，我也要走完这一趟。因为我怕万一有天被上面秋后算账。我可不想再回到“里岛”那样的鬼地方去了。

我们找到了小镇主路上的一间干净的房子，还是老规矩，由我破门。这一路上我尽干些砸门窗、撬锁的勾当。有着近乎变态的原则的坦克坚持不私闯民宅，尽管这些房子已经没有主人了。而机器人的程序里更不允许它们擅自进入人类住宅，阿布又是个孩子，力气有限。所以这种不要脸的活通常只能由我这种不要脸的人来完成了。

我们在屋子中间生起了一堆火，几个人胡乱吃了一些东西，没多久就围着火堆睡着了。半夜的时候，我突然听到外面传来一声巨响，像是一枚炮弹砸到了我的脚指头，我一个激灵爬了起来，本能地握住了枪。

天花板上的灰尘纷纷而落，像在下雪。

所有人都惊醒了，就连处于“睡眠模式”的丞相也睁开了眼睛。

“快，把火灭了。”坦克说着悄悄往窗口探了探脑门。火其实早就自己熄灭了，只剩下要死不活的星火点点。

“我去看看情况，你们待在这别动。”坦克提着步枪就要出门。

这次我却很干脆地拒绝了，我说：“不，我去看看情况。”我之所以自告奋勇去打探情况，是因为这支队伍已经有了我的“粉丝”阿布，他对我添油加醋的经历充满了崇拜和敬仰，我可不想再由坦克使唤着丢人现眼。

“丞相，你去保护牧哥。”我的小迷弟阿布贴心地吩咐着他的机器人。

我已经出了门。

没有风的夜晚，小镇的街道显得十分宁静，我能听到自己和丞相踩在雪地上咯吱作响的声音。镇子东边的夜空像是燃烧起来了，将那半边天都映红了。我沿着街两边的房子快步向发光的地方跑去，这时一道白光由东向西从小镇的上空划过，没一会儿，又有两道白光紧追而去。

发光的地方来自小镇广场上一个坑，有一架长相奇特的小型飞行器一头栽在这个坑里。这架飞行器的外表和我上次看到的虫星人飞行器不太一样，有点类似于人类的军用直升机，只是没有巨大的旋翼，黑色的尾翼和机身连为一体，呈现出一个正好与人类飞机相反的倒三角。我判断这架坠落的飞行器与刚刚发生的空战有关，只是我无法判断它到底是虫星人的还是陵族的。我和丞相藏在广场外围的一个雕像后面，仔细观察着那艘坠落的飞行器，它没有解体也没有起火，甚至连一丝烟都没有冒，只是机身不停地闪着耀眼的白光，像盏发光的巨大的灯。

“丞相，你去看看情况。”

机器人果然是无畏的，听到我的话，丞相想也没想就走向那架奇怪的飞行器。它刚刚往前走了两步，一枚火箭弹就从广场对面的一栋楼里飞了出来，直接砸在坠落的飞行器上，接着，六七名人类武装分子手持武器跑向飞行器。

我连忙小声把丞相喊了回来，重新躲在雕像后面。

这时，那艘挨了一炮的飞行器突然动了一下，发出一声刺耳的声响，几名武装分子立即捂住了耳朵，就连我也站立不稳，一屁股坐到了地上。紧接着，那飞行器竟然踉跄着飞了起来，转眼间就消失在夜空里。

等我缓过神来，丞相已经跑向了那群武装分子。我暗暗叫苦，果然没一会儿，那群人就发现了我，除了一人还蹲着地上外，其他人跑了过来，我连忙举起了枪。

“什么人？”他们领头的是个穿着黑皮衣的人，看不清楚脸。

“你们是什么人？”

“现在是我在问你。”穿黑皮衣的有些不客气。

“当兵的。”

“哪个部队的？”

“海军陆战队。”

“军衔职务？”

“上尉连长。”

我属于识时务的“俊杰”和不吃眼前亏的“好汉”，被几支枪顶着当然要客气许多。

穿黑皮衣的家伙又仔细看了我几眼，和手下人把枪放了下来，态度客气了一些：“到这干吗？还有其他人吗？”

“我们只是路过……你们是什么人？”

“我们是什么人要告诉你吗？”旁边一个人插嘴。

我说：“那倒不用，你们也不要问我了，各走各的。”说罢我转身就走。

“站着，让你走了吗？”

我担心再一味退让的话，会让他们得寸进尺，于是我也强硬起来：“你算老几？老子手里也有家伙，想火拼吗？”说罢我举起了手中的枪。

穿黑皮衣的家伙摆了摆手：“兄弟不要激动，没别的意思，就是打听一下，如果你们愿意的话可以加入我们，大家抱团可以活得久一点。”

“我们要去墨山，不同路，再说我也信不过你们。”

“墨山？”几个人面面相觑了一下，“我劝你们不要去墨山，否则你们一定会后悔的。”

看到我一脸怀疑，他解释说：“相信我们就不要去。”

“我凭什么相信你们？”说完我慢慢退到街角处，看到丞相跟上来后，我撒腿就跑。好在没人追上来。

我边跑边骂：“机器人都是蠢货。”

丞相知道我在骂它，但它不会生气，只是憨憨地跟在我后面。

我说：“你脑子有问题啊？没事去招惹他们干吗？”

丞相说：“有人类受伤了，我必须提供帮助。”

“机器人都是蠢货。”我又骂了一句。这时，我听到一个空灵的女声在旁边的房子里响了起来："你这话说得太绝对了吧？"

"谁？"我像见了鬼一样差点跳了起来。

"进来看看就知道了。"声音是从旁边一间铺面里传来的。我拍了拍丞相，它就进去了。

"是个人类。"丞相在里面说。

没有灯光，房里显得有些暗淡。

"是牧戈上尉吧？"

在丞相的辅助照明下，我终于看清了说话的人，二十来岁，长发披肩，一身白衣，还有一张符合东方男人审美的脸——标致的瓜子脸，柳叶眉，大眼睛，明眸皓齿，皮肤白嫩，鼻梁上还戴着一副浅蓝色边框眼镜，更增了一丝文气。虽谈不上倾国倾城，也足够让我心动。

"你是什么人？怎么知道我的名字？"

"我叫海心，是陵族派来的，当然认识你。"她坐在一张椅子上，看起来有点虚弱，旁边摆放着一个白色的箱子。

"你是陵族？刚才我碰到的那群人也是陵族？如果陵族人和人类一模一样的话，那两个文明早就应该携手共进，还躲猫猫干什么？"

她笑了笑："我不是陵族，我的老板是陵族。是不是很惊讶人类居然会帮助陵族工作？至于你刚才碰到的那群人，他们是纯粹的人类，隶属于一个叫'我是人类'的反抗组织，由幸存者组成，反抗一切非人类的文明。"

为强者工作我倒是不意外，意外的是人类为什么会为另外一个文明服务。

"你来扶一下我，我刚刚受了伤。"

"你的伤是刚才那帮人打的吗？"

"不是，'我是人类'组织还没那么容易伤害到我，在我看来他们和原始人类差不多。"

她的腹部果然被撕开了一条细长的口子，外面的衣服被血浸透了，好在伤口已经被一层透明的橡胶一样的东西包裹住了，软乎乎的还有体温，显然是她自己已经处理过伤口了。

海心起身向门外走了两步，突然一头扑到大街的雪堆上，等我把她扶起来，神奇的事情发生了，她的伤口好像已经恢复了，变得行动自如。

“上尉，知道今天是什么特殊的日子吗？”

我望着眼前这个已经恢复了神采的海心，摇摇头。

她笑了笑，从身上掏出一张照片递给我：“这是陵族委托我转送给你的两件生日礼物中最重要的一件，生日快乐啊上尉。”

“生日礼物？！……你是专程来找我的？”我想起来今天的确是我24岁生日，自从到军队后我不再记这个日子了。而现在，居然有一个强大的文明还记得我的生日，这真让我受宠若惊。照片上，一个年轻的母亲正抱着一个襁褓中的婴儿坐在一张长椅上，背景是熙熙攘攘的人群，母亲和孩子都在笑。我一眼就认出了那个年轻的母亲正是我妈，而襁褓中的婴儿自然就是我了。

我连忙强忍住想要喷涌而出的眼泪。

“24年前的今天，你出生在洪都市北方大街270号，出生时的体重是六斤二两，当时上门为你接生的是洪都市第四儿童医院的梁佩心大夫，你是天蝎座，P型血……我说得对吗？”

“你们专门研究过我？我值得你们研究吗？”

她笑了，不置可否。

“这张照片是哪来的？”

“都说网络是有记忆的，陵族从人类一堆过期的监控数据里面找到了二十多年前你们的活动轨迹，并拍下了这张绝版照片，希望你能喜欢。同时，陵族也希望用这份礼物来表明和你合作的诚意。”

沉默了许久，我慢慢在百感交集中缓过神来，尽量控制住自己的情绪，让自己看起来更成熟一些：“谢谢你们！不过我怎么和陵族合作？你们知道的，相比起强大的陵族，我只是一个普通的人类。”

“你可一点也不普通。”说着她又浅浅一笑，很正式地向我伸出了手，“我叫海心，海洋的海，爱心的心，是陵族在人类中的代理人。我的上一个任务已经完成，接下来的任务是担任你的助手。”

一切都是那么莫名其妙，一切都是那么让人猝不及防。我觉得我的离奇经历可以写成一本书了，这本书的名字就叫《废柴奇遇记》。

“我们的这次见面是一个意外也是必然，因为我在两个月前就已经获得了陵族的授权，现在看到你，这份授权正式生效了，所以对于你的疑问我一定会坦诚相待。另外从现在起，我将正式成为你的助手，负责你的个人安全以及与陵族之间的所有沟通联络。”

我没法再假装镇定。

海心是一个什么样的存在呢？两天后我才基本得到了答案。海心和她的同类们是陵族在人类世界招募的代理人，他们长期活跃在人类世界，处理各种关于陵族以及人类面临的危机，并逐渐渗透到人类的各个行业。通俗地讲就是陵族派往人类世界的间谍。

人类灾难发生后，全球还有近千座人类建造的来不及关闭的核电站，那些核反应堆如果失控，无疑会造成一场巨大的灾难。所以人类文明退场后，陵族迅速组织了上百支应急小队奔赴这些区域，关闭掉那些失去了人类控制的核电站。海心作为一支陵族应急小队的指挥官，她在关闭掉数百公里外的一个核电站后，收到了来自陵族总部的警告，在我活动的区域发现了虫星人的威胁，于是她的小队迅速出动。半个小时前，她们在周边空域遭到了三架虫星飞船的伏击，她所乘的小型战船被击中坠落，好在援军及时赶到，虫星飞船才急匆匆逃跑了。

我是谁？我在哪里？我的身上到底发生了什么？直到有一股寒意

从我的脚底冒出来，我才意识到自己没有疯。

“也许我们该回到房子里，外面太冷了。”

于是我们重新回到旁边的房子，我让丞相留在门口处负责警戒。

“你对陵族真的很重要，上尉你知道吗？在陵族对人类的研究里，你和其他五百多名人类是重点研究对象，和你一起在这个名单上的那五百多个人，无一不是在人类世界有着巨大影响力和成就的人，他们有些是国家元首，有些是杰出的科学家和艺术家，而你……”

“而我只是一个普通人，我知道我不配和那些大人物相提并论。”我自嘲地笑了笑。

“不，你排在这份名单的最前面，对于陵族而言，你远比大部分人更重要。”

我有种被戏弄的感觉，我索性沉默地听着那些天方夜谭的话。

“你听说过天空社吗？一个极端的人类组织。”

我摇了摇头，又点了点头。三年前我刚走马上任，陆战队配合国安参与了一场在海上的秘密抓捕行动，他们在一艘万吨游轮的船舱里搜出一些关于这个组织的文件，返回时他们被浪冲散，文件由军方带回。我当时扫了一眼，看到了文件中的这三个字，还有他们印在上面的一个很细小的圆形会徽，他们的会徽识别度很高，是一把竖立的蓝色镰刀，白色的刀把上镶着一排细小的黑色五角星，而被镰刀刀锋包裹的中间位置，是一片生锈的方形的金属树叶图案，和我妈送给我的那枚戒指上面的树叶图案很像。对于天空社，我只知道这么多。

“这个神秘的组织在人类世界存在很久了，最初是由一群欧洲科学家建立的俱乐部，经过了两百多年的发展和演变，这个组织渐渐改变了它原本的初衷，变成了人类世界里最大的研究外星文明的民间组织。这个组织的会员主体由社会精英构成，涉及各个行业和领域。据说会员里有包括多国首脑在内的政要人物和数十名诺贝尔奖得主。

二十多年前，该组织因为宣扬末日论，加上官司缠身被多国政府取缔，认定它为非法组织，限制其在境内活动，由此，天空社的活动慢慢转入到了地下和非洲。不过很多由他们在背后操控的企业和机构一直继续活跃在人类世界……我说的这些内容是人类官方对这个组织的定论，事实上他们要远比这些描述可怕得多。”

停顿了一下后，她接着说：“他们其实是虫星文明在地球上的代言人，换句话说这是一个由人类精英组成的，已经完全背叛了人类社会的反人类组织，他们信奉虫星文明，希望借助虫星文明的一项人类十分渴望的技术对现有人类文明进行一次颠覆性的改造，用人类的话说这个组织就是虫星文明在地球上的狂热粉丝团。”

“是什么样的技术让一群人类精英疯狂到这样的程度啊？”我好奇地问道。

“长生不老，听起来是不是很荒唐？”

“长生不老？”我感觉到自己的下巴都要惊掉了，“长生不老那是神话故事里才有的事。”

海心沉默了一下，继续说道：“不，这不是神话里的事情，虫星文明的确拥有了这项让人类疯狂的技术。你知道的，人类现在的平均寿命只有 78 岁，而虫星人的长生技术可以在很大程度上延迟生命衰老，能让人类的平均寿命延长三倍。”

“能让人类活两百多岁？真有这样的技术？”我惊呆了。

“是的，虽然这项技术不能让人类实现真正意义上的长生不老，但这已经是生物学上的一大奇迹了。遗憾的是陵族尚未掌握这项技术，也就无法准确地了解到具体的数据……不过你想想看，曾经让人类历史上无数君王和富豪都梦寐以求的长生不老真的实现了，你说它对普通人的诱惑有多大？”

“天啊！”我的认知被提高了一个等级。

“你想长生不老吗上尉？”

我几乎不假思索地回答道：“当然！”

她笑了：“看到没有？每个人类都渴望长生不老，就连你牧戈也不能例外，这就是为什么这个组织有如此强大的能力，强大到能够帮助虫星人摧毁整个人类文明。”

“你是说科罗拉多病毒是天空社实施投放的？”

“不单是科罗拉多病毒，就连人类之间的战争也是由这个组织在背后操控的，他们中的很多成员掌握着战争资源，想要挑起人类之间的战争对他们而言不是什么难事。”

我想了很久，问道：“你说的这一切跟我有什么关系吗？”

“当然有关系，因为你的亲姐姐牧晨雪就是天空社的领袖。”

“你开什么玩笑！”我差一点真要跳起来了，“我姐姐怎么可能是什么天空社的领袖？她只是一个普通的女人，说不定早就死在这场灾难中了。”

虽然这些年我经历了太多匪夷所思的事情，但这件事无异于神话。在我的记忆里，姐姐永远是那个温柔善良的小知识分子。她从小就聪慧无比，是一个天才级的存在。初中毕业就被首都一所顶级大学免试录取，17 岁就拿到了生物学与数学双博士学位，还为联合国志愿者组织工作过一年，这样一个德才兼备的天才怎么可能是那个反人类组织的邪恶领袖？更不可能是人类的头号公敌。

“上尉，我知道你一时很难接受这个消息，但这的确是事实。”海心接着说道，“她还在上高中的时候就已经加入了这个组织，毕业后她到大科学家秦峰的研究所工作，后来成了他的重要助手。那时的秦峰正是天空社的常务副理事长。近五十年来，天空社的理事长一直处于空缺，常务副理事长就是这个组织的实际控制人。后来秦峰的身份突然暴露，很快遭到了政府逮捕，被捕后他辞去了所有职务，也宣布退出了这个组织。然后你姐姐牧晨雪奇迹般地替代他，成了天空社五十年来第一位正式的理事长。她执掌天空社后便迅速启动了人类尘封已久的‘清洁工计划’……外界乃至天空社内部都十分疑惑，精英如林的天空社为什么会选择一个年纪轻轻的女人担任他们的领袖？”

看到我在深思，海心很善解人意地问道：“需要休息一下吗？”

我摇摇头：“你说我姐是天空社的领袖，有证据吗？”

“当然，何况这已经不是秘密了，她如今就在墨山或者新城，你可以自己去问问她。”

“她在墨山？新城又是什么地方？”

“是的，她应该就在这两个地方中的一个。新城也是一处人类幸存者的‘安全区’，这两个所谓的人类安全区其实都是‘清洁工计划’的产物。二十多年前，天空社最初提出这个计划的时候，他们就打算建立一个跨越欧、亚大陆的卫星城，不过‘清洁工计划’流产后，他们前期在新城投入的工程也就因此烂尾了。”

“我爸还活着吗？”

海心摇摇头：“抱歉，这个问题我回答不了，我只知道你父亲在灾难发生前就已经离开了洪都市，去向不明，不过我们判断他是被你姐姐派人接走了。”

我的心里稍微轻松了一点：“你现在可以给我说说什么是‘清洁工计划’吗？”

“简单地说就是控制人口。这一百年来，地球已经有了近三百亿人类，为了平衡资源，优化地球，天空社勾结了当时的一些国家，计划用数十年的时间，通过基因改造达成的绝育来完成对人口的控制。他们打算只保留百分之三的人类精英，而这百分之三的人类，将享受到虫星的长生技术……这就是‘清洁工计划’的雏形。早在二十多年前天空社就制订了这个计划，并得到了十几个国家的暗中支持。”

我倒吸了一口凉气，这个世界不停地刷新了我的认知。

“你知道吗？一项决定近三百亿人命运的计划，各种用来统计和支撑结论的数据堆积起来是一个可怕的天文数字。所以各国政府如果不配合，这计划肯定无法实施。大部分知道内幕的政客和科学家为了让自己长生不老，选择了沉默和配合，但这个世界总是有正义和善良的人，有些科学家和官员选择站了出来，他们不顾自己的生死向世界发出警告，后来这事愈演愈烈，这些国家再也压不住了，只好中止了这项计划。”

“你们既然想帮助人类，为什么不直接从源头解决掉这些麻烦？”

“你是说杀了你姐姐？”

我没有否认。

海心笑了笑：“在这个计划中，你姐姐不过只是一个推手而已。这个项目一旦启动就很难停下来，因为参与了这个计划的每一个人，都想让自己长生不老，为了达到这个目的，就算死再多的人他们也毫不在乎。天空社在全球有数百万会员，所以就算杀了一个牧晨雪，还会有其他的人前仆后继……你明白我的意思吗？”

我沉默了，海心也陷入了沉默。过了很久，我无奈地叹息一声：“所以我存在的价值仅仅因为我是牧晨雪的弟弟，我懂了。你们需要我做什么？”

“不，也许对于陵族甚至是幸存的人类而言，你比你姐姐更重要。不过有些事陵族还没有足够的证据，所以我现在也无法准确地给你答案，你得自己慢慢去了解。我知道人的承受力是有限的，无论是身体还是精神上的，陵族希望你好好活着。”

“我比牧晨雪更重要？”

海心点点头：“现在我们需要你去见见牧晨雪，哪怕有万分之一的可能，我们也希望你能够说服她帮助剩下的人类，也帮助地球文明延续下去。就算只是一名普通的人类，这也是你应该做的事，不是吗？”

我没有理由反驳她，我现在突然感觉很累，只想找张床好好地睡一觉。

海心笑了笑：“作为你的助手，我想给你一点建议，那就是不管未来你遇到什么事情都要坚强地去面对……这句话听起来很空洞，但只要你还活着就真的别无选择，所有的人类幸存者甚至是陵族也别无选择。”

她的话恰到好处地击中了我，望着她在灰暗中隐隐发光的双眸，我意识到自己这一辈子，好像注定了要与这些扯淡的事情纠缠在一起，或者说这就是我扯淡的人生。我决定先睡一觉，明天赶到二十一区交差后前往墨山，去质问一下我那个满腹经纶的亲姐姐为什么会变成这个样子。

第十章　二十一区

我站在半山腰一处巨大的人工湖旁，这里就是张少峰给我的那个任务坐标，而所谓的二十一区却似乎并不存在，没有军营没有人烟，甚至连一条像样的路都看不到，只有一片绵延不绝的群山，和群山环绕的那个湖。山上积雪很厚，湖面已经结冰了，一眼望去，宽广的湖面像一块巨大的镜子。

除此之外我们再也找不到其他有用的线索。

“也许是你的长官记错了坐标吧！”海心提醒我。

我觉得自己可能被张少峰耍了，因为他告诉我的坐标我绝对记得清清楚楚。

“不可能，这么重要的事情怎么会记错呢？”我摇摇头，取出了那枚军徽，我将它举过头顶，这真是一枚普通得不能再普通的军徽，每个士兵都见过它们无数次。

“会不会是一个玩笑？”一直不怎么说话的坦克在旁边插嘴说。

“军中无戏言，怎么可能开玩笑？何况给我下达命令的人还是名将军。”

“能让我看看这个东西吗？”海心说着就伸出了一只手。

我迟疑了一下，还是把军徽递给了她。几分钟后，她对我说："这是一份加密的电子档案，需要特定的密码才能开启……不，这个东西只有特定的人和密码才能打开，如果有人试图去破解密码的话，电子文件会自动物理销毁。"

"你是说它会爆炸？"

"对！"

"也就是根本不可破解对吗？"

"理论上是这样，只要它监测到异常数据入侵就会自动爆炸。这是顶级的反黑程序，比人类银行的安保系统还要先进得多，可以这么说，再厉害的人类电子专家都无法破解它。"说着她把军徽还给了我。说实话，我从来没有认真看过这个东西，自从它到了我身上，我差点就把它当祖宗一样供着了。而现在，它更是成了我的一块心病，我千辛万苦到达的任务地，居然是一个不存在的地方。

我凑近看它，第一次仔细研究着这个该死的任务，就在我的双眼不停地在它身上扫动的时候，那枚神奇的军徽突然发出了声音，吓得我连忙将它扔在雪地上。然而它并没有爆炸，过了半晌后，一道白色的光幕出现在我的眼前，竟然是牧晨雪录的一段视频。

"亲爱的弟弟，当你看到这段视频的时候，应该是出现了紧急情况，你的基地已经不能为你提供足够的保护，我也无法派出人来接应你。所以不管你现在在什么地方，立即赶往以下地点，以我对你的了解，你肯定会第一时间赶到的（说到这里的时候她笑了），我会安排人在那里等你。"后面是熟悉的地址，距离我基地只有一百多公里。她的话说完后，光幕闪动了几下，消失了。

"这是一条紧急撤离的信息，牧晨雪应该是察觉到了危险，但是她没有选择用常规的通信方式和你联系，她以为你在接到这条任务后就会查看，可是她显然还不够了解你，你非但没有马上激活信息，就连给你任务的人也没有告诉你。”

我捡起那枚军徽，将它重新别到我的衬衫衣领上。慢慢地我好像有些明白了，张少峰也是天空社的人，而且他骗了我。如果他第一时间告诉我这个消息的话，我就用不着跑那一趟该死的任务，也就用不着白白蹲一年多的监狱……

良久，海心说道：“我能猜到你在疑惑什么，实话告诉你吧！张少峰将军虽然是天空社的人，但他同时也是陵族的人，他之所以没有通知你马上离开，是因为陵族想把你留下来，你必须经过海上，我们才方便把你拦截下来……”

一切似乎都明朗了，我勃然大怒，跳起来大吼道：“我是哪里得罪你们了？你们有病吧？你们想干吗就干吗？你们知不知道我在那个破岛上坐了一年多牢，还差点饿死？就这货现在还拿我当成犯人呢。”我指着一脸蒙的坦克，宣泄着这两年来的种种委屈和愤怒。

海心站在我的对面，她等我吼了一通后，说：“我们是在保护你，因为当时人类政府已经知道了牧晨雪的身份，判断出她正在策划某种阴谋，正全力秘密通缉她，你很快也会被控制起来。如果你被控制在陆地监狱的话，你能逃得过接下来的那一系列麻烦？”

“你们早就知道了有那场病毒的来到？陵族上次可不是这么跟我说的。”

“陵族当然不知道，清洁工计划从启动到实施，就连张少峰那种级别的会员都是实施的前一周才知道，而且所有知道这个计划的人都被严格控制了起来，所以陵族也就无从得知清洁工计划的具体内容和时间，我们和人类政府一样，只是隐约地感觉到了危机……张少峰将军在你起飞七分钟后就遭到了人类政府的逮捕，如果你再晚一点走，就极有可能会一起被捕。那时只怕你就不是在岛上坐牢了，很有可能被关押到人类的军事监狱，那样我们就需要劫狱了。”

我真的佩服眼前这个女人的精干，明明是陵族在撒谎，却还能把这一切圆得像我欠了他们多大人情似的。

“清洁工计划实施以后，陵族迅速干预，陵族的科学家夜以继日地研究对付科罗拉多病毒的办法，可惜没等陵族破解科罗拉多病毒，人类文明的大势已去，最后只拯救了数十万人类……对了，陵族在破解这个病毒时发现了一个有趣的现象。”

看到我依然怒目而视，她笑了笑说道：“P 型血的人类对科罗拉多病毒群体免疫，也就是说这种病毒不会对 P 型血的人构成任何伤害，而你就是 P 型血。为了保护你，他们可真是煞费苦心了，因为陵族也不明白，你姐姐是如何说服虫星人在研制这个病毒时特意绕开你的。不过那些有幸和你同一血型的十几万人类也要感谢你，因为你，他们才得以活了下来。”

“现在这个世界还有多少人活着？”

“这个陵族还没有办法统计出一个详细的数字，但是根据推算，地球上应该还有三四百万的人类幸存者。”

“这些幸存者大部分都是天空社的成员吗？”

“不，天空社只有几十万人活了下来，很显然牧晨雪欺骗了她那些忠诚的会员，这也是天空社现在出现分裂的主要原因。清洁工计划实施前，牧晨雪曾经承诺过理事会成员，会保证每一个会员以及他们直属亲人的绝对安全，为了让他们信服自己，她甚至还在计划实施前，就秘密将近两百万人口转移到了尚未投入使用的新城和墨山两个地方，并利用天空社在政府和军方的力量在那里建立起了所谓的安全区。”

“你说天空社只有几十万人幸存，这两百万人是哪来的？”

“大部分是各行业的精英，还有与天空社合作开发新城的财阀、政要人物、科学家等，这些人提前注射了科罗拉多病毒的疫苗。”

“所以在安全区外的天空社会员也都死了？”

海心点点头：“是的，没有进入安全区的天空社成员和平民一样，都死了。除了P型血的群体，科罗拉多病毒对人类实行了无差别攻击，它可不管你是不是某组织的成员。”

我虽然在内心越来越憎恨牧晨雪，但是听到这个消息，心里依然有丝温暖在流动。我有些茫然地望着眼前这一大片结冰的湖面，百感交集。

“我要带阿布和丞相去墨山。”

“除了你，我觉得其他人类幸存者现在去墨山或新城都不是明智的选择。”

“为什么？”

“很简单，那里是天空社控制的地方，他们在修建城市和堡垒，需要大量的劳力，甚至是充当奴隶，我只能这么说了。”

“可是我已经有朋友去了那里，我得想办法把他们救出来。”

“可凭你一个人的力量能救多少人？”

“我也不知道，他们可以留下，或者去别的地方，但我一定要去墨山。”我无力地叹息一声，“不管怎么说我都要见见牧晨雪吧？”

“你休想一走了之。”已经猜测出真相的坦克暴怒起来，“你姐姐牧晨雪双手沾满了人类的鲜血，是杀人犯，是恶魔，你是恶魔的弟弟，也跑不了，我一定要将你们绳之以法，让全人类的冤魂审判你们，要将你们吊死在那些被你们杀死的人类的坟墓前。”

望着有些陌生的坦克，我突然有些恐惧，内心那些刻意压制的负罪感被他成功激发出来了，他说的没错啊！我心里在想，这个巨大的悲剧确实是我最亲的亲人造成的，无论怎么说我都休想独善其身。

我一屁股坐在了雪地上。

坦克的拳头狠狠地落在我的头上，直到海心推开了他。

“这一切跟牧戈有什么关系？我劝你冷静一点，这个时候我们都需要他。”她冷冷地说道。

“别逼我打女人，你赶紧给我让开，老子今天要先打死这个王八蛋，就是他们害死了我所有的亲人和朋友。”坦克眼睛红通通的，里面有一团火在燃烧。就连阿布这时候也沉默了，他站得远远的，什么也没说。

海心继续推了他一把：“如果你再攻击牧戈的话，我会杀了你。”

坦克疯了，他冲上前来就想给海心一拳，但是海心只是轻轻地往旁边一闪，并顺势托起他的身子扔向湖里。我惊呆了，我没想到一个看起来弱不禁风的女人竟然有这么强大的力量，有这么快的速度，显然坦克也没有想到，自己这么强壮的身躯竟然被一个女人轻轻一挥就扔出几米远。他的身躯重重地摔在了冰面上，他想爬起来，但冰面太滑，几次都失败了，于是他取下了背后的枪。

“住手！”我吼了起来，“坦克你是个警察，你难道要滥杀无辜吗？这些破事跟我有什么关系？你没完没了地盯着我干什么？”

我知道如果不是因为警察的身份，这个脾气暴躁的家伙真的会朝我开枪。对付他的办法倒也简单，就是让他冷静，而让他冷静是我唯一打得出手的牌。坦克是个将法律和规矩看得比命还重的人，这是他的命门，是他的死穴。而我没有这些约束，为了活下去，我可顾不上那么多。

坦克慢慢地放下了枪，阿布和丞相已经跑过去扶起了他。

“在我把这些事情弄明白之前，你别想甩开我。”他恶狠狠却又无能为力的样子让我觉得很难受。

海心依然是那副风轻云淡的样子，不憎不怒，不带任何情绪，但我知道这个女人绝对是个狠角色。慢慢冷静下来后，我打开了背包，因为我饿了，但包里什么吃的都没有了。

我转过头来看了一眼站在原地的海心，又看了看坦克，然后说：“喂！你不是陵族的人吗？去帮帮他。”

“你是让我治疗他？”

“是的！”

“好，那你呢？”

“我？我当然要去找点吃的啊！”

“吃的我可以帮你找，你想吃什么？喜欢吃鱼吗？”

我被这女人的话搞得无语了，她还以为我这是在度假呢。现在别说有鱼吃，就是鱼食我都能吃下去。我假装没事地问阿布：“阿布你饿了没有？你想不想吃鱼？”我感觉自己有点像在讨好他。

阿布点了点头。

我也点了点头：“那吃鱼吧！”

海心打开了她那只白色的“百宝箱”，从里面掏出一乒乓球大小的金属球，往湖面上一扔，那枚金属球马上活了，变成一个微型机器人，它伸出一个细小的金属喷头，几下就在冰面上划出一个直径一米多的圆洞，钻了进去。没多久，各种不同的鱼从洞口被扔了出来，落在冰面上欢腾地跳跃着。

吃了香喷喷的烤鱼后，我不再提之前那点不欢快的插曲，我默认了这个助手，因为对于信奉实用主义的我而言，有个能当饭票使唤的助手不是件什么坏事。同时我也默认了在坦克和阿布面前低人一等，毕竟是我的亲人害得他们家破人亡。

我们下午准备从这里翻越大山赶往墨山的时候，居然看到了一条在地图上并不存在的公路，看到了绵延不绝的将山围起来的铁丝网和写着“军事禁区”字样的牌子，然后我们在一个半山腰上发现了军队营地，十几栋隐藏在白山环抱间的营房，最里面的几栋建筑几乎是贴着悬崖修建的，外围是数米高的钢筋混凝土围墙。从张少峰给我的接头人信息以及营地的规模来看，这个叫二十一区的基地至少是一个团级单位。

“看来张少峰真的有任务要给你，你已经激活了密码，现在再把那个东西给我看看，也许我能破解到里面的内容了。”我们站在营房外面的时候，海心问我。

我想了想，没有给她。因为我在营房外面发现了人类活动的痕迹，数排清晰的脚印从营区一直延升到了外面的马路上。我仔细看了一下脚印，是制式作战靴踩出的痕迹，至少有三个人同时在这条路上走过，而且脚印很新，应该在两个小时以内。营房大门是被防冲击锥和沙包封死的，只留旁边一道小侧门关着。

“这里有人。”

其他人都看到了这些脚印。坦克远远地站在营房的围墙下面，我知道他是不会主动翻进去的，何况这还是军营。

我举起枪朝着天空打了一枪，枪声在这宁静的大山深处显得异常刺耳。没一会儿，四名穿着军装的年轻人端着枪站在了围墙上，枪口居高临下地对准了我们。

“这里是军事禁区，你们是什么人？”

我将枪口朝下：“我是海军陆战队上尉，有重要任务要见俞卫树上校。”

“我们大队长早走了……把你的证件给我看一下，动作慢一点。”

“这都什么时候了我还带着军官证？”我有点恼火，“你们这里现在谁负责？叫他过来。”

“我就是这里军衔最高的人。”说话的家伙长得白白净净的，还戴着一副眼镜。

“什么军衔？”

“我是少尉。对了，你叫什么名字？”

“牧戈。”

几名军人面面相觑，然后从墙头消失了。没一会儿，旁边的侧门打开了，那四名同行从里面走了出来，少尉将我仔细打量了一番后，说道：“特殊时期我们不得不小心一点。你的照片对得上，所以我们认可你的身份，哦对了，我叫黄海丰，这几个兄弟也都是基地的。”

黄海丰对我说：“其实我一直在等你来，大队长走的时候特意交代了我，你没来，我的任务就不算结束。”

“我也是，我现在把任务转交给你，我的任务算完成了。”我将那枚军徽递给了他，他神情严肃地接过去，我们两个基层军官的交接，就像是两国大使在递交国书一样。除了名字和军衔，黄海丰和他的兄弟什么都没有告诉我，作为同行，我知道不该问的绝对不问。我们在营区的宿舍住了一晚上，第二天我们出发的时候，黄海丰送给了我们一辆军用越野车。

第十一章　墨山没有花香

我们再出发的时候，这支队伍就显得有些奇异了，四个人明明都不喜欢对方，却不得不结伴同行，相互依靠。不过有了海心后的旅程轻松多了，一天后，她还在一栋废弃的机房里改造了丞相，让这个头脑简单的初代机器人从内到外焕然一新，甚至还为它加装了机器警察的武器手臂和防弹衣。

“如果真的有世外桃源，那必须是墨山。墨山是一个大陆岛，一面连接着陆地，三面临海，中间是一条宽数十米、长六公里的狭长山谷：墨山谷。岛上的房屋大多沿着墨山谷而建，因为山高林密，山谷两侧的日照时间很短，就算是再晴朗的天气，小城的日照时间也不会超过六小时。所以大多数时候，人们看到的周围平均海拔一千二百米以上的雄伟高山都是墨色苍茫，最早一批到达这里的人们便称它为墨山……墨山谷尽头的半山腰上有一个天然形成的淡水湖，名悬湖。悬湖一年四季流水不断，形成了一道恍如仙景的瀑布，流下的淡水，又顺着墨山谷旁边的一条小河流入大海……直到三十年前海平面上升，连接着墨山与大陆的公路不时被海水覆盖，岛上的大部分居民因生活不便纷纷迁离了这里，墨山谷才重新融入了自然……”

这段话是我在海心给我的电子刊物上看到的，虽然略显矫情，但描写还算细致具体，再配上大幅的墨山照片，倒真像个世外桃源。一条若隐若现、长达数公里的公路接连着陆地和墨山岛，海水涨上来的时候，这条公路就被海水覆盖，只能坐船上墨山，而海水降下去以后，这条路又浮现在大海之中。

公路的陆地入口处有一个检查站，几间旧房子，十几个背着武器的家伙值守在那里，各色人种都有。旁边停着几辆汽车和一辆军用装甲车。根据海心之前的介绍，这些人应该是由天空社控制的 XL 安保公司的保安。这家在欧洲已经存在了一百多年的著名保安公司巅峰时期曾有雇员数十万人，该公司经营范围十分广泛，几乎是无所不包，客户包括多达数十个国家的政府和军方。公司下属的一个叫对外咨询部的单位更是直接受理事会掌控，负责全球的天空社重要成员的安保，对异己分子和叛徒的惩戒、暗杀，甚至直接参与某些国家的政变。“清洁工计划”实施后，这个部门的精英几乎被天空社完整地保留了下来。这些人有个统一的标志，那就是在胸口处挂着一个带有黑色长刀的会徽。

为了不连累坦克和阿布，我让他们在数公里外一个废弃的小渔村安顿了下来。我和海心爬到检查站对面的山坡上观察了半天，确定这里是唯一的入口。其间两个小时里，有七名“慕名而来”的幸存者在检查站登记上岛，这些武装分子向有需要的人提供水和食物，在收缴了他们的武器并认真检查了行李后，有人用一条快艇将他们送上了岛。

“你想怎么上岛？”海心问我。

“和他们一样？”我反问道。

“你就不怕他们朝你开枪？”

我一愣：“朝我开枪？牧晨雪不是他们老大吗？”

“我有必要再次提醒你，现在的天空社内部出现了严重分裂，保不准有仇视你姐的手下向你开枪。”

“那好办，我们换个身份上去就行了。”

海心想了想说：“为了万无一失，我建议最好绕开这些人。”

“你能搞到船？你不会是想让我游几公里吧？”

“你是海军陆战队的，游几公里对你不算什么难事吧？”

冰天雪地，她居然让我游过去……好在只是个玩笑。天快黑的时候我们回到小渔村，在村庄的小码头上居然摆放着一条中型快艇，它静静地停在那里，就像是专门为我们准备的。船舱里还摆放着一个普通的纸盒，海心拿起递给了我：“这是陵族送给你的第二件礼物。”

只是一件看起来十分普通的保暖内衣，我有些失望。

“谢谢啊！”说着我还是打开了背包，准备将它放进去。

“你现在就穿上吧！相信我，穿上它至少不会让你感觉到很寒冷。”

我望着眼前这个衣着单薄却从没有表现出一丝寒冷的女孩，心想陵族也不至于送一件人类的内衣给我，便将这件衣服换上了。几秒钟后，我突然有种不适的感觉，血液像是要燃烧起来，臃肿的棉衣此时显得有些多余，于是我把棉衣扔在一边，只穿了一件薄外套。没有了沉重的包袱，整个人都轻松了许多。海心没说什么，只是拿出两枚天空社的保安徽章，给自己和我别上。

夜色降临的时候，海心驾驶着那条几乎听不到什么声音的快艇在海上飞驰，我坐在她的旁边，她的长发时不时在风中飘散，吹到我的脸上，让我心猿意马。

她成功避开了几艘在周边巡游的船只，将快艇停靠在墨山入口处的一处悬崖下。墨山谷里有路灯，两侧的房屋灯光点点，偶尔有汽车和行人经过。而在墨山的山顶上，有几处地方却是灯火通明，亮如白昼。巨大的机械手臂和工程支架矗立在山顶上，清晰可见。海心告诉我这是天空社在修建堡垒，有两个堡垒已经完工了，居高临下，可以监视和攻击到周边数十海里的范围。

“陵族为什么不干掉这些堡垒？还任由他们一天天修了起来？”我小声问道。

“两个原因，一是墨山目前还没有发现大批虫星人的踪迹，这些堡垒安装的也只是人类的武器，对陵族没有太大的威胁。第二个原因是墨山上有两万名人类幸存者，其中不少还是优秀的科学家，打击这里会造成人类平民伤亡。如果虫星人选择在这里建立驻点，陵族肯定会攻击墨山，当然牧晨雪也不会同意虫星人驻扎在这里，她要用这些人充当人质，逃避陵族的打击。”

我背着枪，和海心大摇大摆地走在墨山谷的马路上，不时有车辆和行人从我们身边经过，看到我们的时候，大部分的人都表现出了敬畏。就像电影里，被占领国的人们看到侵略者时表现出的身不由己的那种敬畏。墨山谷两边原本全是店铺，而现在都关着门，以至于让这处所谓的世外桃源在这暮色降临的夜晚显得无比落寞和清冷。

十里长谷走了一半，我突然听到了熟悉的钟声，是教堂的钟声。我对海心使了一个眼色，拐进了旁边的一条巷子里，钟声就是从那传来的。海心非常清楚自己助手的身份，她什么都没有说，默默地跟上了我。

往里走了几十步，山坡上果然有一栋小教堂，门是开着的，我刚刚走进去，就迎面碰到了卢水捷的朋友嘉男，教堂里的灯光有点阴暗，她一时没有认出我来，直到我小声地喊出她的名字，她才缓过神来：“我的天啊！你是怎么找到这里来的？”

我往里面看了一眼，教堂里只有她一个人，也没有看到马里奥神父。

“神父和水捷还有老柴他们呢？”

嘉男往头上指了指。

“去山上修堡垒？”

她看着站我旁边的海心，点了点头：“是的，来到这里后我们被分开安置了，他们住在悬湖下面，只有神父和几个孩子住在教堂。我们白天在山上才能偶尔见上一面。”

“你怎么没去啊？神父呢？”

“山上的炮台没日没夜在赶工，大部分时间他们就住在山上了。我们有几个人轮流来教堂照顾孩子。”

“孩子们呢？”

“刚刚吃了饭睡着了。”灯光下，她满脸的疲惫，“牧戈，没想到你也找来了，我们都后悔来这鬼地方了。”

“先别说这些，你白天碰到他们的时候联络一下，我想办法带你们逃出去。”

“逃出去当然最好，不过前几天就有人想游出去，结果被这里的人打死在海里。何况我们上来的时候，武器都被没收了，这么多人想逃出去不容易，哎，这位是谁？”她指了指海心。

我正想说话，海心推我一把：“有人来了，要不要消灭他们？”

“不要，嘉男，你先带海心躲起来，我在这里应付他们，如果我被抓走也不要紧，让海心带你们离开这里，我们在外面的渔村碰头。”

“不！我的责任是保护你。”

“我不会有危险的，你既然是我的助手就得听我的。”我可不希望这个彪悍的女人在教堂大开杀戒，而且有可能误伤到里面的孩子。当然我最担心的是我们只有两个人，怎么可能在这个戒备森严的墨山全身而退？

海心还想说什么，嘉男已经拉着她跑向了圣台的方向，转眼间就消失在黑暗里。

我躲也不是跑也不是，刚刚还在想着救别人，自己马上就要成瓮中之鳖了。

没一会儿，五名手持武器的 XL 公司保安冲进了教堂，为首的是个大胡子白人，三十岁左右的年纪，强壮有力。他不等我开口说话先把我的枪缴了，动作干净利落。

“还有个女孩呢？”他们环顾教堂一圈，其中两人就要向后面追。我喊住他们：“别找了，我才是你们想抓的人。”

“反正她也跑不掉，说吧！你们是什么人？”

“我要见牧晨雪。”

大胡子愣了一下，显然他没有想到我会说出这个名字，在现在这个人类世界里，知道这个名字的人本身就不多。

“你到底是什么人？为什么要见她？”

“我叫牧戈，她叫牧晨雪，你说我是她什么人？”我有恃无恐地说道，说完后我突然有点恶心自己，感觉自己就是狐假虎威那则寓言里的狐狸。

“你是牧戈？”大胡子和其他几个人都惊讶地看着我。

我点点头：“你们认识我？”

“当然！我们听说过你的大名。”大胡子态度立马温和了许多。

“那带我去见牧晨雪吧。”

“对不起，我们理事长这段时间不在墨山，如果要见她的话，你得在墨山等几天，可以吗？”

“她去哪了？”

大胡子笑了笑，和他的人把枪放了下来：“理事长的行程我们是不可能知道的，我们先带你去见我的上司，他也许能够帮你联系上理事长。”

“好，不过麻烦你们不要为难我的朋友，如果她们想离开墨山的话，也请不要阻拦。”

“这是当然，你的朋友没有人会阻拦。”

很快，我就在半山腰上的一栋别墅里见到了大胡子的上司，一个西装革履、文质彬彬的中年人。他似乎早就收到了消息，我还没到他就已经等候在高墙大院的门口。

“牧先生，墨山欢迎您的到来。我是宫本泽，墨山安全区的安保负责人。”他点头哈腰，堆着一脸的笑。

“你是日本人？”

“是的！我以前是日本人，请牧先生多多关照。”

我嗯了一下，跟着他进了院子，进去后我才发现原来在这样恶劣的世界里，照样有人在享受着无比奢华的生活。院子里有一条鹅卵石铺成的小路，小路两边有假山、亭台和流水，两旁是形态奇特的花木盆景，郁郁葱葱、花团锦簇。整个院子看不到一片雪花，也感觉不到一丝寒意，极尽奢华的大厅里，复古的灯饰散发出温暖的光，里面有柔软的地毯、精致考究的家具。

“你住在这里？”我问宫本泽。

他笑着摇了摇头，答非所问道：“这是您住的地方，如果不介意的话您就在这里等理事长吧！”说完他轻轻地拍了拍手掌，四名面容姣好的美少女从大厅的巨幅油画后面闪了出来，她们看起来只有十七八岁的样子。

“牧先生，您在这里有任何需要都可以找她们。”

我感觉自己像是回到原始社会的将军，在一个巨大的敌国宫廷里接受对方的献礼。我不知道我的朋友们如果看到此情此景，会做何感想。

“牧晨雪什么时候能回来？你能联系到她吗？”

宫本泽说：“墨山没有人能够联系到理事长，您知道的，现在任何人类的通信手段都不安全。”

我站起身来："我想出去转一下可以吗？"

宫本泽说："墨山现在也不安全，这里聚集着大量来历不明的人，另外理事长特意嘱咐过，如果我们发现了您，一定要保证您的绝对安全，并将您留下来。"

"你这是要软禁我吗？"

"牧先生，我想您可能误会了，我们怎么敢软禁您，实在是理事长有过交代，所以为了保证您的绝对安全，希望您暂时留在这里，我会加派人手在附近巡逻。对了，我已经向理事会汇报了您来到墨山的消息，明天上午的时候，理事会的其他首脑会来拜访您，您看可以吗？"

我正想见下这群王八蛋，自然不会反对。

"宫本先生，你帮我请几个人来。"

"现在吗？"

我点点头。

"可以的，是和您一起上墨山的那位小姐吗？"

我点点头："还有马里奥神父和与他一起的那些人，他们都是我的朋友。"

宫本泽笑笑："好的！我们认识神父，一定帮您把客人请过来，不过要请您稍等一会儿。"

我知道如果真是牧晨雪的命令，我肯定是出不去了。看着那个日本人恭恭敬敬地退出去后，我一屁股坐在沙发上。

"牧先生，请问您是先用餐还是先沐浴？"

"你猜？"我没好气地看着说话的少女。显然我的不按套路出牌让她有点不知所措，她沉默了半晌说："您想先用餐或是先沐浴，都可以的。"

我不记得自己上次洗澡是什么时候了，也许有一个多月，也许更久了。我说："我想洗个澡。"

"好的，请跟我来。"一名少女说道。

浴室很大，是我从未见过的那种大，温和的橙色的灯光穿过墙上的大理石，映射在中间一个浴缸上，里面的热水早放好了，少女在上面撒了一层黄色的菊花后，就开始过来帮我宽衣。

我当"老板"那会都没让人伺候过脱衣，我果断地拒绝了："你们可以出去了。"

"我们伺候您沐浴。"

"谢谢，我自己有手，不需要劳烦几位。"

"可是……牧先生，我们都是处女，请不要担心会弄脏您的身体。"

我顿时无语："我洗澡和你们是……有什么关系？麻烦你们出去吧！"

"好吧！"几名少女退了出去。我喊住了说话的那个少女："你叫什么名字啊？"

"名字？我的名字？"一直淡定的少女听到我问及她的名字反应有些激烈。

"有什么奇怪的吗？每个人都有自己的名字。"

"我叫曾清。"少女的眼睛里居然有泪光，她说，"居然会有人问我的名字？从小到大，没几个人记得我的名字。"说完她悄悄地退出去了。

我换了三次水，从头到尾将自己搓了几遍，才心满意足地出来。衣架上，摆放着一套西服，我仔细地看了看，认出了这是我 20 岁生日那天，牧晨雪送给我的那套西服，因为西服的内侧口袋还绣着我的名字。紧接着，我发现衣柜里装的都是我自己以前的衣服，有我小时候的，也有成年后的，不知道她是怎么给我收集在一起的。我的心里一热，我知道牧晨雪是想通过这些细节告诉我，不管世界变成什么样子，她依然是那个可以依靠的姐姐。

我正在隐隐惆怅，曾清在外面说道："牧先生，您的客人到了。"

我连忙挑了一件几年前的旧冲锋衣穿上，并随手把牧晨雪送给我的那套西服胡乱塞给曾清："我不喜欢这套衣服，你帮我收起来。"

海心坐在客厅的沙发上，她看着我焕然一新的嘴脸，淡淡地说："你是不是挺享受这样的生活？"

"你别把我当成一个土包子好吗？我爸虽然是个修车的，但我从小到大可没缺过钱。"我只差告诉她我曾经有过一个阵营强大的保姆团以及那些挥金如土的败家子岁月。

"那就好！你从哪里捡来的旧衣服？"

"那个衣柜里全是我以前的衣服。"说着我又看向旁边站着的曾清，问道："这些衣服你们是从哪里找来的？"

曾清说："这些是您姐姐送到这里来的，每一件衣服也都是她亲手叠好放在这里的，她说如果有一天您来到墨山，就让您住在这里。"

"真是姐弟情深啊！"

我听得出海心的嘲讽。这个陵族派给我的助手可是一点面子也没给我。我假装没听到她的话，我说："人不死粮不断，咱们还是先吃饭吧！"

都是我爱吃的菜，每盘菜的分量不多，但品种倒是不少。海心筷子都没动，只是端着杯红酒喝了几口。我感觉她是要成仙了，这一路上她吃得都很少。后来我和阿布猜测她肯定是吃了陵族配置的灵丹妙药，以至于不屑跟我们这些凡夫俗子抢食。

"他们没有为难你吧？"我已经顾不得吃相了，一边埋头猛吃一边问她。

"你是不是真的以为我吓得落荒而逃了？其实我一直跟着你的，你和宫本泽说话的时候我就在门口。"

吃得差不多的时候，我把嘴巴一抹，四个站在旁边的美少女让我很不自在。我说："我和朋友说点事，曾清你们可以去忙自己的事了。"

"我们没有自己的事，在这里服务好您就是我们的事情。"

我说："那我要求你们现在回避一下。"

曾清只好带她们一起退到院子里去了。

"牧晨雪不在墨山，没人知道她什么时候回来。如果他们真的把神父他们带来了，我们得想办法离开这里。"

"你暂时还不能离开墨山，别忘了你到这里来是为了什么。在墨山期间，我会一直陪在你身边，保护你的安全。"

"那她要是一年不回来呢？难道我还要在这再坐一年牢？"

"里岛能和这里比吗？放心吧！我评估了你现在的处境，在墨山知道你的人越多你就越安全。上岛前我担心有人会突然对你动手，现在宫本泽都知道你到了，应该没人敢再造次，除非他不想活了或者疯了。"

我断然拒绝了她的建议："要我招摇过市？那是绝对不可能的。"理由很简单，我不想和这个人类最大的邪恶组织扯上太多关系，更不想让他们知道我是牧晨雪的亲弟弟。

"好吧！你不愿意就算了。"看到我在发呆，她继续说道，"其实陵族对你说服牧晨雪并没有抱什么太大的希望，但好歹来了，总得试试。"

我突然意识到什么："如果我没有说服牧晨雪，你是不是会利用这个机会杀了她？或者挟持她？"

"人类才想这么干，陵族不会。我之前就说过了，如果仅仅只是想从肉体上毁灭她并不难，难的是换任何一个天空社的元老上台结果都差不多，甚至更糟糕。这些人为了长生不老和至高无上的权力都已经疯狂了。人类的历史学家曾经说过，用罪恶手段得来的权力决不会被用于正当的目的，所以谁上台对陵族来讲都一样。再说我们也不想与人类为敌，至少是现在不想。”

“照你这么说的话，这就是一个死局，无人能破了。”

“不，除非有真正不贪图权力的人掌握了权力，而且这个人有能力有良好的道德品质。但人类世界真的有这样的人存在吗？”

我差点被她逗笑了：“以前可能会有，现在应该是没有了，再说人是会变的。”

“是吧！连你都感觉到悲观，人类还有没有希望？”海心说着话锋一转，“假如是你掌握了权力，你会怎样？”

“我？如果我是牧晨雪的话，就不会发生这一切……你这话是什么意思？”我突然意识到了些什么，海心的话也许在无意透露出陵族隐藏的一个信息，他们该不会想把我扶持成一个谋权篡位的傀儡接班人吧？

海心笑了：“上尉，你过于敏感了，我只不过是在假设。”

我也觉得自己有些敏感了，我是什么人自己清楚得很，别说我没那个能力，就算陵族真的把我扶到了那个位子上，我对那些刀光剑影和明争暗斗的权力斗争也没有兴趣。但我也意识到，陵族给我派来海心这位所谓的助手，绝对不会只是想让我说服牧晨雪那么简单。就像她自己说的，权力就像毒品一样，如果牧晨雪能够被说服，历史上那些骨肉相残的权力斗争大戏就不会重复上演了。

很快我又发现了另一个更重要的问题：这个时候的人类已经处于三种文明的最底端，天空社还有什么资本与虫星人讨价还价谈所谓的合作？他们就不担心处于食物链顶端的虫星人随时翻脸？如果真是那样的话，人类文明只怕真要到此结束了……这些疑问没有一个人跟我提及过，就连陵族和海心也没有。不过我相信，天空社的那些人类精英并不是傻瓜，陵族也一样，他们肯定早就预想过这一切。

我一直等到凌晨，神父他们都没有来，我只好叫曾清她们打听情况，这才发现她们还站在院子里，敢情我不叫她们，她们得傻乎乎地站到死？

“不好意思啊！让你们站在外面这么久。”我十分歉意地说道。

曾清说：“您千万不用给我们道歉，因为在这里，您说什么，我们就得做什么。”

“浮夸了。”我冲她做了一个鬼脸，“宫本泽没去帮我请客人吗？”

曾清她们也不知道情况，她们说宫本先生离开后就再没来过。还说这里现在是我的地盘，任何人来访都要经过我的同意。

说了等于没说。

第十二章　疯狂的世界

第二天早上我刚起床，宫本泽就已等候在门口了，他依然是那副客客气气的样子："牧先生对不起，您的客人昨晚才找齐，不过得辛苦您跟我换个地方见他们。"

"为什么不能在这里见他们？"

宫本泽笑着解释说："因为这里是理事长亲自给您安排的住处，您以后恐怕要在这住上一段时间，知道您住处的人越少越好。这都是为了您的安全着想，您知道的，墨山什么人都有……"

"我听明白了，我跟你去。"

看着我要出门，早就等候在客厅的海心也跟了上来。

"海心女士，您暂时得留在这里，因为牧先生除了要见客人外，上午还要和我们组织的其他首脑会面，您去的话恐怕不太方便。"

"不，我是牧先生的助手，我必须和他一起。"

宫本泽摇摇头，脸上依然在笑："对不起，这事没得商量，希望您能够理解。如果您是担心牧先生个人安全的话就不必了，这里是墨山，我们有能力保证他的安全。"

我想了想说道："那你就留在这等我吧！"

“那你们什么时候能带牧先生回来？”

“下午他就能回来，请您放心，另外没有人会限制您的自由，有什么需要的话也可以跟她们几个说。”

旁边的巷子里停着两辆汽车，我上车后，汽车没有向山下的墨山谷方向行驶，而是顺着巷子一路往山上开去。汽车窗户是用深色的窗纱封闭起来的，我根本看不到外面的情形。汽车在山上转悠了好一阵后，驶入了一片黑暗，又过了十来分钟，前面出现了光亮，车停了下来。

一名高大的男子上前帮我打开了车门：“牧先生，到了，请跟我来。”

这是一处老式的防空洞隧道，从洞内的设施不难看出有些年头了，只是两边装了灯，有通风系统工作，并不觉潮湿和阴暗。一直跟在我后面的那辆汽车早已不见，坐在那辆车上的宫本泽自然也就看不到人影了。

我心里暗骂了一声，跟着那名男子走了几步后我感觉到了不对劲，于是我停了下来。这时那名男子转过身来，右手握着一把手枪。

“请继续走吧牧先生。”

我什么也做不了，只能在他的提示下拐进了一个狭长的走廊。两边灯光点点，寂静无声，像是地狱深处。有两名背枪的男子站在一间铁门旁边，看到我过来后，他们拉开门将我推了进去。

这哪是什么会客室，分明就是一间大牢房。里面用铁笼子隔成了若干个小“单间”。灯光惨淡，根本看不清楚里面的情形。

“你们什么意思？叫宫本泽过来。”我知道自己被宫本泽这个王八蛋给骗了，从豪华别墅到洞中牢房，这反差也太大了点。

“牧先生，就是宫本先生命令我这样做的，外面不太安全，他让您在这里委屈几天，等危险清除后我们自然会接您出来。”带我进来的那个家伙说完就走了，在寂静的洞里，我听到他的脚步声渐行渐远。

鬼才相信这些话，我知道自己这次有点麻烦了，很有可能被海心的乌鸦嘴说中了，我被卷进了天空社内部的争斗中。

“宫本泽你这个王八蛋，你给我等着。”我徒劳地冲着铁门咆哮了一声，吼完这一声后我就不想发出声，因为咆哮让我看起来更加无能。从小呼风唤雨、人们对我充满敬畏……原来都只因为我是牧晨雪的弟弟，仅此而已。我从小就被人当成棋子或者傻子一样任人摆布，连自己的命运都无法掌握，这种巨大的耻辱感像闪电一般击中我，对牧晨雪的厌恶与怨恨一下子冲上脑门。我重重一拳砸在墙上，甚至感觉不到疼痛，我在心里怒骂：“我不是谁的棋子，今后谁也别想使唤我。”

这时，我身后传来了一阵窸窸窣窣的声响，我连忙转过身来：“什么人？”我努力让自己的眼睛适应这里面的光线。

阴暗中没人回应我。

过了一会儿，我终于慢慢地看清楚了，原来在我身后的两个铁笼子里，各关着一个人。于是我壮着胆子走了过去。

“喂，你们是什么人？”

“你是不是牧戈？”其中一个声音响了起来，我顿时觉得这声音非常熟悉。

“我是牧戈。”

那个男子的声音突然像是在呜咽，让人瘆得慌。

“牧戈，我是林航啊！”

这太让人意外了，我连忙趴到铁笼子上：“你没死啊？你知不知道我找了你们好几天，只差把那县城翻过来了。”

不知道他到底经历了什么，才会把一个七尺男儿逼到濒临崩溃。

“你伤好了没有？到底发生了什么事情？”

“伤是好了，但我宁愿死在外边也不想再待在这里一分钟了。”林航平复了一下激动的情绪，将那天发生的事情告诉了我："那天你出去找坦克没多久，门外突然闯进来两个……不，是两只奇怪的生物。"

"奇怪的生物？"

"是的，长得像袋鼠一样，有人那么高，但腿要比人类的长一些。我当时迷迷糊糊的，以为是地狱的鬼差来勾魂了呢！想反抗可是一点力气都没有，也动不了……这时我看看两个教授，他们居然一点也不害怕，还和那两只怪物说了些什么。"

"说了什么？教授还能和他们交流？"

"是的，他们说了些什么我没听明白，我当时吓坏了。过了一会儿有一只袋鼠靠近我，我就睡着了。醒来后两个教授不见了，我伤也好了，然后就被莫名其妙地关在了这里。牧戈，你如果能离开这里，一定要带上我，或者杀了我，我宁愿死也不想待在这鬼地方了。"

"你后来见到过两位教授吗？"

"没有，我醒来以后就再没有见过他们，也不知道是死是活。我甚至以为你和坦克都死了。"

林航真是够倒霉的，比我还惨。我判断把他掳到墨山的应该是虫星人，但是我想不通，天空社为什么会把他关在这里？闻元亭和阮文同到底是什么人？他们难道也是天空社的人？

"你是怎么来到这鬼地方的？"林航渐渐平复下来。

我也没有隐瞒，将这一路上的事都说了。听完我说的这一切后，林航半天没有吭声。

"林航，你是不是也要学坦克揍我一顿？如果揍我一顿能让你解气的话，我现在凑近一点让你揍过瘾。"

"我揍你干吗？你除了有个混蛋姐姐外，啥都不知道，什么坏事也没做。"林航叹息了一声，"我知道这些事跟你没有关系……不，跟你有关系，但你没有选择。"

我苦笑了一声："要是能选择就好了，我现在就可以带着你们出去。对了，那人是谁？你认识吗？"我这才想起旁边的铁笼里还关着一个人，那个人从头到尾都没吭声。

"他啊？是个哑巴，我关进来这么久了，只有我一个人在说话，他从来没开过口。"

"我可不是哑巴。"那个人居然也说话了，声音有点嘶哑，像是喉咙里堵着什么东西，也或许是久不开口，已经忘记怎么说话了。

"你不是哑巴怎么从不说话？关在这个鬼地方没人说话多难熬你不知道啊？"

"我知道不说话太难了，所以你以前说话的时候我都在回答你，只是没有发出声音。"

真是个怪人，但也让我佩服，我在里岛那一年多时间里，恨不得每天都跟人说几句，而这个人关在这暗无天日的铁笼子里，居然能做到一声不吭，这份强大的意志力没几个人有。

那人继续说道："我以前不说话是担心自己一开口就会死，为了活下来我只能装聋作哑。"

我好奇地问道："那现在你为什么愿意说话了？"

"因为你来了。"

我一惊："你认识我？"

"认识，我就是因为你被关在了这里，林航也是。"

我完全蒙了，这个世界真是充满了魔幻主义色彩，惊吓和意外你不知道什么时候就来了。

"你叫什么名字？"

"俞卫树。"

"你是俞卫树上校？"

"是的，我是俞卫树上校，你任务的接头人。"

“你怎么会在这里？”

俞卫树说：“我说了啊，都是因为你。”

我半天没有说话，在身上摸索了一下，发现身上还带着火机和一包香烟，我手微微颤抖着，半天才点燃手中的香烟。借着打火机的光，我扫了两个关在铁笼子里的“狱友”一眼，他们头发蓬乱，胡子已经拦住了半边脸。俞卫树看起来也就四十来岁，身材瘦削，但目光如电、炯炯有神。

他也在打量我，他说：“给我来一根烟。”

我将刚刚点燃的烟递给他，他接过后猛地吸了一口，很快被呛到激烈咳嗽起来。我又点上一支递给林航，他没接，显然他和我一样在等着上校开口说话。

“牧戈，你想知道张少峰给你的任务是什么吗？我的任务又是什么吗？”

“当然想知道。”我很老实地回答说，我心里有太多的疑问。

“张少峰给你的任务里装着你姐姐关于清洁工计划的所有秘密。你知道的，人类文明要继续下去，你姐姐牧晨雪将创造出一个完全属于她的时代，她会以英雄的形象被写进新的人类史，受万民膜拜，然而‘清洁工计划’必将成为她的污点……张少峰作为为数不多的掌握着她秘密的人，无论是出于自保或更大的野心，他要将这份证据保留下来。作为他一手提拔起来的亲信，我自然是帮他保留这个证据的最佳人选。”

“他为什么会选择我来执行这样的任务？里面怎么还有牧晨雪的视频信息？”

“那份电子档案其实就是你姐姐给他的，当时情况紧急，政府的安全部门已经在追捕她，而作为高级军官的张少峰自然是比较容易脱身的，所以她把这份重要的文件给了这个她认为可靠的人，并要求他护送你和这份电子档案到真正的接头地点。只是后来出现了意外，张少峰的身份也暴露了，牧晨雪意识到他已经无法保护你，于是使用那个内置了接收器的电子档案给你发了一条明确的撤离信息，可惜你没有马上激活看到。而张少峰临时收到了陵族的委托，加上情况紧急，所以他把任务交给了你……他的本意其实很明确，就是想借陵族的手除掉你，根本就没打算让你去真正的接头地点，至于那份电子档案，他知道陵族一定会帮他保存。但是我很奇怪，陵族为什么没有杀了你？”

“他们为什么要杀我呢？那些破事跟我有什么关系？”

“看得出来你家人把你保护得不错，以至于还这么单纯。”俞卫树说，“你要知道，你的姐姐一直没有子女，作为现在这个世界事实上的人类领袖的亲弟弟，你极有可能会成为她的接班人，或者说牧晨雪所做的这一切本来就是在为你的将来铺路，在很多人的眼里，你也许就是这个世界未来至高无上的王，这也就解释了你现在为什么会被关在这里。有很多人觉得只有除掉你，才能从精神上打垮牧晨雪，才能有一丝希望参与未来的权力角逐……哦，还有一件事我要告诉你，张少峰是你姐姐的情人，至于你名义上的那个姐夫，其实只是一种身份掩护罢了。”

“这也太扯了。”我没想到小说和电影里发生过的那些狗血剧情会活生生地在我的身上演绎。

“想知道我的任务吗？”俞卫树问道。

“你的任务不就是接收我的任务吗？”

“这不是最主要的，我最主要的任务是你就算逃过了陵族，最后也要死在我手里。”

“你的任务是杀了我？”

“是的。可惜你命不该绝，在里岛监狱躲了一年多，而在这近两年的时间内，发生了太多的事情，以至于我们现在都困在这鬼地方。”

“张少峰这个王八蛋呢？”

“死了。”俞卫树淡淡地说道，“你失踪后，牧晨雪派出了好几支队伍四处搜索你的踪迹，同时也在调查你失踪的原因。那时张少峰已经被政府逮捕，根本没办法圆上这个谎言，于是她的手下很快就找到了我。张少峰的确曾经有恩于我，但是他答应我的事情没有兑现，所以我毫不犹豫把他卖了，然后他就被你姐派出的杀手秘密处死在陆军监狱里了。”

“张少峰是不是承诺过你让你的家人活下来？结果你的家人都遭遇了不幸，所以你才出卖了他？”

俞卫树没有直接回答这个问题，算是默认了。

“牧晨雪这个女人阴险狠毒，但作为姐姐，她真是一个了不起的姐姐，为了你，她几乎是毫不犹豫地处死了她相恋十多年的老情人。”

一直竖着耳朵听的林航插嘴问道：“牧晨雪为什么没杀你呢？”

俞卫树说：“我只出卖了张少峰，却没有蠢到出卖自己啊！我知道只要我不交代牧戈的行踪我就不会死，哪怕我以前真的没见过他，甚至根本不知道他的行踪，但我不得不装出一副知道牧戈行踪的样子，这样我虽然受了很多罪，可是不会死。如果我说我没有见过牧戈，那我肯定活不到现在了。”

“你真是个狠人。”林航叹息一声。

“没有人想不明不白地死去，或者像一枚无足轻重的棋子被人随意玩弄抛弃。现在牧戈来了，我只有两种可能，要么和你们一起死得无声无息，要么他带我们活着离开这个鬼地方。不过无论是哪种结局，我都能欣然接受了。”俞卫树像个哲学家一样说道。

“我不想死，所以你们也要活着。我答应你们，只要我不死，一定想办法救你们离开这里。”我说这话的底气并非来自牧晨雪，而是在外面苦等我回去的海心。海心是谁？她是比人类更强大的陵族派来的，他们想拿我当一张牌，我何尝不可以利用他们？我现在还有价值，他们就一定会想办法来救我。

也不知道过了多久，我已经饿得没有力气了，其间没人来给我们送点吃的，连水都没有一杯。林航说以前每天中午会有人来送一次吃的，为了晚上能够扛饿，他们会将饭菜分成两份，这样晚上饿了也能有东西吃。

但是今天我们一直没有等来送饭的人。

我靠在林航的铁笼边上昏昏沉沉地睡了一觉，突然，我感觉到房子抖动了一下，好像地震了一样。接着我听到林航在喊我，我连忙一个激灵爬了起来。震动让这个老式防空洞上面的灰尘落了一地，我连忙抓住旁边的铁笼子。

“发生什么事了？”我有些慌了。

“好像是地震，还是海啸？”林航也一脸蒙。

我们安静下来，没过多久，防空洞里又连着震动了几下，俞卫树说：“外面可能打起来了，你们仔细听，墨山好像拉响警报了。”

真的隐约听到了防空警报的声音。

林航打起精神来：“谁和谁打起来了？”

“谁和谁打起来都好，不过听这动静，绝对不是人和人在打。”俞卫树说道，“牧戈，会不会是陵族来找你了？”

我心中一喜，他分析得对，海心发现我没有按时回去，肯定向陵族报告，他们自然会来天空社要人，天空社要是不把我交出来，动武在所难免。我假装淡定地说：“有这种可能吧！上校，你是什么时候知道陵族这支文明的？”

“科罗拉多病毒暴发前半个月吧！那段时间陵族活动突然频繁起来，他们在人类社会的代理人甚至公开了身份，向人类政府和联合国发出警告，可惜这些警告没有引起人类政府足够的重视，或者根本不知道这场人类危机会以病毒的形式展开。很多国家都以为这是外星文明的战争警告，北约和联合国外层空间事务办公室加强了对外太空的监视，却忽略了病毒，直到病毒突然暴发。当然，关于陵族的信息，因为我是军方的人，和张少峰也走得近一些，所以了解得比普通人要多一点点。”

正说着，防空洞又抖动了一下，紧接着灯突然亮了，铁门响动起来。我们长期处于黑暗环境，看到光后出现了强烈的“视后像”反应，我闭上眼睛几秒钟后，才看清楚了进来的几个人。一个老头，一个满脸胡子的中年白人，另外还有三名没有佩戴“对外咨询部”专用徽章的武装分子。

其中一个老头我认识，正是和我们一起逃离里岛然后与林航一起神秘失踪的教授闻元亭。

“教授，你怎么在这里？”

“你这么聪明，应该早就猜到我为什么会在这里了吧？”闻元亭很严肃地看着我，就像是换了一个人。他指了指旁边的白人说：“这位是弗纳尔博士，你姐姐的副手。”

弗纳尔博士阴冷地看着我，也不说话，我在他脸上看不出任何表情。

我同样冷着一张脸：“为什么要把我关起来？”

“你是谁？”他终于开口了。

“我是牧戈，牧晨雪的弟弟。”为了能够离开这里，我不得不又厚着脸皮借用了一下牧晨雪的名头。

“不，你不是牧戈，牧戈我见过。老理事长，我可以肯定这个人不是理事长的弟弟，绝对是个冒名顶替的家伙。”

我说：“你放屁，你还以为我有多稀罕当牧晨雪的弟弟呢。但事实就是这样，我也很无奈。”

弗纳尔博士并不和我斗嘴，他扶起闻元亭就往外走。闻元亭一把挣开他：“弗纳尔，你不会是想杀了牧戈吧？你别忘了，你只是个副理事长，组织里和你平级的人有十几个，在我面前，还轮不到你发号施令。”

弗纳尔博士松开了手，冷冷说道：“你是铁了心想救这个人对吗？”

闻元亭激动地说：“不管他是不是真的牧戈，你都没有权力处置他，这件事情必须经过理事会，或者等理事长回来亲自决定。弗纳尔，我希望你能够冷静一点，你知道错杀了理事长的亲弟弟会有什么后果，到那时，理事长不会放过你，陵族也不会放过你，们达更是会剥了你的皮，别说地球，就算你逃到其他星球也不会有活路的。”

弗纳尔博士的目光露出了一丝恐惧，但这种恐惧很快就消失了，他做了一个无奈的手势：“好吧！他就算是牧戈又怎么样？我把你们都杀了，就没人知道牧戈是死在我的手里了。”他语速很慢，神情坚定，看得出来他这个决定是经过深思熟虑的。

他的话刚说完，一名武装分子就抬起枪对准了我。闻元亭一把挡在我的前面：“住手，开枪之前你们可要考虑清楚了，我是你们的前任理事长，而这位可是现任理事长的亲弟弟，你们在场的每个人都会死得很惨，包括你们的家人。”

武装分子只是迟疑了一下，然后枪响了，挡在我前面的闻元亭立即被数发子弹击中，我的胸口和腹部也一阵剧痛。

我脑袋一片空白，心想自己狗熊一世，最后死得也是这么窝囊，真是白来世间走了一遭。就在这时，我听到门口枪声大作，三名武装分子倒在血泊中。海心和宫本泽还有几名保安冲了进来，他们将弗纳尔博士按倒在地上……

我醒来的时候，感觉过了很久，又好像只是一会儿。我发现自己躺在一间十分宽敞明亮的房间里，四周的墙上映着柔和的光，海心，那个我最想看到的人一动不动地站在床边。

房里只有我和她。

“我没死吗？”这是我看到她的第一句话。

她神情依然那么淡然，她摇摇头。

我说：“看到你真好，你就像天使一样。”

她这才浅浅一笑：“下次逞强的时候可不可以带上我？”

我其实根本没逞强，只是低估了人心险恶。

“秦教授快不行了，你要不要和他再说几句话？对不起，他受伤太严重，我也救不了他，只能勉强让他维系着生命，不过请你放心，你其他两位朋友没有事。”

“秦教授？你是说闻元亭教授吧？”

“闻元亭是他的假名，他的真名叫秦峰。”

“你是说他就是那个有名的科学家秦峰？那个天空社前任领袖？”

“对！我们都很疑惑他为什么会舍命救你。你的伤已经没事了，如果愿意的话现在就可以去见他，有些话你可以自己当面问他。”

我摸了摸伤口，如果我没记错的话，我至少中了三枪，一颗子弹打在胸口，还有两颗击中了我的腹部。我也顾不得海心在场，直接掀开了衣服，我是真中枪了，不过中枪的位置只有数处红点，而且已经消肿了。

我马上反应过来：“你送给我的衣服是防弹的？”

“是陵族送给你的，不是我。”她说，“看来还得送你一顶帽子。”

我一翻身爬了起来：“带我去看看教授。”

在离我只有几米远的一间手术室里，秦峰一动不动地躺在手术台上。看到我进来，他的眼睛眨巴了两下，脸上还带着一丝笑意。人都要死了居然还能笑得出来。

“老爷子，还好吗？”

秦峰虚弱地说：“这次好不了啦！要不是海心在这里，我估计早就见爱因斯坦去了。”

“为什么要救我？”

“臭小子，你想得美呢！我怎么会为了救你搭上自己这条老命？我最怕死了，我就是想长生不老才走错了路的。”秦峰轻吁了一口气，“我没时间和你矫情了，我下面说的话很重要，你给我听仔细了。”

我说：“好。”

“从知道你身份的那天起，我和老阮就一直在观察你，你表面看起来懦弱了些，但骨子里不是。你小子善良正直，而且极其聪明，只是你还没有打开另外一个自己，哦，我没有时间来表扬你，这是我们对你的客观评价。我说这些是希望你唤醒真实的自己。”

秦峰停顿了一下，看得出来他说这些话用了很大的力气：“我之所以拼了这条老命救你，也是因为看到了这一点。当然，我自己罪孽深重，死不足惜。我年轻时和你一样聪明，人也不坏，曾经想通过自己的努力改造这个世界，让这个世界变得更好，但事与愿违，你看到了，我们这些绝顶聪明的人都做了些什么。所以第一件事，你绝对不能学我走错路，哪怕前路再艰难。”

我望着这个迷途知返的老人，人之将死其言也善，我没有理由不答应他，我眼睛红红地说道：“我答应你，不管未来发生了什么，我都不会变成以前的你和现在的牧晨雪。”

“这话听起来有点伤人，但我喜欢你小子的坦率。”秦峰苦笑了一下，他休息了片刻，接着说道，“第二件事很重要，就是一定要活下去，不管用什么方法都要让自己活着。不但你要活着，你还得带着人类文明继续延续。因为你牧戈的生命不只属于自己，更属于人类的未来，你比任何人都重要，因为你是们达的儿子。”说到这里的时候他激动起来，大口地喘息着，脸也涨得通红。

“不要去叫任何人，我话还没说完。”他阻止了我去外面喊人。

“我爸叫们达？他不是叫庆来吗？”我和牧晨雪都随我妈的姓，我知道我爸叫庆来，庆就是他的姓。

秦峰摇摇头：“不，你的父亲是们达，这是一个秘密，在人类世界这个秘密只有我和你姐知道，当然陵族也可能知道，不过他们没有足够的证据来确定你的身份罢了。所以这件事情你不要告诉任何人，否则我担心会给你造成很大的麻烦。”

“们达是谁？”我脑子嗡了一下，这几年我的认知一再被无情地刷新，这件事情无疑是其中最扯淡的一件。

“们达是一个很了不起的人，是个大英雄也是个恶魔，这场人类灾难就是他的杰作。”看到我好像有些恍惚，秦峰突然很生气，他激动得咳出了两口鲜血，“我的话你听到了没有？”

我说：“我听到了。”

“那你从现在起要假装什么事都不知道。”

我说：“好！”我努力平息着自己的情绪。

“你记住了，在地球上，只有你才有资格有能力和们达一较高下，才能拯救剩余的这些可怜的人类。这样的资格天空社没有，甚至是陵族也没有。所以只有你活着，人类才有一丝希望，如果你死了或者不敢抗争，人类文明恐怕就真的走到尽头了。”说着，一行清泪顺着他的脸颊流了下来，“让你说服或是对抗自己的父亲和姐姐，我知道这很难，但是为了让人类继续活下去，再难你也要顶住。”

我从床头抽出两张湿纸巾，帮他把鲜血和眼泪擦干净。我在做这些的时候，自己的眼泪也情不自禁掉了下来，落在秦峰的身上，我虽然听不懂他在说什么，但是一个将死的老人歇斯底里的话我没有资格忽略掉，何况他是为我而死的。

秦峰笑了笑："有牧戈送我最后一程，此生无憾了……但有悔啊！"他说："你要记住，未来很长一段时间地球都不会太平，在这个弱者没有发言权的世界里，你一定要学会带领人类在夹缝中求生。我死了后，你尽快带着愿意走的人离开墨山，这里不是世外桃源也不是人间乐土，你也不要指望能够说服牧晨雪和你一起阻止这场战争。这个女人聪明得可怕，也固执得可怕，你说服不了她，至少现在说服不了她。"

"我答应你。"我哽咽着说道。

"好了，那我就走了，来生再见吧！哦，如果我有幸没下地狱的话。"

我紧紧地握住他的手，努力挤出一丝微笑，我说："你一个大科学家跟我谈什么来生再见喽？……好吧！来生再见！"我望着他那张已经失去了血色的脸，咀嚼着他刚刚说过的话，突然有一种巨大的悲伤涌上心头。我告诉自己，一个迷途知返的天才科学家死了，而且这个老人与我共过患难，又用生命拯救了我。我能做什么呢？苟活还是用这条别人换来的命去兑现承诺？

第十三章　逃离墨山谷

我看到了墨山惊慌失措的狼狈和末日重现的绝望：到处都是被摧毁的房屋，很多房屋还在燃烧，恐慌的人们和消防车正在四处灭火，浓烟和火苗在漫天的水龙中一边窃窃私语一边跳着舞。山顶已经完工的两个堡垒被摧毁了，显然它们曾经向陵族的战舰开火，然后被猛烈地回击了。

因为我的及时出现，双方结束了冲突，五艘白雾环绕，悬停在空中的陵族战机在确定我安全后迅速调头，撤离了墨山上空。

我和海心、林航还有俞卫树从防空洞出来，大家在墨山的半山腰上停留了一会儿。望着山下的满目疮痍，我内心复杂，百感交集。

“牧戈，我刚刚听了宫本初步的调查简报，因为你，墨山今天死了 78 人，如果算上秦教授就是 79 人，这里面平民占了三分之一，另外还有 14 人马上就要死了，我想你应该救救他们，他们是无辜的。”俞卫树神色凝重地对我说。这是我第一次看清楚这个中等个子，像个知识分子一样儒雅的上校，也许是在黑暗中待久了，他的皮肤苍白，但五官清秀，眼神冷峻如电。

“你们陵族为什么要攻击平民？”我愤怒地看着海心。我虽然怕死，但绝对不愿意别人因我而丢了性命。秦峰的死已经让我深感内疚了，现在这么多条人命堆成的数字像一把高悬我头顶的刀，让我惶恐不安。

“抱歉！这纯属误伤，陵舰并没有刻意攻击人类平民。”海心平静地解释道，“他们只是想将你救出来，如果打击的力度不够就不能威慑天空社。”我知道她的潜台词：陵族是为了救我才造成了伤害，所以他们没有责任。

我问俞卫树：“上校，你刚才说的 14 个人是怎么回事？”

“向你开枪的那三个人的家属都在墨山，现在他们已经被天空社的‘对外咨询部’抓捕了。墨山上的几个负责人为了亮明态度，向你姐姐表忠心，决定从严处罚这些参与者，除了弗纳尔博士暂时被扣押外，小人物的家属只怕都难逃一死。”

“这都什么年代了还在搞株连啊？”

“他们就是这么决定的……你可以帮着说说情，他们看在你的面子上一定会放过这些可怜的人。”

我连忙转身向车队跑去，那里停了一排车，亲自站在附近警戒的宫本泽看到我过来，连忙招呼十几名保安上车。

“宫本，你们还抓了一些平民？”

“牧先生您误会了，这不是我的命令，这是理事会的决定。”

“你带我去你们的理事会，我想见见那些大人物。”我没和他商量，而是直接提出了要求。

“墨山除了弗纳尔博士，还有两位理事会的成员，他们已经在山下等您了。”

天空社在墨山的两个理事果然在山下等着我，这些曾经决定过无数普通人类命运的“大人物”此次倾巢而出。

“牧先生，您在墨山遭遇了这么不愉快的事情，我们感到十分抱歉，我向您保证，初步调查很快就会结束，所有参与此次事件的人员都会受到惩罚，当然墨山的理事会同样有失察的责任，我们也会向理事长请求处分。”一名穿着绿军装的黑人理事会成员再三向我表达了歉意。这个人我以前在新闻上见过，是非洲一个大国的前总统厄文。另外一个理事会成员是个白人老头。我从骨子里瞧不起这些人，为了自己长生，抛弃了自己的人民。

我没有回应这些套话，而是直截了当地问他：“厄文总统，听说三个枪手的家属也要受到惩罚？”

厄文似乎有些意外我叫出了他之前的身份，他的眼神闪过一丝尴尬：“是的，他们理应受到惩罚。”但是他并没有说明这是一种什么性质的惩罚。

“我想提个请求，希望不要对他们进行处罚可以吗？”

“哦，当然可以的，我们会通过理事会决定这件事情。”政客的话我当然不相信，何况这个人以前是臭名昭著的独裁者。我知道出了这么大的事，必须有人为此事负责，但绝对不应该由无辜的平民来承担责任。

“这点事情，应该不用经过你们理事会了吧？再说你们墨山的两位理事大人都在这里。”

厄文点点头，和另一位理事会成员交头接耳一番，又把宫本泽叫到跟前说了几句什么，宫本泽转身走了。

我看了看旁边的林航，他马上心领神会地跟了上去。

“两位理事大人，我想离开墨山，你们不会反对吧？”

厄尔露出两排白得亮眼的牙齿：“当然，您是客人……也算是墨山的半个主人，可以随时来随时走，没有人能干涉您的自由。不过您不想再等等我们理事长了吗？再说，离开了墨山，我们可就无法再为您提供保护了。”

我冷冷地说：“我不需要墨山提供保护，我还有一些朋友在墨山，我想带他们一起离开。”

“他们愿意离开这个安全区的话当然也可以，不过您知道的，在这个危机四伏的世界，目前能够提供安全和食物保障的人类安全区可不多。”

我冷笑一声：“谢谢，失陪了。”说罢我和海心、俞卫树去了教堂。

我终于在刀口上把这 14 个人救了下来，这些人已经被告知将要被处死，罪名是他们的亲人背叛组织和意图谋杀。他们正绝望地蜷缩在漆黑的房子里，等待着死神的到来，当林航和宫本泽推门而入的时候，那些老弱妇孺以为是死神降临，吓得惊叫起来。

“牧先生为你们求情，你们可以不用死了，都走吧！”宫本泽冷冷地说道。这些可都是他曾经同事的家属，他却没有表现出一丝的怜悯。然后他当着林航的面，将这些人放了。

我从第一次见到宫本泽就对他没有一丝好感，这个人过于精明，也过于油滑，城府极深。他才是最应该为此事负责的一个人。自知道我来到墨山的消息，他应该在第一时间通知理事会的所有成员，而不是只向弗纳尔一个人报告，更不应该在陵族来墨山要人后，还命令手下向陵舰开火。他对此事的解释是弗纳尔博士提出要单独见我，所以他回避了。而袭击陵舰的责任也不在他，人类安全区禁止不明飞行器的命令是天空社在新城召开的全体理事会上统一制定的，他仅仅只是在执行理事会的命令。这个狡猾的家伙轻描淡写地就将所有的责任推得干干净净。我知道，这是一个危险的家伙。

神父他们一行人早就在等我，他们早就知道我的到来，看到我也没有表现出太大的惊喜，毕竟我们只是萍水相逢。

“小牧，你看看现在的墨山变成什么样子了？”神父愤怒地指着我咆哮起来。

“神父，这不关牧戈的事。”卢水捷说。

“不关他的事？他一来，就让魔鬼收走了那么多无辜的灵魂，不是他的责任是谁的责任？”

我没有反驳，洋老头越说越激动，越说越愤怒。他也许说的没错，如果我不来墨山，那些人就不会死，至少不会今天就死。他们逃过了科罗拉多病毒，逃过了一路上的危机重重，千山万水逃到了这块他们认为可以保护自己的地方，我一来，他们就死了。

“不！”林航说道，“牧戈是为了救我们大家才上的墨山，难道救人还有错了？他自己也差点把命丢在这里，至于为什么会死这么多人，你应该去问天空社那帮王八蛋，他们把我们当人看过吗？你们天天修炮台，我们蹲监狱，你为什么不去质问他们？反倒错将恩人当仇人。”他不认识神父这些人，说话毫无顾忌。

我猜他还想说些更难听的，所以制止了他。神父说的没错，他是有信仰的人，有一颗悲天悯人的心。

“你怎么知道神父没有向那些王八蛋提出抗议？”卢水捷见林航语言攻击神父，反驳说，“神父第一天来墨山就为了难民和天空社据理力争……”

“好了！都不要吵了，你们有没有人想要离开墨山的？”俞卫树阻止了这场没有意义的争吵。他说：“如果想离开就跟我们走，如果不想离开我们现在就告辞了。”

“他们真是太野蛮了！”马里奥神父慢慢平静下来，他说，“对不起，是我失态了。”

上校的话提醒了我，我说：“大家如果想离开墨山的话就早点动身，免得夜长梦多。”

老柴说：“我们跟你走，不管外面有多难，总比在这里等死强。”

俞卫树说：“跟牧戈走，他不会让你们挨饿的。”

之前我和宫本泽已经交涉过了，天空社愿意提供汽车和食物甚至还有武器让我们离开，我断定在牧晨雪的态度没有明确之前，墨山上没人再敢明着和我唱对台戏了，所以我毫不客气地狮子大开口敲诈他们，开出了一张清单让他们备齐。宫本泽只是看了一眼，没有丝毫犹豫，自己就拍板答应了。

我们进行了一下简单的分工，然后一行人从教堂出发，行走在墨山谷。主路上还等候着一些人，都是得到“内部消息”想跟我们一起离开的，足足有好几十人。我这才突然意识到，不知道从什么时候起，自己竟然变成了这群人的领导者。他们依靠我，信任我，把生命都交到了我的手里。想到这里，有一种复杂的情绪涌上心头。

十里墨山谷，路两边的人们越来越多地加入我的队伍，尽管天空社派出了上百名武装分子“护送”我离开，他们甚至用眼神和手势阻止那些想加入到我队伍的人们，但是人们义无反顾地冲进了我的队伍里。他们看我的眼神就像是看到救世主。林航甚至激动地站在队伍的最前面，大声地呼吁着人们加入我们的队伍。没有统一的口径，但人们似乎知道没有人敢明目张胆地阻拦，他们心领神会地默默地跟着我们走向墨山的出口。

那里停满了幸存者们来墨山时开的汽车，我的朋友们分工合作，指挥人们上车。没有鸡飞狗跳的骚乱，人们都很安静，服从安排，相互帮助。大家初步统计了一下，队伍一共有三百多人，我不得不继续找宫本泽多要了两卡车粮食。

人们不知道这些汽车将开往何方，迎接他们的又将是什么样的命运，大部分人只知道有个叫牧戈的年轻人来解救他们了，他会给他们一个未来。

其实我和俞卫树还有林航三人是知道的，我们的目的地是一个叫二十一区的地方。俞卫树早在铁笼里的时候就告诉了我，军方在那个基地囤积了海量的各类物资，能够让足够多的人活下去。

一个小时后，我们清点了物资和人员，车队出发。

海水已经退去，那条通往大陆的公路重新浮现在海天之间。车队驶上这条海中之路的时候，我知道自己和这个叫墨山的岛城以后就是敌人了。

与坦克和阿布他们会合后，我们继续赶往二十一区。在路上的时候，我们商量着将人员进行了一些简单的分工，林航负责总调度，由他安排人员进行物资分配。俞卫树上校带领一支由 27 名青壮年自愿武装起来的队伍，负责保护车队的安全。当然，武器弹药都是宫本泽提供的，一共 39 支五花八门的枪支，我带上墨山的武器他们也还给了我。

卢水捷、神父和几名有一些医学基础的人组成了医疗队；老柴和程序员张伟带着一小队人负责维护道路和车辆；会计刘心军和大学生小丘一队人负责物资分发；坦克则带着两辆武装皮卡车一前一后，担任警戒和殿后。海心什么也不干，她和丞相寸步不离地跟着我。

从墨山到二十一区的距离是 378 公里，但是实际距离要远一些，加上雪地路滑，出于安全考虑我们行进的速度并不快。

第三天下午的时候，下起了暴风雪，车队被迫在一个山边的村庄停了下来。这一路下来，我们又收容了几拨前往墨山的幸存者，林航他们还制作了几十块写着“千万不要去墨山，除非你想当奴隶”的牌子，竖在各个要道路口，并提示周边几处适合避难的临时居住地点。

山下的村庄因为没有人烟显得无比诡异，风雪越下越大，整个世界呈现出一片惨淡的白。

为了避免发生意外，俞卫树将人们安置在村中间的几栋房子里，并向周边派出了两人一组的警戒哨，作为一名经受过多年战火洗礼的老兵，他的专业素养让我佩服。大家开始生火做饭，吃的是米饭、咸菜，还有不怎么新鲜的冰冻猪肉。

吃完饭后，天色还早，我和几个人决定去村后面的山上碰碰运气，看能不能打到点野味什么的给孩子和妇女改善一下伙食。一个戴着口罩和墨镜，将自己包裹得严严实实的女人快步追上了我：“牧先生。”

声音有些耳熟，我转过身来：“有事吗？”

她取下了墨镜和口罩，竟然是曾清，我愣住了。

曾清小声说道：“牧先生，队伍里有天空社的人，我也是刚刚吃饭的时候才看到的。”

一旁的几个伙伴也深感意外，林航说：“我们的行踪绝对不能让天空社发现，否则今后只怕有没完没了的麻烦。”

海心说：“是的，队伍里混进了他们的人，就像在二十一区埋下了炸弹，对你的安全也极为不利，必须拿下，要我去吗？”

我才不要她去呢！她每次弄点事都是地动山摇，我都怕她了。我看了看俞卫树，他什么都没说，带着几个人跟着曾清回村庄了。我也无心打猎了，跟着往回走。没有什么意外，两名混进来的天空社成员被曾清指认并控制起来。

“是不是宫本泽派你们来的？”我开门见山问道。

两名天空社成员见自己身份暴露，也懒得和我打太极，他们大大方方承认了：“宫本先生没有别的意思，只是派我们护送您顺利到达目的地。”

我冷笑了一下：“果然不愧是宫本的人，连借口都找得这么漂亮。老实说吧！你们混进来多少人？”

“就我们两个。”

林航说：“牧戈你别问了，把他们交给我吧！我和老俞在墨山吃了那么多苦头，也该还给他们一些。”

我当然同意，提醒他不要弄出人命就行，两名家伙就被带到村口一栋房子去了。

看到大家散去后，我才仔细打量了一下这个突然冒出来的曾清，我说：“你是天空社的人，我听说他们对背叛组织的人惩罚是很不留情的，你怎么跑出来了？”

曾清被我盯得有点脸红了，我第一次认真地打量着这个少女，她没有一瞥的惊艳，但真的很耐看，且越看越觉好看，一张娃娃脸，五官极为精致，身材有着和五官极不协调的火辣，声音温柔如水，如果不是一开始她的虚假的热情让我忽略，我差点就喜欢上她了。

“我只是被你姐姐收容的孤儿，并不算天空社的人。”

“你是我姐姐收养的？”

“是的，你姐姐收容了很多我这样的人。我八岁的时候，她亲自来福利院把我接走了，然后我和几十个年纪相仿的孩子一起在墨山的学校上学，就再也没离开过墨山。”

“你家人呢？”

她摇摇头，眼睛里像含有一汪秋水：“早死了，我已经不记得他们长什么样了。”

“对不起啊！提到你的伤心事了。”

“没关系的，都过去了。牧先生，您以后不用跟我这么客气的。理事长在墨山的时候，我经常在她的身边，她拜托我们照顾您。”

“牧晨雪对你们怎么样？你那三个同伴呢？”

曾清摇摇头：“她们都死了。”

“她们死了？”我几乎跳了起来，前几天她们都好好的，这一转眼三个花季少女居然香消玉殒了。

“怎么死的？”

“被人毒死的，本来我也得喝那些药，但我逃出来了。”

“是谁这么狠毒？宫本泽还是弗纳尔？”

“不知道，但我想应该是弗纳尔。当时您和宫本出门，车是朝山上开的，我就感觉不对，因为理事会根本不在山上，几个理事会的成员也没有人住在那里，我担心有人要害您但又找不到您那位漂亮的助手。”

“于是你跑去找了秦教授？”

曾清点点头：“秦教授是天空社的前任领袖，在天空社的内部还是有很高的威望。他被虫星人接到墨山后，我曾经无意中听到他提起过你，当然不是和宫本泽，而是和另外一个老头。所以那天你被带走后，我偷偷地跑去找他，告诉他你已经来到了墨山，没想到我偷跑出来，阴差阳错躲过了一劫。”

“我们萍水相逢，你为什么要救我呢？”

曾清沉默了许久，才缓缓地摇摇头：“不知道，也许是想报答您姐姐这些年来的恩情吧！”

她的理由有点牵强，但我没再追问，因为动机不再重要，重要的是她救了我的命。我见她还沉浸在某些痛苦中，不禁握住了她的双手：“谢谢你啊！”

她这才反应过来，但她并没有挣扎也不说话，只是脸变得红扑扑的。我意识到自己失态后连忙松开了手：“从今天起，我就是你哥哥，我不会允许任何人再伤害你。”我说的是心里话，一个萍水相逢的姑娘愿意舍命去救一个陌生的男人，那么这个男人不应该用命去报答她吗？

曾清捂面哭了，我却不知道她为何哭泣。

就在这时，村口传来了枪声。我赶紧冲出门，向村口跑去。我以为是天空社的人逃跑了，到村口后却发现根本不是这么回事。村口我们停放汽车的地方，一支二十来人的神秘武装正在和俞卫树他们对峙着，他们居然还有一辆轻型的轮式装甲车，双方仅相隔数十米。枪是俞卫树放的，警告他们不要靠近。

我趴在俞卫树旁边的一块大石头后面，仔细地观察着这支神秘的人类武装，突然在对方的人群里发现了一张熟悉的脸，里岛上那名海军中尉，何承志的手下。他穿着一件黑色的皮衣，和那天晚上拉我“入伙”时一模一样，只是那天晚上天色太暗，我们没认出对方。海心说过这些人是专门对非地球文明展开攻击的“我是人类”组织成员。

“我们不杀人，只是想借点东西。”那人喊道。

俞卫树也喊：“借啥？”

“借点粮食，我看你们拉了这么多的粮食，我们想借一车。”

“我们人太多，不借，你们要抢就明抢，别那么虚伪。”

“我们虽然不愿意动武，但是你们不借的话，那我们就只好自己扛走了。”

海心望着那辆装甲侦察车，说道：“装甲车上配备了重武器，我们这边全是轻武器，还有这么多平民，动起手来伤亡会很大。”

我当然不想动手，尤其是不占优势的时候。我冲那边喊道：“中尉你还认识我吗？”

那人仔细看了我一眼，喊道：“牧戈？那天晚上遇到的也是你？”

我说：“是的！”

他让手下人把枪放下了：“既然都是兄弟，那我找你借车粮食行不行？”

“行啊！不就一车粮食吗？你们拉走一车吧！”

“你说了算数吗？”

“当然算数。”

“好，那哥们就谢了。”那人说着把枪放下，挥了挥手，然后冲我走了过来。

俞卫树喊道：“你们人过来可以，但装甲车不能进村。”

那人说：“我一个人过来，就过来聊两句。”这时，林航也赶了过来：

“牧戈，这人叫尤超，何承志的手下，虽然我和坦克是警察他是军人，但在一起同事那么久也很熟。”

“世界可真小啊！”

“可不就是！”林航说着向那人喊了起来，“尤超，我是林航啊！坦克也在这里。”

他这么一喊，趴在不远处看热闹的坦克也认出了他，跟着站了起来打招呼。那边的人全部放下了枪，装甲车里的人也出来了，有好几个都是在里岛当过看守的家伙。

这多少有点他乡遇故人的感觉。我虽然和这个叫尤超的家伙不熟，但好歹也在岛上待了一年多。几个人扯了下闲话后，尤超走到我面前说：“牧戈，你们这么多人打算去哪？要不跟我们走吧！”

“跟你们走？去哪？”

“当然是回我们营地啊！”

我问他：“你们营地在哪？”

“这个现在可不能告诉你。”

我就笑了：“我们有三百多人，还有很多老弱妇孺，你们的粮食够养活他们吗？”

“你们怎么会有这么多人？”

“从墨山带出来的。”

“你能从墨山带出人来？”尤超一脸惊讶，他不敢置信地看了看林航和坦克，他们都点了点头。

“哥们你是什么人？这么牛。”

我笑了笑：“我是什么人不重要，重要的是大家都要活下去。今天看在熟人的面子上借你一车粮食，不过你们得拿点东西跟我们换。”

“我知道一车粮食很金贵，你想要啥，开口吧！”

我指了指他们那辆装甲车：“我想要那个。”

“这可不行，我们还指望着用它来干仗呢！”尤超一口拒绝。他说：“不过我车上有不少香烟，可以送你们几箱。”

我压根儿看不上他这辆破烂装甲车，无非想了解一下他们的虚实罢了，见他要命一样地护着这辆破车，我说：“好吧！香烟也不错，扛来吧！”

他们果然扛来了五箱香烟，足足有两百多条。

见我没有留他们吃饭的意思，尤超带着他的人走了，临走的时候还问林航和坦克：“咱们都是同事，你们俩也不跟我走吗？”

林航和坦克都婉言谢绝了。双方虽然是熟人，但是彼此心照不宣地保守着自己的秘密，在看似热烈友好的气氛中尽可能地拒绝对方的试探。看到他们拉走了一车粮食，大家都心疼不已，唯独俞卫树一点也不心疼，他笑着对我说：“这帮人混得到处抢吃的了，日子肯定不好过。”说得他自己好像一个多大的财主似的，我不禁笑了。

第十四章 “我是人类”组织

到了二十一区后，我们暂时将难民安置在营地宿舍。俞卫树让我找借口支开了海心，由黄海丰领路，带着我和林航穿过了营房侧面的一处训练基地，顺着在大山和房子之间的公路来到一扇巨大的铁门前。

“打开这道门你们会看到另外一个世界。”俞卫树故作神秘地说道。

林航笑了：“难道里面藏着四十大盗和一座金山？”

“是的。”俞卫树说，“光这道门就有 270 吨重，厚 3.2 米，整座基地最高可以承受 10 级地震和千万吨当量的核武器的直接打击。”

黄海丰打开了那道门，巨门缓缓打开的一瞬间，里面两排灯亮了，露出了一条狭长的隧道，隧道的右侧停放着一排整齐的无人巴士。我们上了最前面的一辆车，铁门缓慢地关上后，汽车也自动往前行驶，进入了迷宫一样的地下基地。几分钟后，汽车又经过了一道同样的铁门，才停了下来。那一刻，我承认自己真的打开了传说中的阿里巴巴之门，里面是一个全新的世界。

四通八达的隧道中央灯火通明，最中间有一个十几米深、数个足球场大小的指挥中心。上面有数栋三层高的建筑和机房，两侧是停放着各式车辆的车库、操场，几十个机器人正在有序工作。我们站在这个深井的最上方，鸟瞰下面就像是在欣赏一道奇观。

这时一台机器人从升降机上滑了过来："上校您好，好久不见了。"说完它又看了看我和林航，跟我们打了个招呼。它自我介绍是基地的智能管理员。

俞卫树说："你来给上尉和警官介绍一下咱们的基地，不设访问权限。"

"好的。"智能管理员介绍说，"两位，你们现在看到的是二十一区基地的作战指挥中心，本基地占地总面积为 42 万平方米，上下共三层，分为生活区、军事区、物资区三大块。生活区包括军营、宿舍、运动场、游泳池、电影院、餐厅、教学中心、军人俱乐部、战地医院、发电厂等；军事区有作战指挥中心、导弹基地、直升机大队、陆战大队以及战斗人员待命室和维修中心等；物资区设有两座军火库、四处地下仓库与一处位于 80 公里外的阿肯城的地面油料库，一条由基地出发的地下铁路直接连接到阿肯城的火车西站……本基地采用了'未来智慧'管理系统，对独立换气、循环制氧、电力、饮用水过滤、日光模拟、仓库维护进行全自动化管理。除此之外，本基地有着完整的生活配置设施和足够的粮食储备，特殊时期可以供应至少两万人在此避难达七年之久。目前，基地有常驻人员 1239 人，其中战斗人员 827 人，机器人 385 名，各种作战车辆 327 辆，各型号直升机 41 架……"它一面讲解，一面在空中投屏出这个基地的平面图和工程图，以及监控画面实景。

我很惊讶："二十一区还有这么多人？"

俞卫树摇摇头："这是原先的数据，我们还没有更新，就当是一种纪念吧！目前我们在基地的人你差不多都已经见过了。好在有这套管理系统和这几个兄弟，要不然整个基地早瘫痪了。"

一旁的黄海丰说："还有几个人一个月前离开了基地，我没有阻拦。”

“为什么不阻拦？”

“都这个时候了，他们有选择的权利，我没有阻拦的权力。”

听到这话，我真想把坦克拉到跟前，让他仔细听听。

俞卫树没有再回应他的话，他望着远方好像在自言自语：“这个基地建了很多年了，几年前，在张少峰的一手推动下重新进行了修缮和扩建，他似乎知道这一天迟早会到来，所以进行了周密的准备，希望在这里建立起一支未来可以与天空社抗衡的私人军队，可惜到最后他都没有如愿以偿，真是人算不如天算。”说着他回过头来，“讽刺吧！”

林航笑笑说：“是挺讽刺的，不过也得感谢他费尽心思给我们留下了一个避难所……留下了这么多的物资设备。”

俞卫树问道：“牧戈带来的人有多少是可以为基地工作的？”

林航说：“这些人的情况我大致了解了一下，六十岁以上的不多，大概有三十多人吧！还有二十几个没成年的孩子……我们做一个详细的登记吧！把所有人的情况都了解下，这么大的基地，我们需要人手。”

俞卫树说：“我觉得可以，看牧戈有没有什么想法。”

我说：“这个很有必要，我当然同意，不过你是这里的头，你说了才算。”

俞卫树沉默了一会，叹息道：“我也想说了算，但是在这样的环境下，这副重担我是挑不起的，而且除了你牧戈，没有任何人能够挑得起这副重担，冲你有陵族支持这一条，就没人能够做得到。我们现在太弱了，需要盟友，何况还是陵族这样的盟友。好了这事就不商量了，现在我把这个基地交给你，把自己的命也交给你，要怎么弄都随便你了。”

我急了：“上校，你不要开玩笑，我也担不起这么大的责任……

不，我是根本没这个能力。”

“你当然有这个能力，就看你愿不愿意。如果你想看到我们都死，想看到人类文明就此消失，你可以和我们一样苟且偷生，否则你就得接过这副担子。我这不是在推卸责任，是恳请，因为只有你才能带领我们走下去。”俞卫树神情肃穆地说道，“牧戈你知道吗，我现在不再是一个坚定的唯物主义者了，我相信天道轮回，相信因果报应。我虽然不是天空社的人，但多少参与了张少峰的一些龌龊勾当，我以为这样做就能让家人们活下来，结果呢？我的父母、兄弟姐妹、妻子和两个孩子都不在这个世界了。我现在苟活在这个世界就是希望尽力去弥补一下自己的过错，因为我害怕有一天我死了，再见到我的家人们，他们不会原谅我。”这个在无边的黑暗中都能做到一言不发的硬汉，此时的眼里却布满了血丝和泪光。

我想起秦峰的话，几乎和他如出一辙，那些从我离开里岛开始看到的一幕幕惨绝人寰的画面在我的脑海中不停闪现，而现在，有几百个人将自己的生命交到了我的手里。

林航低声说：“也许在冥冥之中，这座基地就是为你而准备的，上校说得对，也许只有你才能够带领所有人类继续活下去，这是你的责任，当然我们也会尽全力去帮助你。”

真诚这东西就像孕妇的肚子，是伪装不出来的。何况他们根本不需要伪装。我思索再三，终于答应了。

接下来的两个小时，俞卫树陪着我们把整个基地走马观花看了一遍，让我对基地的基本情况有所了解。在军事区，我甚至看到了数十辆崭新的步兵战车和坦克，还有高智能化的大口径无人火箭炮等，紧接着我在机库还看到了代表着人类科技最高水平的军用直升机，其中还有十余架无人武装直升机……更神奇的是，机库的上方就是我第一次看到的那个巨大的人工湖，当直升机要执行飞行训练和任务时，巨大的透明管状停机坪就会升到一个空间独立的槽里，像升降机一样将飞机送出水面后，独立机槽再打开，直升机就可以起飞了。看到我兴奋难耐的样子，俞卫树还告诉我，他熟悉周边几个地区的秘密军事基地，其中一千多里外的一处空军基地甚至是成建制地被保留了下来。

问题只有一个，没有飞行员。

几个人边走边聊，到达了基地最底下一层，从战斗人员候命室出来就看到了那条传说中的地下智慧铁路，两条线上各停着一列无人驾驶火车。

“这个火车只要输入目的地，它就能自动启动并监控整条铁路的路况，比如什么地方堵塞，什么地方有轻微震动，什么地段有小动物经过，甚至是火车本身出现了故障都能一目了然。”

从地下基地出来已经是几个小时后了。卢水捷、老柴他们已经将所有人分开安置好了。生活用品基本是军队原有的，女人和孩子被集中安置在靠近地下基地的那栋楼，如果有突发情况他们可以第一时间撤进地下基地。我被安排在二楼会议室旁边的一间宿舍，就我和阿布两个人住。

海心和坦克对我消失的这几个小时很是疑惑，但是他们也没问。自从我在墨山救出这些人后，坦克对我的态度稍微好了一点。为了不让他成天盯着我，我决定给他找点活干，让他和同样警察出身的卢水捷临时负责起了整个二十一区的治安和民政。

几天后，二十一区开始有序地运作起来，基地的整体管理和防务依然是俞卫树负责，林航担任他的副手。他们通过自愿的方式组建了一支由 83 名成年人参加的自卫武装，这些人有不少是军人出身，其中最让我们惊喜的是前美国飞行员杰森中校，此人 48 岁了，是个“飞行通”，有着二十多年的飞行和空战经验，熟知各国的飞机。两年前，航空公司重金将他挖走才离开了空军。我很喜欢这个人，除了他的专业优势外，他豪爽的性格也是我欣赏的理由之一。

两天前看到他的资料时，我亲自登门拜访了他，在他那间有着三名室友的宿舍里，他直言不讳地告诉我，他可以熟练地操控全世界十几种主流战斗机和直升机。我喜出望外，直接将他带到了地下基地的机库参观，并开门见山地道明了我的意思，希望他从现有人群里选几个“徒弟”，帮我训练出一批飞行员。杰森中校看到这些飞机，立即兴奋地答应了，直呼我为老板，他喊得多了以后，整个基地都喊上了老板。

黄海丰则带着几名军人训练这支临时武装驾驶和使用各类装甲车辆和武器。马里奥神父和几名有一些医学基础的人建了一个医疗所；老柴和会计刘心军负责后勤，大学生小丘、程序员张伟、曾清和阿布八人都成了杰森中校的徒弟。加上坦克和卢水捷的治安所，二十一区算是有序运作了。

除了基地的正常生活和训练，林航和坦克几个还经常带着人外出活动，到处寻找和劝阻拦截前往墨山的难民。有时候还会带一些人返回基地。为了通信方便，俞卫树还启用了老式的“天之涯”系统——一种数十年前的短波对讲机，不用卫星网络也可以实现队友间的长距离通话，不过为了保密，规定只在紧急情况下才使用这套系统。

海心对我所做的这一切都漠不关心，我知道她只关心我个人的安危，至于其他人类的死活和她没有关系。这也是我一直不怎么喜欢她的原因。

这样平静的生活持续了大半年，由于林航和坦克经常拦截前往墨山的人，二十一区的人口已经达到七百多人。我似乎又回到了以前带新兵的日子，相处久了，渐渐和大家打得火热，也发现了一些人才，比如犹太人阿赛维少校和手刃过三名虫星人的老董。这两个家伙手上都沾过虫星人的血，他们在去墨山之前，有过一段惊心动魄的过往。

病毒暴发时，正在阿国执行秘密任务的阿赛维少校遭到虫舰攻击，乘坐的飞机被击中，坠落在沙漠深处，他也因此躲过一劫，几天后，在沙漠边缘他再次偶遇了虫星人。没有人类的地球让这帮外星来客充满了好奇，他们就像在自己家一样随意地在地球上晃荡。五名虫星人正在一栋民房里翻箱倒柜的时候，为了帮同行的战友报仇，阿赛维少校用遥控炸弹将这些丑陋的家伙连同房子一起轰掉。老董的经历就更离奇一些，他当时躲在一间空房子里睡觉，三名虫星人把他当成了死尸，围着他品头论足，老董惊醒后抡起旁边的长刀一顿猛砍，将三名毫无防备的虫星人活活砍死。这些虫星人做梦也没有想到，自己会死于人类的冷兵器。

卢水捷和坦克一行外出了整整三天，第四天傍晚的时候，他们用“天之涯”紧急呼叫基地，说在阿肯城外的一个郊区遭到了袭击，对方人数众多，双方正在激战。接到警报后，林航马上集合了几十人，跟着我赶往机库。杰森中校正带着他的八名“学生”在上课。半年下来，因为中校的努力教学，加之这些飞机的智能化程度本来就高，这些学生都能够自由操控直升机了。

看到我们急匆匆地跑了过来，杰森中校说：“老板，是不是出什么事了？”

我点点头：“中校，你的学生现在能不能飞？”

杰森中校肯定地说：“当然。”

“上实弹。”

大家意识到出事了，立刻行动起来，开始检查飞机、装填弹药。十几分钟后，三架武装直升机被送出湖面，起飞升空。杰森中校亲自驾驶一架中型运输机，将我们送往事发地点。

这次飞行计划来得突然，事先没有一点准备，我总是隐隐有些担心。也许是看出了我的小心思，旁边的海心说：“人类目前的大部分直升机都实现了智能化，换句话说就算驾驶员死了它自己都能飞回去，你一个陆战队军官不会担心这些吧？”

我没有理会她的话里有话。

这是一片废弃的矿场，没有高耸入云的摩天大楼，只有低矮粗陋的铁轨、车间，还有散落一地的各类机械。坦克和卢水捷他们显然已经被压制在一栋三层高的建筑里，周围有几十名武装分子正趴着向楼上胡乱射击，矿场的马路上还停放着七辆武装车辆，其中有两辆配备了机枪的皮卡在疯狂输出火力，压得楼里的人根本抬不起头。

三架直升机风一样地低空飞过矿场。

“警告射击。”随着我一声命下，操控机枪的黄海丰在楼和武装分子之间泼出一道弹幕。但是我低估了这帮人的狂妄，警告射击后，他们非但没有投降或溃逃，反而对着直升机猛烈开火。

“给我打，打到他们投降为止。”

我记得以前有人说过，在绝对的实力面前，所有的技巧、努力都是徒劳无功的。短短十几秒钟，下面就打出了一片火海，积雪四溅，鬼哭狼嚎，所有汽车全部干成废铁。这帮人再也不像刚才那么嚣张，有些人像无头苍蝇一样四下逃散，大部分人把枪扔了，趴在地上。

停火后，坦克和卢水捷他们冲下楼来，运输直升机也在贴着地面悬停，我们跳出飞机开始收拾残局。另外两架飞机迅速散开，将企图逃跑的人逼了回来。

卢水捷胳膊中了一枪，除此之外还有五名队友受伤，两人伤势严重，另外还有两名队友不幸遇难。伤员被迅速抬上了飞机，火速返回基地去了。除了当场被打死的十几名武装分子外，还有 37 人投降。两个领头的被指认出来，带到了我的面前，一个是三十来岁的高个子黑人，另外一个是个牛仔打扮的白人。

“你们是疯子吗？为什么无缘无故向我们开火？”不等我开口，怒火中烧的卢水捷不顾自己有伤，已经发问了。

“谁让你们不投降的？”牛仔口气还狂得很，但是没狂够两秒他就惨叫起来，原来林航一枪托砸在他的脸上。

“给我好好说话。”

“我们是老虎的人。”

“老虎？谁是老虎？”

“是我们首领。”

“你们从哪里来的？”

“从俄国过来的。”

“你们有多少人？”

“两百多人。”

“两百多人？”

“本来有近四百人，路上死了一半。”

“怎么死的？”

“有些病死的，有些是老虎杀的，还有些死在外星人手里。”

我和林航对视了一下：“你们碰到了外星人？”

“是的，我们在路上走了几个月，碰到四次外星人。”

“老虎是个什么样的人？”

“暴君。”

老虎真的是一个暴君，或者说是一个恶魔。灾难发生前，他是俄国一所监狱的重刑犯，如果没有这场灾难的话，他的余生应该会毫无悬念地在狱中度过。科罗拉多病毒暴发后的短短几个月里，他带着一帮恶棍将幸存的平民控制了起来，让他们沦为真正的奴隶，而自己却过着帝王一样的生活。城市的污染扩大后，他的“王国”病倒的人越来越多，每当病人无法提供价值后，就会被他扔得远远的，任其自生自灭，任何敢于挑衅他权威的人都会被当众残忍杀害，这成了那座城市所有幸存者的噩梦。在广播中得知墨山有更多的幸存者后，他带着数百“子民”动身前往这里。一路上发生了两起逃跑事件，他把追回来的十多人尽数杀死。在遭遇虫星飞船袭击后，他又命令手下无辜的平民掩护自己逃离，而数十位平民则惨死于虫星人之手。

两个小头目告诉我，他们几天前在这里遇到了“我是人类”组织，因为对方实力强大，老虎带领剩下的两百多人加入了他们。但老虎不是一个安分屈居人下的家伙，刚刚加入“我是人类”组织，就派出自己的力量四处拦截前往墨山的难民，以扩充自己的实力。今天他们无意中碰到了二十一区的“同行”，“招安”不成后，老虎命令手下消灭坦克一行。

我问道：“‘我是人类’组织在什么地方？他们有多少人？装备怎么样？”

牛仔捂着脸说：“他们在奎港，大约有两千人吧！有一半人有枪，大部分是轻武器，不过他们也有反坦克导弹和短程防空导弹，还有几辆装甲车。”说着他又讨好地看着我，“不过我感觉你们更强一些，收拾他们应该很容易。”

我没再理会这两个不知死活的家伙，而是调出地图，找到了离我们所处位置大概 70 公里的奎港，一个不起眼的山里小镇。

周围人都看着我，他们一时也弄不明白我的意图了。

“你该不会想去奎港吧？”林航瞪大了眼睛。

海心漠不关心地说道：“人都已经救出来了，我们还是赶紧回基地吧！”

我说：“不！”

“为什么？”

“因为他杀了我们两个人。”

没人再说话，因为我的理由似乎无从反驳。

“可以，但要等我回去召集好人手。”

我摇摇头：“不用，我们要抓的只是老虎一个人，和其他人没关系。”我说这话的时候非常清楚自己要做的事，老虎这样的人一日不除，将来必成大害，就连奎港镇的那些难民也会永无宁日。

大家沉默了一下，坦克说：“这次我同意牧戈的意见，他杀了那么多人必须受到惩罚，二十一区组建时我们就一致同意要恢复人类社会秩序，这是所有人的初衷，你们都是同意过的。”

林航他们不再坚持，联络俞卫树呼叫更多支援，以应对可能出现的意外。

我内心是有一些私心的，因为这是我执掌二十一区以来的第一次行动，如果自己人都不能保护，那今后谁还能信服我？其他的平民谁还敢投奔二十一区？眼前这点力量想自保都难，更别扯什么人类命运了。

“这些人怎么办？”卢水捷指着这群俘虏问道。

我反问道：“你们想怎么处理？”

“收了他们的武器，让他们滚蛋。”

“那就让他们滚吧！”

这群人于是就滚蛋了。

没多久，杰森中校又开着直升机返回来了，俞卫树和阿赛维少校几人跳下飞机。

“都说了你不要出来，怎么还来呢？”

“我在基地留了十几个人，海丰带着其他人已经赶往奎港镇。”他说，“这是二十一区第一次行动，我们不清楚对方的底细，有备无患吧！”我主意已定，大家不再劝阻我了，纷纷登上飞机，奔赴奎港。

第十五章　奎港这个地方

奎港其实没有港口，这个美丽的小镇，群山环绕，平均海拔接近一千米。这里常年云雾缭绕，恍如仙境，进出小镇主要有两条路，一条山间公路连接着外面的世界，另外还有一条需要翻山越岭的小路。大雪封山后，这两条路都变得危机四伏。

这是我一次知道这个地名，直升机穿过云雾，低空飞行在山间。这个小镇不是很大，但房子却保持得相当完好，鸟瞰之下全镇只有一条主街，其他的房子星罗棋布，零乱地散落在街两边，有些还延续到了山脚下。奇怪的是，当我们三架直升机飞到这里时，街道上安安静静，居然看不到一个人影。

奎港的入口处有常规的防御工事和检查站，只是没有一个人。我和林航还有海心跳下飞机，林航希望凭着熟人间的面子，尽可能地避免直接冲突，和平解决这个事情。

大山间的小镇异常安静。林航清了清嗓子，喊道："尤超，我是林航，我老板特意来找你们，想和你们聊聊。"

喊了几声后，小镇没有任何回应。

"有没有喘气的？有就应一声，否则我们就直接进镇了。"

这时在空中的杰森中校通过“天之涯”向我报告：“老板，直升机受到威胁了，我们被防空导弹锁定，请求消灭目标。”

我说：“你等等。”然后我提高声音喊道：“我们不是来干架的，你们不要冲动，否则造成的所有后果你们要自己负责。”

“威胁暂时解除。”杰森中校报告说。

这时，一队武装分子从旁边的巷子里慢慢闪了出来，先是几个，然后是几十个，最后整条街甚至房顶都站着人。他们握着各式各样的武器，有些还扛着便携式导弹。虽然站满了人，但没有声音，连风都没有，小镇依然死一般地沉寂。

“你们谁是这里的负责人？出来聊两句吧！”

对面终于有了回应：“你们等一会儿，我们头马上就到了。”

我和林航点上一支烟，刚吸了几口，有人说话了：“牧戈兄弟，别来无恙啊！进来聊聊吧！”

我感觉这声音十分耳熟，但我绝对不可能只身犯险，万一被这帮人扣成了人质，我的空中火力优势就不存在了。

“你是哪位？”

“何承志。还记得我吗？”

“何承志？”我突然想起来了，这不就是当过“子牙号”舰长，后来被贬到里岛监狱去当监狱长的那个少校吗？这个人怎么成了“我是人类”组织的首领？世界真是太小了。我说：“我就不进去了少校，要不你出来聊聊？”

“有事你只管说，咱们就这么聊也行！”

“好，我说正事之前麻烦你们看好自己人，尤其是刚刚加入的人，别让他们挑事，否则大家都麻烦。”我担心涉及那个叫“老虎”的家伙后，他和他的手下人会挑起二十一区和“我是人类”的火拼。

那边停顿了一会，何承志接着说：“好了，现在可以说了。”

“老何，你们队伍里有个叫老虎的？”

“有，什么情况？”

“这个人滥杀无辜，今天我要带他走。”

“滥杀无辜？你说清楚一点。”

我大声说道：“我有两个兄弟今天死在他的手上，还有几个人受了伤。我们二十一区是有规矩和秩序的地方，任何人滥杀无辜都将受到惩罚，何况他杀的还是我的人，于公于私，我都要带他走。”

“二十一区？……不行，我们有我们的规矩，凡是加入进来的我们就有责任保护。”

“保护？保护坏人什么时候也成了你何承志的责任了？”我有恃无恐地嘲讽道，“我们都是熟人，大家活得都不容易，所以我希望你考虑清楚，犯不着为了一个混蛋连累一帮无辜的人。”

“牧戈，你这是威胁我？”

我眉头一挑：“我说的是事实，这人留在奎港，你们迟早要自食恶果，还不如把他交给我，我替你们清扫垃圾……这么说吧！这个人我今天要定了，如果你执意要袒护他，那咱们今后只能是敌人了。”

何承志沉默了片刻，不过我相信他作为职业军人，应该非常清楚发生冲突会带来的后果。他说：“我这里还有一个人要见你。”

“谁啊？让他来吧！”

来的人衣衫褴褛，蓬头垢面，头发和胡子像是一团随时要爆炸的炸弹。他慢慢走到我的前面，将我上下打量了一遍，然后喊道：“老板。”

我的脑瓜子嗡地响了一声，眼泪夺眶而出，因为不管发生了什么，我都不会忘记这个声音，他整整陪伴了我十多年，直到我进入军营他们才消失不见。我是真的想念他们。

“宁先生，不，宁叔。我的天啦！你怎么会在这里？”我变得有些语无伦次了。

宁先生的眼睛里同样饱含泪水，不过他一如既往地冷静："老板，您得离开这里。"

"不，你也必须跟我一起走。"我好不容易再次看到他，绝对不会再让他离开我。因为在我的心里，他和我的保姆团早就成了我的亲人，在这样的世界里，有一个亲人突然出现是件多么令人惊喜和鼓舞的事情啊！

他挡在我的前面，将我推到镇口的防御工事后面："您现在就得上飞机。"

我大概明白了他的意思，我说："他们不敢开枪，他们只要朝我开一枪，这里就会变成一片废墟。"

"何承志不敢，但是老虎呢？狗急跳墙的典故您忘记了吗？"

多年不见，可一见面我的安全就成了他最关心的事。我的心里一热，拉着他和林航也蹲了下来。

"老何，你考虑清楚没有？你如果不方便动手，我就亲自过来抓人。"

何承志说："好，你等着，我去把他抓来。"

就在这时，正在空中警戒的杰森中校突然叫了起来："发现四架不明飞行物靠近，最多六分钟后就抵达这里，见鬼，我从来没见过这么快的飞机。"

我看了看宁先生，他一把抢过通信器："你们的飞机马上降落，人员隐蔽，千万不要开火。"然后他大声喊道："所有人全部隐蔽，虫舰马上就要到了。"说完他带着我和林航、海心等人拼命往镇旁边的山上跑。

我是典型的帅不过三秒，前一秒钟还在人五人六地要捍卫正义，后一秒就如同丧家之犬四处逃命。

三架直升机紧急降落，所有人跳下飞机跟着我们往山里跑。与此同时，镇里面的人们也消失了。除了三架孤零零停在雪地上的飞机外，整个镇子又回到了空无一人的状态。按照宁先生的吩咐，我们快速在雪地刨出一个坑，将身子埋在雪地里，只露出半个脑袋。

四艘虫舰出现在奎港的上空。这一次他们连外面那层雾的伪装都褪去了，大摇大摆地露出了机身。它们围着地面的直升机转了一圈后，戏谑性地突然轰出一道白色的光，我的一架直升机立即被打成一团火球。紧接着，它们又悄无声息地飞到了大街上方，几乎贴着房屋。

这些东西十分恐怖，它们可以像蜻蜓一样自由地悬停和飞行，速度比人类最快的战机还要快很多。它们像一条条猎狗似的在房屋顶上嗅了起来，很快它们又开火了，每开一炮，就有一栋房屋被彻底摧毁。

“这帮畜生。”我小声骂道。

“您不要担心，奎港镇下面有防空洞，虫星人如果不下去搜索的话很难发现他们，但是他们如果离开了虫舰的保护，也很容易被人类武器射杀。”

“虫星人探寻不到他们吗？”

“雪的温度对它们的搜索造成了严重干扰，如果没有这层厚厚的积雪，人类只怕早就灭亡了，这也算是因祸得福吧！”宁先生好像自言自语地说道。

突然，一个吓得哇哇大哭的白人女孩从旁边的一间房子里跑了出来，她看起来也就十四五岁的样子，她抬头看到已经将她围在中间的虫舰，吓得尖叫起来。这时，一个上了年纪的女人也从房里跑了出来，紧紧地抱住了她。

“老板，您想救她们吗？”宁先生问道。

“我能救她们？”

“能，不过要冒一点风险。”

“如果能救她们，我愿意冒风险，你告诉我怎么做。”

宁先生拿起我的手，然后看了看我手上的戒指，像是下了很大的决心：“好吧！您举着手出去，让他们看到你的戒指。”

“不可以！”海心不假思索地提出了反对，“我不管你是谁，但你这是置牧戈于险地了，我绝对不允许发生这样的事情。”

“我相信宁叔，你不要干涉。”

“不！”海心第一次激烈地反对我，她甚至把我按在了雪地里。

“放开你的手，你别忘了自己的身份，你只是我的助手，而我并不是陵族的人质。”我冷冷地厉声说道。

她这才松开了双手，和我并排跑向了镇子。

神秘的事情发生了，我的戒指突然自己动了起来，我离飞行器越近，那枚戒指就动得越厉害，还发出了一种眼镜蛇吐信时“吡吡”作响的声音。

“住手！”我大喊大叫着冲向了它们。

四艘虫舰连忙掉头过来，它们盯着我看了半晌，我的戒指在离它们只有几米远的时候突然脱离了我的手指，在空中展开成了一道像纸一样薄的金属墙，像人类的投屏技术似的，上面变幻出各种各样的图案和奇怪的文字。

我惊呆了，我没想到自己戴了这么多年的戒指居然像神话中那些宝物一样，如此神奇。我和四艘虫舰面对面对峙着。时间一秒一秒地过去了，海心甚至已经打开了她的百宝箱，我知道她在随时准备出手救我，我也知道，此时有无数双人类的眼睛在盯着我，大冷的天，我的掌心居然有汗。

“不准伤害她们！马上给我离开这里。”我孤独地站立着，态度却无比坚决。

这些来自异星的怪物静静地和我对峙着，我感觉到那些金属的背后，有一双双诡异的眼睛也在注视着我。

我用手指了指天空："现在，马上，立刻给我滚。"

四艘虫舰慢慢地往后退去，再升到空中，转身轻柔地飞走了。它们消失在云端以后，我的戒指重新变成了原来的样子，落在了雪地上，我连忙捡起来戴上，扶起坐在地上一动不动的女孩和那个成年女人。

人们重新回到了大街上，我的人，何承志的人，有武装人员也有平民，大家突然之间似乎忘记了就在十几分钟前，我们还差点兵戎相见。

所有人都用一种异样的眼光看着我，就像是看到了神。

"牧戈兄弟，谢谢你救了我们的人。"何承志出现在我的面前，他不再是那个穿着军装的高高在上的少校监狱长。灰白色的风衣下面，那张脸上尽是世事艰难和沧桑。

我也渐渐平静了下来，目光在人们的脸上一一划过，冷冷地问道："不用客气，我要的人呢？"

何承志挥了挥手："把那个东西带出来交给牧戈兄弟。"

过了一会儿，他的几个手下跑了过来，小声说道："老虎趁乱跑了。"

"什么？带着他的人一起跑的？"

"没有，他一个人跑的。"

何承志恼怒地骂道："马上给我搜捕，死的活的都行。"然后他歉意地看着我："兄弟，这附近都是我的地盘，他跑不远，我一定把他抓回来交给你。"

我相信他没有骗我，因为我在奎港镇人们的眼中，看到了是非曲直，一个组织的领导人物不会蠢到当着自己人的面欺骗朋友。

我想了想说道："那我们先走了，抓到这个混蛋你也不要送给我了，当着大家的面审一审毙了就行，这人罪大恶极，死不足惜，送过来还弄脏了我的地方。"

"好！你放心吧！"何承志笑着和我握了握手。

我对旁边的人说："让海丰他们返回基地吧！"说完我们转身往镇外走，走了几步后我回过头来："老何，如果粮食实在不够的话，可以来二十一区找我。"

人们自发地把我们送到镇口，我知道他们的内心其实和我自己一样充满疑惑，但不管怎么说，从现在起，人类世界肯定会流传着牧戈的传说。

第十六章　梦是无法抵达的地方

我已经习惯了生活在谜一样的世界，而且我不再刻意找寻答案。回到基地后，我一言不发地回到宿舍，倒在床上看着白色的天花板。

我不知道别人有没有过凝视天花板的经历，反正我有，我经常在睡前专注地看着天花板，看着它上面那些诡异的微细的纹路，然后由着这些纹路在脑海里形成各种各样奇妙的图案，天花板上那些平时不注意观察的细节是什么？传统的水墨画？星辰大海？还是茫茫沙漠和宇宙？

我睡着了，又做了一个梦。

这也是一个奇怪的梦，上一次是陵族造访了我的梦，而这一次，我去到了一个神奇的地方。那是一片无边无涯的平原，到处是各种各样陌生的植物，有成片的像竹子一样的参天大树，有红得像火在燃烧一般的灌木丛，有巨大的长着方形叶子的树……方形的叶子，我想起来了，这是我戒指上印着的图案。在这些成片的诡异植物的远处，有一片静止的湖，湖面真的像镜子一样，纹丝不动，诡异的是，湖水是暗红色的。

我抬头看了看天空，天空也是暗红色的，天空与湖面如同一个巨大无边的深渊，让我的目光深陷其中。湖面上停着一块木板，我之所以说它是一块木板而不是一条船，是因为它没有船体没有骨架，就是一块十分普通的木板。它停在水面上，而水却无法淹没这块板。木板上站着一个女人。

我在这片诡异的景象里感到了恐惧，我拼命向那块木板跑去，我边跑边大声地喊着。木板上的女子回过头来，我认出了她是我妈。

我说："妈，你怎么会在这里？我怎么会在这里？"

我妈静静地看着我，她的微笑柔和而温暖，让我突然忘记了恐惧，她说："儿子，是你爸爸让你到这里来的，他要告诉你这是宇宙中的另一种形状，它不像地球。"

"这是什么地方？"

"这是虫星最美的地方，可惜我也只在梦里到过这里。"

"妈，这是我的梦。"我坚定地告诉她，"你来到了我的梦里。"

我妈依然在笑："我的傻儿子，这是妈妈留给你的一个梦境，而这个梦境是你爸爸创造的，怎么说呢？"说着她指了指湖的另一面，那里有一片比我见过的最高的树都要高的树林，她说，"你穿过那片树林，就可以看到你爸爸，你当面问他吧！"

"我爸不是个修车的吗？"

她笑着摇摇头，不再说话了，也不再回头，她脚下的那块木板慢慢地驶向了湖中央。我呼喊着让她等等我，但她已经走远，又慢慢消失了。我心里涌动起潮水一样激烈的悲伤，我从没有这么强烈的悲伤，我想握着我妈的手，我想抱着她，我想在她的怀里痛哭。可是，她已经消失在那片湖水之上，我只好向着我妈说的那片树林跑去，正当我准备穿过那片树林的时候，有人摇醒了我。

宁先生站在我的床前，他神情永远是那么淡然："做噩梦了吧？"说着递给我一张纸巾，原来在梦里流下的眼泪都是真的。

我慢慢平息下来，好在屋里只有他一个人。我一屁股坐了起来："宁叔，你告诉我，我到底是谁？"

"您是们达的儿子。"他冷冷地看着我，回答得也很干脆。

"们达是谁？"

"是宇宙中至高无上的王，是暴君，也是您的生身父亲。"

"王？哪里的王？地球上还有王吗？"

宁先生摇摇头："人类任何统治者都没有他的权势和残暴，也没有任何可以与他抗衡的力量，因为他是虫星至高无上的王。"

"你说们达是一只虫？"我差点要跳起来。从字面理解，虫星人自然都是大虫子，虽然林航他们也曾描述过虫星人的形态和长相，但我依然执着地认为虫星人就是大号的虫子。而虫子在人类的审美观里代表着丑陋和肮脏。如果我的生身父亲是这样一只丑陋和肮脏的虫子，那我实在是太不幸了，我简直要羞耻到自杀。

宁先生再次摇摇头："不是虫子，也不是虫星人，是们。"

"们？们是什么东西？"

"相当于人类的人字差不多的意思。"宁先生叹息一声，"那是一个很长的故事，我打算以后再慢慢告诉您，因为现在有一件更重要的事情得让您知道。"

我静静地看着他。

"还记得那些曾经跟过您的人吗？和我一样的人，他们的绰号都是你取的。"

"我当然记得，他们怎么啦？"我的脑子里一一闪过那些名字：刀疤哥、冷美人、朝天炮、大白鲨、小猫、石头、飞鱼、稻草人、老鹰……除了宁先生，还有十四个人，这十四个人，每个都像我的亲人。

"冷美人和老鹰有点麻烦……可能会死，全家都会死。"

这何止是有点麻烦，简直是灾难。我瞪大了眼睛，直勾勾地看着宁先生。

宁先生接着说："我们从一开始就不是您想象的那样，我们都是您的侍卫，而不是什么杀手，我们二十三个人留在地球的唯一使命就是保护您。"

"你们不就十五个人吗？哪来的二十三个人？"

"有些人不想让您认出来，所以您当然不知道。比如您名义上的父亲庆来和您的那个雨叔，他们其实跟我们一样都只是您的侍卫，考虑到您在地球上的需要，我们必须这么做。我们后来之所以有意识地暴露在您面前，是因为我们不希望们达误会……"

"我爸和雨叔现在哪里？"

"您是指庆来吧？他和您雨叔倒没有受到此次事件的牵连，已经回到您生身父亲的身边了，不用担心，以后您会见到他们的。不过老板，您以后只怕不能再称庆来为父亲了，否则们达会杀了他的。"

"我知道了，你们怕那个所谓的们达怪你们保护我不够称职，所以刻意让我发现你们，以证明你们在努力工作？或者说万一将来有什么事的时候，我可以帮着说几句好话？"

宁先生点点头："老板您真的不愧是们达的儿子，您真的非常聪明，我为我们这点可怜的私心向您道歉。"

"你们用不着向我道歉，我应该感谢你们一直陪伴在我的身边……不说这些了，你赶紧说出了什么事？你又怎么会出现在奎港？"

"我们原来都是们达最信任的侍卫，但是我们在地球上生活得太久了，太像人类，们达渐渐对我们失去了原来的信任。后来您失踪了，我们失去了对您的保护……当然您的这段经历我已经听您的手下林航说过了。对于您的失踪，最主要的是，无障……哦，就是您的那枚可以让我们随时找到您的戒指也失去了信号，们达震怒，将我们在虫星的亲人全部流放，将我们全部逮捕投进了监狱。其中冷美人和老鹰因为跟着天空社的人参与了那场里岛的行动，不知道为什么，他们将里岛监狱翻了一遍却唯独没有找到您，这么严重的失职们达自然是无法原谅的，决定杀了他们以及他们的家人。我们不想带着愧疚和耻辱死去，于是我苦苦哀求们达，他终于给了我一个机会，让我搜寻您的下落，只要我找到了您，他们才有可能活下来，否则我的下场将和他们一样。”

他停顿了一下，继续说道：“我一个人去了里岛，那时您已经和天空社的前任领袖秦峰他们离开了，我只好画出了您最有可能走的几条路线，我将这几条路线都走了一遍。直到我在墨山才打听到您的消息，可惜你们已经走了。我又一路找到了这里，遇到了何承志的人，他们告诉我您在一个叫二十一区的地方，我将这方圆几十公里找了一遍，都没有找到，您知道的，没有了虫星科技的加持，我其实和一个普通的人类差不多……”

我终于听明白了这件事情的来龙去脉，心里感慨于宁先生的执着，我叹息一声说道：“对不起宁叔，是我连累你们了。”

“老板，您别这么说，保护您本来就是我们的责任，如果您真的遭遇了不测，我们也心甘情愿为您殉葬，只是我们的家人是无辜的。”宁先生依然是那么冷静。

“他们现在被关在什么地方？需要我怎么做才能救出他们？”

“其他人全部押回了虫星，只有冷美人和老鹰还在地球上。”宁先生沉默了一下，“不过这对您来说是一个非常艰难的选择，我们会让您很为难……”

“宁叔，你本来是个爽快人，今天怎么婆婆妈妈起来了。”

“老板……”

“你就直接说吧！是让我上刀山还是下火海，我这人虽然怕死，但是如果能够拿我一个人换你们这么多人的命，这生意很划算，我还是愿意换的。”我说的是心里话。这些人都像我的亲人一般，如果我一人可以换他们这么多人平安活着，我当然愿意做任何事情。

宁先生听完这句话，静静地看着我，脸上闪现过一丝他从未有过的神情：慌乱？感动？恐惧？还是别的什么？……他看我的眼神似乎有些陌生，有很多复杂的东西在他的脸上划过，他的眼眶湿润了。

“老板对不起，我不能把您送到们达的身边，我如果自私地用您换取我们的性命，我们这一生都会活在痛苦里，相信您也会这样。”

我从小就认识眼前这个人，平时不苟言笑但做事果敢，今天却实在不怎么干脆。

“你先说出来，能不能帮上忙咱们另说行不？”

沉默了很久，宁先生转身走向门外。

“宁叔，你给我站住。”

他站住了。我追上去才发现这个冷面硬汉的脸上挂满了泪水。

“好吧！我如果带您回们达的身边，他肯定会信守承诺饶了我们，但是您却要回到虫星，去那个陌生的星球继承他的权力。”

我不禁被他的话逗乐了：“要是真有这样的好事，我立马结束战争，人类文明也能够延续下去，一举三得。”

宁先生苦笑了一下：“您不了解们达，他对人类的仇恨远远超出了您的想象，而且为了您和牧晨雪，他要改造这颗千疮百孔的地球，和陵族的战争就无法避免。作为们达唯一的王子，他一定会让您继承他的权力，但要在消灭了地球上的两支文明以后，或者让您困在虫星，无法干涉他发起的这场星际战争，您能舍弃掉这些追随您的人类吗？”

看到我沉默下来，宁先生说道：“这件事是我考虑不周，您作为一个在地球上长大的人，怎么可能残忍地目睹自己的生身父亲灭绝自己的同类？……您也不用太担心，只要知道您还活着，们达也许不会太为难我们，不过他一定也会找您。”

“我不稀罕去当一群害虫的王，如果我真的是那个什么们达的儿子，请你带我去找他，我当面向他要人。如果他执意要杀掉你们消灭地球文明，我会联合所有的人类和陵族，与他血战到底。”

宁先生看着我的眼睛，他的神情变得再次复杂起来：“老板，您是说您要和自己的生身父亲开战？”

“不，他不是我的父亲，我的父亲叫庆来，是一个老实本分的修车工人。而那个所谓的们达却是一个侵略者，是杀人魔王，是全人类公敌。宁叔，这个怪物现在在地球吗？如果在，请你带我去见他。”

“您现在还不能见他……”

“你是担心我们翻脸他会对我不利？不过你们怕他，我可不怕他。”

“您是他唯一的儿子，就算他真的疯了也不会杀您，不过以他的残暴，却可以将您无限期地软禁起来。”宁先生缓缓地说道，“你们还没到那一步，您和您的父亲一样有着天生的领导才能，人类现在还需要您。”

“冷姨和鹰叔他们也需要我。”

“再等等，等您变得更强大，准备得更充足一些的时候，我一定会带您去见他。”

“陵族能干得过他们吗？”

宁先生想了想，摇摇头：“陵族的力量可以暂时抵抗虫星人，但最终无法战胜们达和他的军队。”

“陵族都不一定能够战胜他们，我再强又能强大到什么程度？所以我不需要等待，该来的迟早会来，如果无法逃避我愿意早点面对。”

“好！们达很快就会来到地球，到时我一定带您去见他，既然我们都没有选择，那就把一切都交给命运吧！”

“好！”我斩钉截铁地说，过了一会我问道，“虫星人不是们吗？”

“虫星人只不过是们达的傀儡，是虫星上的二等公民，真正掌握着虫星至高无上权力的是们达和他率领的们。”

“你是说虫星上也有两种文明？虫星人和们是相互不同的种族？”

“对！”

“宁叔，你和雨叔他们是人类还是们？”

宁先生没想到我会提出这个问题，他迟疑了一下说：“我们当然是们。”

“那我是人类还是们？”

“您？您应该是人类，您是人类所生，在地球上长大……”

“那人类和们有什么区别？看看你们再看看我，我们长得一样，思考问题的方式也差不多，我们有什么不同？”

“我们可以长生不老，而人类不可以，这就是最大的区别。”

又听到了长生不老的概念，我好奇地望着这个陪伴着我长大的男人，他在我眼里是个十足的人类。

“老板，如果用地球年来计算时间的话，我今年已经有 104 岁了，而和我同龄的人类绝大部分已经老死了，可是您看看我。”

我内心震惊不已，很仔细地打量着眼前这个男人，虽然他现在看起来有些邋遢和憔悴，但眼睛是藏不住的，这就是一张中年人的脸，而且身体强壮，中气十足，没有一丝老态。

沉默了半晌后，我把手上的那枚戒指取了下来，放在手中：“宁叔，能给我说说这枚戒指吗？这枚戒指还曾落入过陵族之手。”

“这其实不是一枚单纯的人类戒指，它有个名字叫无障，原本属于们达，是虫星最高科技与权力的象征，类似于人类象征着权力的冠冕或权杖，全宇宙仅此一枚。当年们达知道您母亲怀上您的时候，他命令虫星的科学家将自己这枚珍爱的权柄进行了修改，送给了您。陵族可能无意中获得了这枚圣物，但以他们目前的技术，想要破解里面的秘密需要很长的时间，而且极有可能被虫星科技监测到，从而遭到打击报复，所以他们能做的无非是屏蔽掉无障的信号，让虫星找不到您的下落。”

“这个东西有什么用呢？”

“这就是人类所说的身份的象征或者说是一种威慑，在虫星已知的宇宙文明里，只要看到这枚圣物，就知道它来自一个强大文明的领袖，虫星人和们看到它，就如同看到们达，必须接受拥有者的指令，而且戴着它，就算虫星文明不使用翻译器你也能听懂他们说话。”

这的确很神奇，神奇到这枚戒指的存在超出了我的认知，我只能凭想象去理解这件圣物的强大，应该和古代皇帝的圣旨或者“尚方宝剑”之类的宝贝差不多。我问道：“你的意思是我现在可以指挥虫星人和们两大文明？而且他们不能反抗我？”

“如果们达没有公开宣布取消您这项特权的话，理论上是可以的，所以今天那些虫舰只能遵从您的命令，您让它们滚，它们立马就滚了。”

我顿时无语了，我手里有这样牛气冲天的宝贝，这个傻得可爱的宁叔居然还想着让我去和们达面对面谈判？不过我很快就理解了他，他只是我和们达的侍卫，我们思考问题的方式和角度不同。我是谁？我只是一个在地球上长大的人类小痞子，耍无赖一直是我的强项。

“宁叔，难怪以前你们那么多人都斗不过我，我知道原因了。我们可以去救冷姨和鹰叔了。”我举起那枚戒指，“如果真像你说的那样，有它在，谁敢拦我？”

他沉默了一下说：“您当然可以救出他们，但是他们在虫星的亲人怎么办？”

“这跟他们有什么关系？人是我救出来的，责任应该算在我头上，你放心，我会和看押他们的人说清楚，让们达有什么气只管冲我来。”

“好吧！这也许是一个办法，不过您可能会因此惹得们达生气。”

我笑出声来，那个叫们达的人开不开心关我屁事。我是谁？我是人类，保护同类和亲人是我起码的责任，如果从这个角度出发，我连逆子的罪名都不用承担。就这样决定下来了，我顿时精神大好，走出宿舍，对那些担心我是不是生病了的朋友们说：“我好像有些饿了。”

他们怎么可能会饿着自己的老板？很快新鲜的红烧鱼和牛肉就端了上来，甚至还有一瓶可口可乐。根据宁叔的建议，我们要在二十一区前面的营房上方搭建巨大的金属顶棚，在顶棚的上面堆满积雪，这样可以避免被虫星人监测到。第二件事，我们暂时停用信号过强的“天之涯”系统，从仓库中翻出一批古董级的老式对讲机，这些古董虽然通信距离只有一二十公里，碰到障碍物还影响通话，但起码安全得多。第三件事，我打算派个人去找何承志谈谈，看二十一区和奎港能不能建立起一套有效的沟通机制，方便出现紧急状况时能相互支援一下。其实说白了，我的真实意图是想将奎港那一千多人收了。大家同意了我的提议，由俞卫树和林航具体负责实施。

最后我说服大家，决定和宁先生外出一趟，但我没有透露具体行程和目的地，同行的还有海心和杰森中校。现阶段我不能和陵族翻脸，所以我只能默认海心对我的监视。当然，万一出现意外情况，我可以通过她呼叫陵族的支援。宁先生对她的身份心知肚明，但也默认了。

由海心驾驶直升机，据她自己说她能驾驶人类所有载具包括飞机，我半信半疑，所以求证，事实上她并没有吹牛，就连杰森中校都佩服她的驾驶技术。一路上我都在沉默，宁先生给了她一个坐标后也不吭声。杰森中校转过身来和我聊天：“老板，她的飞机开得比我好。”

“她开得再好又有什么用？也没见她帮我教会一个人。”

海心没有转身，但是她的声音我听得真切：“牧戈，你是不是对我特别不满？或者说你从来都没有信任过我？”

“目前为止我什么都没为陵族做过，说不满的应该是你们吧？”

“陵族对你很满意，他们认可你的能力还有个人魅力。”

“个人魅力？”我差点被这句不着调的马屁吹下了飞机。

我说：“事实上你们对人类的帮助实在有限，如果陵族真的想与人类合作，就一定要想办法强大自己的盟友，你要转告陵族，什么时候都不要低估了人类，也不能高估了自己，毕竟我们要面对一个更强大的敌人。”

“我承认陵族现在对人类的态度更多是观望，毕竟现在大部分的人类分属于不同的阵营，他们对于陵族合作的态度也不明朗，有些甚至极不友好。”

“如果陵族真的想和我合作，而不仅仅是拿我当成人质的话，就应该帮助我强大起来。”

海心没想到我会突然说出这样的话，她转过头来扫了我一眼：“你怎么会有这样的错觉？”

“错觉吗？其实连你都知道这就是事实，请你转告陵族，如果他们只是把我当成一个人质，他们的算盘就打错了，因为我不是任何人的筹码，更不会成为任何人的筹码。”

“好的，我一定将你的意见转告给陵族。”也许是为了缓解这种紧张的关系，海心接着翻起了“闲篇”，“牧戈，你喜欢喝可乐吗？”

我没有搭理她，倒是杰森中校接上了话：“大兵都爱可乐，可惜这种东西不会再有了，就算有设备我们也没有制造可乐的配方。”

“陵族知道很多人类秘密，当然也知道可乐的配方，如果你们老板需要的话，我能帮到你们。”

杰森中校是个聪明人，他嘿嘿笑道：“其实我老板也喜欢喝可乐，不过他更喜欢你能为我们提供一些实际的帮助，比如帮着我们改造武器，或者训练一些战士。”

“牧戈，需要我提供这些帮助吗？”

我说：“废话，我们当然需要。”

“我答应你，我会为你们提供更好的技术和武器。”

这是我第一次看到下着雪的沙漠，没有漫天黄沙，只有绵延不绝的白色沙海，它的确很美，让人心疼的那种美。

没有任何征兆，两朵巨大的白色云团一左一右将我们的飞机夹在中间，我再仔细一看，这根本不是什么云团，而是两架体型巨大的不明飞行物，黑色的机身隐藏在云雾中。我们的运输直升机在它们的压迫下，就像一只微不足道的小鸟。我们直升机的速度并不慢，经过多年的发展，就连直升机也能轻松达到时速六百公里。尽管如此，它们依然轻松地逼平我们。

“老板您不用紧张，这是虫星母舰，它们已经感知到您的到来，不会有攻击的举动。”

宁先生刚说完，我们飞机的通信器里传来了一种奇怪的语言。

“这是们的语言，您可以试着去听听。”

我接过杰森中校递来的通信器，里面的声音就像是僧人在吟唱经文一样。紧接着更神奇的事情发生了，我渐渐地听懂了一些词语，比如：欢迎、请、降落等。我让海心减速，直至飞机降落在沙海上。

那两架飞行物也跟着我们悬停在空中。

第十七章　们于的儿子叫成于

我终于听懂了他们的话："欢迎殿下回到基地，请您将飞机就地降落，我们用丘山（谐音）一号和七号母舰为您护航！"

这句话一直在重复，我让海心将飞机降落在一块空旷的沙丘上。旁边的杰森中校也是第一次见到这种情形，他紧张地问我："老板，他们不会干掉我们吧？"

我拍了拍他的肩膀："暂时不会。"

我们四个人下了飞机，海心和杰森中校拿着武器，警惕地看着这一切。

两架巨大的飞行器贴着沙丘悬停下来，接着从我左侧的那团云雾里走出来六个生物。我知道其中两个和人类长相差不多的是们，他们与宁先生差不多的年纪，比普通人类要稍高一点点，肤色较深，眼眶内陷，不过按照宁叔的说法，这两个应该也是百岁左右的老妖怪了。

那几个长相丑陋的生物显然就是虫星人了，如果不是我有心理准备，我会以为这些是来自神话传说中的夜叉：他们比成年人类要高大，像一只只被拔光了毛的袋鼠，皮肤漆黑却毫无光泽，脑袋也比地球上的袋鼠大得多，脸与四肢又有些像人类，我觉得这应该是他们的进化缺陷。

两个“们”面无表情地走到我的前面，身子微微一弯说道：“尊敬的牧戈殿下，我是用丘山（谐音）一号的舰长，请允许我们用地球人类的礼仪欢迎您的到来，我们很高兴能够在这里见到您。”他们这次居然使用了人类语言，而声音是从他们同样银白色的领口处发出来的。

他们态度诚恳，但表情僵化，如同行尸走肉。我说：“你们不用客气，我是为了两个人来找你们的。”

“请问殿下要找什么人？”

“我的人。”

两个“们”面面相觑，又看了看站在我旁边的宁先生，问道：“您是说被们达发配的那些侍卫吗？”

宁先生用们的语言说了些什么，他说得太快，我只隐约听到了几个奇怪的名字。他们交流了半晌后，“们”恭敬地说道：“殿下，请您登上母舰，我们稍后会把您需要的人带来。不过殿下，除了你们两位，其他人类不方便登上母舰。”

我指了指我的飞机：“我的两个朋友可以不上你们的舰，但你们不会为难他们吧？”

“请殿下放心，我们绝对不会伤害您的朋友，不过考虑到沙尘暴快要来了，我建议您可以让他们先离开这里。”

我看了看宁先生，他心领神会地转身，悄悄地对海心和杰森中校交代了几句，他们转身上了飞机。

舰长做了一个邀请的手势，我没有看他们，而是盯着他们旁边的几个虫星人看了看，这些奇怪的生物不敢迎着我的目光，把头深深地低下，呈现出一副卑微的姿势。

“他们就是虫星人？”

“是的，殿下。”舰长回答道。

我和宁先生走进了那团雾里。我们穿过了一道发光的门，看到了一个全新的世界。这比我在外面看到的云团要大得多，像一座小型的空中城市，且异常安静平稳，我甚至都感觉不到他们已经起飞了。

里面大部分都是虫星人，他们正穿梭在白光照耀下的方形空间里，控制着各种奇幻的仪器。舰长将我们带到一间圆形的金属屋里，周围玻璃一样材料的墙体里，是我在梦中看到的那种像火一样的植物，它们在玻璃后面轻轻地摇曳着，像是在歌唱。

“请殿下在这里休息一会，我们去联系基地，您有什么吩咐的话可以随时告诉虫星人，他们也能听懂人类的语言。”说完舰长恭敬地退出去了。他们前脚刚离开，两名虫星人端着咖啡走了进来。我接过来喝了一口，是地道的人类咖啡，有一种浓郁的清香。

“宁叔，他们不会骗我吧？”

“不会，至少现在不会，虫星是一个等级森严的阶级社会，每个们都按部就班，遵守规则。刚才那两个们相当于人类一艘军舰的舰长和副舰长，级别并不高。如果用人类的等级制度划分的话，您和他们一个天上一个地下。”

“们没有表情的吗？”

宁先生冷冷地点点头：“在们的思维方式和认知里，他们觉得表情最容易出卖自己的内心，所以久而久之大部分的们面部肌肉退化了，成了现在这个样子。”

“面瘫脸可不仅仅是肌肉退化吧？每个人都戴着面具的世界太可怕了，看起来都是一副刚强的样子，却忘记了高等智慧生物是有血有肉有情感的，压抑人性简直就是机器人。宁叔，好在你没有一直在虫星，否则只怕你也会变成这个样子。”

我在说话的时候，旁边的一个虫星人小心翼翼地盯着我看。我问他：“你能听懂我说的话吗？”

“是的殿下，我能听懂您说的话。”

“那你觉得我说的对不对？”

虫星人有些慌了，他不知所措地将脑袋埋得很低。

“老板，您不要为难他们了，因为不管他们怎么回答，答案都是错的。在虫星，虫星人质疑们是不被允许的。”

“这么专制吗？”

宁先生没有回答。我意识到他也是“们”，在虫舰里讨论人家的领袖和制度可能会给他带来麻烦，所以我也没再继续这个话题。

自从知道虫星上的两支文明都不敢拿我怎么样以后，我胆子一下子肥了几百倍，我提出想去参观一下这艘庞然大物的内部，虫星人也一口答应了。

说实话，我对这艘虫舰里的其他生物充满了厌恶，虽然他们努力表现出对我友好和恭敬，他们的科技也远远比人类强大，可是一想到他们用如此龌龊卑劣的手段投放科罗拉多病毒，禁锢同类的思想，控制和殖民其他文明，行为比起人类有过之而无不及。当然和们比起来，虫星人也不是什么好东西，这个曾经对地球文明虎视眈眈的异星文明的沦落与衰败，跟他们自身贪婪的德性不无关系。

很快有两名新的“们”来到了母舰上，我那时坐在虫舰的指挥中心参观。为首的是一个强壮的家伙，长着丑陋的八字胡，也就四十岁左右的样子。他站在我面前无礼地将我上下打量了一番，直到和他一起来的舰长提醒了他，他才冲我欠了欠身子：“您就是牧戈殿下吧！”

我能感觉到这个家伙对我的敌意，我故意冷漠地看了他一眼，微微点了点头。既然我名义上还是虫星的王子，我就没必要对这些人过于客气，尤其是不礼貌的家伙。

“我是成于，们的将军。”他自我介绍道。

“嗯！”我从鼻孔里发出一个声音。

也许是我的傲慢刺激到了这位们的将军，他沉默了好一会儿才重新开口：“殿下的要求我们可能暂时无法满足，您的父亲，我们尊贵无比的们达很快就能亲临地球，我希望您的要求能得到他的首肯。”

我被激怒了，我不知道这个叫成于的家伙为什么会拒绝我。我快速分析了一下，有两种可能：一是他想试探一下我这个在人类世界长大的“王子”的态度或是深浅；二是他怀疑我的身份。但不管是哪一种，在等级森严的虫星文明里，他已经冒犯到了我，因为我从舰长他们掩饰不住的紧张里已经得到了答案。我这时候如果表现出软弱，他很有可能会得寸进尺。

“成于，你这是拒绝执行我的命令吗？”我举起了戴着无障的手，一副漫不经心的模样。也许是察觉到了异样的气氛，周边正在工作的虫星人和们都转过身来。

成于没料到我一见面就先给他来了个下马威，这让他有些措手不及：“殿下误会了，我怎么敢违抗您的命令。不过我们之前已经接到过们达的命令，一旦发现殿下便要将殿下保护起来，不能让您再离开。您知道的，现在的地球危机四伏，失去我们的保护您会很危险。”

我终于听明白了，我这次非但不能救人，自己也得被软禁起来了。我不会干赔了夫人又折兵的买卖，更不可能束手就擒。

我冷冷地盯着他的眼睛：“如果你是害怕担责的话就没必要了，这件事是我自己决定的，跟你和在场的各位没有关系，们达要算账，让他找我好了。如果说你们想要强制软禁我，那更不可能了。”

所有人都紧张地看着我们。

成于沉默着，我无法从他那僵化的脸上看出他情绪上的变化。但我赌他不敢在众目睽睽之下造反，我继续一字一句地说道：“成于，们达能杀你，我也能。如果你胆敢违抗我的第一个命令，甚至还想着要软禁我，等老子继承权力后，第一个杀你。”说着，我恶狠狠的目光停留在他的脸上。

虽然没有表情，但我能够感觉到成于甚至是所有虫星人的恐惧，这种恐惧让他们瞬间意识到：这个在地球上长大的年轻人说到底还是们达的儿子，老虎的儿子哪有不会吃人的？

“是！我遵从殿下的命令，马上将您需要的人带来见您。”成于再也坚持不住了，他步伐急促转身走出指挥中心，和一名看傻了眼的虫星人撞在一起，他狠狠地抡起拳头打在那名虫星人的头上，虫星人应声倒地。

“殿下，请不要生气，我们没人敢违抗您的命令，成于将军也是害怕们达会因此事降罪他。”舰长和旁边的们小心翼翼地解释道。

宁先生也连忙附和：“是的殿下，请不要因为这件事情生气，成于毕竟是您父亲的将军，将来他也是您的将军。”

这一唱一和让我差点笑起来。两个不同星球之间的“文化差异”实在有点大，我随便唬一下，这帮牛气冲天的异星人居然怕得要死。当然我也知道，他们对我的畏惧全部来自暴君们达。我狐假虎威成功后，见好就收：“只要我的人平安无事，这件事就算过去了。”

“谢谢殿下。”

我没搭理他，快步上前扶起那名正在挣扎着想站起来的虫星人：“成于真是一个无礼的家伙。”我不知道成于使了多大的力气，还是虫星人天生不扛揍，他的头居然被一拳打出了个大包。但是他顾不得疼痛，唯唯诺诺地往后退着，试图逃避我的双手。

“你们有没有医生？给他处理伤口。”

听到我的话，一旁的舰长连忙挥挥手，两名虫星人跑上前来。但我执意将那名莫名其妙被揍了一拳的家伙扶到我喝咖啡的那间房子里，让他坐在我喝咖啡的地方，再由两名虫星人帮助治疗。

我的“亲民表演”完美收官。

处理好伤口后，那名受伤的虫星人站了起来，衣领处传来声音：“谢谢仁慈的殿下。”

“别动！继续休息。”

那家伙只好又坐了下来。看到其他人都退到了门外，我问道：“们是不是经常这样对你们？……不要害怕，我只是随便问问，你如实回答就行。”

他头顶的两只耳朵竖立起来，却没有回答。

我叹息了一声：“宁叔，一会儿冷姨他们到了我们直接下去吧。或者让他们送我们一程？”

“我已经告诉了舰长，说您不去他们基地，他们会把我们送到新的坐标，我让中校他们在那等着我们。”

成于很快便带来了冷美人和老鹰，他们状态还不错，看起来和以前差不多。看到我和宁先生出现在这个神奇的地方，他们的心情可想而知。

“老板！”他们恭敬地叫道。

当着外人的面，我仅仅故作姿态点了点头。担心夜长梦多，我也不和他们寒暄了。虫舰按照宁先生的坐标刚停下来，我们马上跳下虫舰，那艘庞然大物转眼就飞走了。

这里离沙漠有几十公里，是一处边境城市。因为起了沙尘暴，哦，应该叫雪尘暴了，因为风吹得满天都是雪花和垃圾，能见度很低。可是我并没有看见杰森中校和海心的飞机。

“老板，考虑到你的安全，我并没有告诉他们准确的坐标，我们恐怕还要再走一段路。”宁先生大声说道。

“这风太大了，咱们要冒着风雪走吗？”

“对，越快越好，先进城再说。”

在这样的环境下，城市何尝不是另一个沙漠？除了密密麻麻的高楼，里面空无一人。冷美人和老鹰一人一边架着我，快步如飞地跑向城市深不见底的巷子，半个小时后，风暴越来越大，我都睁不开眼睛了，他们才把我拖进一栋摩天大楼。

“老板，这场沙尘暴来得真及时，好像专门为您准备的。”宁先生说着从墙角的一堆杂物中拖出一口普通的木箱，从里面取出几块长方形的金属盒子，摆弄了几下竟然组装成了三支长相奇特的武器，宁先生抓住我的手在这些武器上触摸了一遍，然后每人拿了一把。拿到武器后，冷姨和老鹰守住了门口。

难怪让我跑这么远，原来宁叔这个老狐狸提前在这里准备了武器。

“宁叔，你是担心有人会追杀我？”

“您知道成于是谁吗？他是虫星叛将们于唯一的儿子，他一家人全部死在们达的手里。当年们达来到地球的那几年，们于在虫星发动兵变，并派杀手来到地球暗杀你们一家，您的母亲很不幸就是死在这场叛乱中……”

“你说什么？我妈是这家伙的父亲暗杀的？我妈不是遭遇车祸吗？”

“不是的，老板您先不要激动，听我把话说完。后来您的父亲们达一怒之下重返虫星，凭借他的威望和手段重新夺回了权力，并对叛军展开了血腥的镇压。关键时刻，成于出卖了他的父亲和一家人，因此也逃过了一劫，他的父亲和一家人全部被们达处死，唯独剩下了他。也不知道这个成于用了什么手段，慢慢获得了您父亲的信任，还成了们的将军。这样靠自己亲人保命的家伙，怎么可能是值得信任的人呢？所以今天看到他突然出现在母舰上，说实话我是挺担忧的。”

“我要是早知道这些事，我今天肯定弄死他。”

“不行，他毕竟是们达的将军，众目睽睽之下他不敢拿您怎么样，但是万一您危及他的生命就很难说了，好在老板您今天的表现非常不错，无意中提醒了您和他的身份，让他有所忌惮。老板，您真的长大了。”宁先生说着把箱子推到我面前：“箱子里有面包和牛奶，您先凑合着吃一点，我在门口守着，等风小一点咱们就走。”

果然有吃的，我喊道：“冷姨，鹰叔，先过来吃东西。”

他们走过来，说：“不喊绰号了？”

“不喊了。”

他们没动，就静静地看着我吃着东西。他们天生固执、沉默寡言、表情单调，但我能感觉到他们是真的对我好。

“老板，谢谢您冒险来救我们。”

“我不喊你们的绰号，你们以后也别喊我老板了，喊名字多好。”

“不行，您就是我们的老板。”

我懒得纠正他们，边啃着面包边抬头望着他们：“对不起啊！应该是我连累了你们。”

“不！”老鹰说，“是我们失职了。不过好在老板您还活得好好的，我们就放心了。”

我啃了一块面包后，就没再继续了，因为包里一共只有五块面包和一瓶牛奶，其他的全是他们手上那样的金属盒子。

“老板，您想用这种武器吗？这是虫星武器……翻译成人类语言叫‘火焰’。”

“火焰？好用吗？威力大不大？”

“好用，威力也很大，比人类同类型武器要大得多。”说着她拿出一块金属盒子拼装成了一支冲锋枪的形状递给了我。我接过看了看，这把神秘金属制作的异星武器比人类同类型的枪要轻巧许多，当我的手指扣到扳机的时候，枪身突然震动了一下。

“这么轻便的枪威力能有多大？”

“您见过制导子弹吗？”

“我听说过，人类研制这种子弹也有很多年了，但是一直没有成功，或者说是技术不够成熟而没有大规模使用。”

“您手中的这支枪就是，而且它不需要激光锁定，枪被激活以后，武器可以自动连接到持枪人的身体，并通过他的眼角膜自动锁定目标，这子弹威力很大，一枪可以打爆一辆人类的普通汽车，三枪可以摧毁一辆人类的主战坦克。”

这实在是让人匪夷所思，我立即来了兴趣：“照这么说指哪打哪？”

冷姨点点头：“只要你注视目标超过三秒，开枪后的第一颗子弹就会自动锁定和追踪目标，直至将其彻底消灭。‘火焰’尚未装备军队，目前只有们达和您的‘无障’才能激活它，所以现在有资格使用它的人仅限于们达的卫队。‘火焰’一旦被激活后，只有最先解锁的人才能使用它，别人拿走也无法使用。”

“恰好无障在我的身上，所以刚才宁叔抓住我的手将它们激活了？”

“是的！”

“老奸巨猾，太贼了……这枪能打多远？”

“理论上你能看多远它就能打多远，而且子弹射速很快，人类的常规火药子弹的射速是 2.1 马赫，相当于每秒 2400 英尺，但这支枪的子弹比它要快上6倍，相当12倍音速。人类最快的飞机都跑不过它。”

“这还玩个屁啊！这不是开挂吗？”我彻底无语，甚至隐隐为那些已经消失的人类同行感到庆幸，否则当他们面对一支装备了这种武器的军队，一开战就彻底崩溃了。

老鹰接过话来：“是的，虫星文明对人类发动的本身就是一场不对等的战争，或者是人类所说的降维打击。”

“那陵族呢？”

“陵族文明等级和虫星文明其实差不多，但是长期以来，他们更多注重于防御方面的技术，这是他们致命的缺陷。而虫星文明不同，他们具有更强的攻击性，所以各种技术也带有强烈的侵略性，当然除了长生技术以外。”

说到长生不老，我突然有种奇怪的感觉，我问道：“你们都能长生不老，为什么不帮我也弄一点药？要不然等哪天我老死了你们却还活着，那岂不是挺无聊的？”

老鹰笑了：“您难道没有发现自己从来没生过病吗？您难道没发现几年过去了，您还是上大学时的样子吗？因为您一出生就接种了‘重喻’，这种药越早注射效果越好，您八岁和十八岁时，我们又分别为您注射了一针，所以您会比我们活得都要久。”

我愣了好一会：“你的意思是我现在也可以长生不老了？”

“哪有什么真正的长生不老啊。您要知道，衰老和新陈代谢是生命的基本特征，长生不死的就不是生命了。其实我们也可以将繁殖当作长生不死，因为生命的延续是从母体的一个细胞发展出来的。从进化的角度来说，如果真的有长生不死的个体，那他也不可能永远适应环境，必然也会被淘汰。所以目前已知的宇宙里，暂时还没有真正意义上的长生不死，只不过像虫星文明一样，通过技术延缓了生命个体的衰老，增强了细胞的再生能力而已。当然，仅仅使人类能够活到三百岁，就已经是神迹了。”

“那你的意思是长生不老会阻碍文明发展？”

“像‘重喻’这样的当然不会，因为智慧生物的长生会变得越来越聪明，为什么呢？因为他可以有更多的时间积淀知识，思考和解决人生中遇到的种种难题。试想一下，如果让爱因斯坦这样聪明的人类活到三四百岁，他将会创造出多少震撼世界改变世界的成果？也正是这个原因，生命短暂的虫星人为了突破这一终极限制，他们不惜改变自己的基因，拼命繁殖，用了几十代来升级自己的科技。不过很遗憾，凡事都有着双面性，他们研究出了长生的技术，却因为基因改变和人口爆炸使自己陷于混乱，从而被们击败，成了们的奴隶。这也许就是人类常说的物极必反吧！”

我说：“鹰叔，你真是个大聪明，你应该当教授。”

他干笑两声：“我们可以在任何一所人类大学当教授，这没什么奇怪的，我只是比一般的人多用了点时间，别人用十几年读到的麻省理工，我能读三个了。再说，作为虫星文明未来权力继承者的贴身侍卫，没有两把刷子是不行的。”

我说：“好，将来等我有了孩子，就交给你们这些大聪明了。”

暴风雪没有要停下来的意思，温度骤降，我因为有陵族送的那件神奇的衣服并没感觉到寒冷，但是他们三个穿的都是人类的衣服，有点招架不住了。老鹰在楼里找出一些旧的木制品生起了一堆火，还找来了一张床垫放在火边让我躺下。我一躺下去就睡着了，直到轰的一声巨响传来，我才从睡梦中惊醒。

“老板，您跟我走。”冷姨拉着我的手就往大楼的后门跑。

我挣脱她的手，我看到两架巨大的机器从天而降，落在大楼的正前方，金属的机身砸倒了旁边的一块霓虹灯广告牌。

守在门口的宁先生和老鹰已经开火，每一枪都像一枚重型火炮轰在两架机器怪兽的手臂位置，每次它们刚想抬起手臂就被宁先生和老鹰击退。紧接着，一道白光擦着两具机器怪的身子飞进了一楼的大厅，冷姨迅速将我扑倒。轰的一声巨响，爆炸的冲击波将地面上的物件冲得漫天飞舞，一根还在燃烧的棍子砸在承重柱上。宁先生和老鹰也被冲出了数米，但是他们很快站了起来，一边继续朝外面开火一边吼了起来：“带老板走。”

我再次甩开她的手，拿起我的“火焰”向机器怪开火。

“老板快走，他们这是下决心要您的命了。”

“要走一起走，要死一起死。”

一具机器怪被彻底打趴下了，另外一具还在试图恢复攻击能力，更糟糕的是，两架轻型的虫舰也飞到了大楼前方。宁先生不再恋战，他们拖着我就往后门跑。身后不停地传来爆炸声。

我不得不佩服宁先生这只老狐狸，他似乎提前将这一切都进行了预判，早就做好了应对一切的准备，我们顺着大厅后面的楼梯跑下去，下面竟然是地铁站。我们顺着地铁站一路狂奔，这时后面也传来了急促的脚步声，我回头一看，几十名虫星人正在狂奔而来，他们武器威力同样巨大，每一枪都像迫击炮似的砸在废弃的火车上。宁先生和老鹰继续断后，边打边退，很快，他们将一节火车车厢砸成了一道屏障，堵在了地铁隧道中间。

我们在地铁隧道里并没有跑太远，宁先生就带着我们从旁边一条半掩着的铁门出去了，顺着楼梯重新回到地面。街边停着两辆小汽车。宁先生不由分说自己上了一辆车就开走了。而我被冷美人塞进了另一辆车里。

很快，头顶一架小型虫舰飞驰而过，直接追向了宁先生的汽车。看到他们走远后，驾驶室的老鹰才启动了这辆车，他快速调转车头驶进了一条小巷子。这是一条单行道，狭窄的巷子两边都是高大的楼房和树木，老鹰一边开车一边从车里取出一个奇怪的通信器，好像是在呼叫支援。我有些纳闷，这鸟不拉屎的地方，我们哪来的支援呢？不过我更担忧的是宁先生开着一辆人类的汽车如何在虫舰的追击下逃生？

外面的风小了很多，这世界的天气越来越捉摸不透。

几分钟后，汽车在一家酒店的门口停了下来，我们刚刚下车，一排人类的车辆从前方路口拐了过来。我看得清清楚楚，车上是一群手持着各种各样奇怪武器的虫星人。

我连忙端起枪，却被冷姨一把按住枪口："这是友军。"

"友军？"

车队源源不断地从我身边经过，奔向了大街。他们人数众多，至少有一两百号人。最后两辆武装车停在我们身边，十几名手持武器的虫星人跳下了车，将我们围在中间保护起来。带头的虫星人浑身都是伤疤，头上还围着一块自己制作的白色头巾。

"殿下，请跟我们走。"

他的声音也是从衣领处传来的，苍老嘶哑，还伴随着滋滋的电流声，就像是古董级的收音机里传来的声响。

他们保护着我向城市中央撤退，后面还在激战。

突然，天空中数架黑色的战机像风一样掠过。

白头巾惊叫一声："陵舰。"

"你确定是陵族的战舰？"

"是的殿下，就是陵族战舰，他们怎么会到这里来？"

我笑了起来："不逃了，咱们回去。"

老鹰说："这可不行，我们不能再让您涉险。"

"神仙打架，这样的好戏我这辈子都没见过，必须去看一看，何况宁叔还在后面。"说完不顾他们反对，转身就往后面大街跑，其他人也没办法，只好追上我将我护在中间。

"轰"的一声巨响，一艘小型虫舰被击中，重重地撞在一栋大楼上，将路边的几辆废弃的汽车砸得稀碎。中间的大街，我的"友军"正分成两排向前突击，他们手中的武器不停地攻击着千米之外的几具机器怪和数十名同类。至于空战，因为有风雪和高楼阻挡，我只能看到时不时像闪电一样的红光或白光在空中飞舞，发出摄人心弦的声响。

“友军”不停地向对方倾泻着火力，机器怪被压制得动弹不得。我突然有一种错觉，这就像是我刚刚进入军营时的电子模拟战场一样，敌我双方在一个由军方斥巨资开发的 3D 游戏里激战，而游戏的敌对角色里就有类似的机器怪。

我们也加入了战团，开始向机器怪和对面的虫星人输出火力。对面的虫星人终于被击退了，几具机器怪却没有撤退，它们继续向我们发起攻击，每一炮的目的都是毁灭，无奈它们的双臂不停地遭到猛攻，通常是刚刚想抬起来就被打开，所以准头有限，炮弹乱飞，将街两边的房子、汽车轰得七零八落。尽管如此，它们依然像打不死的小强，在拼命挣扎着。

这时几道“闪电”从天而降，直接将还在挣扎着的机器怪摧毁。

世界突然变得安静起来，只有浓烟还在无声向天空哭诉，而天空也是安静的，它没有任何回应。

第十八章　没有故乡的人

我在这条刚刚历经了战火洗礼的大街上四处寻找着宁先生的踪迹，终于，他出现在硝烟弥漫的另一头，跟他一起的还有海心和杰森中校。宁先生受了伤，头皮被削掉一块，好在海心已经帮他处理了伤口。

“宁叔，你是不是疯了？”我尽量压抑着自己的情绪，但是我真的很生气。他引开追杀我的虫舰，简直是在找死。也许在他看来这是理所当然，可我一点也不领这个情。

“老板，看到您平安无事我就放心了。”

“我再说一遍，我不是老板，我们这么辛苦是过来救人的，不是送死的。”说着我深吸一口气，“今后有什么事，你们能不能先和我商量一下？”

“好！”他淡定地答应了一声。

“殿下，这里依然不安全，请先到我们基地再说吧！”白头巾的虫星人头目说道。

“对，我们先离开这里再说。”老鹰紧张地四处张望。

海心却异常淡定地说：“陵舰正在附近警戒，这里暂时很安全。”

我冲她冷笑了一声，话到嘴边又咽了回去，然后看着老鹰他们：“这件事肯定是成于干的。”

“一定是他，这是一起非常严重的谋逆事件，们达如果知道了这件事情……”老鹰抬头看了看天空，叹息了一声，“那又会掀起一场腥风血雨，所有参与这次暗杀事件的们和虫星人，连同他们的家属都会遭到清除。这个该死的成于，好好地活着不好吗？为什么要找死呢？不过老板您放心，我们会尽快将这个情况报告给们达，他们既然不想活了，那就让他们去死吧！”

“不！”我拒绝了他的好意，我说，“这个事件从头到尾没有看到一个们，只有机器和虫星人参与其中，说明成于已经计划好了让虫星人来背这口黑锅，说不定他还会嫁祸给反抗军，不管是哪一种，死得最多的肯定是无辜的虫星人。”

老鹰有些惊讶：“您打算放弃追查这起刺杀事件？”

“这笔账先让成于欠着，以后再找他算账。”我没有解释更深层的原因，但在场所有人看到的是一个“仁慈的虫星球王子”的形象。他们以为我只是单纯地不想连累无辜的虫星人生命，我的态度赢得了在场虫星人的尊敬和感激。

这个宇宙的一条共性的定律，那就是哪里有压迫哪里就有反抗。

虫星文明在被们达高压统治的近两百年里，虫星人的反抗从未停止过——就像当年们反抗他们一样。

五年前，虫星文明在地球沙漠修建一个前站基地，因为不满们对虫星人的非人压迫，虫星军队奋起反抗，杀死了负责管理他们的二十多个们，建立起了反抗军基地，这几年他们一直在与们达的军队进行游击战。随着虫星的军队大举增派地球，反抗军的生存空间受到了严重挤压，既要应对虫星军队的打击和镇压，还要应对陵族和人类的威胁，举步维艰。在长期的抗争中，反抗军的首领都战死了三任，成员也从原有的一千多人减员到现在的两百人不到。一年前，反抗军在沙漠的基地遭到突袭，连安身之所都丢了。

他们的临时基地是人类的一处地下防空工事，将所有进出口封闭后，这个处于地下数十米的防空工事就成了他们在地球上的家园。这是一支在异星作战的孤独的反抗军，没有后援没有依靠，连补给都要像人类难民一样四处搜寻。几个月前，宁先生在寻找我的路上无意中发现了他们，于是，这位们达的侍卫长竟然与这支反抗们达的军队达成了某种意义上的联系，宁先生没有出卖他们，相反还和他们成了盟友。

在空旷阴冷的地下，燃烧着几个火盆，火盆上烤着风干的羊腿，地板上摆放着一些人类的家具。大家围着火盆坐下。我们和那个叫“格赛”的反抗军首领坐在一起，听他讲述在地球几年的悲惨经历。这是奇怪的一刻，本应该相互是敌人的人类、虫星人、们，还有代表陵族的海心竟然神奇地坐在了一起。

讲述完了这一切后，格赛突然用一种近乎哀求的腔调说道：“殿下，我们现在士气低沉，大家都厌倦了这种等待死亡和没有希望的日子。您能接纳我们吗？我发誓只要您同意我们追随您，我们一定遵守您所有的命令。”

我没有说话，侧身看了看其他人，大家在烤火或吃东西，似乎对这一切都没有兴趣，宁先生甚至眯着眼睛，像是睡着了。只有杰森中校很仔细地在听格赛说话，看到我的目光落在他的身上，他几乎不假思索地点了点头：“老板，你是一个非常优秀的领导者，和你一起共事是件令人快乐的事情……嗯……我和他们一样，都愿意追随你，就算有一天战死了我也不会觉得遗憾。”

我笑了：“吃你的羊肉吧，我又没让你表忠心拍马屁。”

“我是认真的。”杰森中校很严肃地说道，“坦率地讲我也不太喜欢格赛他们，毕竟这个种族曾经对人类犯下过不可饶恕的罪行，但是我内心又很同情他们，我愿意尝试放下偏见与他们共事。老板，你和二十一区都需要变得更强大。”

我知道中校是绕了一个圈在游说我，我依然没有表态。我又看了看海心，她冷冷地坐在对面，目光注视着燃烧的火，好像对这一切毫不在意。

“格赛，你说的事情让我再好好考虑一下，对了，陵族是不是也打击过你们？”

格赛点点头：“陵族和虫星军队一样会主动攻击我们，这几年我们被他们攻击过好几次，虽然我们对陵族保持了克制，但他们似乎并不领情。”

“海心，你可不可以将这个情况通报给陵族，希望陵族不要再攻击格赛他们。敌人的敌人就是朋友，连人类都知道的道理，陵族不会不知道对吧？我可以简单地理解，虫星人其实和人类的道德标准差不多，有好人也有坏人，你说呢？”

“好的，我一定会向陵族通报这个情况，今后不会主动攻击他们。”

“今天的陵舰是不是你提前召唤来的？”我突然质问她。

她有些意外地看着我：“我们难道不是盟友吗？寻找虫星在地球上的基地是我们共同的目标。”

“但是你考虑过我们今天的处境吗？你知道我是去救人的，可是你依然召唤了陵舰，万一你们交火或者是中间出了差池，我们的安全谁来保障？你到底是我的助手还是陵族的间谍？”

“牧戈，我想你是误会了，你前往危险区域，我必须保障你的安全，所以我才召唤了陵舰，一是为了保护你，二是等你安全离开以后，我们再对虫星基地发起攻击。”

“说到底我还是你们的人质，现在我可能还有一些利用的价值，如果有一天我没有了价值，你们是不是也会毫不犹豫地干掉我？”

海心沉默了一下：“我想你对陵族的误会太深了，我向你保证，陵族从来没有对人类动用武力的计划，而且你是我们的盟友，陵族更不可能背叛盟友。”

“盟友？你确定陵族拿我当盟友？你见过有找一个人类中间人来谈合作的盟友吗？我连自己的盟友长什么样子都没见过，我对陵族的所有行动和计划一无所知，可我所有的行动和计划你们却掌握得比我自己还清楚，你告诉我这是合作？这叫盟友？”我抛出一连串的疑问，海心再次沉默。

“如果大家真的没有诚意合作，或者陵族仅仅只想利用我当人质，今后我们大家就不要说什么合作了，各自为战吧！你打你的，我打我的，但有个前提就是你们陵族不能攻击人类和格赛的反抗军，否则我们也会反抗……人类现在虽然弱小，但还没懦弱到任人宰割的地步。”

“对不起，我的工作没有做好，以至于让你对陵族产生了这么强烈的信任危机，我马上向陵族报告这些情况，如果你对我个人有什么成见，我也会请求陵族重新选派新的联络人充当你的助手。”

说着她站起身来：“牧戈上尉，我现在就去联系陵族，请他们尽快安排和你面谈。”

我嘲讽道：“你该不会是呼叫他们来火力打击吧？”

海心的神情第一次出现了变化，她露出了我从未在她脸上见过的表情：羞愧、怨恨、惊愕、尴尬。她深深地吸了一口气，提着她的百宝箱转身向地下工事的出口走去。

老鹰也难得地笑了，尽管笑起来很难听。“老板，虽然您说的都有道理，但是作为男人，你应该表现出一点绅士风度。”

“哦，我当年谈恋爱的时候你们怎么不让我尽情施展我的绅士风度？”

“老板，您不能翻旧账，用人类的话说叫此一时彼一时嘛。”说着，他切了一大块羊肉蘸上盐巴递给我，我摇摇头没接，他塞进了自己嘴里。

冷姨说：“海心是个好姑娘，我们看得出来她对您个人的关心胜过了对人类的关心，所以我想你们中间肯定存在了误会，她眼里只有您个人，而忽略了您所关心的东西，我建议您去找她好好谈谈，这时候您更需要她。”

我想了想，觉得自己刚才有些过分了，所以我拍拍手，去找她了。

外面大雪还在继续，海心站在空旷的大街上，捂面而立，显得十分孤独、凄凉。

她今天反应有点慢，平时一点风吹草动她都能察觉，但这一次我在她身后几米远的地方站了很久她才发现我。她转过身来，在雪光的照映下我隐隐看到她满脸的泪水。

“你来干什么？我一会就向陵族发送信息。”

这是我第一次看到她流泪，我这人什么都可以，就是从小见不得女的流泪，何况这个女孩还挺漂亮，是我的助手。

“我刚才的话可能有点重了，来向你道个歉。”我抬头看了看这苍凉的夜色，“我现在很焦虑，希望你能理解。”

“我刚刚好像想明白了，我们所有人，包括陵族似乎都对你太过苛刻了。”她缓缓地说道。我想从身上找点什么给她擦一下泪水，但什么都没找到。

“你是虫星的王子，本来可以不用理会这一切，只需要和你的父亲站在一起，便能拥有至高无上的权力。但是你没有这么做，人类、陵族，甚至是虫星人全部都看着你，他们希望你能够带领和帮助大家脱离这场灾难，安稳地活下去。他们没有错，但是你却被逼得无路可退，逼得你不得不面对强大的对手和弱小的自己，而这个对手还是你的亲人……这太残酷了。”

我简直不敢想象这些话是从她的嘴里说出来，我有一种被人真正理解的感动。

“牧戈，作为你的助手，我忽略了这些，应该是我向你道歉。”

“不用，如果真的需要有人来道歉的话，我想应该是陵族和虫星人，你和我都是在这场灾难中身不由己的受害者。可能是我对你要求得太多了，而忽略了你也只是一个普通的人类，怎么可能真正地代表陵族。所以作为私人助手，你已经做得很好了。”

“也许我和你一样，都不是普通的人类呢？”她静静地看着我，我的目光被她那张美丽的脸颊深深吸引住了，我慢慢地走到她的身边。

这时一股强风突然刮了过来，海心脚底一滑向后面倒去，我连忙一把抱住她。可能是因为穿了特制衣服，她身上的衣服很单薄，身体很软，也很温暖。这是我们第一次如此贴近。她靠在我的怀里，我相信她能感觉到我的心跳加速，就像我感觉到她的心跳加速一样。

我慢慢地放开了她。我说：“不要难为自己了，爱怎么样就怎么样吧！不管陵族是不是真的支持我，我都会继续走下去，因为我和所有人一样没有退路。”

“也许我能帮到你，我以后会尽力帮助你的。”

“是以陵族中间人的身份吗？”

“难道不能以朋友的身份？我们是朋友吧？”她说。

我反问道：“你为什么愿意帮我？”

“也许……也许因为我们都没有妈妈，所以看到你，就像看到另一个自己。”说到这里的时候，她眼泪再次落了下来。我离得很近，这一次清清楚楚地看到一颗珍珠般的眼泪滑落。她的话她的样子突然让我心里生起无限伤感，还有莫名的怜惜，我竟然情不自禁地再次将她抱在怀里。她没有反抗，就静静地靠在我的怀里，无声地落泪。

那天晚上，我听她说起了很多之前从未提及过的事情，她不再是那个高冷的陵族助手，更像是一个孤独的女孩在倾诉着自己的过往。等很晚我们回到地下基地，那里烛火摇曳，肉香残留。

那天晚上我睡得很好。

在思虑良久后，我最终还是没有答应格赛的请求。我担心带这么多虫星人回到二十一区，会对那里的平民造成极大的心理压力，或许还会引来虫星军队的打击报复。我也不希望“我是人类”组织因为这件事和我们翻脸，他们可是一群狂热的人类至上主义者，在没处理好这些事情之前，我不想人类内部出现分裂甚至是内斗。当然还有一个最重要的原因是我暂时还不信任这些因为走投无路才投奔我的异星人。但我答应他们，会在“条件成熟”的时候尽快派人过来接他们。

我并没有返回二十一区，而是直接去了墨山。选择重返墨山有两个重要的原因，一是宁先生告诉我，天空社分裂后，有上千名成员宣布退出这个组织，如今这些人被软禁在了墨山，甚至很可能被处死。还有一部分人发动叛乱逃离了墨山和新城。这些人大多是人类各行业的专家和职业军人，二十一区想要与墨山抗衡就非常需要这批人。另一个原因，如果牧晨雪已经回墨山的话，我想和她当面聊聊。更主要的是陵族可能已经确认了我的身份，表现出了很大诚意，他们让海心转告我，愿意与我们共享情报，配合我的重要行动，并且提供武器装备上的援助。这样一来，我底气十足，就算是明抢我也要把这批人抢出来。

我说服了宁先生同意让我去墨山。

为了避免被虫星人再次监测到无障，宁先生暂时屏蔽了无障的信号，然后按照我的要求跟着杰森中校返回二十一区养伤去了。

中途下飞机后，我们剩下的四个人找来一辆汽车，在路上我们遇到了两拨从墨山方向出来的人，大多是老弱病残，他们成群结队背着破烂的行李漫无目的地走着。经过打听才知道，原来墨山已经在驱逐没有价值的人。我将林航他们设立的几个临时集合点告诉了他们，坦克他们经常会带人前往这些地方收容落单的难民。

离墨山还有几十里的时候，天已经黑了，我们决定在路边的一个集市过夜，天亮再前往墨山。这个集市就像是一个难民营，路两边全是简陋的房子和用集装箱搭建的棚子。由于这里通往墨山，上次林航还在路口处挂上了警告难民的木牌，我再去看的时候，那两块牌子已经被人砸断，扔在了路边。

“我以后要在这里设个哨卡，专门打劫墨山。”

老鹰笑了起来，他的笑声一如既往的难听：“与其在这里守株待兔，还不如学墨山建个电台。”他的话倒是提醒了我。

我说：“你这个主意好，但现在我不敢这么干，因为二十一区那点家当，我谁都惹不起，等以后有家底了，我直接把墨山和新城都收了。”

海心说：“你绝对能做到的，否则你就不是牧戈了。”自从那天晚上我们摘下各自的面具以后，我们的关系变得微妙起来，海心再看我的时候，眼睛里多了一些异样的东西。

我很快就闭嘴了，有些话太重，我怕自己食言。

天色渐渐暗了下来，好在没有下雪也没有风。冷姨在离主路百多米的地方找到了一处合适落脚的房子，我们刚准备进屋，几架小型虫舰从对面山头掠过，直扑墨山方向而去，它们甚至没有隐身。

我连忙问海心：“陵族是不是对墨山有什么行动？”

“我确定没有，如果他们有行动肯定会通知你。不过这事也有点奇怪，虫舰一般不会这么急促，应该是墨山发生了什么大事。”

我决定连夜赶往墨山。

奇怪的是，墨山入口的检查站一个人都没有。我们站在检查站对面的山坡上，用望远镜可以看到海对面的墨山岛上灯火通明，几艘虫舰在墨山上空慢悠悠地巡游，还发出了一束束类似于探照灯一样的强光。强光照射下，十里墨山谷站满了人，一直绵延到海边的停车场。

我们悄悄地摸上墨山，绕开了停车场外围的警卫钻进了人群，周围都是惊慌失措的难民，墨山的十里长谷密密麻麻至少有上万人。

我轻轻推了推旁边一个戴着眼镜的年轻人："兄弟，出什么事了？"

那人理都没理我，我又推了推他，他才不耐烦地看了我一眼："你自己没耳朵没眼睛啊？"我们小声的对话引起了旁边一个中年男子的注意。

"别说话，当心挨枪子。"

我凑近他："什么情况？"

"在搜查他们要找的人，所以把我们全部赶到街上来。"

"抓什么人？"

中年男子似乎回过神来了："你是什么人？你不是墨山的？"

我懒得搭理他了，因为我看到了另外一个人，正是上次抓捕我的那个 XL 公司的大胡子，他背着一支步枪站在人群外面维持秩序，我假装漫不经心地靠了上去，他也发现了我，我连忙做了一个噤声的动作，提着枪和他站在了一起。

"牧先生，您怎么又回来了？"大胡子惊讶地看着我。

"这是什么情况？"我没回答他的问题。

大胡子看了看左右，小声说道："我们正在全城大搜捕抓人，所以把平民全部赶到大街上了。"

"抓什么人？"

大胡子想了想，把声音又压低了一些："上次弗纳尔博士想暗杀您，前不久被理事长也就是您的姐姐押到新城去了，不过博士在墨山的人害怕遭到清算，所以反了，他们杀死了一个副理事长……”

“他们杀了厄文？”

“不是，是另一个叫阿德的人……他是您姐姐的得力助手。”

难怪墨山鸡飞狗跳，原来是一个天空社的大人物被杀了。

“凶手有多少人啊？也是对外咨询部的保安吗？”

“嗯，有好几十人。牧先生，您这次走的时候能不能带上我？”

我心里想笑：“你也想跑了？这可是背叛组织的重罪哦！”

大胡子说：“今天晚上会死很多人，谁会在意我一个小人物啊！说实话，在墨山待着让人害怕。”

我瞟了他一眼，这家伙虽然滑头，却不像撒谎。

“牧晨雪回到墨山没？”

“这个我真不知道，像她那种大人物我平时也见不着的……”

正说着，墨山谷另一边响起了激烈的枪声，成排的 XL 公司保安迅速向那边拥去，而虫舰似乎没有直接参与这场人类内部争斗的意思，它们依然停留在空中，为事发地点提供灯光支援，却没开火。

“我可以带你走，但想要让我相信你的诚意，你必须为我做件事。”

大胡子说：“可以。”

“听说你们关了一千多人，都关在什么地方？”

大胡子想了想说：“就在半山腰的防空洞，那里面太大了，能装好几千人……”

一队武装分子从后面走了过来，看见我正和大胡子交头接耳，就走开了。

“上次关我的地方？”

“对，就是那里。”

“你敢带我们去吗？”

大胡子直接拒绝了：“我不敢，那里至少有几十名守卫，而且和我不在一个部门，认识我的人少。”

人群骚动起来，我仔细听了一下，原来有十几个叛军冲进了墨山大街的人群中，他们利用人群作掩护制造骚乱，想借此脱身。而XL公司的保安又不敢冲人群开火，只能干着急。骚乱越来越近，就连我前面的人潮也开始涌动起来，不知道谁大喊了一句：“逃啊！逃出墨山啊！”人群突然浩浩荡荡掉头向我这边的出口狂奔过来，所有人全部挤在一起，没人敢乱开枪了。

老鹰和海心连忙拉着我闪到了旁边的巷子里，人们疯了一样向墨山外面冲去。就在这时，几艘虫舰飞到出口的停车场旁边，然后毫无征兆地向人群开火，一束束白色的光在人群中炸开，与此同时，成队的虫星人跳下虫舰，疯狂地屠杀人类。

人们惨叫着，不管不顾地踩踏着同类的身体前行，真是一幕人间惨剧。

我连忙对大胡子吼了起来：“看到没有，留在这里就是死路一条。你现在带我的人去防空洞，他们会保护你的安全。”

他还是没动。我将他一把拖到面前：“我的人一个能打一百个，区区几十个警卫你怕什么？”

他终于答应了。我对老鹰和冷姨说：“你们和他去放人，有没有问题？”

“我知道怎么做，可是……好吧！”

海心已经在呼叫陵族支援，我也顾不上那么多，拿起枪向虫星人发起了攻击。几名XL公司的保安也被击中，发出了歇斯底里的怒吼：“虫星人无差别攻击了，快反击。”

越来越多的人加入反击虫星人的战斗，一时间，枪炮声响彻整个墨山。我的武器属于虫星文明的顶级科技，我攻击了虫舰后，强大的攻击力让它们意识到了危险，母舰放出了十几架小型战机和上百名虫星人，脱离了战场。

人类过于弱小，但是团结起来的力量却不容小觑，天空社在墨山的武装力量至少有上千人，其中不少还是XL公司的保安人员，这批人都是九死一生活下来的精英，战斗力很强，加之他们配置的武器装备有大量的反坦克和便携式防空弹等重火力，所以面对十余架小型虫舰的攻击，加上我的“火焰”配合，居然能够顶住压力。

战斗持续了十几分钟，虫星人才停止了进攻，除了地面的虫星人还留在原地外，所有的虫舰转身飞走了。

一辆汽车从墨山谷的最深处驶了过来，那个叫厄文的副理事长急匆匆地跳下车，用扩音器喊话：“各位墨山谷的居民，请大家冷静，刚才是一场误会，现在上面已经派特使过来处理这件事了。”恐惧使人变得勇敢而盲目，急眼了的人们已经听不进任何人的话了，他们一心想要离开这个是非之地，双方刚停火，人们再次轰地涌出墨山。

厄文气急败坏地将手伸向了空中，我感觉到他下一秒钟就会开枪。

我举起了枪，海心立即阻止了我：“这是墨山，你杀了他，那些人有可能会杀了你。”说完她慢慢靠近不远处的厄文。就在这时，天空中突然响起了一阵令人恶心到大脑快要爆炸的声音：“呜——呜——”

听到这种像来自地狱深处的魔音，所有人都捂着耳朵蹲在了地上，发出了痛苦的哀嚎。这时我才注意到，不知什么时候，一艘巨大无比的虫星母舰悄无声息地出现在了墨山之上，魔音响起后，它的机身下方射出无数道光，将整个墨山映得如同白昼。

魔音终于停止了，另一个熟悉的声音响了起来：“各位墨山的居民大家好，我是人类幸存者安全区的临时负责人牧晨雪，请大家冷静一下，以免再造成不必要的流血事件。所有参与叛乱的人员也请立即停止一切行动，我可以赦免你们的罪过。”她的声音，透着一丝不容反驳的威严。

“对于刚才发生的事情我感到十分抱歉，但是请大家相信我并回到各自的住处，我很快就会给你们一个交代。”她话说完，天空社的武装分子开始将准备外逃的人们堵了回来。

很多房子还在燃烧，大街上躺满了尸体和正在哀嚎的伤员，人群渐渐散开，他们似乎一下子就变得麻木了。希望和绝望是一对邻居，巨大的虫舰悬在头顶，如同一万把随时会落下的利剑，大家都知道无法反抗，只能选择屈从。

人们还没完全散去，从旁边的巷子里又传来了密集的脚步声，走在前面的是老鹰、冷姨还有大胡子，押送他们的是宫本泽和数十名武装分子，他们的身后，跟着成百上千的人类。我很奇怪像老鹰和冷美人这种装备和身手的顶级高手怎么会轻易束手就擒？我之所以派他们去，是确定他们能够应付局面。

“我亲爱的弟弟，出来吧！”牧晨雪的声音再次响起，变得柔和了许多。我对海心说：“一会儿你不用管我，如果能带走人的话，你就带着他们返回二十一区。”

海心的脸上却露出一种奇怪的表情，她说：“今天晚上不会有支援了。”

“陵族反悔了？”

“不，是因为发生了意外，陵族第二大城市仓溪遭到虫星舰队偷袭，二十多万陵族死于这突如其来的灾难，而陵族的主力此时还在外太空。”

我心头一震，这太匪夷所思了。陵族有着顶级的伪装技术，又隐匿于苍茫大海，虫星人是怎么发现他们的？我没有时间思考和打听这些了，因为一队武装分子已经向我跑了过来。

“陵族让我转告你，希望你坚定意志，和正义的地球文明站在一起。”

我知道他们在担忧什么，我点点头，说："请他们放心，我永远不会和侵略者站在同一阵营，另外代我转达对他们的问候。"

"好的！你多保重，我们会想办法救你。"说完，海心退到阴暗里消失了。

除了海心外，我们全部成了瓮中之鳖。天空社的人倒没有太为难我，任由我慢腾腾地走到厄文的身边。厄文又露出一丝演员式的微笑，但我压根就不想搭理他，我径直拿起他手中的扩音器喊道："牧晨雪，你不要再装神弄鬼了，出来吧！"

虫舰缓缓地降下一具延伸梯，牧晨雪从上面走了下来，她站在一束光里，像是临凡的圣母或女妖。我望着一地的尸体，少说也有数百具。天空社的人已经将地面上的虫星人缴了械，将他们押往墨山谷深处，还有人开始在清理墨山谷中的尸体，他们将人类和虫星人的尸体一具一具地抬上了卡车，运出墨山。

牧晨雪看了看我，没有说话，转身走向旁边的一辆汽车。

"牧晨雪，不管你想对我怎么样，你先把我的人放了。"

她站住了，又转过身来远远地看着我，然后她慢慢地走了过来，几名武装分子抢走了我手上的扩音器。

"你是不是特别恨我？"她的声音很小，小到似乎只有我能听到。

"是的！"我肯定地告诉了她。

"我是你姐姐。"

"我没有你这样的姐姐，我姐姐早就死在那场科罗拉多病毒里了。"

她的眼睛里闪过一丝光亮。

"我不想在这里跟你吵架，你现在跟我走，我一会儿再跟你解释，行吗？"

"行，但你要把我的人全部放了，还有被你关起来的那些人。"我说着指了指老鹰和冷姨他们。

“你要这些人干什么？”

“你又要这些人干什么？把他们都杀了吗？人类死得还不够多是吧？”我指着那一车车往墨山外开出的卡车，吼叫道，“看到了没有，那上面全是死人，他们都是你害死的，如果他们仅仅和你有分歧就要死，那这个世界就没有人了。”

我感觉到牧晨雪很生气，可是我根本不在乎：“你到底放不放人？你如果不放人，我现在就毙了你。”说罢我拿枪对准了她。

旁边的武装分子连忙抬起手中的枪对准了我，牧晨雪阻止了他们，她脸上流露出一种不可思议的神情。

“好吧！你赌我不敢杀你，那我把自己毙了总行吧？我要让全世界的人都看着你，看着那个连自己亲弟弟都要杀的恶毒女人。”说着我将枪口顶住自己的下巴。

沉默，死一般的沉默，周围的人们都惊呆了，也许从来没有人这么和他们的理事长说过话，也或者是因为我表现出来的激烈。

“老板，您千万不要冲动。”老鹰失声叫了出来。

我说：“我早就受够了这种人不像人鬼不像鬼的生活，我相信这里的所有人都受够了，如果我不能改变这一切，还不如眼不见为净。”

“弟弟，你放下枪，我答应你。”牧晨雪说着狠狠地瞪了一眼站在旁边发呆的厄文，淡淡地说了两个字：“放人。”

厄文看了看宫本泽，挥了挥手，所有人都聚集到我的面前。

“你们可以放心地离开这个鬼地方了，从现在起，我们的命运捆绑在了一起，鹰叔冷姨，你带他们回去。”我早就将二十一区的详细坐标告诉了他们。然后我又提高声音：“海心，你跟他们一起回去。”

人们没有说话，都静静地看着我，他们中间有年轻人也有老人，有女人也有男人，然后我看到了一张熟悉的脸：阮文同。

“教授，你们放心跟我的人走。”

阮文同点点头："小家伙，那我们后会有期。"

在宫本泽的"护送"下，成百上千的人们浩浩荡荡走向墨山谷的出口。

牧晨雪已经上车走了。旁边的厄文看着我，一脸的假笑："牧先生，我们也上车吧！你们姐弟俩可能需要好好聊聊。"

我没好气地瞪了他一眼："关你什么事啊？"他笑容一下子就僵在了脸上，这样跟他说话的人，可能我是第一个。

第十九章　们达的故事

还是上次那栋我住过的别墅，整个院子除了牧晨雪和我，没有其他人了。牧晨雪端着一杯热茶递给我，见我没有接，她放在了桌上。

“牧戈，我今天不想再和你吵架。”

“我也不想和你吵架，就想问你几个问题。”我已经冷静下来了。

“问吧！”

“地球还剩多少人？”

“你问这干吗？”

“回答我。”

“我们一共有三个安全区，总人口有300多万人，其中大部分在新城，有230万人，我们还在北美洲开辟了一个新的安全区。墨山占的人数是最少的，只有两万多人。至于安全区外的幸存者有多少就无法统计了。”

“你想怎么处理这些人？全部杀光吗？”

牧晨雪端起她的茶，抿了两口：“我们的目标并不是你想象的那样杀光所有人类，清洁工计划的本来面目也不是这样，而是为这个伤痕累累的地球减负，重新建立起一种新形态的人类文明。你知道的，历史上任何重大的变革都要经历阵痛，这次也不例外，只是代价太大了些。”

“代价大了些？”我差点想给她一巴掌，我说，“晚上的事你看到了吧？墨山血流成河，虫星人像对待牲口一样对待我们的同类，那么多无辜的人说杀就杀，你还口口声声称自己是什么安全区的负责人，你不感到羞耻吗？”

“这件事情我一定会调查清楚的，参与叛乱的虫星人已经全部被控制起来了，相信很快就有结果，我会给墨山的幸存者们一个交代。牧戈，你我出身高贵，看待问题的眼光和方式不要站在一个普通人的角度，严格地说你是们，们有着这个宇宙文明中最高贵的血统，也有着最聪明的大脑，当然我并不是和你讨论单纯的种族论调，只是想告诉你，人类文明已经到了死亡的尽头，就算我们不介入，他们也会用其他的方式结束自己的文明，你难道还不明白吗？”

“牧晨雪，你已经疯了。”

“我没疯。”她很冷静地说道，“人类就是因为有太多虚伪的东西才阻碍了自己的发展，比如说明明知道宗教一无是处，可依然从者如云，他们沉醉在虚幻的精神世界里自我麻痹，幻想着有一个并不存在的神来拯救自己。而恰恰能够拯救他们的科学呢，却沦为了少数勇敢者的梦想。再说说清洁工计划吧，这本来是人类政府自己弄出来的东西，他们曾经试图通过基因改造的方式达到我已经达到的目的，可最后呢？你知不知道，如果用他们的方式进行改造，人类至少要经历两到三代人的漫长痛苦。相比之下，我们的方式更为人道不是吗？你说这样的人类还值得拯救吗？这样的人类还有希望吗？”

“歪理邪说，牧晨雪，你就算给自己找再多冠冕堂皇的借口，也无法洗刷你双手的鲜血，不管你是不是人类，但作为一个能思考的高等动物，随意剥夺其他人生存的权利就是野蛮行径，就是没有进化完的牲口。”

“胡说！”一个苍老的声音从我身后传来。我转过身去，看到一个白发苍苍的老人，他满脸皱纹，清瘦且看起来极其虚弱。不过他的脸上却挂着一种不怒而威、睥睨天下众生的威严，给人一种气势上的强烈压迫感。

“父亲！”看到来人，牧晨雪很恭敬地低下了头。

“父亲？”我愣了一下，“你就是那个们达？”

“不要乱说。”牧晨雪厉声道。两名侍卫悄无声息地走到我旁边，收走了我的“火焰”。

牧晨雪扶着他慢慢坐了下来，她说：“这是父亲。”

“谁的父亲？”

“当然是我们的。”

“不，不是我的父亲，我可没有这样的父亲。”

“坐下！”们达声音低沉地说道，“我没想到二十多年过去了，我们父子竟然是用这样的方式再见。”他的声音透着一丝苍凉和无奈，又有一种让人无法拒绝的威严。

“你们的妈妈如果还活着，看到这个场景不知道会作何感想？人类有个词叫白驹过隙，时间对于所有的生命都是那么的残酷无情。”们达感慨道，显得无限伤感，“如果不是人类阻拦的话，她本应该是活着的……也就不会发生这一切了。”

我静静地打量着眼前这个自称是我父亲的老人，心里五味杂陈。谁能够把眼前这个虚弱、孤独、伤感的老人和一个宇宙暴君联系在一起呢？这个人制造了人类文明的巨大灾难，同时也给虫星文明带去了无尽的痛苦，而此时他却显得那么无助。

“我知道你们一直在怨恨我没有尽到一个父亲的责任，将你们孤零零地扔在地球上，今天有必要给你们解释一下……先给你们说说我的故事吧！”

两百多年前，我那时还只有七岁，我永远都记得那个改变我一生的傍晚。那天下着雨，我的父亲也就是你们的爷爷背着我回家，从什么地方回来的我不记得了，我只记得经过一座很高的山，山路崎岖难行，我们就是在那里遇到了虫星人。

他们应该是先抢夺我的，但是我父亲死命抱紧了我，他们就把我们都掳上了虫舰。等我醒来的时候，我父亲已经不见了。我看到了一个透明的城市和无数虫星人，当然还有成千上万和我一样被掳到虫星的同伴，虫星人将我们统称为“们”……

这些丑陋的低等生物那时的平均寿命只有人类的一半，为了突破生命极限和改变生存环境，获得永生的力量，他们从虫星文明诞生那天起就一直在研究这两件事。数万个地球年后，也就是我成了虫星人实验品的第七年，他们终于获得了长生的技术，我是“重喻”的实验品，阴差阳错间也获得了长生。我很庆幸自己没有被当成工业废品销毁掉，但是该死的虫星人把我们当成了奴隶，将我们赶到了紫外线直接照射的荒原里，那里有黄色的……一颗类似于太阳的恒星。

我来说说这颗黄色的太阳吧！这颗太阳其实在五亿年前就已经死亡了，但是它五亿年前发出的光芒依然在照耀着整个虫星系。光作为一种特殊的物质并没有因此消散，而是通过无数次的折射被缓慢地保留了下来，滋养着一支文明。但它总有消失的一天。

虫星文明在经过大量的研究后发现，黄色太阳的光大约还有十五万年就会用尽，到时虫星将陷入无尽的黑夜，发生翻天覆地的巨变。强烈的危机感促使虫星文明不得不将目光投向了深邃的宇宙深处，寻找另一个可以替代虫星的星球，他们发现了已经有初代文明存在的地球。相比起环境恶劣的虫星而言，地球更像是真正的天堂。

地球自然就成了虫星文明的首选移民地。从发现地球的那天起，虫星文明就开始在为有一天正式移居这颗星球做准备。然而漫长的星际远征和规模空前的移民需要消耗虫星无法承受的资源，他们花费了漫长的准备时间，终于在一千多年前，他们做好了大规模移民地球的准备，可是那一次他们折戟沉沙，因为他们发现在地球上居然还隐藏着另一支强大的文明——陵族。

为了保护地球文明，陵族和准备不足的虫星文明发生了一场影响深远的星际战争，虫星文明被击败了。后来，虫星文明在研究中发现，病毒也许是一种最有效的打击地球文明的方式。他们将目光凝聚于此，一共制造并向地球投放了十余种病毒。直到 ERX 型三号的实验成功，让虫星文明看到了希望。

这个被人类称之为科罗拉多病毒的东西其实不是单纯的病毒，而是一种量子智能机器人与病毒的结合。ERX 型三号能够自动对攻击的个体目标进行监测和分析，寻找一切可以攻击的漏洞。

再来说说们吧！

虫星上没黑夜，永远都是白昼，黄色的太阳光让虫星的平均温度达到了 52℃，很多作为奴隶的们因为无法承受高温以及高温带来的危害纷纷死去。你们知道吗？在虫星人居住的那片荒原上，有一片叫“五峰”的森林，它特别茂盛特别美丽，土壤肥沃，无数的红色植物在那生根发芽，茁壮成长。可是只有们知道，在五峰的下面，埋葬着成千上万的们，他们用自己的血肉滋养着那片土地。那时候，关于们的悲惨的故事每天都在重演，我们要活下去，于是我们反抗了。

我带领着所有的们用了六十年的时间，终于战胜了虫星人，并继承了虫星包括长生在内的所有科技成果。六十年，人类古代纪年法的一个甲子，差不多就是一个普通人类的一生。我们经过无数次战斗，用无数们的鲜血和一代人的时间，获得了自由。

我在五峰的山顶上，竖立起了一座高大的纪念碑，将那里划为们的圣地，禁止一切虫星人靠近。这是为了纪念那些为了生存和自由战斗到死的成千上万的们，也在提醒所有的们，自由来之不易。

但是虫星人的反抗也没有停止，为了彻底征服他们，我在虫星实行了残酷无情的统治，成了虫星人眼中残暴的君王。

我和很多的们一样，曾经对于地球和人类充满了感情，毕竟我们曾经是同类。我上台后，永久封存了虫星人为人类准备的ERX型三号病毒，并用法律的形式禁止后来的们对人类使用病毒。我曾经对人类是如此的慷慨和包容。

在我执政的前几十个地球年里，虽然我们要比人类强大得多，但我从来没有想过对人类使用武力。我一度还准备与人类谈判，重返地球。我要求不多，我们甚至可以住到最不适合生存的青藏高原，或者是亚马孙热带雨林、撒哈拉沙漠或者南极洲大陆都可以，我甚至要求我的科学家为我的设想打造出一个宏伟蓝图，并论证了我设想的可行性。事实上我的设想是可行的，我们打算再用一百年的时间，将这些地方改造成能够适合生存和生活的地方。而事实证明我不是一个卓越的领袖，相比起人类，我们过于天真。

一百年前，我派遣了一支三十多名由虫星科学家和们组成的考察团前往地球，实地考察这些地方，然后与人类政府甚至是陵族建立起联系。这支考察团带着共同建设地球的美好愿望一去不返。后来我又针对此事派去了一支调查队，调查这起神秘的考察团失踪事件，结果一样，调查队也没有返回。于是在三十多年前，我决定亲自前往地球。

我在地球上的那段时光，是我这一生中最为绚丽的时刻，因为在地球我遇到了你们的母亲，我最爱的女人。她善良、温柔、美丽，她曾经一度让我萌生了放弃权力，在地球上与她厮守一生的念头。但同时，我也看到了人性的至恶与丑陋，战争，人为造成的饥饿和天灾，以及对同类生命和自由的践踏。我失望了，庆幸你们的母亲用她的爱淡化了我对人类的厌恶。不过你们的母亲对地球或者说是她的故土有一种难以割舍的情怀，我尊重她的选择，在她的眼里，我只是一个普通的人类，而不是那个能够呼风唤雨甚至能够主宰人类命运的虫星文明领袖，所以我也没有权力带她离开地球。

后来我的侍卫们通过调查发现，前两支派往地球的考察团，一支被陵族的第三文明事务局消灭，一支被人类困在一个叫五十一区的地方，成了他们的实验品。而我太轻信人类了，居然没有为我的两支前往地球的队伍配备起码的护卫力量。那一次，我向人类政府发起了警告，希望他们释放我的人。但是人类政府把我的警告当成了人类的恶作剧，并没有认真回应。也就是那一刻，我准备给人类一点教训，也仅仅只是教训。

晨雪四岁那年，我返回了一次虫星，我命令军队摧毁了人类的数处空间站和一个太空基地，人类政府这才将我的考察团全部释放。

两年后我重新回到地球时，你们的母亲眼睛都快哭瞎了。那一刻我发誓再也不离开她，如果她不愿意离开地球，就算是舍弃了一切我也要和她在一起。牧戈出生的那一年，意外发生了，我的副手“们于”发动了政变，并往地球派遣了杀手。我始终记得那个早晨，我和你们的母亲在前往超级市场的路上，一辆无人驾驶的汽车突然转向朝我们撞了过来，你们的母亲居然潜意识地推开了我，而她自己则被撞得血肉模糊。

紧接着，数十名杀手向我发难，和我的侍卫在人类的城市展开了激战，而我抱着你们的母亲拼命跑向了医院，那个本该救死扶伤的地方。

有时候我在想，如果那天我换一家医院，你们的母亲可能就不会死了。或者说我早早将她带离地球回到虫星，也就没有这一切的发生了……总之，你们的母亲因为医院方面耽误了时间，导致没有及时抢救而死在医院的急诊室。

她如果是死在手术台上我都可以原谅他们，但没有，他们派出最好的医生在为一位人类权贵的亲戚动一场并不是那么急切的手术，而仅仅只派了一名机器医生为你们的母亲简单地进行救治，机器人医生又怎么能处理得了那么复杂的伤情？

你们的母亲以这样的方式离开了我们，她在临死前还在叫着你们的名字。我的生命里曾经历过无数次绝望的时刻，但那是我最绝望无助的一次，我发誓要所有人类为你们的母亲陪葬。于是第二天，我命令侍卫摧毁掉那座医院，连同里面所有的人。然后我让侍卫们带着你们姐弟在地球上隐姓埋名逃避追杀。我自己则孤身回到危机四伏的虫星球，夺回了属于我的权力，并杀死了所有参与叛乱的们和虫星人。

那场为期数年的平叛战争结束后，我开始修改法律，准备战争，我重启了 ERX 型三号病毒，在地球上建立了数个前站基地，生产武器和病毒。扶持晨雪执掌了天空社，通过天空社控制了一些人类国家的政府。

不过我怎么也没有想到，我们达的儿子竟然会和敌人站在一起，对抗他的父亲。我老了，从你们的母亲死的那天起我就老了，我一夜白头，迅速衰老，所有的科学家和药物都无法阻止我快速老去。我本来还可以活一百多年，但科学家们委婉地告诉我，我的衰老是无法通过药物逆转的。

们达的故事没有讲完，他陷入了长久的沉默。这是个英雄一怒为红颜的故事，只不过这个故事的男主角让人类付出的代价太大，大到无法承受。因为听到了我妈的故事，我和牧晨雪的泪水止不住地流下来，眼泪就像没有线的珍珠，一颗颗地洒落，我几乎能听到它们破碎的声响。

们达重新变回了那个冷血无情的虫星文明领袖："牧戈，你是虫星的王子，你和你的姐姐是虫星和地球文明未来共同的主人，所以我要求你马上回到我的身边，承担起们达的儿子应该承担的重任。"

"我对当什么王子和权力什么的没有兴趣，不过牧晨雪应该有，她是个迷恋权力的疯子，你就让她继承权力好了。"

牧晨雪厉声道："牧戈够了！你这是成心要惹父亲生气吗？你不要忘了自己是们的后代。"

我也叫了起来："我看不出来人和们有什么区别，你们之所以强调两者的区别，无非是想为自己残杀同类找一个心安理得的借口罢了。们达，你口口声声做的这一切都是为我妈报仇，可是你看看自己做了什么？人类中还有千千万万个和我妈一样善良的女人，她们做错了什么？她们又没有伤害我妈，说到底，你无非是将我妈当成了你滔天大罪的遮羞布，以爱和复仇的名义干着自己见不得光的勾当。"说着我把手上的那枚象征着最高权力的虫星圣物"无障"取了下来，放在桌上。

们达嘴唇动了动，他的眼里闪过一丝奇怪的东西，我猜他此刻的内心一定很愤怒，可是我根本不在乎他的愤怒。

我继续说道："你们的目的已经达到了，如果还有一丝良知的话，就让所有的人类好好地活下去，停止这场已经没有意义的战争。如果你们想和陵族谈判，我可以来充当这个中间人。"

"够了！"们达终于阻止了我继续说下去，他冷冷地看着我，"我最后问你一次，你到底愿不愿意回到我的身边，和你的父亲一起领导伟大的虫星文明彻底消灭陵族？至于人类，他们已不足为患，我可以饶恕他们，让他们像蝼蚁一样地活着。"

我调整了一下自己的情绪，因为我也不希望这种矛盾被激化到不可收拾的地步。

“你说在虫星上有一座叫五峰的森林，那里埋葬着成千上万的们，无数的们被当成了奴隶，他们反抗了六十多年才赢得了自由和生存的权利，那种痛苦的感觉我想你应该比谁都清楚。但是你想过没有，地球上现在处处是五峰，每个人的经历比当年的们在虫星上的境遇更悲惨，而这一切都是你造成的。我有时候也特别痛恨某些人，比如那些害死我妈的人，那些自私自利、蝇营狗苟、丧尽天良的人。但这个世界是多元的，有恶就有善，当然有压迫必然也有反抗，就像你反抗虫星人的压迫一样，陵族和人类都不会选择当奴隶，他们一定反抗到底，战争会造成更多的人死去，包括们……这不是正确的选择，所以我恳求你们，仔细想想这场战争的意义。”

们达静静地听我说完，轻叹一声，他尽量用一种温和的口吻说道：“牧戈，你还是太年轻了。你以为我现在停止战争的话，人类和陵族就不会报复？不，他们一定会报复，也许十年，也许一百年，或者是一千年吧！他们一定会卷土重来，疯狂报复。为什么我不趁着现在有发言权的时候将这些隐患消除掉呢？放眼整个我们已知的宇宙，哪一支文明的强大不是建立在侵略和杀戮之上的？人类提出的自然法则同样适用于宇宙其他文明。”

“可们本来也是人类啊？大家同种同根，为什么要灭绝掉自己的同类呢？”

“好了，我不想再和你继续聊下去了，你把‘无障’都还给我了，也许在你的心里真的从头到尾就没有我这个父亲。”

“你一意孤行的话，我当然没有你这个父亲。所以，你想杀了我吗？”

“就算是为了你的母亲，我也不会杀你，不过我可以把你送到虫星去，让你好好反省一下自己这个儿子的角色。”们达好像不那么生气了，他挥了一下手，两名侍卫走了进来。

我有点慌，我才不稀罕去什么虫星，那肯定是一场有去无回的漫长旅程。我坚决拒绝："不！除了和地球上的人类在一起，我哪都不去。如果你仅仅是想通过将我流放虫星来置我于死地，你可以这么做。那样的话，等我到了另一个世界见到我妈，我会告诉她，是我自己想死，不是你杀了我，与你没有关系。"

"闭嘴！不准再在我面前提起你的母亲。"们达终于怒了，我刺激到了他内心最不可触摸也最脆弱的地方。

牧晨雪叹息一声："牧戈，你再想想，有些选择一旦错了，有可能万劫不复。"

"不用想了，要么放我走，要么杀了我，当然，还有一种最好的结果就是停止战争，我可以当个好儿子好弟弟。"

"滚！"们达怒道。

"我还有一件事情要说，说完我就滚。"们达没有吭声。我继续说道："您以前派到我身边保护我的那些侍卫，他们每一个人都非常称职，他们是我见过的最好的侍卫，我可以肯定他们每一个人后来帮我，不仅仅只是因为这是他们的责任，更是因为我们已经建立起了信任和亲情。我从小到大没有真正意义上的亲人，是他们陪伴在我的身边，在我的心里，他们早就成了我的亲人，是我的叔叔阿姨，是我的兄弟姐妹，所以我恳求您，赦免他们那些莫须有的罪名，更不要连累到他们那些无辜的亲人和朋友。"说完，我冲他深鞠一躬，然后转身走出门外。

我趁着他还没反悔，飞快地跑向了墨山谷的出口。

整个墨山谷一片寂静，静得就像是宵禁后的夜晚，空中的虫舰早没了影踪，大火也被扑灭了，满地的尸体也消失了，除了偶尔有几缕青烟和几辆武装车辆从我身边经过，只有孤独的路灯还在照耀着这清冷的人间大地。

那条海路已经淹没在水中，我几乎想都没想就跳进了冰冷的水里。

就在这时，身后有人说话："殿下，请您等等。"

我在海水中转过身来，隐约认出他是们达的一个侍卫。

我心想们达肯定是反悔了，这下我要完蛋了，我手无寸铁地从海水里游了回来："是不是还要杀我？"

"殿下您误会了，我是来还您武器的。"那个侍卫很客气地把我的"火焰"递到我的手中。

"我已经不再是你们的殿下了。"

那名侍卫淡淡说道："您和们达的事情我们无权干涉，但不管事情发展到什么地步，也无法改变您是殿下的身份。"他说，"您的那些叔叔阿姨很多都是我的朋友，我替他们谢谢您能够为他们向们达求情。请殿下稍等一下，我安排人来送您过去。"说完他转身就要走。

"等等！"我喊住了他。

"请殿下吩咐。"他又转过身来。

"如果你看到我那些叔叔阿姨，请一定要帮我带个好。"

"好的殿下。"

看到他消失在墨山谷里，我准备继续游过去。这时一只手突然拉住了我。

"你还真打算游过去啊？"是海心的声音。

"我不是让你先带人回二十一区吗？"

"我的任务是保护你的安全，所以你最重要。"真是个阴魂不散的女人，不过我很高兴看到她的出现。

第二十章　发光的云鼐

她拉着我一路向停车场后面的山边跑去，海边有一堵两米多高的钢筋混凝土墙，她不费吹灰之力就爬了上去。我们站在高高的围墙上，下面的海水诡异而神秘。

“船呢？”借着墨山无处不在的灯光，我并没有发现海面有任何船只。

海心笑了笑：“没有船，有鱼。”她刚说完，脚下的海水翻腾了起来，一头体型巨大的虎鲨出现了，几秒钟后，它竟然在我的脚下张开了大嘴巴。

“这是什么情况？”

“跳下去。”

“你是让我喂鱼吗？”

她笑着点了点头，趁着我正在发愣，一把将我推了下去。虎鲨张开大嘴将我吞进肚子里。没一会儿海心也进来了，好在这只是一条机器鱼，把我吓得不轻。

“是不是挺刺激？”

我缓过神来，看清楚了这条虎鲨的内部，像一艘小型潜艇，最多能坐六个人，只是没有驾驶室之类的，虎鲨却能游动自如。

“这也是陵族弄出来的东西？怎么座椅和人类的差不多？”

“这是一条智能救生船，原本也是为人类设计和制造的。”

“为什么人设计的？”

“落水的人类，人们在大海遭遇不测的时候，陵族经常会出动这样的无人救生潜艇救人，不过一般情况下，坐上这条船的人，可能一辈子也无法回到人类社会了，即便回去，大脑的这一段记忆也会被删除。好了，说说你的情况吧，那栋别墅戒备太严了，我根本无法靠近。”

我说：“没什么情况，谁也说服不了谁，们达差一点就把我宰了。”

“你见到了们达？”海心一惊。

我点点头：“你是不是要呼叫陵族，血洗墨山啊？”

“不，们达既然来到了地球，那随之而来的肯定是他的主力舰队，陵族刚刚遭受重创，短时间内无法与他们主力决战，不过这个情况我会上报。”

我感觉到这条“虎鲨”一直在游，而且越来越快，不禁有些好奇：“这是去哪？”

“你不是一直抱怨没见过真正的陵族吗？我现在就带你去见他们。”

“拜托，今后做什么事情之前，可不可以和我商量一下？”

“你不想见陵族？”

“想，但是能不能事先告诉我一声，你这样一惊一乍的，我迟早要被你吓死。”

其实到这一刻我才知道，我胆子一点也不小，非但不小，而且可能是我的保姆团从小到大将我“保护”得太好，以至于养成了我骨子里不知天高地厚的目空一切的狂妄。

海心破天荒地做了个鬼脸，解释说：“你是不是又生气了？我觉得咱们是朋友，朋友之间不能开玩笑吗？”

我笑了起来：“你们用这条机器鲨鱼救人的成功率高吗？落水的人没被淹死估计也被吓死了吧？”

海心咯咯地笑了起来，听到她的笑声，我心情好了许多。

不知道这条“虎鲨”在大海里游了多久，它终于停住了，这时它的身子侧面打开了一道门，我们从这道门里面走了出去。

外面站着两个奇怪的“人”。我之所以将他们称之为“人”，是因为他们有着和人类差不多的五官和四肢，只是头部像鱼类一样扁平，没有耳朵没有毛发，全身光滑却穿着贴身的像亮片一样发光的衣服，个子和人类也差不多。显然这就是陵族，而且是一男一女，因为我看到了另一个陵族的胸部挺立着，目光也更柔和一些。

看到这两个人，旁边的海心立即严肃起来。

男性陵族伸出了他的右“手”，和我象征性地握了一下，然后身上的亮片衣服闪了几下，他们整个人慢慢地消失了。

我侧身看了一眼海心：“这是什么意思？”

海心笑了笑，没有回答我。突然两个陵族又慢慢地出现在我的面前：“牧戈上尉，欢迎您来到陵族最大的城市云鼐，我是陵族的执政官迪多，旁边这位是陵族的战术官流商，用人类的理解我算是陵族的总统，而战术官相当于你们人类的国防部长。刚才我们和您开了一个小小的玩笑，向您展示了一下陵族出色的伪装能力。哦，您也不要惊讶我们会说人类语言，这其实只是一个小小的技术问题，和你们人类的语音同译器原理差不多，我们可以使用五千多种人类语言中的大部分，而且识别准确程度在百分之九十九点九九以上，基本上可以和任何人类无障碍交流。”

一个“总统”，一个“国防部长”，这接待的规格让我有点受宠若惊了。

我笑道："感谢两位的盛情邀请，让我有幸一睹陵族文明的风采。"说着我朝四周看了看，很明显这是海底城市云鼐的外围，一块像星空一样闪耀的透明玻璃罩将整个城市包裹其中，离我数十米开外的是一个光彩照人、如梦如幻的海洋世界，有海藻和珊瑚礁覆盖的海底山丘，一群群色彩斑斓的海洋鱼仿佛在我的眼前游动。

城市则像一座神话世界里的水晶宫，每一栋建筑都像一只巨大的透明水母，水母下方的若干根"触角"要么深入海底，要么和其他的建筑紧紧相连，或是连接着城市的交通干道。建筑大都是"玻璃"材质建造，看起来是透明的，美轮美奂，紧凑却不拥挤。城市的间隙，到处是植物，有些甚至还是陆地植物。水母"触角"里的那些道路看起来也一尘不染，干净得就像是用嘴舔过，各种长相奇特的交通工具无声有序地行驶着，道路两侧不时还可以看到成群的陵族穿行。我置身的所在就是一个巨大的水母建筑内部。

我们穿过一根细长的触角过道，来到一个空旷的房子里，里面有人类使用的沙发和家具，我们坐了下来。两名人类服务员端着食物和饮料走了进来，放下东西后他们又轻轻地离开了。

迪多说："上尉，我们现在所处的位置是水下四千八百米的深海世界，这是普通人类无法企及的深度。"

"海底四千多米？那外面这些浅水鱼类是怎么回事？"

女国防部长流商说："上尉真是一个细心的人，您现在所看到的鱼类只能生活在云鼐的城市之内，为了应对各种威胁，我们在云鼐的外围，使用了三层您看到的这些类似于人类玻璃的护罩，鱼类生活在二、三层之间的城市外围。"

我像一个好奇的小学生："玻璃坚硬吗？我好像看到它们还在发光？"

"这不是普通的'玻璃'材料，我们在这些材料中使用了发光、抗压和降噪技术，这些保护罩每一层都能抵抗高强度的地震和海啸，包括人类最先进武器的攻击。”

我心里想问他们是否包括核打击，但我什么也没有说。他们在向我介绍这些情况的时候，无意中向我透露出一个明显信息，那就是在强大的陵族眼里，人类可能才是他们最大的假想敌，或者说是最大的潜在威胁。

“你们的隐身是靠身上那件特殊的衣服完成的吗？还是在进化的过程中，陵族的身体产生出了色素细胞？”

流商说：“正如您现在所看到的一样，陵族无论是外表或是生理结构几乎与人类无异，只是在进化的过程中，因为受到了来自海洋的压力，又缺乏必要的运动，我们的四肢出现了一定程度的退化，更加适应于海洋生存，无法长时间在地面活动。所以我们不得不借助身上这件特殊材质制作的动力服来伪装以及支撑我们在陆地上行走，这一点类似于你们人类的机械外骨骼。唯一不同的是，这件衣服相当于我们的另外一层皮肤，功能更多，重量却更轻。我们可以随心所欲地通过神经感官直接控制，而人类只能依靠机械动力来达到控制。”

这些匪夷所思的陵族黑科技让我内心极为震惊。

“我们总人口有 3475 万，平均寿命是 102 岁。陵族没有人类那样的国与国的区别，大家同属一个整体，分别居住在几个云鼐这样结构的海底城市。为了保证人口质量，陵族没有人类那样复杂强烈的宗族结构和观念，也没有人类‘阶级’和自由恋爱这些概念，每一个陵族成年之后，数据库会根据个体的基因情况，自动配对他们的最优选择并指定配偶。”

流商轻描淡写之间，我大致了解到陵族的社会体系和意识形态与人类多有不同。我看着始终站在一旁的海心，好奇地问道：“海心是一个什么样的群体？你们雇用了很多人类为陵族工作吗？”

“上尉，提到海心，我觉得有必要向您介绍一下她的身份。她其实并不是严格意义上的人类，用人类的话解释应该叫超人工智能。”

我愣住了，海心这个会生气会高兴会“拍马屁”，有着强烈的自主意识，比人类更像人类的大美女居然是台机器？

看着我目瞪口呆的样子，流商继续解释说：“上尉，您是不是有些惊讶？在陵族的世界里，一共有八百多万名海心这样的朋友在为陵族提供服务。我们将他们这个群体称之为乌部，而并非单纯理解中的机器人。他们参与并主导这些城市的管理和服务，更像是你们人类的公务员……不过，海心又是这八百多万乌部中最特别的一个。”

“她有什么特别的？”

“因为她是陵族最伟大的科学家基懑为您专门创造的，她是独一无二的。当然，除了心脏、大脑还有骨骼，海心本身和人类无异，她甚至还可以生育，当然需要借助第三方女性的卵子。”

我彻底蒙了，这越说越离谱了，在我那点有限的知识储备里，这无异于天方夜谭，然而面对着比人类更强大的文明，我又找不到可以质疑的依据。

“海心他们是以人类原型和陵族科技结合的创造体，她拥有人类的身体，也拥有陵族强大的科技力量，能根据实际情况进行自我分析和判断，并做出正确的决定。”

我看了看海心，没想到她居然脸微微红了，露出一丝尴尬的神情。我连忙转移了话题：“和虫星文明相比起来，陵族和他们谁更先进一些？”

流商在金属桌子上点了几下，我的眼前出现了一块5D投屏，屏幕上是一些像人类纪录片的镜头：一个陵族人在深邃的茫茫星际中穿梭着，他身边闪过无数耀眼的光，各种各样的宇宙文明飞速闪过，然后旁边是人类字幕：卡尔达舍夫等级。

“上尉，这是你们人类曾经划分出来的文明等级，虽然现在看起来似乎有些不太成熟，但这种划分的思路是对的，为了便于你更好地理解，我用你们人类自己的概念简单介绍一下……我们和虫星文明都达到了一级或以上文明的等级，而人类却在发展中遭遇了‘负 8 定律’无法突破，所以就此止步了。”

“什么叫负 8 定律？”

“所谓的负 8 定律是按照你们人类卡尔达舍夫等级衍生出来的一个概念，当初级文明发展到 0.8 级文明这个阶段的时候，科技包括该文明相应的道德水平会陷于停滞，再往前的每一步都会变得万分艰难，在这个过程中，如果不能有效地解决人口、能源、资源以及制度等多方面的矛盾，那么这个初级文明会逐渐消亡。而造成消亡的原因也有很多，可能是同类为了抢夺资源引发的战争，也可能是环境恶劣无法逆转，或者是应对疾病的能力太弱……就像现在这样。”

“那如果解决了这些问题，这支文明是不是就可以延续？”

“是的，如果解决了这些问题，那么这支文明也就彻底突破了负 8 定律的瓶颈，才有资格在宇宙中存活下来并继续向更高等级的文明发展。所以负 8 定律也是宇宙所有文明在发展过程中都要面临的一个共同难题或者说是魔咒。据我们所知，宇宙中的很多初级文明都因为负 8 定律而止步，最后慢慢消亡了。人类文明是有希望突破这一定律的……对不起，我扯远了，回到您的问题，通俗地讲我们和虫星文明是同一等级的文明形态，只不过在思维方式及人口方面我们处于劣势，所以战争的结局谁也无法预料。”

“既然你们陵族已经突破了发展的障碍，为什么人口会这么少呢？”

“这个问题说来话长，前期我们是从人类的身上吸取了教训，并进行了刻意规避，因为我们看到人类因为人口爆炸而造成的无数个历史悲剧。后来我们又过度依赖于乌部这个群体。总之，用你们人类的话说，我们也是被所谓的经验主义给欺骗了。”

流商接着说道：“上尉，我们能够理解您现在担忧和悲观的心情，毕竟整个地球文明都在遭受巨大威胁，只有人类和我们联合起来，才更有把握战胜虫星文明。不过好在这场战争我们是主场，只要我们能够坚持合作下去，就有希望赢得这场战争。我们感谢您的信任和支持，同时也深深地为您的人格魅力所折服，这证明了我们当初的选择是对的。”

我静静地盯着眼前这两位陵族的大人物，试图从他们的眼中挖掘出人类世界里那些虚伪的外交辞令，但是他们的眼神什么都没有告诉我。

我说：“既然你们选择了我成为合作伙伴，那么你们现在是不是应该告诉我最真实的原因了？因为我是们达唯一的儿子，想以我为‘质子’与们达讨价还价？还是有其他因素？你们应该知道，这些老套的手段我们古代的人类在数千年前就屡试不爽了。”

流商和迪多对视了一下，他们似乎没想到我会直接抛出这么敏感的问题。沉默了片刻后，流商解释说：“我们承认最初有这样的考量，当我们得知们达唯一的王子竟然遗落在地球时，我们很欣喜，并通过各种方式在地球上展开了搜寻，找到您以后，我们很小心地对您进行了长时间的观察和评估，得出了可以与您合作的结论。”

“但如果我事实上并没有如你们判断的那样，你们肯定会杀了我对吗？”

“也不会，杀了您对我们没有任何好处，除了让虫星文明更加疯狂地报复我们外。如果真是我们的评估出现了误判，我们最保守的做法就是你说的质子。把您扣在陵族的手里也是一个不错的选择。”

我笑了：“谢谢你们的坦率，不过我还是很好奇你们会让我一个人去见们达和牧晨雪，就不担心我脱离你们的控制吗？”

迪多说：“这是海心给我们的建议，她上报说要给予您充分的信任，她以自己的生命为您做担保，她说她绝对信任您，我们对她同样信任。”

“也就是说，如果我反水的话，海心将被销毁？”

“理论上是的，但我们不愿意这么做。”

想起自己以往对她的各种不友好，我心怀歉意地回头看了看海心，她却假装没看到，并未回应我的目光。

“现在我带您看看陵族的军队吧？”得到我的肯定答复后，屏幕画面切换到了外太空。和人类世界里那些科幻电影展示的太空舰队不一样的是，这艘所谓的太空战舰根本没有想象中的船坚炮利，与其说是战舰不如说是一块巨大的石头或者说是一座城市更合适，它横卧悬浮在太空之上，数以百计的小型战机围绕这座太空城不停穿梭着。

“天啊！你这是在给我看电影吗？这么一个庞然大物你们是如何送进太空的？”

“这当然不是电影，您现在看到的是同步的实况。我可以告诉您的是，这艘巨大的天舰是由七十三艘大型陵舰组合而成的，换句话说它们聚在一起就是这艘天舰，分开就是七十三艘独立的大型陵舰，而每艘大型陵舰又配备了上百架的小型陵舰。像这样的天舰，我们还有五艘。”

“事实证明虫星的主力可能已经到达了地球，你们为什么还要在外太空部署这么多军队呢？地球已经是最后的战场了。”

“这个……自从仓溪前些日子遭到攻击后，我们收缩了兵力，将大部分天舰调了回来防守这些陵族城市。”流商突然有些卡壳了。

“我个人觉得，既然战争不可避免，主动出击的价值要远远大于被动防守，你们一直自认为对人类相当了解，但这样的战术在人类的战争史上曾经被使用过无数次。迪多先生、流商女士，我觉得陵族应该研究一下人类的战争以及关于战争的著作了，比如《孙子兵法》和《战略论》这样的。”

两名陵族大佬有些尴尬，可能是觉得我这个年轻的人类说话太狂了。于是我笑了起来：“哈哈哈，可能你们一直认为是陵族主导了人类的文明，而忽略了我们人类自身的创造力，这个观念你们可能要改变一下了。”

“谢谢您的建议，我们一定会认真思考您说的这些。”

“还有一个最重要的问题，我想知道咱们下一步以什么样的方式合作？陵族能否为我提供具体的支持？”

流商说：“我们想知道您的想法。”

深思了片刻后，我开诚布公地说：“我已经和们达摊牌，对于陵族而言，我已经没有了‘人质’的价值，所以我们前一阶段的‘合作’应该算是结束了。你们看到了，人类主要力量现在分布在新城、墨山和北美三个所谓的安全区，而这些地方由天空社控制着，他们非但不是陵族的盟友，相反还是敌人。我们二十一区的力量现在还很弱，不足以抗衡和收复这些地方，陵族只有帮助二十一区强大起来，收复这些地方，彻底摧毁天空社的影响力，人类和陵族才有真正意义上的合作。”

见他们没有说话，我继续说：“剩下的这几百万幸存者都是人类中的精英，他们产生的能量将是惊人的，可惜天空社很快就会将这些惊人的能量汇聚起来对付你们。据我所知，虫星文明比陵族更适应这场战争，如果再平添一个强大的对手，陵族还有没有把握赢得这场战争？我想提醒两位的是，这是一场没有退路的战争，输了就意味着灭亡。如果陵族不能真正意义上支持我，陵族和人类合作的局面也就永远不会出现。”

“上尉，我同意您的分析和判断，我们一定会重新审视您本人以及我们后续的合作。”

“两位尊敬的陵族指挥官，留给我们的时间不多了，仓溪遇袭就是一个强烈的信号，刀悬在我们的头顶，躲肯定是躲不过去的。们达已经到达地球，说明虫星主力也到了。而在外太空负责拦截的陵族军队却没有丝毫察觉，这本身就很说明问题了。身为弱小的盟友，我对你们的帮助实在有限，这也让我深感自责，尤其是看到仓溪那么多无辜的生命消失，我很难过。”

流商说：“感谢上尉的坦诚相告，您说得很对，在应对虫星入侵这件事情上，我们的很多决策和判断可能出现了问题，我们会认真总结，然后和您讨论下一步合作的具体事项。”

海心曾经告诉过我，陵族和虫星文明一样没有人类那么多的“花花肠子”，思维和表达也更加一致。看到他们的回应，我想我刚才的话显然触动了他们。

“我有个初步的方案，不妨告诉你们。我计划先拿下墨山再取新城，最后拿下北美安全区，只有瓦解这些地方的天空社势力，人类才能团结一致与陵族合作。这是我的初步设想。至于陵族盟友，你们可以帮我们做的事情很多，只不过看你们愿意帮我们做到哪一步了。”

“上尉，作为盟友，我们当然会支持您的这个计划，这一点请您不用担心。我们甚至可以直接提供武力支持，帮助您收复这些人类安全区。”

“让你们直接与人类冲突不是个好主意，那样的话就算是收复了这些地方，杀戮和战争带来的巨大损失和感情上的裂缝也很难换来真诚的合作。我希望陵族在此之前尽量不要针对人类展开任何军事行动，哪怕对方是天空社或其他反抗组织。”

流商说：“不实施武力的话，您用什么办法来收复这些地区？”

“我会找一个合适的时机，尽可能以最小的代价来完成我的计划，比如从内部瓦解他们。”我说，“由于长生不老和保护会员家属的承诺没有兑现，天空社内部现在人心涣散，矛盾激烈，早已不是当年的那个无所不能的天空社了，这对于我们来说就是一个很好的机会。”

迪多似乎很认同我的观点，他若有所思地点点头，说道：“据我们所知，由于担心技术外流，们达对这种药物控制异常严格，不太可能同时提供给这么多人类，但也不排除他们会给核心成员使用这种药物。”

“这个不重要，如果一部分人已经注射了‘重喻’，必然会引起其他人的严重不满，这种不满的情绪会激化他们的内部矛盾。当然我们也可以换一个角度来思考，如果牧晨雪已经给部分核心成员提供了‘重喻’，那么她和虫星人就失去了约束这些人的筹码，这些人还会死心塌地给他们卖命吗？所以不管是哪一种我们都不用太担心。”

“您分析得很有道理，看来上尉比我们更了解人类。”迪多说，“哦，我们打算送给您一份礼物。”远处的墙上突然出现了一道门，数十名全副武装的人类从里面走了出来，最前面的我一眼就认出来了，正是当初跟着我前往里岛执行任务失踪的八名队友，宏森俊、尤新旺、安城……其他的面孔我很陌生，但都是一张张年轻的脸。

看到我，队友们激动地冲了上来：“连长，看到你真的太好了。”

“你们居然还活着，我也很高兴。”说完我看了看两名陵族领导人，“感谢陵族让他们还活着。”

迪多和流商有些尴尬，他们发出了人类一样的笑声：“这里所有的人类都是陵族保护下来的，在我们的传统里，到过陵族城市的人类是不可以离开的，他们可以在这里生活一辈子，或者删除掉关于陵族的记忆才允许离开。但现在情况特殊，所以我们训练了他们，教会了他们使用陵族的武器，现在我将他们还给您，稍后我们会安排陵舰将你们和武器装备送往二十一区。”

我说：“你们不打算带我参观一下陵族的城市吗？”

两位陵族大人物没料到我会提出如此“厚颜无耻”的要求，迪多笑了：“这个……当然，您是陵族的贵客，我们当然会邀请您参观云鼐。不过我们还要给您准备其他的援助，参观我们就不陪同了，让海心和其他陵族人给您当向导吧！”说完他用一种奇怪的语言对海心说了几句，然后两人礼貌地离场了。

我看了看海心：“他们是不是告诉你哪些地方是不能带我去的？”

海心说：“你怎么知道？”

“我猜的。”

我知道没有迪多与流商的陪同，这场所谓的参观肯定是没有太大收获的。果然，几名陵族和海心只带着我在云鼐的外围参观了一下。准备离开的时候，我再次提出到城市的中心区看看，几个陵族商量了一下答应了。但是在云鼐的城市中央，我看到了让我震惊的一幕，街道上密密麻麻全是和海心一样的乌部，他们在陵族军队的监视下，排列得整整齐齐进入一个巨大的工厂。

负责接待我的陵族解释说：“这是正常的维护和检修。”

我内心很震惊，猜测这次不同寻常的“维护和检修”肯定和仓溪遭到偷袭有关，否则那些在陵族口中像亲人一样的乌部不可能被当成奴隶对待。回程的路上，我没有再提这个事，海心似乎注意到了我情绪上的变化，也没有更多解释。

第二十一章　知识分子

陵族这次好像动真格的了，他们动用了数架大型陵舰将援助的武器装备和我们护送到二十一区。这批援助物资中的重型装备是人类军队遗留下来的，经过陵族的改造和升级后已经脱胎换骨。比如装备中有十七架各类直升机、三十多辆装甲车和坦克，还有数十门自行火箭炮，这些原本属于人类军队的武器，经过陵族的改造升级后，其防护和破坏力、速度和隐身性能有了质的飞跃。当然最好的还是数十套“哨兵”主动攻防系统。

“哨兵”是由陵族改造的一款中程攻防导弹系统，尤其擅长打击空中目标。从搜索到攻击目标都是超智能的，一旦启动后，系统就会搜索范围内的敌方目标并自动启动攻击，操作人员基本什么都不用管，由它追击目标不死不休。且射程可达到 150 公里，威力巨大，几乎不受干扰。另外，他们还提供了上千件为人类“量身定做”的单兵武器，我很清楚这绝对不是陵族的主流装备，但比起人类的现有武器，我已经很满意了。

俞卫树和林航他们没让我失望，等我回到二十一区，短短的半个多月时间，整个基地已经发展到一千五百多人。除了科研人才和孩子，几乎是全民皆兵。在基地的数百名机器人的帮助下，人们对整个二十一区进行了大面积伪装，从上而下，整个基地和大山连成一体，并设置了多处防空火力点和警戒哨。

更让我意外的是，二十一区还出现了两个虫星难民，这两个虫星人是坦克在墨山附近的山上找到的，当时他们被“我是人类”组织追击，已经身受重伤。两个虫星难民向俞卫树坦白，他们是受命攻击墨山人类的军人，他们的军队被牧晨雪攻击后，不少虫星人趁乱逃离了墨山，流落到了这里。后来被何承志的“我是人类”组织发现，对他们进行了追捕和猎杀。除了他们两个，其他虫星人已经被“我是人类”组织杀死了。他们承认向墨山人类发动攻击的命令是成于的亲信下达的，虫星人不过是执行了命令。前往墨山外围接应我的坦克等人没有接到我，却阴差阳错地救回了两名虫星人。

大部分人都是第一次近距离看到来自陵族的战舰，它们体型巨大，威严而神秘。虽然是“友军”，人们的眼神里仍然流露出对未知力量的恐惧和警惕。直到我从陵舰走出来，人们才松了一口气。

陵族拒绝了人类登舰，他们让乌部将所有装备快速卸下，才由人类和人类机器人接手。卸下装备后，又迅速飞走了。

营房外面的操场和空地都摆满了各类武器装备，人们和人类机器人开始紧张地清点装备物资。

“老板，你也看到了，陵族还是不信任咱们啊！”林航看着我和海心，尴尬地说道。

我对陵族的表现同样不满，但为了顾全大局我只能笑道：“信任是慢慢建立起来的，现在就不要奢求太多了。”说完我看了看人群，总指挥俞卫树没来。

“老俞呢？”

“他在找人过来对接装备，这些武器被改装过，我们得先了解和适应一下。”

我把宏森俊他们叫了过来：“这些都是我原来的兵，他们熟悉这些装备，一会儿由他们和老俞对接，争取让这里所有人尽快熟练使用这些武器。”

宏森俊说：“连长你放心，这些家伙我们都会用，我们来教大家使用。”

我望着这些失而复得的队友，打起精神说道：“嗯，欢迎大家来到二十一区，这里以后就是你们的家了。一会儿林航会带你们去登记，你们抓紧时间尽快熟悉这里的情况，尽早进入工作状态。”

他们答应了。我拍拍他们的肩膀：“放心吧！林航会安排好的，你们一会儿相互认识下，然后对接装备！我先去看看宁叔和教授他们，我们晚点再聊。”说完我就往地下基地去了。海心一言不发地跟在我后面，走到营地后面的时候我停了下来：“你这段时间也折腾坏了，我在基地很安全，你可以去好好休息一下。”

“你什么时候也学会怜香惜玉了？放心吧我没事。二十一区这一阵子来的陌生人太多，身份无法一一甄别，我跟着你会安全一些。”

没有其他人在场，我问道：“海心，现在这里只有我们两个人，你给我说实话，云鼐到底发生了什么事？”

她只是静静地看着我，却没有回答。

“是不是有乌部叛变从而导致陵族进行大面积的检修？”

“牧戈，我希望你的判断不要影响到和陵族的合作，这才是最重要的事情。”

“每个人都会犯错，更别说机器了，我只是想知道事情的真相而已，或者说我想知道无所不能的盟友是不是也会像人类一样犯错。”

她终于点了点头，证实了我的判断。她说：“乌部不完全是机器，一些顶级的乌部会在与这个世界交织的时候慢慢产生出自己的意识，而这些意识是藏不住的，陵族可以通过突击检查找出他们产生的自主意识，从而销毁这些‘变异’的乌部。”

乌部产生了自主意识，这不就是进化吗？我的脑子嗡了一下：已经在自主进化的人工智能还是机器人吗？不，那是一支全新的文明。我似乎明白了陵族为什么会如临大敌地对待自己一手创造出来的乌部了。

海心像看穿了我的心思，她继续静静地看着我，说道：“是不是很惊讶？”

“是的。”我问她，“你也有很强的自主意识对吗？”

她轻轻地点了点头，脸上闪过一丝复杂的神情。我发现自己问了一个多余的问题，一个比人类还像人类的乌部怎么可能没有强烈的自主意识？

“那也就是说，如果不是因为我，你也要接受陵族的清洗？”

“理论上是这样，但是他们不能销毁我，也不可能销毁我。”她接着说，“因为我根本就不是乌部，而流商自以为是地把我当成了乌部而已。”

我有些惊讶，不是因为她否认自己乌部的身份，而是惊讶于她对流商的批评。乌部和人类的机器人一样，永远不会质疑和批评自己的主人。

“你不是乌部，那你就是人类喽？”

“我不太愿意回答这个问题，希望你能理解。”她又补充说，“这和盟友、合作、信任什么的都没有关系，用人类的话说这叫隐私。以后如果有机会的话，我会慢慢跟你解释，在此之前你不用把我当成乌部就行了。”

我轻轻地抓起她的手，我想通过自己的判断来确认她到底是不是一个有血有肉的人类。这是一双柔软修长、洁白无瑕的手，比大部分的人类女孩的手都要好看，像一件绝美纯洁的艺术品。她的双手脉搏有力，胸部因为激动而变得起伏不断，脸也红了。我又捧起了她的脸，她闭上了眼睛，脸上热扑扑的，细滑的肌肤好像还在排汗。我凝视着这张艺术品一样的脸，心里有些慌乱。我以前也曾像现在一样捧起过很多姑娘的脸蛋，但让我心慌的，这是第一次。

我鬼使神差地居然想吻一下那片烈焰红唇，就在我快要得逞的时候，远处有人在喊我："牧哥，等等我。"我连忙松开了海心。

是阿布和丞相，还有从墨山投奔我的大胡子。

"你们三个怎么会在一起？"

大胡子尴尬地笑了笑："你们二十一区的人都是些怪人，只有阿布和丞相好相处。"

我笑道："孩子和机器人当然好相处啊！你小子在二十一区老实点，墨山那套千万别带到这里来，否则被坦克抓到把柄我也救不了你。"

坦克一根脑筋是全基地出了名的，六亲不认，他和卢水捷负责基地治安，有时连她的面子都不给。

"我可不敢招惹坦克，不过这人我不讨厌。"

"阿布，这家伙什么意思？"

阿布说："胡子哥想跟着坦克去混，自己不敢说，非得拉上我。"

我看着大胡子，他看起来是认真的。

"这里可不是墨山，没有人有特权，就算跟着坦克也别想在这里称王称霸……你老实说，是不是在墨山的时候欺负了别人，怕人家报复你？"

大胡子说："我没得罪什么人，不过你知道我之前在墨山也是负责治安，处理这些事情我不见得比坦克和卢警官差。"

我问道："我不在基地的时候，这里发生了什么事吗？"

阿布说："打过几次架，但被坦克哥他们处理了。"

"谁和谁打架？坦克怎么处理的？"这次我看着丞相。

丞相憨憨地说道："人类和人类打架，坦克把他们都关起来了。"

大胡子说："二十一区的人越来越多，什么人都有，以后各种问题会越来越多，你们几个不可能事无巨细地插手，我建议管理上的分工可以再细致一些。"

他说的是事实，我想了想："这事晚点再讨论，我这两天正好要找你商量一些事情。"

"我能帮上什么忙吗？"大胡子有些欣喜地问道。

"是的，如果你愿意的话就能帮上忙。"

"我绝对愿意，一百个愿意，只要老板发话……"

"好了好了，先别耍嘴皮子，明天我们再说。"

阿布说："牧哥，神父让我问问你，能不能帮他在二十一区弄个教堂，小点也行。"

我想了想，说道："让你航哥帮他想想办法，你再转告神父，我以后会帮他弄个正儿八经的教堂，但要等一等。"

几天后，陵族援助的装备全部清点接收完毕。我们决定组织一次见面会，和从墨山来的专家们讨论一下基地的出路和人类前途。

一共有二百七十多名专家来到了教学中心的演播大厅。这些人有一部分是前天空社成员，没有参与臭名昭著的"清洁工计划"，他们加入天空社的动机单纯：活下来并获得"重喻"，大部分都是莫名其妙被带到安全区的，不少甚至是被绑架去的。

进入会场后，我不得不佩服知识分子的自律和严谨，演播大厅的设施有些老旧，空间也有限，有些专家坐在临时增加的椅子上，但是会场鸦雀无声，人们似乎预感到了这次大会的重要性，大家围着一个方形长桌，每个人都正襟危坐。二十一区除了俞卫树和林航两个代表，还有宁先生带伤坐在方形桌前，我和其他人都坐在台下。

“开会之前，我先简单介绍一下情况，我是二十一区负责日常事务管理的俞卫树，旁边这位是林航，旁边这位是来自虫星的专家宁先生……”

一听说是从虫星来的，所有人都惊讶地看向宁先生。

“宁先生是我们的朋友，这一点我们基地可以担保。还有台下那位大家都很熟悉了，他就是我们基地的总负责人牧戈，我们几个今天代表基地和大家见个面，请各位不要拘泥于以前会议的繁文缛节。见面会由我和阮文同教授共同主持，会议的主题是牧戈提出来的，只有一个，那就是人类文明如何继续下去。希望大家畅所欲言，提出问题并找到解决办法。”俞卫树说话做事干净利索。

阮文同清了清嗓子：“上校开门见山，我也不扭扭捏捏了，我是阮文同，研究生物工程的，这里的大部分专家相互之间应该早认识了……”

不等他说完，一个声音很粗鲁地打断了他：“我们当然认识你阮教授，你可了不得，天空社的前副理事长，‘清洁工计划’的直接参与者，现在摇身一变又成了二十一区的专家代表，真是左右逢源啊！”

大家都听得出来话语间的讥嘲奚落。我不免有些吃惊，原来这些大知识分子之间也有着严重的分歧和矛盾啊！更惊讶于阮文同居然还当过天空社的副理事长。

向阮文同发难的是坐在中间的一个长得白白净净、清瘦的老人，他目光犀利，说话却慢条斯理。他说话的时候，全场肃然无声，就连阮文同本人也没有反驳。

“上校，我尊重你们二十一区的这些领导人，但如果阮大教授是这次见面会的专家代表，那么我李某人要申请退场了。”说罢，老人站起身来。

有人圆场说：“李教授，您对阮教授的意见可以先放一放，以后再展开学术讨论可以吗？现在是二十一区组织的见面会，咱们当客人的，这样退场让主人情何以堪？”

李教授哼了一声：“学术讨论？我们这是学术讨论的问题吗？这是职业操守和科学道德的问题，说白了是我李某人瞧不上他阮文同。爱因斯坦曾经说过，科学家的道德品质比他们的智慧结晶对当代和历史进程有更重大的意义。一个科学家没有了良心，那就和魔鬼差不多。”

阮文同脸色很难看，但是他依然一言不发，目光静静地盯着桌面上的某个点。

眼看这会还没开就要散场了，俞卫树连忙站起来圆场：“各位都是有大学问的人，先消消气，把个人恩怨放一放，咱们今天的议题重大，会都还没开始呢！”

阮文同终于说话了：“有些事情我不想解释，但有一条我必须说明，那就是‘清洁工计划’在筹划前我就主动辞职，对这个计划的详细内容一无所知。既然李教授对我有这么大的意见，我也申请退场。”

“看到没有，他这时候还在高姿态呢！你要是真有良心，当初为什么不向政府揭发举报？”李教授继续挖苦道。

“书呆子逻辑。”阮文同说，“我刚辞职就被牧晨雪软禁了，然后就是被捕坐牢，所有的事情跟我没有关系，你不要血口喷人。”

其他的专家也纷纷发言，两边都有站队的，场面顿时混乱得快要失控，说不定这帮知识分子还能打起来，我连忙站出来：“各位专家，大家能不能听我说两句？”

毕竟我还是二十一区的负责人，这些人也都是我救的，大家多少给我留点面子。慢慢地会场安静下来，李教授和阮文同也被人劝说着重新坐下。

“我叫牧戈，无论是资历还是能力，在这里我都是晚辈，各位专家老师都比我聪明，也比我更了解现在的形势。我想说的是咱们先把历史旧账搁置一下，往前看，因为我们都不能回头了。”

会场里所有的人都看着我。我继续说道：“理由很简单，我们现在强敌环伺，四面楚歌，怎样才能让所有人继续活下去，才是眼下更应该做的事情。过去的那些事情先放一放，因为我们现在不只是共渡难关，而是生死存亡，还有什么事比这个更重要的？”

“牧戈说得对，大家先开会，其余的事情暂时缓一缓。”

会议终于可以正常进行了，经过前面的插曲，没有人再节外生枝，气氛也很快被带动起来。俞卫树在介绍基地的情况时，我翻看了一下登记册，登记册上的人物介绍比较简单，只记了名字、年龄、性别以及之前的工作岗位，我找到了李教授的资料，他竟然是弗吉尼亚军事学院的教授。

俞卫树介绍完二十一区的情况后，我接过话来：“有些情况大家可能还不太清楚，我说明一下。第一，们达已经抵达了地球，就在各位动身前来二十一区的当晚，他本人就在墨山。第二，他到达地球的当天晚上，陵族的第二大城市仓溪被虫星人偷袭，死了几十万陵族。第三，虫星在地球上还有一支反叛武装，都说敌人的敌人就是朋友，我已经和他们见过面了，甚至还讨论了合作的可能。第四，上次的墨山事件我们也有了初步的调查结果，下达无差别攻击命令的是虫星将军成于，只是我们目前还不太清楚，这道命令背后的动机是什么。”

会场一片哗然。我摆摆手继续说道：“结合上面这些消息来看，第一，可以判断们达抵达地球，伴随他一起来的肯定还有虫星的主力军队，否则他们不敢公然袭击陵族的城市。第二，虫星军队并非铁板一块，虫星和们是两个不同的物种，他们内部之间也有不可调和的矛盾，这给了我们很大的回旋空间。第三，陵族这次损失惨重，他们势必要报复，两强相争之下，我们正好能在夹缝中求得一些生存的空间，不过我们如何利用好这个空当，为陵族甚至是虫星盟友做些什么，还需要研究研究。”

很快讨论就开始了，而且异常激烈。中场休会的时候，李教授和其他几个专家单独找到我，他们给了我一份二十一区专家详细的介绍，另外还按照领域行业进行了分类，最前面的那份资料就是军事类的，我认真翻看了一下，这类专家一共七十三人，大部分都是军旅出身，从上尉到将军，从技术型到战略战术型的人才都有。

李教授说：“除了七位将军，这些人大部分今天都没来参加会议，参会的基本都是我这样的书呆子，搞研究和技术指导还行，具体操作得靠这些人。”接着他又补充了一句，“我可不是对你们有什么意见，老阮对学术圈比较熟悉，在一线干实事的人他不太了解。”

“谢谢李教授，我正愁无从下手呢！虽然是见面会，但这些专家我是都不认识，看了看他们的简介，有不少还是您的学生或校友。”

李教授咧嘴一笑：“小牧啊！我之前在墨山就是负责人事管理的，新城、墨山以及北美安全区的情况我最清楚。”

“李教授，有熟悉这些地方防务的人吗？”

“你想干吗？你不会想去攻击新城吧？”和李教授一起来的电子信息专家莱克惊愕地看着我。

我笑了笑，不置可否。

李教授点点头：“有的，都在名单上，你打算什么时候和他们见面？”

“就这几天吧！我单独和军事方面的专家们见一面，辛苦您帮我召集一下如何？”

“行，我一会就去拟出名单交给你……不过小牧啊！如果陵族不能全力支持的话，有些念头我劝你还是早点打消，因为凭二十一区现在的实力，别说新城和北美安全区，就连墨山我们都拿不下来。”

我说：“人类自相残杀的事情我不会干。我纯粹就是想了解一下，知己知彼吧！”

见面会一共开了两天，颇有成果。二十一区的分工也进行了调整，还通过选举组建了一个由三十多名专家组成的“二十一区专家委员会”，下面又设立了若干个专家小组，由阮、李两位教授担任这个委员会的召集人，总的原则就是人尽其才，所有重大的决策都先报到委员会讨论解决。这帮专家闲置已久。和墨山相比起来，二十一区虽然人少地小，但没有压迫和等级之分，所有人的愿望也很纯粹，那就是活着和壮大。

委员会下面又以军事小组为中心，这个小组由十七名专家组成，大部分为职业军人，其中有七名将军。这些人以前分别隶属于九个不同的国家，有些甚至是敌对国，这时候却神奇地团结在一起，为人类生存而战。由安德莱斯、诺雷、梅尔文三位将军以及宁先生为正副组长，安德莱斯中将是整个基地军衔最高的职业军人，作风硬朗、乐观、睿智，且指挥过无数次军事行动。军事小组成立后，还重新调整了现在的武装，组建了五支独立连。

经过讨论后，专家们的意见达成了一致：出于人道主义，二十一区可以接受其他文明的友好成员，并与之合作。在两名虫星俘虏的请求下，二十一区正式吸收他们成为基地的一员，在这里生活并帮助人类工作。

根据我之前的设想，林航向墨山方向派出了几组流动哨，收容难民以及侦察墨山的情报。因为有了陵族盟友提供的大量新式装备，二十一区已经具备了一定的自卫能力。我们成立了一个情报组，负责对外宣传和联络，同时监听所有电讯信号，包括搜索各地难民的求救信号，以便展开救援。以每小时一次的频率不间断地向全球广播，宣传二十一区，揭露和抨击天空社的种种不人道行为。至于奎港方面，虽然与他们建立起了紧急联系，但收编的事却没有任何进展。

转眼间又过了大半年，这段时间二十一区有了难得的宁静，发展迅速，人员也达到了近三千人，每天都有源源不断的难民从各地投奔到这里。尤其是我将熟悉墨山防务的大胡子派给坦克当助手后，他们联手干了不少漂亮的活，甚至还在墨山建立起了一个地下联络站，里应外合帮助人们逃离墨山。最经典的一战是军事组直接干预，使用“哨兵”摧毁了墨山的雷达监视系统和数处防空火力点，动用了十几架直升机展开救援，配合他们一次就从墨山救走了三百多名专家家属。墨山没有空军，普通的便携式防空导弹很难威胁到经陵族改造过的隐形直升机。知道墨山的深浅后，不少人提出直接武力“解放”墨山，但考虑到大规模的武装冲突会造成平民伤亡以及新城的打击报复，我并没有同意。毕竟和天空社比起来，我们还很弱小。

二十一区开始步入了正轨，人们在周围的山上建起了养殖场，种植了大棚蔬菜，还种下了寒带果树。这里似乎成了人间乐土，人们安居乐业，有序地生产和加强军备。而这个时候，陵族与虫星文明的战争却在日益升级，地球的上空每天都在发生激战。他们好像都忽略了人类的存在。我们除了外派的人员偶尔与虫星人发生零星交火外，虫星军队几乎没有光顾过二十一区。

直到两个月前，陵族的战术官流商亲自联系我，请求二十一区提供支援。军事组派出了一支由二十三名人类军事专家组成的参谋团紧急支援云鼎，带队的是前北约盟军司令部副参谋长诺雷少将，另外还派出一支由宏森俊带领的警卫小队，负责保护专家团的安全。

年关将近的时候，委员会又推出了一项利民计划，允许自由恋爱和结婚，基地颁发结婚证明书。计划实施的第一天，就有二十三对新人登记结婚，由马里奥神父当主婚人，基地为这些新人举办了集体婚礼并分配了独立的新房，房子虽然不大，但长达一年多的暴风骤雨和颠沛流离，无数次的死里逃生，人们终于能够享受久违的幸福时光。卢水捷和林航代表二十一区参与了这场基地前所未有的盛会。我一个单身狗自然很识相，看了一会儿热闹便悄悄溜了。

我是二十一区一个奇特的存在，我只要出现在人们的面前，无论我走到哪里，身边总是跟着各种各样的人：海心、冷姨、老鹰，有时候还带着丞相和阿布。这里面有陵族的人，有们，还有人类和机器人，我想下次再弄个虫星保镖就彻底齐全了。宁先生受过伤后，基本待在军事组，研究如何对付虫星军队，以及为正在陵族的参谋团提供战术指导。他老成练达，知识渊博，熟悉虫星和地球三支文明的情况，经常能出奇制胜，出手不凡，所以深得人们尊重。我的这些“保姆团”都算得上顶级的对虫作战专家。如果不是担心他们的家人被们达报复，我甚至想让他们去帮助陵族。

战争最激烈的时候，陵族会通过海心将情报提供给宁先生，再由宁先生将情况分析后反馈给陵族。他的战略分析总是一针见血，直指要害，帮助陵族打击虫星军队的软肋，有时他甚至间接指挥陵族军队作战。我有时在想，如果们达知道在陵族背后指挥作战的高人是自己的侍卫长的话，肯定会气到吐血。

战场的情况，陵族对我们也不再隐瞒，每天会将战报通过参谋团或海心反馈给我们。几个月后，宁先生告诉我，双方的战事陷入胶着，谁也别想短时间内吃掉另外一方。我开始琢磨找一个合适的机会，向陵族正式提出让他们归还海心的自由，不管她是乌部还是人类。

二十一区的人越来越多，坦克的工作量日益增大，他和大胡子经常将队伍化整为零，几人一组四处活动，经常在外一待就是大半个月。由于有陵族改造的直升机和装甲车，机动性强，活动的范围变大了，他们和杰森中校领导的飞行队合作，甚至能在数小时内，将千里之外的难民迅速解救到二十一区。

坦克这个人有着变态的正义感，也有着宗教里说的“菩萨心肠”，看到弱小者就像见到他亲人一样。我讨厌他的拧，却无比欣赏他的人品。因为我知道像他这样的人，别人永远无法用利益去收买他。所以平时就算在基地我也尽量躲着他，就怕他拧劲上头，为一件小事不依不饶。

年底的时候，战火突然停了，虫星军队突然藏匿起来，消失得无影无踪。

这一阶段的战事似乎平息了，因为有人类的直接支持，陵族慢慢扭转了颓势，双方谁也没吃掉谁。参谋团有些人甚至请求返回基地过圣诞节，被我拒绝了。我隐隐觉得这不是一个好兆头，要么是虫星军队在酝酿阴谋，要么是他们的内部发生了重大变故。我将这份担忧告诉了宁先生和他的小组，他们都同意我的判断。最后，这些信息反馈给了陵族和参谋团，让他们务必加强戒备，应对随时可能出现的情况。

另一边，我决定收编格赛的虫星反抗军，我担心再放任他们，说不定某天就被们达的军队给吃掉了。老鹰和冷姨亲自率领一支小队前往格赛的反抗军基地接应，小队由三架运输机、两架护航的武装直升机组成。考虑到双方感受和习惯的不同，在宁先生的建议下，我们将二十一区和阿肯城之间的一处地下中转站划给了格赛的反抗军，给他们当新营地。这里平时没人，只有几名机器人驻守和维护，距离二十一区也只有短短的数十公里。

我不得不佩服宁先生这个老狐狸，因为格赛驻守在这个位置，可以同时照看到阿肯城和二十一区，虽然后勤补给由我们提供，一旦有事他们可以通过地下铁路快速运动，与两地遥相响应，相互支援。

新年很快就到来了。

第二十二章　雪崩

昨晚下了一场雪，凌晨五点的时候我就醒了，那时阿布睡得正香，丞相永远一副无聊的样子坐在我的宿舍门口“待机”。自从被海心改装两次尤其是换了电池后，它的运行时间增加了至少五倍，可它一天到晚照样经常处于待机状态，直到我帮阿布盖好被子悄悄走出了宿舍，它才“醒”过来，屁颠屁颠跟上我。

整个二十一区还沉睡在梦里，晨曦未露，夜气犹存，我夹着两条烟下了楼。由于整个营地被厚厚的积雪伪装覆盖，外面的光无法照射进来，营地什么时候都像晚上一样。我走到大门处，几名正蹲在暗堡里警戒的哨兵看到了我，连忙起身跟我打招呼：“老板早啊！老板新年好。”

“大家新年好。”我笑呵呵地将两条香烟递给他们，“和兄弟们分了。”

听到声音，老柴和小丘从暗堡里探出头跟我打招呼。他们和坦克、卢水捷是一伙的，好歹也算是基地“元老”，按理说警戒这样的事情一般轮不着他们。于是我好奇地问道：“你们怎么值上夜班了？”

老柴咧着嘴：“这叫老板一句话，伙计跑断腿。你不是说了这段时间敏感吗？水捷就要求大家打起十二分精神来，她觉得新来的人没有经验，所以就盯着我们这些老伙计喽，尤其晚上都是我们带队盯着。”

“坦克呢？”

老柴埋怨道：“他们又出去几天了，过年过节的都见不着人。这段时间敏感，我们在每个防空点都留了人值守，搞得我们现在人手都不够用了。老板，你能不能再给我们添点人？”

我做个无奈的手势：“这个得你们自己想办法，找找水捷或者林航。”

老柴把我拉到一边：“老板你给我说实话，你是不是在打奎港的主意？”

“不，何承志那帮人油盐不进，我暂时没有兴趣。”看到老柴有些失望，我故作神秘地说道，“我在打墨山和新城的主意，等咱们拿下这两个地方，你还怕没人用？”

老柴闻言目瞪口呆。

“你是不是也和他们一样觉得我疯了？”

“不，换作刚认识你的时候我会觉得你疯了，但现在不会，你现在是人类世界里响当当的一条汉子。”我的话像是给老柴打了鸡血，他兴奋起来：“老板，兄弟们一直觉得能跟你混是件很荣幸的事情。”

“滚，肉麻。”我笑骂了一声，然后往营外走去。

老柴连忙招呼几个哨兵一起跟上我，但是被我赶了回去，因为我看到了海心。基地所有人都知道海心这个大美女名义上是陵族派给我的助手，实则是我的金牌保镖。

“你怎么知道我起床了？”

她笑了笑：“流商不是告诉你我是乌部吗？乌部可不需要睡觉。”她现在越来越爱笑，和我们刚刚认识时那副成天高冷的姿态判若两人。

我也笑了，我说：“你总不能一天二十四小时都盯着我吧？你的眼里除了我就没别的了？”

“是啊！我的眼里现在只有你了。”她说着做了个鬼脸，“其实我也很困，不过现在清醒了。”

“你越来越像我的保姆团了。”望着她那张娇美脱俗的脸，想起这两年来她对我的各种帮助，我情不自禁地感叹道。

“冷姨和宁叔、鹰叔他们就是你说的保姆团吧？如果是，那我可不可以理解成这是你对我这两年工作的肯定？”

我点头说道：“当然，我的保姆团可不是简单的人，他们一共二十三人，个个都和宁先生、鹰叔他们一样出色。”

“能将我和你的保姆团相提并论，真让我有点受宠若惊。”海心笑道，“你这样阵容的保姆团，整个人类世界只怕找不出第二个了。”

“我是说真的，我很庆幸能够遇到你们，让我这种废柴都能发光了。不过，两年过去了，我似乎啥也没干，世界还是那个世界，我什么都没有改变。”也许是节日让我联想到了时光荏苒，岁月无情，我突然有些伤感。

“如果你都是废柴，那人类世界就没有真男人了。”海心很认真地看着我，“二十一区在你的带领下，现在已经粗具规模，无论是天空社还是陵族，没人能够忽视这支强大的力量，你已经在改变世界，而且我相信你一定能够彻底改变这个世界。”

“好吧！我就权当是你给我的新年礼物吧！”说着我从口袋掏出一个盒子递给她，“这是我的新年回礼，新年快乐啊！”

“谢谢！新年快乐！”她有些惊喜地接过去，“我能打开看吗？”

“当然啊！”

一条银色的项链，是半年前我去阿肯城的时候在一个保险柜里发现的，一共有两条。昨天送了一条给冷姨，这条是为海心留的。

这样的世界，纯粹的金银已经没有太大的价值，所以我有些难为情：“你跟我在一起两年，第一次给你送礼物还这么随意，实在是不好意思。”

没想到海心却很喜欢，当即就让我给她戴上了。不远的丞相插嘴说：“老板，投其所好的礼物才是最好的礼物。”

我说：“你一个机器人什么时候成哲学家了？”

“海心在我的芯片里装了十万本书，我现在和哲学家差不多了。”丞相说，“我看得出来海心很喜欢你的礼物。”

我也看得出来她很高兴，丞相说得对，天底下没有女孩子能够抗拒一条项链。

“你知道我为什么会送你一条项链吗？”我静静地看着海心，她还在低头摆弄着那条银光闪闪的项链。

她抬起头来望着我：“有什么特殊的意义吗？”

“在古代的人类社会，如果一个男人爱上了一个姑娘，就会送她一条项链，表示这个姑娘已经属于这个男人了，要将她一辈子牢牢拴住。”

海心的脸一下就红了，她愣在原地，过了好久才反应过来：“你这是什么意思？”

我握住她的双手，静静地注视着她的双眼：“就是我刚刚说出来的意思，海心，你愿意吗？”

我感受到了她的慌乱和不知所措，她呼吸急促，用力地抓着我的手。我意识到自己草率了，也尴尬起来，我看了看站在旁边的丞相：“哲学家，这个时候你不应该说点什么吗？”

丞相说：“缓解尴尬的办法有很多，自嘲或者转移话题都行。”

“比如？”

“比如你可以问我或者海心，今天天气怎么样？”

“那今天天气怎么样？”

“天气有点冷，不过前面有房子，我可以陪你去看看。”

我想松开海心的手，她却握得更紧了。她什么也没说，但又好像什么都说了。

森林的清晨很安静，风也停了。我牵着海心安静地行走在山间的小路上，这条小路通往山上的养殖场和大棚菜场。丞相傻乎乎地跟在后面，探头探脑地东张西望。

“如果没有战争该多好啊！”

海心听出了我充满倦意的感叹，她问我：“如果没有战争，你现在会在干什么？”

“谁知道呢？不过我想在这样的地方盖一个房子，如果你愿意的话，可以一起来住，你种菜我养猪。”

海心笑了起来，就连傻乎乎的丞相也很配合地干笑着，好像它也懂得人类的幽默。海心问丞相：“如果没有战争，你想干吗？”

“我送快递。”

我差点喷水，这才想起来它原本就是一台送快递的机器人，送快递是它的本职工作。

这里的养殖场和蔬菜大棚如今枝繁叶茂、欣欣向荣。

几名技术员已经起床了，他们没想到我会大清早造访这里，忙和我打招呼。这里的技术员大多是妇女，经过农业专家培训后上岗的。为了防止野兽和虫星人偷袭，他们都背着武器。我帮着劳作了一阵子，又在大棚里和他们一起吃过早饭，一个技术员的对讲机响了，原来是基地在找我，我们三个赶紧下山。

情报组那个平时负责广播的女孩杨柳站在营房外面。看到我急匆匆地过来，杨柳说：“老板，我们刚接到奎港的呼叫，声音很短，没说几个字信号就中断了，组长担心那边出了什么事情，让我来向您汇报。”

“你呼叫他们没有？”

“我不停呼叫他们，可一直联络不上。”

宁先生和林航也接到了消息，一起走了过来。

“我正琢磨着找个时间去奎港一趟，正好我去看看，有没有事我都要与何承志聊聊。”

大家没有劝阻，他们知道我打定了主意要先“吃掉”奎港。

考虑到事有蹊跷，基地一共派出了六架武装直升机和近百人的武装，老柴和小丘也跟着我上了飞机。飞机刚出发不久，诡异的事件发生了，飞机的“哨兵”主动攻防系统突然报警：“有虫星战舰进入攻击范围，自动攻击模式启动。”接着两枚“哨兵”导弹被激活，从飞机两侧发射出去。

六架直升机同时射出十二枚“哨兵”，着实把我吓了一跳，因为哨兵攻防系统的数据是共享的，一次发射出这么多导弹，说明至少有十二个以上的目标。

“牧戈，你应该马上通知基地，激活所有防空点。”海心提醒我。我这才想起二十一区的防空点除了常规的防空炮外，也配备了“哨兵”。

我连忙向基地通报了情况，让他们立即激活防空点，并准备增援。我刚刚发射导弹，飞机的位置就暴露了，几乎同时，我们也遭到了猛烈的攻击，两架直升机先后被击中，一架直接空中解体，一架被击落坠毁。

旁边的老柴脸色铁青，可能是一晚没睡，也可能是紧张，他说：“老板，你必须立即返航。”

海心也一把抓紧了我的手：“对，你身上现在没有了‘无障’，他们可不会再手下留情了。”

我没有理会这些，而是命令飞机关闭了“哨兵”，进入隐身模式，超低空靠近奎港。

交火不到一分钟，我就损失了两架飞机和十几名战士。我当机立断命令飞机原地降落。我非常清楚二十一区现在没有空战的本钱，我们这几架飞机搞点“小动作”还行，但对方显然是一支舰队，再不跑的话，剩下的这几架飞机很快也会被击落。

剩下的四架直升机将所有战斗人员放了下来，然后凭借着优异的隐身能力，超低空脱离战场。我来不及细想，带着剩下的几十人跑步向奎港突进。

奎港果然如我判断的一样，到处硝烟弥漫，房屋倒踏，尸横遍野，惨不忍睹，血与火震撼着大地，犹如人间炼狱。十来架小型虫舰在奎港上空不停穿梭，配合地面上成群的虫星机甲和钢铁怪猛烈地攻击着这个山中小镇。而数百名“我是人类”组织的战士在废墟中，在山坡上，在雪地里拼命还击，无奈他们的武器太过落后，全军覆没只是时间问题。尽管如此，他们依然在顽强抵抗，掩护大批平民撤往后面的大山里。

海心告诉我，陵族还要一个多小时才能到达战场。我判断陵族不太愿意救援“我是人类”组织，毕竟他们也经常袭击陵族。我心急如焚地望着血与火中的奎港，不用一个小时，奎港的所有人就会死光。

好在基地的数处防空点这段时间有人驻守，接到命令后迅速启动了“哨兵”，无奈从奎港到二十一区的距离已经是“哨兵”的极限射程，提供的火力支援有限，好在地面的援军已经出发，缩短了这段距离，开始不计成本地发射导弹，为我提供火力支援。两架小型虫舰被击落后，虫舰编队开始掉头飞往二十一区，奎港的压力也小了许多。

我让阿赛维少校带一队战士去掩护奎港的平民撤退，其他人则数人一组迅速散开，在丛山之间开始向虫星军队发起了猛烈打击，海心和丞相也加入了战斗。

由于我们使用的都是陵族提供的武器，火力强大，一时间奎港的压力小了许多。但很快虫星军队锁定到我的位置，他们放开奎港，掉头向我猛扑过来。

尽管我们在拼死抵抗，但虫星人的火力太猛，没多久我们就招架不住了，有十几位战士阵亡。我猜他们肯定发现了我，要置我于死地，这反倒激起了我的斗志。

奎港的人们逃得差不多了，我连忙推了推旁边打红了眼的老柴："你把兄弟们带进山里去，伤员一个都不准落下。"

"你呢？你要跟我们一起走，否则我们谁都不会走。"

"我手上的'火焰'你们用不了，我还能挡一阵子，如果大家一起撤，谁都跑不了。"

老柴一点面子都不给："不，我们就算全部战死也要护住你，你的命比我们加起来都值钱。"

我说："放屁！谁不是一条命啊？赶紧带着兄弟们给我滚。"

老柴涨红着脸："打死我都不会滚，我又不傻，轻重缓急还分得清楚。"

我绝对不可能告诉他们我现在是虫星人的首要目标，老柴油盐不进，我只好命令小丘和旁边的另外一个兄弟："你们相信我，我掩护你们撤退后能安然脱身的。"

看他们还不动，我彻底火了："滚，再不听命令回去看我怎么收拾你们。"

"那老板你千万要小心，我们撤了。"小丘哭丧着脸，他还年轻，这种大场面让他又惊又怕。

"尽量和何承志的人会合，然后带他们返回基地。"说着我对海心说，"你跟他们一起走，我和丞相掩护。"海心假装没听见。

看到队友们消失在冰天雪地的森林里，他们身上的白色迷彩服与周边环境很快融为一体。虫星人对他们没有兴趣，集中火力向我逼近，这证实了我的判断——他们要我的命，而且我断定这是成于的军队，别的虫星军队没这么大的胆子。

海心说："二十一区遭到高强度攻击，我已经催促陵族了，他们正在路上。"

援军没有这么快到达，我恐怕真要报销在这个鬼地方了。

海心也意识到了问题的严重性，她神色凝重地告诉丞相："马上带老板离开这里，我来断后。"

丞相倒是听她的话，一只手夹着我就往山里跑。

"丞相，我还是不是你老板了？我现在命令你把我放下来。"

丞相却丝毫不理会我的命令，它一边跑一边说道："我平时都可以服从你的命令，但现在不行，因为海心启动了我的紧急程序。"

我的天啊！这个女人到底在丞相的身上装了些什么？我承认自己是一个怕死的人，但我没不要脸到被一台机器裹胁，抛下自己的女朋友独自偷生。

丞相跑得很快，我能听到它身上那些破铜烂铁当当作响的声音，我以前从来没有见它跑得这么快过。

"丞相，我现在以人类反抗军领导人的身份命令你，马上关闭任何第三方赋予你的任何紧急程序，否则我就销毁你。"气急败坏之下，我居然可笑地威胁起了一个机器人。

丞相不为所动，好在海心担心我再出意外，边打边向我们靠拢。她一身白衣，与天地一色，灵敏得像一只雪豹。

我们退到山里后，石头树木大大地迟滞了虫星人的追击速度。双方慢慢拉开了距离，我们被追到一处陡峭的山下，丞相终于把我放了下来，它自己则倒在了一旁。我看到它的另一条手臂不见了，脑袋只剩下了半边，背上的护甲也早被打得稀碎，身上冒着嗞嗞作响的火花。

“老板，赶……赶紧……跑……跑。”丞相说完再没了声息。

我这才注意到海心也是伤痕累累，她白色的外衣被撕开了好几道口子，雪白的肌肤和红色的血液纠缠在一起。我也受伤了，胸口和腹部剧烈的疼痛铺天盖地袭来，痛得我直哆嗦。

“牧戈，你怕不怕？”海心的脸上很平静。

我抱着她摇了摇头，望着她那张虚弱的脸，我心中涌起无限爱怜。

“那你抱紧我吧！”说着她用激光武器朝两边远处的悬崖射击，半晌后，两边开始雪崩，厚厚的积雪源源不断像洪水一样从天而降，将后面的追兵全部掩埋。然后她把我拖到悬崖下的凹陷处，用丞相的躯体挡在我的前面，用同样的方式造成了一场新的雪崩，头顶山上的积雪浩浩荡荡，犹如雷霆砸下……很快，洞口就被厚厚的积雪覆盖。

世界突然安静无比，也漆黑一片。

“对不起，我没有力气摆脱他们，只能出此下策了。”她在黑暗中无力地说着。我轻轻地抱住了她，她的手无力地垂下，全身软绵绵地倒在我身边，我能感觉到她的体温比平时更加炽热。

“牧戈，你只要再坚持一会儿就没事了，援兵很快就会到达。”说完她打开了箱子，箱子里面正发出柔和的光，她变戏法似的翻出急救包，开始帮我注射药物，清理伤口，又给自己注射了一针药剂。做完这一切后，她静静地躺在我的怀里。

她的体温让我的疼痛感似乎轻了一些，过了一会儿，我问她：“你疼不疼？”

“你是不是很疼？是不是还有点冷？”

“你回答我。”

“疼！”我的眼泪一下就流了下来，我可以断定她是一个不折不扣的人类女孩，该死的流商欺骗了我，害我将一个活生生的女人当成了钢铁制造的乌部。

她疼，而我除了搂着她却什么都做不了。

“对不起，我忘记补充止痛的药物了，你现在想想有没有什么能让你开心的事情，也许会好点。”

“有！现在就是我最开心的时候。海心，我告诉你一个秘密。”

“嗯！”

“我喜欢你，不知道什么时候开始的。”

“我知道，我也喜欢你，也不知道是什么时候开始的。”

“所以你才傻乎乎地这么玩命救我对吗？”

“对，我愿意为你做任何事情。”她说，“长这么大，我从来没想过自己有一天会爱上一个人类男人。”

“你不是人类吗？”

“严格地说不是，也不能算纯正的陵族，更不是乌部。”她的呼吸急促起来，“别纠结这个了，如果我死了的话，我只有一个要求。”

“不管你说什么我都答应你。”

“我要你记住我，如果有一天你再遇见我，而我却忘记了你，请你一定不要抛弃我，让我重新爱上你。你能答应我吗？”

一个女人愿意为我而死，我还有什么不能为她做的？我的泪水无声地滑落在她的身上，我答应了。我安慰她说：“你不要害怕，不管你是什么人，我下次见到陵族时，我会向他们提出归还你自由。从此你就可以自由自在地生活在这个世界，我不允许任何人再欺负你。”

“牧戈，你是认真的吗？”

“我很认真。”

她的手在慢慢变冷，体温也在一点点消失。我有种从未有过的无助，我紧紧地握着她的手，不停地鼓励她坚持住。

她的声音在黑暗中虚弱无比，她说：“你要记住我说的话，如果有一天我不见了，你一定要来找我，如果我不记得你了，你也不要放弃我。”

“我答应你，海心，你一定要坚持住，很快就会有人来救我们……”我意识到她也要离开我了。我妈离开我那次我还小，悲伤还没长成，但是这一次我的另一个重要的人要离开时，我的悲伤和绝望已经长成参天大树，我抱着她失声痛哭起来。也在那一刻，我似乎理解了们达当年抱着我妈求医无门时的绝望。

“牧戈我爱你。”

我亲吻着她的脸，泪水滑落在她雪白的肌肤上，我感觉到她的体温正在慢慢消失，呼吸也微弱起来。也不知道过了多久，外面传来了轰隆隆的声响，厚厚的积雪被一层层清开。出现在我视线里的并不是陵族或人类，而是一具虫星的机器怪以及数十名们和虫星人。

我抱着海心，像一条失去爱人的孤狼般发出绝望的哀嚎：“老子就是牧戈，你们现在可以杀了我，但是请你们救救我的女人，她快要死了。”

虫星人都愣住了，他们静静地看着我，我感觉到胸部像要炸裂一样，一阵铺天盖地的剧痛袭来，我抱着海心重重地倒在雪里。

第二十三章　演戏

我发现自己正处在一间狭小没有窗户的房子里，四面是会发光的墙，房子里除了一张金属床和几棵五颜六色的花草，什么都没有。我陡然想起了海心，我懊悔不已，恨自己为什么不早一点向她表白，恨自己没有保护好她。还有二十一区，那可是我苦心经营起来的自由世界，那里会不会成为另一个奎港？……

我身上没有了疼痛感，但我依然躺在床上不想动，就静静地看着天花板上的光在自由移动，变换出不同的亮度和颜色。

不知道过了多久，我听到了窸窸窣窣的声响，一个虫星人推着一辆移动餐车悄然而入。

“殿下，您可以用餐了。”

我一激灵坐了起来，把他吓了一跳。

“这是什么地方？我女人呢？”

虫星人唯唯诺诺地低着头，不敢吭声。

“是谁抓了我？为什么不杀我？”

“殿下请用餐，其他的问题我无法回答您，请殿下谅解。”他继续低着头，用一种细得只有我能听到的声音在说着话。我这才意识到这是们主宰的世界，虫星人只不过是奴隶和傀儡，他们大多数人几乎没有自己的权利。

“我不为难你了，你走吧！”

“请殿下用餐。”

我看着眼前这个喋喋不休的虫星人，摇了摇头：“你告诉外面的人，我不想吃饭，除非他回答我的问题，当然他也可以杀了我。”

我重新躺在床上。

不知道过了多久，那个虫星人又进来了，还是推着餐车。

“我不会吃饭的，既然他们想杀我，又何必假惺惺地给我送饭呢？”

“殿下，如果今天你不用餐，明天我就不能再来了。”

“你的意思是我不吃饭他们就会杀了你？”

虫星人用沉默回答了我。

我被这种下作的手段激怒了，一脚把餐车踢翻，吓得那名虫星人一屁股坐在了地上。冷静了几分钟后，我抓起撒落在地的饭菜，大口大口地往嘴里塞。

昏天暗地也不知道过了多久，我始终只能看到那个给我送饭的虫星人，除此之外我什么人也见不着。他每次来的时候我也不再和他说话，一是和他说不着，二是怕连累了他。但是有一天，他跟我说话了：“殿下，您现在并不安全。”

“这有什么奇怪的，他们一直想弄死我，让他们来好了。”

“不，殿下您绝对不能死。”

“为什么？”

“因为您是我们的希望，也是地球人类的希望，如果您不在了，我们也没法活下去了。”他说，“殿下，成于已经叛乱，他控制并软禁了们达，并随时会对您不利。不过外面有一支虫星军队已经商量好了，他们随时准备为您而战，并誓死保护您的安全。”

我静静地看着他的眼睛，虫星不像人类，他们不会撒谎，至少是不善于撒谎，我对照分析了之前的种种迹象，他说的应该是真的。

“殿下，如果您看到披着白纱的虫星士兵，请不要伤害他们，因为他们都是效忠于您的战士。”

“成于是不是依然控制着这里？”

“是的殿下。不过只要您下达命令，我会将您的命令传达出去，效忠您的军队将会不惜一切代价前来解救您。”

我摇摇头：“告诉他们暂时不要轻举妄动，以免造成不必要的伤亡。”

“好的殿下，我会将您的命令传达下去，我们的人数虽然不多，但如果成于想对您采取不利措施，战士们将誓死保卫殿下的安全。”

我心里涌动一股暖流：“谢谢你，也替我谢谢大家。”

以后的几天，这名虫星人借着送饭的机会将外面的情况源源不断地传递进来。低级的虫星奴隶是没有自己名字的，他们每个人只有一个用虫星数字组成的编号，于是我帮他取了一个名字叫小果。

小果帮我搞清楚了整件事情：

们达在牧晨雪的游说下，同意与她领导的天空社合作共同对付陵族，并计划给天空社的核心成员注射“重喻”和提供武器装备，这引起了成于的严重不满。在他看来，人类比虫星奴隶更具危险性，人类这个物种应该被彻底消灭。在牧晨雪的挑拨下，们达决定撤换掉成于，无路可退的成于只好作困兽之斗发起了兵变，将们达软禁在一处虫星基地的行宫，切断了他与外界的所有联系，同时他在新城秘密绑架了牧晨雪。由于忌惮们达在虫星的巨大影响力，担心贸然处置会引起军队和虫星本土的强烈反弹，他只好对外宣称们达身体状况欠佳，正在休养。

上次他的亲信在攻击奎港时发现了我，于是他密令手下的军队通过“合法”的打击手段除掉我，却没想到我的身份也被其他的虫星人识别出来。他就不敢再明目张胆地杀我了，甚至不得不将我救出治疗。另一方面他还忽略了一个重要现实，那就是虫星人被暴政统治已久，他们迫切地渴求一个“英明”的王来解救，而我无疑是比较理想的人选。加上我的种种“事迹”在虫星人之间广为流传，我“爱民如子”的形象早已深入人心，所以有越来越多的虫星人冒着被诛杀的危险也要追随我，希望我带领他们脱离苦海。

小果告诉我，虫星人在救出我的时候已经探测到陵族军队靠近，他们对海心进行了急救后将她留给了陵族。至于二十一区那场大战是一次偶然。虫星军队早就知道那是我的地盘，所以他们平时都躲得远远的，生怕招惹上我。直到上次交火后，成于下令攻击了这里。紧接着，陵族的援军随即也到达二十一区，三方在这里进行了为期一天的激烈战斗，且三方都进行了增援。先是何承志将被打残的“我是人类”组织匆匆收拢，支援了二十一区，到下午的时候，格赛的反抗军正好赶到也加入了战斗。

为了扩大战果，陵族更是出动了三支主力对战场上的虫星舰队进行了围歼，以吸引更多虫星军队前来决战。天空中，两支文明的战机遮天蔽日，在人类、陵族以及虫星反抗军的团结合作下，虫星军队损失惨重，两百多架虫舰被摧毁，数千名虫星士兵阵亡。盟军虽然伤亡也不小，但总算保住了二十一区。

小果说，好在那天是成于在指挥战斗，有几支刚刚抵达地球的虫星军队拒绝接受他的命令，如果是们达亲自指挥，那天将很有可能是陵族的最后一战，这让我有些后怕，同时很庆幸自己之前的准备，否则不能有效地协调和指挥，二十一区这次同样有可能凶多吉少。

还有一个让我更加无语的消息，成于的军队在二十一区吃了败仗的第二天，又疯狗一样地袭击了墨山和新城，将这两个人类安全区打得一头雾水。天空社首脑们不得不硬着头皮迎战曾经的“盟友”，两个地方的很多房屋被摧毁，人民遭到屠杀。直到最后牧晨雪以虫星公主的身份现身，加上陵族军队也赶到了，虫星军队才不得不撤退。成于也知道了自己绑架的只不过是牧晨雪的替身。

随后赶到的陵族军队再次趁乱出击，在这两个地方和虫星军队进行决战。这一次，陵族可不像在二十一区那样顾虑到人类安危，他们放开了手脚在墨山和新城大打出手。神仙打架小鬼遭殃，这两地人口密集，双方都使用了威力巨大的武器，人类难免被殃及。两仗打下来，成于的军队损失惨重。更主要的是其他的军队看不到们达的命令，不再听从他的调遣。成于骑虎难下，现在唯一能帮助他控制军队的只有虫星圣物“无障”。

了解到这些事情后，我判断成于并没有找到“无障”。

我被软禁的第二十五天，这个房子里终于来了新的面孔，十几名虫星军人涌进了这间房子。其中有七个们，其他是虫星人，我注意到这些虫星人有一半身披白袍。

我知道他们是两伙人，白袍显然是支持我的军队，和他们站在一起的五个们应该也是支持我的。

“殿下，委屈您了。”这时一个熟悉的声音响起，正是雨叔，我家修车店的伙计。而他现在就站在我的面前，和我记忆中那个被我折腾得抓狂的修车工人判若两人，穿着们的制服，我差点就没认出来。

“雨叔！”我翻身跳下床来。

“殿下，我来接您离开这里。”他淡淡地说着，抓住我的手腕。

旁边的一位们似乎想要阻拦他，他用们的语言说着什么。

雨叔看起来很生气，继续用人类的语言问道：“你们的胆子也太大了，在没有们达授权的情况下，竟然敢扣押殿下？现在还敢阻拦我？”

我很配合地盯着那个试图阻止我的们：“你是成于的人？如果你

是他的人，就应该知道他一家是怎么死的。而且不出意外的话，他很快就可以和他的家人团聚了。”

那个们的脸上没有任何表情，但我能觉察到他有些慌了。

“殿下您别误会，我们不敢阻止雨将军，更不敢限制您的自由，只不过……”他支支吾吾地解释着。

“你害怕成于对吗？”

们不再吭声，悄然退到一旁。

雨叔带着我大步走出这间困了我近一个月的房子，好在有小果每天陪我说说话，否则我只怕早疯了。几名白袍虫星士兵紧跟在我的身后。

小果站在门外，为了保护他，我一本正经地说道：“感谢你这段时间对我的照顾，再见。”

这是一处巨大的虫舰基地，停满了许多虫舰，成排的虫星士兵安静地站在一旁。我注意到其中不少士兵披着白色的长袍。看到他们我定了定神，目光在他们的脸上一一划过，像是在检阅我的军队。没有人说话，所有的们和虫星人都微微弯腰注视着我，他们的样子看起来有些滑稽。

雨叔带人护着我登上一艘虫舰，很快就飞出这处神秘的虫星基地。过了一会儿，他才长长松了一口气：“好险啊殿下！如果今天成于在的话，我恐怕只能和他开战了。”

“雨叔，你怎么知道我在这里？”

“还不是因为殿下的人缘不错，有人愿意为您冒险。”

我目光扫了一下，穿着白袍的士兵并没有登舰。

“别一口一个殿下了，别扭！我想知道小果他们会不会有麻烦？”

“小果？”

“哦，就是照顾我饮食的那位。”

“您放心吧殿下！他应该不会有麻烦。”

“殿下，您竟然给一个虫星奴隶起了名字？”旁边站着的一位虫星士兵惊讶地问道。

“大惊小怪，人类早在千年前就提倡众生平等，哪有什么奴隶？再说小果是我的朋友，可不是什么奴隶。”

雨叔笑了笑：“可能您还不太了解虫星文明的社会结构，虫星奴隶的地位极低，没有自己的名字，您能给虫星奴隶起名，这有点……有点像人类封建社会的君王给平民赐名，那是一件极大的恩典。”

“我怎么感觉你们虫星还处于奴隶社会？雨叔，你打算将我带到什么地方去？该不会去什么虫星吧？”

“那当然不会，不过我暂时无法保障您的绝对安全，回到人类社会可能会好一些，他……他们也需要您。”

“那你自己呢？”我不得不为他的处境担忧，以我对虫星文明的了解，他肯定是顶着叛乱的罪名来救我的。如果今天成于在场，双方就很有可能发生激烈冲突，而掀起内讧的那一方，在虫星都会被定性为叛乱者。们达对于叛乱分子，可从来没手软过。

“我不会有事的，请殿下放心。”

“我再说一遍，不要叫我殿下，严格意义上说，我们现在还是敌对关系，我是人类抵抗武装的领导人，你帮助我逃跑了，这罪名可不小。索性你也到二十一区来，我需要你的帮助。”

“好吧！那我就冒犯了……”他突然大声说道，“你小子也知道我们现在是敌对关系啊？为了救你这条小命，我脑子都用坏了。你别再拉我下水，救你是一回事，但背叛们达是另一回事，绝对不能混为一谈。”

他这么一骂我，那个熟悉的雨叔顿时回来了。

“你小子给我记住了，下次躲好一点，救你这种事不是每回都能成功的。”他叹息一声，“我劳神费力地救你出来，一会儿还要挨你的打。”

“啥意思？你不会想以身犯险试试我的‘哨兵’吧？”

“那你有什么更好的办法没？”

我摇摇头：“那你可当心了，‘哨兵’的威力惊人，万一逃不过真有可能机毁人亡。”

“不要你管。”

“好吧！我爸呢？”我无奈地点点头，我能理解他，身为们达的亲信，他是不可能背叛的。更何况他一家子还在虫星，跑得了张三跑不掉李四，我也不愿意他们受我连累。

“你爸的处境我也知道了，我们会想办法救他出来的。”

“你知道我在说什么，我可不关心你们头头脑脑的那些破事。”

雨叔看了看左右，又恢复了“官方”语气：“殿下，您的侍卫庆来现在在虫星管理政务，他托我向您问好，他希望您有一天能回到虫星，毕竟那里才是您的世界。”

我哼了一声：“果然还是个修车的，你告诉他我不会回去的，地球才是我的家。除非有一天你们停止战争，我可能会去虫星观光旅游。”

也不知道过了多久，虫舰降落在地面，我大步跳下虫舰。他带着所有手下将我送到地面，虫舰却自己飞向了空中。

“如果可能的话，想办法把你姐姐救出来吧！那毕竟是你姐姐。一会儿我们走了以后，你就在这里等着，有人会来接你。”

说完他抬起了头，没过一会儿，刚才升空的虫舰像闪电一样从我们头顶掠过，紧跟着两枚“哨兵”导弹快速追上它。那艘虫舰被击中后却并未解体，只是在空中被弹出数里地，失控坠向了远处的山丘。

“好了，戏也演完了，我们走了。”说完他们就要离开。

“雨叔，万一发生什么事，就直接来二十一区找我。”

他没有说话，静静地看了我半晌转身离开了。我站在原地，看着他们慢慢地消失在冰天雪地的尽头。我理解他的无法选择，为了救我，他不得不冒着巨大风险来演这场戏：们达的忠诚卫士从叛军手中解救出牧戈王子，却在归途中遭遇人类袭击，牧戈被人类强行救走……这样一来，他就不会再承担私放人类叛军首领的责任，们达就算有所怀疑，也不用背上袒护自己爱将的议论。这些跟过我的人都是一群人精，哦，不，应该叫“们精”，谁让他们都自诩是长生不老的们呢！

他们走后没多久，一架直升机出现在群山上空，没一会儿降落在我面前，运输机舱门打开，两双强劲有力的手将我拉进了飞机里。

飞机重新回到空中。宁先生、冷姨、坦克、卢水捷、阿布坐在里面，由杰森中校亲自驾驶飞机。他们盯着我看了半天：“老板您没事吧？”

我摇摇头：“我没事，雨叔他们是怎么联系到你们的？直接通过‘天之涯’呼叫？”

宁先生点点头，什么都没说。

冷姨说：“海心被陵族带走了，她毕竟是陵族的人，他们让我们转告您，请您不用太难过，他们很快就会为您派新的助手。丞相被我们带回了基地，专家委员会说它的主板芯片完好无损，正在尽力修复它。”

我没有回应她的话，而是看着卢水捷和坦克：“基地损失大不大？”

“损失很大！”坦克冷冷地说了一句。

“多大？”

卢水捷接过坦克的话：“咱们死了三百多人，还有六十多人受伤，基地的医院都住满了，再有就是外面的营房全部被摧毁。我们现在把人全部转移到了地下基地……还有一件事你要有心理准备。”

我心里一惊：“什么事？”

几个人对视了一下。卢水捷声音有些低沉：“林航和老俞都受了重伤，他们和另外几名重伤员已经被陵族运往云鼐抢救了，林航伤势轻一点，陵族说过段时间就能送他回来，至于老俞的情况还不明朗。”

见我没有吭声，卢水捷接着说道：“还有两件事，第一，这段时间基地接收了大批难民，有从奎港来的，也有很多是从其他地方来的，现在整个基地已经超过五千人了，每天还有源源不断的人来到二十一区，照这个速度，基地很快就会人满为患。第二，现在基地的日常事务还是我们几个负责，但是你们不在基地的这段时间，宁叔他们的军事小组由专家委员会直接接管了，这些人不懂军事防备，尽瞎指挥，还在军事小组增加了三个人，第一个就是你的手下宏森俊。”

我望着宁先生，他没有说话。

“宁叔平时主要负责情报分析和战术指导，也没过问这些事。宏森俊经过陵族的训练，这次对虫星的战斗也有功，但是资历和经验都不够，专家委员会没有征得你们几个负责人的同意，就往这么重要的地方安插人是不是有点越权了？现在基地武装又扩大了，可是除了我和坦克带的这两百多人和杰森中校的飞行队，其他人我们居然叫不动了。”

“基地扩大是好事，二十一区本来也不是适合长期发展的地方，这个问题我之前和老俞他们商量过了，现在人多了，我们可以将阿肯城也连接起来。阿肯城是个中等城市，战前修筑了大量的地下防空工事，人口可以往那边迁移。这个地方虽然过于暴露，也无险可守，但是地下工事安置个几万人不成问题。再说我们有铁路连接，也很方便。”我想了想又说，“当然这也是短期的计划，以后等我们拿下墨山和新城再来重新规划。至于专家委员会的决定，只要是为了基地，我们服从就行了。你们应该都知道，我之所以搞这个专家委员会，就是想把权力和责任都放下去，谁管事谁负责。”

“老板，我们知道你对权力没有兴趣，万一权力被别有用心的人利用了呢？到时局势失控，后果不堪设想。”卢水捷继续说道，“我也不是想在二十一区争什么权力，不过现在基地人越来越多，我们手上这点人根本就不够用，负责后勤的刘心军也是这个局面，他一共才三十多个人，却要负责五千人的生活保障，经常找不到人，不得不临时找难民帮忙。可是物资一到难民手里，他们就直接私下分了，根本发不下去也无法统计。”

我这才意识到管理真的出了问题，我问道：“你们不是有自主权吗？可以根据自己的情况招些人手。”

“专家委员会不同意，说要规范管理，每个人的分工就必须明确，说以后每个系统的人员都要统一由专家委员会测试才能招人，我们私自招的人他们转身就叫走了。”

我听了卢水捷的牢骚有些哭笑不得：“真是一群书呆子，水捷你别着急，我回去会处理这些事情。”

卢水捷一脸严肃地说：“老板，他们可不是书呆子，这些人管人是有瘾的，是时候适当地约束一下他们的权力了。”

坦克帮腔说：“我以前经常带人去外面活动，现在也不准我随便外出了，外出还得向军事组打报告，我看，他们迟早会把我们撤换掉。”

阿布哼了一声：“就是，这个安全区是你们几个人建立的，凭什么让一伙外人来指手画脚？”

我看了看宁叔。他点点头干笑道：“这风向可不太好，有点像墨山的味道了。不过我是外人，不太方便插手二十一区的事，您别怪我。”说着他取出我的枪递给我：“上次我们在现场找到了你的‘火焰’，虫星人可能是走得太匆忙，并没有发现你的枪。”

我当然不会怪他，基地很多人都知道他曾是们达的侍卫长，来到人类安全区自然会低调许多。

二十一区经过一场浩劫后，彻底变了样，我走到营区大门口时看到，已经被清空的房屋废墟就像个乌烟瘴气的大集市，背着枪和没背枪的人们三五成群在闲聊，有些人还摆起了摊子，都是些战利品之类的。东西五花八门，有陵族和虫星人的各种衣服、装备、武器，还有香烟名酒以及古董字画之类，交易的货币都是真金白银或等值的物品。

很多人不认识我，我也懒得理会他们，一行人直接去了指挥中心。安德莱斯和梅尔文、莱克等人正在工作，看到我走进来，他们站起身来："老板回来了。"

我嗯了一声，不等我开口，安德莱斯将军大发脾气："你要是再不回来，这工作我没法干了，专家委员会那帮人尽在瞎指挥……"

"将军，事情我都知道了，您放心吧！我会处理好，以后军事组的工作只对我一个人负责，其他人都不能干预你们。"

安抚完他们，我又转身去了生活区。为了照顾专家们的生活，我特意为几十名专家提供了独立的小单间。到了这里后我才发现，生活区所有的设施被利用起来了，运动场、游泳池、电影院、餐厅、咖啡馆都有专门的人在负责经营，里面的人却很少。我又转到了第一层的宿舍区，发现他们已经将宿舍区一隔为二，数千平民挤在一半的空间里，而连带着运动场、电影院、游泳池、咖啡馆这一半的宿舍区被铁丝网人为隔开了，平民根本不可能进入这些休闲娱乐场所。

我走到铁丝网前面，一个背枪的家伙拦住了我："什么人？"

我瞪了他一眼："给我滚开。"

这应该是新来的，不认识我，但他认识宁先生和坦克他们，看到他们过来，他的态度客气了许多。

"还想不想在二十一区混了？看清楚了，这是老板。"坦克的手下恶狠狠地说道。

"对不起对不起，我新来的，请老板原谅。"

"谁让你在这里拦路的？"

"迟主管。"

"什么迟主管？我怎么不知道基地什么时候还有主管了？你现在

叫他过来，我有话问他。”

看门的不敢怠慢，没一会儿就把“迟主管”叫来了。和他一起来的还有宏森俊，看到我满脸怒气，他们知道惹事了。

“连长，不，老板，这人是我安排的。”宏森俊赔着笑脸说道。

“为什么这么做？”

“那边的人成分太复杂，我是担心专家们的安全问题才出了这么个馊主意，老板您处罚我吧！”

“安全问题是坦克和水捷他们的工作，你……”我真想给他一个大嘴巴子，但到底还是忍住了，“好了，这事当然要罚你，我就不到专家那边去讨嫌了，你现在马上安排人给我把这些铁丝网拆了，所有公共区域共享。”说完我转身去了委员会的值班室，这里平时都有人在值班。可是我们到那以后才发现，基地暴露出来的问题比我想象的还要严重，这个随时应对突发情况的指挥中枢居然一个专家都没有，只有两个年轻人在值班。

看到我阴着脸进来，他们站了起来：“老板。”

“人呢？”

两人解释道：“军械库砸到了人，值班的都过去帮忙了。”

出来后，我对卢水捷说：“现在通知委员会的所有成员到这里来开会，不，明天早上吧！地点还在演播大厅。”

“这几天神父和几名医学专家正组织一批医护人员在教学中心授课，我们开这么大规模的会议会不会影响到他们？”

我想了想问道：“他们的课还要上多久？”

“明天还有一天。”

“那会议往后再推一天。”

接下来我让卢水捷将二十一区的人员花名册拿给了我。

第二十四章　意识代码

第三天的会议我也不和他们打太极了，直接“专制”地宣布了几件事。第一，专家委员会的职能性质转变成纯技术性，不参与人事和基地管理。第二，计划将四千人转移到阿肯城的地下工事，在那进行扩建并修筑防御工事。第三，基地武装改名为“二十一区自由人类反抗军”，统一由军事组指挥，组长由安德莱斯将军担任，副组长有宁先生、梅尔文少将、诺雷少将、俞卫树和林航，其他人分配到一线带兵。军事组作为二十一区军事行动的最高指挥机构直接对我个人负责。

全场鸦雀无声，宣布完这三件事情后，我又将分工重新调整了一下，在原有基础上扩建出两支治安大队，由坦克和老柴分别领导，驻扎在阿肯城和二十一区。民生这一块成立保障组，组长林航，副组长卢水捷，下设治安、民政、医疗、后勤补给和对外联络五个小组。

宣布完这些事情后，我提醒他们不要将天空社那套带到二十一区来，如果谁不接受我的决定，可以自由离开。我根本不给这帮知识分子辩解的机会，用雷霆手段直接架空了他们，重新规范了基地的管理。

“用人唯亲”也是我的下下之策，不过就目前的情况来说，没有更好的办法。至少对身边人的品行和能力我有基本的了解，知道把他们放在什么位置比较合适。

每组内部单独开会我就不参加了，我知道相关的人员很快就能到位，布置下去的任务也能马上得到执行。

散会后，我们看望了在上次战斗中受伤的伤员后去了车间。几名机械电子专家亲自下场，在车间里调试和修复丞相，他们将丞相原来的金属材料全部替换成了虫舰和陵族装备上的特殊合金，重量更轻，强度更高，武器也换成陵族之前提供的一挺配备自动榴弹发射器的机枪，外形上也基本保留了原来的样子。

看到我进来，一名电子机械专家上前："老板，丞相我们已经修复好了，但是有一个问题我们无法解决。"

"什么问题？"

"我们发现丞相的芯片不是原来的芯片了，而是来自陵族，应该是乌部的芯片。您是不是请陵族改装过了？"

我没有回答他。阿布说："难怪这家伙越来越聪明了，原来有和乌部一样的芯片。"

专家说："而且芯片里有一段奇怪的代码，我们把相关的专家都请过来研究了，没人能够读取到里面的内容。丞相的原始机型比较简单的，不太可能有我们无法读取的内容。我们试着启动丞相让它自己解释这些东西，结果它就像疯了似的胡言乱语，然后会短路死机。"

老鹰说："我来看看。"

几分钟后，他离开了计算机。

"这是一段'意识代码'，应该是第三方扫描进去的。"

"什么是意识代码？"

"意识代码是真正意义上的长生不死，我们都知道人的意识是无法进入计算机的，但是人格和记忆作为信息可以进入计算机，人类科技目前的理解应该止步于此了。但是作为更高的文明，比如虫星文明或者陵族，他们的‘意识代码’可以被相对完整地保存在计算机里，这些代码在保存的过程中如果被唤醒，它们会根据保存的内容进行逻辑上的重整和分析，这种结果就是人类所理解的智慧或者叫重生。不过有点遗憾的是，意识是大脑信息处理过程中涌现出来的一种宏观现象，它不是物质，不是能量，也不能完全当成是信息。所以意识作为一种现象无法转移，只能重现，而重现的过程要根据记录的情况来定，它不可能超越母体本身。比方说你们人类的闯关游戏，当你玩到百分之九十的时候点了保存，它便只能记录这百分之九十的进度，意识也同理，它也只能记录母体储存时的进度。”

我被老鹰的这套理论所震撼：“那你的意思是如果一个人的‘意识代码’被完整保存下来，只要给他再造出一个肉体他就可以复活了？”

“你可以这么理解，所以我说真正的长生不死是指这个。如果这个代码的主体还活着的话，代码可以无限制地重启。这种‘意识代码’是虚拟现实技术，意识只是大脑中涌现出来的现象，取下设备什么都没有改变，身体里的人格和记忆可以重新启动。不过如果这份代码的主体已经死亡，那这个代码一旦损坏是无法修复的。”

“你是说这种‘意识代码’是无法被外界读取的？”

“读取就意味着激活，但是像丞相这样低级的机器人是无法读取‘意识代码’的，虽然它有乌部的芯片，但是驱动和控制系统以及传感器、处理器、电机这些配件都无法支持它唤醒。换句话说就是它的芯片很强大，可以储存这样的信息，而其他的软件和硬件都不行，这就是为什么你们一旦试图激活这些代码它就会死机。另外我很奇怪，第三方为什么会选择将自己的意识拷贝到丞相这种低配置的载体上？”老鹰似乎有些自言自语起来，半晌他突然拍了一下自己的脑袋：“我明白了，第三方只是将其中一部分意识拷贝到了丞相的芯片里，而非全部。”

他在说这话的时候，我的脑子也嗡地响了一下，我似乎有些明白了，这应该是海心之前给它换的芯片，而且她在生命的最后关头将自己的部分意识拷贝给了丞相。她明明是人类，却如何像机器一样拷贝自己的意识呢？

“那就不要去尝试激活了，辛苦几位将丞相芯片的位置再增加一些防护，绝对保护好芯片的安全。”

“好的，我们先启动一下丞相，只要不去激活那段‘意识代码’，平时不会对它有任何影响。老板，您这位侍卫可真是高人，这放在人类世界几乎是无法解决的难题，他居然分分钟找到了答案。”专家们一直盯着老鹰，一脸的仰慕。

“他们都是百科全书，以后有我们搞不懂的难题只管去问他们。”

丞相启动后睁开了眼睛，东张西望了一下，还是那个憨憨样，不过我看着亲切多了。

“老板您好，好久不见了。”

“是啊！能再见到你真高兴。”

“我也是，您有什么任务要交给我吗？”

“有，好好地在这里配合专家们的改装，让自己变得更强大一些。”

“好的！”

我没有马上走，而是守着专家们重新加装完丞相芯片的护甲和防火处理，调试完成才带着丞相一起离开。

这两天我马不停蹄地处理着各种事情，每天只有四小时左右的休息时间。出了车间的门，我跑到情报组直接联系了流商，询问海心他们的情况。

“林警官伤势基本恢复了，上校伤得太重，有些器官损坏了，正在进行移植和修复，不过我们有把握救活他。”流商说，“至于海心的情况，我们不是太清楚，因为她被直接送到了她父亲基滦那里，由他亲自治疗，不过请您放心，基滋是地球文明最杰出的科学家，海心一定不会有事的。”

在云鼐的时候，我就听他们提及过基滋这个陵族，流商用“伟大”这个词来形容过他。

“基滋是海心的父亲？”

“是的！他是海心的父亲。另外我想纠正上次的一个错误，我把海心当成了乌部，事实上她不是乌部，她是基滋与人类所生的……人。”

“我能见见基滋吗？”

流商模拟出人类的笑声：“这个暂时恐怕帮不了您，因为我们见基滋一面都很不容易。您知道，有才华的人往往性格会比较古怪，陵族也一样。但是我会把您的意愿转达给他，也许他会见您的。”

我内心一阵激动，从情报组的办公区出来，所有人都异样地看着我，我这才发现自己的眼睛红了。

从二十一区通往阿肯城的中转站是一个很独特的地方，它作为二十一区一条隐秘的交通命脉，却很少有人到这里来。除了打仗那几天这条铁轨繁忙了一阵子，后来慢慢地，火车变成了每天一趟。当这种人类发明的钢铁长龙呼啸着经过旁边的隧道，格赛心里就有一种说不出的滋味。他有时会站到隧道旁边，希望有一列火车能在这里停下来，他却一次次失望了。一个多月过去了，二十一区只来过两次人，第一次是战后的第二天，人类给他们运来了粮食和其他生活用品，还有两个他们的同类。第二次是半个月前，宁先生亲自来到这里，告诉他们老板可能遇到一点麻烦，让他不要着急，先在这里等等。

这段时间下来，火车每天照样从这里经过，可就是没有一趟停下来。一周前，他派人去二十一区打探消息，结果被二十一区的人类很不友好地赶了出来。手下们变得士气消沉。

这天傍晚时分，一列火车终于停在了中转站。所有的虫星反叛战士都跑出来站在铁轨的一侧，然后他们欢呼起来。

“殿……老板，看到您没事我们就放心了。”

我笑了笑：“谢谢你们，把你们冷落在这里一个多月，我也向你们道个歉。”

格赛说：“只要老板能平安回来，让我们等多久都行。”

我看着这群衣不蔽体，却快活成野兽一般的异星浪子，心里不是个滋味。基地给他们的物资里，根本就没有衣服一项。当然我也没有衣服给他们，不过我从仓库里调出了一批白色棉布，让车间赶了一天一夜，紧急做了两百多套白色披风。给他们御寒是一方面，更多的是考虑到我的那支已经表示效忠于我的虫星军队，我希望他们遇见的时候，因为同穿白衣而不至于自相残杀。

看到人们将这批白色披风和成堆的物资装备搬下来，分发到每个虫星战士的手中，格赛和他的士兵都很激动，当着我们的面就将披风披到了身上。

“设计师们根据你们的身高特制了一批棉衣，可能要晚几天才能完工，到时做好了会给你们送过来。”我说，“今后你们有什么需要，只管派人去二十一区找卢水捷或者刘心军，没人会再阻拦你们了。”

“谢谢老板。”格赛感激地说。

东西搬完后，我让后勤组和卢水捷的人先回去，自己打算在这过夜。治安分队负责警卫的二十多人却不肯走。这些人大多是我从墨山带出来的“元老”，我基本认识，他们很多人是警察和军人出身，身经百战，忠诚度很高。

我对带队的老董说：“这里是格赛的地盘，他们会负责我的安全，再说有鹰叔和冷姨在，你们也不用担心。”

老董说："基地这段时间来了很多人，无法一一甄别，所以我们要留下来。现在让我们回去的话，水捷和老柴会骂死我。"

"那行吧！你们想偷懒就留下吧！不过格赛以后就是咱们的友军，是自己人了，你们平时还要多关照一下。"

"老板您放心，我们知道分寸。"

这个中转站以前是个临时仓库，共两层，现在很少使用，只存放着一些常用的消耗品。它占地面积有近万平方米，往上三十米有八个出口，其中六个出口由电子警戒系统长年封闭，剩下的两个通往地面的出入口和普通的地铁站出入口差不多，连接着地面的一座从未对外启用过的小火车站和两栋以前驻军的老房子。

地面的那条铁轨早就锈迹斑斑，和破败的小火车站一样在风雪肆虐中日渐衰老。这个小火车站建在一个山坳里，两侧都是隧道，在群山环抱下，就算是空中也不容易被发现，周围还没有公路，想进来只有一条铁路。

我趁着天还没黑，穿过两道笨重的铁门后，一口气爬到地面的火车站。外面起风了，还在下雪，我在周边转了一圈后重新回到中转站。格赛的士兵正在吃饭，我看到一个虫星士兵打开一个随身携带的罐子，从里面掏出一条长相奇特、手指粗细的大肉虫子放在我们提供给他们的卷饼里，然后包起来就塞进了嘴里，一口咬下去就像吃爆汁牛肉丸似的，白色的汁汤四溅。看到他们大快朵颐，一副极其享受的样子，我强忍着胃里的翻江倒海问道："你们吃的这是什么虫子？"

格赛尴尬地说："老板，不好意思啊！我知道人类的食材和我们的有很大区别，让您犯恶心了。这种虫子是我们自己培育的，平时舍不得吃，今天老板来了，他们高兴才吃上一顿……"

搞了半天他们这还属于"加餐"了。我笑道："这没什么，人类也是什么都吃，你如果了解人类历史的话就会知道，在很多饥荒年代，人们还吃过一种叫观音土的泥巴咧！”

冷姨笑了笑：“老板，我建议您也吃一条。”

我瞪了她一眼：“你是认真的？”

“很认真啊！说不定用不了多久，这种虫子就会成为人类餐桌上的顶级美食或是昂贵的药材。但是它一定比海马和艾玛斯鱼子酱都要昂贵，因为它的营养价值和医药功效超过了地球目前所有的已知物种。”

这勾起了我的好奇心：“这叫什么虫子？”

“翻译成人类语言叫米条。”

“米条？这么神奇啊！”

“对，而且它味道极好，不用加任何调料就是美味。这种虫子生性娇贵，不太容易培育，在虫星上，能吃到米条是身份的象征，奴隶吃这种食材都是违法的。”

他们这么一说我还真来了兴趣。

格赛让人抱来一个罐子，里面有几十条肥嘟嘟的米条：“老板，这是我为您准备的，正不知道怎么开口呢！”

我环顾四周，老鹰和冷姨一副见怪不怪的样子，老董他们也好奇地凑了过来。我说：“冷姨，你说得这么好，先请你吃一条。”

冷姨夹起一条就塞进了嘴里，吃得津津有味，她一口气吃了两条，吃完意犹未尽地说道：“好久没吃过这么好的东西了。”

老鹰直接抓起两条塞进嘴里，大快朵颐起来。我这才信了，学着他们夹起一条放到嘴里。不得不说，米条真的是绝世美味，啥调料都没放，但它好像啥都有了，有点清甜，又有鲜奶和海参混合清蒸的那种口感，爽滑酥嫩，口齿留香。我不禁连声叫好：“都说高端的食材往往只需要最朴素的烹饪方式，这货天生就是让人吃的，不需要任何加工就是人间美味。”

旁边的老董等人听到这话，口水都要流出来了。

我把夹子递给他："便宜你们了，这么好的东西每人只能吃一条，不准多占，剩下的留着。"

众人吃完以后，一副意犹未尽的样子。老董抹抹嘴巴说："格赛，今后咱俩搞好关系，等打完了这场战争，你也别回去了，就跟我在地球上合伙养这个，绝对发大财。"

格赛发出两声干笑："你们可要帮我保密，要是二十一区的人都跑来找我们要，那我是拿不出来的。这种米条成长周期太长，养肥一条差不多要一个地球年，中途还要精心喂养，稍不留神就会死。"

"这是真正的人参果啊！格赛的话大家记住了，回去千万别乱说，要不他们这里得遭贼了。"

后勤组的人送来了不少鲜猪肉和基地自酿的白酒。我们还像上次那样，在空旷的地方架起火堆烤肉吃。虫星人第一次喝到人类的酒，喝了一点就有些伤感。格赛发出一种奇怪的声音，像音乐也像朗诵，周围的虫星士兵听到他的声音，也跟着哼了起来，他们的声音古怪，像在举行一个悲伤的祭祀仪式，颇有点四面楚歌的味道。

静静地听着他们"唱"完后，我说："也许用不了多久，你们就不是的孤军了，现在也不是，有我们和你们一起战斗。"

"老板，来地球之前，们把你们宣传成了只会杀戮的原始文明，认识你们后才知道，其实两支文明都差不多，都有自己的情感，我相信您终有一天能带我们回去。"

"在们的宣传里，我们人类是不是全部都是茹毛饮血的野兽？实话告诉你们吧！你们所谓的们，只不过是被你们虫星祖先掳到虫星的人类而已，大家其实都一样。"

格赛作为年轻一代的虫星人，显然被们达近两百年的"历史教育"给蒙蔽了，他说："难怪你们都长得一样，们还刻意伪装以区别于人类。只不过我没想到事实真的是我们传说的那样，虫星的先祖……”他一时卡壳了，不知道如何用人类语言来表达这种意思。

老鹰帮他补充道：“人类有一句俗语叫‘搬起石头砸自己的脚’，意思是说本来想害别人，结果害了自己。你们虫星先祖如果不想侵略地球，不拿人类作实验，也就不会有后来的们，也就不会有三支文明的灾难。”

格赛喉咙深处发出了一声奇怪的声响，他说：“我们很抱歉，虫星人的祖先曾经伤害过人类。”

“我们这些所谓的高等文明都有致命的通病，那就是贪婪。格赛，战争的后果你们也看到了，如果有一天你们回到自己的母星，我希望你们告诫你们的后代不要再挑起战争。关于这个，我们人类已经得到太多血淋淋的教训了。”

“老板您放心，如果真的能看到那天的到来，我们一定彻底放下战争。但是我也有个请求，希望老板以后能够善待所有的虫星人，毕竟他们将来也都是您的子民。”

我笑了笑：“自己的命运为什么要交到别人的手里？再说我是人类，从来没想过要成为虫星的王。如果我还活着的话，我就找个地方平静地生活下来……哎不对，刚刚老董说的那个主意不错，战争结束后咱们合伙做点米条生意，我可以继续当你们老板，咱们把米条的市场给垄断了一起发财。”我用一个玩笑中止了那些既伤感又严肃的话题。

气氛果然轻松起来。

为了不让他们有被孤立的感觉，我选择留下来在这个中转站的货柜上打地铺。为了让我们睡个好觉，格赛安排了他的人负责警卫。一大早，我们来到站台，等待前往阿肯城的火车。我已经对照过 3D 地图，准备前往阿肯城勘察地形，格赛也陪我们一同前往。

火车在中转站慢慢停了下来，车厢里装满了人和设备，准备重建和修缮新的居民点。技术组的专家在第一号车厢，我正准备登车，一名陌生的男子就从火车上冲了下来，用手枪对准我就是两枪。

好在老鹰和冷姨反应极快，把我扑到一边，老董他们动作也不慢，一通乱枪就将来人放倒，走过去查看，杀手已经死了。

听到枪声，火车上的阿赛维少校带着人跳下了车，他指挥战士们将火车门封闭起来，禁止有人再下车。

我看了看地上的杀手，已经死透了。

老董问道："你们谁认识这个人吗？是不是咱们二十一区的人？"

队友们围着看了一圈，很快就有人认出了他："老板，这人是从奎港过来的。"

"难道是何承志派来的人？这不是恩将仇报吗？老板你发句话，我们去把他灭了。"

"奎港很多人都是极端分子，将奎港来的人全部清出去。"

"要么就是天空社那帮王八蛋指使的。"

……

二十一区很多骨干都是我从墨山解救出来的，有人对我下手他们绝对不会答应，我担心他们真的会去灭了何承志的"我是人类"组织。上次大战后，奎港的平民死伤惨重，剩下的基本逃到了二十一区。"我是人类"组织武装损失也很大，可他们并不投靠我们，反而打上了游击。而且他们在战斗时捡到了一些虫星和陵族的武器，具备一定的攻击能力了。

我不知道何承志和他的这群战士到底经历了什么，以至于如此极端，就连对人类相对友好的陵族，他们也要攻击。

"老何不至于对我动手，事情没弄清楚之前大家先不要急。我们不要因为这点小事而耽误了大事。"说完我要上车，格赛跟了上来，他似乎敏感地意识到了什么："老板，是不是我们给您添麻烦了？"

"这事跟你们没有关系，人有好有坏，你们虫星人也一样。"

上车后，老鹰脸色凝重地望着我："您和人类之外的文明合作，人类极端分子肯定对您恨之入骨，为了您的安全，我强烈建议您今后尽量少露面。"

"在这样的环境里生存，很多事靠躲是躲不过去的，如果不怕死，就让他们来吧！"

几天后，林航回来了，这个自学成才的家伙我是很喜欢的，他以前只是一名普通的监狱警察，没有上过一天军事院校，却在战火中迅速成长。他聪明机警，勇敢无畏，做事雷厉风行，行事做人颇有大将之风。他所做的一切，就连宁先生和军事组的那些专家们都赞赏有加，他回来后我就轻松多了。他悄悄向我提及在云鼐的所见所闻，感叹不已，同时对人类的未来充满担忧。

第二十五章　占领墨山

转眼间就到了四月中旬，经过前段时间的激烈冲突后，虫星军队再次消失得无影无踪。不仅如此，就连天空社也彻底放弃了墨山，除了老弱病残的平民，其成员和精英们全部撤往北美和新城的安全区，并开始组建真正意义上的人类军队。情报组和逃难过来的人们反馈的消息都证实了这一切。

我将基地派去支援陵族的参谋团召回，可是俞卫树还没有回来。参谋团离开云鼐前，诺雷少将去看过他一次，他告诉我，俞卫树几乎是脱胎换骨，陵族对他身上的很多器官甚至是骨骼都进行了再造，依然需要时间恢复。

以我对牧晨雪的了解，获得至高无上的权力是她的毕生夙愿，她绝对不会眼睁睁地看着们达这座靠山垮掉，她肯定会反击，组建军队只是她的第一步。听到这一堆乱七八糟的消息，我心里也是五味杂陈。天空社组建起真正的军队，意味着二十一区以后想攻克这些安全区就更难了。如果我们不壮大，极有可能被他们先打击消灭掉。

思索几天后，我决定前往墨山看看情况。毕竟那里是一座理想的人类安全区，城市虽小但远离核污染，临近大海运输方便，有着完善的基础设施和防御工事，比二十一区和阿肯城更适合作为我们的根据地。

为了避免上次的意外再次发生，军事组指派了一支百余人的装备精良的武装小队，由阿赛维少校和大胡子率领，同行的还有马里奥神父亲自带领的一个医疗小组。

墨山满目疮痍，到处是断壁残垣，到处是烧毁的房屋和车辆。这里曾经是无数人类幸存者心目中的圣地，如今变成这个样子不禁让人唏嘘。

我看到了平民的身影，其中还有孩子。他们在废墟寻找着什么，看到我们的飞机，他们像见了鬼一样全部躲了起来。

为了防止发生意外，阿赛维少校带着他的人迅速散开警戒。我带着熟悉墨山情况的大胡子走到一栋四层高的楼房前，那里躲着几名平民。

“我们没有恶意，大家不要躲了，都出来吧！”

半晌，人们才从里面出来，有老人有妇女，一个个蓬头垢面，衣衫褴褛，满脸菜色。

“你们怎么还留在这里？”我好奇地问道。

没人搭理我。

大胡子有些生气：“你们都是哑巴吗？我老板在问你们话呢！”

我瞪了他一眼，大胡子这才闭嘴。

“我们不留在这又能去哪？”说话的是一位六七十岁的老人，身材瘦削，但精神矍铄。

“可以去二十一区啊！”

“去二十一区也不近，外面又是风暴又是大雪的，还有虫星人和野兽，我们这些老弱病残撑不住。万一人家再像墨山一样把我们赶出来，那我们真没活路了。”

我笑了："二十一区怎么会赶你们呢？我们就是从二十一区来的，每个人都有饭吃有衣穿，活得好着呢！"

"算了吧！我们到墨山来之前，墨山的人也是这么说的，结果呢？你看看，我们原本都上了船，照样赶下来了。"

我看到远处的房子有几个孩子在探头探脑，不禁有些好奇："他们连孩子都不要？"

旁边一个中年女人插嘴说："孩子当然要啊！可这些孩子是残疾人，要么瞎子要么哑巴，再不就是断手断脚，带过去是累赘。"

这真是赤裸裸的丛林法则，弱肉强食，适者生存。我侧身看了看旁边的冷姨和老鹰，他们没有任何表示，好像这一切跟他们没有关系。

大胡子倒是机灵："老板，我去把孩子带过来。"

老人终于正眼看了我一下："他叫你老板，莫非你就是二十一区的负责人牧戈？"

一听到我的名字，所有人都抬起头来望着我。

"您老认识我？"

"地球上还有不认识你的人吗？我们听说你不坏，可你那个姐真不是个好人。哦，你如果想帮助这些孩子的话怕是要失望了，因为这样的孩子可不止这几个人，得有二三十个咧！"

听说我来了，围拢过来的人们越来越多。

我问道："现在整个墨山还有多少人？"

老人说："怕有好几百号人吧！也有很多人不愿意跟着他们去新城的。像我这种老家伙都是很早以前就被墨山赶出去的，我们没地方去，就只好在周围的山洞里住下来，现在墨山没什么人了才敢过来找点吃的。"

马里奥神父背着医药箱和工具过来了，听到这话他生气了："自暴自弃，难怪人家不要你，你说自己是老家伙，我感觉你连我一起骂了。”

人们看到马里奥神父接话，都仔细打量着他，很快有人认出了他：“神父。”

马里奥神父在墨山待的时间不长，但绝对称得上“名人”，他脾气倔强，为人正直，又喜欢扶危济困、救死扶伤，连天空社的大小头目都敬他三分。在二十一区，我最怕的两个人一个是坦克，一个就是他。这两人正气凛然，眼睛里容不下沙子，动不动就追着人家教训。

我笑道：“神父，人家可不敢骂你。”

“那也不行！活到我们这把年纪了，要自尊自重。”

我看了看刚才那位说话的妇女，和她站在一起的有不少年轻人，我问道：“你们都是不愿意走的吗？为什么不跟他们去新城啊？或者来二十一区？”

知道了我的身份，加之又有神父在场，人们说话客气了许多。

“我们没跟着走主要是因为信不过他们，还有一个原因是这么多孩子需要照顾，大人如果都走了，这些孩子肯定活不下去。”

“他们没强迫你们跟着去吗？”

“天空社的人倒没强迫我们一定要去新城，说愿意去的就去，不愿意的可以留下来等死。我们平时也不敢住在这里，怕虫星人来杀人。”

这些人非亲非故的，可是在灾难面前还想着去帮助弱小者，让我很感动。大胡子已经把那几个孩子领到了我的面前，果然都是有残疾的孩子，大多数是战争和疾病得不到及时治疗造成的。神父带着他的医疗组现场给孩子们看起了病，才看了几个人他就站起来：“小牧，这些孩子得马上送基地医院，越快越好。”

我连忙在墨山全城动员，将这些孩子全部集中起来，一共有三十多人，还有几个需要马上救治的成年人。阿赛维少校安排人护送他们返回基地。

因为动静太大，没多久人们就全部集中到了墨山谷，他们看到生病的孩子和大人被运输机送走，看到了我们的善意，人们开始骚动起来，嚷嚷着要去二十一区。

“大家安静一下，听我们老板说几句。”大胡子制止了骚动的人群。

我爬到一辆烧毁的汽车壳上：“相比起新城和墨山，二十一区只是一个很小的地方，现在二十一区的人越来越多，地方明显不够用了……”

我还没说完，人群又骚动起来。我挥挥手接着说道：“大家不要误会，我这次来墨山的主要目的是想重建墨山。这里有现成的医院、学校等基础设施，修缮一下很快就能投入使用。交通也方便，将来我们还可以修一座机场。至于大家担心的安全问题，我们有自己的自卫武装，还有陵族盟友协防，虫星人想吃掉我们没那么容易。”

有人高喊：“我们不想打仗，只想平静地生活。”

我苦笑一声：“我和你们一样也不想打仗，也想平静地生活。可现实是不能逃避的，我们如果不反抗，就会任人宰割，那些受伤的孩子就会看不到明天的太阳，人类文明就会不复存在。也许我们现在可以找个没人的地方躲上一阵子，但躲得了一时躲得了一世吗？就算躲得了一世，我们的后代也要像老鼠一样生活在阴暗和恐惧里吗？你们大多数人年纪比我大，道理懂得比我多，我说的是不是这个理？”

人们鸦雀无声。

我继续说道：“不管是现在还是将来，只要我还没死，墨山永远来去自由。至于墨山的重建我想可以马上开始，毕竟以后这里就是我们共同的家园了。”

说完这些后，我找来一些自愿留在墨山的人，他们告诉我，墨山的基础设施保存得比较完好，天空社可能考虑到以后会重新返回这里，所以只是带走了人，并没有破坏这里的东西。像自来水厂和电站可以正常运行，包括医院在内的所有机器设备都完整地保存了下来，就连山顶的巨炮都没有拆除。

我仔细想了想，除了修复倒塌的房子和电路外，我们要做的事并不算太多，最令我担忧的只有防御。现在有墨山和二十一区两个基地，原先的自卫力量分散的话战斗力自然会大打折扣。这时我想到了格赛，他还有近百名战士，熟悉虫星的武器装备，作战经验丰富，由他们协防墨山比较理想。只是我缺少一个合适的人来说服墨山这批原住民，让他们能够接受一支虫星军队成为自己的盟友。

听了我的设想，大胡子直接指着远处正在给人看病的神父说："远在天边，近在眼前，神父是最合适的人选，他人缘好，有威望，大家信得过他，他说的话人们肯定信服。"

我一拍大腿："胡子你真是个人才，搞定神父的事情就交给你了。"

大胡子这才发现自己上了当，他也知道神父不太好说话，万一神父不愿意当这个说客，他还得挨骂。我反正不管，人选是他提出的，当然得由他搞定，再说我相信这两个人都有搞定对方的口才和能力。

处理完这里的事情后我马上回到了基地。有飞机后世界变小了，我们以前来墨山，坐汽车要折腾几天才能到达，现在一个小时都可以往返了。

我召集了后勤和军事组还有部分专家紧急开了一个会，很快我们就达成了重建墨山的共识。初步计划将原本打算转移到阿肯城的人全部迁到墨山。天快黑的时候，雷厉风行的林航就安排了先遣队的上百人和第一批粮食、装备飞往墨山。

第二天，一直留在墨山的马里奥神父成功地说服了平民接受格赛的到来。接下来的一段时间里，人员和物资源源不断地从二十一区出发运往墨山，与此同时，那边的重建工作也在如火如荼地展开，墨山谷的十里长街热火朝天，各种车辆行驶在街巷之间。军事组利用遍布全城、四通八达的地下防空工事，安装上了“哨兵”主动攻防系统和陵族支援的其他防御装备。

格赛甚至将一套从虫舰上拆下来的“磁暴线圈系统”装上了炮台。这是一种电磁武器，可以攻击、拦截飞行器和导弹。一旦接触到敌方的目标，“磁暴线圈系统”就会瞬间释放出威力巨大的电磁能量，发射出一张电磁网，无孔不入的电磁波以敌方目标的金属为导体，在目标内部产生强烈共振，将内部人员的内脏震碎的同时还能破坏目标的电子设备，甚至还可引爆目标内部的弹药。战争初期，这种大杀器一度让陵舰吃尽了苦头。

另外，墨山几乎全民皆兵，除了从平民中组建起一支五百人的武装外，老人和妇女也学会了使用武器，一面生产建设一面训练备战。人们在被战火摧毁的墨山顶种上了果树，建起了养殖场和蔬菜大棚，原有的食品加工厂和服装厂也恢复了生产，整个墨山似乎又回到了以前的欣欣向荣。

天空社曾经苦心经营数十年的地方，没几个月就被我们鸠占鹊巢了。二十一区的直升机将人员和物资源源不断地运到墨山，情报组的广播更是直接发出了“欢迎来到新墨山”的邀请。到了年底的时候，墨山就成了真正的中心，人口迅速发展到了上万人。二十一区只保留了八百多人留守和维护。没多久，墨山人类安全区居民管理委员会成立，马里奥神父以高票当选为首任管委会主任，卢水捷、林航等六人被选为副主任，三十九名居民被选为委员。作为墨山民政的最高权力机构，管委会下设治安、交通、科教、医疗、后勤、对外联络、生产建设七个组，分工明确，实行有序的城市化管理。

又过了大半年，俞卫树带着我新“上任”的助手才姗姗归来，我心中一块石头总算落了地。新来的临时助手是个陵族，行事谨慎，公事公办，我就权当是陵族给我派了一个传声筒过来。

这大半年的时间里，外界的形势也发生了巨大的变化。首先是天空社联合了忠于们达的几位将军，反抗成于的“挟天子以令诸侯”，并武力威胁他交出们达，双方决裂并时常展开激战。陵族没有完全坐山观虎斗，而是选择了“趁你病要你命”，趁乱四处出击虫星军队。成于假借们达的名义发号施令，大权独揽，慢慢控制了军队甚至是虫星本土，天空社联合的虫星军队则被贴上了叛军的标签，这支叛军迫不得已只好逃往天空社的安全区。其次，天空社在新城和北美安全区组建起了人类临时政府和一支超过二十万人的人类军队，这是大灾难后第一支真正意义上的人类军队。她“名正言顺”地就任临时政府的“执政官”和三军总司令，并发行了一种叫“新币”的货币。

李教授曾经在这些安全区负责人事工作，他明确地警告过我，天空社控制着两百多万人类精英，人才济济，这些人如果不能为我所用，未来必将成为我的巨大威胁。何况在虫星军事和科技的加持下，这支军队也绝对比人类历史上任何一支军队都更强大。他们迟早会对墨山和二十一区动手。

还有一个最重要的原因，半个月前的一天，墨山一夜之间突然遍地传单，都是关于我“勾结”陵族甚至是虫星打算奴役人类的黑材料，材料上写着我是虫星的独裁王子，与我的暴君父亲和邪恶姐姐一起策划并毁灭了人类之类的鬼话。传单还呼吁人类将我处死，声称只要杀死我就能获得长生不老。这些传单就像一颗重磅炸弹，了解我的人都出面帮着澄清和解释，就连神父都出面为我作证了。

墨山看起来还像往日一样波澜不惊，但我知道这股平静之下已有暗流涌动。

后来我才知道几乎是同一天，新城和北美的安全区也到处都是这种传单，但是天空社处理这件事的手段可比我强硬多了，他们第一时间在两个安全区展开调查和搜捕，将几十名由成于手下发展的“内奸”

全部抓获并执行枪决。我当然也意识到这是一场巨大的危机，但我幼稚地认为清者自清，也低估了人性里的贪欲。

宁先生他们却不这么认为，他们觉得这是成于面临多重压力下的诡计，们达被控制后，除了来自忠于们达的军队的威胁外，最大的威胁已然是我和牧晨雪，所以才会想出这种借刀杀人的毒计。墨山防卫森严，传单却在一夜之间遍布全城，绝非一两个人所为，这也就是说成于发展的一股新势力已经渗透到了墨山。

林航和俞卫树他们也是这个意思，接下来他们开始着手调查传单的来源。而我没有时间关心这些，虫星叛军与天空社联手，对墨山和二十一区来说是致命威胁，就像悬在我们头顶的一把刀。我决定亲自前往一趟新城，见见那几位虫星将军，就算不能瓦解他们的联盟，试探一下虚实也好。再者我在资料上看过无数次新城，却没有一次亲眼所见，我要去看看这座人类史上最大的城市到底是什么样子。

我把计划告诉宁先生，他一如既往地反对："现在不能冒这个险，新城不是墨山也不是二十一区，那可是天空社的根据地，如果他们一旦知道您去了新城，后果将不堪设想。"

见我态度坚决，宁先生说："好吧！既然您执意要前往，有些事我也不藏着掖着了，还记得您第一次在墨山遇险吗？我们怀疑那是您姐姐的手笔。"

"你是说牧晨雪要杀我？"

宁先生点点头："您有一百个不相信的理由，但她想杀您，只要一个就够了。"

"有什么证据吗？"

"以我们对您姐姐的了解，如果不是她默许或者授意，弗纳尔博士没有足够的动机暗杀您。对于天空社来说，您是有可能威胁到几个头目的权力，但是弗纳尔博士在天空社理事会中，连前三都排不进去，就算你们姐弟都死了，天空社也轮不到他来发号施令。而且，以您姐姐的为人，如果弗纳尔博士敢私自对您动手，他的下场一定会很惨……所以我们有理由怀疑她。”

宁先生说的这些我不觉得意外，因为我自己对此也早有怀疑。牧晨雪对权力有着超乎常人的渴望，而无论是虫星或地球，我都是她权力道路上最大的障碍。

“所以为了自己的安全，您应该从内心深处剔除掉一些幻想。”宁先生担心我会冲动到在牧晨雪的地盘横冲直撞，他没有说得太直白，我知道是给我留了面子。这一路刀光剑影下来，我早就不是当初那个天真的小朋友了，何况人类历史上有那么多为了争夺权力手足相残的事。

老鹰私底下却赞成我的计划，他的理由是其中一位叛军将领和他私交不错，能谈出什么成果他不能保证，但是至少可以保证我的小命安全。不过他不敢去找宁先生，让我自己想办法说服他。

在我的再三保证下，宁先生终于同意让我去新城，不过他要亲自跟着。可是我需要他替我坐镇墨山，防止虫星军队偷袭。僵持两天后他终于做出让步，让老鹰和曾清陪同我前往。宁先生之所以选择曾清，一是因为她会驾驶飞机，二是她从小跟着牧晨雪，对她个人以及新城的情况都比较了解。我征求了曾清的个人意见后，她欣然答应了。

为了掩人耳目，墨山只有少数几个人知道我的行踪。老鹰亲自改装了一架直升机，增加了油箱的容量，一次可以直达新城而不需要在中途加油。

按照计划，我们在距离新城还有数十公里的一个小镇降落。

第二十六章　乌部

暮色将至，我们将飞机伪装好，在广场旁边的地下停车场里弄开了一辆半新的皮卡车，简单地维修了一下后，车辆正常发动，我们将车开到了广场上。

“哥，马上要天黑了，我们是不是先找个地方过夜？”曾清问我。她是我的救命恩人，我一直拿她当妹妹对待。

我抬头看了一下灰蒙蒙的天空：“好，先找个地方住下来。”

我们来到广场对面的政府大楼的二楼，找了一间靠里的房子。我从背包里拿出睡袋和一些食物，三个人简单地吃了一些东西就睡下了。也不知睡了多久，突然一道闪电把我们震醒，紧接着远处响起了激烈的枪炮声。

三人连忙翻身起来，拿出了武器。

老鹰拧不过我，三人一起来到楼下，枪炮声是从镇外的树林里传来的，交火的声音很杂，有人类机枪和装甲车机关炮的声音，也有陵族武器低沉诡异的嘶吼。

“鹰叔，可能是陵族和天空社的人在交火。”

老鹰竖起耳朵听了一下：“不一定，如果是天空社的人肯定有虫星武器，但另一边几乎都是人类的武器。老板，我们多一事不如少一事，回去睡觉吧！”

在他的眼里，我的安全比什么盟友间的道义重要多了。

他刚说完，一架不明飞行物从小镇上空飞速掠过，将树上的积雪都吹落一地。

“虫舰吗？还是人类飞机？”

“不是，是陵舰。”

我们没跑多远，两辆“景劳”Ⅲ型轮式步兵战车和十几名武装分子已经远远地冲进了小镇，突然又是一道“闪电”从天而降，将其中一辆“景劳”掀翻，旁边的几个人也被巨大的冲击波震飞了。我认出了这道闪电是陵族的“舍正”系统——一种类似于人类激光炮的武器，只不过它威力更大，自动制导追踪目标。果然，数架小型陵舰从后面追了上来，将地面的人和剩下的那辆装甲车团团围住，十几道强烈的光束四处晃动，将前面照得一片雪白。人们停下了脚步，连同装甲车里的人一起扔掉武器，向陵族举手投降。

一艘陵舰的舱门打开了，为首的是一名陵族，后面跟着几名拿着武器的乌部。

投降的有二十多人，他们高举着双手站成一排。陵族走到他们面前，似乎说了些什么，然后取出一个奇怪的仪器放到一名人类的头上。没一会儿，那名人类倒了下去，接着是第二个，第三个……

到第五个人的时候，他不等陵族伸过手来，突然抱住他引爆了一颗手雷，爆炸将最近的陵族和几名同伴掀飞出去，剩下的人反应也不慢，人们四散逃开。

陵族再次开火了，在我看来，这简直就是屠杀。

“停火！停火！”我挣脱了老鹰的手，飞快地跑了过去，我边跑边喊叫着，陵族很快发现了我，掉过头来，强光射在了我的脸上。

人们也不跑了，他们发现一个疯子冲这边跑了过来，陵族居然被这个疯子的叫喊声吸引，而且停火了。

“上尉，您怎么会出现在这里？”一名乌部识别到了我。

“我为什么不能出现在这里？你们为什么要杀人？”

“抱歉上尉，我们在奉命行使自卫权。”

“对手无寸铁的人类开火是行使自卫权？”

乌部沉默了片刻：“上尉，这是陵族与‘我是人类’极端组织的私人恩怨，作为盟友，我想您的反应过于激烈了。”他用极端和私人恩怨这些措辞，分明是在提醒我胳膊肘不能往外拐，也是在提醒我少管闲事。

我平静地问道：“你们的行动有没有得到云鼐方面的授权？”

“这是陵族内部的事情，我可以拒绝向您做出解释。”

“那好，这事以后再说，现在，你们把这些人交给我。”

“不可以，我们只接受云鼐方面的命令，这些人类我们要带走。”

空气中流动着一股诡异、紧张的肃杀之气。

“我要求与流商直接通话。”

“对不起，我没有这个权限。”

我转过身来看了看曾清：“呼叫基地，让他们直接和云鼐联系。”

曾清摇摇头，给了我一个眼神，我很快意识到，网络信号已经被屏蔽了。

“你们难道还要对我动手？”我冷冷地盯着眼前这个乌部。

“我们没有这个意思，上尉您不要误会。”智能人依然很礼貌，但机器就是机器，他并不买我的账。

“那我如果一定要带走这些人呢？”

“我不建议您这么做，那样的话会破坏盟友之间的关系。”

自从们达被软禁，成于的军队自顾不暇，频频失利后，陵族对我的态度似乎有了某些微妙的变化，这种变化在机器的身上表现得尤为激烈。

老鹰走到我的旁边："老板，我建议不要因为这件事情与盟友产生分歧。"他的声音不小，显然是说给对方听的，同时也在给我找一个台阶。毕竟我们只有三个人，万一冲突起来下场可不妙。

这时，陵舰上又下来一位陵族："上尉，为了不影响咱们的合作，我们答应您的要求，不过也希望您能够说服'我是人类'组织，让他们停止对陵族的敌对活动，否则这样的事情还会发生。"

"请你们放心，我会尽力的。"我判断陵舰已经和云鼐方面联系过了，并得到云鼐的某种授意才做出这样的决定。

"上尉，您的陵族联络人呢？"

"我出来办一点私人的事情，不需要带着陵族的联络人。"

"刚才的事情您也看到了，如果您和我们的联络人在一起，问题会变得简单很多。另外，这里已经是新城人类安全区的势力范围，有什么紧急情况，我们很难第一时间为您提供帮助。"

我以前觉得陵族文明不会"变通"，现在看来他们的虚伪一点也不输人类，明明是怀疑我此行新城的动机，且在质问我为什么脱离控制，话却说得滴水不漏。不过到底还是盟友，也卖了我一个十几条人命的大面子，我只好强压着怒火："谢谢你的好意，我自己知道该怎么做。"

"好的，上尉，那我们告辞了。"说完，陵族带着乌部和他们队友的尸体返回了陵舰。陵舰很快就消失在夜空中。

剩下十几个人开始检查队友的情况，大部分人都已经死了，只有两名重伤员无助地躺在地上。一个穿着雪地迷彩服的人上前看了看情况，抬起手给两名重伤的队友补了两枪，然后走到我的前面："牧老板，谢谢你救了我这些兄弟。"

“为什么开枪杀自己人？”

“他们伤势太重了，我们不可能救活他们，与其让他们受尽折腾而死，还不如给他们一个痛快。”

“何承志呢？”

“不知道……真不知道，刚刚陵族用的那台仪器就是想知道我们老大的下落，大家都不知道所以死了。”

“你们是什么时候来的新城？”

“你们占领墨山的时候。”

“你们是不是经常袭击陵族？”

“是！”

“你们回去后，帮我给何承志带句话。”

“什么话？”

“我们人类和陵族现在有共同的敌人，那就是成于的虫星军队，你们可以不和陵族联手，但没必要在这个时候多弄出一个强敌。”

“好的牧老板，我一定转告。”

“我和何承志是老朋友了，如果他在这附近的话，最好能让他本人过来叙叙旧，我们就住在那边的广场附近。”

看着他们登上剩下的那辆装甲车，迅速地消失在夜幕中。我叹息一声：“连‘景劳’这样的装甲车面对陵族的打击下都不堪一击，真可悲！”

说完我们三人转身回去了。曾清说：“哥，你邀请何承志过来干吗？这帮人极端得很，我们换个地方过夜吧？”

“不用怕，何承志虽然有点疯，但他不傻。”

老鹰干笑两声：“别劝你牧哥了，他还在惦记着收服人家呢！”

“鹰叔，这回你还真猜错了，我是不想让他们白白送死。今天的情形你都看到了，陵族对他们可是痛下杀手，毫不留情的。何承志要面临天空社、虫星人还有陵族的三方打击，如果再得罪我，他们还有活路吗？”

“说实话，我倒是有点佩服这个人。”老鹰说，“明知不可为而为之，至少算得上是一名勇士。”

“我也很佩服他，否则我早就灭了他。你可能不知道，上次他的一名叫老虎的手下伤了我们的人，到现在都没给我一个交代。”

天快亮的时候，何承志出现了，带着两只还冒着热气的兔子来的。他穿着一身雪地吉利服，见了面才脱下来，露出里面陈旧却十分整洁的军装。尽管面容憔悴，但身为军人，在这样的世界里依然保持着良好的仪表风纪，单凭这一点我就自愧不如。

“兄弟，谢谢你昨晚又救了我的人，加上这次我欠你三回人情了。”他笑了笑，眼角的皱纹堆了起来。

“你不会想用两只兔子来还人情吧？”

“哈哈，要是这点兔肉能还人情就好喽！来的时候猜你们还没起床，顺手弄了两只兔子给你们当早饭。”说着他把兔子递给了身后的一个人，那人接了兔子就出去了。

“我知道你想和我聊聊，所以我连夜赶来了。”说着他看了看站在我旁边的老鹰和曾清。

我说：“一个是我叔，一个是我妹，有话只管说，不用回避他们。”

一个背枪的家伙提着一只桶放到我们面前。何承志从桶里拿出几盒水果罐头和一些冷牛肉放到桌上，他掏出刺刀撬开罐头，说：“翻了好半天，就这几罐还没过期。”

我接过一盒荔枝罐头喝了两口，凉飕飕的，但是清甜可口。我让大家都坐下来，这东西以前不算什么，现在却是稀罕物。

“这东西哪来的？还有没？”

“前阵子运气不错，发现了一个地下仓库，找到了这些，不过大部分过期了，没过期的全在这儿了……我知道你们不缺吃的，所以不用照顾我的面子。”

曾清拿出一些墨山自己生产的压缩饼干递给他：“这是我们自己做的饼干，你尝尝看。”

何承志拆开一块放在嘴里，艰难地咬了起来：“这段时间牙疼得厉害。”说着他用力地嚼起了饼干，“知道你想说什么，所以你别劝了，我是铁了心要干的，哪怕我们的人全死光也要干这些王八蛋。”

我拿起一壶水递给他。

“牧戈，你可能体会不到我和我这票兄弟的感受，但是我们都发过誓，要杀光所有的异类。你知道吧！我那次跑回家里，老婆女儿都没了，几条狗还在啃食我女儿，我回去的时候，她已经被啃得只剩下一个脑袋了……”说到这里的时候，一个大男人捂着脸泣不成声地痛哭起来。

“他们招谁惹谁了？有什么错？为什么不让他们活下去？”

听到这么凄惨的故事，任谁都会动容，曾清是个女孩子，听到这些或许是联想起了自己的身世，眼睛也红了。

“说实话我本来想自杀的，但是快要扣扳机的时候，一群暴徒正好胁持着几名妇女路过，我就把他们全宰了。我觉得那应该就是天意，让我在冥冥之中得到了启示，让我为了复仇活下去，也是从那天起，我发誓要杀光所有的仇人和异类。你如果要问我的动机，复仇就是我的动机，我门外那些兄弟也是这样。”

我无法反驳，也没有理由反驳，那些关于正义或邪恶的论调在这个男人面前显得无比苍白无力，何况还是一个完全被仇恨冲昏了头脑的人。我很庆幸自己没有经历过那样的痛苦，至少它比我失去海心更加残酷。同时我也无比愤怒和自责，制造出这一切悲剧的罪魁祸首是我的亲人。

“牧戈，我迟早有一天要杀了牧晨雪，杀了那个自以为主宰着所有人命运的、高高在上的们达，杀光所有的虫星人和陵族，除非我们都死了。”

“杀吧！如果能结束所有人的痛苦，那就让他们去死吧！”

门外飘来了阵阵肉香，何承志慢慢恢复了情绪：“牧戈，我本来也想杀了你。”

“我能理解，那你为什么不动手呢？”

“我还欠着你那么多人情没还上，等还完你的人情再说吧！”

“好！”

“还有老虎的事情，我一直没有找到机会和你解释。”

“这人死了吗？”

“没有，这个王八蛋命大，那次我们追了他一百多里，差一点就干掉他了，可是虫星人突然出现让他趁乱跑了。后来他非但没死，还成了成于的走狗。”

我愣了一会儿：“这些你是怎么知道的？”

“你知道吗？上次虫星人袭击奎港，就是他带来的，他不但带走了自己原来那批手下人，还给奎港新添了几百个无辜的冤魂，对了，我还听说连你也差点被坑了。”

我恨得牙痒痒，就在那一次我失去了海心。我看着何承志，很肯定地告诉他：“这个人我来杀，我要亲手弄死他。”

“不，他欠着奎港几百条人命，必须得死在我们手上。”何承志说，“这个王八蛋现在拉起了一批人，叫什么‘燃烧的街头’，在成于的帮助下活动在新城和北美安全区附近，我们已经和他交过几次手了。”

“他们在这一带活动？有多少人？”

何承志点点头：“他们人不多，在新城附近的有三四百人吧！但是装备比我们好太多了。”

正说着，有人将烤好的两只兔子端了进来放在桌上，肉香四溢，上面还撒了盐、辣椒、孜然。何承志切下三条兔腿递给我们，自己抱着半块骨架啃了起来。

“我知道你门路多，如果可以的话，今后有顺手的好东西也帮我们弄点。”

我心情复杂地看着眼前这个男人：“老何啊老何，真是四面楚歌。”

“虱子多了不痒，债多了不愁，只是可怜了我这帮兄弟。对了，说了半天还没问你来新城干吗？”

我吃着兔肉，没有回答。

“如果你想混进新城我可以帮你。”

“怎么帮？”

何承志将兔肉放到桌上，抹了一下嘴巴，从口袋里掏出一张地图递给我。上面手写着“新城地形图”，图也是手工绘制的，旁边是密密麻麻的各种文字注解，看得出十分专业。整个新城呈长蛇形，两边有高墙和上百处防御火力点。

“新城戒备森严，你们三个陌生的面孔很容易被发现。”

“你去过新城？”

“当然！我们有自己的路线可以进城。”

我看了看曾清，把地图递给了她。她仔细看了半晌后，说道：“这两道围墙以前是没有的，可能是后来修的。如果是这样的话，我知道的入口可能进不去了。”

老鹰拿出墨山专家们画的图纸对比了一下，对何承志说：“既然这样的话，老何你把里面的详细情况给我们介绍一下。”

“好！”何承志说着把地图铺在桌子上，一一给我们详细介绍起来。新城的一些情况我大致有所了解，但远不如他介绍的详细，尤其是后来加筑的工事和围墙以及内部的情况我了解很少。

吃了饭，何承志和我们一起上路。开车几小时后，他领我们走了一条水路，这是森林中一条孤独的河流，最宽处也不过四丈，窄处三四米，河水清澈，各种不知名的水草和鱼类在这里发展得欣欣向荣。

森林无声，只有两条皮筏艇轻微的引擎破水的声音。船上的武装分子趴在皮筏艇上，枪口跟随着目光，警惕地观察着周围的动静。

“围绕着新城的周边，我们一共建立了十几个驻点，每个驻点之间不超过一百里。这样能保证就算步行也能在一天之内赶到新的驻点。”何承志点上一支没有过滤嘴的香烟递给我：“自己做的，抽抽看。”

我抽了一口，整个嘴巴都是苦的。

“你们平时怎么联络？离新城这么近，该不会用无线电吧？”

“我们很少使用无线电联络，为了躲避来自敌人的监测，我们有时候用小型无人机联络，有时候甚至采取最原始的信息传送方法。”

“什么方式？该不会还靠人传递吧？”

何承志点点头：“没错，这办法虽然落后但安全。像我们两个驻点之间距离不长，情报用船或车很快也能送到，只不过这条水路似乎也不太安全了，已经有两个兄弟死在了这条河上……一次是老虎的人干的，还有一次是虫星人。”

“老何，万一有天新城落到我手里，你要不要进城？”

何承志听到这话一愣：“你是认真的？”

“我是说万一，当然是在人类完全独立自主的前提下。”

“你这也太敢想了，凭你墨山和二十一区那点人，就敢想吃掉新城？”

“我只是打个比方，就问你愿不愿意吧！”

何承志想了想：“那你得和虫星人还有陵族开战，如果你和他们开战的话我肯定帮你，给你当个小喽啰都愿意。”

“那如果是休战了呢？虫星人滚回去了，陵族继续与人类和平相处。”

“不！牧戈你太天真了，不会有那一天的。我们与第三种文明不可能共存，最终的结局只会是人类独存于地球，或者被灭绝，至少我是这么认为的。”

“老何，你太偏执了，私仇真的比人类的未来更重要吗？”

“我不想和你吵架，但你也不要指望说服我。就算有一天你说的真的也实现了，我们依然会继续和地球上的异族战斗。当然，你那时也可以和牧晨雪一样把我们划成恐怖分子，动用武力围剿我们。”

坐在旁边的老鹰叹息一声：“唉！仇恨这东西真是奇怪，们达发动这场灭世之战也是因为复仇，而这个复仇的结果只是扩大和延续了仇恨，以至于双方不死不休。”

这个话题无法继续了，我静静地看着船两侧四溅的河水，问坐在一旁发愣的曾清：“清清，等世界太平了你想干吗？”

“不知道！”

“想想！”

曾清想了想说：“你是我哥，我想继续跟着你，你干什么我就干什么。”

我苦笑一声：“那不行，我说不定真的去种草养虫，你一个女孩子跟着我做这样的事情岂不是很委屈？不过我可以帮你出出主意。”

她笑了：“你说说看。”

“帮你找个男人嫁了，二十一区有没有看上的男人？有的话哥回头去帮你撮合一下。”

“有。”曾清很肯定地点了点头，不再像平时那般腼腆了。

“林航？还是大丘？”

曾清摇摇头。

“那是谁？”

老鹰咧着嘴巴干笑了起来，却不说话。何承志也难得地笑了：“牧戈，你是装傻还是真傻，是个人都看得出来这姑娘喜欢你。”

曾清的脸一下就红了。

我明知故问道：“是不是真的？”

她的脸一下就更红了。

我说：“好！到时我问下你嫂子，看她愿不愿意，她要是不反对我就多收一个。”

“嫂子？我哪来的嫂子？”

我坏笑一声：“也许很快就有了。以前要不是鹰叔他们拦着，现在只怕你侄儿都有几个了。”

男欢女爱的话题相对轻松许多，气氛没有那么沉重了。傍晚的时候，皮筏艇靠岸停了下来。

“这里离新城只有十几里了，周围经常有虫星人和天空社的人出现，大家留意些。”何承志说着把我们领到了一处山洞，这是他们的一个临时驻点。洞口很隐秘，藏在一处半山的悬崖上，我们顺着一条单人侧身才能通过的小路挪动了几十米后，才看到巨石后面的洞口。这个洞真是奇妙，就算是从悬崖正面观察也看不到洞口。

一名背着枪的武装分子半蹲在背风的巨石后面抽烟，听到响动立马端起了枪。

“哦！老大来了。”

“嗯！小心点。”何承志嘱咐了一声把我们带进洞里。老鹰警惕地将武器放到了胸前。

洞的深处一点也不冷，里面有火光，十几名武装分子围在一堆火边上准备晚饭，有阵阵肉香飘过来。

“这样的地方你们是怎么找到的？”

何承志说：“这里冬暖夏凉，不过现在一直是冬天，晚上就委屈你们在这住了。明天我亲自带你们去新城。”接着他看了看老鹰，笑道：“你不用太紧张，在没还清他的人情之前我会全力保护他的安全。何况我们这十几个人也不一定是你的对手，我有自知之明的。”

老鹰哼了一声：“我不紧张，这只是我的职业习惯，任何人我都防着。”说着，他从背包里掏出一个方形的盒子，摆弄了几下盒子亮了，像一盏灯。灯光很亮，将每个人的表情都照亮了。

第二十七章　云端之上

我很久以前就听说过新城是人类有史以来最大的城市，也是人类有史以来最大的烂尾工程，但当亲眼看到它时，其工程之巨依然让我叹为观止。牧晨雪只用了区区十来年的时间，便以长生不老的诱惑成功地将几十个国家的政要以及全球数百家顶级财团绑上了她野心的战车。

这处计划中横跨欧亚大陆的新型卫星城是一座云端之城，在蓝图上，整个新城分五期建造，号称可以容纳一亿二千万人口。其主体计划由 4870 栋 450 米以上的摩天大楼组成，星罗棋布的空中交通网将所有的大楼连接在一起，使彼此之间的结构更稳固，联系也更紧密。而地面上除了高速列车和通向周边传统城镇的公路网之外，是大片的节能环保工厂和种植着各类农作物以及树林花草的“绿洲”，此外，新城还修建有一军两民三座大型机场。

然而人算不如天算，新城最终只完成了第一期工程就因为种种原因停工了，最终止步于科罗拉多病毒。尽管如此，第一期工程的完工就足以使其成为全球最大的新型城市。这里配备了完善的基础设施和相应的民生物资生产供应链。可惜一千多栋高耸入云的摩天大楼直到完工，也只是象征性地迎来了数十万名参与建设这座城市的工程师和他们的家属，以及那些在新城有着巨额投资的资本家们。科罗拉多病毒暴发前，又有两百多万人先后来到了这里，生活在这座至少可以容纳四千万人口的超级城市里。人数稀少让这座城市显得冷冷清清。为了便于管理，牧晨雪将人口主要集中到了新城中部位置，那里有大片的森林，城市建在丛山之间，而其他区域只有工厂和少量的军事人员。虫星叛军入驻这里后，天空社为了将两者区别开来，将新城北区的一片厂区划给了他们当营地。

我们站在远处的一座山上，通过望远镜可以看到远处的新城中部城区的轮廓。不知道他们用什么样的技术除雪，整个新城没有一片雪，从楼到地面都是绿色的。城市两侧的高墙依山而建，这些围墙高十米宽四米，使用的材料是轻钢龙骨隔墙和钢筋混凝土。

何承志说："牧戈，看到这样的城市，我们有时还真的挺佩服你姐姐的。如果她心思用在造福人类上的话，那真是人类之幸。一个这么年轻的女人用了十几年的时间，动用了数不清的金钱和人脉，打造出一个真正具有未来感的梦幻之城，不，应该叫帝国。这样的女人很强，但也很可怕。"

虽为一母同胞，但我内心不得不承认，比起她的手段，自己还差得很远。可我嘴上什么都没说。

"其实单纯地想要权力的话，只要她愿意，我敢打赌不用二十年，她就能成为这个世界最有权力的女人。可她为什么要这样做呢？"何承志似乎在自言自语，见我没有回应后，他又转身看着老鹰。

"我没有什么好评价的。"老鹰冷冷地说道。

按照昨晚商量好的计划，我们进城后和何承志手下一名混进新城的军官接上头，他会带着我们前往虫星叛军的驻地。

虫星叛军入驻新城后，由新城的人类军队协防。陵族可能是不想与人类为敌，或者想坐山观虎斗，他们不会主动攻击驻扎在这里的虫星叛军，而虫星叛军也很默契地不主动攻击他们。

何承志提供的路线是一条可以直通城内的地下矿道，他带着几个人将我们带到矿道尽头后说道：“外面还有一些我的人，万一有情况的话我们会及时接应。进城人多目标太大，我们几个就在这等你。”

我一脸坏笑地看着他：“虽然我像朋友一样信任你，但你不会像敌人一样出卖我的对吧？”

何承志不解释，只是侧身对他的手下人说：“你们在这等我，我亲自陪牧老板走一趟。”

“那倒不用，在新城这种地方，三个人和三十个人没有什么区别。何况你也说了人多目标大。”

“那你不怀疑我了？”

“也不全信你，不过现在我好像没有更好的选择了。”说完我们转身走向出口处，顺着一架锈迹斑斑的金属楼梯往上爬了好一会儿，终于来到了新城里面。这里的出口被伪装成了一个地下排水系统，放置在巨大的摩天大楼的底部。我们推开井盖出来，周围没有一个人。

我抬起头来，更加清晰具体地看到了这座神秘城市的面貌，或者说是冰山一角。摩天大楼群像一根根擎天之柱拔地而起，没入云端，我只能看到这些大楼的下半部分，上半截消失在云雾里。

半空中，纵横交错的封闭式的公路环绕在这些摩天大楼之间，像一条条蜿蜒盘旋的绿色巨龙。摩天大楼群和空中交通网的外面都种植着绿色的植物，地面上也到处是绿色的植物。我很久都没有见过这样成片的“绿洲”了，乍一看有些恍惚，这一座座高耸入云的摩天大楼就像是神话世界里的仙山。

曾清拉了我一把，我才回过神来。她仔细看了看周围说：“这里属于封闭区，暂时没有正式居民入住的，再往北十几公里就是一处农业基地，那里有人。”

我们按照何承志提供的信息，找到了一栋编号为“北83里”的大楼，从地下车库进入了大楼的内部。这里有电，高速电梯也可以正常使用，但是出于安全考虑我们并没有乘坐电梯，而是从消防楼梯来到了四楼的一个空置的房间里面，里面有些简易的床和生活用品，还有食物和水。

接下来的事情就是等，等何承志的手下前来。一直等到深夜，人依然没有出现。曾清一脸狐疑：“哥，何承志该不会是骗我们的吧？”

我想了想：“应该不会，如果他欺骗我们的话，天空社的人早就上门了。”

“那我出去看看情况吧！我熟悉这里的地形，在新城也登记过，没有问题的。”

我看看老鹰，他微微点了点头。

我叮嘱了两句后，曾清一个人出去了。她聪慧、睿智、机敏，从小就跟在牧晨雪身边，见多识广，也远比普通人要坚韧得多。加上在二十一区期间，经受过专业的军事训练和战火洗礼，早已不是当初那个柔弱的少女了。

没多久她回来了。

“外面有什么情况？”

“有巡逻的装甲车经过，应该是我们要等的人。”

我走出门外，果然听到了单调细微的脚步声，没多久，一位三十岁左右的军官出现在我们面前，他穿着一身很奇怪的烟灰色制服，黑色的头盔和背心搭配在灰白色的军装上简直是脑残的设计，军衔显示他是一名中尉。

“您是牧老板吧？”

中尉面无表情，但说话很客气。

我点点头。

“我今天巡逻的时间改了，让您久等了。我们老大已经跟我说了内容，我现在就带你们去虫星军队的驻地！”

楼下远处停放着一辆装甲车，我们上车后，中尉就开车了。我很好奇他是如何从何承志那里接收信息的，是何承志昨晚就派人混进了新城？还是有其他的联络方式？但我没有问，毕竟我只是一个外人，防着我也可以理解。

地面的公路上，看不到民用车辆，却不时看到几辆坦克或装甲车呼啸而过。

在人类军队早已经绝迹的今天，那些遍布在全世界的各大军事基地成了新城源源不断的武器来源，这里成了地球最大的军事基地，有数量惊人的武器和装备。这让我心里有些说不出的滋味。中尉提醒了几个注意事项后，便不再说话，我也懒得问他。

装甲车在空旷无人的地下公路上跑得飞快，半个小时后驶入了一片警戒区，这里远离摩天大楼，属于工业厂区。

装甲车停了下来，中尉和几名虫星士兵简单交流几句后，转身回到车里。一名虫星士兵则带着我们进入到一个大仓库的地下。数不清的虫星士兵和奇异的虫星车辆来回穿梭着，空气中隐含着一派诡异的肃杀之气。

和我们见面的居然不是们，而是一名真正的虫星人。老鹰出发前就给我介绍过这名们达军队中独一无二的虫星将军，他叫格里，按照地球军队编制划分的话，应该是名师一级的首领。看起来他和老鹰非常熟悉，两人一见面就交头接耳地说上了，没一会儿他来到我的面前：“对不起殿下，我不知道是您亲自来了。”

“没关系！雨将军呢？给我说说他的情况。”我没有时间和他客套，我最关心的是雨叔的情况。

“雨将军？哦，他可能有点麻烦。上次因为殿下的事情，派遣军总部没过多久就解除了他的职务，您知道的，那里已经被成于控制了。”

“他现在人在哪里？”

格里说：“他被成于逮捕了，我们也不清楚他是被遣返回了母星还是被囚禁了。他的部下因为这事还发动了兵变，和成于的军队激战了一天，伤亡惨重，剩下的人都在我这里。”

“真是个死脑筋，宁愿丢官坐牢都不愿意跟我去墨山。”

“殿下不用太担心，雨将军毕竟是有资历的人，成于暂时还不敢拿他怎么样。我们也会留意他的动向，一旦发现雨将军的行踪会全力营救。”

“格里将军，你们这里一共有几支军队？大概多少人？”

“殿下您可能已经听说了，成于为了消灭我们，动用了数倍于我们的军队围剿我们……我们的军队损失很大，现在只有三分之一的人员和装备了。我们一共有三支队伍，相互没有隶属关系，另外两名是们的将军在领导，他们两支队伍的人数要多一些，大概还剩八千名士兵，我只有两千多名战士。”

“嗯，我听说了，你们母星只怕也乱了吧？”

格里点点头：“是的！虫星现在不太安宁。殿下，我大概知道您的来意，我可以向您保证我的军队绝对不会攻击墨山，不过我个人是忠于们达的，在没有获得他的授权之前，恕我不能接受您的命令，我们和新城也只是合作关系。”

我望着眼前这位固执的虫星将军，知道下面的话再说出来没有太大意义了。

“您知道作为一名虫星人，能够担任如此重要的职务，可以想象们达有多么信任我，我个人是绝对不会背叛他的，哪怕我的同类因此鄙视我唾弃我，我也毫不在意。不过殿下如果拿出‘无障’，我们照样会服从您的命令。因为您有‘无障’的话，就等于承认自己是虫星的权力继承人。”

“不为难你，只要你们不攻击墨山就好了。”说着我看了看旁边的老鹰，他冷着一张脸，略显尴尬。

“殿下，我可以为您通知另外两名将军，也许他们不像我这样。”

我点点头：“有劳！”

就在这时，门外冲进来一队穿着黑色制服的持枪警察，将我们三人团团围住，人群里钻出一张熟悉的脸：宫本泽。他之前是天空社控制下的墨山安全区安保负责人，现任刚刚成立的新城安全区警事厅的厅长兼新城警备司令部司令。

“牧先生，好久不见啊！”他依然西装革履，衣冠楚楚，一副礼貌谦和的样子，但我骨子里讨厌这个阴险、虚伪的斯文败类。

我第一反应是自己可能被何承志给出卖了，于是我冷笑一声：“宫本泽，你的动作倒是挺快啊！”说着我给老鹰使了个眼色，示意他情况未明，不要贸然动手。

宫本泽依然笑眯眯的，他看了看曾清和老鹰：“你们不要冲动，这是新城，不是墨山也不是二十一区，动用武力只会让大家都下不了台。”说完他又看了看旁边的格里：“格里将军，您说呢？”

格里说：“牧老板是我邀请来的客人，宫本先生该不会想为难我的客人吧？”

“那当然不会，别说是您邀请来的，就算不是，牧老板能来到新城我们也很欢迎。不过新城是有法律的地方，现在是特殊时期，我们要对所有来到这里的人进行简单的调查询问，牧老板也不能例外。我想格里将军也不会拒绝我们这个合理的要求对吗？”

这家伙说话滴水不漏，绵里藏针地告诉我们这是他的地盘，就得按他的规矩来，更不容外人插手。格里还想交涉，我打断了他的话：“宫本，直接说吧，你想怎么样？墨山和新城目前还没有开战，应该还不属于敌对关系，你难道还想扣押我？”

“那当然不敢，墨山和新城本就是一脉相承，情同手足，我们怎么敢对墨山的领导人失礼？只是想请您到警事厅坐坐。”

老鹰冷冷地说：“宫本，你要弄清楚一些事实，第一，我老板来新城不假，但他不是犯人，有来去自由的权利。第二，我老板到新城的事情现在尽人皆知，何况这里还有格里将军，我老板作为墨山安全区的领导人和陵族的盟友，以及虫星未来的唯一权力继承人，如果他在新城有任何闪失，我可以负责任地告诉你，新城和你个人将为此付出惨重代价。到时别说是你，就连你背后的老板也不会有好下场。”他又加重语气强调说，“你是个聪明人，聪明人应该活久一点，千万别自己找死。”

他的针锋相对和赤裸裸的威胁让宫本泽脸色变得有些难看，笑容僵在脸上，半晌才说：“那当然，牧老板是客人，我们怎么可能为难他。只是邀请他过去，执政官想和他叙叙旧。”

“那好！我老板可以跟他姐姐叙旧，我就不去了，我留在格里将军这里，如果明天这个时候我的老板没有顺利回来的话，墨山将会联合陵族向新城发起攻击，我们将摧毁这里的一切。”老鹰说着冷冷地看了格里一眼，“你不会干涉对吧？”

“当然不会，如果殿下有什么闪失，我们也不会善罢甘休的。”

宫本泽的脸皮抽动了几下，答应了。

一旁的曾清说道：“我要跟你一起去。”她的态度和语气是从未有过的坚定，我赌宫本泽不敢拿我怎么样，否则墨山必然会全力报复，所以我也懒得矫情，大摇大摆地把手中的武器递给老鹰，冲曾清笑了笑：“走！”我甚至都懒得叮嘱老鹰一声，我知道他留在格里这是最安全的，他安全我才安全。

直到我被“请”上一辆豪华小轿车，看到送我们过来的中尉被几名警察按倒在地戴上手铐，我才意识到事情没有那么简单。

这是一个“火箭”状的大厦群——四栋圆形大楼簇拥着中间一栋方形的大厦直入云霄。汽车在大厦内部停了下来，同行的几名警察悄然离去。我和宫本泽来到一处灯火通明、富丽堂皇的房子，这里有极其奢华的古典家具，中间摆着一张巨大的床。

我一屁股坐在中央的大真皮沙发上，从桌上摆放的一盒雪茄里抽出一根点上：“现在有话就说吧！”

站在一旁的宫本泽说：“牧老板不要着急，您先在这住下来，有事明天再说。这里设施齐全，一点也不比墨山的行宫差，需要什么您可以直接说话。”

“你这是打算软禁我吗？还是牧晨雪的意思？”

“您别误会，执政官没有这个意思，她只是单纯地想让您睡个好觉，明天再和您聊。”

“我不用她挂念，我吃得好睡得好着咧！对了，她这么关心我，就不打算见见她亲爱的弟弟？”我嘲讽道。

宫本泽没有生气的意思，他的脸上依然堆满了笑：“执政官今天太累了，晚点应该会见您。牧老板，这里是空中138层，您可千万不要乱跑，免得迷路。”说着他又意味深长地看了我旁边的曾清一眼：“祝你们有个美好的夜晚，再见！”说完快步离开了。

我在这处云端之上的空中思索了半天，我将这次行程的每一个细节都仔细回忆了一遍，依然没有头绪，不知道新城是如何得知我行踪的。当然现在这些都不是最重要的了，重要的是我如何离开这里。

“牧哥你在想什么呢？”曾清轻柔的声音打断了我的思路，我抬起来头看了她一眼：“没想什么，既来之则安之吧！你先去洗澡睡觉。”

也不知过了多久，曾清突然坐到了我的旁边，靠在了我的身上。我转身一看，她已经洗完澡，换上了一套粉红色的真丝睡袍，少女浓烈的体香和雪茄的味道混合在一起，让我瞬间清醒了许多。她雪白的身体珠圆玉润、凹凸有致，在一层轻纱后面若隐若现。这该死的软玉温香啊！她本来就长得十分娇美，现在这样子靠在我的身上，我顿时口干舌燥起来。

“赶紧去穿衣服，别着凉了。”

“哥，如果一辈子都能这样守在你的身边该多好啊！”她没头没脑地冒出一句话来。

我连忙站起身来，我起身并非因为我是柳下惠，而是我的心里刚生出一丝邪念，伴随而来的是铺天盖地对海心的思念和愧疚。

“进去穿好衣服睡觉。”我指了指床，尽量不注视别的地方。

曾清的大眼睛里流露出难以置信和委屈、失落，然后慢慢地变成了一种更复杂的情绪。过了许久，她起身走了几步：“哥，是不是因为海心姐姐？”

“快点去睡觉，小孩子懂什么。”

“我小吗？我已经成年了。为什么在你的眼里我只是孩子，你现在看看我，哪里像个孩子？”说着她眼泪掉了下来。过了一会儿，她停止了哭泣，很冷静地望着我：“哥，我对不起你。”说完她转身跑开了。

这注定是一个不眠之夜。

曾清已经躺在唯一的床上睡着了，发出了细微且均匀的鼾声，我站在窗户旁边却难以入睡。突然楼外面隐隐传来有规律的教堂的那种钟声。我连忙推开一扇窗，钟声清晰可闻。我看了看时间，才晚上八点钟，这时候教堂响起钟声肯定是发生了什么事。

半个小时后，宫本泽又像幽灵一样地出现了：“对不起牧老板，这么晚了还来打扰您休息……您还没睡啊！”

“什么事？”

“执政官要见您。”

“出什么事了吗？”

“临时会议，虫星的将军们和您的侍卫都在。”

我跟着他刚出门口，曾清已经换好衣服追出门来。

其实并没有太远，我们沿着大楼之间的空中公路到达对面的一栋楼，在顶层的会客厅里，虫星的三名将军和老鹰都到了，一起来的还有十几个天空社的首脑。他们坐在椅子上，等待着那位不愿意承认自己是人类的“人类领袖”的召见。

看到我进来，几名虫星将军连忙起身：“殿下。”

格里把另外两名虫星将军介绍给了我，分别是塔尔纳和波塞冬，都是四十岁左右“年轻”的们。我和他们寒暄了几句后，把老鹰拉到一边：“什么情况？”

“老板，几名将军担心您的安全，联合起来找牧晨雪要人，陵族也来示威了。”说着他又小声地嘀咕道，“不过他们的态度和格里差不多，您作为们达的唯一继承人，他们要保证您的安全，却又不愿意听从您的命令。”

“能做到这样就已经超出我的预期了。”嘴上这么说，我心里却有些懊悔当初一冲动把“无障”拱手让人了。

老鹰好像看透了我的心思：“是不是还在琢磨‘无障’的事？这样东西很有可能在牧晨雪的手里，不过她知道自己拿着这东西没有什么意义，因为她拿着这个圣物同样无法命令虫星军队，这东西是您的专属，只有在您手里才会大放异彩。”

“你怎么有这样的判断？”

“这么重要的东西显然不在们达和成于的手里，如果在们达手里的话，成于就可以得到它，而拥有了无障的成于就可以凭借它让们达‘主退逊位’，那样的话他就不是叛乱，还是合法继承权力了。既然不在他们手里，那么就剩下牧晨雪这一个选项了。”

“既然她拿着无障也没有用的话，那她留着干吗呢？”

“对她来讲是没有太大的意义，但是她绝对要保护好无障，尤其是不能让它落入成于手里，否则她必败无疑。我分析牧晨雪如果在这场与成于的权力争夺战中失败的话，会把无障还给您，并通过您击败成于，毕竟你们是姐弟，弟弟掌权总比仇人掌权要好吧？”

老鹰这么一说，我似乎明白了许多，只是我不知道牧晨雪后面的戏会怎么唱，是冒天下之大不韪宰了我，然后孤注一掷与成于拼个你死我活，还是拉拢我对抗成于，救出们达？

我们等了近半个小时，牧晨雪才姗姗来迟。

“不好意思，让各位久等了。”她一贯的高冷，虽然脸上带着一丝笑意。说话间，她有意无意地看看我。自从怀疑她想弄死我后，她在我心里最后那丝亲情也荡然无存了，我回应了她一个冷漠的眼神。

“各位，我今天有些疲惫，加上事态紧急，我就长话短说了。一个小时前，陵族的两艘战舰又侵犯了新城的领空，这是赤裸裸的挑衅，但是我已经命令军队保持了克制。在他们在没有明显敌对行为的情况下，希望三位虫星将军也暂时保持克制。”

“执政官，陵族没有攻击我们的话，我们不会主动挑衅。”

“嗯。”她又看了我一眼说道，“新城不想与陵族和墨山为敌，虽然三方之前有过一些不愉快的误会，但我们没有恶意。我想告诉虫星的三位将军，牧老板在新城会很安全，我们有能力保护他，请你们放心。”

我哼了一声：“这就奇怪了，我来新城拜访朋友，你的人为什么会把我带到这里来？”

牧晨雪沉默了一会说：“新城现在处于战争状态，所有没有登记的人员我们都有权力进行调查盘问……牧戈，说到底我还是你亲姐姐，你来新城不应该见见我吗？”

“可是我不乐意啊！再说你拿我当弟弟了吗？从你决定除掉我那

刻起，咱们早就不是姐弟了。”

“发生过这样的事吗？”她显得有些惊讶，然后她看着旁边的宫本泽，神色有些闪烁和慌乱：“有这种事吗？”

宫本泽面无表情地摇摇头：“没有。”

我的心头突然闪过一丝异样的感觉，眼前的这个牧晨雪就像是一个对我完全陌生的人一样，平时她对其他人也许能做到风轻云淡，但是我的话却很容易激怒她。她刚才的反应太过反常。

“上次在墨山，你还拿枪对着我，如果不是有外人在场的话，你是不是还想亲手宰了我？”我胡编乱造出一个这样的情节。

她沉默了一下，又看了看宫本泽，显然宫本泽也不知道我说的是不是真的，他沉默着，什么话都没说。

“那只不过是姐弟间的一个玩笑，难道我还会真的开枪？好了，你不要和我无理取闹了，有什么话一会儿再说。”她心虚地解释着。但是她的这句话一说出口，我立马断定她是个冒牌货。虽然她无论是外貌、身高、声音以及行为举止都可以假乱真，但她忘记了我是牧晨雪的亲弟弟。

我什么话也不说了。“牧晨雪”又不痛不痒地和三位虫星将军解释了几句，并答应他们保证我的安全后，这个所谓的会议就结束了。她转身就要离开，一点也没有和我“散会再说”的意思。我叫住了她：“牧执政官，不打算请我们吃点宵夜吗？”

她转过身来：“饿了是吧？那跟我来吧！”

我和三位虫星将军说了两句话，又嘱咐了老鹰和曾清两句，跟着牧晨雪进了旁边的侧门，宫本泽打算跟过来的时候我拦住了他：“这是家宴，你跟来合适吗？”

宫本泽脸色很不好看，笑容都凝固了，愣了一会他陪着众人一起下楼了。

第二十八章　替身演员

两名黑衣保镖在前面带路，我们步行到了大厦最顶层的餐厅。就算是深夜，那里依然灯火通明，十几名年轻的女孩笔直地站在四周。

我大摇大摆地走到一个靠窗的位置坐了下来，“牧晨雪”坐到我的对面，也不说话，眼睛看着外面夜幕中隐约可见的云海。

我只是叫了一碗面，然后让所有人都退出了餐厅，包括她的数名保镖。

她有些惊讶我的举动：“你想干什么？”

我朝周围扫了一眼后，紧紧地盯着她的眼睛说：“你真的很像牧晨雪。”

“胡说什么？”她一听这话差点要跳起来。

“别激动，不要忘了你现在的身份，哪怕是个假冒的。以你现在的演技，几乎可以骗过所有人，可是你别忘了，我和牧晨雪毕竟是亲姐弟，你骗得了别人，可骗不了我。”

她放在桌上的手微微颤抖，意识到这些后，她将双手放到了桌下。

“我没有拆穿你的意思，我只是想知道真的牧晨雪现在哪里。”

替身演员终于不再装了，失去了牧晨雪身份加持的光环后，她一下子变得有些可怜，全然没有了刚才的神气："我也不知道她现在在什么地方。我没有骗你。我只知道她现在在成于的手里。"

我终于明白了，成于抓到的牧晨雪是真的，而在新城发号施令的这个人类领袖居然是一个彻头彻尾的冒牌货，我有些无语了。

"你跟了她多少年了？"

"三年，这三年我每天都在模仿她，就是为了以假乱真。您知道的，想让她死的人太多了。"

"还有谁知道你替身的身份？"

"只有宫本泽一个人。"

"所以他控制了你？他难道想替代牧晨雪吗？"

替身演员无比卑微地站了起来："牧老板，这不关我的事，都是宫本泽让我这么干的。"

我摆了摆手，示意她坐下来："这不怪你。宫本泽现在还没有这个能力顶替牧晨雪的位置，除非们达和真正的牧晨雪都死了，并且他要彻底击败成于，哦，还要干掉我，那么你这个傀儡才能够帮助他实现权力野心，而这些都太难了。"

替身演员点点头："宫本泽是个非常阴险狡猾的人，也许他真的能够实现呢？"

我笑了笑："你就没想过除掉他和牧晨雪，自己成为真正的人类领袖？何况只有宫本泽一个人知道你的真实身份。"

替身演员沉默了一会说道："老实说我真的无数次幻想过这些。自从你姐姐消失后，我突然觉得自己就是新城的王，我可以为所欲为做任何之前想都不敢想的事情，但是当我每天要面临和处理那些棘手的事情时，我才知道自己永远替代不了你姐姐，我甚至连宫本泽都替代不了，我永远只是一个可怜的替身，根本不具备你姐姐那样闪耀的才能。"

我突然有些同情这个替身了。我问道："新城内部现在怎么样？"

"机构还在正常运行，但是民间对牧晨雪和政府的反对声很大，宫本泽前几天还抓获了一大批人，他们正在密谋策划反对活动。"

"我知道天空社一直实行铁腕统治，这样的反抗是迟早的事。"

"不仅仅是铁腕统治，牧晨雪之前承诺的长生不老一直无法兑现，加上她的身份游离在们与人之间，所以人们无法认同她的身份。你知道的，人们虽然渴望长生不老，但这并不能淡化人们对虫星文明的仇恨，不过相对于虫星人，人们对陵族的恶意明显要淡许多，毕竟同为地球文明，陵族很少主动伤害人类。"

"这样的示威活动是不是成于煽动的？"

替身演员摇摇头："这次不是，完全是民众自发组织起来的，可见民众对牧晨雪和天空社的不满已经达到了极限，经常有人越境前往墨山。我没有到过你领导的墨山和二十一区，不知道那里的人们的生活是否真的像广播里宣传的那样，但是看到了你本人，我相信那是真的。"

我吃着面没有吭声。她接着说道："牧老板你知道吗？宫本泽从示威策划者那里搜出了很多标语，最多的两种内容和您姐弟有关，一种标语上写着'人类的事情由人类自己决定，将牧晨雪赶下台'，还有一种写着'到墨山去，那里才是人类家园'。这是民意，也是我和宫本泽害怕你出现在新城的主要原因，我们担心你的到来会让新城出现动荡。"

"所以你们想杀了我？"

"我们当然不敢杀你，但是我们可以悄悄地将你请出新城。永远禁止你进入新城的范围。"说着她用手轻轻地擦了一下自己的眼睛，接着说道，"牧老板，宫本泽最近还发现了一个和你本人有关的组织，在新城异常活跃。"

“和我有关的组织？”我愣了一下。

“你是P型血对吧？”

“对！”

“因为您，P型血的人群对科罗拉多病毒天然免疫，所以这些和您同一血型的十三万人都活了下来，他们因此十分感激您。加上您这几年为人类所做的贡献，尤其是您以人类的名义与陵族达成同盟，使得陵族不会主动攻击人类，以至虫星人想完全控制人类的野心落空，很多人将您奉为英雄和偶像。他们组成了一个叫‘P型社’的组织，自发宣传您本人和墨山，新城民众想去墨山安全区，很多都是受到这个组织的影响。”她开始使用尊称。

这是我没有想到的事情，一次阴差阳错的事情竟然会造成这样的结果。

“天空社不是标榜自由吗？为什么不允许民众自由离开？”

“他们不会放人离开的，上一次陵族与虫星军队在新城进行了一场大战，有不少人就是趁着这个机会逃离了新城。”

我点点头：“墨山接收了一些从新城出来的人。”

“为了加强控制，宫本泽几乎架空了政府和理事会，到处安插他的亲信，而我也沦为了他的提线木偶。不过好在厄文还控制着一大半军队，所以宫本泽行事还有所顾忌。”

“对宫本泽而言，你可不只是木偶那么简单。如果牧晨雪有一天回来，你还是他的替死鬼。”

替身演员有些慌乱地问道：“我为什么是替死鬼？这些事都是宫本干的。”

“可是宫本泽不知道你是替身啊。当然事实上他知道，可他不会承认。他所效忠的都是牧晨雪本人而不是替身，他没有理由也不敢去怀疑自己的领袖是一个替身。所以这些事都是你以牧晨雪的身份发号施令的，事实上你也这么干了。这样一来，你不是替死鬼又是什么？”

替身演员彻底慌了，她再也没有了牧晨雪身上散发出来的那种天生领导人物的气质，她捂着脸沉默了好一阵子，然后放下手对我说：“牧老板，您一定要救救我。”

“当然，你本质并不恶，只是一时被权力蒙蔽了双眼。这样吧！咱们来做一笔交易。”

“您说，您让我做什么都行。”

我想了想说道：“一会儿吃完饭后，你继续当你的执政官，就当我们之间什么也没有发生过，但是你要尽量保护好新城的人民，不要惧怕宫本泽，因为除了他之外，没人知道你是替身，而他在牧晨雪回来之前不可能出卖你，更不敢伤害你。我等待一个合适的时机，帮你一举拿下宫本。”

替身演员说：“为什么不现在拿下他？”

“拿下他当然很容易，但是你刚才也说了，他在军队和政府安插了很多亲信，现在拿下他新城必定动荡，最后受害的还是平民。你身边有可以信任的人吗？”

“有！”

“那从现在起你秘密派人调查他，方便我们动手时将他们一网打尽。解决掉新城的问题后，我保证让你回归到平稳的生活，不用再过这种提心吊胆的日子。”

替身演员稍微思考了一下就答应了我。

“我会派人来帮你处理这些事情，刚才跟我一起来的那个女孩叫曾清，以前就是牧晨雪的侍女，让她回到你的身边合情合理。曾清的能力很强，我先让她帮助你，后续我会继续安排人过来。”

“不！曾清不行，她是宫本泽的人……或者是你姐姐的人？反正她是这两个人安插在你身边的间谍。”

我有些惊讶："你确定？"

"确定，您到新城的消息就是她提供给我们的。"

我有些哭笑不得，我实在找不到可以怀疑曾清的理由，除了今天晚上她的表现有些反常外。这两三年来她甚至都没有太多的时间跟我待在一起，监视一说更谈不上。

"那等我事情调查清楚了再说，后续我会派人给你。不过我依然要提醒你，做事千万要想清楚了，如果你言而无信玩什么把戏的话，不用等牧晨雪回来，我照样有的是办法收拾你。"

"请牧老板放心，我绝对不敢和您作对，也不敢和您玩心眼儿，您是真正的大人物，要收拾我这样的小人物，不就像捏死一只蚂蚁那么容易吗。"

"我不是牧晨雪也不是宫本泽这样的人，对杀人没什么兴趣，但是坏人肯定是要受到惩罚的。"说着我站起身来，"对了，弗纳尔博士还活着吗？他在什么地方？"

替身演员想了想："这个人被押到新城后就消失了，有可能已经死了，当然也有可能被关在了某个我不知道的地方。"

我不得不佩服起自己这个亲姐姐，不管她是杀人灭口也好，为弟弟报仇雪恨也罢，总之她让天空社这么一号重要的人物消失了，我想求证真相都不可能。

"刚刚我说的话你都记住了吗？"

"记住了。"

老鹰和三名虫星将军还站在停车场，外围有大批手持武器的虫星战士，几名穿着制服的警察鬼鬼祟祟地站在远处，显然是宫本泽的人。曾清不知道去向。

"老板，没什么事吧？"

我兴致大好："能有什么事啊！吃了一碗面条。"

几人一脸疑惑，面面相觑。塔尔纳将军问道：“殿下，您只是去吃了一碗面条吗？据我所知，面条是人类一种极为简单粗糙的食物。”

“对，就吃了一碗简单粗糙的面条。”

他们表现得有些惊讶，也许在他们看来，像我这种身份的人就应该吃山珍海味才合理。格里问道：“殿下，晚上您还去我们军营吧！那里更加安全。”

我摇摇头：“感谢三位将军的好意，辛苦大家跑一趟我有些过意不去。晚上我就不去你们驻地了，牧执政官安排的地方不住白不住，再说我还想在新城转一转，至于安全方面宫本厅长应该会安排好的。”知道他们的底牌后，我胆气十足。

看到将军们还有疑虑，我说：“放心吧！不会有事的，明天如果方便的话，我再来拜访各位。”

“好的殿下，我将这些士兵留下来保护您的安全，我们明天在军营恭候您。”

看到他们的车辆驶入了空中公路后，我问老鹰：“鹰叔，曾清呢？”

老鹰说：“不知道，出来的时候她说去有点事，我以为是女孩要方便之类的，可是她一直没回来。”他刚说完，一名红衣男子走了过来：“牧老板您好，我是执政官派来的，您有任何需要都可以找我。”

老鹰指了指那些警察：“让他们离开，我老板不喜欢他们。”

“好的！”男子说完就上前和警察交涉了几句，警察们立即转身上车，没一会儿就消失得干干净净。

“牧老板，您的人是不是走失了？我们知道她的行踪，需要我们现在把她找回来吗？”说着红衣男子又压低声音道：“宫本不知道这事，曾清是一个人去的。”

“她去了哪里？”

“德山里，噢，也在新城，不过离这里有点远……而且那里不是很安全。”

“你带我去吧！”

“现在吗？”

“是的！”

德山里，一个新城里的贫民窟。在新城的法律和社会结构里是没有监狱的，严重的犯罪会被直接判处死刑，而普通犯罪则会被罚服劳役和鞭刑，然后发配到这个叫德山里的地方。这里原本是一个机器人工业区，不过一直没有投入使用。于是这里就成了被流放者的天堂，数千名杀人犯、强奸犯、诈骗犯、政治犯甚至是小偷都被流放到这里，久而久之这里成了新城的“犯罪之都”。这里设施齐全，有酒吧、咖啡厅、餐厅、酒店、台球馆……人们可以使用“新币”或者价值相当的物品进行交易。

整个德山里就像是古老的电影资料里19世纪的小镇，到处是粗糙的霓虹灯、广告牌，喧嚣无比，厂区的路被隔成了街道，两边还有人在摆摊卖宵夜、酒水香烟，当然也有打扮得花枝招展站街的妓女。

我们一行三人悄然来到了这里。虫星士兵的车辆停在了街口，几个临时被叫醒担任警卫的德山里警察一头雾水地站在街道的四周。西装男在前面带路，将我和老鹰领到了一条巷子里，他指了指旁边的一栋小厂房：“牧老板，我们的人就跟到了这里，她应该在里面。要我跟您一起进去吗？”我摇摇头，然后和老鹰拐了进去。厂房没有门，里面就像是一个集体宿舍，天花板上挂着暗淡的灯，车间被人们用各种材料隔成了十几间独立的小房间。

老鹰左右看了看：“这怎么找？一间一间敲门？”

“只能这样了。”已经是晚上十一点多了，这个点人们刚刚躺下。

我们才说两句话，旁边的一间小房子里就有人在咆哮：“这么晚谁在吵啊？还要不要睡觉了？”

他的声音很大，以至于其他小房间里的灯也亮了，有几户人还打开了门，探头探脑地往外看。

“不好意思，打扰大家休息了，我们来找一个人。”老鹰忙不迭道歉，声音也大了许多。但是除了刚才的声音，其他人都没有吭声。

老鹰索性喊了几声曾清的名字，咆哮男的门开了，一个光头男子裹着被子探出头来，看到我们又大喊起来：“你们是……”然后他看到了老鹰手里的枪。“你们找谁啊？”

“滚进去睡你的觉，别自找麻烦。”老鹰低沉地说道，光头男把脑袋缩了回去，这时，曾清从里面的一间房子里走了出来，她站在门口处，眼睛红红的，像是刚哭过。

“哥，你怎么找到这里来了？”

我没有理她，直接拉着她推开了门，四十平方米不到的小屋里，摆放着两张简易的木床和一些简陋的家具，收拾得倒是很干净，不过房子里连个窗户都没有，散发出一股淡淡的霉味。里面的一张桌子前坐着五个人，一个老人，三个四十多岁的中年妇女和一名七八岁的孩子。桌上放着食物和一沓新币，还有一台老式的多功能收音机。收音机里传来一首声音微弱的老歌。

看到我们气势汹汹地进来，人们显得很紧张。老鹰看到这个情况，退到了门外。

“清清，这什么情况？你不想给我解释下吗？”

“我也不知道该怎么给你解释，对不起啊！”说着她的眼里闪烁着泪光。

“你就是小牧吧？来，坐下来慢慢说。”那个七十来岁的老人颤巍巍地站起身来，他很瘦，瘦削得一阵风都能将他吹倒。

曾清说：“这是我爷爷。”

“你爷爷？”我一愣，因为我记得她曾经跟我说过自己是孤儿，从小就被牧晨雪领养，什么时候突然冒出个爷爷来了？

众人七嘴八舌说了起来，我终于听明白了。曾清的确没有父母，她三岁的时候父母死于一场暴乱，是爷爷一个人抚养了她。后来她被天空社看中，拐到了他们自己经营的福利院。爷爷却没有放弃她，报警无果后，老人一个人踏上了漫长的寻孙路，终于在一年后找到了福利院里的曾清。天空社的人被老人感动了，没为难他，将他收留在了福利院照看曾清和其他孩子。这三个妇女也是天空社福利院的看护人员。科罗拉多病毒暴发前，察觉到危险即将降临的曾清利用“职务之便”，为爷爷和他们三个人谋取到了来新城的名额。至于这孩子，是他们在来新城的路上领养的一个孤儿。

后来曾清投奔到二十一区，宫本泽大怒，他曾派人秘密联系上她，用这老弱妇孺五条命威胁她为新城提供情报，并答应她只要抓到我就放他们一条生路。同时他向曾清保证我的生命安全绝对不会受到威胁。曾清知道宫本泽一向心狠手辣，说得出做得到，纠结两天后她终于向宫本泽报告我准备前往新城的消息。

老爷子生气地说：“小牧，我们刚才已经狠狠地批评过她了，这孩子平时很聪明，但有时候犯糊涂，到底还是太小了。和你这种干大事的人比起来，我们几个人算得了什么？”

了解事情原委后，我感动于他们这份情谊，心中的怒气全消。

“没事的老爷子，我是担心她一个人来德山里不安全，所以找到这里来了。”

“你这么一个大人物，还屈尊来这种地方，真是难为你了。”

就在这时，桌上的那台老式收音机里，杨柳那个熟悉的声音响了起来：“大家晚上好，这里是墨山电台，现在为您插播重要内容。我墨山人类安全区领导人牧戈现正在新城访问，请新城方面务必提供绝对安全保障和周到的服务，同时警告少数心怀鬼胎的不法之徒，任何敢于挑战墨山人民的行为必将遭到墨山和陵族联合军队的严厉打击……”

听到电台里传来的声音，我突然意识到墨山与新城此刻俨然已经成了两个独立的王国，交涉都是通篇的外交辞令。我看了看曾清：“你的杰作？”

她低着头：“这算是将功补过吧！我早就悄悄联络了墨山与何承志，这样你到新城的消息尽人皆知，他们就不敢拿你怎么样了。不过在此之前，鹰叔也已经联系了墨山。”

“何承志人呢？”

“他召集了所有人，随时准备应对突发情况，他让我转告你，‘我是人类’组织会全力保护你的安全。我相信他说的是真话，因为如果你出事的话，墨山第一个饶不了他。”

我笑道：“如果我出什么事，你就打算让他背锅？”

她说：“当然不，我早想好了，万一你真有个三长两短我就拿命抵，我陪你一起死。”说完她好像意识到不对，脸一下红了。

老爷子笑了：“都这么年轻，要好好活着，爷爷希望你们年轻人干出一番大事来。小牧你还没成家吧？”

我摇摇头。

“那就好，你觉得我这孙女怎么样？”

“挺好的，清清聪明能干，长得还漂亮。”

“那我把她许配给你要不要？”

“那可不行，我一直拿清清当妹妹的，这……这不是有点乱了吗？”我有点慌了，这爷孙今晚都瞄着我不放了。

“你老实说，是不是看不上我家清清？”

“绝对没有，这么好的女孩子……”老鹰不在身边，连个打圆场的人都没有。尤其是那三个妇女看到我手足无措的样子都咯咯笑了起来。

“爷爷你别说了，我哥心里有人了。”曾清也羞得不行。晚上被我拒绝后，她似乎已经明白了我的内心。

老头却不依不饶：“小牧我就问你，你说清清这么好，你到底喜不喜欢？”

“爷爷您别为难我，我喜欢清清不一定非要娶她啊。墨山好男人多着呢！我一定帮她选个……”

“别说了，喜欢就行。”老爷子笑逐颜开地把清清拉到我面前，将我们的手抓在一起，“我老头子一把年纪了，这个乱七八糟的世界也看够了，现在最放心不下的就是这个孙女，今天我就拉郎配把清清许给你，当小老婆也行，反正除了你不准她再嫁他人。”

我虽然有点无赖，但像老爷子这样逼着人家娶自己孙女的还是头回见。不等我开口，他又逼着曾清发誓：“你要答应爷爷，除了小牧你谁都不能嫁。你要是不答应我今后就不准再来看我，哪怕是我死了也不要你来送终。”

曾清只好点头答应。

老爷子又看着我：“小子，从现在起清清就是你的人了，要杀要剐都是你的事，但就一条不准抛弃她。”他握住我们的手有些微微颤抖，嘴唇也因为激动抖得厉害，我害怕他再激动能把自己送走了，只好硬着头皮答应下来。

“不，你必须发誓要娶曾清为妻，当然妾也可以，要不然我这把老骨头一定会死不瞑目。”

我相信老鹰就在门外，而且隔着这么薄的木板，他肯定听得到里面的话，可就是不进来帮我一把。不过转念一想，如果海心将来不反对的话，娶个曾清这样的老婆也相当不错，于是我答应了。

老头得寸进尺地说道：“我担心自己时间不多，你们现在就给我跪下，就当是提前拜了高堂。”

我说：“爷爷，您别这么着急，这事不能草率，起码得有个仪式吧？”

“不，爷爷我不注重繁文缛节，何况你们年轻人事情多，一拖又不知道猴年马月了，你们年轻人有时间，我老头子可等不起，就现在拜堂成亲。”

三名妇女突然也聪明起来，她们按着我们拜了天地，又给老头子跪下磕头，喊了爷爷拜了高堂。就这样过家家一般，我莫名其妙地突然多了一个老婆。

老爷子见自己得逞，笑得合不拢嘴：“好了，你们可以回去洞房了，我们不用你们操心了。”

我看看曾清，她低眉垂眼，羞答答的，根本不敢直视我。我说：“现在你怎么打算？是接爷爷他们回墨山还是继续留在新城？”

“宫本泽愿意放人吗？”

“我还管他愿不愿意呢！他也不敢再用这个威胁你了。不过这个要看爷爷他们的意见。”

老爷子心情好：“我们就待在新城，谅他也不敢拿我们怎么样。”

我心里有了新城这个小算盘，也就无所谓了：“暂时留在这儿也行！那我现在先带你回去吧！这么晚了，大家都要休息。”

老鹰恰到好处地打开了门，脸上露出一丝诡异的笑：“老板，老板娘，恭喜你们啊！”

曾清一脸娇羞。我瞪了老鹰一眼，他一晚上都在看戏，就是不进来帮我一把，不知道安的什么心。以前我谈恋爱，他们可没少棒打鸳鸯。

门外，十几户人家的灯都亮着，很多人还站到了门外。我这才意识到，这十几户独立的房子其实只是一个大点的车间，在这夜深人静的晚上大一点声音说话，周围的住户都能听得清清楚楚。很显然，刚才我被逼婚的丑态已经被人们听到了。人们看到我出来，脸上写满了震惊、疑惑、好奇等各种复杂的表情。

终于有一个年轻的女孩壮着胆子问道："你是牧戈本人吗？"她的手里还拿着一张我的照片。

我点点头。

她难以置信地看着我，半晌叫了起来："天啦！牧戈真的来我们这了。"

老鹰连忙比了一个嘘的手势："耽误大家休息了，抱歉啊！"

我尴尬地笑了笑："打扰了，请大家以后多关照我的家人。"

外面的巷子里，德山里的警察已经搞清楚了状况，打起了十二分精神。老鹰和那名西装男耳语了几句后，就陪着我们走出了巷子，汽车早就等候在那里，上车后我问道："鹰叔，你和那家伙说了些啥？"

"用人类的思维来说，您和曾清结为夫妻了，那么老爷子他们也就算是'皇亲国戚'了，我知会了新城方面，让他们处理这些事情。再说我公开了这层关系，就算是牧晨雪本人也不好再拿他们做文章，至于宫本泽就更不敢了。"

我本来以为晚上陪着老爷子演了一场戏，没想到老鹰火上浇油，假戏真做了。这下就算是我不承认也不行了。

"我刚才在里面左右不是人的时候，你为什么不进来？"

老鹰干笑两声："我那时候进去坏事的话，老爷子能找我拼命。再说这本来也不是什么坏事，您也老大不小了，是时候为人类的下一代作点贡献了。"

我发现这时候的老鹰一点也不像们，简直比人精还精。

"老板，我打赌明天您一觉醒来，您大婚的消息绝对是新城头条。"

"新城有媒体？"

“一个有超过两百万人口的城市当然有媒体，不过是传统的报纸，据说现在已经在筹建电视台了，他们的报纸以前对您的评价基本是毁誉参半，还有八卦的，连您小时候的糗事都挖出来了。”

“为什么没人告诉我这些？”

“老板，作为地球上知名度最高的人类，您要习惯面对各种声音。如果我仅仅只是您的参谋和侍卫，我还会提醒您注意自己的言行，但我不打算那么做，只要不是原则性的敏感信息，我希望您永远做本色的自己。”

这才是长辈会说的话，我心里感慨良多。

“唉，本来想悄悄溜到新城来，结果闹得尽人皆知了。”

老鹰说：“我会安排一切，您放心睡觉吧！另外我已经将反监听监视的设备给了曾清，她检查过房间了，没有问题。”

我叹息一声：“你也要注意休息，你虽然长生不老，但也不是铁打的。再说我只不过娶了个老婆，人们还能骂死我不成？”说罢我看了看坐在旁边一直沉默不语的曾清，她靠在我的肩膀上似乎已经睡着了。

回到住处后，我将牧晨雪替身的事告诉了他们，曾清和老鹰知道这事也很震惊，不过他们很快明白了我的意图：我要吃掉新城。

第二十九章　P 型社

第二天一早，老鹰就按门铃将我吵醒了："老板，您应该下楼看看。"

"发生了什么事？"

"楼下有大规模的示威活动。"

"针对我的吗？"

"是针对新城政府和牧晨雪的，不过和您也有关系，因为是 P 型社组织的活动，喊出的口号就是让本届政府下台，由您执政新城之类的。"

我顿时上火："这不是把我架在火上烤吗？我现在手上没一兵一卒，局面失控的话，别说保护他们，我自己都要泥菩萨过河。"

"事情倒没有您想的那么糟糕，P 型社的组织者知道您现在在新城，所以通过这种方式向您表达了支持，扩大您个人在新城的影响力，同时也正是因为您在这里，新城方面考虑到影响不会明目张胆地镇压。而且他们的抗议活动不算太激进，有警察在维持秩序。"

"清清，一会儿你去找那个'牧晨雪'，就当什么都不知道，配合她全力收集宫本泽势力的情报，收拾他之前务必要将他的亲信一网打尽，否则一定会乱套。”

“我知道该怎么做，你放心吧！”

我叮嘱说：“你现在的身份不一样了，不再是牧晨雪的侍女也不是任何人的下属，你已经是我老婆，所以说话做事不用再像以前那样唯唯诺诺，还要注意安全，早去早回。”

“知道啦！我们一走你身边就没人了，自己要当心点。”

老鹰让西装男送她去见“牧晨雪”后，我说：“鹰叔，你联系一下墨山，让他们选派一批可靠的人过来。人多的话可以让他们分两个渠道进来，一是通过合法渠道，另一部分可以由何承志安排进来。”

“老板，我已经通知他们了，宁老大亲自带队，林航他们都会过来，估计这会已经出发了。”

“墨山派了多少人过来？”

“有四百多人吧！精英全部出动了，老板，大家这是在陪您豪赌啊！”

我当然知道，但这场豪赌的赌注太吸引人，一旦赌赢了，地球人类就能实现真正意义上的统一。到时，强大的人类文明可以理直气壮地联合陵族和虫星反叛军，共同对抗入侵者。可是万一赌输了呢？我不愿意想，因为我根本就没想过要输。

“老板，您是不是还漏掉一个重要的环节？”

“你是说厄文吗？”

老鹰点点头：“没有他的支持，新城照样会乱。”

“会有一定风险，但‘牧晨雪’站在我这边，事情就好办了。这个人我们之前曾经研究过，是个投机分子，到时想办法拿下他，不行就来硬的。你们先商量一下，看看计划有没有漏洞，这个事一定要保密。哦对了，现在我还有必要下楼吗？”

“您的粉丝团组织了这次数万人的游行，当事人不露面肯定不合适……不过现在露面好像也不太合适，毕竟这是新城的地盘。这样吧！等他们活动结束，我代表您悄悄地去见一见组织者，了解一下他们的具体情况，关键时候这也是一支很强的力量。”

“好吧！这些事就辛苦你了。”我感慨道，“鹰叔，要是刀疤叔、大白鲨、飞鱼他们都在就好了。”

看着我有点发呆的样子，老鹰又干笑两声：“老板，终于知道我们的好了吧？您放心，们达和牧戈的侍卫都是最优秀的，他们现在在虫星都掌握着实权，万一……我是说万一啊！将来您真的要执掌地球和虫星两支文明的话，他们都是您的好帮手。”

“我现在对虫星的事没多大兴趣。鹰叔，你能不能想想办法，帮我把他们弄回来？”

“很难，虫星和地球文明现在是战争状态，让他们冒着背叛的罪名回到您的身边，压力是很大的。如果有一天您能拿下成于，接替们达成为虫星领袖，这些就都不是问题了。我们扯得有点远了，我现在陪您前往格里的营地，看看能不能凭您的三寸不烂之舌说动他们，回来后我再代表您去见P型社的人。”

作为们达曾经无比信任的忠诚卫士，老鹰说出这样的话让我内心十分感动。也许在他的心里，我更像是他的子侄而不是什么老板，凡事首先考虑我的利益，保护我的安全，将所有对我的威胁第一时间消除，这可不是一个普通下属会去做的事。

第一批支援当天晚上就到达了新城，并迅速展开了工作。这是一支由四十多人组成的“访问团”，除了冷姨亲自挑选的二十多名警卫负责我们的安保工作外，另一半是宁叔和林航组成的智囊团。智囊团中很多人对新城的情况十分了解，只不过他们当中的大部分人不知道此行的真实目的，单纯地以为我在和新城谈合作，所以他们中的一部分人还要负责明面上的谈判。

这批人到达新城后，按照事先的计划，在我住处旁边的会议室召开了一个秘密会议。宁叔、林航、冷姨、老鹰、安德莱斯中将、诺雷少将以及其他几名可靠的专家举行了一个小范围的会议，对他们在路上初步制订出来的计划进行修改和完善。阿赛维少校和大胡子作为这次抓捕行动的具体负责人，也参与了会议。

短短的一天时间内，曾清和老鹰一共帮我做了几件事。

当天的示威活动和平结束后不久，格里将军手下的一队虫星士兵突然发难，借机主动挑衅和他们一起联防的新城人类军队，双方随即发生了小范围的群殴事件。于是“盛怒”的格里将军主动联系了宫本泽，要求他解释并处理好这起人类“欺压”盟友的事件。宫本泽无奈之下，只好亲自过来处理这次事件，好不容易折腾了一天，刚处理完这起老鹰一手导演的闹剧，“牧晨雪”又紧急召唤他，商议和墨山的合作事项。

宫本泽原本无意与墨山谈什么“合作”，一心只想早点把我这个瘟神送出新城，但当他看到“牧晨雪”递给他的合作草案时，其中“可以帮助新城与陵族建立起有效联系，甚至是结盟”的内容吸引了他。对一个处于强敌环伺、风雨飘摇中的野心家来说，能够与陵族结盟，无疑是少了一支劲敌而多了一个强大的盟友。于是他兴致盎然地支持合作，组建谈判的人选。

与此同时，老鹰与P型社的接触也大有收获，作为我的全权代表，老鹰受到了这个成立不久的神秘组织的隆重欢迎。P型社成员五花八门，有平民和富豪，也有官员和军人。这个组织的初衷是同血型的人互帮互助，以及支持我个人，后来慢慢受我观念影响，从一个纯人类公益组织发展成了一个反虫星侵略组织，开始在新城宣扬反抗精神，鼓励民众走出“牢笼”，加入我率领的反抗军。奇怪的是，我还被选成了名誉社长，而社长克里西却是一个才二十岁出头的女孩。

所有的一切看起来都在像我计划的那样发展，现在只剩下一个最重要的问题，那就是控制厄文。

作为宫本泽在新城的头号对手，这个前非洲的暴君生性多疑，一样野心勃勃，这些年迫于牧晨雪的强大压力不得不臣服。作为地位仅次于牧晨雪的资深元老，他在天空社内部的威望和影响力很大，何况在实行清洁工计划之前，他将自己政府的六个部长、三个副总理、二十多名将军以及二万多名训练有素的卫队士兵尽数带到了新城，这批人当时是天空社里唯一可以抗衡牧晨雪“对外咨询部”的力量。改组后，“对外咨询部”的主要力量成了新城“人类安全情报局”，另一部分组建了“内政部”，还有一部分去了宫本泽的警事厅。这样对外咨询部的实力无形中被削弱了。对于这样一个已经拥有巨大的权力的野心家来说，他绝对不会轻易选择和我们合作。

会议室里，我的智囊团还在仔细研究攻克厄文的计划。这是整个计划里最难的一部分，大家知道不摆平这个人的话，我的计划很可能流产。他们时而低声讨论，时而在纸上涂涂写写。可能是军人之间更容易引起共鸣，安德莱斯中将和诺雷少将为各自的观点争论了好一阵子，这会不吵了，两人在门口处不停地来回踱着步，警卫人员都躲得远远的，生怕招惹到了他们。

“两位不要着急，咱们还有时间。”我笑着拍了拍诺雷将军的肩膀，这个身材并不算高大的欧洲男人早已“聪明绝顶”，脑袋光秃秃地暴露在空气里。说着我看了看宁先生，他正专注地翻看着一沓资料。

“老板，我还是坚持我的观点，虽然后续会有一些麻烦，但比起整个计划来说那算不了什么。”安德莱斯将军是位雷厉风行的鹰派将军，他最先提出直接干掉厄文这个暴君，但被诺雷反驳了，理由当然也是一大堆。

两个加起来一百多岁的人气呼呼地转身进了会议室。我无奈地说道："冷姨，我想出去透透气。"

"这里毕竟不是墨山，晚上最好不要出门，您实在要出去的话，我得请示一下宁先生，不过我想他不会同意。"

"他肯定不会同意，你别问了。"说着我转身溜了，冷姨只好带着两名警卫跟上我。

西装男站在停车场，看到我出来，上前问道："牧老板有什么吩咐吗？"

"我想出去走走，你帮我找个向导就行，不用派人跟着。"

就在这时，不远处的汽车里下来一个人，准确地说是一个金发碧眼的白人女孩，短头发，戴着一副夸张的圆眼镜，算不上漂亮，但气质清雅。

"牧戈，我可以给你当向导，我是新城最好的向导。"

早有人拦住了她。西装男一脸的警惕，语气中还透出一丝警告："怎么又是你，都说了牧老板不见任何人。"说着他又压低声音对我说："这女孩是新城日报社的，说想采访您，在这等半天了，我知道您在忙所以拒绝了。"

冷姨警惕地问道："身份确认过了吗？"

"确认了，报社的确有这个人，叫克里西。"

"克里西？"我对这个名字似乎有些熟悉。

"没错，我就是克里西，您的粉丝团成员。"

我想起来了，她是老鹰提到的那位P型社的社长。

我说："那就辛苦你当一回向导吧！"

克里西甩开两名新城安保人员的手："那你上我的车吧！"

几名安保连忙检查了她的汽车，确认没有危险后才退开。

我和冷姨直接上了她的车，一辆古老的甲壳虫无人驾驶汽车，空间狭小，三个人坐在里面已没有多少空余的位置。

克里西笑了两声："老板，你想去什么地方？"

"找一处新城夜景最美的地方吧！"

"理论上最合适观景的地方是 73 号路站，哦，73 号是空中公路的最高点，离地面 680 米，不过我个人不喜欢那里，我带你去我喜欢的地方吧？"

"什么地方？"

"地面上有一个叫青湖的地方，我经常一个人去那个湖边。"

"行！"

我没想到新城中一个荒无人烟的山边有这么大一个人工湖，旁边也没有多少建筑，空旷寂静。我们在湖边一个充满古风的亭子坐了下来，远处若隐若现的摩天大楼群的梦幻感与这处湖光山色的亭台楼阁相映成趣。

冷姨和几个警卫站在远处。

"这算不算新城最美的夜景？"

"不错！"

克里西笑了起来："虽然老板知道我的名字，但我还是想介绍一下自己。克里西，前冰岛人，雷克雅未克大学的学生，也是最早一批来到新城的人。"

"和你的家人一起来的？"

"是的。比起这个世界绝大多数的人，我比较幸运，因为我的母亲还在身边。"

"你的母亲肯定是个很了不起的人。"

"也许吧！至少在我看来是这样的——您知道的，在孩子的眼里，父母都很了不起。"她很圆滑地避开了这个有些敏感的问题。

"老板……"

"你可以叫我的名字，我不是什么老板，老板是我的同事们调侃我的。”

“不，我从听说你故事的那天起，就已经把你当成了我的老板。更何况你是货真价实的老板，没有人会质疑这一点。”说着她停顿了一会，接着说道，“我知道你现在有很多事情在处理，如果你不介意的话可以试着把一些难题交给我，也许我能帮你解答。”

我笑出声来，眼前这个小女孩有点不知天高地厚了。

见我在沉默，她继续说道：“你如果想取得这座伟大的城市，是有很多事情要做，首先有三个人你是绕不开的，你姐姐牧晨雪，宫本泽，还有一个是厄文。”

“你怎么会认为我有觊觎新城的野心呢？”我脸上风轻云淡，但这个小女孩不经意地窥破天机，让我内心震惊。

克里西眉毛一挑：“如果我是你肯定会这么干，更何况你是我偶像呢？不过对于你来说这不能称为野心，因为我知道你想取得新城不是为了满足个人的欲望……老板，这几年我一直在努力研究你，你可能不知道，我的第一特长并不是写新闻，而是计算机和洞察人心。新城的服务器里拷贝和储存了人类史上大多数的资料数据，比起修建一座城市，我以为这才是天空社为人类文明做出的最大贡献。”

我静静地盯着她，不给予任何回应。她继续说道：“从那些能够找到的资料里，我尽可能地去熟悉你。我知道你的身世和人生轨迹，了解你从小学到大学的所有成绩，包括你学习和生活中养成的一些个人习惯，我会通过你生活或学习中的一些细微的改变去揣摩你成长过程中的变化。”

我没想到除了陵族，还有人对我的一切这么感兴趣。我问道：“我对我自己的过去没有兴趣，但对你提到的这三个人很有兴趣，你说说看。”

“对于像他们这样的人物来讲，有时候纯粹的武力不一定能够战胜他们。”

“那还有什么办法？”

“也许可以试试舆论和丑闻。”

“舆论和丑闻？”

克里西很郑重地点点头：“政客的丑闻可以轻易断送掉他的政治生命，如果一个政客经受了丑闻依然屹立不倒，那只能说明这个丑闻还不够丑，或者知道的人还不够多。还有一条就是这些人都有敌人，他那些有着巨大能量的敌人会帮着推波助澜，借此大做文章。再退一步说，就算舆论和丑闻不能打倒他们，但至少可以压制他们更大的野心，不是吗？就算是你姐姐这样强权的人物，她依然会被舆论和丑闻所压制，她费尽心思想要掩盖自己犯过的滔天大罪，但终究有一天这些丑闻会被一一揭开，她也会因此身败名裂甚至是被挫骨扬灰。所以从这个意义上来说她也是个悲剧人物。”

眼前这个二十岁出头的女孩表现出一种令人惊讶的成熟和冷静，而且她知道一些她这个年龄和“阶层”不应该知道的秘密。

我说：“所以你像琢磨我一样地都深入了解这些人？你了解他们的丑闻对吗？”

克里西淡淡地笑了笑：“他们不配我用那么多时间和热情去研究，我对于他们的研究全部是基于您有可能出现的需要。现在你有需要了吗？”

“在我回答你这个问题之前，我想知道你是出于什么动机帮助我。”

“很简单，你救了我的命，其次我是出于对少年英雄的崇拜，在这样的世界里，老板这样的人比任何时候都更加耀眼，因为你就是人类的未来。能追随你当然是我的无上荣幸。”

“不！就算没有我你依然也会活下去，我也不是你说的什么英雄。这两条理由都不能成立。”

“那是为什么呢？”

我笑了：“因为你也是一个投机主义者，或者说是一个野心家。”

她居然笑了，笑得和新城云端下的那些灯光一样诡异且梦幻。

只要有人，阶级这个东西就会永远存在，那些告诉你众生平等的人只有两种：傻子和骗子。

和肮脏混乱的德山里比起来，这处位于空中四百多米的豪华公寓简直像是天堂，有种满绿色植物的空中花园和独立的泳池，还有健身房。巨大的玻璃幕墙里，两只估计有些恐高的画眉鸟在笼子里不停叽叽喳喳。

精神萎靡的西奥多教授拿着一本纸质的《时间简史》胡乱翻看了一下，然后扔到了旁边的桌上。他年轻的女佣神情淡然地站在花园的门口，看着这个白发苍苍的老头在花园里躁动不安地来回走动，似乎对此早就习以为常，见怪不怪了。

“这些疯子！这些魔鬼！这些骗子都应该下地狱。”他如同困兽，一个人自言自语地咆哮着，然后他抓起桌上的水杯狠狠地砸在了地上。

女佣依然很淡定地打扫完地上的碎片，问道：“教授，您要吃一片药吗？”

西奥多教授有些累了，他气喘吁吁地一屁股坐在花园的椅子上：“来吧！我也不想什么长生不老了，就让我去死吧！我实在是受够了。”

这时，外面的门铃响了起来，西奥多教授听到门铃声显得异常兴奋，他指着门口，对女佣几乎是咆哮式地吼道：“去，快去开门，终于有人来了。”

没一会儿，我和冷姨还有克里西三人走进了这处花园。

“教授，我们是来拜访您的。”

“我还有客人？还有人记得我这个糟老头吗？他们允许我见陌生人了？”西奥多教授激动地叫喊着。

说实话，当我第一眼看到这个曾经名动天下的大科学家时，隐隐有些失望，他失魂落魄、憔悴不堪的样子更像是一个得了重病的老人。尤其是他歇斯底里的时候，样子看起来有些可怕。

“老板，需要给他打一针镇静剂吗？”冷姨从外面走了进来。

我摇摇头。

作为清洁工计划的直接参与者，西奥多可以说是一名真正的杀人狂魔。这名天空社的元老为了达到长生不老的目的，他明知道这个计划的真正内容，却依然违背了科学精神，沦为了实施这项灭绝人性计划的凶手。因为知道太多的秘密，天空社理事会需要他“退隐”安度晚年，并安排人全天候监视他，限制了他的自由。

“教授，我是牧戈，墨山人类安全区的负责人。”

西奥多教授听到我的名字立即安静下来，他静静地打量着我，慢慢地终于恢复了正常：“你就是牧戈？你怎么会到这里来？”

“想看看你，看看新城这个美丽的地方。”我平静地说道。我不想刺激他，毕竟他的精神状况不容乐观。

“你姐姐真不是个东西，她欺骗了我，欺骗了所有人……”

眼看着他又要咆哮，我立马制止了他：“教授，我希望你能够控制一下情绪，咱们可以好好地聊一聊。”

“好吧！”他重新坐到了椅子上，“我其实一直都在等着这一天，只是没想到来的人会是你。你这小子了不起啊！比你姐姐强多了。”

我看冷姨一眼，她轻声说：“放心吧！时间足够，有咱们的人在看着，外面的人一时半会醒不来。”

西奥多教授目光游离：“我知道你来干什么，也早就准备好了。”

我点点头："那你可以慢慢说了。"

"不用说了，我已经写好了，这件事情的来龙去脉、前因后果我都详细地记录下来了。"

我有些震惊："他们会让你写下来？"

"他们都以为我疯了，就连用人也这么认为，可事实上我经常半夜躲在被窝里面写。"

"能给我看看吗？"

他深陷的眼睛冷冷地瞪着我，看得我心里有些发毛，过了许久他才说道："我一直在等一个可靠的人来，牧戈，你是那个可靠的人吗？"

"清洁工计划造成的灾难性后果已经覆水难收，但罪犯终究要受到审判的，如果你能够将这件事情原原本本地告诉我，我会在合适的时机将这个秘密公之于众。那么多人类死于这场灾难，所有活着的人都有权利知道真相，当然追责只是其中的一部分，更多的是让健忘的人类永远铭记住那个肮脏的事件，以免同样的悲剧在未来某一天重演，从这个意义上来说，对你本人也是一种赎罪，你说呢教授？"

他颤巍巍地点了点头："有烟吗？我好多年没吸过烟了。"

我从口袋里掏出香烟，帮他点燃一支。他用力吸了一口，剧烈地咳嗽几声。他没有接我前面的话，而是用一种喃喃自语的口吻说道："牧戈，如果有一天你能够重建人类文明，我希望你们制定出一款约束科学家的法律。因为一个丧失了良知和基本道德品质的科学家有时比一个独裁的暴君还要可怕，暴君伤害的只是一国人，而无良科学家却可以毁灭整个世界，太可怕了……"说着，他双手捂住眼睛哽咽起来。

我也点上一支烟，安静地看着他，站在我旁边的克里西早就架好了微型摄像机。西奥多教授一点也不在意这些，也许他的心早就死了，行尸走肉般地苟延残喘于这个世界，尊严、荣誉、地位甚至是长生不老对他来说都不重要了。

“教授，可是研制出科罗拉多病毒的并不是人类科学家，而是虫星科学家。”克里西说道。

“虫星科学家就不是科学家了吗？就算没有虫星科学家，清洁工计划就不存在了吗？不，它们依然存在，只不过科罗拉多病毒的到来，提前结束了人类科学界那帮败类的研究，清洁工计划也得以用这个病毒提前实施了而已。”

他默默地吸了两口烟，侧身看着窗外的云海，思绪似乎又飘浮起来：“还有陵族，对……陵族才是人类未来真正的敌人。牧戈你听我说，陵族将来一定是人类的死敌，当然这也许不是他们所能选择的，也有可能是人类选择成为他们的敌人。我活了整整七十二年了，这七十二年我最大的成果就是读懂了人性。未来的人类一定会想尽办法消灭掉这支文明。”

“我能够听懂你的话，我会尽个人的最大努力来化解这场涉及两支地球文明的危机。”

“那如果危机无法解除，战争不可避免呢？你会怎么做？”西奥多教授说着站起身来，冷冷地瞪着我。

我迎着他的目光，淡淡地告诉他：“如果真是那样，我会想尽一切办法让人类活下去，因为我自己是人类。”

“很好！我没看错你小子。只是希望你言而有信。”

“教授，能给我说说几年前那场发生在非洲大陆的‘罗门达事件’吗？”

“你怎么会知道‘罗门达’？”西奥多教授显得有些惊讶，深思片刻后他说，“也对，你既然能找到我，当然就知道罗门达。……这件事发生在六年前的罗门达，那是厄文国家的一座四万多人的小城市，有一天突然暴发了一种奇怪的病毒，所有人在一周之内几乎死光了。”

“然后呢？”

“我当时作为世卫组织非洲区域办事处的负责人和首席应急专家，收到了来自当地卫生部门的报告后，迅速组织起一个专家组赶赴当地，而罗门达已经被厄文的军队封锁了，并拒绝我们专家组进入。虽然我当时是天空社的副理事长，可我并不参与组织的日常管理，所以也不知道厄文已经加入了天空社。我准备上报这个事件给世卫总部的时候，牧晨雪找到了我，让我停止对这起事件的调查和上报，他们还威逼利诱让我的几名专家签署了一份保密协议。”

香烟已经燃到了手指的尽头，西奥多教授不为所动，只是用发抖的手轻轻地把它扔到了地上。

“后来直到我进入清洁工计划的核心，才知道那是天空社利用活生生的人提前进行的一次有计划的预演。厄文用自己国家四万多人民的生命，为清洁工计划提前进行了一次演习，这个杀人不眨眼的暴君、魔鬼、刽子手。”

我猛地吸了一口烟，把烟头扔在地上狠狠地踩了一脚。人性之恶，有时真是没有底线。

“详细的情况我都记录下来了。”西奥多教授有气无力地说道，似乎用了很大的力气。

“你的资料放在什么地方？”

西奥多教授慢慢走向花园的尽头，那里摆放着一个宠物狗的狗房，但是里面没有狗。我上前掀开狗房上面的盖子，在狗屋的金属板下找到一个盒子，里面装着一本黑皮的《圣经》，翻开后，字里行间都是密密麻麻的孟加拉文字。

“是不是很讽刺？我用《圣经》来写悔过书，哈哈哈……”西奥多狂笑起来。

冷姨问我：“老板，他这样下去会不会真的疯了？”

“一个不够恶的人做了一件恶到他无法承受的事情，疯了也许是他最好的结局，走吧！”我将这本可以让世界疯狂的“回忆录”塞进自己的衣服里。

“这些资料如果公之于世，他们会不会杀了西奥多教授？如果那样的话，我现在可以安排人将他送出新城，带回墨山保护起来，毕竟这是活人证。”

我想了想：“好，那就先把他悄悄送回墨山吧！你直接交给水捷并转告她，不准任何人接触教授，我担心一些别有用心的家伙会利用他大做文章。”

两名警卫将呆若木鸡的西奥多教授带了出去。克里西也停止了录像，她将设备一起递给了冷姨：“这份采访录像里，涉及你很多个人的态度，尤其是对陵族盟友的，所以我现在郑重地将所有的录像资料全部交给你，以免从我这里外泄，我可负不起这个责任。”说着她冲我做了一个鬼脸。

冷姨不搭理她，直接从身后的背包里取出一台奇怪的设备，将克里西从头照到脚，确认没有其他偷拍设备后，她才轻笑一声，淡淡地说了四个字：“辛苦你了。”

多亏了克里西提供的重要线索，虽然她不愿透露是从什么样的渠道了解并掌握这些人类机密的，但她的确帮了我们大忙。两名精通孟加拉文的专家马不停蹄地从这本传记里将有关罗门达事件的信息提取出来。主要针对厄文的材料，涉及其他人的材料暂时先剔除到一边。没多久，一篇由当事人西奥多教授口述，由《新城日报》一个化名“多多”的记者执笔记录的文章完成了。这篇锋芒直指厄文“黑材料”的文章中所说的虽是一桩历史旧案，读来却让人毛骨悚然、触目惊心，其中涉及清洁工计划的部分更是大胆指出当时的厄文总统与虫星人勾结，制造了这起惨无人道的大悲剧。

在“牧晨雪”的某种暗示下，第二天《新城日报》的头版全文刊登了这篇“讨厄檄文”，纸质的报纸一共印了十七万份，为了增强说服力，电子版还配发了剪辑过的西奥多教授关于这个事件的访谈视频，以及“回忆录”的文字照片。

与此同时，P 型社连夜组织起三万多人，将报纸投进千家万户后，第二天又在厄文办公楼下集合，开始了新一轮的抗议活动，要求犯下滔天大罪的厄文立即下台接受调查和审判。

第三十章　权力游戏

在睡梦中被这晴天霹雳惊醒的厄文连忙打电话给执政官，并请求见面。手下回来报告，他所处的办公楼已经被人潮围堵，根本出不去。以前这样的活动到处都是警察和士兵，而今天诡异的事情发生了，到处都是抗议的人们，维持秩序的警察和士兵却看不到几个。

厄文知道出了大事，只能匆匆调来手下的直升机和"牧晨雪"见面。

宫本泽第一时间得到了消息，早就赶到了执政官行署，和他们一起的还有二十名高层官员和将领。让所有人意外的是，新城这种高级别的内部会议，居然还有来自墨山的"客人"曾清和宁先生。

所有参会的人都明显感觉到这里的气氛异常诡异。

"执政官，您这是什么意思？"厄文也顾不上平时对牧晨雪的那份忌惮，直接质问道，"想让我一个人背黑锅总要和我打个招呼吧？"

"牧晨雪"的手里还拿着那散发着油墨清香的传统报纸，半晌才说："我也不知道这是怎么回事，负责警务和内政的两位负责人要不要解释一下？"

内政部长也是一脸蒙，他和其他人一样，都是被紧急召见的，对《新城日报》突然刊发这篇文章的事情一无所知。宫本泽比他强不了多少，他拿到报纸后觉得可能是替身在向他示好，帮助他一起扳倒厄文，得意之下他甚至指示警察和警备司令部，不准干涉民众的抗议活动。但是在会场看到了曾清和宁先生，他才意识到要发生大事了。

厄文暴怒了："既然都不知道，那你们还待在这干什么？马上派人把《新城日报》封了，所有人都抓起来，尤其是写文章那个记者绝对不能让她跑了。另外，你们警备司令部马上驱散我楼下那帮人，为首的全部抓起来，反抗的话可以武力镇压啊！"

内政部长和宫本泽没有起身，他们看着"牧晨雪"，虽然厄文是他们的上司，但"牧晨雪"没有发话，谁也不敢表态。

"厄文，这件事很蹊跷，不要盲目冲动。只怕现在连虫星盟友也知道了，处理不好的话很有可能引发更严重的后果。"

厄文当然知道她所指的"更严重的后果"，这些近乎铁证的资料一公布，他的个人威望将受到重创，首先是他的军队会出现动摇，那些被他忽悠洗脑来到新城的官员和士兵或多或少与罗门达有着千丝万缕的联系，自己追随的总统如此草菅人命，残杀自己的人民，必然会引起士兵们的愤怒和怀疑。其次，这件事情已经满城风雨，尽人皆知，如果想简单粗暴地用镇压来对待民众，两三百万愤怒的人群能控制得住吗？军队和警察也是人，他们会不会和民众们一起掉转枪口？最后，这件事情如果处置不好，会影响到虫星盟友对新城的信任。还有墨山、陵族甚至是成于都可能借助新城的内乱大做文章，这些都是新城和天空社真正的危机。

厄文毕竟是个老政客，他很快冷静下来，求助地望着牧晨雪："那怎么处理这件事？"

"厄文，这件事情的影响太大了，你得先避一避，相信我会处理好的。"

"我又能去哪里呢？"

“去北美安全区待一阵子吧！”

“让我去投奔弗纳尔那个混蛋？不，我绝对不去。”

一听到弗纳尔博士的名字，宁先生和曾清脸色微微一变，就连假“牧晨雪”也皱了一下眉头，他们没想到北美安全区的负责人并不是明面上那个叫金宇哲的人，实际控制人居然是弗纳尔。厄文急切之下，竟然当着宁先生和曾清的面无意中说出了这个名字。意识到失言后，他叹息一声：“好吧！不过请执政官答应我，尽快处理好这件事情，尤其是让西奥多那个疯子帮我‘澄清’。”

“会的！”“牧晨雪”一脸的和颜悦色，“你现在就走吧！我的飞机就在楼顶上，让它送你去机场。”

心烦气躁的厄文点点头，在几名保镖的护送下走了。

“执政官，我现在就去调查这个事情，请允许我现在退席。”宫本泽说着也站了起来，厄文在轻描淡写间就被发配去了北美安全区，这让他产生了一种前所未有的危机感。

“你还要调查什么？难道让你贼喊捉贼吗？”假牧晨雪冷冷地说道。

“执政官，您这是什么意思？您是说这件事是我策划的？”

“哼！”假牧晨雪冷笑一声，“撰写这篇文章的记者已经抓到了，她亲口承认这件事情是你指使的。宫本，你的野心也太大了，我还没死呢！你整垮了厄文又能怎么样？更让我无法容忍的是，你为了自己那点利益全然不顾组织的利益，竟然将属于组织的绝密信息公之于众，你真是无法无天了。”

她的演技太好了，模仿牧晨雪的语气和威严也是入木三分，一时将包括宫本泽在内的所有手下都镇住了。尽管宫本泽明知道对面是个水货，但现在他也不敢拆穿，否则自己很快就会让人以冒犯领袖的罪名处死。

“不！执政官您听我说，那绝对不是事实。这肯定是墨山的阴谋，他们从第一天来到新城就没安好心，我请求由内政部和警事厅联合调查这件事，还我清白。”

在场的高官和将军们也被这突如其来的一出大戏所震惊，却一个个摆出事不关己的样子，故作镇定。

“我当然会弄清楚这件事情，不过在此之前你要停职接受调查。”说着她挥了挥手，几名黑衣男子走进会场，带走了宫本泽。

在会议室外面一条很长的过道里，我站在那里等着他。

“牧老板，这是您的杰作对吗？”

我嘿嘿一笑，算是默认了。

“您真是好手段，比您姐强多了。不过您不要忘记这是在新城。”

“新城怎么啦？新城活该要落在你们这些乌龟王八蛋的手里吗？”我拍拍他的肩膀，“好好听话，也许我可以考虑让你活得久一点。”

“牧老板，您不要得意，这如果算是一盘棋的话，谁是最后的赢家还不一定呢！”

我肆无忌惮地笑了起来，笑声久久在过道里回荡。我指了指空中渐渐远去的厄文的飞机，对宫本泽说道：“我想告诉你一个秘密，此时此刻，你的大部分亲信已经被捕了。厄文的军队也即将被我接管，你已经输了。”

宫本泽的脸上终于没有了微笑，他呆呆地看着我，半晌才发出一声哀叹：“牧老板，您不会现在就杀了我吧？”

“如果你能像西奥多教授那样写一本回忆录，也许我还可以考虑让你继续活着。”说完我继续得意地大笑着，一副小人得志的模样，转身走向会场。

看到我进场，假牧晨雪站起身来，领袖起身，其他人也纷纷跟着站了起来。我大摇大摆地坐到了假牧晨雪的旁边，与此同时，我的智囊团们也纷纷入场，和新城高官们坐到了一起。

“今天各位部长和将军都到场了，大家都是组织的元老，当着大家的面，我有一件重大的决定要宣布。”假牧晨雪语气里透露出一丝神圣不可侵犯的威权。

所有人都屏住了呼吸，站得笔直。

“鉴于我个人身体以及能力等多方面的考虑，我决定推荐我的亲弟弟牧戈来接替我的职务，由他负责接管新城和北美安全区的所有事务，另外我还推荐他担任天空社的第二十七任理事长。如果大家有不同意见可以提出来，或者我们举手表决，有反对的请举手。”

傻子都不会在这个时候举手，何况这些人都是人精，所有人一动不动地站在原地。

“没有任何异议了吗？大家可以畅所欲言，我们会充分尊重大家的意见，如果牧戈不适合担任这两个职务，我们可以投票产生新的领导人。”

她在说这些话的时候，我望着在场的这些呆若木鸡的新城高层们，心里直想笑。这些人精中的人精只怕到现在还是一头雾水，剧情一波三折，反转如此之大，他们完全蒙了。不过与牧晨雪共事多年，他们很清楚这个女人做出的决定任谁都不能反对，否则结果是很惨的，所以他们要做的事情其实很简单：和她保持一致。

“我个人坚决拥护牧戈先生领导地球人类，他的个人能力和人格魅力相信各位都有目共睹，记忆深刻吧！？”内政部长首先向我表示了忠心。

其他人也不甘落后，纷纷表态支持。

“嗯，既然大家都同意，那我现在正式将执政官的权力移交给牧戈了。”假牧晨雪说完，两名早有准备的官员捧着一份通告声明和执政官印章走了过来。双方签字，发表了一个简短的讲话，权力移交就算完成了。紧接着，我果断发布了上任后的第一个新的任命，任命安德莱斯将军为人类安全区国防部长，接替厄文在军中的位置，诺雷将军担任新城警备司令部司令，这两名将军在人类军队中久负盛名，如果不是受到天空社的排挤，他们现在应该就属于这个职位。

我用他们的态度不偏不倚，他们上任也能镇住军队。另外我让林航取代宫本泽，担任了警事厅长，同时兼任新城市的第一副市长，其他人员一律不动。

为了稳定军心和民心，增强人们的安全感，我特意邀请了之前一直敌视新城的陵族来新城访问。陵族显然被这个好消息狠狠地刺激到了，我拿下新城意味着人类和陵族真正意义上的结盟开始了。

几天后，陵族不仅派出了以执政官迪多和战术官流商为代表的阵营庞大的代表团，还出动了一艘天舰为新城保驾护航。同时我还邀请了虫星反抗军的三名将军以及墨山和北美安全区的数十名代表参加这次活动。这是一次真正意义上的星际盛会，人类、陵族、虫星、们的高级官员和将领首次坐在一起。

在盟友和战友们的支持下，人类幸存者终于实现了统一，北美安全区名义上的领导人金宇哲亲自赶到新城，明确表示北美安全区依然接受我的领导和指挥。

就职仪式当天，P 型社也组织了规模空前的庆祝活动，数万名成员和支持我的民众参加了。

喧嚣渐渐归于平静。此刻，云端之上那个富丽堂皇、雄伟豪华的执政大厅里，只剩下了我最亲近的一些人：我的“智囊团”和从墨山赶来的神父、坦克、卢水捷、阿布、老柴、刘心军，还有格赛、宏森俊和机器人丞相等人，以及帮着我扳倒厄文的克里西。俞卫树要坐镇墨山，防止虫星军队偷袭，所以没来。

商议新城和人类未来的政府会议前两天已经结束了，政府机构和军队进行了重组，人事也有所调动。下一步，人类将在地球设立数十个小型安全区，将散布在全世界各地的幸存者和物资尽可能地集中在这些地方。人类会在这些地方进行重建，修缮受伤的城市，建立起机场、码头、工厂、学校、居民区和军事基地。包括墨山武装在内的二十三万人类军队将划分成四个战区，亦军亦民分别驻扎在这些安全区并参与建设；德山里解散，厂区恢复机器人和重型机械的生产，人们计划在五年内修复和组建起一支百万数量的机器警察和机器人军队。那些非重刑犯进行核实后恢复正常公民身份迁回新城，十恶不赦的重犯关进监狱改造；重新修订法律，对权力、犯罪进行约束和打击。

其中最重要的部分是对未成年人进行巨大的投资和严格保护，因为那是人类的未来。安全区这几年人口发展迅速，已经突破三百万人。天空社统治时期，其中有近四十万未成年人无法接受正规的教育，新组的教育部将联合国防部在各安全区建立起不同阶段和类型的学校。

看着在场的人们，我知道他们此刻的内心是激动的，至少有着喜悦，比起墨山和二十一区那样的小地方，拿下新城和北美安全区，实现统一是历史性的胜利。我却并没有太多喜悦，且深感疲惫。毕竟这不再是一个小小的二十一区或者墨山，而是一个有着四百多万人口的人类世界。

人们看到了我的倦意，阿布问我："牧哥，你是不是很累？"

相比起这座灯火辉煌的新城，地球的其他地方大都是漆黑一片；成于的军队还虎视眈眈地隐藏在我不知道的某些地方；强大的陵族文明永远俯视着弱小的人类；人类本身内心那些阴暗的东西仍然在很多人心里酝酿；人类的未来依然离光明很远啊！我将这些话在心里复述了一遍，没有说出来，只能暗叹一声。所有的人都望向我，此时此刻我是他们的主心骨，脆弱只是属于我个人的奢侈品。

“老板，您现在是一位真正的人类领袖，这段时间您比我们任何人都要辛苦，要不今天大家先休息吧？我们另外找时间再聚。”宁先生建议道。

“不用，神父和水捷他们明天还要赶回墨山，其他人也都有一堆自己的事情，以后想再这样聚齐可没有那么容易了。”说着我又看看马里奥神父：“神父，有两件事我必须说清楚了，一是您向我提交的辞呈我现在不能同意，您在墨山干得很好，在民众当中的威望也很高，负责墨山的工作没人有异议。您什么时候都是一面旗帜，可以帮助人们重拾信仰。再说还有水捷他们在帮您，您不用担心。”

神父没想到我会把他悄悄递交辞呈的事放到桌面上来说，这个一心只想救死扶伤、教化人心，老老实实帮上帝打工的老头听到我的话，沉默了。

“第二件事是关于教堂的，之前我在二十一区就答应过您帮您盖所教堂，墨山那个就不错，回去再修缮扩建都可以。等您退休了，新城这边有座更大的，您愿意的话到时可以过来，我把它交给您。”

神父难得地笑了笑：“愿上帝保佑您战胜一切邪恶，我的老板。”

大家都笑了，气氛轻松了起来。

“您的老板是上帝，而我们是您的追随者，所以说到底，其实我们都是在帮上帝打工。”我开玩笑似的问道，“大家都信仰上帝吧？”

“当然，我们都信仰上帝。”人们笑呵呵地说道。

“《圣经》有十诫，希望大家有空也去翻一翻。顺便也给你们提个醒，我们都是地球上九死一生活下来的幸存者，我们所有活下去的理由只有一个，那就是帮助所有人活下去，能让他们尽可能地活得好一点，活得久一点，让人类文明继续在这颗星球延续。在座的有我的兄弟姐妹，也有我的长辈，如果你们中间有人因为有了权力而变成厄文和宫本泽那样的恶人，我会很难过，也不会容忍的。当然如果有一天我自己变成了那样的恶人，请各位打死我。”说着我看了看坦克，“最好由你来，反正我还欠你一个交代。”

“如果真有那天，我会的。”坦克郑重其事地说道。

林航狠狠地瞪了坦克一眼，接过他的话：“我们正在组建纪律部门，会严格地监督权力，打击犯罪。对了老板，我们已经用人类政府的名义下发了对老虎的通缉令，后续我们会派人围剿他们，不过有个问题现在不好解决。”

“你是说何承志的‘我是人类’组织吧？”

“是的！陵族和虫星的反抗军现在都是我们的盟友，可是这姓何的疯了，不分阵营，见到陵族和虫星人就打，那么盟友必然会报复他们。一边是盟友一边是同类，我们该如何处理这个关系？”

说到这个死脑筋我也很头疼，他是油盐不进，如果像他自己说的那样，将他们列为极端组织加以围剿有失公允，毕竟他们不伤害人类。但任由他们发展的话，又会破坏我们联合盟友共同对抗强敌的大计。

“请他到新城来吧，我再和他好好谈谈，大家都是朋友。何况这次他有大功劳，我暂时还不想和他兵戎相见。”

林航苦笑一声：“人家不肯来了。我前两天联系过他，可他说您现在代表的是人类政府，和他立场阶级都不同了，来新城怕您宰了他。”

“这个王八蛋把我当成什么人了？”

宁先生说：“他说的倒也没错，现在双方的立场不一样了，他如果再攻击人类盟友，您本人肯定得有明确的态度。他无法说服自己也不想让您为难，所以分道扬镳。”

“宁叔，我们与何承志真的没有达成一致的可能了？”

“很难，这样吧，我抽个时间去找他，看能不能说服他放下执念，以大局为重。”

“东方人不是有句老话吗？先礼后兵，宁先生如果没有谈出个结果，我们也就不用客气了。”安德莱斯将军说道，“不过这些人也不是什么十恶不赦的罪犯，实在要采用武力打击的话，也尽可能缴械为主。”

“等宁先生去和他谈谈再说吧！宁叔你只管和他谈，哪怕让他开条件都可以。另外你也告诉他，我个人感情上不想和他兵戎相见，希望他能够顾全大局，暂时放下仇恨。”

卢水捷说起了一件事，上次在墨山发传单抹黑我的人抓到了，一共五个人，是老虎那个所谓的“燃烧的街头”混进来的。卢水捷说：“这些人已经分开审过了，他们承认是老虎派来的，老虎在交代他们这些任务时还无意中透露，还会派人进行其他‘大动作’。俞卫树上校担心他们后面还有其他动作，所以让我们把人全部带到新城来了。”

“大动作？”

林航说：“单纯一个病猫成不了什么气候，但他和成于联手就不能不让我们有所警惕了。我查过，上次在新城撒传单的也是他们的人，这些人没有被发配去德山里，而是直接被宫本泽给毙了。老板您放心吧！这件事我会继续调查的。我马上着手抓捕他，抓到这个人事情就清楚了。不过这边都是新同事，我还得从墨山调一些人过来，老板您没意见吧？”

“没意见，但现阶段人不要调太多。”

“放心，我有分寸。”

“另外还有一件私事我要向您报告，本来想私下找您聊，但这段时间看您也折腾得够呛，就在这里说了，顺便也告诉在座的各位……”林航说着有些腼腆起来。

“是不是要结婚了？”

“您怎么知道的？”林航有些惊讶地看着我。我笑了起来：“看你那副色眯眯的样子就能猜到了，这是好事情，我当然支持，女方是谁？我认识吗？”

“您肯定认识啊！就墨山电台的那个播音杨柳。”

坦克看他说得热闹，站起来说：“我也要和水捷结婚。”

卢水捷的脸一下就红了：“谁答应嫁给你了？脸皮真厚。”

大家笑了起来，我咧着嘴：“多好的事啊！人类需要下一代，所以能成家的都赶紧吧！别不好意思。”

林航笑道：“老板要带头生产下一代。”

我嘿嘿地笑了起来，思绪突然有些游离，我想起了海心。前几天来新城访问的迪多和流商告诉我，海心也许很快就会回到我的身边，但是我一直没有看到她。

宁先生与何承志的谈判失败了，他继续坚持着“我是人类”组织成立之时的誓言，虽然有不少人离开了他前往新城，但他依然率领着数百名死党在各地作战，打击其他文明和老虎的“燃烧的街头”。

人类、陵族以及虫星反抗军三方共同组建了联合作战参谋部，由诺雷将军出任参谋长。我的身边不再需要随时跟着一位陵族“助手”，云鼐方面于是将我的这名陵族助手调往联合作战参谋部任职。联合作战参谋部的职责主要是收集虫星军队情报，并协调三方的军队和所有军事行动，为人类提供技术支持等。在国防部和牧晨雪组建的“太空署”的努力下，人类重新激活了星链，建立起了对太空和地球的监测，并在全球范围内提供免费的通信和网络，所有电子设备都可以随时随地免费使用网络，联络新城和其他安全区。

新城的三座大型机场正式启用，那些从全球收集来的人类先进战机被修复后，源源不断地飞到了新城的军事基地和机场。距离新城两百公里外的海滨城市“斯克纳”也启用，那里有传统的军港，先进的战舰开到了这里。由联合参谋团协调来的三方工程师对这些飞机、舰船进行升级改造。与此同时，新城的飞行学院和海洋学院也先后开学，大批年轻的军人和平民进入这些学校，学习各种驾驶技术和战斗技能。

所有安全区周边的机场和码头也恢复了使用，主要的道路被机器人率领的各种大型机械清理出来。这是“清洁工计划”后，地球首次看到大规模的人类活动。同时新城还通过广播和电视向所有人类发出通告，呼吁加入安全区，进行全世界范围的灾后重建。另外，人类政府还发布了法律法规，威慑、打击犯罪，为那些还不在安全区的难民提供各种保障和服务。通信恢复后，原本散落在世界各地的小型人类幸存者聚集地也纷纷向各安全区迁移。新城一下子增加了七十多万人。墨山更夸张，大半年时间增加到了近二十万人，以至于不得不对墨山外围的小镇进行了重建，安置人口。

原本一直在观望、迟疑的小幸存者聚集地终于团结在一起，远在墨山的神父兴奋地给我打电话：“小牧，你看到了吗？上帝总会护住一些人。”他曾经因为不停有人质疑他的上帝而感到十分苦恼。

我说：“是的，任何灾难都不可能将人类文明一举摧毁，总有人会想方设法地活下去。上帝永远与我们同在。”

新城再也没有闲人，像德山里那些无所事事的人们都重新加入工作当中，整个人类文明开始有序地运行起来。更可喜的是，各地陆续有人报告，积雪正在融化，比如一些赤道国家很多地方已经有了绿色。一直在监视和使用气象装备改善着环境的人类和陵族科学家也告诉我们，极端的拉尼娜现象正在退去，大约五年后，除了重污染地区，大部分地区基本上能够恢复到战前的样子。

我执掌新城的这大半年，人类世界发生了翻天覆地的变化，一派欣欣向荣的景象。而这段时间，除了偶尔出现的零星遭遇战外，虫星军队突然消失了，之前发现的几处虫星基地也早已人去楼空……人们开始怀疑虫星军队是不是都滚回了老家，就连联合作战参谋部的陵族也开始有些掉以轻心起来，他们认为凭借着陵族先进的侦察技术，大规模的虫星军队活动不可能逃过他们的监视。

我却不这么认为，越是平静我越觉得诡异，在我看来这就是暴风雨前的宁静，虫星要么发生了严重的内乱，以至于顾不上收拾我们，要么就是他们改变了策略，在酝酿新的阴谋。我让军队加强训练和战备，提高警惕。

第三十一章　人类战士

我站在大楼的最顶层，重读西奥多教授写的那本“回忆录”，里面记录的全是人类史上最为黑暗的日子。这本书已经被整理出来，打印了三份，除了我手上这本外，其他两本连同原件全部锁在了新城银行的地下金库里。

窗外的风有点大，机器人“丞相”贼眉鼠眼地想上去关窗户，结果它笨手笨脚地将一盆花摔了下来。旁边正在整理文件的曾清笑了笑，关好窗收拾了一番。阿布和丞相上次留了下来，我将阿布送进了刚刚组装的新城飞行学院继续深造，而丞相则留在了我的身边。

我和曾清的关系却微妙起来。自从上次和她的婚事阴差阳错地成了事实后，在外人面前她是我的未婚妻，私底下她依然只是我的助手。她知道那不过是一次误会，而我的心里始终藏着另一个人。所以维持着这份表面上的关系而不越雷池，是双方尽可能做到的。

“哥，宁叔来了。”曾清提醒我说。

宁先生不愿意接受人类政府的官方职务，平时以执政官办公室主任顾问和我私人代表的身份在执政官行署处理公务，难得来一次我私人的地方。

我连忙站起身来："宁叔有事没？"

"老板，刚才太空署那边报告了一件事，我越想越不太对劲，所以来找您。"宁先生的目光在我手中那本书上扫了一眼。

"什么事？"我有点诧异，平时一般的事情他很少向我报告，他今天亲自跑来，我意识到事情不简单。

"半个小时前，太空署接收到一艘虫舰发出的求救信号，国防部和联合作战参谋部也收到了。奇怪的是，这架虫舰在发出求救信号后，关闭了它的隐身功能。"

"你怀疑这架虫舰现在面临危险，所以才向人类求救？如果它向人类和陵族分开求救，遇到的危险就肯定不是我们和陵族造成的，莫非是一艘叛逃的虫舰？"我知道一艘虫舰故意关闭自身的隐身功能意味着什么。

"很有这种可能，联合作战参谋部求证了国防部和云鼐方面，他们并没有攻击行动。或者是舰只出现了故障，他们又联系不上自己的舰队，所以不得已才会向敌人求救？这似乎有点解释不通……还有一种可能，那就是这艘虫舰是从虫星叛逃来的！只是遭到追击所以才会紧急向人类和陵族求救，对，这种可能性更大。"

我有些兴奋起来，如果真是从虫星本土叛逃来的虫舰，一定不同寻常。

"宁叔，马上派飞机支援这艘虫舰。"

"安德莱斯将军已经派出三架"追风者"战机赶往现场，联合作战参谋部通知了云鼐，陵舰应该也出发了。"

一艘通体漆黑的大型虫舰像一个巨大的火球冲向地球，而它的身后不远处，四艘拦截的武装虫舰紧咬着不放。双方在太空展开激战，很快它们就穿过大气层，朝地球急坠。

突然，两艘小型虫舰脱离了攻击的队伍，紧急向一旁避让，两枚

“哨兵”导弹一前一后与它们擦身而过。此时虫舰激活了“磁暴线圈系统”，就像虫子放了一个屁，从机尾处弹出一道雾墙，两枚导弹刚追进了雾里就先后自爆了。

不等它们放松，又是几枚“哨兵”来袭，与此同时，三架人类战机出现在云端之上，它们像三支射向空中的利箭，以一种仰冲的姿势直接冲向太空。这是装备了首代无工质发动机的人类战机，理论上可以突破大气层进入太空。但是对它的研究还没有完全成熟，清洁工计划让所有的一切戛然而止了。总之这是人类航空史上飞得最快最高的隐形战机，经过无数顶级的科学家和工程师近百年的努力，这款战机堪称人类航空工业的天花板。

由三架最先进的“追风者Ⅳ实验型”战机组成的飞行编队首次在十万米以上的高空与入侵者展开激战。也许三位飞行员知道这场空战必将载入人类史册，他们展现出高超的战斗技巧和舍命一搏的勇气，与两艘负责拦截的虫舰近距离战斗，短时间内居然不落下风。

“熊猫呼叫！”负责驾驶长机的飞行员是名三十多岁的东方男人，他急切地用英语呼叫着自己的僚机。

两架僚机前后响应：“火鸟收到！”

“美洲豹收到！队长请讲。”

“这两艘虫舰交给你们了，我得去拖住前面那两架，否则那艘大家伙怕要完蛋。人家冒死向我们人类求救，这面子咱得给人家。”熊猫调侃道，但语气却十分坚定。

美洲豹：“好的队长，你一挑二要当心点。”

火鸟：“队长，我们掩护你。”

“兄弟们悠着点，你们和飞机都是人类的宝贵财产，少了谁我都赔不起。”熊猫队长说着机身一摆，脱离了战场向前面追击。

金发碧眼的美洲豹眼眶湿润了。他们原本都是各国最优秀的飞行员，科罗拉多病毒暴发前，被人莫名其妙地接到了新城，从此再与战机无缘。在很长的一段时间内，数百名优秀的飞行员只能抱团聚在一起，纸上谈兵，而现在他们终于可以驾驶人类最先进的战机迎战来自宇宙的入侵者了。而在地面上，数百万人类终将见证这一伟大时刻，对于一个人类军人而言这是至高无上的荣耀。

熊猫的长机刚脱离战场，形势顿时紧张起来，火鸟的机翼被穿透失去了控制，迅速向地面坠落。

美洲豹说道："火鸟准备跳伞吧，我也学学队长一挑二。"

说着他机身一横，直接迎面撞向冲过来的一艘虫舰，那虫舰当然不愿意与它同归于尽，美洲豹借着它紧急避让的一瞬间果断开火，机炮砸在了这架虫舰身上，虫舰被砸中后，翻滚着弹了出去。

正在激战的熊猫队长再次说道："现在的飞行高度是三万一千米，你们马上摆脱它们，脱离战场。"

"收到！"美洲豹说归说，转过身来又咬住了另一艘虫舰，那艘虫舰似乎无心与他纠缠，弹出一道磁暴线圈。美洲豹不得不紧急避让，这时他发现，那艘被他击伤的虫舰并未脱离战场，它已经从后面追了上来。

"见鬼！"美洲豹骂了一声，再次发射出一枚"哨兵"，然后拉起机身向上一个仰冲，想借此摆脱这个阴魂不散的家伙，然而那艘虫舰比他更快，跟着一个仰冲呈直线般地追了上来。

而在另一边，队长"熊猫"也陷入了一对二的苦战。如果不是有着超强的技巧和意志，他几乎快撑不住了。他的机身和抗高温材料已经被削了一块，飞机不得不减速，否则高速摩擦带来的高温会将他连同飞机一起烧成灰烬。

就在他们几乎快要绝望的时候，数枚"哨兵"导弹像闪电一样地飞过来，又有十三架人类战机呼啸着加入了战团。在这波导弹的攻击下，两架虫舰先后被击中，一架冒着黑烟坠向大地，其他两架则掩护着受伤的同伙迅速脱离战场逃跑了。

那艘倒霉的大型舰却并不见得安全，它已经冒出了浓烟，减速冲向了城市外面的一个结冰的湖。直到这时，七艘陵舰与五艘来自虫星反抗军的白色虫舰才姗姗来迟，它们穿过人类的飞行编队，开始追击那三艘逃跑的虫舰。一架救援直升机飞往“火鸟”的坠机地，展开搜救。

这个湖面积不大，一边靠山一边靠近城市。被追杀的虫舰一头栽在厚厚的冰面上，被弹出上百米后，才缓缓地卡在了断冰之间，随时可能会下沉。

冰面的上空，几架人类的运输直升机出现了。人们手忙脚乱地将外面的明火给扑灭了，将虫舰固定在几架直升机上，慢慢拖到了远处的冰面上。然后一队人类士兵与数名虫星工程师冲向了停靠在冰面上的虫舰。

这艘虫舰舱内一共有四个们与七名虫星人，其中两名虫星人已经死亡。剩下的也伤势严重。

一名们紧紧地抓住救援他的人类士兵，吃力地说道：“快……快……找牧戈来。”看到士兵点头答应了，他晕了过去。

我已经走了过来。

“执政官，这些虫星人嚷嚷着要见你。”

我一眼就认出了晕过去的那个人是刀疤叔，还有两人是大白鲨和飞鱼。大白鲨已经死了，他全身的骨头好像都散架了。我差点就要哭出声来，时隔多年，我没想到自己和他们会以这种残酷的方式重逢。

“医生呢？快来救人啊！”我失态地吼叫起来，同行的宁先生、老鹰、冷姨等人早就在冷静地处理他们的伤势。医护人士其实也早就到场了，也在有条不紊地进行急救。我莫名其妙地吼叫着，让不知真相的人们一头雾水。

人们将伤员抬上飞机时，不知道什么时候醒过来的刀疤叔一把抓住我的手，我连忙弯腰。

他轻声说："好……好歹也是人类领袖了，怎么还……还沉不住气？"

我这才发现自己严重失态了。我说："闭嘴，先好好养伤。"

刀疤叔松开了手，指了指后面的舰船。

"放心，我们都在这里，会处理好一切的。"

冷姨指挥着人们将伤员和已经死去的大白鲨抬上了飞机，没多久他们飞走了。宁先生铁青着脸，和老鹰再次一头钻进了虫舰的内舱。

看着运输伤员们的飞机渐渐远去，我深呼吸了一口气，正准备跟进去，旁边的曾清轻声说："哥，老虎又出来搞事情了。"

春天一直没有再来过，山里的粮食越来越少，新鲜的食物更是成了奢侈品。自从新城易主后，加上面临多方持续的高压打击，何承志就带着"我是人类"组织转入了地下活动。不过幸运的是，他们跟踪老虎的人找到了一个虫星军火仓库，在里面发现了大量的虫星武器，战斗力焕然一新。

虫星军队销声匿迹后，陵族和老虎的"燃烧的街头"就成了他们的重点关照对象。

前不久，他们在一艘被击落的陵舰残骸里发现了一个惊人的东西：十三枚老式的 W82 战术核弹，这种每枚重量仅有 31 公斤的迷你核弹，看起来只是一个普通的火箭炮弹，但威力惊人，一炮下去方圆七公里寸草不生，所有建筑物夷为平地。何承志是军人，自然了解这个好东西，只是他不知道的是，陵族为了消除人类留下来的庞大的核武库，一直在马不停蹄地清理各核武国家留下来的这些祸害。十三枚 W82 阴差阳错地落到了何承志的手里。有了这些"大杀器"的何承志底气一下就足了，他将这些武器攻击的目标划分成了三个等级，依次是虫星基地、陵族城市、老虎的大本营。

几天前，一支原本计划前往新城的幸存者车队遭遇了“燃烧的街头”，两百多人被掳，三十六人遭到射杀。其中几名逃出来的人在路上遇到了“我是人类”组织的人，向他们求救。何承志收到消息立马组织了两百多人、十余辆装甲车赶赴事发地。

这是一片孤寂的城，空旷无人的街道，一场小雪将这里曾经发生过的一切都隐匿起来了，只有四周隐约可见战斗留下来的痕迹。何承志到处看了看，就钻进一辆已经伪装好的装甲车里睡起了大觉。

天黑后，尤超摇醒了他：“老大，找到他们了。”

何承志一个激灵坐了起来：“什么地方？”

“在斯格布拉地区。”

“斯格布拉地区？”何承志以为自己听错了，因为那里是一片面积达两百多平方公里的中度污染区，根本没法住人。

“没错，他们进了斯格布拉地区，我们的人没有防护装备不能进去，只好留在那里继续监视。”尤超想了想接着说，“要不通知牧戈吧？他和我们一样恨这个王八蛋，要是他来收拾‘燃烧的街头’会容易得多。”他以前是何承志的兵，清洁工计划实施后，他因为和何承志在里岛而逃过一劫，两人也因此结成了同仇敌忾的生死联盟。

何承志想了想：“也好，反正咱们欠着他的人情，把他的人情还清就两不相欠了。你通知新城吧！”

何承志看着尤超使用卫星电话在联络林航，心里五味杂陈。因为新城易主后，林航悄悄派人送给了他们不少装备和粮食，其中就包括两百多部没有登记的新式军用卫星电话。他当然知道这是牧戈授意的，作为回报也好，同情也罢，反正东西他是收到了。他骨子里不想与牧戈为敌，可每次只要一闭上眼睛，妻女惨死的情形就历历在目，折磨得他彻夜难眠。他永远无法原谅那些制造出这场人类灾难的第三文明，只有不停地战斗才能使他的内心稍微平静。

而这样的痛苦，远在新城的那个意气风发的少年人类领袖却并没有经历过。牧戈只是凭借着对同类的巨大同情以及对他那些所谓的亲人的无比憎恨在做这一切，也或者他根本就是在赎罪？对，他一定是以一种赎罪的心态来支撑着自己的信念。但不管是哪一种，他都佩服这个年轻的同行，更不想成为他的敌人。

不知过了多久，尤超打断了他的思绪："老大，我已经通知了林航，牧戈马上也会知道的，他让我们在这里等着，不要先行动，等他们来了再说。"

"这么大的行动，说不定牧戈会亲自来，我不太想见他也不想让他太难堪。"

尤超沉默了一会，突然说道："老大，有句话我不知道该不该讲？"

何承志眼睛一瞪："你也想去新城了？"

尤超摇摇头："这个你永远不要怀疑，我既然答应和你战斗到最后一刻，我就会信守承诺。"

"那你想说什么？"

"加入新城其实是一个很不错的选择……老大你先别急，听我说完再骂。我这样说的理由有以下几条。首先，新城现在是合法的人类政府，有大量的资源可以供我们更好地战斗。其次，凭着你的个人能力和影响力，还有你和牧戈的交情，去了新城或其他安全区，他怎么都会让你负责几千人，那样我们的力量是不是就更大了？还有最重要的一点就是现状，以眼下的处境我们能撑多久？就算不死在第三文明手里，牧戈作为人类现任领导人，他又能容忍我们多久？就算他不愿意对我们动手，他的那些盟友会答应吗？他手下的军队和政府能答应吗？……"

"好了别说了。"何承志愤而转身，提着一支虫星武器就要走，走了几步后他又转了回来。他看了看四周，其他的兄弟或靠在装甲车上闲聊，或是坐在街边抽烟。

“你说的这些宁先生也和我谈过，我不是没有考虑过，但是新城同样有陵族和虫星人，我做不到与这些鬼东西同处一城，更别说和他们共事了。如果牧戈能够答应我不和这些东西合作，我肯定会毫不犹豫地带领大伙去投奔他。”

“凭我们这点力量真的能够战胜虫星文明吗？那简直是做梦。只有和所有能够帮助我们的力量合作，我们才有可能打败们达，让人类的后代继续生存下去。”尤超越说越激动，眼眶都湿了，“老大，其实所有的人类和你我都一样，大家都失去了亲人，他们和我们一样悲痛，也和我们一样仇视虫星文明。可是他们之所以会选择和曾经或者未来的敌人合作，就是为了让人类继续活下去。而你和我，却被仇恨禁锢在个人的世界里，眼里早没有了人类的未来。”

何承志熬得憔悴无比的眼睛里布满了血丝和泪光。听到尤超的这些话，他并没有反驳，而是反问道：“如果我死了，你会带着兄弟们去投奔牧戈吗？”

“不会！”尤超几乎没有迟疑。

“为什么？”

“因为不是你带着我们去的，我们就要信守诺言战斗到死，不管是私仇也好，为人类也罢，总之我们都死在了保护人类的战场上，后人怎么评说我们那是他们的事了。”

“他们一定会说我们愚蠢得无可救药。”何承志凄然一笑，“对不起，是我连累了大家。”

“所以不管是牧戈或是林航来了，你都不应该走。”

“我不走了，我等他们来了，亲手将你们交到新城手里。”

“你呢？”

“我就不去了，我知道你们说的都对，但是我自己过不了心里那道坎，我只要一闭上眼睛，眼前就全是你嫂子和侄女的样子，如果不是为了复仇，我就连一分钟都活不下去。我每天都游走在疯狂的边沿，所以趁着我现在还没彻底疯了，你们赶紧走。”何承志说着一屁股坐在了地上，他在无声地哭泣。

“大哥，你别说了，我以后也不劝你了，总之一句话，你去哪我就跟着去哪。”

“你这又是何苦呢？人都快死光了，你守着一句空洞的承诺有什么意义？”

“不知道，也许我的承诺就像你的仇恨一样，都成了彼此的心结和魔障，可能要到死的时候才能彻底解开了。”好半天，尤超望着昏暗的夜空，“不说了，我们还有两辆可以进入污染区的‘景劳’号，车里有几套防护服，我先带几个人进去看看里面的情况。”

“里面的情况不明朗，还是等新城的人过来再说吧！”

尤超说：“我们反正都要独立作战，还是不依赖别人了。”

何承志不再坚持，他知道尤超是担心自己一走了之，所以才冒险进入污染区侦察。他苦笑一声，看着他带着一队人登上两辆仅有的“景劳”战车，没一会工夫便消失在苍茫夜色中。

十三架高智能无人机率先抵达斯格布拉地区。没过多久，七架各型号的武装直升机也抵达了战场，其中三架大型运输机的下方还各吊着一辆防污染战车。这些飞机的白色机身上和尾翼上，喷涂着一个像奔跑的人又像是一道闪电的绿色标志，这是人类军队最新的军徽。

林航和带队的阿赛维少校跳下飞机，一起下来的还有十几名身着防护服的军人和三十多名机器战士。

何承志看着人们将三辆装甲车从直升机上拆解下来，七架直升机重新升空驶向了斯格布拉地区的中心。

“你们不会就来这点人吧？”何承志接过林航手里的香烟，左右扫了一眼。

林航笑了笑：“当然不会，后续的地面部队很快就能形成合围，我们这一次是下了决心要打掉‘燃烧的街头’，将所有平民解救出来。我方的行动由阿赛维少校全权负责，牧戈那边有急事脱不了身，我来替他协调两队的合作。哦，这位就是阿赛维少校。”

阿赛维少校静静地盯着何承志看了又看，他似乎没有想到，眼前这个一脸憔悴、胡子拉碴的邋遢大叔就是传说中一直在与其他文明死磕的何承志。身上那件破旧的军大衣有些地方已经开裂了。

他有些激动地转过身去：“兄弟们，这就是你们一直想见的何承志少校。”

十几名来自各国的战士围了上来，他们和阿赛维少校一起站得笔直，然后庄严肃穆地向何承志敬礼，旁边的林航受到这种气氛的感染，情不自禁地也举起了手。

“向少校和他的这些勇敢的人类战士敬礼！”

何承志的眼睛在昏暗的夜色里闪闪发光，他手下的战士们也全部起立，向这些来自新城的同行还以军礼的时候，那份久违的军人荣耀感似乎又回到了他们的身上。

“少校，我们向您致敬，虽然我们意见上可能存在分歧，但这丝毫不影响我们对您这位伟大的人类战士的敬仰。”阿赛维少校说着，紧紧握住了他的手。

何承志一直在沉默，因为他知道自己现在无法开口，强烈的责任感第一次战胜了个人仇恨。他以为自己在人们的眼里只是一个为复仇而活着的可怜虫，却没想到在人们的心里，他早就是一棵参天大树，成了一面象征着人类不屈抗争精神的旗帜。

“我们请少校放心地把战场交给我们，今天我们都是‘我是人类’，向一切试图伤害人类安全的行动开战。”

“我们有两辆‘景劳’号已经进去侦察了，你们关照着点。”

阿赛维少校点点头：“我们的无人机已经发现了他们，会随时为他们提供支援的，请您放心吧！”说完，他转身带着战士们登上三辆战车，开进了那片满目疮痍的人类土地……

“真庆幸地球上还有很多像你和阿赛维少校这样的战士。”林航感慨地说道，“老领导，别犟了，回来一起保护四百万同类和我们的下一代吧！比起个人的仇恨，嫂子和侄女如果在天有灵，她们肯定更希望你能帮助人们继续活下去。”林航眼睛红红的，在夜幕的灯光下亮晶晶地闪烁着。

何承志终于长长地吐了一口气：“好吧！”

“欢迎回来！”林航伸出了双手，和何承志紧紧拥抱在一起。周围“我是人类”组织的战士们目睹整个过程，他们在经过长时间的沉默后，突然爆发出潮水一般的欢呼声。

第三十二章　绝密计划

整个斯格布拉地区就像是一片地狱，位于整个地区中心的斯格布拉市到处都是黑色的断壁残垣，就连树木都是黑色的。这里以前是座名震天下的工业城市，生产战斗机和坦克，而现在却成了一座死城。

两辆“景劳”跟踪着车轮的印迹悄无声息地潜入了城市，没有开灯没有声音，只能凭借着“景劳”装甲战车出色的夜视系统摸索前进。越往前，气氛就越发紧张起来，驾驶员和武器操控手都警惕地关注着这座死城的每一个风吹草动。

尤超聚精会神地盯着战车驾驶室前方的显示屏，旁边的物质检测仪在不停地发出红色的警报信号，提醒外面是污染区域。拐过中心区的一个路口后，他叫停了两辆战车：“将战车开到路边隐蔽起来，注意警戒。”

“队长，为什么要停下来？”

“你们看这些车轮印迹比较深而且有些乱，应该是刚刚留下的，说明他们就在这附近了。我现在联络新城的友军，他们应该也快到了。”

装甲战车刚刚滑入街边一条无人的巷子，车里的战斗警报和防护系统就响了起来，并自动做出回应，向车外发射了一枚反导导弹。与此同时，驾驶员重新启动战车，开到一栋大型建筑后面。

来袭的两枚反坦克导弹在空中爆炸了，像烟花一样绚丽璀璨。而系统显示主动防御并没有击中目标。就在尤超惊诧之时，慢了半拍的战斗警报才显示空中出现飞行物。

一架人类的无人机呼啸着从头顶飞过，它飞过的地方出现了一道火墙，激烈的爆炸声将这座死城惊醒过来。紧接着，又有两架无人机从另外两个方向朝尤超前方的街道发起了攻击。几架飞机一瞬间将前方打出了一个 # 号的火墙。

有人小声地惊叫起来："新城的援军到了。"

"太刺激了，要不是援军来得及时，说不定咱们都要报销在这个鬼地方了。"

尤超松了一口气："继续搜索前进，配合友军围剿这帮孙子，不过大家一定要小心，他们手里还有平民。"

除了还在燃烧的房屋不时发出一些声响外，街道慢慢又恢复了平静。尤超和几名队友在车里穿上为数不多的几套防护服，戴上夜视头盔，在车内防护系统的掩护下快速跳出战车。

刚才被无人机攻击的区域躺着十几名武装分子，大部分已经面目全非。几个人在装甲车的掩护下开始在周边搜索起来。没多久，不远处的天空中出现了新城的战机，人类和机器战士从天而降。

没一会儿，前方的街区响起了激烈的枪炮声，战斗开始了，攻防双方让这座死城变成了真正的战场。

尤超一行立马快步奔向战场中央，一名机器战士迎面跑到他的面前。

"尤队长是吧？我们已经发现了他们的老巢，请跟我们来。"

"你们谁负责这次行动？林航吗？"

"我们的这次行动是国防部直接指挥，行动负责人是阿赛维少校，林副市长没有参与行动，他和何承志少校在一起。”

尤超心里突然有种说不出的滋味和感慨，林航原本和他一样都是里岛监狱的小狱警，现在却成了人类史上最大城市的副市长了，而且他这个副市长的权力恐怕要比天空社任命的正市长都要大，真是时势造英雄啊！

阿赛维少校和几名战士蹲在街角，查看着卫星传来的现场图像。看到他们过来，少校站了起来：“尤队长是吧？我是行动负责人阿赛维少校。”

“里面的情况还没弄清楚怎么就强攻了？”尤超很不满地质问道。

阿赛维少校笑道：“其实我们比你们更早得到情报，几个小时前已经派出机器人侦察过了，这座工厂下面有一个秘密基地，类似于二十一区那种地下基地。”说着他将电子地图放大，一张地下基地的结构图浮现出来。这是个庞大的地下防空工事，与二十一区的面积几乎相当，一共有八个出口和两个导弹发射井，还有一条通往海边的地铁。

尤超不禁惊叹道：“我的乖乖！这应该比你们二十一区还要大吧？”

“所以才隐秘啊！他们瞒着全世界修建了这个基地，官方地图和军方的资料上都找不到它的影子，好在新城有一名在这个基地工作过的设计师提供了帮助。这里所有的出口已经全部封锁了。我们的侦察机器人和五支突击队就是从地下铁路潜入进去的，并且已经清除了地铁沿途的多处警戒哨。”

“你们已经进入基地内部了？”尤超大为惊叹，他万万没有想到新城的动作会如此神速。

阿赛维少校调出地下基地的实时视频，视频上显示一支突击队已经潜入到了地下基地的发电站，他们身上并没有防护服。

"老虎和他的三百多名手下大多集中在第一层，而平民估计有近六百人，集中在第二和第三层，从第一层到二、三层各有八个连接口，现在这些连接口也都被我们控制了。为了防止走漏消息，我们已经屏蔽了这片区域的通信网络。再过几分钟，突击队会切断地下基地的电源，将平民从地下铁路带出去。现在计划只剩下一个地方让我还有点担心。"

"什么地方？"

"铁路中间有一段被老虎的人用废钢铁堵塞了，我们的突击队只清出了一条仅容一人通过的口子，我担心近千人到时堵在这个位置会出现意外，也担心老虎和他的人会趁乱混进平民队伍搞破坏。"

"需要我们做什么？"

"我们的工程师已经乘坐工程车进入地下铁路作业了，你们负责保护他们的安全并接应平民。我们带了一些防护服，可以让你的兄弟们换上。不过地下的空间是全封闭的，铁路的出口已经脱离了污染区，所以你们进入地铁后就可以脱了防护服。"

"我们从什么地方进去？难道走一百多里再折回来？"

阿赛维少校笑了笑："我们临时打开了一个地铁站的入口，可以从那里直接进入，不过你放心，我们已经对这个临时入口进行了处理，可以安全进入。"

"好！"尤超在几名机器士兵的带领下将防护服送进了车内，消杀后换上，一行人到了地铁入口，从那里登上一辆负责消杀的卡车，再顺着连接卡车的一条很长的巨大的管子进入到地铁内部，再经过一轮消杀后，他们脱掉了防护服，进行到地下数十米的地铁里。

外围的地面形成合围后，战斗进行得很顺利，知道对手已经换成了更强大的人类政府军，大军压境，在强大的心理和武力攻势下，"燃烧的街头"那帮乌合之众没做出像样的抵抗就纷纷投降。老虎再次玩起了金蝉脱壳，只可惜这次没有那么好的运气，他刚从导弹发射口爬出来就被两名机器战士按倒在地：“鲍伯先生，你被人类政府逮捕了。”老虎原名叫鲍伯。

旁边的人类战士将他后面一串死党拎了上来，一共十三人，这些人不敢反抗，纷纷钻出来缴械投降。

尤超那边却遇到一点麻烦，一队突击队引导平民进入地铁后，尤超手下的一名战士为了控制企图胁持平民逃跑的顽固分子，拉着那名极端分子一起，用血肉之躯压在一颗丢进人堆里的手雷上，他和极端分子同归于尽，为上百名平民换来了一条生路。

这一战，一共牺牲了四名优秀的人类战士，平民只有十三人受伤，无一死亡。消息传到了新城，安德莱斯将军气得骂娘，扬言要将老虎和他的手下全部枪毙。

老虎和他的三百多名人类叛徒被关进了刚“开张”不久的新城监狱。安德莱斯将军要枪毙所有“燃烧的街头”成员的消息像风一样地刮进监狱，这些家伙惶恐起来，人人自危。

两天后，何承志召集了他所有的兄弟共 583 人。为了“照顾”陵族及虫星盟友的情绪，林航亲自用直升机将他们秘密接了回来，安排到了机场附近的一处营地。

机场举行了一个简单的欢迎仪式，我和安德莱斯将军、宁先生以及刚刚到达新城的俞卫树上校早已恭候多时。看着这帮手持五花八门的武器，像乞丐一样的人类勇士迅速有序地跳下飞机，列队站在我们的面前，我的心里有些发酸。他们长期营养不良，尤其是缺少维生素造成了严重的口腔溃疡，很多人的嘴皮都裂开了。

“报告，‘我是人类’抵抗组织正式宣布解散，原海军少校何承志、空军少校达伦、陆军上尉法兰利卡、海军上尉艾瑞克、海军中尉尤超等 583 人请求归队。”何承志带着他的十几名军官站在队列的最前方。

安德莱斯将军神情严肃地看着这些为人类孤独作战数年的勇士，难以压制心中的激动："作为一个四十年的老兵，我今天代表我个人，也代表人类军队向各位致敬，欢迎大家回家！从此以后，你们不用再孤独地战斗了。"说完，他饱含热泪地用人类军礼向这些后辈致敬。

"敬礼！"何承志和他的战士们被将军的话深深感染。

我的眼眶湿润了。将军侧过身子："老板，给大家说两句吧！"

"欢迎大家回来。为了等你们回来一起吃饭，安德莱斯将军拉着我们一起饿了快一天了，我相信大家也饿了，所以我们先去食堂干饭，吃饱喝足才有力气说话。"

战士们笑了起来，大家跟着我们一起进入机场的食堂，那里早就准备好了丰盛的饭菜，还有水果、啤酒和饮料。

战士们也许很久没有吃过一顿这样的饭菜了，没人再说话，只顾着埋头猛吃。我啃了两个馒头后，站了起来："现在我给大家介绍一些情况，你们继续吃东西。"

战士们一边吃一边抬头望着我。

"首先我介绍一下这一桌子的食物，鸡鸭猪羊肉来自咱们安全区的养殖场，蔬菜也是自己培育种植的，酒水饮料和服装厂现在都有好几家，还有药品、食品、机械、鞋厂等，一应俱全。我们现在正在恢复生产，加紧战备。兄弟们吃饱喝足后，国防部军需后勤处的人会带着大家去新营房，那里条件不错，大家洗澡换装，更换新式装备，当然还要接受医生的体检，身上有毛病的，该治的治该养的养，不准找借口。总之就是好好休息一段时间。"

战士们脸上挂满了兴奋，这突如其来的美好让他们感觉又回到了灾难之前。

"还有一件事大家要做好心理准备。"

战士们听到这话立即严肃起来。

“在座的可能有些人要重新去当学生或者当老师了，飞行学院、海洋学院还有其他几所学校都需要好的苗子，你们这些身经百战的好苗子回炉重造一下，至少要待够半年，毕业后要带兵的。至于具体细节我们研究后会通知大家。”

战士们又笑了起来。

吃完饭后，军需后勤处的人带着战士们去了临时营房。宁先生、安德莱斯将军、俞卫树、林航还有何承志则跟着我来到了机场地下室的一间小型会议室里，负责安保的老鹰亲自在门口处警戒。

大家面对面坐了下来。似乎感觉到了气氛的异常，何承志显得有些不太自在：“牧戈，不，老板，是不是有什么重要的情况？”

我看了看在座的六个人，点了点头：“宁叔，你给老何介绍一下情况吧！”

宁先生清了清嗓子，神情严肃地看着何承志：“少校，在介绍以下情况之前，你必须用人格保证对此绝对保密，因为这关系到几百万人类的未来，一旦消息泄露，会造成人类再一次的大面积恐慌，甚至引发地球文明之间的战争。”

何承志意识到事情的严重性，他站起来，郑重地点点头：“我以人格和军人的荣耀担保，我对今天的会议内容绝对保密。”

“好，请坐，有两件事情，第一件事情是我们得到了确切的情报，成于在虫星启动了新的病毒研发计划，准确地说是科罗拉多病毒的升级版。”

“他们还想再来一波病毒打击？”

“是的！可这一次他们不会再通过人类投放，而是直接将病毒注入武器，攻击的同时扩散病毒。你们可能还不知道，第一批的科罗拉多病毒因为制造上出现了缺陷，所以人类才得以存活下来这几百万人。如果他们当初没有这些设计和制造上的缺陷，也许人类早就不存在了。”

“病毒存在缺陷？什么样的缺陷？”

宁先生看了看我，继续说：“主要集中在两个方面，一是为了配合牧晨雪的人类改造计划，故意留出了缺陷方便疫苗对部分人类免疫。另一个原因也是如此，为了保护牧戈，在们达的严令下，虫星科学家不得不再次修改了病毒，让P型血的人可以集体免疫，正是这两个缺陷破坏了科罗拉多病毒的结构，以至于它的威力大减。”

何承志听得后背发凉，就以前那波病毒的威力，让人类文明差点陷入永夜，如果再来一波威力更大的病毒打击，后果他不敢细想了。多年来的血雨腥风他没害怕过，但听到这个消息他感觉到了一股从地面渗透到骨髓的寒意。同时他也意识到自己重新开始热爱这个世界了。

宁先生继续说道：“这个病毒不单是针对人类，连同陵族可能也暂时无法破解，因为他们根本没有完整的病毒样本。如果这个病毒在陵族暴发，他们照样会面临沉重打击。庆幸的是，有人九死一生从虫星盗来了病毒的样本，由人类科学家亲自送往了云鼐，人类和陵族两支文明的科学家将会共同研究这个病毒，争取早日破解制造出新的疫苗。”

“如果没有破解怎么办？或者还没破解，病毒就来了怎么办？”

“我们还有一个应对的办法。”宁先生淡然说道，“那就是救出们达。”

“救出们达？”何承志激动得跳了起来，片刻后他又重新坐下来。

“你不要激动，救出人类最大的敌人的确让人难以接受，可这也许是最后的办法。毕竟们达不想再对仅存的这点人类动手了，他真正要对付的是陵族。另外从人类的感情和道德上来讲，眼睁睁地看着敌人消灭自己的盟友是件很痛苦的事情。但是牧戈说，为了人类能够延续下去，任何牺牲都是值得的，我不知道你是不是同意这个观点。”

何承志说："我不在乎虫星人和陵族谁灭了谁，我只关心我们以后会不会成为虫星的奴隶。没有了陵族的制衡，我们在们达那里还有发言权吗？"

所有人都沉默下来，这确实是一个没有答案的问题。何承志感觉到了无比的压抑和痛苦，他的头又开始疼了，不得不从口袋里掏出一片药吞了下去。

"也许还有一个办法。"宁先生平静地说道。

"什么办法？"

"让牧戈成为虫星和地球共同的领导人，那么战争就会结束。"

何承志再次激动起来："如果真的能这样的话，我当然支持，我举双手支持他，宁先生，您不会以为我会反对牧戈吧？"

宁先生摇摇头："你当然不会，牧戈这些年的所作所为大家都有目共睹，如果没有他，陵族不可能与人类结盟，天空社控制的人类世界是什么样子你以前也见过，现在是什么样子你很快也能看到，我说的不是怀疑你的基本判断。我们头疼的是牧戈必须找到一样东西，这个计划才能展开。"

"什么东西？是不是老板当年在奎港救人的那个东西？"

"是的！就是它，它叫无障，虫星圣物，也是权柄。"

"老板把那个东西弄丢了？"

宁先生苦笑一声："他为了和们达划清界限，傻乎乎地主动将无障还给们达了。"说着他瞪了我一眼，我连忙将目光看向别处。

"我们分析这样东西很有可能在牧晨雪的手里。"

"牧晨雪现在不是已经落到咱们手里了吗？她不肯交出来吗？"何承志自然不知道新城的那个"牧晨雪"是个水货。

宁先生只好道出真相。

"其实说白了，现在的问题就是找到真正的牧晨雪，让她交出无障，这样老板才能拿着它去参与和成于的权力较量……如果有无障，成于几乎没有胜算，那时战争就能结束了。”

林航补充说：“我们现在的重点就是找人，找到成于在地球上的军队，找到牧晨雪。”

何承志嗯了一声：“那第二件事呢？”

“第二件事由安德莱斯将军来说吧！”

“少校，我说的这件事情可能需要你来完成。”安德莱斯将军看着何承志。

“您说，能做的我一定会全力以赴。”

得到何承志的肯定答复后，安德莱斯将军接着说道：“我们正在组建人类海军，海军司令将由俞卫树上校担任，你如果愿意的话，国防部将任命你担任他的副手，你愿意去海军吗？”

何承志想了想问道：“我具体做什么工作？”

“你的身份对于我们目前的盟友来说比较敏感，毕竟你以前找过人家不少麻烦，不合适担任第一职务，因为第一职务太抢眼。海军现在计划组建两支舰队，由你来担任副司令并负责其中一支舰队如何？”

“我能胜任吗？”

安德莱斯将军很肯定地点点头：“我们对你的个人能力没有任何怀疑，你担任过‘子牙号’的舰长，那可是人类军队最强大的战舰之一。不过你的精神状态不是很好，开完会后，我们安排医护人员对你个人健康进行全面检查，直到你恢复到理想状态。”说着他又补充了一句，“你接下来的工作强度会超出你的想象。”

何承志的心里有一股暖流涌动，他知道这个决定对我和他以及新城意味着什么。他并不是我的亲信元老，充其量算一名降将，可我和新城依然将这么重要的岗位交到他的手里。

一直没有说话的俞卫树上校终于开口了：“老何，我给你批半个月时间的假，好好休息一下，你利用好这段休息时间，熟悉一下情况。”

何承志摇摇头：“不用，我马上就可以展开工作。”

俞卫树叹息一声：“现在整个海军司令部加上我和你，一共才 87 个人，一堆事情等着你，我也不想让你休息，可这是老板的意思。”

我说：“这样吧！老何半工半休，安排两名助手帮着他处理工作，你们的人选不是早定好了吗？”

“对，定好了，海洋学院教学部的裴凡裴老师，她以前在加拿大海军司令部工作过，一听说是给老何当助手，她马上就答应了。老何，你有魅力啊！裴老师可是个大美女哦！”俞卫树嘿嘿笑了起来。

“我的助手是个女的？能帮我换个男的不？或者我自己选一个助手？”

“恐怕不行，裴凡是你助手的理想人选，她不但是海军专家，还是名心理咨询师。你的心结太重，需要一个专业的人来帮助你，所以你不要有排斥情绪。”俞卫树直言不讳地说。然后他看了看安德莱斯：“将军，还是请您来给他布置具体的任务吧！”

安德莱斯将军的目光犀利而深邃，他盯着何承志看了半天，问道：“少校，你做好接受新任务的准备了吗？宁先生告诉你的那件事是针对虫星人的，而我现在给你的任务却关系到了陵族盟友，稍有不慎就有可能导致联盟破裂，甚至是引发人类和陵族之间的战争，我们之所以把这个任务交给你，除了对你能力的深信不疑外，更看重的是你的坚持。”

何承志很坚定地站起身来，做出了肯定的答复。然而当他听完安德莱斯将军关于陵族的整个计划后，依然无比震惊，他不禁被这些人类决策者们深深折服。相比起眼下的困境和危局，他们看得更远也更大胆。东方的先贤曾经说过，君子以思患而预防之，可能就是这个意思。因为这个计划一旦实施，必将惊天动地。同时他也感动于人们对他个人的绝对信任，因为这个悲壮的人类计划，全宇宙也只有在场的七个人知道。

第三十三章　地球战场

老虎的故事是一个关于野心勃勃的暴君的故事，当然结局也和史上那些暴君不谋而合，殊途同归。当初在奎港与二十一区结仇后，自知投奔墨山人类区无望的老虎阴差阳错地攀上了成于。成于许诺老虎，只要帮助他清除掉我和牧晨雪，摧毁陵族，将赐予他长生不老，并由他来统治全人类。这是一个很少有人能够拒绝的条件，何况开出这个条件的是来自虫星最有权势的将军。于是他迅速投在成于的门下，拉拢起旧部，四处掠夺，并混入新城一面刺探情报一面制造混乱。他无疑是一个聪明的人，很快就通过眼线掌握了牧晨雪的行踪，在他的帮助下，成于将牧晨雪绑架并囚禁起来。

老虎终于不再像老虎，他从被机器战士按倒的那一刻就知道完了，他欠下太多血债，还惹上了惹不起的人。现在他的野心彻底死了，不想长生不老，也不想征服地球了，唯一的信念就是苟活下去。

他被抓的两个小时内，阿赛维少校就突审了他，但他什么都没有说，他在等一个可以讨价还价的人。林航自然就是那个可以讨价还价的人。

我到过新城监狱一次，那是林航亲自物色的空中监狱。在一栋巨型大厦的二十七、二十八楼，每层都是“回”字形的设计，中间的“口”字区域是警察的办公区和食堂，以及犯人小范围的放风区。每层的外围是四十多间大大小小的监舍。二十六和二十九层全部被清空得只剩审讯室，用于临时关押数量较多的罪犯，“燃烧的街头”三百多名成员被临时关押在这里。

老虎一直在等林航——那位新城的平民市长，牧戈团队的核心成员。他已经做好了与他讨价还价的准备。

几天后，林航终于出现在监狱的审讯室。

“你就是林航？”老虎先开口了。

林航盯着眼前这个全身都是文身的家伙，点了点头，开门见山地问道：“想好了没有？我只问你几个问题，回不回答都是你的自由，也是你最后的机会。”

“我说了你们还是会杀了我？”

“不，你如果配合得让我们满意，我可以保你一条命。”

“你说了算吗？你老板和安德莱斯将军早就放出话来要我的命，你保得住我吗？”

“我已经得到了我老板还有将军的授权，只要你的答案让我们满意，我可以保你不死。”林航说着看了看手表，“现在是下午一点二十七分，四点钟是你的最后期限，到时狱警会对你执行死刑。你知道我的时间很宝贵，最多给你半个小时。”

“如果我把知道的都说了，可不可以放了我？”

“不可以，你会一直在这坐牢，但是至少可以保住你的小命。”

“好吧！我相信你了。”老虎说，“现在你可以问了。”

“成于的基地在哪里？牧晨雪被关在什么地方？”林航一开场就抛出两个最关键的问题。

老虎愣住了：“这个我真不知道，我们平时和成于联络都是通过他们提供的一部设备，设备已经被销毁了。当然他们偶尔也会主动派人过来联系我们，送一些武器之类的。”

“他们通过什么方式找到你们的？”

“斯格布拉地区的那个基地就是成于的手下提供给我们的。有一段时间，何承志的人对我们围剿得太紧，他的手下就给我们提供了这个基地，让我们躲一阵子。如果不是我自己跑出来，你们不可能这么快找到我。我给你一个建议，最好现在派人前往斯格布拉地区，因为成于的人联系不上我们，他一定会派人来基地。”

林航冷笑一声：“看得出来你的态度还不错，不过这一点不用你操心了，我们早就在那设下天罗地网。”

老虎有些惊讶，对面的人比他想象的更厉害。他说：“我还有一个驻点在北美安全区附近，名义上属于‘燃烧的街头’，事实上我却无法控制他们。”

“是成于的人在负责对吗？”

“对！”

这时，审讯室的门开了，一位长相英俊的年轻军人走了进来，大摇大摆地站在了林航的旁边。他一脸桀骜，看似吊儿郎当，眼神却异常凌厉。他直勾勾地盯着老虎，目光就像一把手术刀，似乎想一刀插入他的内心，洞察那里面所有的秘密。

看着这张脸，老虎突然想站起来，无奈脚底有些发软，他尝试了几次都失败了。

“你是牧戈，我见过你的照片。”

“你们在北美的驻点是不是和斯格布拉地区那个基地差不多？也是在污染区的地下？”我当然是牧戈，只是懒得回答他这么无聊的问题。

“是的！”老虎想了想，突然一个激灵，“你是怎么知道的？”

“好好回答问题，林航既然答应保你，你就得拿点干货出来，否则别说他，就连我也保不了你。”说完我拍了拍林航的肩膀：“我问完了，你继续。”

看到我出了门，林航面无表情地说：“看到了吧？我老板对你的态度非常不满，你如果再这样和我说些不疼不痒的事，那我也走了。”

有野心的人通常怕死，更何况是“出师未捷身先死”，老虎当然怕死。他额头上冒出了一层细汗：“我可以断定，北美那拨人一定知道你要的答案，他们带头的们叫波艿，抓到这个们，就一定能找到成于的基地和牧晨雪的下落，我可以告诉你们联络方式和他们基地的具体位置。”

林航嘴角一扬：“想清楚了？如果我们按照你的方式没有抓到这个波艿，你就没有机会见到我了，等着你的肯定是人类的子弹审判。”

林航从审讯室出来的时候，脸上挂着一些得意的笑容：“老板，我现在就联络北美安全区，让他们派人端了这个贼窝，抓到这个叫波艿的们。”

我一把拉住他：“不！让我想想。”

“这事得动作快，晚了我担心他们有些察觉跑喽！”林航急了。

“这事干系重大，不能用北美安全区的人。”

林航说：“你是不相信北美那帮人？”

“你信吗？”

“也对！我们都不是太了解那帮家伙，万一他们走漏了风声后果不堪设想。这样吧！我亲自带人跑一趟。”

我点点头：“好！你先去做下准备，我处理些事情就一起出发。”

“就这点事，用不着你亲自去了吧？”

“我要去，如果抓到了人，我们可以直接在那边行动，顺便也看看北美安全区那帮人在干什么。”

“这个地方咱们没有完全控制，不过那边也有我们的人，我让他们做好准备。”

我愣了一下：“那边平时连水都泼不进去，怎么会有我们的人？”

林航嘿嘿一笑：“你让我当这个官，我总要干点活啊！我和情报局的史密斯局长合作，在那边织了一张网，这个人虽然是牧晨雪任命的官员，但能力强，做事相对公正，最主要的是这个人忠于政府而不是某个人。北美安全区成立之初，牧晨雪担心那帮人会玩什么小动作，授意史密斯安插了眼线。我们合作以后，这张网就织得更大了些。”

史密斯这个人我当然熟悉，他是我主政新城后第一批向我递交辞呈的官员之一，我的智囊团认真审查了他的工作和历史情况后，认为他目前是担任这个职务的理想人选，因此我驳回了他的辞呈。

“具体的情况我会在路上向你汇报，我先去安排了。”

“好！”我几乎不用交代，我知道这小子能把所有事情处理好。

上车后，一直守在外面的老鹰问我：“您是不是要去北美安全区？”

“对，你千万不要向宁叔报告这个事，他肯定不会同意的，咱们悄悄地去，把事办完了再告诉他。”

“每次都是我替您挨骂，这么大的事情我如果不向他报告，出点事他能宰了我。”老鹰说，“我必须向他报告。”

我苦着一张脸：“鹰叔，你这人最没劲。我向你保证下不为例，这事太大了，我不亲自钉着不放心。”

“反正您什么都对，天生就是我们的债主，从小就欺负我们，现在这么大了还不让我们省点心。”

“谁让你们辈分都比我大，要不你喊我牧叔？我以后让你欺负。”我坏笑着说道。

“我不是和您开玩笑，这件事很严重，首先北美安全区一直不在我们的控制范围内，他们的人事变动权，几万军队都掌握在幕后的那个弗纳尔博士手里，这个人您比我更清楚。再就是厄文，现在肯定恨得您牙痒痒。这一趟谁知道会发生什么事。”

“两个过气的政客不用太担心，何况林航已经在那边铺了一张网，情况我基本熟悉。这样吧！我本来想再去医院看下刀疤叔和飞鱼他们，现在不去了，直接回去找宁叔他们商量这件事。”

“这就对了。刀疤和飞鱼恢复得很好，很快就可以出院了，有您冷姨亲自在那盯着不用您担心。”

沉默了好一会儿后，我突然坏笑着说道：“鹰叔，这次从北美安全区回来，我帮你们牵线找个对象吧？这样你们在地球上也有个家了。”

“滚！”

“我是说真的。”

“滚！”

北美安全区由一座湖边城市和湖中央的岛城两部分组成，两地数年来汇聚了近百万人口。这是一个面积巨大的淡水湖，加之周边城市保留完整，所以天空社选择将这里作为人类安全区。

这个面积近三百平方公里的岛屿五十年前还是一个无人岛，世界人口爆炸式增长后，当时的政府将这座原始状态下的绿岛的三分之一建成了居民区，北美安全区几乎所有的官方机构都设立在这座岛城上。这里水路发达，有上百条河流汇入湖泊，连通大海。岛城十几个大小码头除了停靠的各种民用船只外，还有数十艘大大小小的军用舰只。

由这里一路向东大约三百公里的海滨城市便是污染区。

按照之前的计划，由林航以新城官方的身份公开访问这里，而我则带着由阿赛维少校以及大胡子分别率领的两队人马从新城起飞，降落在离污染区一百多公里的一处机场，还在筹建的海军临时派出了三艘军舰紧急赶往目标区域，稍后与我们会合。

新城派遣到北美安全区的二十多名特工已经为我们准备好了交通工具，和他们一起来的还有北美安全区军队的一个步兵营。这支军队早被新城的特工渗透，从里到外都听从新城的命令。

机场上，停了几十辆防核级的装甲车和坦克，士兵和特工们都穿着防护服，现场的特工和士兵悄然指引大家登车。

带队的红桃K以前是CIA的资深特工，北美安全区刚刚组建，他就被牧晨雪派到这里组建起了一个情报站，负责监视北美安全区的动向。他手下其他成员也多是以前各国的特工和特种部队出身。步兵营的营长是非洲人老黑，到了现场才知道是我来了，跟着我钻进装甲运兵车后，他显得有些激动："老板，万万没想到是您亲自来了。"

我和大家象征性地碰了碰拳头："你们都知道任务内容了吧？"

红桃K说："计划我们都知道了，来的路上我已经向老黑转达了任务内容，他抽调出一个连配合我们进入基地，其他人员负责外围的警戒和抓捕，我们和阿赛维少校负责进入他们的地下窝点，胡子负责老板您的安全。"

我说："计划上可不是这么写的。"

红桃K说："老板，这是我们局长和林市长亲口下达的命令，您别让我们为难。"

"这样吧！你们攻进去后我再进去看看，这总可以吧？"

"好吧！"

"其实我们也一直在追查'燃烧的街头'的基地，可每次有点眉目总能让他们跑了，万万没想到他们会把窝点设在污染区，这是我的失职。这次行动结束后，请老板处罚我们。"

我说："这不怪你们，我们大家都被蒙蔽了，这帮家伙太狡猾，战争之前他们就已经在悄悄布局了，而且连天空社都蒙在鼓里。"我了解过他们的工作，知道这些年他们一直在默默地与一切危害人类安全的行为战斗。他们原来是五十四个人，刚好一副扑克牌的数量，就用扑克牌给每个人做了代号，现在这副牌已经少了十七张。接到新城的命令后，他们担心有变，两个小时前已经派出了一支七人的小分队，潜入了污染区负责监视。

战车发出了即将进入污染区的警报。大胡子说："老板，我建议您留在外面，里面实在太危险了。"

我笑了："不会是你自己怕死吧？"

"瞧您说的，我怕死的话能跟老板混到现在吗？"

我知道这家伙平时有些油滑，但真遇到事却从来不怕，而且他能力极强，只因在墨山时一直得不到宫本泽的重用才转而投向我。

其他人也纷纷劝我留在污染区外指挥。

大胡子继续说道："老板，我说句不恭敬的话，您现在已经不是在二十一区了，您是全人类的当家人，绝对不能出现任何闪失。"

"没有那么夸张，你们能进我为什么进不得？你们别忘了，我以前好歹也是海军陆战队的上尉，打仗这种事以前没少干。"

"行，一会行动的时候，您不能下车，否则我回去就向宁先生告状。"大胡子嘟嘟哝哝地小声说道。

"我重申一遍啊！尽量给我抓活的，波茨绝对不能死，否则就白忙了。"

"放心吧老板！这次没有人质，行动就简单多了。"阿赛维少校很自信地说道。

按照老虎交代的情况，我们绕开了有监视的马路，出动机器战士神不知鬼不觉地打掉了位于入口外围的两处暗哨，由二十多名机器战士率先进入地下，发起突袭。

战斗比我们预想的还要顺利得多，携带了大量震爆弹的机器战士进入地下基地后，很快发现了正在举办酒会的武装分子，立即使用震爆弹发起了攻击。刹那间，整个地下基地如同地震一般，巨大的声波和冲动波在封闭的空间里扬起漫天的尘埃，各种碎片在空中飞舞。紧接着，阿赛维少校和红桃 K 带领七十多名军警和特工也攻进地下基地，开始抓捕。

诡异的是清点了所有俘虏，一共只有七十多人，其中还有二十多名虫星人，在震爆弹的打击下，他们几乎已经失去了反抗能力，被战士们迅速抓捕。残敌被肃清后，我也进入这处诡异的虫星基地。

“找到波[illegible]了没有？我们有没有伤亡？”

阿赛维少校眉头紧锁：“暂时还没有发现波茨，我们零伤亡，不过震死了两名虫星人。任务比预期的还要顺利，我却总觉得有什么地方不对劲。”

“把还能喘气的现在分开审，一定要找出波茨。”我急于找到这个们，来不及细想。

阿赛维和红桃 K 几个都无功而返，结论是波茨带着其他人早就离开这里了，没人知道他们的去向。再问其他的，俘虏死活都不肯开口了。

听到这个消息我心里顿时一凉，千山万水跑过来，结果扑了个空。就在这时，一名士兵快步跑了进来：“老板，发现虫星地面军队，营长怀疑有埋伏，请您赶紧撤！”

我突然明白自己钻进了一个陷阱，而挖坑的人应该不是老虎，除非他不想活了。唯一的解释就是虫星军队已经知道了老虎被捕的消息，而且料定这货会出卖他们，所以牺牲这些可怜虫当诱饵吸引我们前来，进而伏击我们。

“让老黑赶紧联系新城，不行就联系北美安全区。”老鹰急了。

“信号已经全部中断，我们哪都联系不上了，地上正在交火。”

“老板，他们可能知道您来了，得赶紧撤。”几名军官面色凝重起来，老鹰更是拖着我就往外跑。

“俘虏都带上，撤！”

我们没跑出多远，只听到地动山摇的一声巨响，前面的士兵退了回来，慌张地叫了起来：“洞口被炸塌了，我们出不去了。”

我心里一紧，知道这次小命有点悬了。

红桃 K 拿枪顶着一个俘虏：“还有没有其他出口？不说现在就干掉你们。”

我注意到俘虏们都异常紧张，但是他们依然没说。红桃 K 将子弹压上就要开枪，我拦住了他。地下数十米的空气似乎凝固了，没有人说话，大家都屏住呼吸，焦急地思考着对策。

“其他出口在哪里？”

没人回答。我们只好回到了刚才的大厅。这时我再次注意到一个细节，其他的俘虏总是下意识地望向其中一名同伙，那人三十来岁，皮肤暗黄，在刚才震爆弹的攻击中受了伤，此刻正要死不活地靠在一根承重柱上。

红桃 K 注意到我的目光，上前搜身，那人一看到有人靠近立即挣扎起来，所有的俘虏一见这人动起来，像见了鬼一样，本能地抱头趴在了地上。几名士兵立即上前按住了他，从他的腰间搜出了一个引爆器。

所有人都吓出一身冷汗。

“你到底是什么人？其他出口到底在哪里？”我厉声问道。

那人看到引爆器被夺，气得一声不吭。

“老板，这人太顽固，干脆毙了算了。”红桃 K 说道。这种高压力环境下，大家的心理压力也很大。

我没有回答他，只是直勾勾地盯着这个男人：“你就是成于的走狗波茨对吗？”那人依然不吭声，但是其他俘虏惊愕的表情初步证实了我的判断。

“他是波茨？”大胡子同样一脸的惊讶。

我点点头：“如果他不是波茨的话，那就是一个比波茨职务更高的们。所以不管他是不是，这个人得留下来。”说着我又瞟了他一眼，继续说道：“必须让他开口说话，哪怕他是块铁，我也要把他熔了。”

大胡子说：“这家伙是个亡命之徒，如果他死都不开口怎么办？”

“人类那些刑罚可以让他都试一遍，再不行就把他送给陵族，陵族有的是办法让他开口。”

那人咳嗽着笑了一下：“殿下，只怕您永远出不去了。除了刚刚被炸塌的出口外，其他的出口昨天就被我全部封闭了，我们大家最后都会死在这里。像您这种身份高贵的王子也好，我们这些普通人也罢，大家在这个时候都是平等的。所以您那些威胁对我没有任何意义。”

我跟着笑了起来：“那你承认自己是波茨了？”

“我是不是波茨现在还重要吗？从我确认是您本人到达这里开始，您就已经逃不掉了。”

“你怎么知道我一定会来？”

“我当然不知道殿下一定会来，但如果来的不是您本人，人类会出动这么多军队来对付我们这区区百来号人？殿下，现在外面的虫星军队正在围剿您的残兵，您不会有任何支援了，哪怕这时候北美的人类安全区知道消息，他们也不可能来救您。这里的空气循环通气系统已经被我破坏掉了，里面的氧气撑不了多久。就算有人来救您，他们要想进入到这里至少也要好几天，那时大家早就死光了。”

“哈哈……你是不是波茨对我来说有特殊的意义，因为如果像你说的那样我一定要死在这里，我总得知道是死在谁的手里吧？”我嘴上风轻云淡，心里却慰问了他祖宗十八代。

“好吧！被您猜中了，我就是波茓。”他承认了，然后像看怪物一样地打量着我，“殿下，我发现您是个奇怪的人，这时候居然还能笑得出来。”

“你别喊我殿下，你喊我殿下我心里犯恶心。”

“为什么？”

“你假惺惺地承认我是你的殿下，却又要宰了我，这不是恶心人吗？”我说，“你真是个恶心的人，不，应该是文明世界的败类。”

波茓一副视死如归的样子：“殿下对不起了，能陪着您一起死在这里，也是我的荣幸。”

“你是不是还挺有成就感的？你是不是觉得自己死了以后，你的名字和这些‘光辉事迹’还能刻在虫星五峰那座高大的纪念碑上？你如果做这样的梦，那你就真的太可悲了。”

听到我的这些话，他突然激动起来：“我从来没想过自己的名字有一天能刻在五峰的纪念碑上。”

老鹰冷冷地说道：“那是肯定的，你的名字非但不配刻在们的圣地，就连你的家人，你的子子孙孙也将因你蒙羞，受你连累。”

波茓更加激动起来，他的表情依然僵硬，但呼吸急促是掩饰不了的，他质问老鹰：“你为什么会这样说？”

“道理很简单，你杀了殿下，必然会成为虫星和地球三支文明的公敌，半个宇宙的敌人，你还想上们的圣地？就算成于最后得到了虫星权力，为了平息各方的怒火，他也会让你来背上弑君的罪名，你恐怕还不知道吧！殿下之前两次和成于面对面交手，他连大声和殿下说话的勇气都没有，为什么会指使你这么做？……想想吧！”

“不会的，成于答应过我会照顾我的家人……”波茓激动地叫了起来，差点晕了过去。平静下来后他说：“殿下，您和您的手下都是些了不起的人，我差一点就相信你们了。”

我懒得再理他，而是转向了其他俘虏：“你们里面有们也有虫星人，是不是都心甘情愿地为一个残暴的成于牺牲掉自己的生命？成于是什么东西你们应该比我更了解。你们难道不想追随我打败他，回到家人的身边过上平静幸福的生活？这个人一天不死，战争就会一直继续下去。”说完我给自己点上一支烟，“我，牧戈，为了结束这场该死的战争，做出了多少努力你们都已经看到了，在我和成于之间，你们这些自诩宇宙中最聪明的文明居然愚蠢到相信一个暴君的鬼话？真是可悲。”

“殿下对不起，我们是身不由己。”一名虫星俘虏站了起来，他衣领上的翻译器好像有点故障，说话的时候声音时高时低。

“接着说！”

“成于控制了我们的家人，如果我们不这样做，我们远在虫星的家人肯定会遭到清算。”

“这里面还有老虎的人吧，你们这些人类也被威胁了？”

一个人类俘虏哭丧着脸：“我们根本不知道发生了什么，直到刚才你们从波茨的身上搜出引爆器我才知道，这帮虫星害人精原来是拿我们当诱饵和牺牲品了。”

我转身看着波茨：“可耻不？为了让自己的家人苟且偷生，居然出卖自己的同类和伙伴。更可悲的是，你还真的相信一个连自己的父母和兄弟姐妹都可以出卖的成于……你们不会不知道成于的历史吧？”

波茨没有再回应我，我也懒得再搭理他。我看着自己的战士，苦笑一声：“对不起兄弟们，是我连累了大家。”

大家都直勾勾地看着我，脸上的复杂表情让我有一种落泪的冲动。

我冲他们深深鞠了一躬：“对不起大家了。”

阿赛维少校的眼眶湿润了：“老板您别这么说，我是个早就该死的人，亲友们全部死去的那一天，我就应该和他们一起去死的。能活这么久，还能荣幸地追随您为人类做了这么多的事情，我已经很知足了。”

红桃K和他的特工们也坚定地冲我点点头。

“老板，在这样的世界里干我们这一行，生死早就看淡了，我们不怪您。”

“可是我怕死啊！”大胡子哭丧着脸，“我本来想跟着老板飞黄腾达的，可现在还是个小小的警察队长，太不甘心了。”

我笑了起来：“对不起了，你运气不好，跟错了人。”

“运气不好是真的，跟错人倒是没有。”大胡子委屈地说，“不过转念一想，能和老板您这样的人物死在一起也还不错，万一我顶不住了，你们谁要给我一枪，让我死得痛快些。”

我又看了看老鹰：“鹰叔，对不起了，原谅小侄没听你的话。”

老鹰继续着他那傲视一切的高冷，但语气口吻已经是我的叔叔了，他说：“您啊！啥时听过我们的话，如果这真是人类说的命，那您就认命吧！”

“你不认命？”

“跟着您就是我的命。”他不置可否地回答说，转身走向了地下更深处。我知道他肯定是去寻找出口了。紧接着，红桃K和大胡子们也带着人去找出口了。

我靠在一张椅子上迷迷糊糊地睡了一觉，被一阵争吵声吵醒。我四下看了看，大家都回来了，显然并没有找到什么出口。战士们都沉默着，大部分人都席地而坐，有些人还不管不顾地啃起了干粮。

整个地下基地里陷入了一种无比压抑的悲伤和绝望。

旁边不远处，两名们扑向了旁边的波茨，他们撕打着，用我听不懂的语言在大声争论着什么。也不知过了多久，他们终于吵累了，瘫在了一边。

我抓起一块饼干嚼了起来：“你们说啥呢？让老子安静地吃点东

西行不？”

们说：“殿下，我们都被成于给欺骗了，只有愚蠢的波荧还在相信他的鬼话。”

“哈哈……他要是不愚蠢，怎么会死心塌地给成于当走狗呢？行了，大家都安静一点，留点时间来回忆一下在这个世界的美好记忆吧！”

一个人类战士问道：“老板，您有没有什么美好的回忆？”

“有啊！”说完我陷入回忆里，我的保姆团和海心构成了我关于“美好”两个字的重要定义。然后我又看着我的战友们，他们何尝不也是我美好记忆的一部分？我突然站了起来，将周围的人吓了一跳，就连波荧也盯着我。

“你们这次计划主要是针对我的对吗？”

波荧点点头。

“那这件事跟他们没有关系吧？”我指了指我的手下，又指了指他的手下。

他想了想：“对！”

“那如果我死了的话，你能不能把他们都带出去？”

所有人都看向我，眼神里充满了不可思议和震惊，就连波荧也愣住了。

“我以人类领导人的身份向你保证，出去后他们绝对不会为难你们，因为这是我的遗愿，他们一定会尊重我。”

“殿下，您疯了吗？”波荧一脸的震惊，们的表情实在是不够生动，他们平时不善于流露内心，而现在因为有了复杂的表情变得扭曲起来。

“老子当然没有疯，我很严肃地在跟你商量这件事情，如果你还有一丝良知和一丝们的尊严，你敢不敢答应我？”说完我伸出手，从一名战士的手里夺过一支枪顶住了自己的脑袋。

所有人惊呼起来："不要！"

我轻轻地摆摆手，小声说道："冷静！"

老鹰说："要冷静的是您，您给我记住了，不到最后一刻绝不放弃，因为这是您的使命。"

"我现在的使命就是让你们都活下去！我一个人能换两百多条命挺划算的。波茨，你给句痛快话，到底答不答应？你要想清楚了，地面上还有我的人，我的兄弟林航此时就在北美安全区，我的十几名侍卫还在虫星，你应该知道他们在虫星的权力，如果我们全部死在这里，新城必然会联络我在虫星的人，到时调查下来，你就是第一个替死鬼。他们这些们跟随们达多年，可不像我这么好说话，拿你的家人泄愤是有可能的。"想了想我继续说道，"当然，如果我自愿死在这里，并让他们保证不报复你，事情的结局就不一样了。他们会把这笔账算在成于的头上。"

波茨睁大眼睛盯着我，他的手下几乎全部站了起来，他们想活下去，所以一起哀求他。

"你给句痛快话，答应我就马上开枪。"说完我又看着我的手下，"如果我死了，波茨能带你们出去，请大家一定不要为难他们，放他们自由离开。不过如果他胆敢食言，你们里面哪怕只要有一个人能够活着出去，一定要将我的话带给新城和虫星，那就是杀波茨全家，为我报仇。"

波茨望着眼前这个虫星唯一的王子眼里闪动的犀利和决绝，突然感受到一股从未有过的情绪，里面有钦佩、欣赏、困惑，还有敬畏和恐惧。

他颤巍巍地伸出了手，拿走了我的枪，然后努力站起身来说道："殿下，我差点酿成大错，请您惩罚我的愚蠢。我答应带所有人离开这里，包括您。"

我愣了一下，没想到这货突然开窍了。

“殿下，为了弥补我的过错，我愿意帮您找到牧晨雪，但是成于没有固定的基地，像这种人类修建的地下基地一般只用来存放物资和少量人员，他们真正的指挥中枢和兵站都在不停移动，比如虫星母舰那样的，可以直接降落隐匿在某个地方。”

虽然宁叔和老鹰他们都曾经提醒过我成于基地的特殊性，但我还是忽略了它们可以随时变换地点。

“太好了，浪子回头金不换。波艽，能先找到牧晨雪也可以了，事情得一件一件做。如果你能帮我办成这些事，等将来你死了，我会努力让你的名字出现在五峰的纪念碑上。”我脚有点飘，毕竟差点就死了。

阿赛维少校和大胡子上前扶住我，人们的脸上重新有了希望和笑容。

波艽说：“谢谢殿下，不过现在得请人来扶我一下，我的腿是真的站不起来。”

红桃 K 担心他使诈，和另一名特工亲自扶他。在他的指引下，我们很快找到了发电机房，启动一个按钮后，巨大的发电机组缓缓拉开，后面的墙壁上竟然有一道电子门，输入一串密码后，门开了，一条通向污染区外的隧道出现在大家眼前。

外面已经过去了十七个小时，而离得最近的北美安全区军队直到新城的四十架战机飞越大西洋前来参战，他们才姗姗来迟。而那时，距离老黑被伏击已经过了十个小时。对于老黑的军队来说，那是他们人生中最漫长的时光，新城援兵到达的时候，他的步兵营只剩下了五十多名战士，可依然死守在洞口保护我们的安全，防止虫星人彻底摧毁洞口。

事发两个小时后，一艘小型虫舰赶到现场，在强大的空中火力打击下，步兵营的坦克和装甲车很快就被摧毁大半，人员出现大量伤亡。

五小时二十分：两艘负责接应我们的军舰因为和我们失去联系，

舰长加速赶往事发点，随后发现敌情并联系新城和北美安全区。

五小时五十分：两架舰载无人机赶到事发地点，随即向地面的虫星军队发起攻击，三分钟后，两架无人机被虫舰击落。此时，五百多人的步兵营已经在虫星军队的围剿下伤亡惨重，坦克和装甲车损失殆尽。唯一的重火力是两门刚刚由新城援助的“舍正”系统。这是陵族访问团在新城期间，我费了九牛二虎之力争取来的援助，数量有限，勉强只够装备到营一级的单位，为了争取到这些武器，我还将刀疤叔他们开来的那艘虫星指挥舰“回赠”给了陵族。

六小时十分：第一批七架“追风者”战机飞越重洋，率先赶到战场支援，对虫星的地面部队发起了猛攻，战场形势逆转。

六小时三十分：第二批五十四架人类“捍卫者”战机与虫星盟友的二十一架白色虫舰在战场附近遭到虫星母舰编队的拦截，双方随即激烈交火。

七小时十分：第一批四十多架陵舰赶来支援。

七小时五十分左右：北美安全区的五艘军舰沿河流进入战场附近，向虫星军队发起攻击。

八小时左右：北美安全区仅有的十八架战机刚刚从地下基地开出来，就被一支虫舰编队伏击，全部被摧毁在跑道上。

八小时二十分左右：一架人类空中加油机被击毁，随后，陵族的第二批援军赶到。

九小时左右：在安德莱斯将军的越级指挥下，林航亲自监督，北美安全区的两个装甲旅才赶到战场外围，却不敢进入污染区。而那时，虫星军队已经逃跑了，战斗已经结束。和宁先生一起来的安德莱斯将军大怒，刚跳下飞机，便以国防部长的身份当场免去了这两名旅长的职务，由新城的两名军官暂代。

我们从污染区外的一个小镇出来。

第三十四章　风云

国防部紧急调过来的各种大型机械已经马不停蹄地在洞口作业了，到处都是穿着防护服的人类和陵族工程师。他们试图打通倒塌的洞口，无奈这是污染区，工程师对这个基地的结构一无所知，施工的时候小心翼翼，进度缓慢。

得到我们平安出来的消息，所有人才松了一口气。

战士们清出了几栋民房暂时住下来，同时为了安全和保密，老鹰和大胡子将所有俘虏控制在一栋楼内活动，并在旁边一栋老式的小洋楼设立了临时指挥部。我没有时间休息，马上把波茓带到临时指挥部，亲自和他对接情报。

没多久，从污染区撤出来的大队人马也来到了小镇上。

宁先生看起来有些疲惫，神情却一如既往地淡定，不过我知道如果不是当着外人的面，他能抽我。因为我亲自涉险这件事从头到尾他都是坚决反对的。

“有几件事情迫在眉睫，需要马上处理，第一件，为了波茓在虫星的家人的安全，你们俘虏的人现在得全部控制起来。”显然他已经了解了所有情况。

我说："可是宁叔，我已经答应过他们，出来后不会限制他们的自由。"

"放心吧！这只是暂时的，老鹰和那些人已经沟通过了，他们也同意。晚点安排他们回新城妥善安置，不会让您食言的。第二件，没有找到成于和牧晨雪之前，波茨的行踪暂时也要保密，而且要单独保护起来。"

"第三件事情也是最严重的，还是请安德莱斯将军来说吧！"

这栋老式洋楼有一扇窗户的玻璃已经碎了，战士们用一条军用毛毯堵在上面，但还是有冷空气不停地从缝隙里钻进来。

安德莱斯将军将帽子戴上，他面色凝重，先将这一仗的战斗简报大致介绍了一下："这一仗我们损失惨重，一共被击落了三十七架飞机，其中有四架追风者，庆幸的是大部分飞行员跳伞活下来了……不过地面部队和海军就没那么幸运了，地面部队有五百三十人阵亡，海军两艘军舰被击沉，八十三人阵亡，这代价太大了，我们打不起这样的仗。"

我的心疼得在滴血，空军刚刚成军，一仗打掉一半家底，海军还在筹建就出师不利，先折了两艘舰，关键还牺牲了几百名战士，这样的仗人类真的打不起。

"不过虫星军队这次损失也很惨重，地面部队的重型机甲基本被我们摧毁，现场找到了四百具虫星人的尸体，初步统计有二十九架虫舰被我们击落。另外这两场空战，我们也让陵族和虫星盟友看到了人类的实力，让他们知道人类已经具备了与虫星军队独立作战的能力。我们不再是以前那种待宰的羔羊。"安德莱斯将军接着说道，"当然我们也分析了原因，老板也不需要为此自责，因为这一仗是成于蓄谋已久，不管谁来执行任务我们都会全力救援，所以这一仗是必然，只是北美战区军队的表现令人震惊，如果这次他们行动及时的话，我们伤亡会小很多。”

正说着，卫兵敲门进来：“报告，北美安全区的负责人金宇哲来了。”

我没好气地说道：“让他进来。”

金宇哲脸上似笑非笑，比哭还难看。这个四十岁不到就执掌一方的年轻人来头不小，在大学期间就加入了天空社，精明能干，深受天空社两任理事长的器重。在天空社的助力下，他二十八岁成为韩国总统秘书室长，三十一岁就成了司法部的副部长。

他站在桌前没人搭理他，站也不是坐也不是，一脸的尴尬。

“老板，我是来请罪的。”

我没有搭理他，他又看了看将军。

安德莱斯将军气愤地站了起来：“我不想听你所谓的解释，因为你们的所作所为简直是人类安全区的耻辱，事发地离你们这么近，居然花了十个小时才赶到。我已经问过那两名可以直接送去监狱的饭桶旅长，他们的解释是军队没有足够的防护服，无法进入污染区。后勤部的人就在外面，需不需要让他们进来证实一下给你们发了一万多套防护服？还有你们的雷达主动防御系统都是摆设吗？虫舰在这么近的距离大面积调动就没有发现一点异常？你们一个步兵营失联大半天也不会主动搜寻？……”将军越说越气愤，他一拳头砸在桌上，“你们这是在犯罪！”

金宇哲脸色很难看，等到将军说完后，他突然冷冷地说道：“部长先生，您的这番话应该在北美安全区的会议上说给他们听，因为我指挥不了军队，北美战区司令威廉上校根本不听我的命令。”

我当然知道金宇哲的难处，作为北美安全区名义上的最高负责人，战时却无法调动军队，换了我早就不干了。

我问道：“发生了这么大的事情，他这个战区司令为什么不来？”

金宇哲没有说话但又什么都说了。

“好，他不来，我们去找他。”

“老板，我不建议您这个时候去岛城。”

“为什么？”

“因为我无法为您提供安全保证。”

将军厉声问道：“他们还敢兵变不成？”

金宇哲说：“那应该还不敢，但是出了这么大的事，北美战区肯定难辞其咎，我担心他们为了逃避追责会做出不理智的事情。”

“我们正在商量这个事情，你就来了，坐下来一起开会。”我也不生气了，示意他坐下，“威廉上校是弗纳尔的人对吧？所以在背后真正控制北美战区军队的其实是弗纳尔博士。”

金宇哲有些惊讶：“您知道他们的关系？”

“这不奇怪，墨山还有不少人是弗纳尔博士的人。你之所以处处受制，也是因为这些。据我所知，弗纳尔在北美没有官方身份吧？”

金宇哲摇摇头：“没有任何官方身份，他被送到新城后就和厄文一样，单独住在岛上很少外出，连安全区的各种会议和活动都不参加。”

“可是即便如此，他们依然在无形中影响和操控安全区的大小事务，你这个名义上的负责人是不是很憋屈？”

金宇哲沉默不语地看着我，我突然有点同情他了。

“厄文到北美后表现怎么样？”

“他在北美的势力远不如弗纳尔，到这里后还算老实，也不与外界交往。当然这些也可能只是表象。”

“北美战区名义上只有三万多军队，可暗地里他们还组织了一支多达八万人的民兵武装，这些人虽然不在国防部的名册上，装备训练却都不差。”说着我站起身来，“可是所有的人类武装都不是某个人的，更不可能是属于野心家的私人财产，它是全人类的武装。他们这么做想干吗？想当土皇帝吗？我现在甚至怀疑这些人背地里在和成于勾结，出卖人类利益。”

“老板，您是想调查他们？”

“调查他们？老金，我现在要你一句实话，如果我帮你拿掉这些绊脚石，你能不能经营好北美安全区？”

金宇哲从来没见过我这样单刀直入的玩法，一下子愣住了，不过他很快反应过来：“老板，请您相信我。”说罢他从随身携带的一个小公文包里掏出一沓资料，分发给我们。这是二十几份北美安全区警察局的犯罪案卷，抢劫、故意伤害、杀人、强奸都有。我细看了一下，犯罪嫌疑人大多是军人。

“这是什么意思？”

“这些刑事案件都是证据确凿的，但警察局却办不了他们，通常是警察刚抓到人，军方的人很快就派人过来要人，不放人他们还敢打砸警局。老板，您说要办他们，我才敢拿出来给您看。”

“老金，你这个负责人当得可真好！这恐怕只是北美安全区的冰山一角吧？这还叫什么人类安全区？人们的安全在哪里？你怎么不早点向新城报告？”我最恨这种恃强凌弱的低级犯罪，拿着一份卷宗拍在桌上。

金宇哲的脸再也绷不住了：“我承认自己失职，之前是怕引起内乱一忍再忍，不敢和他们翻脸，没想到他们会变本加厉。现在出了这么大的事情，我知道新城肯定会调查，这些烂事反正也是藏不住，索性我自己招了，只要能把这帮人拿掉，该我负的责任我愿意承担，哪怕撤职坐牢。”

这家伙果然是个人精，吃准了我的性格后马上变得直来直去。

“还有一件事情很严重，我必须向老板报告。”

“说！”

“这事干系重大，我只能跟老板一个人说。”

我摆摆手：“没关系，不管是什么事都可以当着这几个人的面说。”

金宇哲还是犹豫了一下才开口：“安全区军方有些人在议论，说新城的前理事长是假的，您是通过不正当手段实现了权力交替，所以我担心您现在前往岛城会有麻烦。”

我们几个面面相觑，大家都有些意外，知道这件事情的人并不多，除了宫本泽，恐怕就只有我的智囊团了。这批人可以称得上是心腹，办事老练，不可能由他们泄密。那么远在千里之外的这些人是如何得知的？更主要的是，假牧晨雪和宫本泽两个当事人早就被秘密控制起来了，从他们身上泄密的可能性也很小。

宁先生说：“只有一种合理解释，他们一定是通过人类以外的渠道了解到某些信息。”

“你是说他们真的有可能暗地里与成于合作，所以才知道这些？”

林航说：“老板，恐怕也只有这种解释了，这些人胆子太大了，仗着天高皇帝远简直是无法无天，必须彻查。”

安德莱斯将军说：“这些都是军方内部的事情，我来处理会比较合适。老板就不要插手了。”

他刚说完，金宇哲似乎早有准备，又递来一张北美战区的军方人员名单：“这些都是弗纳尔的人，拿掉他们北美战区就干净了……我没有任何打击报复的意思，这名单上的人你们到时可以一一调查甄别的。”

我看着安德莱斯：“将军，这件事您打算怎么处理？”

安德莱斯将军难得地笑了笑：“老板是不是担心我空袭北美安全区啊？不会的，您放心，不过这件事情还需要老金的配合和帮助。”

金宇哲一口答应：“我全力配合，北美安全区的情况我比在座的各位都熟悉，部长需要什么样的支持我一定尽力。”

老鹰敲门进来，我马上会意：“那这件事就由安德莱斯将军和老金负责吧！我们去会会另一位客人。”说完我拍拍金宇哲的肩膀，和宁先生、林航他们一起走出临时指挥部。

暮色笼罩着大地，傍晚时分起风了，天气异常阴冷。北美安全区的人们和其他人类安全区的人们一样，都在欢腾地庆祝这场属于全人类的“胜利”。这几年下来，有不少人已经重组了家庭有了孩子，有孩子的地方充满了生机和希望。岛城到处张灯结彩，大人带着孩子们在房顶、大街上燃放烟花。他们不知道背后那些复杂的原因，但是他们知道这是人类首次与外星文明独立作战，并且重创了他们。

街道上的警察和军人随处可见，相比起平民们的狂欢，他们似乎平静许多。

六架直升机在天空中低调地飞行，不远处还有两架护航的捍卫者战机。早在几个小时前，北美战区司令部就接到了通知，国防部长会在负责人金宇哲的陪同下亲临北美安全区，召开军事会议。

威廉上校和十几名战区的高级军官早早就等候在了司令部，开会地点设在北美战区司令部，让他们稍稍安心了一些。看着几名军官有些紧张，威廉突然对弗纳尔生出了一丝怨恨，为了他许诺的长生不老，他眼睁睁地看着自己一个营的兄弟被虫星军队几乎全歼。而现在，新城的雷霆风暴即将到达，降职恐怕是最轻的处罚。他这才意识到如果没有了权力，他就什么都不是了，就连弗纳尔会不会给他提供第二针“重喻”都成了悬念。

“司令，国防部会怎么处罚我们？”一名亲信军官小声地打断了他的思绪。

威廉说：“不知道，我们得到一些东西必然也会失去一些东西，只要不枪毙我们就有机会。”

“我们几个已经商量好了，如果国防部真要逮捕我们，我们就把部长和金宇哲，还有那个林副市长都给控制住，宣布北美安全区独立，大家拥护你成为安全区的新领导人。我们手里有这几个人，新城也不敢对我们动武。”

威廉嘴上这么说心里却明白得很，这是下下之策，新城那个谜一样的老板牧戈他惹不起。就算所有人都知道牧戈是靠偷天换日夺取到的权力，那又能怎么样呢？这个年轻人上台后，整个人类世界焕然一新，社会全面恢复了秩序，人类空前团结，还联合起了其他的强大文明一起对抗侵略者，所有的安全区都摆脱了饥饿和疾病的困扰，人类在灾后出现了井喷式的高速发展……安德莱斯将军他也招惹不起，新城的空军昨日那传奇一战，让作为人类军官的他备受鼓舞也心惊肉跳。

“可平民和士兵们会不会答应？要知道老板和部长这些人的影响力可都不小，万一把他们逼急了，后果难以预料。”说着，威廉再次确认了一下，“那些防护服藏好了没有？”

“藏好了，军需部长也愿意出来顶罪，他会承认是自己渎职，造成放置那批防护服的军用仓库失火被烧了，但愿这样国防部的处罚会轻一点。”

威廉说：“你和他们再说一遍，开会的时候，不管他们说什么都不准顶嘴，只要不在现场逮捕我们，任何处罚都得接受。”他望着司令部前前后后站满的卫兵，又看向远处喜悦的城市，重重地叹息了一声。

又过了两个小时，三辆岛城警察局的警车护送着一辆小轿车开进了战区司令部，安德莱斯将军和两名助手在金宇哲的陪同下直接来到会议室，早就等得有点不耐烦的军官们连忙打起十二分精神起立。

包括威廉上校在内的所有军官都感到有些惊诧，堂堂国防部长只带着两名助手就来了，护送他的还是地方警察，根本没用军队的人，他们预想中的宪兵和军队纪律部门的人更是一个都没有。

将军示意大家都坐下，他也不说话，让两名助手给大家分发一份战斗简报。

威廉对昨天的那场战斗并不陌生，他甚至能及时掌握战场的动向，所以他只是装模作样地翻看了一下。部长没开口，他和其他军官一样，心里虽然忐忑但也不敢说话。

过了好一会儿，金宇哲说道：“将军长途跋涉有点疲惫，想先听听你们对昨天事情的解释。每个人都要把情况说清楚，昨天接到新城命令的时候你们都在干什么？”

威廉上校连忙站起身来，用嘶哑的声音说道：“我想就昨天的事情向部长做出解释。”

金宇哲打断他：“上校请等一等，先从左边的西蒙旅长开始吧！”

威廉没想到会议用这样的方式进行，他只好闭嘴坐下。

西蒙站起来，将事先设计好的台词重复了一遍，无非是没有防护服，部队无法出动之类的鬼话。安德莱斯将军眯着眼睛听他汇报，好像是睡着了一样。他越是如此，军官们心里越是发慌，问到第三人的时候，那人编不下去了，只有傻站着。

“算了吧！还是让威廉上校来说句话吧！”安德莱斯将军终于开口了，眼睛也睁开了，冷冷地向众人的脸上扫了一遍。

威廉积压已久的情绪终于找到了缺口，他无力地说：“部长，我不想做无意义的解释了，也不敢推卸责任，因为昨天的军事行动暴露出太多问题，我身为北美战区司令，就算长了一百张嘴都无法为自己开脱，我请求部长能再给我一次机会，让我在下一场的战斗中洗刷自己的耻辱。”

这时北美军需部长站起来准备背锅，金宇哲却再次打断了他们：“人类没有太多这样的机会，滥用权力就是犯罪，不称职也是犯罪。”

威廉有些恼怒，这个白面书生在他看来就是个一无是处的政客，在枪杆子决定人类命运的当下，他最瞧不起这种只会玩弄权力的人。他有时甚至完全想不通，两任理事长怎么会看上这么一个人，让他来领导一个有着百万人口的人类安全区？

“金长官，您可以让我们把话说完吗？”

一向对他们客气得近乎唯唯诺诺的金宇哲今天却显得十分反常，不但多次毫不客气地打断他们的讲话，而且自始至终都是一张冷脸。就在这时，金宇哲的秘书快步走进了会场，在金宇哲身旁耳语了几句，他的冷脸慢慢舒展开了，甚至露出了一丝喜悦，他说：“我才是今天这次会议的主持人，老板和部长已经厌倦了你们的把戏，有些话就不要放在这里说了，我会换个地方让你们说个够。”

门开了，一群年轻的宪兵走进了会场，气氛一下子紧张起来。

“金宇哲，你这是想干吗？逮捕我们吗？”

两名强壮的宪兵军官拿出一份名单：“根据国防部的命令，念到名字的人请跟我们走一趟。”

威廉预料中的结果还是出现了，好在他做了最坏的打算。他准备起身的时候，两位宪兵按住了他的肩膀：“上校，你被逮捕了。”

“来人！”威廉气急败坏地吼叫起来。

“上校，你还是省点力气吧！”金宇哲幸灾乐祸地说道，“北美战区是人类的军队，不是你们几个人的军队。”

所有参会军官意识到大事不妙，他们事先布置在会场外面的三个负责“警卫”的连队一点动静都没有，就连在机场和沿途监视的军队也没有任何异常报告。国防部长安德莱斯将军轻装简从，只带了两名助手下的飞机，其他人都是金宇哲的手下，这些宪兵是从哪里来的？

威廉上校沮丧地望向将军：“部长，请给我一个机会。毕竟这里是北美战区，您要逮捕这么多军事主官，我担心军队会乱。”

“金长官已经说得很清楚，军队是人类的军队，你们才是军队混乱的源头，我不想再听你们胡说八道了，先去新城的监狱冷静一下，想好了再来说。”安德莱斯将军不耐烦地挥了挥手，“带走吧！”

宪兵们一口气将参会的军官逮捕了三分之二，直接将他们押送到机场，一架军用运输机早就等候在那里。威廉在飞机上见到了可以让自己长生不老的老上司弗纳尔博士。

看到威廉他们上来，他气急败坏地骂道：“你们这些蠢货，一枪不放就全部让人家逮捕了。”

威廉上校轻蔑地看了他一眼，不愿意再和眼前这个人逞口舌之快了。很快他又看到了自己的十几名亲信军官也在那里，包括两名昨天被撤职的旅长和刚刚在会场外负责警卫的营长。

“司令，部长是亲自进入营地解除了我们的职务，士兵们没人敢对抗国防部长，就把我给抓了，而且所有的通信设备全部被干扰，我们根本联系不到你。”那名警卫营长说。

安德莱斯将军的确有些不讲“武德”。堂堂的三星中将，人类军队最高统帅居然亲自跑到军营解除了这些基层军官的职务，难怪让他们在会场提心吊胆干等了好几个小时。不过这套路看起来有点损害国防部长的威严，但实际效果却出奇的好，兵不血刃就将北美战区肃清。

威廉上校终于明白了，所谓的军事会议无非是个幌子，国防部早就已经决定好了。他们在金宇哲警察部队的配合下兵分两路，一路拿下他们，一路直接逮捕天空社元老弗纳尔博士。他不知道，北美战区乃至整个安全区此刻正发生着翻天覆地的变化。

我正亲自带人前往一处虫星的秘密基地，那里关押着我的亲姐姐——失联已久的天空社前理事长牧晨雪。

当威廉他们被押赴新城的时候，我也在一万多米的高空之上。这是一架上下两层的大型军用运输机，刚刚由工程师们改造修复完成不久，有独立的会议室和指挥中心，还有主动攻防系统，有一定的自卫能力。

会议室里除了我还有六个人：宁先生、老鹰、林航、大胡子、红桃 K 和波荧，为了掩人耳目，波荧也穿上了人类的军装。

十几分钟前，北美战区司令部已经将情况汇报上来。为了这次行动，安德莱斯将军亲自坐镇北美战区司令部，和金宇哲联手在安全区秘密抓捕了九十六人，大部分是军人和民兵武装的人，这些人要么是在北美警察局负案在逃的漏网之鱼，要么是弗纳尔或威廉亲信的军中败类。

“波荧这回功劳不小，如果没有你的帮忙，我们还不会这么早确认弗纳尔与成于勾结，他们太隐秘了，这个斯文败类。”

波荧说：“殿下，您别记恨我就好，我不要功劳。”

我笑了：“你是担心我秋后算账啊？”

“殿下绝对不是那种没有气度的人，这个我从不怀疑，否则您也不可能走到今天。”

宁先生一副心事重重的样子：“北美战区暴露出来的问题很严重，我们都看到了，不受制约和监督的军队一旦失控就是洪水猛兽，有时比敌人更可怕。老板，我建议人类政府要加大对军队的制约和监督，否则这样的事件以后恐怕还会发生。”

他有这样的担忧也是正常，战前的人类政府也有专门的机构对军队进行制约，各类情报部门的权力甚至大于军方，形成了很好的监督机制。

林航说：“我赞同宁叔的意见，前任政府组建的人类安全情报局职能权限划分不够清晰，甚至可以说当初就是为了牧晨雪个人打击异己而成立的，我们有必要强化这个机构。”

“对，红桃 K 他们到北美安全区居然还像电影里的卧底一样，这不搞笑吗？情报部门应该作为权力部门直接进驻各个安全区，监督和收集一切危害人类安全的情报。”大胡子说道。

我又看了看老鹰和红桃K，老鹰没有说话，只是点点头表示赞同。红桃K声音有些嘶哑地说道：“我和我的同事们战前就在干这些事，事实证明了我们的工作是有成效的。其实每个安全区就像一个相对独立的小国家，现在有老板强势在任，各安全区还要依靠新城对付强敌，所以比较好管理，如果有一天没有了外敌呢？这些地方会不会失控？会不会重新燃起战火？”

老鹰听到这话干笑了几声：“人类骨子里其实比虫星人还好斗，这种事情肯定会重演的。”

我却笑不出来，沉默了半晌后说：“这些事等安德莱斯将军回来，专门开个会讨论一下，我相信他会支持的，到时红桃K你也来参会。这一次不但要大力度改革，我还要取缔天空社，这个组织污点太多，不适合领导人类政府。”

所有人都有些惊讶地看着我。

天空社在战后一直领导人类安全区，似乎没人觉得有什么不妥，我提出来以后倒让大家有些意外了。

其实我这一路上都在琢磨这些事情，军队失控的后果可怕，但一个根深蒂固、盘根错节的组织很容易一家独大。从长远来看，这种改革势在必行了。

我侧身看了看窗外，一架护航的捍卫者战机正安静地在一旁伴飞，我甚至能看到飞行员的头盔。因为有了上次的历险，新城方面加大了安保力量，这次共有六架捍卫者参与护航并配合我们行动。

依然是污染区，我真是服了这个喜欢鸠占鹊巢的成于，他利用人类战前修建的这些庞大的地下工事作为基地，的确成功地欺骗了人类和陵族，这些危险的区域对任何文明都是致命的，所以他们的基地大多数将出口设在了污染区之外。根据波[illegible]提供的情报，这处关押牧晨雪的基地只是一个运输中转站，从虫星来的物资和人员会通过这里中转到别的基地。他之前到过这里好几次，发现只驻扎了少量的虫星士兵。

这是一座战前基本被摧毁的城市，周边的机场早被破坏得无法使用，突击队战士们只能通过空降实施突击。大胡子带领三十多名全副武装的人类战士在二十多具机器战士的配合下，从天而降，迅速进入位于城外山里的目标基地。这里是无污染区，战士们将从这里进入。

运输机和六架隐身战机一直在空中警戒。到达地面的突击队确认安全后，我们才实施第二次伞降，随后与大胡子他们会合。按照波[illegible]在空中的指引，我们顺利切开入口，进入一条深不可测的地下隧道。经过无数次与虫星军队的交锋后，战士们早已不再惧怕这些虫星人，尤其是地面作战，如果没有空中掩护以及大型机甲的配合，人类战士的战斗素养和意志比虫星士兵强得多。

这是一次完美的突袭行动，数十名虫星士兵几乎来不及反抗就被打死或俘虏，难怪战士们都说失去了空中优势和机甲的虫星士兵就是菜鸡，何况这里只是一个中转站，大多是后勤人员而非战斗人员。

我们很快就占领了这处虫星军队的地下仓库。

除了堆积如山的虫星武器外，仓库里还有一艘完好无损的中型指挥舰。在俘虏的带领下，我很快找到了被关在一个小房间里的牧晨雪，我推开了门。

这间房子十分简陋，只有一个卧室和一个卫生间，卧室里面除了一张单人床和一套桌椅，什么都没有，房间里有一种令人作呕的难闻的气味。牧晨雪披头散发地坐在桌子前，桌子上摆放着几本书和一些稿子之类的东西。她本来就瘦，这会更瘦了，面容苍白憔悴，形如枯槁。听到动静，她冷冷地转过身来。

“姐，我来了。”

她看起来就像是一个五十岁的女人，双目深陷，静静地打量了我半天后，眼眶一下就红了，语气却异常平静：“你还是来了啊！你看看，姐姐在这样的地方待了快一年了，他们就是这样对待们达公主的。”

“跟我走吧！”我的心里一阵酸楚。就算她真是魔鬼，可毕竟是我亲姐姐，在这间没有外人的房间里，我可以当魔鬼的弟弟。

“陪我坐一会儿吧！我在这里待了一年，你也感受一下。”

我看了看手表，坐在那张不算整洁的床上。

“你知道外面的事情吗？”我问道。

她转过身来坐在我对面：“知道！成于和弗纳尔来看过我一次，把所有的事都告诉我了。”

“你不恨我吗？”

她摇摇头：“刚开始有点，现在不恨了，说到底你是我弟弟，我所做的这一切本来就是为了你。如果能通过这样的方式激发出你的潜力，我很高兴。”

“姐，都这个时候了你还骗自己有意思吗？你想得到至高无上的权力，可不是为了我。”我实在不愿意打击她。

她噌地一下站了起来：“牧戈我告诉你，我所做的这一切就是为了你。我为你扫清所有威胁，包括陵族，没有陵族的地球才是安全的。到那时我会把整个世界都交到你的手里，或者你回到虫星去继承父亲的权力，这个宇宙就不会再有敌人。至于你怀疑弗纳尔是受我指使要杀你，那更不可能。他就是一个充满不切实际幻想的疯子，他以为你死了，我会替代你回到虫星继承权力，而地球就是他的，真是可笑。”

“那你为什么不杀了他？”

“我为什么要杀了他，我把他留给你不好吗？表现你的大度或者恩怨分明都可以啊！”

“可是你知道他是个不安分的人，或者说是颗定时炸弹。”

“他都已经被流放了，远离了权力中心还有什么威胁？”她说，“你随时可以杀了他。”

“他和成于勾结，用‘重喻’的诱惑控制了北美安全区，这个办法你不是也用过无数次吗？我差一点就死在了那里。我讨厌杀人，但这样的人我会杀，或者让他这一辈子待在监狱里。”

“这个疯子。”牧晨雪眼神充满着杀气，看起来面目可憎。

“姐，其实你和他一样，你们都是疯子。”

牧晨雪几乎是歇斯底里地咆哮：“你说得对，我也许是个疯子，但我所做的一切都是为了你和父母，我有什么错？人类害死了我们的母亲，我如果不变成疯子怎么报仇？怎么为你扫清威胁？”

我站起身来，轻轻地拍了拍她的肩膀：“我不想和你吵架，就算你说的都对，也依然无法掩盖你犯下的那些滔天大罪，我说的对不对？”

牧晨雪慢慢让自己冷静下来：“我当然有罪，但你不能审判我。”

我摇摇头：“我当然不会审判你。”

她突然抓住我的手：“弟弟，你不想知道弗纳尔来找我干什么吗？”

我笑了：“除了帮成于游说你交出‘无障’，他还能来干什么？”

“牧戈，你真的长大了，比我期待的还要聪明。”她凄然一笑，“你其实也是来要‘无障’的对吗？”

“对！因为它本来就属于我，那是妈妈送给我的礼物。”

牧晨雪愣了一下，似乎有些失落，也许在她看来，“无障”比她这个姐姐在我心里的位置要重要多了。

“我可以把‘无障’交给你，但你必须答应我一个条件。”

我没有吭声，因为我不知道她会开出什么样的条件，或者是开出一些我无法答应的条件。

“救出我们的父亲，我一定把‘无障’交给你，或者我可以先把‘无障’给你，这是我唯一的条件。”

“我把们达救出来？人类将面对一个比成于可怕得多的对手，现在成于叛乱，虫星内部矛盾重重，根本无法集中力量来对付我们，如果我把们达救出来，那虫星军队会大举开战，作为人类现任的领导人，你觉得我能答应这样的条件吗？”

“不，我已经说服了父亲，他只对付陵族，你可以继续当你的人类领导人，这一点也不冲突。而且陵族总有一天会成为人类的心腹大患或者是敌人，我和父亲一起帮你拔掉这根刺有什么不好？”

“消灭了陵族以后呢？人类是不是就该永远像奴隶一样地活下去？再说陵族无数次帮助过人类，在他还没有成为人类真正的敌人之前，我们有什么理由去帮助侵略者消灭自己的盟友？所以你提的条件我不能答应你。”

牧晨雪像打量一头怪物似的瞪着我，半晌从牙缝里挤出几个字：“我看你才是个疯子。你既然不愿意救自己的父亲，我绝对不会把‘无障’交给你，现在带我走吧！回去让人们审判我这个罪人，坐牢或者千刀万剐，随便了，失去了亲情和权力的世界，我也没什么好眷恋了。”说着，她的眼泪无声地掉落下来。

走到门口时，我说：“姐，你再好好想想，‘无障’给我，也许可以结束这场战争。我甚至可以救们达，但前提是他必须公开承诺结束这一切，包括对陵族的战争，虫星的军队从此不准再踏足地球。我请你仔细想想，因为出了这个门，我就不再只是你牧晨雪的弟弟了。”

“走吧！”她静静地盯着我看了半天，似乎疲倦到无力说话了，脚步也异常沉重，只能拖着一条腿慢慢地向前挪动。我走过去一看，她的左腿已经断了。

“我已经是个残疾人了。”

“成于对你用刑了？”

“对，为了得到‘无障’他什么事都做得出来，不过就算是杀了我，我也不会把‘无障’交给他的。”

我抱着她走出门，战士们看着我们出来，上前接住了牧晨雪。

大胡子说：“老板，这么多武器怎么办？”

“马上通知安德莱斯将军，让他赶紧派人过来，把能拉的全部拉回去，他们的武器比我们的强太多了，最主要的是这艘虫舰，一定要给我开回去。”说着我沉默了半晌，小声说道，“审一下，把对我姐用过刑的虫星人都找出来，全部毙了。”

大胡子哆嗦了一下，也许在他的印象中，我一直是个仁义宽厚的人，没想到我会提出这么狠的要求。他说：“好的老板，您先走，这些事交给我来处理，我保证动过前理事长的人一个都跑不了。”

老鹰走了过来：“老板，我检查了这艘虫舰，没有任何损坏，我们现在就可以开走它。”

我这才想起来他曾经是虫星最高领袖的贴身侍卫，一个活了近百岁的“老油条”，用他的话说是人类最好的大学他都有时间上一轮了。

“我们开着这东西飞出去，会不会被自己人误伤？”

老鹰咯咯地干笑两声：“您太低估了虫舰的科技含量了，它的隐身性能和智能化程度不是人类的飞行器能比的，我只需要关闭它的自动攻击系统，就可以连接人类的卫星通信信号，公开向他们发明码。这就是为什么刀疤他们在进入地球时，可以向人类和陵族公开求救。哦，这个仓库有不少好东西，我已经让机器士兵往虫舰上搬了。”

“那我也坐坐这虫舰？”

“这个当然随您喽，如果信不过我技术的话就算了。”

我笑了笑："信得过。"

"要不要我再给您提个建议？"

"别卖关子了。"

"成于上次打了我们一个埋伏，我们也可以利用他的中转站还他一个伏击，不过动作要快。我简单地查看了物资的储存量，这里至少是一个……相对于人类师级单位的中转站，他们来运输物资的人员也不会少，在这里守株待兔打个伏击战还是不错的，我还可以客串一下他们的通信人员。"

"那还等什么？这艘虫舰我请宁叔来开，你吸引他们前来接收物资。"

几个小时后，十七架各型号飞机陆续抵达，陆、海军的直升机编队很快也赶到，他们将大批人员以及机器战士和机械车辆运到这里，将这处虫星仓库的物资搬空，转移到最近的一处人类正在修复的小型安全区。物资搬空后，联合作战参谋部也调派了陵族和虫星盟友，在这里设下埋伏。然后，老鹰编些中转仓库有可能被人类军队探测到之类的鬼话，请求基地迅速转移物资。

我不等他们到达，就乘坐那艘虫舰飞往数百公里外的北美安全区，宁先生一面轻松地驾驶虫舰一面给我解释它的情况。虫舰我不止一次乘坐过，但这次的感受更为强烈和直观。全速状态下，它比人类最快的追风者战机还要快得多。而且它的智能化程度、防御和攻击力、隐身性能、续航能力等各方面都远远领先于人类，由此可见最优秀的人类飞行员驾驶着人类最好的战机二对一都占不到上风，也就不足为奇了。

同机的林航第一次坐上虫舰也很兴奋，他说："虫舰这个鬼东西真是神奇，一旦发现自己失去战斗力，它们就会自爆，销毁掉机内的所有电子设备和武器系统，以免落入人类或陵族手中，所以我们一直找不到这么完美的虫舰来研究。这回我得让专家们来好好研究一下，如果我们也能仿制出这样的战机，以后就不用再怕虫星军队了。”

他说到这里，我突然有些后悔将那艘虫星指挥舰和陵族交换武器了。因为虫舰这种极端的设计，他们手里肯定也没有缴获过完整的虫舰。

看到我眉头紧锁，林航说：“你是不是在后悔把那架虫星指挥舰给陵族了？”

我点点头：“你们当时为什么不阻止我？”

坐在驾驶舱的宁先生说：“我不能劝阻您，因为人类军队非常需要那批武器，否则单纯依靠人类自己的武器，几乎不可能与虫星军队抗衡。至于这东西，在我看来，要比陵族的武器难弄得多。尤其是这两场独立的空战发生后，陵族一定感受到了来自人类的压力，所以我敢打赌，云鼐的陵族现在比你更后悔为人类提供了那批武器。”

“宁叔，你为什么会有这样的判断？”

宁先生说：“因为我以前也和陵族一样，严重地低估了人类，直到我亲眼看到了人类空军的追风者战机，我才恍然大悟，原来人类的顶尖科技水平以及战斗素养，要远比我们想象的好得多。我能这么想，陵族就不会吗？我甚至可以说，如果没有科罗拉多病毒，虫星军队不可能这么顺利就能占领地球，人类军队的反抗将会让虫星军队蒙受重大损失。”

我想了想，也是，比起陵族我更容易弄到虫舰，但陵族的武器却不是想要就能要到的。这么多年，他们只愿意帮助改造升级人类自己的武器和一些轻型武器，高科技的装备和重武器他们是一件不给。

地球联军在埋伏三天后，终于等来了一支虫星舰队，随即双方展开激战，一个小时不到，前来接收物资的十七艘虫舰尽数被歼。我们不知道的是，后来的史学家将这一战称之为人类反攻侵略者的第一战，而策划和指挥人类反攻第一战的是当时的人类领导人牧戈的侍卫老鹰。他也因此和驾驶人类第一艘缴获的虫舰离开的宁先生一起被载入了人类史册。

北美安全区的岛城寒气逼人，这几天又下了一场小雪，好在城区附近的湖面结的冰不厚，人们可以轻松地破冰通行、捕鱼。

这是我第一次到达这里，也是第一次看到没有留下战斗痕迹，保存如此完好的人类城市。人们似乎还沉浸在那场胜利的喜悦中，大街上的汽车和行人展现出一副战前人类世界的繁华，让我一度产生了错觉，以为那么多的痛苦经历只是一场虚幻的梦。

第三十五章　捕鱼者

金宇哲为了欢迎我的“首次视察”，可谓下足了功夫。他带着十几名安全区的要员亲自来机场接我，从机场到战区司令部的沿途布置了鲜花和条幅，军警三步一岗五步一哨。我们刚离开机场，我就发现外面有上百名欢腾的人们，举着旗帜和标语。我立即叫停了车队。

金宇哲不明就里，连忙下车过来：“老板，为什么下车啊？”

“你这是搞什么？让人家大冷天跑到这里来骂我吗？”

金宇哲连忙解释说：“这些人可不是我请来的，他们听说老板要来，自发跑来接机。”

外面的人群看到车队停了下来，欢呼声更响了：“欢迎老板！欢迎老板！”

这口号让我想起了一些老电影里的桥段来了，一掷千金的土豪去夜总会，等在门口的小姐们就是这么喊的。我哭笑不得地冲人群挥挥手，走了过去：“天气太冷了，大家赶紧回家。”

人群兴奋地叫起来：“能看到老板一点都不冷。”

我咧着嘴巴笑了，和前面的几个人握了握手，我能感觉到他们是发自内心地喜欢我，表现出来的热情也是真挚的，没有虚情假意和敷衍。这样的画面我小时候在电视上见过，那些大人物就是这样接见自己粉丝的，而现在这么多欢呼声居然落到了我身上。

被人请回车上后，林航对还站在车外的金宇哲说：“我实话告诉你，老板从来没有拿自己当什么老板，他是个低调的人，不喜欢折腾。所以我们换条路进城，让沿途的人们回家吧！”

因为是军政会议，我们直接去了战区司令部，司令部外面的马路两边也挤满了平民，大家倒是安静多了，不再喊口号，只是笑着站在一起，冲我们挥手致意。我背着武器，穿着一身上尉军衔的新式军装，站在一堆校官甚至是将官里，实在不像什么领导人，更像一个开路的士兵甲。安德莱斯将军他们曾经劝过我几次，让我穿西装或者军装不要配衔，最后他甚至建议用国防部的名义给我授个将校衔，都被我谢绝了。我就喜欢这身基层军官的军装，穿着没有压力。

我在这里待了一个多月，商议改革事项。

从新城和墨山来了不少人，有老柴、黄海丰、宏森俊、尤新旺和P型社的社长克里西，以及国防部调来的一批军官。

这样的会议按照惯例由安德莱斯将军主持，他是人类政府军的国防部长。根据讨论的结果，对机构和人员安排进行了调整，由国防部的副部长梅尔文少将接替威廉担任北美战区司令，将原来的军队重新打乱，混编成五个旅和一个特战大队。这些军队直接隶属于国防部，不再归地方安全区领导。数十艘中大型军艘全部编入海军，由海军统一指挥。八万民兵武装除一万人编入属于地方的警备司令部和警察局外，其他人员组建成二十多支先遣团，奔赴世界各地，在事先已经确定的地点加强或开拓出新的人类安全区。这些先遣团半军半民，直接接受新城管理，国防部和内政部将为他们提供后勤和运输、安全保障。随行的还有警察、安全局的特工小组以及军队纪律部门的人。

人事方面，五个旅的军事主官全部由国防部调来的年轻军官担任，尤新旺任其中一个旅的旅长，特战大队由宏森俊和黄海丰任正副职。这批年轻人有丰富的作战经验，也有胆识和才能。国防部调他们过来是想借年轻人的冲劲，洗刷一下北美安全区军队的陈旧腐朽之气。老柴任北美安全区警备司令兼岛城警察局长，负责安全区的治安和防务。克里西担任金宇哲的办公室秘书。另外，军事情报局也开始由红桃K和剩下的数十名特工为班底筹建，它与史密斯领导的人类安全情报局一样，独立于军队，并在全球各安全区驻扎机构，负责收集一切危害人类安全的情报并干预。

在这个英雄不问出身的乱世中，没有论资排辈，没有贵贱之分，有德才者就有的是机会站出来。

这样一来，北美安全区的武装力量就彻底掌握在了新城的手里，不再属于地方，而且各武装和机构之间相互制衡和监督，很难再出现一家独大的局面。

一周后，执政官行署和国防部为了更好管理军队，鼓舞士气，颁布了新的军纪和军衔制度，同时还给开战以来所有在对抗侵略者的战斗中表现出色的人类颁发“人类勇士勋章”。共有包括安德莱斯将军在内的1327名军官的军衔有了新的调整，安德莱斯将军晋升为战后人类军队的第一个四星上将。连同追授在内，何承志、马里奥神父、老黑、宁先生、老鹰、林航、飞行员“熊猫”、尤超等57人获得“人类勇士勋章”。一年后，又有渔民阿达和冒死从虫星来传送情报的刀疤叔等七人获得了这枚代表着人类最高荣誉的勋章。人类政府和军队以这样的方式间接地承认了宁先生和老鹰他们人类的身份，以及肯定了他们为人类所做的贡献。

散会后，我和老鹰带着几名警卫悄悄地去了一趟小岛。这是一个只有几平方公里的小岛，岛上有一处别墅，之前被威廉上校占有，岛上原来还有几处渔民的临时落脚点，这处别墅启用后，渔民被禁止登岛了。

牧晨雪被临时关押在这里，由大胡子亲自率领三十名警卫守着。

别墅一共有两栋，靠近湖面，外面有花园和一条可供通往码头的马路。看到我们走进花园，大胡子连忙笑眯眯地跑了出来：“老板。”

“牧晨雪正常不？”

“正常，不哭不闹，能吃能睡，就是不喜欢说话。几名女战士在后面那栋楼负责她的安全和照顾起居，她们每天会来向我报告三次，每次报告都有详细记录，包括她说的每一句我们都记下来了。”

我拿起他们的报告看了一下，记录得还真挺详细，牧晨雪睡觉和起床的时间都精确到了分。不过她说的话不多，每天加起来也不超过十句，且都是日常的，比如我想吃块糖或者是想要喝杯咖啡之类，几乎不与外界有任何交流。

我很佩服这个内心强大的女人，她能做到一个多月不与外人交流，我想她被成于软禁的时候应该也是这种状态。

我和老鹰来到她的门前，两名女战士悄无声息地打开了门上的锁，我一个人走了进去。门又重新关上了。

这是一间书房，环境比起之前那个虫星地下基地强太多了，阳光充足，设施齐全，室内的家具用品都相当考究。牧晨雪坐在靠窗的桌前看书，看到我进来连头都没抬一下。

“姐，我给你带了些新鲜水果。”

她没理我，我就自顾自地在房子里转了起来，两面墙都是书，不过我打赌这些书威廉肯定没有动过。我找了半天，从里面抽出一本英文版的《百年孤独》坐到她的对面，像模像样地读了起来。当我读到“他让大家参观他那异乎寻常的男性器官，上面刺了蓝色和红色的各种文字”时，我不禁哈哈大笑起来。

牧晨雪抬起了头，冷冷地瞪着我：“看书就看书，有什么好笑的。”

我笑着把书合上。

“你不要想着来骗我的‘无障’，不答应我的条件，我是不会把它交给你的。”

“我现在对‘无障’没兴趣了，你喜欢就留着好了。今天来纯粹是想看看你，给你带点水果。既然你以为我是为了‘无障’，那我就走了。”

“你要去哪里？你又要把我带去哪里？”

“我准备去一趟虫星，和你来道个别，如果万一我没有回来的话，咱姐弟也算是见过一面了。至于你，稍后会有人带你去新城，后面的事我就管不着了。”

牧晨雪噌地一下站了起来：“去虫星？你疯了吗？”

“我才没有疯呢！为了停止战争，我什么都愿意做。”

“先不说你能不能回来，就算能回来，这一来一回也将是场漫长的星际旅游，在复杂的人类世界，你一个领导人消失得太久，回来后还会是原来的世界吗？退一万步说就算你阻止了战争，更没你什么事了。”

“那样最好！我可以悄悄地过日子去了。现在这样每天提心吊胆，还有永远忙不完的事情才烦呢！”

牧晨雪愣了半晌，她说：“你过来。”

我走到她的面前，她用手摸了一下我的额头：“脑子坏了？”

我说：“你脑子才坏了呢！当个普通人有什么不好的？轻闲自在，无忧无虑，神仙也不过如此。”

她沉默了半晌，说：“我不会同意你去的。”

“我又没征求你的意见，我是来告诉你结果的。”

“相信我，没有‘无障’的话，你去了也没有任何意义，无非是搭上一条小命……其实！你完全可以骗我答应下我开的条件，等拿到

‘无障’后你再翻脸不认也行啊！”

“我没有这个习惯，你们玩阴谋的人都喜欢说一套做一套。”我说，“姐，不是我非要去，但我有别的选择吗？几百万人类要活下去，他们都眼巴巴地看着我。还不如趁着成于在地球上鞭长莫及，我先去端了他的老窝。”

“行吧！如果你执意要去，我肯定阻拦不了，但我也可以选择用死亡来逃避这一切，反正有那么多人希望我死。”

“你会自杀？”

“不可以吗？我活成现在这个样子有什么不敢的？还有什么值得留恋的？反正你也不会在意。”她叹息一声道，“从现在起，最多两个月你要来看我一次，超过一分钟我都不会再活下去。”

我相信她的话，这个自律且疯狂无比的女人一定能说到做到，我不希望她这样，因为她是我姐。

“好吧！那我不去了，你把‘无障’给我，我去收拾了成于。”

“成于的基地在地球的什么地方你都不知道，怎么收拾他？再说你也没有答应我的条件，我肯定不会给你。”

“那你慢慢看书，我走了，桌上的水果是我亲手洗的，趁着新鲜赶紧吃了。”说完我转身出了门。

我听到她在身后说：“别忘记我说的话。”

老鹰一看我的表情就知道没戏，我猜他心里也很恼火，怪我不会变通。我平时耍滑头可以，大是大非我绝对不会信口开河。

来到前面那栋楼，克里西居然和大胡子站在一起。

“你怎么会来的？”

克里西笑了笑：“跟踪您来的。”

“你胆子太大了，堂堂金宇哲的秘书竟然干起了间谍的活。”

“老板，我不会让你的阴谋得逞的。”她依然笑呵呵的，“明眼人都知道我是新城派来的眼线，金宇哲可不是傻子，他怎么可能相信我？不过我也旗帜鲜明地告诉他们，我就是老板派来监视他们的，别想着把我当小秘书一样呼来唤去。”

“当时征求你意见时你可是同意的。”

“我现在也同意啊！”

“我明白了，你就是想偷懒。说吧！有什么大不了的事要跟到这里来说？”

克里西没有说话。我猜她是顾及有外人在场，我也就不问了。

在船舱的时候，只有我和克里西在场，她单刀直入地问我：“老板，你是不是对我有戒备？你知道我想在你身边工作，可你偏偏把我派来了这里。”

我看着这个聪明绝顶的少女，心里有一些复杂的感觉涌了上来。老实说她是个不可多得的人才，表现出与她这个年龄极不相符的成熟老辣。她心思缜密，遇事沉着冷静，洞见深刻，同时又野心勃勃。她太聪明了，聪明得让人不得不防，假以时日让她学会了隐藏锋芒，那将是一个可怕的人。

“没错，你是个有野心的人，我必须防着你。”

“你是担心自己的P型社有一天会威胁到你自己？”

“我从来不担心任何人或组织威胁到我个人，我是担心有人或组织会威胁到这个世界，这才是我不能容忍的。”我直视着她的眼睛，想从她的眼睛里挖出点什么来。

她笑了：“老板你多虑了，没想到我千方百计靠近你，却给你造成了这样的错觉，我真的是很失败。”

“一个0型血的人却来领导P型社，你可不是一个简单的人，单凭这一点，我就可以让你千夫所指，更别说让你来担任P型社社长这个位置了。”

克里西的笑容僵在了脸上，她到底还是太年轻了，我一句话就击中了她的要害，她脸色变得很难看，过了好一会儿才慢慢回过神来："你知道这事？"

"你以为自己买通个把医生就能瞒天过海吗？"我静静地盯着她的眼睛，她终于放弃了与我对视，将头低了下来。

"你很聪明，和牧晨雪一样聪明，但我希望你能将这份聪明用在正途，如果以后像她那样走偏了，下场会比她更惨，因为你可没有她那样的父亲和弟弟。我把你放到金宇哲的身边，是希望你能帮助人们，造福人们，可不是干别的。克里西你听好了，这是我以上司的身份在正式敲打你，也是以大哥的身份给你的人生忠告。"

"我……我怎么会给你这样的印象？我的天哪！这真是不可思议。"她慌乱地想否认，但我的话已经说完了。

现在我们来说说渔民阿达的故事，他是第二年获得了"人类勇士勋章"的平民。

顺着破冰船凿开的冰面，阿达将渔船"风铃"号驶向了湖的中央。此时，已全然看不见远处山脉和湖边房子的轮廓，夜色早掩盖在一片迷茫之中，夜色和湖水让孤独变得深邃，让深邃变得孤独。

天地间除了湖面的冰，一切显得那么安谧。湖面的冰，有些厚度能达到惊人的一米，好在气温正在慢慢回暖，湖中间没有冰了。

"风铃"号属于新组建的高车安全区渔业部，一共搭载了三名渔业工人和两部捕鱼机器人，阿达是船长。"风铃"号前天在湖中间放置了几张粘网，因为战争远离了这里，又休养生息了几年，前两张网收获颇丰，鱼肥蟹美。但是后面的几张网却失踪了，只剩下两个被扯断的浮标孤独地漂荡在水面上。

"阿达，这是什么情况？该不会是湖里有大家伙吧？"一个小伙伴问道。

阿达凭着多年的经验直接否认了。他检查了一下浮标周围的线头，更像是机械切割的痕迹。渔网是用高强度的复丝尼龙织成的，就算是大型海洋生物想切断都不太容易，何况是淡水鱼类？可这个湖里面除了他们根本没有外人，他也有点蒙了。

就在众人疑惑之际，平静的湖面突然微微地动了一下，没一会儿，整个湖面剧烈地晃动起来。湖水像大海涨潮一般涌动翻滚着，夹带着碎冰块一浪接着一浪朝小小的“风铃”号扑来，撞得这条小渔船砰砰作响。

“地震！”这是阿达本能的第一反应，他迅速调整方向，将船头对准波浪的方向，以防止侧翻。

三人手忙脚乱地趴在船上，抱紧了船上的固定物。

又过了一会儿，阿达突然发现了一件诡异的事情：离他们几公里远的湖面上浮停着一大片白色的云雾。慢慢地，云雾渐渐散去，阿达终于看清楚了，那团云雾其实是一只像水上城堡的庞然大物，云雾是从它的四周无数个细小的孔洞里喷射出来的，它正在慢慢下沉……

阿达的心提到了喉咙处，但他依然沉着地将船上的灯光熄灭，并阻止两名伙伴发出任何声响，大家屏住呼吸，紧张地盯着那个怪物。

这个湖平均水深有七百多米，比大部分浅海还深得多。

阿达很快意识到，这绝对不是人类或者陵族的舰艇。高车安全区是个刚刚组建只有八千多人的小型安全区，方圆数百公里荒无人烟。而陵舰一般只活动在海洋，那么这一定就是人类军队在四处探寻的虫星基地。半年前，新城就接连向各安全区发出通知，让人们务必留意虫舰活动。

三个人，两支用于防身的步枪，离安全区还有近百公里，唯一能够联系安全区的只有一部对讲机。阿达在这样的环境里生存了几年，知道这时候绝对不能打开对讲机，否则必然会招来虫舰打击。

好在浪慢慢地小了许多。

“怎么办？”

阿达想了想，示意伙伴不要说话，他静静地观察着那艘已经快要消失在水面的巨型虫舰，它就像是一只倒扣在水面的大铁锅，正在缓缓沉入水底，没多久，水面上冒出了一些气泡后，湖面恢复了往日的平静。

阿达赶紧和两个同伴穿上救生衣，将船设置成自动返航模式。然而渔船刚刚往回走了不到几十米，远处的天空中就有两道白光由远而近。

“跳水！躲到冰块下去！”阿达果断下达了弃船的命令，三个人毫不犹豫地跳进冰冷的湖水里，并抓到一些碎冰顶在头上。

一道闪电从天而降，将自动行驶了一百多米的渔船炸得粉碎，巨大的气浪差点将阿达震得两眼发黑。他见旁边的两名伙伴已经晕了过去，连忙将他们拖到身边，钻到两块重叠在一起的冰块下。

天空中，一艘小型虫舰在周围飞了一圈，在没有发现什么后，才转身离开。两名队友伤得不轻，有一个始终昏迷不醒。阿达只好将两名穿着救生衣的伙伴面部朝天，拖在自己的背上向岸边游去……

留守在岸边小木屋里的一名伙伴还在睡觉，他突然听到有人敲门的声音，开门一看，原来是阿达趴在地上。

“我的天哪！发生什么事了？”

“马上联系新城，我们发现了虫星人的基地。”说完，阿达再也坚持不住了，硬挺挺地晕了过去。

消息很快报告到了新城。我当时正在睡觉，一听到这个消息立马翻身起来，和老鹰一起赶往北美战区司令部。

宁先生、林航、安德莱斯将军、梅尔文等人早就等候在更隐秘的地下会议室里。因为来参加授衔和受勋活动，几大主要安全区及军队的负责人基本到齐了。包括墨山领导人马里奥神父，以及海军的正副司令俞卫树和何承志，哦，现在应该叫他们少将了。何承志战前本来就是大校军衔，只不过受“子牙”号被袭影响降职降衔成了少校。俞卫树是上校，晋级很正常。另外还有代表人类空军首次勇挫虫舰的飞行员熊猫上校，他已经是空军最强歼击机联队的军事主官了。

参会的人很快就有了严重分歧，针对如何处理这件事情，形成了意见分明的两派。何承志与北美战区的司令梅尔文中将等人主张马上联合陵族和虫星盟友，彻底摧毁这个虫星基地。而林航和俞卫树则建议先进行监视，确定成于或们达就在这处基地后再决定下一步行动。

“那就动用钻地炸弹配合金属风暴系统，不，这些威力可能不够，直接用 W82 吧！”何承志是个死战的顽固分子，他情绪激动地说，“一炮能解决的问题，我们还要在这开会讨论，不当机立断虫星基地都跑了。”

“轰完以后呢？我们总不能为了消灭一个虫星基地而毁掉自己一个湖吧？那可是总蓄水量二十多万亿立方米的淡水湖，战前各国都没人敢使用核武器攻击这些地方，到我们手里就敢轰了？如果我们真的敢在这种地方使用 W82，那么我们就都成了罪人。”林航语气不太平和地说道，“为什么陵族和虫星军队在地球上打仗都避免使用这类大杀器？他们没有这样的武器吗？他们肯定有，之所以不用这种东西是因为他们太清楚后果，说到底大家都完蛋。”

看到何承志又要激动了，林航缓了缓情绪，顺便恰到好处地给何承志戴了一顶高帽子：“办法总是人想出来的，国防部已经派人去监视了，何将军不要着急嘛。”他聪明地提到将军这个词，其实是很委婉地提醒何承志，你不再是当初那个大杀四方，不计后果的“我是人类”组织的领袖，而是人类政府军的将军了。

何承志很快冷静下来，不过还是很着急："那你们说咋办吧！反正不能让它跑喽！"

我和宁先生还有安德莱斯将军一直在听他们讨论。我没那么着急了，因为经过仔细思考后，我似乎已经掌握了虫星基地的套路，按照宁先生他们之前的说法，像这样的虫星基地应该有好几处，掌握了它们的活动规律和行为方式后，再找到它们就不难了。人类军队和陵族以前重点关注沙漠和海洋，以及人类建造的地下工事，这摆明了是虫星军队耍的一个小计谋，故意将我们的视线吸引开。

这时，派出侦察的小型无人机发回了现场的同步视频，我们已经往事发地派出了一支由军队和情报局特工组成的侦察小队，空军也集结待命，随时可以起飞作战。但是由于担心无法协调，我们并没有将这个消息告诉陵族和虫星盟友。

小型无人机为了避免被虫星人发现，是贴水飞行的，视频的画面上，湖面并没有任何动静。

紧接着，水下微型机器人也传回了视频。

一艘巨大无比的黑色虫舰静静地停放在水底，比我们见过的虫舰都要大，几乎与陵族的天舰相当。人们都安静下来，静静地盯着画面。过了很久，安德莱斯将军打破了这份宁静："大家听听老板怎么说。"

所有人都看向了我。

"你们都看到了，这么一个大家伙，人类的常规武器想要摧毁它可不是件容易的事情，我们都知道这样的基地能瞬间释放出无数小型武装攻击舰，一旦正面交手，那将是一场我们几乎没有胜算的血战。何况虫星这样的大型基地具体有多少我们也不知道，我们总不能为了消灭这一个基地而赔上全部家当吧？就算是陵族和虫星盟友出动，那也是一场血战，谁能保证打到最后的时候局面不会失控？在高车湖上空作战，毁掉的只能是我们的湖，陵族可不会心疼。"

人们面色凝重地看着我。我接着说道："所以我也不支持何承志将军动用 W82 进行打击的设想，因为咱们还没有走到与他们同归于尽那一步。我有个初步的想法，大家先听一听。我不主张现在就贸然对这处虫星基地发起打击，部分理由你们已经说过了，我们不确定高车湖里是否只有这一处虫星基地，万一贸然发起攻击，湖里再蹦出几个这样的基地来呢？而且我们还不能确定成于或们达就在这个基地。打掉这一个基地，一定会遭到他们的大规模报复。所以我建议先对这处虫星基地进行严密监视，同时在全球所有的内陆湖开始搜寻这类基地的存在。"说着我看了看旁边的安德莱斯将军和宁先生，"宁叔，部长，这技术难度应该不高吧？"

他们都点点头，宁先生说："这个不难，我们只要根据虫星基地的吃水量，找出地球上水深适合他们停靠的淡水湖，投放声呐探测仪这类的装备就能够完成监视。"

"是的！这个没有技术难度，如果我们能够确定这是虫星基地的隐藏方式，划分相应的区域，空军和海军能够很快完成对这些内陆湖的监控，我们还能大量使用水下微型机器人对这些区域进行全方位侦察。一旦发现类似的虫星基地，我们就秘密将兵力布置在周围。"安德莱斯将军说道。

我点点头，我非常清楚在座的这些人精们都不是一般人，话也就只说三分了。

"如果能弄到这些基地内部的情报，搞清楚成于或们达的具体位置，我准备亲自跑一趟，能够和平解决是上策，实在不行再来个大决战吧！"

身边人都知道我没有拿到"无障"，没有"无障"护身我敢独闯虫星基地那不是找死吗？人们坚决反对我的这个做法。

我示意大家安静下来："其实很多人还不知道，在成于的虫星基地里，还有一支向我效忠的军队，他们身穿白袍，我们的军队如果遇到他们可千万不要造成误伤。我现在头疼的是联系不上这支军队，否则事情就好办了。当然，这样的军队不知道还有多少，但我总要试一试，万一能够说服他们，人类将减少很多损失，所以这笔买卖还是划算的。”

“当然不划算，不划算是因为风险太高了。”宁先生第一个反对，他说，“现在三方结盟很大程度上是因为老板您，万一您有点意外，这种同盟关系很可能会破裂，或者是出现严重失衡。到那时强大的陵族文明还能看得上这么弱小的人类盟友？另外，如果您出了意外，虫星军队就再也没有了顾虑，他们会疯狂地攻击人类安全区，到那时人类世界将面临双重压力。”

俞卫树说：“宁先生说得很清楚了，我也不同意。老板您可不能一时冲动，因为这种代价和风险是我们无法承受的。”

我苦笑一下，我何尝不知道他们说的都有道理，可是一想到将会有无数的人类死于那场生死攸关的大决战，我甘愿冒这个险。

大家似乎也看到了我的用心良苦，都是一脸沉重。

“好吧！既然大家都不同意我去虫星基地，那这个事就先缓一缓，等情况清楚以后我们再商议。”

这时，老鹰从门外悄悄地进来，耳语道：“老板，海心回来了。”

“什么？”我猛地站起身来，“你说什么？”

众人一脸惊讶，我这才意识到自己失态了，连忙笑了笑给了老鹰一个眼神，他点点头，转身出去了。

我重新坐了下来，尴尬地笑了笑：“大家放心，没什么大事，陵族派给我的联络员回来了而已。”

知道内情的林航冲我露出了猥琐一笑。

“大家继续开会，关于对虫星基地的策略，我的意见已经表达完了，大家有不同的意见现在提出来讨论。”

众人纷纷表态，同意我的方案。安德莱斯将军说：“既然大家都同意和支持老板的意见，那请老板来给这次行动取个代号吧？”

我说：“军事行动当然得国防部长来，您来定个代号。”

安德莱斯将军想了想，说：“那就叫捕鱼者行动吧？”

“好，就叫捕鱼者行动，关于捕鱼者行动的会议内容要绝对保密，不能形成文字报告，不能向任何人尤其是我们的盟友提及这些信息，包括我的陵族助手。所有的行动内容要一条条讨论通过……发现的这处虫星基地先不惊动它，但也做好战备。安德莱斯将军，散会后让国防部通知诺雷少将，让他们联合作战参谋部代表人类军队正式向陵族提出交涉，希望他们配合行动的时候不要再像前两次那样，磨磨蹭蹭比人类飞机还慢。”

“好的！”

“后面的细则我就不参与讨论了，你们继续开会，开完会后让林航和宇哲找我，把会议内容口述给我。”

“好的老板！”

我站起身来，所有人跟着一起站了起来，他们站得笔直地目送我离场，从他们的眼中我突然看到了一种叫敬畏的东西。我这才发现不知道从什么时候起，我早就不是那个小痞子一样的牧戈了，在人们的心中，我比马里奥神父和何承志更像是一面旗帜，他们对我有信任和依赖，同时也敬畏我，我第一次真正意识到自己就是领袖。

第三十六章　第三文明事务局

果然是海心归来，还是那身白衣，还是那么高冷，还有那只熟悉的“百宝箱”，和当初遇到她时几乎一模一样。要不是后面跟着老鹰，外面站满了警卫我差点就想上去搂住她。

我静静地站在原地，努力调整自己的情绪，她已经走了过来：“好久不见了上尉。”

“上尉？”上尉这个词我都不记得她什么时候停用的，后来一直叫我的名字，而现在久别重逢，她又像刚刚认识我时那样称呼我。

“海心小姐，我有必要纠正一下你，我们老板虽然还佩戴着上尉衔章，但他已经不再是上尉了。刚刚结束的授衔仪式上，人类军队国防部已经授予他少将军衔，他也是目前人类世界最年轻的将军。”

海心似乎反应过来了，她努力微微一笑：“不好意思将军……”

我想起她缺失的那段意识，于是打断了她的话：“你还是叫我名字吧！习惯了。”

“好的牧戈，我重新回到你身边工作，你应该不会不欢迎吧？”

没想到我们的久别重逢会以这样滑稽的方式开场，我内心有些失落，但我知道这只是一个“失忆”版的海心，真正的海心还没有回来。

回到酒店后，老鹰告诉我，他有把握将丞相身上的那段意识重新恢复到海心的身上。我马上让他联系新城，让他们送丞相过来。令我意外的是，两天后是曾清亲自带着丞相来的。

她把丞相亲自带到了会客室，淡定地说：“哥，你身边还需要我这个助手，我就不走了。”

我满口答应，以表现出“心中无私”。一个是名义上的未婚妻，一个是事实上的爱人，两人老相识了，又都是我的助手，这真是奇怪的组合。好在两人见面看起来没有任何异常，都严格地在自己的工作范围活动。

为了不引人注意，老鹰让人将设备直接搬到了我住的“帕威木屋”——湖边的一处不起眼的独立民居。为了说服海心，吃完晚饭后我特意将她带到湖边，她看到我特意支开了其他人，身后只跟着一个丞相，便好奇地问我：“你是不是有什么事要专门对我说？”

“是的！”

夜晚的湖面很平静，和远处那些喧嚣形成了鲜明对比。自从知道我将要入住这里后，出于安保的需要，金宇哲派人将这附近湖面上的冰层全部清空了。

我将目光移到了她的脸上：“鹰叔会给你做一个简单的小实验，帮助你恢复一些记忆。”

海心毫不犹豫地拒绝了：“我虽然不知道你想干什么，但是我不会同意任何人类对我进行所谓的实验。”

“只是单纯地想帮助你恢复一些记忆，你为什么会这么抗拒呢？”

“你知道的，我是属于陵族的财产……我不能允许其他文明对我进行任何形式的研究。”

我愣了一下：“我已经在陵族那里为你争取到了绝对的自由，你早就不是属于任何个人或组织的财产，你只属于你自己。这些你都不记得了吗？还是陵族没有告诉你？”

她没有再说话，一动不动地盯着湖面。

老鹰曾经说过，丞相这种初级的机器人根本无法承载海心的全部意识，她肯定只将其中的一部分拷贝到了丞相的身上，其他的记忆和意识应该是被保留了，就算是基潞在改造她的时候，也绝对不会清除掉她的全部记忆。她是基潞的女儿，基潞不可能清除掉自己女儿的记忆。可现在来看，她几乎没有任何关于我的记忆。

过了许久，她动了一下：“好吧！为了能够更好地为你服务，我愿意配合你们进行适当的实验，不过我要申明的是，如果老鹰触及我的核心数据，我会进行反抗的。”

我点点头，她到底还是答应了。

老鹰和曾清站在不远处，海心转身跟着他们进屋了。我看着他们消失在木屋里，转过身来打量着丞相：“你一会也要进去。”

丞相眨巴着两只假得不能再假的眼睛，哦，其实就是两个摄像头，它歪着头奇怪地看着我：“老板，我突然感觉到一种莫名其妙的东西……哦，人类应称之为情绪。”

“你一个机器人，有什么情绪？你是……”我突然反应过来，一把抓住它的机械手，“你刚刚在说什么？你有情绪？什么情绪？”

丞相在原地转了两圈后，终于找到了两个可以准确描述它“情绪”的词：“忧伤，难过。”

我热泪盈眶地看着它的眼睛：“你以前有过这种情绪吗？”

丞相摇摇头：“以前没有，刚刚您在说话的时候我突然有了。”

“走，去找鹰叔。”

海心已经坐在了一台奇怪的设备前面，老鹰正在摆弄着机器。

我把刚才的事说了出来，老鹰露出一丝奇怪的表情，但是他什么也没说，只是让我站在一旁。过了没多久，他默默地收起了设备，朝我摇了摇脑袋，走了出去。

我们重新来到湖边，很显然他失败了。

“什么原因？”

老鹰说：“不可思议啊！丞相储存的意识与现在这个海心相互排斥，根本无法连接。”

“什么原因造成的？”

“我不敢百分之百的肯定，但无非只有几种可能。第一，是现在的海心是全新的大脑芯片，原来的意识自然就会排斥它。第二，是现在的海心根本不愿意接受任何外界的信息，您刚才也看到了，她是不愿意配合的，之所以答应了您，我想她只是仅仅从陵族那边接受了同意的指令。第三，就是设备原因。所以您最好求证一下她本人，或者向陵族的研发人员咨询。”

说着他看了看四周，见没有外人，又换了一副面孔说：“你小子能不能靠谱一点，曾清多好的姑娘摆在眼前你不要，你喜欢一台机器？你是不是疯了？”

“鹰叔，她不是一台机器，她是基懲与人类所生的亲生女儿。”

“不可能！”老鹰很确定地告诉我，“我如果连人与机器都分不清楚，还有什么资格成为们达和你的侍卫？我可以负责地告诉你，她百分之百是陵族的乌部。”说完他气冲冲地转身走了。

我愣住了，不知道哪个环节出了问题，或者是谁说了假话。但老鹰永远不会骗我，我相信他。我的心情一下子变得恶劣起来。

海心和曾清都站在屋子前面等我，我看了看这两个“助手”，转身进卧室睡觉去了。

很快我就睡着了，而且梦见了海心。

“在梦里看到我是不是很高兴？”她难得一见地笑着。

我当然高兴，比起外面那个毫无记忆的谜一样的海心，我更喜欢这个可以灵魂沟通的她。

梦里重新回到了那个星空满天的世界，巨大到夸张的星星就像挂在天花板和墙上似的，布满了整个天空。

“抱歉，我需要通过这种方式来重新认识你。”海心说，“我重新回来的这段时间里，我能感受到你的失望。”

我有些警觉起来：“你是想通过读取我大脑的信息来重新了解我吗？”

海心沉默了一会，承认了。

“这是绝对不允许的，你必须马上停止这种危险的行为，否则我将以人类领袖的身份逮捕你，驱逐你。”

“你不想让我重新认识你吗？”

“我想，但绝对不是以这种方式。”

她做出一副委屈的表情，这是我认识她以来，第一次看到她有这种表情，她说：“我对你的秘密没有兴趣，我只想知道我们的过往，仅此而已。”

“马上离开我的大脑，否则我可真不客气了。”说完我拼命挣扎起来，很快我就醒了过来，老鹰站在我的床前，手里还捏着一只细小的机械虫，它就像蜻蜓那般大小。

“老板，需要马上逮捕她吗？”

我坐了起来：“她得手没有？”

老鹰摇摇头：“我检测到你的脑电波异常就进来了，好在您的意志足够强大，而且时间也不够，她并没有得手。”

“没得手就算了，你叫她进来吧！”

老鹰说：“老板，我想问您一个问题，如果她今天得手了，您会怎么处置她？”

这真是一个刁钻的问题，我一时语塞。我的大脑里，装着太多人类甚至是虫星的秘密，一旦为陵族所探知，后果不堪设想。为了保守人类的秘密，当年“我是人类”组织成员在被捕受审时，宁愿引爆小型炸弹自杀。现在重要的人类官员在睡眠时也会佩戴监视脑电波和心率的手表，监测到异常时，设备就会发出警报，自动对被控的个体实施电流刺激或人工唤醒。如果真的像老鹰说的那样，为了保守人类的秘密，我不得不再次销毁海心的芯片，将她“杀”死。那真是一个艰难的选择，所以我只是摇摇头，并没有回答他的问题。

没一会儿，海心进来了，她面无表情地站在我的面前。

“你知道入侵我的大脑会造成什么后果吗？”我冷冷地盯着她的眼睛。

“不知道，我只是单纯地想了解我们过去一些共同的经历。”

“这是绝对不允许的，如果再有下次，我会逮捕你并向陵族提出控诉和抗议，后果你自己知道。”我沉默了片刻，接着说道，“其实我们在之前的合作中发生过一些有趣的事情，倒也没有别的什么，我只是珍惜这份纯粹的友谊，当然，也可能是我过于苛求了。”说完这些话，我内心发出一声长长的叹息。在无法解决这些问题之前，我必须让她知道自己的位置，更不敢越雷池一步。和全人类的安全比起来，哪怕我们这一辈子只能当合作伙伴也在所不惜。

她静静地看着我，可能是判断我没有说谎后，她认真地答应了：“对不起，我保证这样的事情不会再发生。”

“出去吧！我要睡觉了。”

曾清却端着一杯鲜奶进来，与出门的海心擦肩而过，她疑惑地看了看她，将牛奶递给我：“鹰叔让我给你送杯牛奶，喝了有助睡眠。”

我接过牛奶一饮而尽，现在我却睡意全无，这真是一个漫长无比的夜晚啊！

当然我不知道的是，对于很多人类而言，这同样是一个漫长的夜晚。

就在我睡意全无的时候，一艘隶属于人类海军的小型导弹护卫舰在里巴伦支海突然遭到陵舰的攻击，造成两名战士牺牲，多名战士受伤。为了顾全大局，舰长保持了克制没有进行反击。几分钟后，消息传到了我这里，我顿时火冒三丈，让海心和新城的联合作战参谋部连夜向陵族提出抗议交涉。陵族的解释是误伤，他们表示一定会严肃处理肇事的陵族和乌部。

老鹰说："这恐怕不是误伤，以陵族的技术怎么可能犯这么低级的错误？人类最近很多行动都不再知会陵族，我判断他们是想通过这样的小动作来提醒您。"

"这可不只是提醒，这是在敲打和警告我呢！人类可不是陵族的傀儡，如果他们想打这样的算盘那就大错特错了。"

"那您想怎么样？和他们翻脸吗？这可不是一个翻脸的好时机啊！"

"那就等一个好时机，我也要认真地告诉他们，盟友就是盟友，想当我们的主子可不行。"

宏森俊走进北美警备司令部的时候，天已经黑了，老柴还在会议室里和老董他们商量着事情。自从我将他从墨山调到这里工作后，老柴深知责任重大，也明白老板对他的信任和器重，所以丝毫不敢松懈，几乎每天都要忙到半夜。

他虽然名义上属于金宇哲领导，也不是战区的正规军队司令，却负责这一大片土地的防务和治安。手下还有消防队、民兵组织的训练、管理工作，平时还要协调分配周边几个小型安全区的人事和物资。相当于除了本地的防务外，他还兼顾了消防、警察、内政等一大摊子的事，工作量自然不轻松。

看到宏森俊进了会议室，老柴揉了揉布满血丝的眼睛："今天先这样吧！报告我明天下午直接递给老板看了再说。老董，明天你再辛苦一趟，找人把七号和十一号两个仓库的物资盘点一下。”

老董看了看已经自己坐下来的宏森俊，答应一声，带着其他人出了会议室。

看到人都走完了，宏森俊打开袋子，将里面的一瓶白酒和熟菜取出来放在会议桌上。

“有吃的怎么不早点拿出来，我那几个兄弟都还没吃晚饭呢！”老柴说着坐了下来，抓起一块猪肉塞进嘴巴里。

“心情不好，来找你喝喝酒。”宏森俊阴着一张脸。

老柴一边吃一边调侃道：“你有什么心情不好的？是不是因为我抢了你的这个位置？”

“我还不至于那么小气，我是要怪你的话，就不来找你喝酒了。”说着他找来两个玻璃杯将酒倒满，自顾自地喝了一大口。

“那你有什么不开心的？你堂堂人类正规军的中校，王牌部队的指挥官，正是春风得意时，矫情啥？”

“老板不信任我啊！”

老柴头一扬：“老板不信任你？你小子还没喝就醉了？”

“要是信任我的话，怎么很多会议都不通知我？我一直以为自己是老板的亲信，至少比你小子要亲吧？结果你看，给了我一个中校和一支还没满编的所谓的特战大队，这些不说了，居然还派了一个黄海丰来盯着我。”

“我看你是想多了，况且这是国防部的命令，跟老板信不信任你有什么关系？”老柴没吃晚饭，早就饿得胃里翻江倒海，这时嘴里堵满了肉，说话嘟嘟囔囔的。

“这么重要的任命，老板不点头国防部能通过吗？你是装傻。老板信任你，有机会你帮我给老板说说，我好歹是他一手带出来的人，能力也不差……”

“要说你自己去说，我去说这些闲话老板肯定要骂我。”老柴不等他说完就直接拒绝了，“何况我没看出来老板有多信任我。”

宏森俊瞪了他一眼：“你这人真不讲义气，我这么晚来请你喝酒吃肉，你不愿意帮忙就算了，还在这里给我装疯卖傻。是个人都看得出来，老板让你当这个警备司令，其实就是想让你钳制住金宇哲，担心他像前面那几位那样作妖。这么重要的人事安排，不绝对信任你的话能交到你手里？明眼人一看就懂的事你不懂？”

老柴摇摇头：“兄弟，我看你就是太能琢磨人了，才会想出这么多花花肠子。老板可没你这么会琢磨人，他是个直性子。”

“你说的是以前的老板，他早就不是以前的样子了，现在的老板越来越深不可测，看不懂了。”

“我听你的意思是对老板很不满了？”老柴笑道。

“我可没有这个意思，我只是实话实说。”

“既然老板像你说的这样，我们就不应该去说闲话，认真做好自己的事，他自然看得到。”

宏森俊看看桌上，三斤猪肉已经被他吃完，可这个话题却没法继续聊下去了。在墨山时他自认左右逢源，与大家的关系都处理得不错，没想到老柴的反应却如此冷淡。他只好结束了这个话题：“听说前两天的会议你参加了？”

老柴点点头。

“我居然没有接到通知，一个普通的军事会议我都没权力参加了，有点心灰意冷啊！”

老柴故作神秘地说：“那可不是一个普通的会……其实也没什么，会议内容没有牵扯到你们大队，所以不叫你也很正常。”

“什么内容还这么神秘？你说说看。”宏森俊漫不经心地喝了一口酒。

老柴沉默了一下：“兄弟，你也算个老兵了，怎么还有瞎打听的毛病？好了，我吃饱喝足得准备睡觉了，现在每天只能睡四五个小时，有点顶不住了。”

宏森俊将杯中酒一口喝光，站起身来说：“老柴，我现在才发现你小子一点也不老实，狡猾得很，以后再不请你喝酒了。”

“别啊！我多老实的一个人，你今后没事得常来请我喝酒。”

宏森俊用手指了指他，然后转身出来了。

夜深人静的大街显得有些凄凉，还有点冷，他紧了紧身上的军装，发动了汽车驶向驻扎在城外的大队营地。

安全区周边以及通往其他小型安全区的主要道路基本恢复了，在这个地广人稀的世界里，没有交警甚至没有交规，宽敞的公路是完全属于他一个人的，他取消自动驾驶，在黑夜中一路狂奔……

十几分钟后，汽车拐进一个路口，在一片小树林里停了下来，那里面有一栋破旧的森林小屋，是以前的狩猎者暂住的地方。在荒无人烟的野外树林里，这样一栋老房子就像是一栋诡异的怪物屋，藏着无数的妖精和秘密。

宏森俊确定无人跟踪后，下车走向那栋漆黑的屋子。神奇的是，原本漆黑的屋子里突然亮起了灯。他推门而入，一楼的圆桌前，坐着一个五十岁左右的白种女人，她眼睛明亮，但脸上的皮肤看起来很苍老，布满了皱纹。

“中校，希望这一次你能给我带来好消息。”她面无表情地看着眼前这个人类军官。

宏森俊摇摇头：“飘阁，恐怕又让你失望了，我没有带来好消息。老板不再信任我了，重要的会议我都无权参加。”

“为什么会这样？你要知道，第三文明事务局对你近期的工作很不满了。”

“那也没有办法，这不在我的控制范围之内。”宏森俊语气不太客气地说道，“我是从云鼐出来的人，老板对我怀有戒心也是可以理解的，再者你们承诺我的事也没有兑现。不是吗？”

这个叫飘阁的女人冷冷地盯着他看了一会儿，继续说：“你们人类有一个词叫急于求成，说的就是你现在的状态，你越来越沉不住气了。以你现在这种状态和影响力，怎么可能取代牧戈？人类世界能信服你吗？老实说我们的确已经失去了对牧戈的控制，但是现阶段人类世界没有人可以取代他，陵族还需要这个盟友。你要做的是韬光养晦，暗藏锋芒，我们察觉到牧戈一直在背着我们谋划着什么事情，可我们对此却毫不知情，云鼐方面很恼火。”

宏森俊说：“就算再疯，我现在也不会有取代老板的念头，现在的人类社会，没有人比他更能胜任这个位置。我也许不是那个帮助你们的理想人选，你们应该有更好的办法。”

“你是说武力威胁？”

“我可没这么说，我是人类，什么时候都是人类，我可不希望地球的两支文明开战，尤其是在虫星威胁依然存在的这个时候。”

“那你是什么意思？”

“比如可以和其他人类官员合作，或者读取他们的大脑信息。”

飘阁摇摇头：“现在是人类和陵族的敏感时期，陵族刚刚误伤了人类海军的一艘军舰，牧戈对此十分恼火，正在气头上。双方还要合作，这个时候我们不能火上浇油，万一被人类政府察觉，我们会很被动。当然，最主要的原因还是我们无法评估人类政府正在策划的事情，值不值得我们冒着联盟破裂的风险。”

宏森俊嘴角流出一丝冷笑：“说到底就是利益，如果利益和价值足够大，就算是灭掉人类你们也是可以接受的对吗？”

飘阁沉默了一会儿，显然对宏森俊的话十分不满，她冷冷地回答道：“我是乌部，我们只是代表陵族处理危机，却无法代替陵族做决定，所以我回答不了你这个问题。”

“好了，我们不讨论这些没有意义的话题了，我想给你一个建议。”

“什么建议？”

“我们今后还是少见面比较好，像我老板一样，你们也给我派个助手吧，这样方便联络也不容易引起别人的注意。”

“你是想要一名伪装成人类士兵的乌部？”

“是的！”

“我们会考虑你的建议，在适当的时候给你派一名助手，协助你处理工作。”

“要快，我总感觉到这段时间气氛不对，老板开始不信任我了。”

飘阁说：“我们会想办法帮助你重新获得牧戈的信任。”说着她的眉头一皱：“你被人跟踪了。”

宏森俊有些紧张，他习惯性地将背上的武器取了下来，就往门外冲。

“等等，来不及了，我有人类的身份掩护，他们没有证据。你坐下吧！我给你倒杯茶。”

几名穿着便衣的人类特工推开了门。他们看着屋里一老一少两个人正在喝茶聊天，气氛融洽，似乎一点也不奇怪。

“你们是什么人？怎么没征得主人同意就私闯民宅？”宏森俊一脸的不高兴。

进来的人很客气地笑道：“宏森俊是吧？我们是军事情报局的，你们可能要跟我走一趟。”

“你们是红桃 K 的人？”

对方很爽快地承认了。

“我和老朋友喝茶聊天有什么问题吗？你们也太无法无天了，当心我去找老板控告你们。”

为首的特工说：“可以啊！我们明天就可以带你去见老板。”

宏森俊有些慌了，他想起身，但两名特工已经拿出了手铐：“你也是老板的老部下了，不要逼我们用手铐，那样大家脸上都不好看。”

“我跟你们走，我的这个老朋友就不用去了吧？”

“最好一起去，没事的话我们一定会赔礼道歉，亲自开车送她回来。”

两人被带到门外，外面还站着几名特工，宏森俊庆幸没有反抗，否则场面肯定会很难看。

当红桃K把宏森俊被捕的消息告诉我的时候，我知道有些事情他已经确认了，身为职业特工，在没有得到确凿的证据之前他是不敢乱抓人的，何况那个人还是我的老部下。宏森俊昨晚先是去找了老柴，拐弯抹角地想要打听捕鱼者行动的内容，当然捕鱼者行动还不是我最担心的，我最担心的是我交代给何承志的那个绝密任务，好在知道这个计划的一共只有七个人，而这七个人都有着石头一般坚硬的意志。

宏森俊坐在一间房子的沙发上，看到我进来他连忙起身：“老板！”

“坐吧！”

他依然站着，我也不管他，一屁股坐在他的对面。

“老板，军事情报局的人莫名其妙把我扣了一个晚上……”

我冷冷地打断了他的话：“说实话我也许可以考虑原谅你，你是在云鼐时加入的陵族第三文明事务局，还是他们后来找的你？”

宏森俊终于崩不住了，大冷的天，他的脸上全是细汗，可仍然一声不吭地站在原地。我看了看手表：“给你二十分钟。”

“老板我错了，不过我发誓没有出卖您和人类的利益……”

“回答我上面的问题。”

“在云鼐时，但并不是加入他们，当时他们说为了保护您，让我平时多留意您的去向，有情况要向他们汇报，我感觉他们没有恶意才答应的。可自从仓溪遇袭后，他们开始频繁地联系我，了解安全区和您的情况。但是您知道，我在您身边的时间并不是太多，除了会透露一些安全区的行动信息外，您本人的情况我并不是太清楚，何况您身边有海心，还有联合作战参谋部的几十名陵族和乌部，他们的信息来源绝对比我多……”

“那你是无辜的咯？”

宏森俊摇摇头：“我有错，安全区很多情况都是我告诉他们的，请老板处罚吧！”

“你还是不知道自己错在哪里，我先不讨论你提供的情报对我们造成的危害有多大。”我突然站起身来，狠狠地一拳砸在桌面上，“但你是人类，你居然会出卖自己的同类，这就是你最大的罪，好在红桃K及时发现了，否则你会越陷越深，到时谁都救不了你。”

“老板对不起，让您失望了，我也知道错了，请您处罚我。”

“我的确很失望，我居然瞎了眼，还将最好的一支军队交到了你的手里。你真是鬼迷心窍了。”我恶狠狠地瞪着他，“你不知道啊？交给你的那个大队将是人类军队里装备最好的，战斗力最强的部队？新城的工程师们在没日没夜加班，第一批人类最好的武器马上要出厂了，还有二十七架直升机正在最后检修，那可都是给你准备的。你这个自以为是的蠢货，可真是给我长脸。”我越说越来气，一巴掌扇在他脸上。

宏森俊一动没动，眼泪却不停地往下掉。也许他真的感觉到了对我的误解和我对他的极度失望。跟了我这么多年，他也是第一次看到我如此粗暴地对待自己的部下。

房子里没有外人，我控制住自己的情绪，缓和了一下后说道：“对不起。一会儿红桃 K 的人进来，你把知道的全部告诉他们，争取宽大处理吧！我也帮你说说好话，看能不能饶了你小子这回。”

宏森俊突然哇地哭出声来：“连长对不起啊！我真是鬼迷心窍了，我让您失望了，我不值得您再为我说好话，让他们毙了我吧！”

“闭嘴，一个大老爷们哭哭啼啼不丢人啊？”我看出了这小子的悔意，加之他犯的错没有造成严重后果，我没有打算真毙了他，但撤职肯定是跑不了的。我说：“就你这点出息，还想替代我？拿什么替代？”

宏森俊抹了一下眼泪，咬着牙说道：“连长您别说了，我知道自己该怎么做了，我会全力配合情报局的人，自己做错的事情我自己承担后果。”

这时，特工黑桃 A 敲门进来：“老板，陵族的那个乌部提出来要见您。”

“不见，除非让他们局长轵昆亲自来，我想听听他怎么给我解释这个事。你们不要干扰那个飘阁的信号，让她直接向第三文明事务局汇报，说我要见轵昆。”

黑桃 A 说：“老板，咱们的动作是不是快了一点，有点打草惊蛇了？”

“没事，昨晚我就跟红桃 K 说过了，我现在就要打草惊蛇，不正面和陵族硬碰硬一次，后面翻脸双方会更难看。”

“老板我知道了，我这就去安排。”

看到他关上了门，我又看着宏森俊问道：“不要再走错路了，说到底你是人类，人类利益和你是绑在一起的，一荣俱荣一损俱损，其他文明的鬼话无非是墙上画饼，千万不要再鬼迷心窍了。”

“老板您放心吧！我知道怎么做了。”

飘阁只是一个乌部，一个陵族在人类世界的代理人，当然说间谍更准确一点，她无法代表陵族做出任何决定，所以我不可能见她。

我出来的时候故意避开了海心，她见我回到木屋，显得很不开心：“牧戈，你是不是不信任我？”

我说：“没有啊！我怎么会不信任你呢？”

“我是你的助手，也是你的保镖，我要对你的安全负责，你外出应该带上我的。”

我的嘴唇动了动，有些话还是没有说出来：“人类政府有相关的规定，我参加一些活动或者会议是不允许带随从人员的。”说完我不再跟她解释，上楼去了。

没想到她不依不饶跟了上来，被我身后的老鹰一把拦住：“老板要休息了。”

“我有重要的事情要向他汇报。”

我说：“让她进来吧！”

海心站在我的面前：“你们是不是抓了陵族的人？”

“陵族的人触犯了人类的法律，不能抓吗？”我看着这个越来越陌生的海心，突然有些恼怒。因为陵族的头头脑脑们亲口承诺了归还她自由，可现在她的眼里只有陵族利益，丝毫不顾及人类的利益和我的个人感情。以前的海心可从来不会这样，她甚至会偷偷地瞒着陵族为我服务，她心中的天平早就彻底倒向了我这一边。

“任何文明只要违反了人类的法律，我们都可以逮捕，在陵族不是这样吗？”我生气地盯着她。

她意识到自己的鲁莽和唐突，努力使语气不再生硬：“我不是这个意思。”

“那你是什么意思？或者说陵族是什么意思？”

她没有直接回答我的问题，而是反问道：“听说你想见第三文明事务局的轵昆局长？”

“对！他难道不应该向我解释一下吗？”

“轵昆局长答应了，不过他希望你去云鼐。”

“我去云鼐？是去质问他还是向他解释我们不小心误抓了他的人？或者是去朝拜？”我的火气已经上头了，如果是以前，我肯定早就跳起来骂娘了。我冷冷地说：“海心，你可以向轵昆转达我的意见，要么他亲自来向我解释，要么我就以间谍罪毙了飘阁。让他自己看着办！而且我最多给他一周时间。”

“好的，我会向轵昆局长转达你的意见。”海心露出一丝惊讶，她显然没有想到我会有如此激烈的反应。接着她又说：“不过我还想说明一点的是，轵昆局长是陵族重要领导人之一，他的身份可不像人类世界的情报局长那么简单。”

“能比迪多和流商还高？”

海心沉默了一会儿，悄然退出去了。

第三十七章　崛起日

第二天，海心再次转达了轵昆的意见，希望我们能在新城正式会面，我再次拒绝，让海心转告他：“爱来不来。”

老鹰对我的态度也隐隐有些担忧，他担心我演过火了会刺激到云鼐。但这次我占着理，正是打开天窗说亮话的时候，我可懒得照顾他们的小情绪。表达完我的意见后，我亲自联系了安德莱斯将军，将我的意图告诉了他。国防部马上加强了戒备，并从新城调来了四十多架“捍卫者”和七架“追风者”，以及八十五架欧洲生产的“幻影 3500”。同时命令海军在大西洋活动的五十多艘战舰向北美安全区靠拢。这批战机和军舰经过工程师们的改造升级，战力早已今非昔比。

第六天清晨，我还在睡觉，老鹰连门都没敲就急匆匆地进来：“梅尔文将军报告，发现大批陵舰正在向北美安全区驶来，连伪装都没有，摆明了是来示威的。”

“有多少陵舰？”

“雷达显示有二十多艘，其中有两艘大型舰，应该是轵昆来了。按照您之前的交代，空军已经起飞‘欢迎’他们去了。”

我不紧不慢地换好军装，和老鹰一起上车赶往事先约定好的机场。

然而轵昆的舰队并没有如约在机场降落，而是直接飞到了岛城，悬停在城市的上空。

北美安全区的人们很多是第一次看到这么多的陵舰，难免引起恐慌，尤其是巨大的陵舰脱去了伪装，巨大的机身，船坚炮利，显得面目狰狞。

我也不客气，直接命令军队严阵以待，成排的坦克、装甲车浩浩荡荡开向市中心。空军的数十架战机也在周围警戒，湖面上的军舰也脱去了炮衣，防空导弹对准了天空。

一直跟着我的海心显得有些焦虑，她坐在我的前面，回过头来对我说：“你真打算对陵族动武？”

“这是我要对陵族动武吗？这摆明了是你们想对人类动武，不过我可不吃威胁这一套，想打只管来。”

“轵昆局长是来和你会谈的，怎么可能对人类动武？”

我哼了一声：“你看他们的架势是来会谈的吗？你转告轵昆，让他在广场等我，我一会就到了。如果他想挑衅或者采取不友好的举动，人类军队一定会反击。到时造成的一切后果由你们陵族负责。”

这是人类又一次历史性的时刻，曾经的盟友第一次表现出敌对的态度。后来的人类史学家将这一天称之为“人类崛起日”，标志着灾后的人类第一次与其他强大文明拥有了真正平等的地位。

北美战区司令梅尔文中将和警备司令老柴还有红桃K等人早早来到了现场，从士兵到将军甚至是平民，都背着武器。他们站在岛城广场的一排坦克旁边，仰望着来自天空的恐惧。宁先生和林航他们早已返回了新城，我知道他们这时候应该也在国防部的地下指挥中心，和安德莱斯将军一起在通过卫星关注着现场的风吹草动。

“怕吗？”

几个人听到我说话，连忙转过身来望着我。

“老板！”

我背着那把“火焰”，表情尽量让他们觉得轻松一些。

“老板您放心，这几年仗打得太多了，陵族的阵势再大也吓不到我的。”老柴轻描淡写地说道。在经过无数次战斗后，这个胆小怯懦的货轮大副和我一样早就脱胎换骨，成了一名真正的人类战士。

梅尔文刚刚晋升中将，这个从军三十多年的职业军人早在科罗拉多病毒暴发之前已经身经百战。他微微笑了笑：“老板，我们是不怕，不过已经引起了平民恐慌，陵族这是想干吗？”

广场中央已经摆好了两排桌子，金宇哲亲自带着他的助手克里西和一些人类官员站在那里，显示出北美安全区负责人的担当和人类的尊严，这让我很是欣慰。

“你们两个不要跟着我，就在这里负责指挥军队。”

梅尔文将军意味深长地说道：“好的老板，您只管和他们谈，军队会一直站在您的身后。”我笑了笑，拍拍他的肩膀什么都没说。转身带着老鹰、海心和红桃K大步走向广场中央，一群人类记者长枪短炮占据了所有理想的拍摄地点，他们冒着生命危险，向全人类现场直播这场不同凡响的会面。

一艘大型舰慢慢地降落，在离地面只有一米高的时候舱门打开了，伸出来一张自动的金属梯，成群的陵族和乌部军人走了出来。海心望着最后出场的一名穿着黑袍的陵族告诉我，这就是陵族第三文明事务局的轵昆局长。

我一动不动地坐在人群的中央，直到他走到离我两米远的时候，我才慢悠悠地起身，向他伸出了右手。陵族虽然和们一样没有丰富的面部表情，但是我从他的乌部随从的脸上看得出来他们都很不高兴。

轵昆比我见过的陵族的脑袋要扁一些。两只鱼眼一般的眼睛向周围扫了一遍后，不紧不慢地坐到了我的对面，直接忽视了我的礼节。我也不客气地收回了手，坐了下来。

“牧上尉，你们人类就是这样欢迎我的吗？”轵昆傲慢地指着周围的人类军队问道，他的行为举止颇有几分人类的味道，看来没少琢磨我们。

站在我身后的克里西立即纠正他：“这是我们人类的领导人牧戈执政官，不是什么上尉，请客人注意称谓。”

轵昆看了看这个不起眼的小女孩，我对此倒不介意。我指了指头顶：“你们想让我怎么欢迎你们？用鲜花来摆满你的战舰吗？”

“舰队是用来护航的，你们人类太多疑了。”

“是我们多疑了吗？事先约定的地点你不降落，偏偏压在人类城市的上空，这在人类字典里叫‘耀武扬威’。”

双方一见面就火药味十足，我寸步不让的强硬态度让轵昆十分不快：“好了，欢不欢迎我们都来了，我还是先介绍一下自己，我就是轵昆，陵族第三文明事务局的局长，听说你想见我？”

“是你应该来见我，你难道不应该来见我吗？”

“飘阁的事是个小小的误会，这么小的误会我没有必要亲自来向你解释吧？”

“加上陵族袭击我人类海军的事情，你们不应该当面向我解释和道歉吗？”我对这个傲慢的家伙说话同样很不客气。

轵昆应该是愤怒了，不过身为“更高”文明的高层官员，他还是努力想表现出一丝居高临下的“气度”，他说：“年轻人不要冲动，冲动往往会造成严重后果。”一副上级或长辈的口吻。

“你这是在威胁我吗？轵昆局长，还有我想告诉你的是，我现在是以人类政府领导人的身份在和你会谈，我可不是你的下属或晚辈。”

“我没有这样表达，但是你要这么理解我也不反对。”他依然趾高气扬地说道。

我沉默了片刻，慢慢地站起身来：“既然如此，那我们还谈什么？你们直接动手吧！”说着我转身对坐在旁边，脸色已经惨白的金宇哲说道：“通知军队，做好战斗准备。”

金宇哲的心态估计要崩了，他看着我，确定我不是开玩笑后，转身离开了广场。听到我的话，随同参会的人类官员也纷纷站了起来，一个个怒目而视。

轵昆没想到我会这么“混蛋”，他愣住了，好一阵子才回过神来：“你们真敢和陵族开战？”

“我们不想和任何文明开战，但是如果有其他野蛮文明想对我们动武，或是想让人类沦为奴隶，我们一定会血战到底。因为人类宁愿站着死，也不会跪着苟且偷生，对虫星侵略者是这样，对陵族也是如此。”

一名陵族官员连忙圆场：“尊敬的执政官，您可能是误会轵昆局长的话了，我们陵族一直是人类的盟友，怎么可能成为敌人？”

轵昆却似乎并不太领他同事的情，他模仿出两声人类的干笑，但语气明显缓和了许多：“我很佩服执政官的勇气，不过在这个宇宙中单凭勇气可是不够的，何况这是在地球上。”

“如果恃强凌弱是你们陵族文明的信条，那么人类的信条就是有压迫就必有反抗。轵昆，我可以告诉你的是，如果你能够代表陵族发动战争，造成的所有严重后果都将由你本人和陵族负责，这是我代表人类几十万军队和几百万人民正式向你提出警告。”

“严重后果？多严重？”

我慢慢走到两排桌子的中间，抬头看了看天空，我闻到了空气中一触即发的紧张气氛，我突然笑了起来：“轵昆局长，你可能忘了我还有另一个身份。我不但是人类，还是虫星文明的唯一权力继承人。

你这个第三文明事务局局长，应该很清楚虫星军队为什么从来不敢主动攻击人类的安全区吧？那是因为有我在这里保护着人类，他们忌惮，或者说是畏惧我。如果陵族想成为我们的敌人，没关系，人类政府可以马上联合虫星文明。现在虫星内乱，所以没有采取大规模的军事行动打击你们，但我可以帮助他们很快结束内乱。到那时，团结一致的虫星军队卷土重来，再加上人类几十万军队，我猜陵族想重回南极都有可能是奢望了。”

轵昆不再说话，陪同他的所有陵族和乌部也都陷入沉默。

“轵昆局长，我还可以告诉你的是，就算我们不与虫星结盟，人类照样不惧怕陵族，知道新城为什么会修建成一座离地五十多米高的空中城市吗？牧晨雪虽是恶人，但是在这件事情上，我很佩服她的远见。如果你们非要开战，那大家就打个石破天惊，打个同归于尽，看最后谁先完蛋？”

我近乎赤裸裸地在耍流氓了，甚至是威胁。我的态度和传递的信息也非常清晰：要是你敢开战，人类就联合虫星军队灭了陵族。或者动用人类军队灾前留下的核武器，大家拼个鱼死网破，届时，超级大海啸摧毁掉陵族，而人类建立在空中的城市则比你们更容易逃过一劫。和人类翻脸的代价是你们无法承受的。

“执政官，我们虽然是第一次见面，但对您我可是一点也不陌生，海心和您的陵族老朋友流商曾经多次提到过您是位有幽默感的人。今天初次见面，您就将盟友纸上谈兵变成了敌人，的确很有趣。不过您说的这种事情是永远不可能发生的，陵族和人类永远都是友好邻居和盟友，何况我也没有权力代表陵族向盟友发动战争，如果真是那样的话，我会成为两支地球文明的共同罪人。”

轵昆的态度突然来了个 180 度的大反转，让我心里有些发毛，虽然我吃准了他不敢彻底翻脸，但万一局势失控，后果也是相当严重的。

好在我的目标达到了，向陵族亮明了态度和立场，他们恐怕要重新审视与人类的关系了，短期之内不可能再找人类的麻烦。

我笑了起来：“是的，只有二百五才会对盟友开战咧！”

“二百五？应该是人类傻瓜的意思吧？”钔昆不愧为人类通。

我点点头。

“那您说对了，只有傻瓜才会对盟友开战。”钔昆继续干笑道。

短短的十几分钟，人类和陵族的领导人从剑拔弩张到谈笑风生，这十几分钟牵动了无数人的心。我相信就算是远在云鼐，那里的陵族也在紧张地关注着这场惊心动魄的会面。

天空中的陵舰慢慢动了起来，转眼就往回飞走了。

“我今天是受迪多执政官的委托来的，专程就飘阁的事向您做个解释并致歉，您知道的，第三文明事务局活动范围不仅仅局限在虫星军队，有时也会因为任务出现在人类世界。不过我们对人类绝对没有恶意，也不会造成伤害。至于人类海军的悲剧，我们深表遗憾，愿意对遇难者亲属和人类盟友做出赔偿。关于这件事情，陵族会通过联合作战参谋部向人类政府提供一份详细的调查报告。”

我再次伸出了手：“我很高兴看到你们这种解决问题的态度。”

钔昆这次没有拒绝，按照人类的礼节和我握握手，双方重新坐了下来。当然我们并没有幼稚到毫无防备。只是人类的坦克和装甲车驶离了广场附近，就近进入掩体，空军的战机依然在周边空域警戒。

我们在广场上讨价还价一个多小时，陵族做出了让步，答应再给我们提供一批他们改造的人类武器。双方还首次签署了一份备忘录，承诺永远不对盟友开展敌对行动。会谈结束后，我将钔昆拉到一旁，向他提出了一个私人要求，那就是我想见见海心的父亲，那个创造出海心的陵族大科学家基懑，理由是想请他帮忙“升级”海心。

钔昆一听这事立即摇头，似乎这事很难办，他说：“实话给您说，基滧是个不太好说话的家伙，是个陵族的异类，怎么说呢？他的思维方式很多时候更像是你们人类。云鼐请他帮忙都不太容易，何况您是人类。”

“他在云鼐还是仓溪？”

轵昆摇摇头：“基滧和一群人类生活在一个叫泉眼的岛上，也许您可以自己试着去找找他。不过那座叫泉眼的岛是会移动的，要找到它可能不太容易。”他没有给我提供泉眼的具体坐标，但他告诉我一个人类熟知的地点：魔鬼三角。

双方道别后，轵昆回到陵舰上，一名陵族问他：“你怎么能把基滧实验室的位置给牧戈？他会不会已经发现了这次的海心不是同一个人？”

“真奇怪，一个陵族的助手值得他这么用心吗？看来我们重造一个海心是多此一举了，以牧戈的精明应该不难发现两个海心并非同一个人，否则他不会找我们来联络基滧。不过就算他找到基滧，以基滧古怪的性格，就连求证真伪都不太可能。现在是和人类比较敏感的时期，找个合适的时机将他身边那个海心收回来吧！顺便提醒她做事不要出格，以免再刺激到牧戈。”

“牧戈今天表现出反常的强硬，这出乎了我们的意料。”

“其实也不难理解，对于同时拥有虫星王子和人类领导人双重身份的他来说，他不这么强硬倒显得不正常了，那只能说明我们长期对他的研究结果是错误的。”

“他的性格如此冲动，不具备一个人类领导人应有的城府和心机，他这样很危险。”

“不，我的结论和你恰恰相反，他虽然表现出激进和冲动，却将这些情绪很好地控制在他可以利用的范围内。他骨子里的骄傲与人类优秀的品行同样突出，所以能够很好地平衡他的优越感和冲动，也使得他在做出任何决定时都更加小心。我今天这样无礼地挑衅他，他却始终能够平衡好利益做出正确的回应，恰好说明了这一点。唉，短短几年下来，他已经成长到令我们感到惊讶的程度了。”

“说实在的，我倒希望和我们打交道的人是一个纯粹的政客，而不是他这样的人。”

“是的，他这样的合作者的确不好驾驭。”轵昆停顿了一下，似乎在自言自语地说，“当然我也不喜欢这样的对手。”

两天后，我悄悄回到了新城。新城和其他安全区一样，人们在机场和我必经的路两边挂满了写着各种文字的条幅。城市摩天大楼的巨型屏幕上，不停地闪现着我的名字。名字很大，大得我害怕它掉下来砸死我。

我直接从机场去了医院，看望被陵族袭击而受伤的战士，好在几名战士伤得不重，在人类医学高度发达的今天，让他们恢复健康不再是难事。但是对于死亡，我们依然无能为力。战士们年纪比我也大不了多少，有一个还比我小三岁。他们刚刚送进医院的时候，国防部长安德莱斯上将和联合作战参谋部的诺雷中将就亲自来到了这里。

战士们没想到我会从北美安全区特意赶回来看他们，并参加两名牺牲战士的葬礼。当着大家的面，我将陵族关于此事的通报宣读了一遍。一个战士饱含热泪地说：“老板，我们舰长说过你不会不管我们，可是我们都没有想到，为了帮我们出气还有人类的尊严，你不惜要与陵族开战……”

另外一名战士哽咽着说：“老板你说人类宁愿站着死，也不会跪着苟且偷生。这也是我们的心里话，我们不怕战死，就怕没有尊严地像狗一样地死去，没人在意，没人记得，甚至连个名字都没有。”

我知道他们之中大多数的人都没有了亲人，每个人都在孤独地面对死亡，这何其残忍啊？我眼睛红了："我听说在虫星有一个叫五峰的地方，们在那里建立起了一块巨大的纪念碑，那块纪念碑上承载和记录了们所经历的一切苦难和奋斗。等有一天我们战胜了侵略者，我们也要在地球修一座这样的纪念碑。如果有一天我们战死了，让后人把我们的名字都刻在那上面。要让他们知道，为了人类的未来，我们都曾经拼过命。"

战士们和我一样，每个人都饱含着泪水。

"老板，我们都很佩服你，一个宇宙中最有权势的王子能和我们一起并肩战斗，我们还怕什么呢？老板，你害怕过吗？"

我点点头："以前很害怕，但我现在已经不害怕了。因为有你们陪着我一起战斗。就算是有一天战死了，你们肯定也会将我的名字刻在碑上的对不对？"

"对！"

"下午是西蒙和小波的葬礼，你们不能参加，我代表你们去。"

"老板，西蒙的儿子才一岁，还跟着他妈妈在春草安全区，没人照顾……"

我点点头，说："情况我都了解，国防部已经派专机将西蒙的爱人和孩子接到新城了，我和部长们商量过了，政府在新城专门划出了几栋楼，安置像西蒙这样的烈士家属。他们的工作也会根据个人意愿重新调整。你们出院后可以去看看他们。大家在这个世界上没有什么亲人了，战友之间就是亲人。"

"放心吧老板！我们会像亲人那样去照顾他们的。"

我交代了医生几句，转身走出了病房。

刀疤叔和飞鱼已经出院，他们和冷姨早就等候在一辆步兵装甲车里，我们也上了车。

新城北面的山上，内政部在这里建立起一座陵园，从此以后，再也不会有人像狗一样地死去。人类要有尊严地活着，也要有尊严地死去。

联合作战参谋部的两名陵族军官也悄然而至，他们代表陵族向阵亡的两名战士致意。我全程和他们保持着距离，一句话都不想和他们说。

随着礼兵的一排枪声响起，两名烈士永远沉睡于大地。那个叫小波的战士没有任何亲属，送行的是他的几名战友和国防部的人。我在他们的墓前敬献鲜花后，看到了西蒙的爱人和孩子。

国防部的人告诉我，那个可怜的女人的前夫和两个孩子在科罗拉多病毒暴发之初全部遇难，灾后她遇见了西蒙，以为可以相守一生，然而她花了几年时间好不容易治愈的伤口现在重新被撕裂。这个白皮肤女人穿着一身黑衣，木然地抱着襁褓中的孩子，这让我心里五味杂陈。

“珍妮，请节哀。”我走到她的面前。

她看了看我，把头埋到了孩子的身上，我听到一个女人撕心裂肺的哭声。曾清受到这种情绪的感染，她扶着珍妮跟着泪流满面。

“爸爸！”金发碧眼的孩子看着穿着一身军装的我，突然喊出这两个字来。他还太小，小到感受不到悲伤。他不知道这一天对于他漫长的一生而言意味着什么，他只是天真地看着周围的世界，充满着童真的大眼睛里流露出对这个世界的所有新奇。

我再也绷不住了，眼睛再次红了。

“爸爸！”孩子又喊了我一声，珍妮抬起头来，惊讶地看着孩子，又看了看我。周围的人也惊呆了。

“老板，请您答应他一声，这是孩子第一次喊爸爸。”珍妮哀求道。

我一面答应着一面伸手接过了小西蒙，我把他抱在怀里，他咯咯地笑了起来，他笑得越开心我心里越难受。我转身望着西蒙墓碑上的照片，三十七岁的西蒙笑容像阳光一样灿烂。

我问曾清：“我今后就是小西蒙的‘爸爸’了，你同意吗？”

曾清说：“我愿意帮着珍妮照顾小西蒙。”

老鹰说：“你和小西蒙有缘，认下这个干儿子也可以啊！”

“珍妮，你同意吗？”

珍妮拼命点头：“老板，您愿意认下这个孩子我会非常欣慰，小西蒙现在需要爸爸，等他长大后就好了。”

我答应了，然后亲自将珍妮和小西蒙送到了他们的新家，从此也和这对母子结下了不解之缘。

两个月后，“捕鱼者行动”传来一个好消息，他们在里海又发现了一个虫星基地。昨天下午的时候，空军投放的声呐探测仪发出了信号，为了证实信号来源，军事情报局的特工往目标区域投放了水下微型机器人。没多久，他们就发现了这艘巨无霸，比渔民阿达在高车湖发现的那个更大，就像是一座水下城市。

我将宁先生他们请到国防部的作战指挥中心。大家确认这是目前为止发现的最大的虫舰基地，比陵族的天舰还大，由若干艘母舰合并组成。从虫星赶过来的刀疤叔和飞鱼提供了一份比较准确的情报，那就是从虫星出发的母舰一共有二十三艘，组成这样的虫舰基地一般需要两到五艘。也就是说地球上至少有五个以上这样的基地。而一艘母舰通常由五到七艘大型虫舰和五十艘中小型战斗舰组成。以此类推，虫星军队除了被人类和陵族摧毁的虫舰外，至少还有一千多艘战斗舰，这是一个可怕的数字。我很快意识到即使是和盟友们联手，想击败这么一支庞大的虫星舰队依然是场没有把握的战争。而且不管是谁赢了，那也将是三支文明用血海铺开的胜利之路。

得出这个定论后，我下定决心在合适的时候去虫星基地会一会成于，如果能够以最小的代价结束这场战争，个人生死可以先放一放。

人类军队和情报机构的精英被严令不得打草惊蛇，就连这些区域也限制了人类活动。我要让这一切好像都没发生过，虫星文明依然在进行激烈的内部斗争，而人类看起来已经马放南山，刀枪入库了。

接下来的几个月里，军队和情报机构先后又发现了三处同样藏匿于淡水湖中的虫星基地。我们一直没有动手，现在我要做的事情是确认们达或成于的位置，拿下其中的一个也许就可以结束战争了。

战争似乎进入了一个漫长的休战期。虫舰不再主动出击，陵族在一次又一次的搜索失败后也放弃了，他们甚至有不少声音认为虫星主力已经滚回了老家。人类表面上也风平浪静，一门心思搞起了灾难重建，重点发展工业以及恢复千疮百孔的地球城市。

第三十八章　泉眼

魔鬼三角是一个神奇的地方，因为那片充满诡异气氛的海域对于人类而言几乎属于禁区。关于这里的传说加起来能写成一本厚厚的奇幻故事集，比如途经这片海域的人类飞机和船只经常会莫名其妙地失踪，渔民亲眼在这一带看到过所谓的大海怪，层出不穷的传说加深了这片海域的诡异色彩。

我们通过卫星搜索过那片海域，别说泉眼，就连不知名的小岛都没有发现。不过我认为轵昆不会跟我开这样的玩笑，虽然在他看来我是个“幽默”的人。我决定去那里看看，也许厉害的人都喜欢深藏身与名或者是故弄玄虚呢？

这样的事情，我当然不敢告诉宁先生，一是他肯定不能接受我喜欢一个乌部，二是他绝对不会允许我再犯险，虽然私底下被他骂了很多次，我依然决定让他再骂一回。我在老鹰和刀疤叔他们几个那里软磨硬泡，被我折腾得没办法后他们答应了，不过他们也提出了条件，那就是去泉眼的时候，我得听他们的，我自然满口答应。

我借口到下面的安全区转转，带着老鹰、冷姨、刀疤叔、飞鱼以及机器人丞相还有海心，一行七人前往寻找那个传说中的泉眼。为了保密，除了曾清和两名空军飞行员，几乎没人知道我们的行踪。

直到登上飞机，我才很郑重地告诉海心："我们要去你家。"

"我家？你们是要去云鼐吗？"海心露出了惊讶的表情。

"不，准确地说是你父亲基潋的实验室。"

"我父亲？基潋不是我的父亲……哦，他只是创造了我们，并不能算是人类伦理观念里的父亲。"说着她又补充说，"整个乌部都是他一手创造出来的。"

我内心十分震惊。我记得海心和流商都曾经告诉过我，她可不是简单意义上的乌部，而是基潋的亲生女儿，是这个世界独一无二的存在。可现在这个海心却告诉我，她和所有的乌部是一样的。

"那你知道基潋的实验室吧？"

"不知道。"她摇摇头，"我们是在云鼐诞生的，基潋的实验室只提供了相应的技术。作为陵族最神秘的科学家，他的实验室我们是无权知道的，除非有云鼐的授权。"

我凝视着她的眼睛，我想知道乌部这个群体是不是也像人类一样会撒谎。她看起来却不像是在撒谎。那只剩下两种解释：一是她的记忆被清除了；二是她不是海心本人，而是陵族仿制出来的一个盗版的乌部海心。

这是一片诡异的海域，外面并没有大风，这一带却风高浪急，还有无边无际的浓雾，难怪人类不愿意靠近这鬼地方。

飞机越靠近这片区域，抖动得就越厉害，甚至一度还出现电子设备短暂失灵的现象。我们不敢再贸然往浓雾里飞，在周边游荡了一会，两艘人类军舰出现在大海上。

"老板，'新子牙'号到了。"

飞机缓缓降落在军舰的甲板上，何承志和他的助手裴凡以及"成山"号的大卫舰长亲自来了，另外甲板上还站着上百名水兵："老板，欢迎视察‘新子牙’号和‘成山’号。”

“不是告诉你动静要小吗，何况我办的是私事，你叫这么多人过来，成心让我背个滥用职权的罪名？”

何承志开玩笑说：“天家无私事，您的事都是公家的事……其实是过几天舰队也要回港休整了，兄弟们想见见您，所以顺路过来给老板保驾护航，不算滥用职权。”

我看他精神状态比以前好太多了，甚至会开玩笑了，我满意地看着一身军装、英姿飒爽的裴凡，笑道：“裴老师，你功劳不小啊！把我们的何副司令照顾得很好。”

“老板，作为海军的一员，这是我应该做的事情。”

她原本是海洋学院的老师，工作的环境好得多，现在给何承志当助手，大部分时间都在海上，的确很辛苦。

我看到何承志在一旁笑得诡异，也就会心一笑，把他拉到一边悄声问道：“下次再看到裴凡，我不应该叫裴老师了吧？”

“那叫什么？”

“抓紧机会，下次我要叫嫂子了。”

何承志笑了，不承认也不否认。

我是第二次见到大卫舰长，上次是在海军的成立大会上。大卫五十一岁，白人，留着个小胡子，职业军人，灾前便是人类海军最强战舰“伯恩上将”号航母的舰长。可惜灾后这艘刚刚下水不到一年的航母离奇失踪了，新城派出的人在停泊的军港里怎么也找不到它的影子。

他给我敬礼后，一直站得笔直地看着我与何承志他们寒暄。我走过去和他握手：“海军一直在找那艘失踪的‘伯恩上将’号，找到了还是你来当舰长，如果没有找到的话，我赔你一艘航母。”

“谢谢老板，不过能找到‘伯恩上将’号是最好的，因为它代表着人类海军的最高水平，就算是放在现在，依然是可以与虫星一战的利器。除此之外，那上面还有三十七架追风者改进型战机，那可是人类仅有的几十架最好的飞机。”

听到这些，我一下子心疼起来，要知道新城总共才十一架初代追风者。这些顶尖的战机，人类一共才生产了几十架，还在空战中损失了三架。以往的空战中，人类的“捍卫者”和其他类型战机为了保护这些人类仅有的顶级战机，经常不惜粉身碎骨。

“老板，难得您亲自来一趟，见见战士们吧！”大卫舰长说，“您可是军中的超级偶像。”

何承志笑道：“老板，军心不可违。”

我看了看时间，又看了看站在甲板上的水兵们，远处的海面上风渐渐大了，海水不时涌上舰来，大海和战舰发出了激烈的碰撞声，我看了看时间，冲大家挥挥手，大声喊道：“我有点饿了，大家先回去一起吃饭好不好？”

“好，欢迎老板登舰。”战士们发出了比大海更热烈的欢呼。

我和战士们一起回到餐厅，现代战舰上的设备不错，尤其是经过盟友工程师的技术升级后，战舰能够更好地抗击风浪，战斗力也大大加强。战舰的指挥和管理系统基本实现了超智能化，大部分的战斗和后勤岗位也由机器战士替代了，人类倒成了辅助力量。

这顿饭吃得不容易。由于我们一直在这片海域周边巡游，风浪越来越大，舰身开始摇晃得厉害，我们不得不加快了速度，草草将饭菜送入肚子里。吃完饭后，我来到指挥塔台，海面上已经是十几米高的巨浪，两艘人类的军舰在大自然的肆虐下显得何其渺小。

“老板，气象部门刚刚还给我们通报了，这片海域今天是没有风浪的，可是您看，这鬼地方太诡异了。”何承志说道。

老鹰几个用望远镜研究起了这片反常的海域，半晌后他说：“老板，我们几个怀疑这是暴骤。”

“暴骤？”

“就是人造的自然现象，也就是你们人类所说的气象武器。通过技术和设备模拟制造出各种自然灾难，像海啸、台风、地震等，人类也曾经研究过这类武器，只是考虑到其危害的不可预测，加上反对的声音太大不得不中止了。不过对于虫星或者陵族而言，这种武器造成的危害是可以预测并可控的。”

我有点惊讶：“你们的意思是基滥是为了阻止人类靠近他的实验室，故意装神弄鬼搞出这些动静？”

“恐怕这是唯一合理的解释了。”

“有破解的办法吗？”

“办法倒是简单粗暴，直接轰平这里，不过对于基滥这样的人而言，想轰平这里应该也不容易。”

“说了等于没说。”我心想全宇宙这样走亲戚的只怕就我是独一份了，找不着家门不说，老丈人还想给你弄个人仰马翻。

外面的风浪越来越大，战舰已经拉响了警报，开始应对风暴和巨浪的冲击。

“老板，您这亲戚不太好走，要不先撤退吧！”飞鱼嘟着嘴巴说道。这鬼地方没人会喜欢。

“不！”我想了想，“给老家伙一点颜色看看，要不然他经常这样装神弄鬼谁受得了。”

我刚说完，远处的海面升起了一个巨型龙卷风，呼啦啦向我们直扑而来。

“给我轰。”我指着那龙卷风直接向旁边的何承志下令。

“打那龙卷风？”

“对！这是警告那个老家伙。”

两艘战舰接到命令，没头没脑地向那股迎面而来的风倾泻了一波炮弹，但那龙卷风丝毫没受影响，擦着我们的战舰旋了一圈，也不离开，就不远不近地绕着我们两艘战舰转圈圈。

“这老家伙肯定知道我们来了。”刀疤叔按捺不住火气了，说，“军舰上还有威力更大的武器吗？”

何承志说：“有，将这一片轰平都可以。”

老鹰笑道：“咱们不是来打仗的，意思表达到就行了，你们还真要动手啊？”

“不行就强闯，老何，你们帮我弄条小船来。”我望着远处那片海面上的浓雾，我想直接进去看看。

老鹰他们马上反对：“那可不行！大家都不了解这个基滵，万一不怀好意，或者这根本就是陵族的阴谋呢？”

冷姨也瞪着我：“这主意您想都别想。”

“难道我们就这样被这个老家伙吓唬走了？”

“来找他本来就不是一个好主意。”

我们正说着，那架送我们过来的飞机因为来不及进舱，被一个巨浪刮进了海里，好在里面没有飞行员。那架飞机连同固定它的铁扣一起在海面扑腾了几下，慢慢沉入海底。我再也忍不住了，命令何承志和大卫动用“金属风暴”系统。

众人目瞪口呆，因为“金属风暴”的威力实在是太大了。这是一套无人机群攻击系统，一次能弹射三十架小型高速无人机，每架无人机配备二十枚手指大小的微型智能温压弹，可对八十海里范围内的目标实施毁灭性打击。出动一次，六百枚智能炸弹能让方圆一公里移山倒海，连航母也扛不住这一波打击。更恐怖的是，这些高速无人机并不需要靠近目标，弹射出去后，在敌方的近防火力范围外便将炸弹发射出去，这六百枚炸弹就像小型的导弹一样铺天盖地，自动搜索并攻击任何可疑目标，想拦截都不可能。

海心阻止我说："牧戈你是认真的吗？你如果使用'金属风暴'，那可是属于战争行为，陵族是不会答应的。"

"他既然能制造气象武器，我想他也不会怕我的'金属风暴'。"

这时外面的风浪突然小了许多，指挥塔台的喇叭发出了一阵刺耳的杂音，接着传来一个苍老的声音："喂，喂，牧戈，你这个小王八蛋给我滚远一点，还敢用金属风暴砸我？再不滚老子就先将你这两艘破船弄沉了。"

喇叭是通信系统的一部分，平时用于全舰指挥的，舰上每个船员的位置都能听到。

基滋居然侵入了我们的通信系统。我连忙抓起指挥塔台的手持式话筒骂了起来："基滋你个老东西，我千里迢迢跑来看你，你不理不睬也就算了，尽在这里装神弄鬼，还想弄沉我们的船，有本事你就只管来，看我轰不轰平这里？"

"你们人类军队的那点破铜烂铁就不要拿出来吓唬我了。"

"破铜烂铁？老何，准备两枚W82，请老东西先尝尝破铜烂铁的味道。"

"W82？哈哈哈……"喇叭里发出了人类的笑声。

"你识货吗？"我挖苦道。

"W82在我看来也是破铜烂铁，你小子要是不怕死就尽管试试，看我让它没离开船就自己先爆了。"

我当然不敢用W82，先不管他说得对不对，这一枚下去，方圆十里那可真要翻江倒海。我说："基滋，你不要激我，惹毛了我你就不怕我真轰平这里？反正陵族那帮人也不太喜欢你，轰死你他们估计也不会拿我怎么样。"

"云鼐那帮兔崽子和你小子一样坏，不喜欢我就对喽，但不喜欢你们又能怎样？别打嘴仗了，趁着我老人家还没发脾气赶紧滚，以后也不准再来了。”

“还大科学家呢，就这点涵养连个普通人类都不如。”我继续挖苦道，“普通人类都知道来者是客，你不问青红皂白就想弄死我，你不要忘了，海心还在船上。”

基滺继续怪笑道：“我还没找你和云鼐那帮家伙的麻烦，你们倒先来兴师问罪了？我实话告诉你，你旁边那个海心是盗版的，根本就不是真的海心，云鼐那帮混蛋没有经过我同意就擅自仿制了一个山寨货来忽悠你呢！”

我猛然回头看了看海心，她一脸茫然。

我问道：“他说的对不对？”

假海心见瞒不住了，只好低头承认了。

“牧戈小崽子，听老头子一句劝，你赶紧回去好好找个姑娘过日子，不要再找海心了，她跟着你不会有什么好下场。至于这个假海心的事，我回头再去找迪多和轵昆那帮小崽子算账。”

堂堂的陵族与人类领袖在他的嘴里成了“小崽子”，这个人要么是疯了，要么是狂到离谱。我却无暇关心这些，只想马上见到海心。

我说：“海心是我女人，你把她还给我，我立马就走。”

“不要脸！”基滺骂道，“那是我女儿，你这个小兔崽子想女人想疯了吧？打起我女儿的主意来了。”

“基滺你这个老东西要讲点道理，感情是你情我愿的事，我和海心的事我们自己做主。实话告诉你，海心我是要定了，你给也得给，不给也得给。”

“看看，就你这样无赖还敢让我讲道理？我给你最后半小时考虑，再不滚我可真不客气了。”

我恨得牙痒痒，倒不是因为被威胁，而是这老东西油盐不进。考虑到海心的感受，我还不能和他彻底翻脸。

我说："基滋，这是我的私事，与其他人无关，我现在一个人去找你，你不要伤害他们，否则你就是挑起整个人类和陵族对立的罪人。"

"你别逗我，我可不关心什么人类和陵族的死活。再说你来找我干吗？我不会同意把海心嫁给你这个小混蛋的。"

大家都有些紧张，因为我们都知道此刻面对的是整个地球上最强大的科学怪物，鬼知道他会做出什么惊人之举。

"基滋，咱们都不要耍赖了，你让海心出来见我一面，或者我去见她一面，她自己不愿意跟我走，我以后永远不会踏足这里。如果你连这点要求都不能答应我，我发誓跟你没完，至少你以后别想再安生地躲在这里装神弄鬼了。"

"小子，你才是耍无赖。我的女儿愿意嫁给谁就嫁给谁，没见过像你这种脸皮厚的，我不愿意还打上门来抢亲了。"

"愿不愿意得海心说了算，我可不是在耍什么无赖。"

"懒得和你再废话，反正我警告过你了，你还有二十八分钟，时间一到我就弄沉你这两条破船。"基滋说完便再不回应我了。

我看了看在场的人，老鹰已经在与何承志商量准备离开这里了。

我几乎用哀求的眼神看着他们："你们得让我去一趟。"

"老板，出来之前您可是答应过我们的，千万要守信哦！"

"基滋这个老东西虽然脾气古怪，但我和他无冤无仇，他不会对我怎么样的。我带丞相跑一趟，你们离开这片区域在外围等我。"说完我又看着何承志："帮我弄条小船。"

没想到何承志拒绝执行命令："老板，您这样去太危险了，今天就算是您撤了我的职，我也不能执行这个命令。"

"你们这是干吗？我既然找到了这里，就一定要见见这个老东西。我想看看他那里除了海心，还藏着什么宝贝。"

老鹰见我去意已决，只好让步："我们几个必须得跟着，否则您就别去了。”

“好吧！”

何承志这才同意了，他让机器战士放下去一条小型拖船，我们几个顺着软梯登上拖船。假海心也执意跟我一同前往。

按照我的吩咐，两条战舰后退了数海里，离开了这片海域。基滟和我的一番现场直播的对话，让我谈个恋爱都谈得尽人皆知。

我们驶向了那片深不见底的浓雾。

高车湖边的卡夫尔山下，雪连着下了三天，湖的外围又结冰了，山上的积雪也厚了几尺。湖边和山上经常有四处觅食的动物。这里是淡水湖，却神奇地生活着海豹、海螺、龙虾这样的海洋生物。而陆地上有鹿、雪羊、水貂、北极狐、蓝狐，也有狼和熊这类猛兽。在食物缺乏的时候，它们会主动攻击人类。

梅花Q在这里待了近一个月了，和她相伴的只有机器战士“去病”和两具微型水下机器。他们找了一个湖边的小山洞当临时监测点，二十四小时不间断地监视着高车湖中那个虫星基地。

山洞原来的主人是一只体型巨大的熊，去病跟着梅花Q到这里的时候，那只熊还老大不乐意，被去病的大铁拳揍了一顿后，才很不高兴地让出了地盘。不过它也不离开，只是老实了许多，成天像个委屈的小媳妇似的躲到最里面的一个小洞里睡觉。梅花Q见此，也就不再驱赶它了，毕竟是自己占了人家的窝，理亏，何况外面天寒地冻的，这傻熊一时半会也找不到新家。

梅花Q是军事情报局的一枝花，金发碧眼，肤白貌美大长腿，战前是军情六处的新人特工。科罗拉多病毒暴发前，她被上司秘密派往新城调查牧晨雪，阴差阳错地活了下来。

洞里设备简单，一台便携式发电机，一张行军床，一个睡袋，少量武器以及紧急状况下才能使用的通信设备。监视的主力是机器人去病和两具微型水下机器人，去病负责监视和投放微型水下机器人。梅花Q的工作强度并不算太大，更多的时候她窝在洞里调戏那只傻熊，那熊被胖揍几次后，认识到了自己的身份和地位，变得老老实实，时不时还厚着脸皮去找她蹭点吃的。为了缓和邻里关系，梅花Q有时会给它一些新鲜的鱼。

为了适应雪地侦察工作，去病全身涂成了白色，加装了隔热外套和电动雪橇。

梅花Q在睡觉的时候，它早就悄悄地滑到了湖边，趴在雪地上，像一块会移动的大冰块。也不知过了多久，远处湖边的冰层突然动了一下，紧接着，一个穿着奇异潜水服的“东西”从冰下面爬了出来，只见他急不可耐地脱掉包裹在身上的那层古怪的潜水服，露出了一身白袍，原来是一个虫星人。

去病依然没动，不过它已经向梅花Q发出了警报。

那名虫星人似乎没注意到趴在湖边的那处古怪的“大冰块”，上岸后，他抱着脱下的潜水服快速向湖边的山里跑去，去病按照国防部要尽量抓捕俘虏，了解虫星基地内部情报的命令，迅速追了上去，边追嘴里还在叫嚷着：“我们是人类军队，请你马上投降，否则我们将发起攻击。”

虫星人跑进树林后停了下来，他转过身子望着这个所谓的“人类军队”。

“你是人类？”他问道。

去病嗯了一声：“对，我是人类军队。”

“你是机器人吧？”

“对，我是人类军队的机器战士。”

“你们这有人类没？我要见人类。”

“我说了我就是人类战士。”

“我要见人类，你要快点带我去见人类，最好是直接带我去见牧戈殿下。”

“你这只小俘虏口气有点大了，还想见我们老板？”

那虫星人快要被去病折腾坏了，他气急败坏地说道：“我真的有重要情报要见人类，你如果耽误了事，当心你老板处罚你。”

“好吧！你跟我走吧！不过我再次警告你，千万不要在人类战士面前耍什么花样，否则我会冲你射击的……咦……咦，你怎么穿着白袍？”

“不要再废话了，你这个话痨机器人。”

虫星人被带到了山洞，梅花Q看着去病捉到的俘虏，心中一阵狂喜。

“我就是人类，有什么事你跟我说。”

“你是什么人？能见到牧戈殿下吗？”

梅花Q静静地盯着这个显得有些着急的虫星人，又看着他一身白袍，问道：“我是人类军事情报局的特工，当然可以见到我们老板，你也是我老板的人？”

虫星人点点头：“我叫小果，是殿下的仆人。”

“你就是小果？”梅花Q一脸怀疑地望着眼前的虫星人，为了确认他的身份，她再次问道，“你的名字是怎么来的？”

“殿下帮我取的名字。”

梅花Q收起了武器，关于成于基地的一些重要信息，老板早就告诉过他们。

“说吧！什么情况？”

小果说：“殿下的侍卫雨将军派我前来报信，成于的ERX型四号病毒已经完成了，很快就能送到地球，请殿下一定要阻止这场地球灾难。他还让我告诉殿下，虫星正在内战，忠于们达的军队正在和成于的叛军作战。”

“双方的战况怎么样？”

“成于利用们达的名义发号施令，将大部分将军解除了兵权，基层很多军官不明真相，但他们拒绝执行成于的命令，目前处于中立状态。只有少数政府官员和将军在动用政府军打击成于的叛军。现在双方僵持不下，都在关注着地球的形势。必须由们达或殿下出面，才能扭转局势。所以我们急切地想要找到殿下，请殿下出面收拾乱局。”

“你们的们达是不是关在这处基地？还是被软禁在虫星？”

“是的，们达就关在这里，但是为了防止我们叛乱，成于封闭了舰舱，没有他激活，所有虫舰不能起飞作战。”

梅花Q意识到事关重大，连忙对无病说：“我现在交给你一个任务，你必须将小果平安地护送到中转站。”

去病说：“好的，不过我担心那只熊再找你麻烦。”

“不要关心那只熊了，比起我的安全，小果的安全更加重要。”梅花Q想了想说，“算了，我跟你们一起走吧！这样保险一点。”

“但是监视工作谁来做呢？万一他们飞走了怎么办？”

梅花Q望着旁边的卫星电话，咬了咬牙到底还是没有打开，因为她知道只要通信设备一启动，虫星基地很快就能监测到信号源。

小果说道：“你们不用担心我偷跑出来会被他们发现，里面有人用尸体替代了我，我一个虫星奴隶的死活他们不会深究的。在病毒没有到达之前，这个基地没有启动的必要。”

这时，那只傻熊过来了，它朝着陌生的小果看了看，又把鼻子凑上前来闻了闻，看起来它很不喜欢这个外星人。

去病扬起铁拳，吓得它连滚带爬跑到里面小洞去了。

梅花Q快速收拾好东西，带着一个机器人和一个外星人钻进了茫茫的林海雪原中。

第三十九章 “伯恩上将”号

“老板，这里有点像恐怖电影里面的场景哦。”丞相打破了这该死的宁静，我伸长了脖子，警惕地望着周围。大海像一头被打晕的野猪，突然安静下来。周围是一层层的雾，能见度不到五米，就连天空也被迷雾笼罩。为了不迷路，我们还拿出了指北针。

“丞相，你是不是也会害怕？”飞鱼明知故问。

“我是机器，不会害怕，但有时会觉得忧伤和难过。”

飞鱼看了看我：“老板，你这个机器人是不是脑袋坏了？它是不是中病毒了？”

我知道他们想通过聊天来缓解我的紧张，这么诡异的地方，别说是我这个普通人类，就连这些见多识广的超级保镖也不免有些犯嘀咕。

“丞相没有疯，它大脑里装着海心的意识，她的意识也许能够感应到我。丞相，你现在有什么感觉吗？”

“我感觉到了悲伤。”丞相歪着脑袋说道。

船上的人不可思议地对视了一眼，只有假海心面无表情地继续盯着远处的雾。这也许是乌部最惨的一个间谍，云鼐千方百计想往我身边派一个间谍，却根本不知道我和真正的海心早就建立起了超越种族、阵营的情感。

老鹰很快发现了异常："老板，指北针失灵了，我们根本就是在原地打转。"

不但指北针失灵，就连船上的电子设备也失灵了，很显然我们被强力干扰了。冷姨从她的背包里取出一个奇怪的金属盒子，插在那支虫星武器上，枪体立即变了一种颜色，从金属盒子上射出数道红色的激光，她将盒子固定在船头，对开船的刀疤叔说："现在沿着中间的线走就行了。"

大家将武器握在手中，以应对随时可能出现的情况。

雾越来越浓，激光的可视距离也越来越短，更糟糕的是几分钟后小拖船的发动机也熄火了。我站在船头大骂起来："基滗，你这个只会装神弄鬼的老东西，有本事你堂堂正正地出来，要杀要剐来个痛快的。"

骂了一会没人理我，我拿起通信器，发现通信也早中断了。

老鹰又从他的背包里翻出一台卫星电话样的通信设备递给我："能扛两分钟干扰，赶紧让老何派条船过来接一下，咱们撤吧。"

"基滗，你给我好好等着，看老子敢不敢轰平这里。"说完我拿起通信器联络何承志。就在这时，前方的雾里出现了一条长相怪异的船，一个老人坐在上面，他满头银发，身材高大，穿着一身黑色的燕尾服，衣服上一尘不染、滴水不沾，皮鞋也油光锃亮，看起来庄重优雅，就像中世纪欧洲的贵族，绅士感十足。

这派头我都不好意思再骂了："你就是基滗？你怎么是个人类？"

"牧戈先生您好，我不是基滗，我是他的管家杰先生。"老头起身弯腰，彬彬有礼地说道。我是万万没想到这么暴躁、庸俗的基滗竟然有这么一位绅士风度的管家，实在让人有些意外。

"请随我来。"说罢那船掉头带路。奇怪的是我们的拖船也可以发动了，两条船所到之处，浓雾消散，也不知走了多久，我们突然走出迷雾，前方豁然开朗，蓝得像镜子一样的天空和大海，一丝风浪都没有，海面平静得像是一幅画。在大海的中央，陡然出现了一座神话小说里的“蓬莱仙岛”，数百只不知名的鸟儿在天空中飞翔，声音清脆可闻，岛上绿水青山，阁楼重叠，岛四周和半山腰处云雾缭绕，最高处还有一道瀑布从天而降，如梦如幻，恍若仙境。

“我家主人十分推崇你们东方人类‘天人合一’的哲学思想，所以在这里建立起了一个属于他的乌托邦世界，且不允许任何不被邀请的文明侵犯这里。”杰先生转身说道，他虽然离我们有几十米距离，但声音清晰可闻。

“你家主人不是陵族吗？怎么这风格比人类还要人类？”

杰先生笑了笑：“如果两百年前的人类踏足这里，他们真的会把我家主人当成神仙。”

“你是说这个岛已经存在两百年了？不，我的意思是基潞已经活了两百年了？”

“两百年算什么，和你在一起的这些们都可以活两三百年，我主人才是真正的长生不死。”

我们都有些惊讶，因为没有人说起老鹰他们的身份，为什么这老头开口就知道他们的底细？这个传说长生不死的基潞到底是个什么样的怪物？我对此充满了好奇。

在一个小码头登岛后，我看到山水间还有些陈旧的古风村庄以及亭台楼阁，甚至还能看到人类在村庄里活动。

“我觉得你家主人不像什么科学家，更像是人类世界里的修道之人。”

杰先生也不在意我是不是挖苦，只是笑笑，将我们带进了一栋古色古香的阁楼，再顺着阁楼里的一架电梯往下，来到地下世界。地上与地下，俨然两个世界，这是一座充满着科幻感的地下城市，发光的玻璃材料让这里保持一个很舒服的可视条件，不刺眼不暗淡，和外面白天的亮度无异。各种巨大的机器在悄无声息地运行着，数百名陵族和乌部在里面忙碌地穿梭着，偶尔还能看到一些奇怪的无人交通工具在宽敞的过道里滑过。

杰先生让我们坐上一块没有轮子的金属板，它竟然自己动了起来，平稳且迅速，没一会儿就将我们送到了一间更大的实验室里，里面没有人，只有几个巨大的圆形金属罩正在缓慢地转动。我这才注意到，假海心不见了。

“您不用找了，我主人已经将她收走了。”

“你们要销毁她？这也太残忍了吧？”

“不会销毁她，只是给她升级一下，至少要换一张脸。我的主人非常痛恨云鼐盗用了海心的形象，尤其是还让她去做间谍。为此他还痛骂了迪多和流商，这两个陵族领导人以后不敢再来了。”

“你家主人呢？”

“牧戈，你这个小兔崽子骂我很过瘾吧？”基滳的声音响了起来，我环顾四周，却不见一个人影。

“都到你家了还要装神弄鬼吗？”

一个方形的金属盒子从光里面升了出来：“杰先生，我都告诉你了，旁边的这块镭片要换掉，它有时会碰到我的脖子，不太舒服。”

杰先生连忙说道：“好的主人，我晚点帮您处理，您现在可以会客了。”说着他笑着退到一旁。

“你个小王八刚刚在说什么？我装神弄鬼？我告诉你，老子就是神。”那个金属盒子慢慢地转过来，上面一块雾状屏幕，屏幕上有一张人脸。我仔细一看，这是灾前人类世界一个大明星的脸，此刻正在冲着我龇牙咧嘴地开骂。

我们看得目瞪口呆。

“现在你在我的地盘，说话最好客气点，要不然我就将你一辈子都留在这里。你别用什么 W82 来吓唬我，就算你用‘沙皇炸弹’来轰我也不怕。”

“吹牛吧！别躲着了，赶紧出来吧！”我嘴上是这么说，但语气客气了不少，我相信这个老家伙不是吹牛了。

“这就是我，你不喜欢我这个形象？那我可以换一个。”金属盒子说着，屏幕上又变成了一张爱因斯坦的脸。

我说：“开玩笑归开玩笑，但你可不可以别恶搞我们人类科学家的形象？”

爱因斯坦的脸又变成了另外一张脸，这次我不认识了。

“爱因斯坦算什么？他无非在你们人类世界不同凡响而已，我随便公布几项成果，他就得羞愧到自杀。”

我顿时无语，这个陵族的科学怪胎真的是疯了，人类历史上最伟大的科学天才居然要羞愧到自杀，这不是一般的疯子了。

“当然，我也承认爱因斯坦是个聪明的人类，如果他能活我这么久，他的成就也许能接近我。”

“你活了多久啦？”

“我已经活了 387 个地球年了。”

我差点惊掉下巴：“那你真算得上是个老不……哦，长生不老了，你比们达活得都要久远。”

“你那个叫们达的死鬼老爹？他就是个乌龟王八蛋暴君，他要活那么久干吗？他活那么久就是害人。”

老鹰几人是们达的侍卫，绝对不会允许外人尤其是第三文明辱骂自己的领袖，果然他们生气了。老鹰厉声道：“基滧前辈，你说话客气点，不要倚老卖老。”

基滃却不生气：“就算是们达本人在这里，我照样骂他个乌龟王八蛋。”

我示意老鹰他们不要生气，我说：“基滃老前辈，刚才是我不懂事，挑衅在前，不过你骂也骂了，能不能让海心出来见我一面？”

基滃看看我旁边的丞相：“你们人类做的机器人真是寒碜，海心的意识就存在这东西身上？”

丞相的机械脑壳点了两下：“我知道你在骂我，但是我并不生气，因为我老板说，海心存了些东西在我身上，你需要的话现在可以拿走了。”说着他又转身看看我：“老板，能不能给他？”

“当然可以啊！因为海心是他女儿。”

突然凌空伸来一只机械手臂，灵活地将丞相拖到一只金属盒子的面前，没几下就将丞相拆了，动作之快之灵敏，用人类的“巧手”都不足形容。失去了动力的丞相彻底死机，站在那里成了一堆废铁。

“你为什么要销毁我的人？”

“这种垃圾不配叫机器人，我老人家心情好，帮你拾掇拾掇。”没两分钟，丞相彻底被肢解成一堆零件，与此同时，一辆机器人滑了过来，两下就把它弄上车拖走了。

“杰，你带这小子去烽台，其他人不能去。”

老鹰刚想抗议，我阻止了他。

基滃突然客气地说道：“你们放心，来到泉眼的人都是受到我邀请的客人，我会安排人招待你们。不过有些事情，我想单独和你们老板聊聊。”

两名穿着礼服的人类恰到好处地走了过来：“请各位随我们来。”

我看着老鹰他们：“不用担心我，既来之则安之吧！”

我跟着杰先生来到那个叫烽台的地方。其实就是地下实验室的另一个区域，这里充满了生活气息，有各种植物和人类家具，甚至还有泳池。基滘那张脸顺着一根发光的长金属条快速滑到了一个能称之为客厅的地方。这里面站着七个人类大美女，个个年轻漂亮，让人惊艳，从亚洲面孔到黑人，各色人种的美女都有。她们望着我笑了笑，算是跟我打了招呼。

杰先生介绍说："这是主人的七位夫人。"

我惊讶地看着这七个绝对顶级的人类大美女，心想这老东西果然不是什么好人，养这么多漂亮老婆，绝对是超级好色之徒。杰先生煞有其事地给我一一介绍，我一个也没记住，只是重复地喊着"夫人好！"

白人美女笑道："海心眼光还是不错的，挑的这丈夫比我们的强。"

黑人美女说："三姐，你说得对极了。"

亚洲面孔的美女嫣然一笑："两位姐姐，当着客人，还是给主人留点面子吧！"说着她又看了看我："牧戈，你不要介意，我们这里平时很少有客人来，几位姨和你开个玩笑。"

我心想这帮美女真是不要脸，年纪比我还小，却老想着占我便宜当我长辈。

她似乎看透了我的心思，笑道："如果真的把海心嫁给你，我们可都是你的姨。"

"你们同意了？"

"我们是同意了，但最后还得主人说了算的。你们有事先聊，我们吃晚饭的时候再见。"说着，这些女人身姿优雅地悄然退出了客厅。

"看到没有？你们人类说三个女人一台戏，我这是天天看戏。"金属盒子的基滘说道。

"她们是乌部还是人类？"

"当然是人类，不过是我创造出来的人类，而且她们每个人的性格也是我单独设定的。"基滘有些得意地说道，"所以就算是地球上的人类全部灭绝，我也可以重造出一支全新的人类文明。"

看到我满脸震惊的样子，他接着说：“我通过对人类的基因改造和细胞分裂，可以创造出全新的人类，是有血有肉的真正的人类，可不是乌部哦！”

“不需要双性繁殖？不需要十月怀胎？”

“不需要，但是十月怀胎还是要的，只不过这些在模拟子宫里进行。在胚胎形成之前，我们就可以采取技术干预，将胚胎基因里所有的不利因素全部去除掉，包括基因自带的遗传病、智力障碍等，甚至我可以干预长相和人格形成。简单来说我创造出来的人类才是完美无缺的人类，足够聪明和健康，也没有你们那些乱七八糟的坏心思。这样的人类才能够创造出更优秀的下一代，用不了多久，这样的人类文明就能成为这个宇宙最强的文明。”

天方夜谭的故事我见多了，但这个再次刷新了我的三观，我说：“如果真像你说的那样，创造出完美无瑕的人类就真的好吗？一个完全由谦谦君子组成的人类文明真的能够在这个凶险的宇宙中延续吗？这个世界之所以有趣，正是因为有不同的人类存在，如果大家都那么完美，就没有了真正的愤怒和悲伤，也没有了七情六欲，这样的人类和机器人有什么区别？那还能叫作文明吗？你是一个理想主义者，凡事都追求完美，但你是不是忽略了完美这个概念的本身就是不完美？”

基滋沉默了半晌，说道：“你等我一下，我还是换个具体点的形象和你交流吧！”说完，那只金属盒子没有了声音。

我似乎突然明白过来，因为老鹰之前跟我说过，真正意义上的长生不老是意识保留，基滋很可能是突破了这项技术，将自己的意识完整地保留在机器上，进而可以通过不同的载体来实现长生不老。我将我的想法试着咨询了杰先生，他第一次表现出惊讶的神情：“牧戈先生，您真是个了不起的人类。被您猜中了，我的主人就是以这种方式长生不死的，不过和您理解的还稍有一点点偏差，那就是我主人的意识不只是停留在之前，他的意识也在进化，可以通过学习和经验积累不停地进步成长。”

“太可怕了，假以时日，他肯定会是宇宙中最聪明的生物。”

杰先生微笑着点点头：“他这么聪明的大脑还在不停地探索，终有一天会成为整个宇宙无所不知的‘百科全书’。”

“可惜的是意识只存在于精神层面，而不能真正拥有肉体上的感知。”

“不，我主人制造出了模拟大脑，并且将他的意识和神经中枢连接在了一起，可以通过自己的意识来调节和控制神经细胞群组织，来进行比如呼吸、吞咽、排泄、心血管功能、语言、视觉和听觉等所有人类的正常功能。”杰先生接着说道，“当然也包括正常的夫妻生活，甚至还可以进行人类传统意义上的繁殖。”

科学就像一个巨大的黑洞，而我只是这黑洞之下的一颗尘埃。

这些匪夷所思的人类科学幻想，竟然让一位陵族的科学家变成了现实。我突然想起了人类神话中那些得道求仙的人，他们往往都要先蜕去凡胎再羽化成仙。这些传说中的仙人是不是也掌握了这种逆天的技术？所以他们在肉体即将消亡时蜕去肉体，保留了自己的意识从而达到传说中的长生不老？是我们低估了古人，还是古代那些才气冲天的文人虚构出来的情节与科学不谋而合？或者，基滺是从这里受到了启示？不得而知。

基滺再次出现的时候已经变成了一个五十岁左右，强壮、俊朗，带有一点忧郁气质的亚洲大叔。

“这副面孔你比较能接受一点吧？”

我问道：“你是陵族，为什么不重造一副自己原来的身体呢？”

“我就喜欢人类，当然我也有一套自己原来的身体，不过只会在接见陵族领导人的时候才会使用。”

“接见？”

基滛笑道：“当然是接见，我是陵族文明的第三十七任领导人，现在的迪多和流商是第四十五任了，我是他们的祖宗。当年要不是我醉心科学而选择主动退位，陵族领导人的位置我可以一直坐下去，还轮不到迪多。”

我的乖乖，那可真是活祖宗了，难怪他狂傲不羁、目空一世。

“你们人类要感谢我，没有老头子我，你们人类文明只怕早就不复存在了。”说着他挥挥手，示意我坐下。我不敢再造次，老老实实坐在他的对面。

“强大后的陵族曾经不止一次想要对人类开战，但都被我制止了。当然，人类也不是什么好东西，你看把这颗地球给折腾得。不过你放心，只要我老头子活着，人类和陵族就永远不会开战，谁要敢开战我就灭了谁。你小子给我听好了，别动坏心思，否则我饶不了你。”

我摇摇头：“只要陵族不开战，我就保证不会主动攻击他们。”

基滛眼睛一瞪：“你那点小动作还能瞒过我？你们真以为我隐居在这荒岛上就不问世事了？你命令人类海军在靠近云鼐一百八十海里的海沟里放置了一枚几千万吨 TNT 当量的氢弹，在马里亚纳海沟放置了一枚，在仓溪周边海沟也放置了一枚，一共三枚核弹，你当我是瞎子。年轻人，不要玩火，真引爆了这三个大家伙，你以为人类凭着新城就能独善其身？幼稚。”

我的后背一阵发凉，本来以为自己交付何承志的绝密任务天衣无缝，没想到在基滛的眼里我不过是一只裸奔的猴子。

“人类科学家只计算出了爆炸伤害的理论范围和影响，却低估了由此造成的地震将使得欧亚大陆板块压缩，进而使新城面临巨震，在海啸和强震的共同打击下，新城的房子至少会摧毁百分之七十三，至于其他的人类安全区将无一幸免。你这是想干吗？和陵族同归于尽？”

我沉默下来，内心阵阵后怕，人类科学家给我精确地计算过三枚巨无霸同时爆炸产生的后果，新城会受到波及，但后果远远没有他说的这么大。当然我不是傻子也不是疯子，我只是想在遭到陵族强势打击的那天，能有一个和他们讨价还价的筹码，更多的是震慑，并非真的想与他们同归于尽。

“人类面临着其他两大文明的威胁，在这三支文明里，我们人类是最弱小的，任何一方都可以轻易地摧毁我们最后的这点火种。我之所以这样做，无非是为了震慑陵族和虫星的野心。如果人类真的面临亡族灭种的危险时，我们将采取这样的方式来玉石俱焚。但是我们绝对不会率先自毁家园的。”

“这件事到我这里就结束了，我已经将那些害人的东西销毁了。你成为我的女婿，不用再担心陵族的威胁，我会让人类与陵族两支地球文明和睦相处，共同强大，这个世界本来就应该是多元化的。”

“只怕您保得了一时，也保不住一世，未来的人类或者陵族会变成什么样子我们都不知道，到时谁来阻止战争？我讨厌战争，但就有疯子热衷于发起战争。”

“这就不劳你操心，因为我会活得足够久，我老头子活着就永远不会允许人类和陵族开战。”

我觉得自己也许有些杞人忧天了。只要我活着，不用担心陵族对人类开战了，因为这个陵族老头掌握着这个星球最强大的科技力量，而科技是这个世界最有分量的话语权。

“我能见见海心了吧？”

“当然可以了，否则我也不会让你来到这里。”基溸说道，“如果你小子被我吓退的话，你这一辈子都别想得到海心了。”

“那她现在在哪里？”我环顾四周，房子里除了我们三个没有别的人。

“你到底还是太年轻了，这么久都等了，还在乎这一时半会吗？我的实验室正在转接海心存放于那个傻机器人身上的意识，马上就好了。”

我担忧地问道：“她上次伤得那么严重，不会……”

“这些不用你担心，我是谁？如果连女儿都救不了我还活个什么劲？”基滁说着语气有些伤感，“你知道吗？海心真的是我女儿，她不是乌部，也不是在人造子宫里孕育的，而是我和一个人类女人所生。二十年前，我和你父亲一样爱上了一个人类女人，她是一名船员，有一次在海上失事后被我的人救了，带到了泉眼。我那时还没有创造出这七个老婆，我疯狂地爱上了这个女人，她为我怀上了海心……”

“海心既然是纯粹的人类，为什么大脑里会装着芯片？”

基滁是个性格古怪的老头，一听这话眼睛立即瞪了起来：“谁告诉你人类就不能装芯片了？”

“嗯嗯，后来呢？”

“后来海心的母亲知道我不是人类后，执意要离开泉眼，我爱这个女人，所以我答应了，不过我的条件是海心要留在这个岛上。我把她送回人类世界后，海心就成了我最珍贵的东西，为了让她活得更久活得更好，我在她还是胚胎时进行了适当的技术干预，让她长得更完美更健康。当然，她长大后我也细微地改造了她的大脑和部分器官，让她变得更强大也更聪慧，哦，我还在她十八岁那年复制了她的全部意识。”

我记得老鹰曾经说过，意识是无法复制的，但是这个老怪物居然做到了。

看到我一脸惊讶的表情，基滁冷笑道：“我的强大已经超越了人类的认知，不过复制意识是我的底线。除了海心，我自己都没这么做，所以我是独一无二的，你如果干掉我的意识，我就不可重生，但海心不一样，万一她遇到了什么不测，我可以复活一个有着十八年记忆的她。上次她陪你历险，差点就逼着我启动复活计划了，好在最后把她救了回来，虽然现在她的身上有些器官已经重造，但大脑和身体还是原装的，所以激活她放在你那个什么破机器人身上的意识后，她就是你老婆了。”

我心里充满了欣喜和庆幸，没想到海心居然跟我开了个玩笑，我一直暗自以为她是乌部，没想到是一个活生生的人类。

基滗看见我眉开眼笑，又板起了脸：“小兔崽子，抢了人家女儿就这么开心吗？”

“开心。”

“小兔崽子，还有一件事我也知道，你和一个人类姑娘订婚了。”

我连忙解释那是一场误会，没想到基滗打断了我的话：“不管是不是误会，那个姑娘你必须给我娶了。”

我一头雾水：“您这是什么意思？”

“我可没有你们人类那些乱七八糟的伦理道德，优秀的男人就应该像我这样妻妾成群，因为越优秀的人类，基因自然越好，下一代就会越强，反之也一样。你们人类就是不会规避这些风险，所以傻子也能娶老婆繁殖后代。不过我要收那个姑娘当干女儿，你们以后至少要给我生十个孩子，孩子生下来就要送到泉眼来。”

这我可打死都不能答应，我说：“这不可能，在孩子身上动刀子的事您想都别想。”

“幼稚，肤浅，我怎么可能在孩子身上动刀子？我用的是量子机器人，由它们负责为孩子们检查和手术，不会对孩子的日常生活和身体有任何负面影响的。”

我灵机一动：“那科罗拉多病毒，哦，就是虫星的 ERX 型四号病毒您能对付吗？”

基澂嘿嘿一笑："就知道你小子要说这个了。"

"那到底行不行？"

"虫星上那帮同行比人类强不了一个太平洋，在我看来根本不算对手。"

"那上次科罗拉多病毒暴发的时候你为什么见死不救？"

"我为什么要救他们？我自己都打算重新改造人类文明了，救那些乱七八糟的人类干吗？"

我刚刚熄灭的火气冒了上来："虫星正在研制新的病毒，据说是科罗拉多病毒的升级版，不单单是要对付人类的，你们陵族也跑不了。"

基澂没回答我的话，他摇头晃脑地好像在自言自语："不过你刚才说的话好像也有点道理，完美本身就是不完美的，好吧！我可以帮你解决这个问题。"

"要快，虫星的新病毒随时都有可能发起攻击，慢了我们就都死光了。"

"你有病毒的标本吗？没有就不要催，好在上次我已经了解了你们说的科罗拉多病毒，他们想升级无非就那两招，你在这里多待两天我就搞定它了。"

正说着，旁边的自动门悄然打开了，海心站在门口。我愣住了，这一切来得太突然，半晌我才反应过来。

"牧戈，你居然找来了？我父亲说你不会来的。"她浅浅一笑。

我说："如果我不来，你是不是就一辈子不打算见我了？"

"当然不，只是有很多事情我才刚刚记起来，在没想起来之前，我父亲不让我离岛。"

看到我牵住海心的手，基澂说："我之所以答应把海心嫁给你，是因为你把她当成了乌部，还努力去为了一个陵族乌部争取所谓的自由。好了，给你们半个小时说悄悄话，半个小时后杰先生会带你去看另一样东西，那是我为海心准备的嫁妆。”说完老头转身走了，杰先生也识相地跟着他消失了。

“上尉，很高兴再见到你。”海心笑着向我伸出了手。我愣住，感觉上次那个假海心就是这样和我打招呼的。

看到我一脸的疑惑，她突然笑了起来，我这才意识到自己被她捉弄了，一把将她搂了过来。她十分温顺乖巧地依偎在我怀里。自从上次她用自己身体保护我后，这个女孩已经成了我生命中最重要的人。

“见到你真好。”我发现她哭了，她再也不是我以前那个高冷无比的女保镖，更像是一汪水，柔软而多情。

“是啊！能见到你真好，我以后再也不会让你跟着我涉险了。”

“那可不行，我是你的助理，必须得跟着你。”

我深情地吻着她的秀发：“你以前是我的助理，现在不是了。”

“那我是什么？”她抬起头来望着我，像湖水一样清澈的眼眸里，闪烁着幸福迷离的光，细长且微微卷曲的睫毛像是湖边欣欣向荣的水草，向我发出了无声的召唤。

“你是我老婆。”说完我吻住了她的嘴。

我再也听不见声音，再也看不见万物，再也闻不到花香，我是忘我的存在。也不知道过了多久，我才慢慢回过神来，我看到海心脸上露出了像花一样灿烂的笑容。

基懑没有再出来，杰先生带着我们重新回到码头，老鹰他们已经等在那里。

我牵着海心的手笑眯眯地走向他们：“你们有认识她的，也有不认识她的，我今天重新介绍一下，这是真的海心，以后她是我老婆了。”我又给海心重新介绍了一遍：“这位是鹰叔，这位是冷姨，这位是刀疤叔，这位是飞鱼哥，他们以后也都是你的亲人了。”

大家难得一见地同时笑了，我能感觉到这一回他们不会再棒打鸳鸯了。

海心大大方方地认了这几个亲戚。飞鱼说：“为什么就他们是长辈，而我小了一辈？”

我说：“你比我也大不了几岁，认个哥不吃亏。”

“我比你大几岁？我大你二十多岁咧！我不管，反正以后你们也得管我叫叔，否则我就比他们矮一截了。”

大家笑了起来，虽然他们笑得有点难听。

因为成了亲戚，杰先生对我们也亲近了许多。

我说：“杰先生，您不会现在就送我们离岛吧？海心家里宝贝多，不是说好给点嫁妆什么的吗？”

杰先生笑笑：“姑爷，现在就是带您去看海心的嫁妆咧！”

冷姨难得这么开心一回，她呵呵地笑着：“好期待海心的嫁妆啊！”

杰先生说：“是挺值得期待的。”

我们准备登船的时候，杰先生却拦住了我们。没一会儿，从远处飞来一架长相奇特的直升机，我在人类的军事资料里都没见过这种四翼分轴造型的飞机，四个小型的独立的旋翼桨叶下方喷着蓝光，很显然那是四台独立的发动机引擎。

直升机稳稳地降落在码头旁边，而且没有什么噪声。一名年轻的人类飞行员从驾驶舱探出头：“老板您好，我们是原‘伯恩上将’号，现在的‘牧戈’号航母舰载机飞行员，很高兴见到您。”

“‘伯恩上将’号？‘牧戈’号？”我很快反应过来，“‘伯恩上将’号原来在这里？”

“是的长官，不过经过我们全体官兵同意，现在已经正式改名为‘牧戈’号了。”

我激动得差点喊出声，我登上飞机，向他们伸出了手："欢迎你们重新回到人类军队，快，带我去航母。"

这款神奇的飞机悄然无声地飞过海面，所到之处，迷雾消散，没一会儿就看到前面的海面上停着一艘如同海上城市般的庞然大物，舰身上赫然涂着我的中英文名字，指挥塔台上挂着的是人类现在的军旗。甲板上，停放着成排的崭新的"追风者"战机和十几架这样的直升机以及十几架我没见过的战机。甲板上，军人们也一排排站得笔直，只不过他们的军装还是原来的美军款。

飞机缓缓停在了甲板上，我有一种恍然如梦的感觉。几名军官跑上前来，带队的是名大胡子上校，他的军装都有些破旧了。

"长官，我是原'伯恩上将'号、现在的'牧戈号'副舰长布雷特·克罗齐尔上校，欢迎长官来到'牧戈'号！"

我跳下飞机，整了整军容，回军礼。

"长官，我们现在可以回到人类世界了吗？"大胡子将军热泪盈眶地哽咽起来。

"当然可以，我今天来就是带你们回家的。"我几乎是红着眼睛在吼叫，眼前这支快被遗忘的人类军队在数年后终于重见天日，我一定要带他们回家。

"报告长官，全舰官兵共 5329 人，各型号飞机 117 架，装备和人员无一损失，现在正式交付人类军队，请长官检阅。"

我看着这些年轻或者不再年轻的军人，又看了看旁边的杰先生，问道："这艘舰的舰长现在就在数十海里之外，我能不能让他们进来？"

"当然可以的！"

老鹰给我递来了卫星电话，信号没有被屏蔽，我用近乎颤抖的声音对大卫舰长说："大卫，你猜我看到了什么？你们现在马上冲进迷雾，我们在这里等你们。”

这是人类军史最离奇的一天，后来人们将这一天定为人类军队的节日，以庆祝和纪念“伯恩上将”号上的5329名战士重新回归人类军队。而且他们拥有的是基溓实验室改造过的地球上最强大的人类战舰和战机。当大卫舰长和何承志的两艘人类军舰被浓雾指引赶到这里，所有人都激动得流下了泪水，为重逢，也为重生。

一支新的航母编队重新驶向人类世界，我站在船上目送着他们离去，心情依然久久难以平静。

“姑爷，这份嫁妆您还满意吧？”杰先生始终保持着他的绅士般的微笑，让我想发发脾气却找不到由头。基溓这个科学怪物竟然将这么一艘庞大的人类战舰画地为牢困在这里，简直是匪夷所思。不过看到他将战士们保护得很好，而且将这艘航母改造成了能对陵族的天舰和虫星母舰构成致命威胁的大杀器的分上，我在心里原谅了他。拥有了“伯恩上将”号，现在应该叫“牧戈”号的航空母舰后，人类军队已经具备了与任何一支文明打一场惊世之战的能力。

想到这里，我突然不伤感了，非但不伤感，我还仰天大笑起来。

海心推了推我，我这才注意到老鹰他们就像看怪物一样地看着我。

我继续哈哈大笑。

“这孩子疯了。”冷姨笑骂道。

“他才没疯，他现在比任何时候都清醒。”刀疤叔也在笑。

我终于笑完了，我说：“你们现在不让我笑，我晚上睡觉的时候一定会笑醒来。杰先生，你们给海心的这份嫁妆看起来很好，不过最多只能算是物归原主，借花献佛。还有没有别的？”

大家再次看着我。

海心笑骂道：“牧戈你太贪心了。”

我说：“现在不要，以后想要都要不到了，因为人类有句老话，叫嫁出去的女儿泼出去的水。基滋老头现在是大方，等你再回来可就不一定了。”

“你怎么还喊基滋老头？你应该叫父亲，或者叫岳父。”老鹰纠正我。

“好，只要他再送我一些好东西，我就叫他。”

“你真是无赖，以前我怎么没发现你有这么无赖？”海心笑骂道。

“姑爷，主人让我们将一堆宝贝塞在‘牧戈’号里了，您晚些可以自己回去看看。”

“什么宝贝？”

杰先生笑道：“能和虫星科技抗衡的武器，有了这些东西后，人类不用再害怕虫星军队，大家可以公平一战了。走吧姑爷，我带大家参观一下泉眼。”

“你爹为什么造这么多武器？”我问海心。

海心笑道：“他本来想自己建一支人类文明的，所以他肯定会准备保护这支新人类的武器。如果他愿意的话，还可以打造出一支比陵族和虫星都要强大的军队……你不会怀疑我说的话吧？”

我当然不会怀疑。

这一趟让我赚翻了，赚了个老婆还赚了一座金山，以前的男人经常调侃娶一个好老婆可以少奋斗二十年，我这直接少奋斗了两千年都不止。

“你有这么强的父亲，为什么还要去帮陵族工作？”

“天天待在泉眼这地方很无聊的。”

“别人工作是为了活命，你工作是为了打发无聊，嗯，我知道了。”我调侃道。

“以前是，后来不是了。”说着她做了一个可爱的小鬼脸。

在泉眼转了几天，基滋一直没有再出现。我倒是大开眼界了，这处所谓的泉眼其实是一座人造岛，水下是一个更加庞大的海底实验室，说是实验室，其实就是一个海下基地，像云鼐一样，用透明的材料包裹起来的，随时可以连同泉眼一起移动，所以如果他不愿意，任何人都很难找到这里。

在泉眼的海底基地里，各种车间几乎在马不停蹄地生产和制造出各种古怪的东西，如乌部、机械舰船和飞行器、见所未见的武器系统、不见阳光却长势喜人的果树等。

第四天的时候，基滋终于出现了，他似乎找到了克制ERX型四号病毒的办法，他拿出一小瓶药剂递给我："小子，叫爸爸。"

我接过看了看，一瓶蓝色的液体药剂，外表平淡无奇。

看到我满脸疑惑，他不高兴地说："拿回去让你们人类的科学家分析药剂成分，你不懂，但有没有效果他们肯定会知道。"

说完他面色又凝重起来："不过新病毒如果出现另一种情况，可就不是纯粹的防疫技术可以解决的了。但愿研究这个病毒的不是个魔鬼吧！否则我还得花时间来研究对付它的办法。"

"什么情况？"

"纯智能化的病毒……就像我能用量子机器人给别人动手术、修复细胞和基因缺陷一样，但同样我也可以用量子机器人杀人，你懂我的意思了吗？"

我瞬间就明白了，如果这老怪物想杀人，那简直不要太容易，只需要投放出无数带有攻击性的量子机器人，这世界的一切生物都要死。好在老怪物这人还不算太坏。

"我这段时间再重新研究下，万一出现这种情况我老头子也好有办法应对，不过你现在可以叫爸爸了。"

我总觉得他在占我便宜，不过我想想是自己占了他的大便宜，于是我厚着脸皮叫了一声爸爸。

这个老顽童一副很享受的样子，频频点头："嗯，不错，你和海心先在泉眼举办个婚礼吧！我可没工夫出岛。"

我一口答应："这几个都是我的长辈，让他们商量婚礼的事，我还想和海心在岛上转转。"

"你小子看看可以，可不准乱动我的东西，女儿，帮我看着点……哎，好像不太对，你们现在是一伙的了。"

我和海心已经走远了。

第四十章　地球的天空

傍晚的时候，红桃 K 收到了梅花 Q 发来的一条情报，是用暗语写的，破译出来是：小果来投，们成二人在此基地，病毒即将来袭，归途盼接应。她没有使用语音通话，而是选择相对比较安全的文字信息。他深知此事干系重大，第一时间便将消息告诉了牧戈的私人顾问宁先生和国防部长安德莱斯将军，请求在必要的时候为他们提供支援。然后他亲自率领数十名特工和军人去接应梅花 Q。

红桃 K 半夜的时候就赶到了中转站。下飞机后，他凝视着夜色下的苍茫雪域，心里充满了不安。他和梅花 Q 于七个多小时前彻底失去了联系，而她的手上，掌握着关系人类前途命运的重要情报。这七个多小时里，他已经派出了三拨接应人员，甚至出动了小型无人机搜索，但都没有消息。从中转站到梅花 Q 的监视点有八十多公里，她有电动雪橇，速度并不慢，而且她肯定是在半路发出的信号，剩下的这一半路程却在七个小时内音讯全无，这不能不让人担忧。更诡异的是，前去接应的三拨人和无人机也在半个小时前都失去了联系，卫星也没有发现任何异常。

中转站建在一个山边的小镇里，一共只有十七个人，却要负责方圆一百多公里内八个监视点的物资和人员调配。

时间在一分一秒过去，红桃K终于决定不再等了，哪怕是打草惊蛇他也要冒险搜索失踪的梅花Q一行。情况紧急，他一面让手下人向老板和国防部汇报情况，一面当机立断给附近一处秘密机场下令，让停放在那里的两架战机起飞，前往失联地区查看情况。

接到命令后，两名刚刚从新城飞行学院毕业的飞行员立即驾机起飞，赶往事发地点。按照命令，他们要保持无线电静默。这是两架不同的机型，一架捍卫者，另一架是V117战机。这两架飞机以前属于敌对阵营，而现在它们却一起并肩战斗。

没多久他们便飞抵目标上空，两架飞机开始减速并实施超低空飞行，搜索周边空域以及地面。捍卫者刚翻过一座山岗，前面的山沟里突然升起四架虫舰，虫舰率先向捍卫者发起了攻击。

“眼镜蛇呼叫，发现四艘虫舰，正在向我们攻击，重复……”驾驶捍卫者的眼镜蛇一面向基地报告，一面径直冲向虫舰，双方擦身而过。

V117从另一侧山坡飞出，向虫舰展开了攻击，试图掩护被咬住的捍卫者脱身。被攻击的四艘虫舰根本无视V117的存在，咬住前面的捍卫者不松口。一时间，双方六架战机在崇山峻岭间利用地形展开了激烈的追逐和厮杀。

“刺猬，我可能要挂了。”眼镜蛇在公共频道明码呼叫了。

“你飞得再低一点，利用地形甩开它们，我会在后面掩护你。”刺猬也急了，一口气发射了四枚“哨兵”。虫舰这才分出两架拦截导弹，三枚“哨兵”在空中被摧毁，剩下的那枚咬住其中一艘追击者，迫使它不得不做出机动摆脱打击。前面的眼镜蛇这才缓了一口气，他将飞机拉向空中，然后一个直线俯冲扑向被围攻得手忙脚乱的刺猬。

“该死的虫星人，只怕我们今天都要报销在这里了。老板说过打完仗会建一座纪念碑，请一定要记住将我们的名字刻在上面。”刺猬呼叫基地。

两架飞机的通信器里同时传来了一个让他们激动的声音。

“别动不动就要死要活的，你们再坚持两分钟，援军马上就到。”

两名飞行员异口同声地叫了起来：“老板？”

“是的，我是牧戈，我现在命令你们把平生所学全给我用出来逃命，逃命不是什么丢人的事情。”

眼镜蛇和刺猬一下子激起了男儿豪情，他们利用复杂的地形贴着山谷、密林、河床展开了绝命飞行，每一秒钟都有可能造成机毁人亡，为了不让虫舰打下来，这几乎是同归于尽式的玩法了。

一分钟后，刺猬的 V117 的机翼被击中，飞机眼看就要失控。而在距离他们千里之外的“牧戈”号航母上，我和十几名海军军官紧张地关注着这场敌众我寡的空战。刺猬和眼镜蛇的声音在指挥塔台里回荡着，激烈而悲壮，所有的人类军官都屏住了呼吸，关注着战场上的风吹草动。

几分钟前，四架改进型的追风者从“牧戈”号起飞，像闪电一样扑向战场。这是一场救援，也是一场对新型追风者的实战检验。布雷特上校建议出动四架新追风者，以四对四的形式挑战虫舰，我同意了。

四架新型追风者以超十马赫的速度突击，千里之遥，弹指之间。为了鼓舞士气，我让闻讯前来采访“牧戈”号航母的新城电视台破例链接到四架追风者的战场监视系统和卫星画面，向全宇宙同步直播这场具有里程碑意义的人类空战。

刺猬和眼镜蛇已经突破了他们的战术极限，也突破了战机的性能极限。他们快要绝望的时候，身后的两架虫舰突然被击中，像两个失控的球一样撞向山顶，发生剧烈的爆炸。剩下两架虫舰再也无心追击了，掉头展开反击。这时，一道闪电划过天空，又有一架虫舰被击中，直接在空中解体爆炸。剩下的一艘突然加速，想用速度优势的老套路摆脱人类攻击，然而新型追风者却一点也不比它慢，五架战机在空中缠斗一会后，最后一架虫舰被击落。

刺猬和眼镜蛇拉高飞机，重新回到了空中，他们热泪盈眶大声喊叫着："追风者万岁，老板万岁！"

而远在千里之外的我们同样热泪盈眶，新城电视台的两名记者激动得语无伦次了，好半天他们才问我："老板，您……您说句话，随便说点什么，对全人类，对整个宇宙说点什么吧！"

我无法抑制内心的激动，满脸泪水，斩钉截铁地对着镜头说道："从今天起，地球的天空重新属于人类。"

全人类见证了那一场新型追风者创造的经典空战，也目睹了年轻的人类领袖牧戈自然流露的坚强和脆弱。所有关注着地球人类的文明在那一刻重新认识了人类，也重新认识了那个年轻的人类领袖。各安全区的大街小巷，竖立的大屏幕在不停地回播着那场光芒四射的经典之战，以及牧戈说出那句铿锵有力的人类名言时的画面。

人们激动得四处奔跑，他们哭喊着、欢呼着，和身边的朋友或陌生人热烈拥抱，相互祝贺。没多久，人们走上街头，高喊着牧戈的名字。这个身世离奇的年轻人，将人类在被奴隶和灭绝的边缘一步步拉了回来，带领他们求生，抗争。他是个什么样的人？人们不知道，但是人们知道，这个年轻人将会带领人类走向强大和复兴。那一天，牧戈成了全人类最喜欢的同类。

基滗同样也在关注着"牧戈"号复出的第一战，看到追风者击落四艘虫舰后，他有些懊悔地说："这下完了，人类以后只听他的了。"

杰先生浅笑道："主人，其实您的重造人类计划早就被姑爷动摇了，否则您也不会将'牧戈'号还给他，因为那本来就是您为新人类准备的。"

“我是不稀罕那些破烂货，改造这些人类武器装备无非是好玩，不过便宜那小子了。”

“主人，如果让陵族知道您帮助人类改造军队，只怕会引起他们更大的不满。”

“我才没兴趣照顾他们那点小情绪，当初我把海心交给他们，你也看到了他们后来是怎样对待海心的。差点让我失去女儿，还盗用我女儿的形象，弄出个什么假海心来破坏她的形象。”

“可不管怎么说，您毕竟是陵族的卸任领导人，帮着外族改造军队，难免会引起他们的误会。”

“什么外族？那可是我女儿和女婿。陵族不满我就直接和他们断绝关系，今后谁也不找谁。”

“好的主人，反正凭着您现在的实力，陵族拿您没办法，不过这事我已经通知了所有人保密，您自己就不要张扬出去了。”

基滃若有所思地想了想，突然说道：“我就是想让人类变得更强大，否则陵族迟早会蠢蠢欲动，可是人类就那么好欺负吗？不，他们可一点也不好欺负。你都看到了，我那个坏女婿早就在未雨绸缪，防患于未然了。他已抢得先机，陵族要是真敢动手，后果不堪设想，我这泉眼恐怕要移民其他星球喽。不过我也要承认，这小子是个天才的领导者。”

“那您就不怕人类反过来消灭了陵族？”

“我活了几百岁，如果还没有识人之明岂不是白活了？这小子就算成了宇宙第一他都不会去主动打陵族，所以我不担心他在任时会发动战争，何况他会和我活得一样久。”

高车湖畔的空战会不会已经打草惊蛇？这是我最大的顾虑。如果成于知道我们已经发现了他，以他目前内外交困、杯弓蛇影的心态，极有可能转移基地。另一方面我对老丈人的 ERX 型四号病毒疫苗没有十足的信心，毕竟这是关系到全人类生死存亡的大事，我要确定这种疫苗是绝对安全有效的。

我将他研制的这份疫苗样本用两架新型追风者护送到新城，交给了人类科学院的生物医药研究所。由他们牵头，组织所有相关的人类专家展开研究。同时让军工专家对新型追风者的升级技术进行研究，争取将人类军队准备启用的一千七百多架优秀战机进行全面改造。

为了有尊严地活下去，也为了下一代，人类世界表现出空前的凝聚力，数百万人坚守在自己的岗位上，和成千上万的机器人一起共同生产，共同战斗。

基潈放在“牧戈”号上的那些东西的确都是宝贝，七十三套“上帝之怒”，这种类似于火箭炮的远程攻击系统，单套系统的一次齐射就能同时摧毁地球上任意地点十个以上的目标，不管是飞行物还是地面目标，且威力惊人，很难被干扰和拦截。为了应对万一出现的大决战，我将这七十三套“上帝之怒”的一部分给了小型安全区的军队，大部分留给了人口密集的新城、墨山和北美的精锐部队。有了这些宝贝后，我感觉到就算不和盟友联手，也可以与虫星军队较量一番了。

我们一行人坐着“牧戈”号上那种叫“蜂王”的直升机，悄悄来到了高车湖边的中转站。红桃 K 他们在进行了伪装的指挥部外面等我。

“找到人没有？”

“梅花 Q 生死不明，派出去接应的三拨侦察员一共十四人全部牺牲在同一地区，已经证实是虫星地面军队干的。另外我们还损失两架无人机，好在机器战士把小果带回来了。”红桃 K 表现出一个职业特工的冷静。

接着他将小果说的一些情况转述给我。梅花 Q 遭遇伏击很可能只是一次偶然事件，他们在回程的半路上遭遇了虫星的地面军队，紧急情况下，梅花 Q 将事先编辑好的情报暗语发送出来，随后卫星信号就被虫星人屏蔽了。为了保护小果，梅花Q一个人单枪匹马将虫星军队引开，机器战士去病则护送着小果一路逃了回来。

我心情很沉重，沉默半晌后对红桃K说："继续搜索，力度要大。甚至可以让周边地区潜伏的军队也参与搜索，追风者会在这一带空域为你们提供保护。这次就算是打草惊蛇我们也要找到梅花Q，总之一句话，生要见人，死要见尸。"

"好的老板，我已经派出人秘密搜索了，还有刚刚运到的无人机和雪地机器人都投入了搜索。"

我在中转站的小仓库里看到了小果——那个曾经照顾过我一段时间的虫星奴隶，他旁边躺着一个被打得千疮百孔的机器战士。

"殿下！"小果受了伤，但他努力想站起来。

我一把按住他："告诉我，虫星基地发生了什么事情？"

小果从长袍里面掏出一个烟盒大小的金属盒子递给我，老鹰一眼就认了出来："这是尤望，你怎么会有这个东西？"

"尤望是什么？"

"其实也不是什么大不了的东西，是像天之涯那样的虫星通信系统而已，也不对，应该类似人类的指挥电台，一般只高级指挥官配备使用，虫星指挥官可以用它同时向多支部队下达命令。"

"这么小的电台？功率够吗？"

刀疤叔说："我们从母星出发的时候就给你带了一台，可惜被摧毁了。这家伙您别看它小，但它能向所有虫星基地同时发出指令，甚至通过虫星母舰的信号转接后，可以同时向虫舰的每个战斗成员喊话。这东西在别人手里没有用，但是您是虫星的王子，那是个好东西。"

小果说："这是雨将军和卡步将军让我转交给殿下的，他们希望您能够阻止成于即将运用于战争的新型病毒。"

"雨将军现在怎么样了？卡步将军又是谁？"

“雨将军现在还处于囚禁状态，是我们帮着他与外界联络，卡步将军是忠于殿下的白袍军最近推选出来的首领。成于用们达的名义在虫星上一共逮捕了二十七名虫星高层军政官员，这些人都是反对成于的，其中有十九人被处死了。这些人被捕以后，成于安插自己的亲信填补了这些位置，可是他安插的这些人大都不能服众，下面的人根本不听指挥，他们声称不见到们达或者殿下本人，绝不会服从成于的命令。”

一支强大的虫星文明却活在一个人类封建社会的时代，真是让人可悲可叹。不过这也证明了压迫永远和反抗并存的铁律。

“雨将军的部下还有多少人在军队里？”

小果的“同声译”好像出现了问题，说话开始断断续续起来，老鹰一边充当翻译一边帮他检修。

我大概了解了成于在虫星军队中的清洗行为，不少反对他的基层军官遭到了血腥屠杀，尸体被“无污染处理”后排进了江湖和大海。雨叔的手下就有数十人惨死在他的手中。

我越听越来火：“成于杀了那么多人，他必须为此付出代价，还有研究出科罗拉多病毒的那个家伙，我一定要找到他，以牙还牙。”

“所以成于急于解决地球问题，结束战争，回去肃清对手。而地球上的虫星军队迫于成于的压力，大部分都表面屈服了，不过两位将军说他们都在观望，或者是在等们达和殿下出来结束这场乱局。”

“如果我们能控制住这场病毒，成于是不是就可以滚蛋了？”红桃K永远只关心人类的利益，他插嘴问道。

“不会的，新的病毒是不可防的，也许人类可以破解掉你们所说的‘科罗拉多病毒’，但是新病毒不可以。因为它不再是单纯的病毒，而是具有杀伤力的量子机器人配合病毒发起攻击，一旦进入生物体内，它们会对生物的神经系统和器官发起攻击，再由原来的病毒配合病发，几乎无孔不入。”

果然被基添不幸言中。我看了看海心，哦，她现在是我的妻子了。她当然明白我的意思：“我马上联络父亲，把这个情况告诉他，希望他能够在新病毒投放地球之前找到解决的办法。”

“代我谢谢老头，不，我代表全人类谢谢他。”

海心笑着点了点头，退出了中转站。

所有人都看着我，对所有人而言这都是一个艰难的时刻，而只有我才有可能解决这些难题。

“如果有人能结束这一切，那就必须是我。”

红桃 K 说：“老板，您想过没有？如果我是成于，您敢来虫星基地就永远都回不去了。”

“我知道！成于不比我们傻，像我这样的对手只要一出现，他就会第一时间干掉我。换了我是成于也会这么做。”

“所以呢？你还打算这么干？”冷姨瞪了我一眼。她提出由自己潜入虫星基地，救出们达来控制局面。这也许是个选项，但绝对不是个好主意，因为和成于比起来，们达更疯狂。

“不，我可不会为了抓一只狼而放出一头老虎。”

“老板，那可是您的生身父亲。”冷姨有些恼怒，我知道他们对于们达的忠诚。

“冷姨你不要生气，先不说们达能不能救出来，万一救不出来我还要搭上你，这肯定不行。再说我现在不是谁的儿子，我是人类的领导人，我要对所有人负责。谁要灭掉人类谁就是我的敌人，不管他是谁。这是我一贯的态度，你们在我身边工作多年应该很清楚这一点。”

冷姨不再吭声了。我却冒出一个大胆的想法：“我要挑战成于。”

所有人再次瞪大了眼睛，他们也许觉得我疯了。老鹰说：“老板，您是不是把自己当成人类中世纪的骑士了？”

“我还没蠢到和一个混蛋单挑，我只是想挑衅成于，让他自己跳出来。”说完我拿起那个叫尤望的盒子递给老鹰，“我现在就要向所有在地球的虫星基地说话。”

“您想好了？”

“想好了。”

老鹰调好了尤望，像交付一件绝世珍宝那样小心翼翼地递给我，因为他们没人知道我接下来会怎么做。

“各位虫星同行，我是人类的领导人牧戈，你们对我的名字可能不会陌生，因为有人曾经告诉过我，我还是你们的王子。当然这个不重要，重要的是我想告诉你们一些事实。成于阴谋叛逆，囚禁了你们的们达，并在虫星实行了血腥的镇压和屠杀，如果你们允许这样一个混蛋成为你们的领袖，那么这只是你们噩梦的开始。他可以活很久，活到让你们的子孙后代永远生活在绝望和恐惧中。他逼迫你们向地球文明发动战争，但是地球的两支文明早就联合在了一起，你们当中的大部分会因此沦为这场不义战争的牺牲品，客死他乡。人类已经不再是原来任人宰割的人类，已经有足够的能力和信心来保护自己，而你们呢？”说着我停顿了一下，飞鱼赶紧给我递来一杯水，我没有喝，将杯子放到了一旁。

“如果你们认同我虫星王子的身份，那么我现在用这个身份来说两句。作为虫星法定的权力继承人，无论是对地球还是对你们，我都不愿意看到生灵涂炭。我希望你们和人类以及陵族一样，幸福地守护在自己的家人身边，远离压迫和这场该死的战争，大家和睦共处于这个宇宙……可是有些混蛋不愿意大家得到幸福和自由，所以我提出几点建议：第一，请虫星的将士们联合起来干翻成于这个混蛋，或者将他绑来见我，接受三支文明的共同审判。第二，如果你们不敢这么做，那就请成于站出来，由我们两个人的生死来结束三支文明的战争。成于，如果你还有一丝军人的尊严，就站出来接受我的挑战。你可以选择地球上的任意地点，我们两个面对面地坐下来聊聊，或者用人类最古老的决斗来结束这场战争，我保证只身赴约。如果我输了，我就自动放弃虫星王位。但是你们也得守约离开地球，不得再向地球文明发动战争。当然，万一我赢了，我一定会给虫星文明和地球文明一个清朗的世界。成于，我给你十天时间考虑，想清楚了可以随时联系我。好了，我说完了，再见！”

所有人都睁大了眼睛看着我，他们真以为我疯了，竟然向敌人发起了古老的挑战。我做出一个无奈的动作。

“你们是不是都觉得我疯了？”

没人回答我，我只好看着小果和旁边的机器战士去病，我问他们：“你们觉得呢？”

小果激动得摇头晃脑，却半天说不出一句话，而机器战士去病因损伤严重不能说话。

“说得很好，有礼有节，柔中带刚，还站在道德制高点，不管是动摇军心还是许以宏愿都很打动人。在时间和空间上给了他们很大的错觉，麻痹了他们，让他们觉得这次的事件只是个孤立的偶然事件，而我们并没有发现他们。你还将成于推入了火坑，他接受你的挑战有风险，不接受你的挑战，恐怕他在虫星军队中将威信扫地，以后恐怕更难服众了。当然最重要的是，你以虫星王子的身份发出了自己的声音，虫星人也在期待战争结束和一个英明的君王，而这一切你都能给他们……我可不是在拍您的马屁，您知道我没这爱好。”刀疤叔说道。

我望着其他人，他们也点头表示赞同他的“总结”。

“你们确定我说的话他们都听到了？”

冷姨拿着尤望认真地看了看，很肯定地告诉我，所有在地球的虫星基地都接收到了这段话。

小果可以说话了：“殿下，您应该以王子的身份命令军队逮捕成于。”

“在没有统一的计划之前我不能这么做，那样会造成不必要的流血牺牲。”我问，“小果，你是不是特别恨成于？”

“是的！”

“恨们达吗？”

小果看看我又看看周围的老鹰等人，说道：“绝大多数的虫星人和我一样。他们支持殿下，因为大家已经看到了殿下这些年的非凡表现，他们知道您能是一位爱民如子的人类领袖，也一定会是一位爱民如子的虫星君王。”

“你们为什么不反抗们达和成于，而是寄希望于一位‘爱民如子’的明君？”

小果说他回答不了这个问题。

老鹰缓缓说道：“在们达两百年的铁腕统治下，敢于反抗的虫星人早就被杀光了。在一个由科技决定话语权的星球上，平民的反抗无异于飞蛾扑火，以卵击石。而且军队基本控制在们的手上，普通的虫星军人也无法进行大规模的反抗活动。最初的一百多个地球年里，虫星依然有零星反抗，但是在七十三年之前，为了彻底瓦解虫星人的反抗意志，消除隐患，们达鼓励虫星人相互检举揭发同类的叛乱行为和不满言论，检举成功的可以摆脱奴隶身份还能获得长生。一时间举报成风，人人自危，大批不满们达政府的虫星人遭到了清算，造成同类之间的信任危机，虫星人因为害怕同类告密彻底变成了绵羊。”

接着，小果又提到了梅花Q，他说：“她是个很好的人，和很多虫星人一样善良，我希望她能活着。”

“我们会找到她的。”说着我看着旁边的红桃K，“忙完手上的事情后，将小果和去病送回新城治疗、维修，以后我要给这名机器战士颁发一枚勋章。”

“是！”

小果说：“殿下，我有一个请求，我想病好了以后留在您的身边当个奴隶。”

我笑了起来：“你是我的朋友，我可不需要奴隶。养好病后如果你愿意的话，可以留在新城工作，也可以去墨山的虫星盟友那里，他们的领导人格赛是个不错的伙伴。等以后有机会了，我再送你们回虫星。”

当我说出他是我朋友的时候，小果这个底层的虫星奴隶表现出极度激动，又是半天说不出话来，我拍拍他那颗古怪的虫星脑袋，让他好好养伤。

海心走了进来，我知道她已经和基添这个老怪物谈妥了，他会帮助我们尽快找到克制新病毒的办法。

一连三天，军事情报局的特工们每天都用“尤望”重复播放着我向虫星基地喊的那些话，但是虫星军队没有任何回应。我不确定高车湖的虫星基地会不会突然离开，所以我只能留在这里静观其变。

为了应对随时都可能出现的突发情况，国防部命令“牧戈”号航母将二十三架新型追风者和五具“上帝之怒”部署在离我最近的一处人类基地。

第三天傍晚时分，红桃 K 突然来找我：“老板，成于回应了。”

第四十一章　梅花 Q

就算是很多年以前，高车湖地区的冬天都要比其他地方寒冷。

梅花 Q 的意识已经有些模糊，为了躲避追击，她藏在一个积雪覆盖的树洞里整整一天了，身上的武器装备早就丢弃在了路上，现在她只有一支特工制式手枪和最后三颗子弹。她身上多处受伤，伤口虽然经过了简单处理，但是没有药物和进一步治疗，随时会造成感染或伤口崩裂。

几个小时前，她听到空中传来了人类战机低空呼啸的嘶吼，巨大的气浪甚至掀起了她堆在树洞口的积雪。梅花 Q 知道战友们已经在搜救自己，并与虫星军队交上了火。她想跑出洞口，全身却没有一点力气。她很想躺在这个干燥的树洞里美美地睡上一觉，但是职业敏感警告自己绝对不能睡，否则极有可能永远都不会再醒来了。于是她轻声地哼着歌，努力回想自己曾经的那些美好记忆。她在开满鲜花的院子里奔跑，父亲坐在椅子上看着书，母亲在修剪着花草。阳光透过树叶，树叶变成金黄色，光温暖地洒遍了她的身上。她多希望这些年的经历是一场梦，等她再醒来的时候，自己又回到了家里，父亲慵懒地在阳光下看书，母亲一边笑着一边在修剪花花草草。

树洞里很安静，安静得如同坟墓，她躺在里面轻声歌唱、欢笑和哭泣，她不再是职业特工，她只是一个普通的人类女孩，是她父母的心肝宝贝。也不知过了多久，她恍惚中好像看到了一束光，父母站在光里向她走来……

醒来的时候，她发现自己躺在一张金属床上，几秒钟后她马上反应过来，自己置身于一艘战舰里，她翻身想掏枪，枪早就不翼而飞。

床边坐着一个三十来岁的年轻人，正冲着她努力挤出一丝微笑，但他笑起来真的很难看。

“你是什么人？我在什么地方？”梅花Q很快恢复了她的职业敏感。

那名男子说：“你不要激动，我不会伤害你的。”

梅花Q从他的眼神中没有看到恶意，她平静了下来。

“这是你每天都在监视的地方。”那名男子在继续微笑，他笑起来比保险公司的业务员还要假。他说：“其实每次你出现的时候我也在看着你，虽然你伪装得很好。”

“这是高车湖的虫星基地？你是们？”梅花Q问道。

那名男子点点头：“对，我是这处基地的军官，我叫来路，我想知道你的名字。”

梅花Q没有回应他的问题，她感觉到慌乱，这慌乱不是因为害怕上军事法庭或是被虫星人杀死，而是担心自己的疏忽大意给人类带来不可估量的损失。如果因为她的暴露导致人类军队的计划落空，那她就是人类的罪人。

想到这里，一阵强烈的自责和懊悔涌上她的心头。看着她在流泪，那名叫来路的们说道：“你不要担心，只有我一个人知道你的存在，我并没有上报，所以成于依然不知道自己正在被人类监视。”

“你为什么要这么做？”

来路摇摇头：“我也不知道自己为什么要这么做，如果非要说个理由的话，那可能是因为牧戈殿下，也就是你们人类的领导人。我想尽自己的能力帮殿下做点什么，也许这就是我能做的。”

“谢谢你！”

“不过好像还有一个原因。”

“什么原因？”

“我想每天都看到你，如果我上报的话，就再也看不到你了，而且会给你带来巨大的危险。”

梅花Q看着这个有点神经质的们，不知道他想表达什么。

“我以前很厌倦这份无聊的工作，可是自从看到你以后，我又喜欢上了这份工作。你每天出现的时候我就会特别开心，你离开的时候我又会很失落，这真是一种奇怪的感受。哦，你那个可爱的机器人队友还好吗？还有那只傻乎乎的地球熊。”

梅花Q没有说话，她直视着这个们的眼睛，他的眼睛看着自己的时候，里面像有光亮。

“你是怎么把我带到这里来的？”

“基地收到了信息，说与人类发生遭遇，我才意识到可能是你出事了，连忙赶往现场，看到你留在地上的东西后，我才确定是你出事了。你知道吗？我当时吓坏了，我第一次体会到那么强烈的恐惧感……不过谢谢你们人类的上帝，让你平安无事，也让我顺利找到了你。”来路说着模仿人类做出一个画十字的动作。

“你是怎么找到我的？”

“那个树洞口的积雪已经被掀开了，我听到你在唱歌，你唱得真好听。”来路说，“其实当时人类已经快到了，不过你的伤势太严重，我担心你会死在路上，所以把你带到这里进行抢救。”

“我们素不相识，你为什么要这样做？”

来路在原地来回踱着小碎步，似乎在酝酿怎么表达，过了一会儿他说："你们人类有个词叫喜欢，应该是我喜欢你，对，就是我喜欢你。"

梅花Q有点无语，一个连自己名字都不知道的外星来客居然会对敌对阵营的女特工一见钟情，真是荒唐。不过来路却没有觉得荒唐，他继续说道："我不知道人类是如何表达感情的，可我觉得只有喜欢这个词才能表达我对你的感受，你现在可以告诉我名字了吗？"

"你知道扑克牌吗？人类用来赌博的一种工具。"

来路摇摇头。

"那你叫我梅花Q吧！"

"这真是一个漂亮的名字，我知道梅花，是地球上一种冬天才会盛开的植物花朵，听说很美，可惜我没有见过。"

"不是你理解的那种梅花……行了，你知道就行了。我在这里待多久了？你能帮我离开这里吗？"

来路还煞有其事地纠结在"梅花"里，他认真得有些憨厚的样子让梅花Q心里想笑。

"哦，当然可以，我会尊重你的意见，不过你的伤势刚好一点，不能远行，而我现在没办法送你回到人类世界。为了不让其他人发现你，我没有惊动基地的医生，是我自己动手帮你修复的伤口。"

"你脱光了我的衣服？"

来路很认真地点点头，没有觉得任何不妥。可能感觉到了梅花Q的愤怒和人类特殊的思维感观，他解释说："我什么都没有做，只是单纯地帮你治病。"

梅花Q也没有感觉到异样，所以没再追究这个家伙的冒犯。来路突然像是想起了什么，他跑到柜子前拿出一个很小的设备："你来听听这个。"

没有耳机，声音却像面对面说话一样清晰地流到了她的耳朵里。

“天哪！这是我老板在说话。”静静听完那段话后，梅花Q激动地问道，“你们为什么能接收到我老板的信息？”

来路说：“我们也很奇怪殿下怎么会有尤望……哦，就是可以向我们喊话的通信设备，殿下的确是个很了不起的人，他居然将快要灭种的人类文明带到了一个可怕的状态。你不知道吧！殿下为了搜救你，派出了六架人类战机和大批的地面人员。”

“我们人类有损失吗？”梅花Q关切地问道。

“有损失，有些人在接应你的途中被成于的近卫军伏击打死了。不过在空战中，人类第一次让我们的军队变得紧张，他们在十分钟内击落了我们四架战斗舰，人类却没有损失一架，这在以前是几乎不可能的事情。直到最近两次空战我们才开始正视对手。尤其是这一次，人类飞行器的表现让我们震惊。你们的战斗力为什么会一次比一次更强？这太可怕了。”

梅花Q没有回答他的疑问，只是冷笑一声说道：“我老板向成于下了战书，成于难道要继续像乌龟一样地躲在这里？”

“殿下这些话已经传遍了虫星基地，有些基地甚至开始拒绝接受成于的命令，他们要求见到们达或是殿下本人，并威胁成于如果在十天之内不能看到们达或殿下，他们将率部向殿下领导的人类投降。用人类的话说，成于现在是骑虎难下，除了他的近卫军，其他军队都在蠢蠢欲动。”

听到这些，梅花Q开心地笑了起来。

来路说：“现在很多虫星军官都做好了迎接殿下的准备，只要殿下一出现，他们就会倒戈逮捕成于。”

“成于的末日到了，来路，你很快也会成为我们的俘虏。”

“我非常乐意成为你和殿下的俘虏。”来路没心没肺地说道。

梅花Q觉得这个们并不那么讨厌了，甚至还有些可爱。

“你别笑了，笑得比哭还难看。”她说，“你能不能帮我联系到老板？或者将我送出去？”

“可以，但要冒险。”

外面隐隐传来一丝声响，来路突然严肃起来：“恐怕你得一个人在这待一阵子了，成于在紧急集合军队。”

“为什么会突然集合军队？”

来路显然不知道发生了什么。他思考了一会儿，似乎很不放心将她一个人留在这里，于是找来一套们的军装递给她：“穿上这个，我带你离开这里，如果是开战的话，我们就趁机向人类军队投降。”

“来路！”梅花Q严肃地看着他。来路被她的严肃吓到了：“我在这里。”

“你是真的喜欢我对吗？”

“对！我真的喜欢你。”

“愿意为我做任何事情？”

来路想了想，说：“愿意。”

“就当是为了人类，为了虫星的未来，当然也是为了我，接下来你所有的行动都听我的好不好？”

“好！”来路很认真地答应着，转过身去，把她的手枪还给了她。

梅花Q换好衣服后，来路扶着她走向了基地的中央，那里是战斗区，战斗舰成排地停放在那里。

空气中流淌着一种细微但清晰无比的虫星语言。来路一边走一边小声地告诉梅花Q，这是特别战斗任务，却没有详细的任务内容，正在待命。

们和虫星士兵整齐地排列在虫舰旁，来路和梅花Q来到一架战斗舰旁边，那里已经站着一名们的基层军官，看他客客气气的架势就知道职务比来路低。他们用梅花Q听不懂的语言交流了两句后，那人先登机了，看都没看梅花Q一眼。

来路小声说道：“特别战斗任务，成于给每架战斗舰配备了一名亲信督战。”

这里有点类似于人类的立体车库，一排排的虫舰从升降梯上放下来，少说也有近百架。这么大规模的虫舰群同时出动并不多见。梅花Q不知道外面发生了什么，她心里焦急万分。

来路显得有些紧张，时不时地望向远处。

过了好一阵子，他突然压低声音对她说：“成于答应殿下谈判，不过这只是个幌子，他的真实意图是刺杀殿下。为了麻痹殿下和人类军队，他还刻意将地点选在了一个人类的安全区附近。”

“他敢明目张胆刺杀我老板？”

“成于没有退路了，只能孤注一掷刺杀殿下。”来路说，“为了防止谈判后被人类军队发现，这些虫舰会先潜入到机场附近埋伏。”

“成于会去吗？”

“当然不会，既然这是刺杀行动他肯定不会去。他只要确认一个信息，那就是殿下的位置。”

“真够卑鄙的。”梅花Q暗骂一声，她现在无法联系上外界，心急如焚。

“登舰。”来路轻轻地拉了她一下，两个人登上旁边的虫舰。战斗舰可载员四人，呈品字形，最前方的是来路和那名督战的家伙。来路是操作手，那名督战的家伙靠在左边闭目养神，也可能是紧张。

梅花Q将手枪取下来放在侧面的座位上，然后坐在他的后边。

一架架虫舰从基地上方弹射出去，转眼间就进入湖水中，外面是黑夜。成群的虫舰低空掠过湖面，几乎是贴水飞行。

那名督战员终于睁开了眼睛，嘴里嘟囔着什么。来路没有回应他，他这才注意到后面还有一个人。梅花Q没有和他废话，按住他的脑袋往旁边一扭，那个们根本没反应过来脖子已经断了。她的动作干净利索，一气呵成。前面的来路也没注意到这些，等他回过头来时，那个们已经死透了。

“不好意思，事关重大，我不能手下留情了。”

来路紧张地问道：“你不会把我的脖子也扭断吧？我们现在该怎么办？”

梅花Q看着他前面闪动的屏幕，上面是一张地球的实时地图，从地图上来看，那个黄色的点应该是高车人类安全区。

“离目标区域还有多远？”

“很近，我们现在都在湖面飞行，等待下一个指令，如果我们现在脱队的话一定会引起他们的怀疑，然后被击落在这里。”

梅花Q决定继续等待，她想看看成于的下一个指令是什么，她要了解他的真实意图。

几分钟后，来路紧张地说道：“目标确认了，我们是前往新城。”

“谈判地点改到新城了？”

“不是，那边在刺杀殿下的时候，我们会同时向新城的人类实施无差别攻击，这次成于是下了决心向人类全面开战。”

“新病毒是不是已经到了？”梅花Q一个激灵，她感觉到后背阵阵发凉。

“有这种可能，舰队的武器系统都是由成于的人安装的，我们并不清楚。”

“来路，我可能要连累你了。”梅花Q不再犹豫，因为万一这次攻击是携带新病毒的，那全人类都将万劫不复。她决定用生命为自己的职业生涯画上一个句号。

“你是想冒险通知殿下吗？没关系，我的驾驶技术在这群人里属于一流，我有把握带你逃出这里。”

梅花Q伸出手轻轻地搭在了他的肩膀上，这个有点神经质的们居然甘愿为她冒生命危险，她被深深地感动了。这个还很陌生的们，融化了她那颗特工生涯养成的冷酷无情的心。

来路开始尝试明码呼叫牧戈手中的那台尤望，果然，他们的反常举动引起了基地和其他虫舰的注意，但是来路并没有对这些声音做出任何回应。

很快，有两艘虫舰一左一右将他们夹在中间。

这时，通信器里传来了人类领导人牧戈的声音："我是牧戈，请讲。"

梅花Q大声呼叫着："老板，我是军事情报局探员梅花Q，成于谈判的真实意图是刺杀您，另外，高车湖虫星基地的战斗舰已经全部出动，目标是新城。而且我严重怀疑他们这次携带了新病毒，请您马上离开谈判场所。"

牧戈显得十分淡定从容："知道了，你首先要保护好自己，其他的事情我们来解决。"

"老板，这艘虫舰决定起义，我们马上会遭到攻击，请求下一步指示。"

"告诉驾驶员，在没有遭到攻击之前不要做出任何敌对行为，甚至可以飞回虫星基地，我会保证你们的安全。我们已经识别到了这艘虫舰的通信代码，万一遭到攻击的话，空军会接应你们。梅花Q，干得漂亮，再见！"

来路果断关掉了通信器，保持着正常飞行，旁边的两架虫舰并没有向他们发起攻击。

"殿下怎么会这么冷静？这太反常了……而且他看起来并不意外。"

"我老板远比你们想象的要强大得多，成于想刺杀他，只怕没那么容易。”从老板的话语中，梅花Q基本可以判断人类军队已经有预防措施，她悬着的心稍微安定了一些。

“发现十五架人类战机，但是指挥中心却不允许我们采取敌对行为……还要求我们返航。”来路和梅花Q都被弄糊涂了。

十五架人类的新型追风者战机迎面而来，与虫舰擦身而过，双方竟然都没有做出任何敌对行为。

虫星舰队也开始返航，跟在人类战机的后面。

第四十二章　上帝之怒

一阵清脆的脚步声惊醒了恍惚中的牧晨雪，她的目光从老式的电视墙上移向了门口。电视墙正在重复播放着牧戈说出“地球的天空重新属于人类”时的画面。她关掉了电视，坐到书桌前。

门铃响了几声后，门轻轻地开了，曾清走了过来。

“姐，我来了。”

牧晨雪的眼神里流露出一丝复杂的表情，这个自己一手调教出来的女孩如今成了她的弟媳，世界真是太奇妙了。现在，她自信而成熟地站在自己面前，以前她几乎不敢正视自己。

牧晨雪没有说话，只是看了她几眼，也没请她坐下。曾清就一直站着。似乎过了很久，牧晨雪终于说话了：“你不是应该叫我理事长吗？你来干什么？”

“牧戈要一个人去虫星基地救们达，他说这次就没时间来看你了，让我过来和你说一声。”

牧晨雪站了起来：“他疯了吗？”

“他疯狂的事情做得还少吗？反正他也不是第一次这么干了。”曾清说着从包里拿出一台尤望放在书桌上。

牧晨雪有些惊讶："你怎么会有这个东西？"

"这是虫星盟友的格里将军给我的，他们和成于翻脸后，成于切断了他们与基地的所有联络。但是前两天他们突然收听到了牧戈的讲话，在虫星军队中引起了激烈反应。"

"他说了什么？放给我听听。"

尤望里传来牧戈的讲话。牧晨雪安静地听完后，脸色严肃得有些扭曲，她嘴里不断地喃喃自语："他肯定是疯了，这是送死，人类怎么会选择这样一个糊涂蛋来当他们的领导人？"

"他说逮捕成于是结束战争的最好方法，这两天他就会进入虫星基地。虫星盟友的格里、塔尔纳和波塞冬三位将军已经答应帮助他实施这项计划。你弟弟的性格你最了解，他决定好的事情就一定会去做。"

"可是他没有无障，拿什么和成于去谈判？他难道不知道成于做梦都想他死吗？"

"他知道。"

"他知道为什么还会愚蠢到去送死？"

"他说如果他一个人死能换来三支文明的和平，他乐意去死。"

"他真是这么说的？"

"是的！他是在电话里对我说的。"曾清的眼泪顺着脸颊流了下来，一颗颗砸在地上。

"他还对我说了些什么吗？他让你来我这扮可怜讨要无障？"

曾清摇摇头："他如果想要无障的话，完全可以通过欺骗你来拿到无障，但是他这么做了吗？他只字未提无障的事情，只是让我转告你，他做的这一切都是在帮你赎罪，帮们达赎罪，万一他没有回来的话，让你安心接受人类的审判，不管是什么结果都不要怨恨人类，也不要怨恨他，因为你的确大错特错了。"

牧晨雪木然地重新坐回椅子上。

“话我已经带到了，你好好休息吧！我走了。”曾清转身离开了。

牧晨雪听到她的脚步声由近至远，渐渐消失了，这才恍然大悟般号哭起来，这是她第一次不管不顾地痛哭，发出悲伤的母狼一般的哀嚎。她打开门，门外的两名女警卫也被她的神情和哭声吓到了。

“去，马上把曾清给我追回来。”她的语气有着不容置疑的威严。一名警卫愣了片刻后，转身跑向了别墅的外面。

成于做出回应的一个小时后，虫星盟友的三位将军一起来到了这个山里的小镇。特工和军人们将小镇的一处旧仓库进行了伪装，改造成了临时的指挥中心，军方指挥系统也开始进驻。宁先生和部长安德莱斯将军坐镇新城，指挥调度各安全区备战，以应对这场关系着人类生死存亡的大决战。

我那时正躺在旁边的一张木床上睡觉，海心悄悄推了我几下，我才醒过来，发现三名虫星将军早就静静地站在一旁多时了。我连忙站了起来，将手中的虫星基地结构图放到一旁：“将军们请坐！不好意思，看图看睡着了。”

三名虫星将军依然站着，他们看着桌上有碗面条已经凉成了面糊糊。

“殿下，您是不是应该先吃点东西？”

冷姨重新端着一碗热面进来放到我面前，她说：“将军们不好意思，我老板已经连着三天没怎么休息，吃得也少。”

我是真的饿了，也不知道刚才那一觉睡了多久，我拿起筷子说：“你们要不要也来一碗？”

将军们摇摇头。

“你们也不是外人，不会介意我边吃边和你们说话吧？”

他们又摇摇头。

格里说："殿下，您的演讲点燃了战士们的勇气，大家想早点结束这一切，回到自己的母星和家人身边。而我们也终于认识到，您才是那个可以带领我们结束战争的人。作为虫星军人，我们十分熟悉虫星军队的一切。今天我们代表数千名虫星战士请求参加这场解救自己命运的战斗。同时我们承认您是虫星权力的继承人，坚决拥护殿下并服从殿下的领导和指挥。"

他这些话还没说完，我一碗面吃完了，我快速地收拾了一下，正襟危坐。我现在没有无障，要想击败成于，我的身份至关重要。而让三名虫星将军同时承认我的身份，这是相当重要的一环。在这么重要的时刻，我应该让这场谈话变得庄重一些。

塔尔纳接着格里的话说道："第二个原因就是们达，他作为您的父亲，虫星最伟大的领袖，我们没有理由让他再蒙羞。身为将军，如果连自己的领导人都保护不了，那将是我们的耻辱。所以我们一定会全力帮助殿下击溃成于，救出们达。"

"是的，请殿下带领我们结束这场没有意义的战争。"波塞冬说，"三支文明，只有您具备这个能力。如果殿下不答应我们，我们也会向高车湖的这个基地发起攻击，武力解救们达。"

我站起身来，目光从他们的脸上一一扫过。三位虫星将军同时向我提出了这样的请求让我很意外。这几年的合作，他们虽然配合人类军队的行动，但我总觉得他们刻意与我保持着一定的距离。我猜他们是不敢直接听命于一个没有无障和们达亲口授权的王子，而现在他们却主动找到我并承认我的身份，看得出来他们下了很大的决心。

"好，我答应你们。"我说，"现在的关键问题是我如何进入这个基地。"

塔尔纳说："我们的战舰不能再与其他虫星基地对接，不过听说殿下上次缴获了一架全新的虫舰，我们可以用它进入任何一处虫星基地。”

“还有这种事情？怎么没人告诉我这些？”

“所有服役的虫舰都有一个独一无二的身份编码，这个编码如果被消除就无法进入基地，会被视为敌方目标击落，但是没有启用的战舰因为是出厂状态，编码可以任意修改和添加。我们来这里之前，已经请求人类的国防部让我们查看了这架战舰，确实是没有编码的。”

“如果能顺利进入他们的基地，别说一架虫舰，地球能找到的我都给你们弄来。这个关键问题如果能解决那就太好了。现在你们过来看看基地的结构图，咱们来完善一下细节。”

由阿赛维少校率领的一支精锐特种部队乘坐飞机悄然降落在了高车安全区附近，和他们同时到达的还有那架由虫星人与人类共同驾驶的新虫舰。

而之前的十几个小时里，人类的十万陆军部队在二十余万机器战士的配合下，浩浩荡荡开赴到了几处虫星基地附近严阵以待；近千架各型号飞机的驾驶员二十四小时待命，吃喝拉撒由专人负责；七十三套“上帝之怒”全部处于随时发射状态；海军两百多艘主力战舰也通过河流悄悄驶入周边区域，就连太空署、内政部、情报机构、联合作战参谋部甚至是各安全区的警戒部队和民兵武装也都实行二十四小时值守，无死角监视着地球的天空……

这一次，人类所有的精锐部队和装备全部出动。我知道这么大规模的军队调动不可能再瞒过虫星军队和陵族的眼睛，索性不再偷偷摸摸了。考虑到新病毒有可能已经到达地球，我命令国防部，一旦发现不明身份的虫舰升空，立刻予以击落。

联合作战参谋部的陵族军官和云鼐方面似乎也察觉到了人类军队的异常行为，他们先是通过官方渠道寻求答案。国防部和联合作战参谋部的人类军官告诉他们，这只是部分人类安全区的地方军队在组织演习，让他们不用紧张。陵族自然不相信这套说辞，流商直接联系上我，希望我给个准确信息，以免引起陵族盟友不必要的猜测和担忧。

我告诉她新病毒有可能随时会进入地球，人类军队不过是加强了防范并进行相关的演习。流商说：“牧戈，我们已经监测到虫星基地的位置，您的隐瞒已经没有什么意义，只会让我们产生误判，盟友之间的行动也无法更好地协调，所以我们迫切需要知道您的真实意图。因为我们毕竟面对一个共同的敌人。”

我笑了，是时候告诉他们实情了，否则万一出现紧急情况，人类要孤军作战，压力还是很大的。我将实情告诉流商后，提出了几点要求，这场大决战必须由我来主导。陵族可以加强战备和对新病毒的监视，所有的军事行动都要提前通知我和人类军队。

流商满口答应。作为一支强大文明的指挥官，她非常清楚这一仗的重要意义，也知道我才是这出大戏的导演，任何一点节外生枝的插曲都有可能打乱我的部署和计划。她说：“我向您保证，这一次陵族将全力配合人类军队，如果有必要的话，您甚至可以通过联合作战参谋部直接指挥陵族军队，我们稍后会给您授权。”

半夜的时候，更喜剧性的事情发生了，小果带来的那台尤望突然传来神秘的信号，几分钟后，隐藏在里海那处最大的虫星基地的指挥官尼莫将军主动联系我，宣布他本人和他控制的军队向我效忠，接受我的领导。

同时他还传递出几个重要情报：成于以会面为名，准备刺杀我。刺杀我的舰载武器将携带刚刚运抵地球的新式病毒。几个小时后，成于将出动他的所有舰队，提前进入包括新城在内的所有人类安全区以及陵族两大城市周围潜伏，在白天对我进行“斩首行动”的同时，向所有目标发起毁灭性打击。

虽然我穿着基濍给我准备的防弹抗寒的神衣，但依然感觉到后背阵阵发凉。我决定不再和成于玩猫捉老鼠的游戏了，逮捕成于的方案已经由二十多名来自不同文明的将军和专家推敲过无数次了，尼莫将军甚至将成于基地的实景地图都发过来了。

我们往这艘理论运载量二十七人的中型虫舰里塞了四十一人。这四十一人由人类、们和虫星士兵共同组成。我和老鹰几个，他们是们达的侍卫，地位极高，也熟悉情况。格里和塔尔纳两人亲自率领一支精锐小队，在成于眼里他们是叛将，但是对于们达和大多数的虫星人来说，他们是正义的勤王之师。剩下的就是阿赛维少校率领的人类最精锐的特种小分队，共二十一人。大家的装备都是经过我那个陵族老丈人基滥改造过的精良武器。为了保护我的安全，他们都配备了我身上同款的防弹衣和“矩阵”，“矩阵”是一种可以吸引并转移能量的战术盾牌，单面可以抵御人类重机枪和普通爆炸物的直接攻击，它的背面同时可以为战斗成员提供精确的目标位置，并配合武器自动攻击敌对目标。而四面以上叠加在一起后，防御力更是惊人。好在小果伤势并不严重，他坚持要为我们充当向导，我同意了。

我们四十一人都深知这一趟任务的凶险，更知道这次任务的意义。我们出发的时候，大多数人类还在睡梦中。

曾清在这个时候赶了过来，她抓住我的手，将一枚熟悉的戒指戴在我手上，那是我妈留给我的礼物——无障。然后她和被我拒绝同行的海心站在一起，什么都没说，两个女人相互依靠着，目送我们离开。

深夜的湖面像一面巨大的镜子，暗淡的光汇聚在一起就是星河。

虫舰到达目标上空的时候，湖水突然翻滚起来，像有双巨大的手将湖面撕开，露出一个巨大的黑洞。虫舰缓缓往这个黑洞里降落，进入到一个灯火通明的地下世界。

虫星人也要睡觉，基地里显得有些冷清，只有数十名士兵在空荡荡的基地里忙碌。我看了看时间，离他们舰队出发只有不到半个小时了。

两名值班的虫星士兵朝降落的虫舰走了过来，刚到眼前就被人“请”上了虫舰。随后，其中的一名虫星士兵也成为我们的向导。我们兵分两路，格里和塔尔纳率领一路人马直扑成于的休息室，而我和其他人则在小果的指引下前往指挥中心。

我们都穿着们的军装，并没有引起这些虫星士兵的怀疑。

刚刚下来没多远，基地响起了让虫星飞行员集合的声音。这里一下就变得混乱起来，到处都是奔跑着的虫星人和们，他们急匆匆的，很好地掩护了我们，我们也加快了步伐。

指挥中心外面的十几名虫星士兵看到我们出现，他们跑上前来。老鹰用虫星语言训斥着他们，将他们都逼进了巨大的指挥中心，里面一片繁忙的景象，数十名们和虫星人正在紧张地工作，调度和下达各种命令。

小果告诉我，舰队已经起飞了。我将无障递给了老鹰，他快速将无障被屏蔽的信号释放出来。无障的出现，指挥中心的一些仪器马上就做出了回应，发出了滴滴的声响和绿光。

“我是牧戈，我现在以虫星最高权力继承人的身份命令你们所有人，原地待命，如果谁敢抗命，就地格杀。”

我带领的人类和虫星战士早已冲进了指挥中心，将这里控制住。所有的们和虫星人都站了起来，待在原地一动不动。

老鹰说道：“值班军官马上站出来，殿下要问话。”

一名年轻的们小跑到我的面前：“殿下，我就是值班军官，很高兴为您效劳。”

“马上连接卡步将军，我要直接和他通话。”

很快就联络到这位从未谋面的卡步，知道我已经站在了这处基地的指挥中心，他显得很激动。

“卡步将军，我现在命令你带上你的士兵控制住基地的局面，不准放走任何一个人，并配合格里将军他们马上逮捕成于，救出雨将军和其他被成于囚禁的军人。”

“好的殿下，我们马上行动。”

我又转过身吩咐小果：“带几个人去接雨将军。”

“殿下，是不是应该先接们达……好的，我这就去接雨将军。”

外面开始传来零零碎碎的战斗，我知道卡步将军已经在控制局面，对成于的死党发起了攻击。

老鹰将一个通信器递到了我手上：“老板，您现在可以直接向全基地喊话。”

我拿起那个通信器：“我是牧戈，此刻我就在你们基地的指挥中心，我们已经控制了这里。我现在以虫星最高权力继承人的身份命令你们所有人，维持现有秩序，待在原地不要随便外出。任何胆敢跟随成于试图反抗的虫星人或们，战后都将以叛逆罪处死，那些还在反抗卡步将军的人，只要马上放下武器，我还可以饶恕你们。”

我的语气里透露出不容拒绝的威严，且杀气腾腾。毕竟在一个专制的星球上，很少有人敢正面挑战一个王子的权威。

外面的战斗渐渐平息，而指挥中心同样是静悄悄的。

“我刚才说的话你们听到了吗？”我问道。

所有的虫星人和们都转过身来，恭敬地看着我，回答：“听到了殿下。”

“这里谁是成于的人？自己站出来我也可以饶恕他。”指挥中心作为这处基地的核心部门，我可不放心有成于的人在这里使坏。没一会儿，有五名虫星人和三个们走了出来，很快就被我的人控制住。

老鹰问道：“还有没有人，给你们一次机会自己站出来。”没有人再站出来。老鹰瞪着值班军官，那值班军官想了想指认出另外两个们。

“少校。”老鹰说道。

阿赛维少校看了看他的眼神，带人将这两个们按在地上，然后拔出手枪，将这两个不老实的家伙就地击毙。

人类武器巨大的枪声让所有人都不寒而栗。

“这就是违抗殿下命令的下场。”老鹰和阿赛维都是杀伐决断的家伙，他们都深知此情此景如果不使用雷霆手段很难掌控局面。

“主动站出来的人，殿下已经赦免了你们的罪过，还有其他人要站出来吗？”老鹰厉声问道。又有一个们主动站了出来：“殿下，我知道们达和雨将军在什么地方，我可以将功补过带你们过去。”

我没有理会他，因为外面冲进来一队身穿白袍的虫星战士，为首的是一个很年轻的们，年纪比我大不了多少。

“殿下，我是卡步。我们没有在成于的卧室找到他，不过请您放心，我已经命令所有人在搜捕他，他跑不掉的。”

我向他伸出了手：“辛苦了卡步将军，也辛苦大家了。”

卡步尴尬地笑了笑：“殿下，我还不是将军，对应人类军队的编制我只能算是一个团长。”

“很快就是了。”我说，“你现在马上派人去找们达，这个家伙知道他的位置。找到们达后，让人在那保护他，我一会儿过去。”

“好的殿下。”卡步高兴地点点头，让手下押着告密者前去保护们达。

这时，梅花Q呼叫了我的尤望，我万万没想到她居然会出现在其中的一架虫舰，并且冒死向我发出了警报。听到她的声音，我内心无比欣慰和骄傲，人类有那么多像她一样优秀的战士，怎么可能会被轻易打垮？

“现在命令所有出发的战舰全部返航，并且不允许攻击人类战机，任何敌意的行为都不允许出现。”

指挥中心很快就将派出去的舰队全部召回，这些虫星飞行员一下战舰，守候在那里的军人马上逮捕了成于的那群“督战官”。接着我又向全体在地球的虫星军队喊话，严令他们原地待命，不准出现任何敌对行为，否则以叛逆罪就地歼灭，其在虫星的家属将全部遭到流放，世代为奴。同时，我还宣布恢复了包括雨叔、刀疤叔、飞鱼、格里、塔尔纳、波塞冬、格赛等人在内的所有虫星军人的身份和职务。

很快，各基地纷纷响应，宣布向“伟大的牧戈殿下”效忠。

来路和梅花Q也被两名人类战士拦住：“您是梅花Q探员吧？老板要见您。”

“老板要见我？老板在这个基地？”梅花Q难以置信地望着来人问道。

“是的，老板已经控制住了这处虫星基地，正在搜捕成于。”

梅花Q像做梦一样，短短几天时间，就再一次经历了人生的大起大落。

来路还在紧张中，直到梅花Q推了他一把才回过神来。

十几分钟后，雨叔在一群士兵的簇拥下来到指挥中心。我心情复杂地看着他，精神尚好，也没有伤，依然龙精虎猛。

“殿下！”

“没什么事吧雨叔？”

“没什么事。”

“那你知道该怎么做了？”

“知道。我现在马上出发，和格里、塔尔纳、波塞冬他们一起接管其他基地。成于的事我就不管了。”

我满意地点点头：“你自己当心点，成于的事就不用你管了，他只要还在这个宇宙，我一定会把他抓到。”

“好的殿下。”说完他马不停蹄带着人出去了。

“殿下，是不是应该知会一下陵族了，毕竟是盟友，我们把活干完了得告诉他们一声。”老鹰提醒道。

“让联合作战参谋部知会他们吧！请他们配合人类军队维持现有秩序，但不准攻击任何虫星军队，因为他们已经不再是地球文明的敌人了。”

“好的老板，我这就联系他们。”

“您应该去见见们达，毕竟您的权力是从他那里继承的，不管您愿不愿意，姿态还是要有的。”老鹰再次提醒我。

“知道了鹰叔，后面的事情就交给你们处理了，我现在就想坐会儿。”

飞鱼将我扶到一张金属椅上坐下。老鹰还想说些什么，冷姨生气地一把将他推开了：“你想干什么？他这么年轻却承受着比所有人都要大得多的压力，你就不能让他休息一下吗？”

老鹰似乎也意识到这一点，他歉意地笑了笑，出去了。

不用看我也知道外面此刻在发生什么：人类军队配合雨叔他们全面接管所有虫星基地，处理战后事务；天空中到处都是三支文明的战舰；陵族城市和人类各安全区的平民们在忙着庆祝胜利；虫星和人类战士在四处搜捕成于……

战争就这样结束了，我有一种虚脱的感觉，看着我的脸色越来越不好，冷姨他们连忙喊值班军官召集虫星基地的医生。

“不用，我就是有点累，想坐一会儿。”我阻止了他们，冷姨难过地流下了泪水，她轻轻地抱着我，拿出水壶给我喝了几口水。我靠在她的身上，感觉到了一种从未有过的疲惫。

成于居然和们达坐在一起。小果和卡步等人站在旁边，大气都不敢出。看到我过来，所有的虫星人都低声喊道：“殿下！”

我说：“你们出去休息一下吧！尤其是小果身上还有伤，卡步，你找医生给他治伤，对了，你还要代我向雨将军传达一道命令。”

“殿下请说。”

“从现在起，所有的们和虫星人地位平等，不分贵贱，只分善恶。成于的死党现在可以抓捕了，大罪处罚，小罪赦免。动作要轻，以免造成恐慌。”

“好的殿下。”所有人悄悄退出门外，门慢慢关上了。

“成于，你看到了吧？但凡你有我儿子一半的品行，也不至于落到现在这个地步。”们达似乎并不生气，他和成于面对面坐着，就像两个老朋友在聊天。

“我输了，您和殿下赢了。”

“其实你早就输了，从你出卖自己家人那天开始你就注定不会赢。人类史上那些血淋淋的教训早就警告过我，一个连自己亲人都可以出卖的人是不可信的。”

“所以您从来没有真正信任过我？还在我身边安插了无数眼线？”

们达微微一笑：“如果我连你都斗不过，那我这两百岁岂不是白活了？早就让你们这些人挫骨扬灰喽。”

“那您为什么不早点出手？”

“我就想看看我们达的儿子能不能斗赢们于的儿子，就这么简单。反正剩下的这点人类我的儿女都在保护，我也不想太难为他们。至于陵族的战争也因为他们姐弟和一个陵族老怪物搅局，一时半会拿不掉，索性我就看看你和牧戈的这场大戏。”

“您就不怕我真的杀了牧戈，灭绝了人类？”

“我才不担心呢！就算牧戈真被你杀了，那也只能怪他技不如人。”

成于沉默了很久说道：“运来的新病毒也是假的对吗？”

"本来是真的，只不过因为我和老怪物成了亲家，我突然不想他们死了，所以让他们又运回去了。"

我静静地站在一旁，看着这对奇怪的家伙在"互诉衷肠"。只要人类能够活下去，其他的都不重要。或者说我已经赢了，他们只不过是在自欺欺人地安慰自己罢了。

"们达，我请求您不要杀我的四个孩子，我罪有应得，但孩子们是无辜的。"

"没有无辜，因为他们是你成于的儿子，从你决定叛逆开始，他们就不是无辜的了，要怪就怪你自己吧！何况你可不止四个孩子，你的第五个儿子刚刚出生，你就将他交给了别人抚养，现在应该有七岁了吧？你费尽心思，到底还是保不住他啊！"

成于终于不再淡定了，他全身颤抖着跪在们达的面前。

"如果认错有用的话，你父母和兄弟姐妹数十口人当年都不用死了。王是要杀人的，你看到了，牧戈也会杀人。走吧！去你该去的地方吧！我会让你的儿女们死得舒服一些。何况你也不会寂寞，跟随你叛乱的那些人都会随你而去。"们达轻描淡写中，无数人的生死如同蝼蚁。

成于却一丝不敢反抗，他想站起来，双腿根本无法站立。他只好向门口爬去，爬到我身边的时候，他抬起头来："殿下，请您让让。"

"站起来吧！你的部下大多数我已经饶恕了，你的儿女我也可以饶恕，不过你阴谋发动战争，害死了那么多人，必须为此付出代价。"

"谢谢殿下，您必将成为这个宇宙中最好的王。"成于激动地趴在地上，亲吻着我的鞋子，而后慢慢站了起来，退向门外。

房子里只剩下了我和们达。

"你是让成于彻底臣服了，但你轻易就推翻了老子的金口玉言，也不问问我答不答应？”他直视着我，目光里流露出复杂的东西。

“杀人真的能让您变得更强大吗？还是能给您带来快乐？您看看这个世界现在成了什么样子，我和姐姐又变成了什么样子？如果您不热衷于杀人，这一切都不会发生。”

“不杀人怎么能成为真正的王？”们达的眼神犀利而冷酷，像要穿透我的大脑。

我在成于刚刚坐的位置坐了下来：“可是我并不想当王。”

“你不想回虫星继承王位了？”

“从来没想过。”

“如果你拒绝继承我的权力，那么你之前对所有虫星人和们做出的承诺就都是无效的。”他居然用这招来威胁我。但我不生气，我甚至笑了：“我现在就可以逮捕您。”

“天真！”

“只是我不打算这么干，一把年纪就别逞强了，别成天想着要灭这个灭那个的，回到虫星去好好安享晚年吧！等您有一天真的动不了我再来继承王位，只是现在我不可能离开地球。”

们达摇摇头站了起来，走向一面墙，那上面居然挂着一幅水墨画，大雪封山，一个身着蓑衣的白胡老叟端坐江心小舟，独钓寒江，画境凄美苍凉。

“人类在我这个年纪早就儿孙满堂了，可是我身为高高在上的王，老婆死了，儿子不认我，还抓了自己亲姐姐，孙子孙女的更是一个没有，你说我这个孤家寡人如何安享晚年？”他的语气和画境一样透着无限凄凉。

“你现在是人类和虫星两支文明的领导人了，我也是放手的时候了。其实我早就看清楚了，和我相比起来，你会是一个更优秀的领导人，因为你不需要通过强权来征服人心，人们信服你的仁义和无私，我现在可以安心地将虫星的权力交给你了。”

“我说过了，我暂时不能答应您，您得让我好好想想。”

们达转过身来，用一种古怪的眼神看着我，半晌说：“好吧！我打算去个地方住段时间，你什么时候想清楚了就来找我。对了，战争已经结束了，作为虫星未来的主人，你不要再限制虫星舰队的飞行自由，作为交换条件，人类飞行器将来也可以在虫星飞行。”

我想了想：“这个主意不错，我将来会在虫星颁布这条法律的。但是我希望您这段时间也好好想想，如何向人类还有陵族道歉以及赔偿。”

“我向人类和陵族道歉？”们达露出了不可思议的神情。

“这是您必须做的事情，否则人类和陵族永远都不会原谅您，包括我。”说完，我转身走了。

第四十三章　血色家园

地球上的战争看起来已经结束了，这一切来得太快，作为地球文明的代表，陵族突然成了这场巨大胜利的旁观者。心理上的巨大落差深深地冲击和震荡着整个陵族世界。在云鼐的会议室，一群扁脑袋的陵族首脑正围在一张圆形桌前，长相奇特的巨型沙发将他们的身躯连同脑袋都包裹起来了，只能从正面看到对方的脸。

轵昆打破了长时间的沉默："战争结束了吗？"

面对这一灵魂拷问，没有一个陵族做出正面回应。

"对于陵族而言，我觉得战争非但没有结束，形势可能还更加严酷了。"轵昆望着坐在对面的流商，她脸上没有任何表情。作为陵族的第一位女性"国防部长"，她现在面临的压力是空前的。有相当一部分陵族表现出了强烈的"危机感"，而这种集体意识的危机感迫使她这位军方的领袖要做出一些回应。

这些陵族认为，人类与虫星人握手言和就意味着三方的平衡被彻底打破了，原本占有细微优势的陵族现在成了最弱的一方，而弱者往往是要受到打压的。身为陵族军队的负责人，其实她早就敏锐地意识到了这些。不过她认为这种集体危机感和轵昆的话一样，都过于夸张了。三支文明都已经厌倦了这场战争，人类和虫星人的结盟短期内不会对陵族构成实际的威胁，相反三方还有很长一段时间的“蜜月期”可以合作，进行技术交流、军事合作、制度探讨等等。尤其是陵族最关心的长生技术这次有望获得，对于所有文明而言，长生都是一次划时代的伟大革命。

在新城的时候，她曾经有意无意地与牧戈讨论过这个话题，牧戈当时的表态清晰明朗，那就是如果人类获得这项技术一定会跟陵族分享。而现在人类对于这项技术唾手可得，这个时候，有些陵族却发出了不一样的声音。迪多也迫于压力，只好召集内阁成员开会，共同讨论这场“危机”。

已经不记得多少年了，陵族一直在努力避免与人类的战争，当然这也与有基滕这样的元老强烈反对有很大关系。虫星文明入侵后，陵族内部却出现越来越多激烈的观点，一度有声音要求军方向人类开战，他们声称只有彻底征服人类才有真正意义上的合作。不久前，轵昆甚至授意陵族的一名舰长主动挑衅人类，差点引发战争。

“轵昆局长，情况没有你说的那么夸张吧？人类几千年来一直是我们的假想敌，他们强大的时候我们都相安无事，现在他们弱小了，和我们结盟了反倒成了威胁？你这就有点危言耸听了，我无法认同你这个观点。”陵族内部事务局长说道。

“区区人类当然不足以对陵族构成大的威胁，但是你们不要忘了，人类领导人牧戈还有另外一重身份，他现在可是这两支文明的共同领袖，我们必须找到应对的办法。”轵昆说着看向了流商：“军方为什么一直不表态？”

流商恼了：“你想让我怎么表态？向人类开战？你能承担开战造成的后果吗？”

轵昆没料到流商的反应会如此激烈，他解释说：“战术官，我不是这个意思，我知道你和牧戈有着不错的交情，但是……”

流商再次怒了：“你是不是觉得我会将私人交情凌驾在陵族利益之上？你是不是想用这个罪名来逮捕我？”

“我当然不是这个意思，我是提议能不能想一个办法瓦解掉人类与虫星的这种关系，毕竟这两支文明有过血海深仇，就算没有战争他们也不可能像朋友一样。”轵昆尴尬地说。

“我们应该抓住这个千载难逢的时机，与人类以及虫星文明展开全方位的合作，共同发展。否则他们双方的合作很快就会超越陵族，我们只有与他们在合作中知己知彼，相互了解，才能消除战争，预防战争，而不是在这个时候想着怎么使坏，造成盟友破裂，甚至是重新点燃战火。”流商说，“这就是我的态度，如果执政官和内阁觉得我的意见不能代表军队，可以免去我的职务。”

迪多一直没有说话，他静静地看着他们展开了激烈的辩论。这时，他的助理走了进来：“联合作战参谋部的诺雷将军来了，他是以人类领导人牧戈特使的身份来的。”

“趁着大家都在这里，要不要请诺雷将军来会议室，听听他说些什么？”迪多商量式地咨询了一下大家的意见后，让助理将诺雷将军请到了会议室。

大家都知道，牧戈之所以派诺雷将军代表自己前来云鼐，最主要的原因是他和云鼐接触最多，双方比较熟悉。

迪多和所有官员都起身相迎，作为陵族最熟悉的人类军队的高级军官，无论是他的军事才华或是协调能力，诺雷将军在陵族上下都拥有相当不错的口碑。

“欢迎诺雷将军！我们正在讨论内部事务，您是我们的老朋友了，就在这里和大家一起见个面吧！”

诺雷将军一脸笑容地与在场的陵族巨头们一一握手问候，然后在流商旁边的一张椅子坐下来。

看着一双双充满疑惑的眼睛，诺雷将军说："我老板担心战争的结束会给陵族盟友带来某些困惑，所以特意派我前来，邀请迪多执政官和流商战术官以及各位再次前往新城会谈。同时受到邀请的还有虫星的领导人和将军们。第二条是我老板让我转告陵族盟友，既然不打仗了就谈生产谈合作，人类停止扩军。下一步的重点是恢复人类社会的重建，希望陵族能够给予技术支持。这两件事情的详细内容我们会以书面的方式递交给陵族盟友。"

陵族巨头们面面相觑地对视了一下，他们显然搞不清楚牧戈的意图。

诺雷将军说："我老板说了，可以给陵族盟友亮底牌，那就是在他有生之年，人类绝对不会向陵族开战。所以他也希望陵族盟友不要再将人类视为潜在对手或假想敌，人类停止扩军就是向盟友释放出的明确信号。"

诺雷将军的到来，让这场会议暂时失去了讨论的意义。会议结束后，流商单独和他谈了一次，流商追问他："牧戈为什么会知道陵族出现了这样的顾虑？"

诺雷十分圆滑地解释说："您最好能亲自去一趟新城，您是他的朋友，应该比我更容易知道答案。"接着他又说道，"我老板让我转告您，阻止像成于那样的野心家发起战争，不单是他的责任，也同样是您的责任。"

流商惊讶地发现，此刻远在新城的运筹帷幄、决胜千里的人类领袖，早已不再是当年她看到的那个一脸青涩的人类少年了。

新城的人们在集体狂欢，处理各种战后事宜的时候，我以人类政府的名义邀请了一百三十八人在执政楼顶级的餐厅举办了一场宴会，邀请的客人有珍妮这样的烈士家属以及伤残军人，有阿达这样的平民英雄，还有在战争中表现英勇的公职人员，像坦克、卢水捷、阿赛维少校、梅花Q、刺猬、克里西、眼镜蛇、美洲豹、大胡子、火鸟、熊猫这样的，另外还有像格赛、来路、小果、波茓这些为人类抗争做出过巨大贡献的星际战士。我甚至还第一次正式邀请了两个特殊的群体以嘉宾身份参加了宴会：以宁先生为首的我的“保姆团”和以丞相、去病为代表的机器战士。

我的“保姆团”为了帮助人类获得自由，舍生忘死、全力以赴，而他们的功绩却常常被我忽略了。我将他们所做的一切都视为理所当然，直到前几天我看到老鹰和刀疤叔他们趴在桌上鼾声如雷，他们疲惫不堪的样子让我心疼，我这才发现这么多年来，他们从来不欠我什么，相反是我和人类欠他们太多。

丞相和去病已经被修复，尤其是丞相，焕然一新，它不再是那个低级的人类快递机器人，而是这个人类已知宇宙中最强大的科学巨人基滺为我量身定制的人工智能保镖，它拥有比乌部更强大的攻击力、更聪明的智慧以及独一无二的忠诚度。就连它背后那个原本用来装快递包裹的箱子都改装成了超级矩阵，可以随时为我提供保护。

政府的十几个部长一个都没来，战后的工作千头万绪，他们都忙得热火朝天。已经是新城市长的林航代表市政府来探视了一下嘉宾们也急匆匆地离开了。

宁先生坐在桌前，心不在焉。他是我的私人顾问，同样一堆事摆在那里要处理。我安抚他说：“宁叔，今天就算是天塌下来你们也要坐在这里好好吃顿饭。这么多年了，真是辛苦各位叔和姨了。”

大家的眼圈一下就红了，也许是他们等这一刻等得太久，也许是欣慰地看到我终于长成了一棵大树。

海心提醒我要颁发人类自由勋章了。这是人类政府制定的一项新的荣耀，表彰那些为人类做出过巨大贡献的所有文明。我穿过人群走上主席台，人们安静地看着我。

“今天，我万分荣幸地代表活着的人们向那些来到这里的，或者永远无法到达的英雄们颁发人类自由勋章，感谢他们对于人类生存和发展所做出的伟大贡献。我代表全人类谢谢他们。”

简短的开场白后，我亲手追授和颁发了人类自由勋章，没有亲属认领的，统一由国防部和内政部代领并保存在其个人档案里。我不希望活着的人再因此难受，所以授勋过程我没有过多言语，只是和每一位受勋的人握握手。

新城的电视台和报纸自然不会错过这样的时刻，他们全程记录了这场人类的高光时刻。

授勋仪式结束后，海心抱在怀里的小西蒙开始不停地喊着爸爸，向我张开了双手。我将小家伙接过来抱在怀里，为了冲淡刚才的悲伤气氛，我笑着向来宾们介绍起了他：“小西蒙，我的儿子，大家看看像不像我？”

众人被逗乐了，因为所有人都看得出来小西蒙是一个纯粹的白人小男孩，而我却是亚洲人。何况人们对于我的一切都津津乐道，他们早就知道我认养了一个烈士的儿子当养子。

记者们围着我拍照的时候，我阻止了他们，我指了指坐在人群中的梅花Q和来路，对记者们说：“去采访他们两个，他们将会是人类与们战后首对联姻的夫妻。他们的爱情故事太感人了，我建议你们好好写写他们的故事，我们不歌颂苦难，因为那是耻辱，但可以歌颂美好和幸福。”说完人们都笑了起来。

来路和梅花Q的脸都红了。

我接着说：“他们结婚的时候，我愿意当他们的证婚人。同时也感谢像来路和小果这样的星际友人，因为在人类最危难的时候，他们用生命和鲜血在帮助我们。”说着我望向了远处的云端，我知道虫星的一部分军队已经开始返回他们的母星了。而留在地球的军队数量依然庞大，为了避免人类与他们发生冲突，或者说淡化双方仇恨，我严令原先的虫星军队不能进入人类居住区域，在原地待命，由人类军队负责补给。双方积怨已深，短时间内不可能做到一笑泯恩仇，必须由双方共同努力来达成谅解，让时间来修复伤口。而来路这些星际友人的故事，正好可以淡化双方的仇恨。况且他们的故事的确很感人。

活动结束后，大部分宾客陆续离开了。在座的只剩下我的“保姆团”和坦克、卢水捷、阿赛维少校、格赛、大胡子、克里西、梅花Q、来路、小果等人。

格赛是和坦克还有卢水捷等人一起从墨山过来的，我把他介绍给了虫星的将军们，特意留他们住了下来。他表现不错，有军人的自律和职业操守。几个月前，墨山的五名人类突然袭击了他手下的士兵，格赛在劝阻的过程中也遭到了殴打。为了不激化矛盾，他和士兵们自始至终没有还手。后来是坦克接到举报，抓捕了几个闹事的家伙才知道此事。

“我猜你们都没吃饱。”

卢水捷说：“老板，您是怎么知道的？”其他人也在笑。

我说：“因为我从小到大，吃宴席就没吃饱过，所以我让人给每位客人的礼品袋里都备了一份吃的。”

卢水捷笑了起来：“您可真是无微不至，不知道我们有没有？”

“有，但是你们现在不用吃那份，我让厨师弄了几个我家乡的小菜给你们吃。”

果然是家乡的小菜，红烧豆腐、飘香鲫鱼、红烧肉、手撕鸭、铁锅葱烧虾……还有开胃的泡菜。

“想当年我和坦克从里岛逃难出来，过期的方便面都是美味，而现在我们所有的食物都能自产自足了。坦克，你是不是也有些感慨？”

他正在吃肉，冷不丁听到这话愣住了。我们长时间没见了，见面的时候他基本很少说话，说话也客客气气的，不再胡来。几年的战争和卢水捷的“调教”让他成熟稳重多了。

他将肉咽了下去：“是啊！我记得遇到水捷的那个晚上，您还找到不少泡面。这一眨眼几年过去了，老板，我们多亏有您，以前是我太偏执了，请您原谅。”

卢水捷说：“这家伙终于开窍了，不过你说的是不是真心话？”

“当然是真心话，这话压在心里好久了，一直没机会跟老板说。”

我望着一唱一和的两口子，笑着从丞相的手里接过一个箱子递给他：“差点就不想给你了。”

“什么东西？”

“好东西，你和水捷的婚礼我没时间参加，但礼物早就给你们准备了，打开看看吧！”

卢水捷笑道：“现在不要看，老板送的东西肯定是好东西，放得越久期待就越久。老板，是好东西吧？”

“当然是好东西，这都是我从泉眼骗回来的宝贝咧。”看到其他人都一脸羡慕和好奇，我说，“你们结婚也有……好吧！我可以提前给你们。”

大家都笑了。

我说：“这次把你们留下来，一是过几天陵族要来一堆头头脑脑，虫星的很多将军也会来，不少事情得你们帮着处理。再就是你们的工作有些变动，政府和国防部的报告已经到我这里了，我先和你们通下气。”说着我摆摆手，“你们继续吃饭，我说我的。反正现在只是通气，没有那么严肃。”

卢水捷说：“我们也要调动吗？”

“对，你们两口子要来新城，坦克去警事厅，水捷去内政部。”

克里西显得有些急切："老板，我呢？"

"你暂时还不能回新城，你继续留在岛城，具体工作我晚点和你说。"

"老板您就放心吧！绝对不会给您丢脸。"

"丢不丢我的脸没关系，事情做好就行，现在好多事情千头万绪，老金向我推荐你，说你年轻有为留在他身边屈才了。"

克里西说："老板，其实原因您都知道的，金宇哲就是不想我待在他身边……好了，我收收锋芒，要不然您又要骂我了。"

"格赛、来路还有小果，你们是打算随舰队返回虫星还是继续留在地球？"

小果说："我说过要留在殿下身边的。"

来路说："我也要留在人类城市，我们想在这里结……结婚。"

"我要带着战士们回去，我们离开太久了，大家都想家。"格赛有些伤感地说道。

我又看了看梅花 Q："你想去虫星吗？"

梅花 Q 的职业敏感一下就涌了上来："老板，我不介意去什么地方，如果老板您需要我去虫星的话，我会服从命令。"

"这么不近人情的命令我可不敢下，我是在征求你本人的意见。我们东方人讲究媳妇儿在婚前要见公婆，我知道来路家人很多，按理你这个地球媳妇应该去看看。而小果主要是害怕回去再当什么奴隶，你也有家人，应该回去。我保证你这次回去不会再有人拿你当奴隶了，因为你是我牧戈的朋友。何况虫星即将颁布法律，废除掉那些该死的等级制度，我想让你亲眼回去见证。"说完我又看着宁先生。

他冷冷地看着我："您是想让我也回去？"

"嗯，鹰叔你们都回去吧！战争停止了，你们是时候回归自己的生活了。"

“不，我要继续留下来。”老鹰有些不高兴了，他说，“我就觉得今天这么正式地请我们吃饭有些奇怪，原来是想赶我们走啊！”

“你们知道我不是这个意思，你们在虫星也有自己的家庭，总不能让他们一辈子见不着你们吧？这样吧！你们回去一段时间，就当是给你们放长假，什么时候想回来了我随时欢迎。这总可以吧？”

“这还差不多，那我就回去一趟。”老鹰说道，“我要是把一家人全带来地球，你不会反对吧？”

“求之不得，大家在一起才热闹呢！也省得你们两边挂念。你们最好将我爸一起带回来，这么多年都不来看我，那就只能把他绑回来了。”

“您是说庆来？”

“除了他还有谁？”

老鹰他们对视了一眼：“他和我们一样只是您的侍卫，您可不能再这么称呼他，真的会害死他的。”

“那就叫他庆爸好了，东方伦理讲一日为父终身为父，养父也是父啊！”

“我们会转达您的邀请，至于来不来，看他自己的意见吧！”

“不过宁叔你暂时恐怕不能回来。”

宁先生没有说话，他在等我说出真实意图。

我站起身来，点上一支烟，缓缓地说道：“们达老了，您得替我回去看着他和虫星军队。现在战争虽然结束了，可是谁也不能保证虫星上还会不会再出现成于这样的野心家，所以还得辛苦您。”

宁先生沉默了许久，甚至还破天荒地让我帮他点上一支烟。

“老板，您这是难为我了。”他叹息一声说，“我熟知人类的历史，古往今来，权臣叛逆篡位之前都是我这样的忠臣，但是最后呢，君臣猜忌，反目成仇。我们虽然叔侄相称，但本质您是我的王，是我的主人，我不希望将来的某一天我们也要让历史重演，我想和老板善始善终。人类稳定以后，我会慢慢退隐，回虫星也好，在地球也罢，帮您带带孩子，种种花养养草……”

“你想得挺美！现在就想带孩子、养花种草是不可能的。”我差点笑出声来，“如果您能让虫星人民安居乐业，您不需要使用任何手段，直接告诉我就好了，我会主动退位。”

宁先生一听这话，犹如五雷轰顶，双腿一软跪在了地上。他这么严肃稳重的一个人居然被一句话吓成这个样子，让我惊呆了。

“殿下，您这是要赐我死罪吗？”他不再称老板，声音也颤抖得厉害，非但是他，就连老鹰和冷姨他们也吓得全身一颤，站了起来，这下我彻底蒙了。非但是我，就连阿赛维少校和梅花Q他们都吓着了，全部呆呆地站在原地。因为在他们的心里，宁先生和老鹰这些人在虫星和人类世界都拥有着极高的威望和权力，而且行事一向稳重老练，这样的举动确实让他们感到震惊。

我连忙将宁先生扶了起来：“您这是干吗？腿脚不好就多休息，我不需要您再玩命了。”

“殿下，您这种话可不敢再说。如果让外面知道，他们会以为我蛊惑殿下。不但们达会灭我满门，其他的虫星将军也不会放过我，所以我绝对不会回虫星。”

我扶着他的肩膀，直视着他的目光说道：“这事我想了很久了，们达年纪大了，我怕他再乱折腾，到时战火重燃，受苦受害的还是普通平民。我想劝们达在虫星试行君主立宪制，这样在很大程度上可以限制们达的权力，您可以担任首相。”

“殿下，们达可不是您想象的那样，他没有老也一点不糊涂，他那双眼睛甚至将这宇宙都看透彻了。他之所以显得苍老都是因为您的母亲，他的强势和善变也只是和您希望人类活下去一样，希望所有的们也能够活下去。这个宇宙里的文明想要发展想要延续，有些手段也是迫不得已的。虽然我知道你们都不喜欢他，不过说实话我挺理解他。他比起人类历史上所有出色的君王，都毫不逊色。”

我很少听到宁先生他们议论们达，但这一次，宁先生的语言里流露出对们达的无限敬意，那个很多人眼中的暴君，他却给出了极高的评价。也许身为们达的侍卫长，他比我们所有人都更了解们达吧！

“我亲眼见证过，他一个人走向敌人的军队，就能让对方的舰队闻风丧胆。我也亲眼见证过他在无数次腥风血雨里摔倒又重新站了起来，这就是为什么成于表面上控制住了他，却对他束手无策的原因，他不恨们达吗？当然恨，但是他却不敢伤害们达一根头发，因为他知道，们达活着他才有希望控制万民，只要们达一死，就会有成千上万的军队踏着血海向他扑来，这也是我们为什么一直不担心他安全的原因。这就是您父亲，那个永远高高在上的虫星之王的威严，而他依靠的可不仅仅是常人所理解的暴政和强权。”

我从宁先生的眼神里，看到了一个我所陌生的王。

“除了您和您的母亲，们达是不会允许任何人染指他的权力的，所以希望您收回成命。”

“好吧！我再想想，不过您要做好和他们一起回去的准备，纯粹地回去看看也好，如果您愿意的话，把家里人接到地球来。说到底，地球才是你们真正的故乡。”

他点点头，若有所思。

“宁叔，我还有一个事情要和您商量，我想在虫星设立一个与地球文明的联络机构，类似于我们与陵族的联合作战参谋部那样的机构，双方开展全面合作，尤其是长生技术方面的，我授权您继续担任我的私人顾问和全权代表，派一批各领域的专家到地球来。”

“老板，这个您可能要先和们达沟通一下，他首肯了我就能办成。”

“嗯，我会和他交涉的。另外我觉得陵族肯定也会要求加入这些计划和机构，但我现在想卡一下他们，可以允许他们在虫星设立类似于外交使馆之类的机构，但深度合作我还要再想想，当然，作为交换，虫星也可以在新城和云鼐设立类似的机构。”

宁先生终于笑了：“老板，您就是个人精。这个们达肯定会答应的，毕竟战争结束了，大家都有了解对方的实际需求。”

“哈哈，那当然，陵族用现代技术领先了我们几千年，难道就不能允许我们也超越他们一回？”

气氛缓和下来。老鹰判断说：“您是不是打算让梅花Q来担任驻虫星机构的负责人啊？”

我看看这个贼精贼精的家伙，又看了看梅花Q，承认了，我说：“不过这工作可不轻松，而且离家太远，得看她本人的意愿。”

没想到梅花Q一口答应：“老板，您这是想让我去星际旅游，这样的机会可不是每个人都有，我当然愿意啊！”

“那太好了，这几天你将工作交接一下，和来路做好准备。我安排你和格赛他们一起前往虫星，为人类建立起与其他文明的合作开路。这一趟你要接受宁先生他们的领导，相关的工作也直接向他汇报。至于第一批外派人员方面，宁先生会帮你协调太空署、科学院以及国防部，由他们协助完成。当然你也可以直接从情报部门调人。这第一批人不要太多，不超过四十人吧！其他工作人员你到时可以在虫星招募。”

“好的。”

“你考虑一下，前面的工作可以着手准备了，过几天我们再开会详细讨论。另外这件事暂时要保密，等我和陵族沟通后再说。”

“好的老板。”

“小果，现在你愿意回去了吗？”

“我听从殿下的安排。”

我笑了：“如果你愿意的话，还可以帮助梅花Q在虫星工作，你熟悉那里的情况，又认识很多将军。如果有你帮助，她能更快打开局面。”

“我愿意为殿下做任何事。”

“格赛呢？真的回去养米条？”

格赛说：“如果有需要的话，我也可以回虫星为殿下工作。另外我有几个已经没有亲人的手下想继续留在墨山，我恳求殿下能够继续收留他们，他们可以为殿下养米条。”

“当然可以的，只要是友好的外星文明都可以定居在地球，何况你们还是朋友。这件事你们直接找神父，他会安排好他们的。另外，我会给你和小果虫星官方的身份，方便你们以后进行工作。具体的职务让宁先生安排。”

“好的，谢谢殿下。”

“你们可以回去休息了，别忘记了拿礼品，那里面的东西可都很贵重哦。”

他们和梅花Q站起身来：“谢谢老板的礼物，我们走了。”

他们走后，就只剩下宁先生他们还有阿赛维少校、克里西和大胡子。少校和大胡子知道我有重要的事情要交给他们，他们一声不响地坐着。

“我们要在特战大队的基础上重新组建一支万余人的快速反应部队，直接隶属于国防部和人类政府。兵员从各军种和学校秘密抽调，具体的筹建工作由阿赛维上校负责。”

“老板，人类有数十名将军，而我只是个少校，恐怕无法胜任这么艰巨的工作。”虽然早有心理准备，但阿赛维的内心依然震惊。他知道我向陵族不扩军的承诺只是一种策略，可让他组建这支独立的军种无疑将是人类军队的精锐，这份巨大的信任和责任让他倍感压力。

“国防部认真地评估了你，我相信他们的眼光。你不要有什么顾虑，把这件事情做好就行了，另外国防部很快会晋升你为上校。”

“老板……”

“就说行不行？”

“行。”

“我们正在重建各安全区，人手不够，所以军队也要参与到建设，同时也让陵族看到我们无意战争的姿态。所以你组建的这支军队意义重大，因为它将是未来保护人类的重要力量。我还要告诉你一个好消息，人类军队马上会进入‘智械’时代，到时你们的战友主力将是比乌部还要强大的人工智能战士。”说着我又看了看宁先生他们，“宁叔，到时记得帮我多借点虫星的科学家来，最好游说他们带上亲属。您告诉他们，人类会为他们准备最好的实验室和工厂。”

“恐怕有难度，虫星最好的科学家是研制出ERX型四号病毒和长生技术的，您已经发话要逮捕他们，估计这时候他们正在惶惶不可终日，哪还有心思来帮您搞研究啊！”

“只要他们愿意将功补过，我可以既往不咎……其实我也知道这不能怪科学家们，科学在很多时候只是政治的帮凶。我希望所有文明的科学家真正在造福自己的人民，而不是毁灭，虽然这听起来是一件很奢望的事情，但总得有人去尝试。”

大胡子负责在新城原有的警卫力量基础上组建人类特勤局，由他任副局长，保护人类重要目标的安全。

人们慢慢散去，就剩下了克里西，她跟着我来到办公室。

“老板，如果我没猜错的话，您是想让我回到上次在岛城跟踪您的地方去？”

我点点头：“猜对了，我想让你去陪着牧晨雪，聪明的女人应该和聪明的女人在一起，你学她身上的好，却千万不要学她的不好，这工作可不容易。”

“这是一个很有挑战性的任务，但是我喜欢。不过我能不能知道这份工作要持续多久？”

“有可能是几个月，也有可能要很久。”我知道她在试探我，但我好像都没说。因为我不知道人类法院会如何审判他们这些人，我不想干预，也不敢干预。一个月后，人类政府取缔了天空社，这个曾经搅动风云的人类组织正式消失了。

转眼又是一年过去，地球的自愈能力要远比我们想象的大得多。在三支文明科学家的努力合作下，极端的拉尼娜现象正在消退，污染区的土地在反复清洗后渐渐复苏，亚洲和大部分赤道地区已经基本告别了冰雪。少量人类带着大批的“智械”机器人开进了这些地区，恢复生产和作业。

我回到了我的出生地，这里是一个远离城市喧嚣的小山村，以前从来没人带我来过。树林的积雪已经融化，很多不知名的花草像是从一个很长的梦里醒来，努力地看着天空中久违的太阳。村庄依山傍水，风景怡人，且被修缮一新。树林中、马路上到处都能看到穿着虫星服装的侍卫和军人。

们达像一个古老的农民，正在一栋别墅旁边开垦菜地，工具是一把原始的锄头。只见他挥汗如雨收拾着土地，在上面播撒着种子、施肥。旁边几名侍卫警惕地望着周围。

我带着海心、曾清推开了院子的门。曾清抱着我们刚刚满月的儿子，海心挺着一个大肚子。

“父亲。”两个儿媳恭敬地叫道。

们达点点头，眉宇间是无法抑制的喜悦。看到我进来，他把锄头递给了我：“你来，将边上的这些杂草修修。”

我接过锄头，将杂草清扫一空。他抱着孩子坐在院子中间，小桌子上已经泡好了茶。其实不用我告诉他，相信他也早就从海心和曾清那里得知他已经当了爷爷的喜讯。尽管他努力想掩饰住内心的激动和兴奋，但是眼神和动作出卖了他。

到最后，他索性不再压制这份巨大的喜悦，他抱着孩子仰天大笑起来。

“老头，看起来你身体比以前好很多了，现在还能种菜了。”说着我端起茶杯一饮而尽。

他继续在大笑，丝毫不理会我的没大没小。他的快乐很快传染给每个人，就连几名年轻的侍卫都露出了微笑。

“小子你信不信，我还能活到我两个孙子成年。”

这一年我们的关系有了很大缓和，原因是们达向人类和陵族公开道歉了，并且一口答应我提出的N多要求。比如全力支援人类的重建和科技发展，修复伤痕累累的地球，尤其是在地球上生产的第一批“重喻”已经开始提供给六十岁以上以及十二岁以下两个最容易受到伤害的群体。包括帝王将相在内的无数人类在苦苦探寻了数千年后，那个曾经被当成摧毁人类文明武器的、使所有人为之疯狂的长生不老迎来了平民时代。

也正因为如此，我的个人威望达到了一个新的高峰，人们信任我喜欢我。可是我不喜欢这样，这一年人类世界发生了翻天覆地的变化，而我却慢慢淡出了人们的视线。政府各司其职，不是特别重要的事情他们自己就处理好了。更多的时候我会戴着口罩出现在远离媒体的工厂和养殖场、建筑工地上，和人们一起劳作。偶尔也会去一下云鼐、泉眼或者来看看们达。哦，我还会去监狱看看牧晨雪，她被人类指控了十多条罪名，加起来判了一百五十年。而她的那些死党、对手们比如宫本泽、厄文、弗纳尔博士等人也分别领刑两百年左右。他们大多注射过“重喻”，就让他们在监狱里长生不老吧！

老鹰他们已经离开地球一年多了，我十分想念他们，我甚至决定等们达回去的时候，带着老婆孩子悄悄地去一趟虫星。

们达还在大笑，他的笑声把孩子都吓哭了，这才停了下来哄孩子。他低眉顺眼的样子和人类的大多数长辈没有任何不同，慈爱，和蔼可亲。我猜他应该有很久没这么笑过了，这也让我的内心突然柔软起来。

“爸，您什么时候回虫星？”

听到我喊出的这个词，他愣住了，抱着孩子久久没有说话。

“你终于愿意认我了？”他的眼睛里饱含着泪水。

“认了。”

“我现在不打算回去了，我就留在这里，替你妈妈照顾两个孩子。你宁叔他们在虫星干得很好，有他们在我也放心。”

“你让宁叔在虫星帮你主政？”

“这不都是你希望看到的吗？你能选择他说明你眼光还不错。其实这么多年，都是他们在替我照顾你，所以你的一举一动我都了如指掌。”

我这才明白过来，我的“保姆团”终究还是他的人。但现在来看这一切都不重要了，重要的是他们愿意为我做任何事，像真正的亲人一样关爱我。直到这时我才发现，原来我这个亲爹早就将这世界掌握在手中，无论他置身何地，他大海一样深邃的目光依然可以洞察一切。只是仇恨让他一度失去了理智，而现在，所有的仇恨早已烟消云散，剩下的只是一个慈祥的老头。

“您可真是我亲爹，连儿子都算计。不过我也想带他们去虫星看看。”

“那就回去吧！我感觉你那个老丈人老是盯着孩子，三天两头就派人去接，我可不相信那个老怪物。”说完他意识到海心也在场，于是嘿嘿地自嘲说，“我也是个老怪物。哦，还有你姐的事，我其实一直想告诉你。”

“什么事？她现在关在监狱里写书，精神和身体都不错，您不用担心。”

“不是说这个。”们达摇摇头，“她其实并不是我的亲生女儿，当然也就不是你的亲姐姐。当年我在地球巡视，侍卫误伤她的父母，我见这孩子可怜就收养了她。后来遇到了你妈妈，她是个无比善良的女人，将晨雪视如己出，你这才多了一个姐姐。不过你这个姐姐野心太大，直到有一天她动了杀你的念头我才彻底对她失望。”

我万万没想到还有这么一段渊源，心里多少有些不是滋味，往事一件件涌上心头。

“所以无论是道义还是伦理上，你都可以不用管她。”

“不，这些事情都过去了，她也付出了代价，这些事情就让它们彻底消失在时间里吧！我们不要再提，她再坏也是我姐姐，就算没有血缘关系也是我姐姐。”我说，“宁叔和冷姨他们不照样和我没有血缘关系吗？可这么多年的生死相依，我们早就是打不散的亲人了。”

们达欣慰地点点头。

这时，们达的两名侍卫抓着一个人从门外进来，他们身后还跟着大胡子。

“们达，我们已经确认了这个人是陵族第三文明事务局的特工，他冒充人类特勤局的人来给我们送补给。”

我看着那个被抓了个现行的乌部，又好气又好笑，问道：“是不是轵昆派你来的？”

那乌部特工一点也不否认，大大方方地承认了，他说：“轵昆局长没有别的意思，只是想让我找个理由来看看尊贵的们达都在地球上忙些什么。”

“你现在知道了？”

“知道了，们达每天都在种菜。”

“他既然这么好奇，何必这么麻烦，自己来一趟不就行了。”说着我看着大胡子，“他冒充的是你特勤局的人，你看怎么办？”

大胡子说：“老板，我们直接将他移交给警事厅吧！让陵族自己派人来领，您看怎样？”

我想了想说：“算了，以我的私人名义联系轵昆局长，就说我邀请他来这里吃饭，顺便把他的人领回去。”

们达的两名侍卫看着们达，们达说：“就按殿下说的办吧！”

这个插曲结束后，大胡子问我：“老板，您为什么非得让轵昆亲自跑一趟？这挺没面子的。”

“我们可是在新城正式签署过协议的，人类和陵族不得再有任何敌对行为。他堂堂一个第三文明事务局局长，陵族的核心领导人之一，公然刺探其他文明领导人的行踪，我得给他点教训。”说完我又瞪着他，“你的胡子呢？”

大胡子嘿嘿地笑了笑：“我经常在老板身边，留着胡子显得不够庄重，所以剃了。”

我一脸嫌弃地说：“留着胡子多好看，现在看起来别扭。对了，你想不想跟我去一趟虫星？”

他嘿嘿笑道：“老板去哪里，特勤局就跟到哪里。”

“那你可以着手安排了，虫星也是我的地盘，带的人不要太多。”

“好的老板！”

们达看着大胡子退了出去，他笑了起来，他问海心和曾清：“你们说说，牧戈像个领导人吗？”

海心笑着摇摇头：“他什么时候都像一个上尉。”

曾清说：“姐姐说得对，他最多像个少校。”

我也学着们达一样，哈哈大笑起来。

两个月后，一艘虫星母舰从地球出发，开始了漫长的星际旅行。

我和们达站在巨大的驾驶舱里，手里端着来自人类世界的咖啡。不约而同地，我们的目光望向了外面那流光溢彩的璀璨星河。宇宙就像是一个深不见底的迷，或者根本就是人类虚构出来的一个缥缈的梦。我知道自己的目光永远无法企及它的边缘和本质，但即便是梦，也总有追求梦想的人。

那些流光的世界里隐藏着什么？那些像尘埃一样散落的文明是不是和人类一样有着太多悲欢离合的故事？是不是和我们一样有着奋斗、抗争、爱和仇恨、追求和迷惘？他们是不是也像人类一样，有着征服星辰大海的宏愿？

谁知道呢？

我只知道，在我前方很远很远的地方，是思绪和想象力都无法企及的宇宙星河，而身后是遥远的地球故乡。